鷥缺

降魔人逃池

李威希 ——著

推薦者簡介

# 蘇牧

北京電影學院文學系教授、博士生導師，北京市高等學校優秀青年骨幹教師（1996 年），香港中文大學傑出訪問學者，北京電影學院「金字獎」第二屆、第七屆評審會主席。

主要著作有《榮譽》、《太陽少年》、《新世紀新電影》，其中《榮譽》16 次印刷，為北京電影學院、中央戲劇學院、中國傳媒大學、上海戲劇學院、北京大學等著名藝術院校學生必讀書籍。《榮譽》2004 年獲「中國高校影視學會優秀學術著作一等獎」，《榮譽》修訂版 2007 年入選教育部中國高校「十一五」國家級教材。2008 年入選教育部中國高校「十一五」國家級教材精品教材。

主要科研項目：北京市教育委員會 2013 年社科計畫重點項目：《中外電影大師精品解讀》。

# 天上人間

　　拿到學生李莎的新作《降魔人幽池》之前，我以為這是一個道家降魔衛道的故事，看了幾頁之後，很是驚異。李莎作品中的「魔」，是我們每個人的心魔。書中鹿靈的女性角色更是驚豔：她是幽池的精靈，是幽池的藥。

　　恍惚之間，我彷彿看見電影《孔子》裡的南子，寬大的裙擺，赤著腳，柔軟輕盈地在山野間奔跑，靈動得像隻小鹿，眼睛是兩汪泉水，裡面掬著不諳世事的爛漫天真。

　　李莎作品中的鹿靈，正是這樣的精靈。

　　如果男主角幽池是清憂的、茫然的、有心事的，那麼鹿靈就是招搖的、古靈精怪的，天大的事也不惱。路漫漫其修遠兮，只有傻瓜才憂愁。
　　幽池與鹿靈，一個靜，一個動；一個有腦子，一個好身手；一個修行之人，一個市井小女。

　　本是背馳的二人，卻被命運的紅線牽在了一起，是鬼使神差，也是命中註定。他們是生死搭檔，珠聯璧合。他們一路走來，兩人之間沒有謊言，沒有欺騙，甚至沒有祕密。

　　在影視劇裡，衝突是戲劇的生命，鹿靈也是和其他女人截然不同的特別的存在。

　　書中其他的女性人物，有的像清冽雪松，嘴角溫柔，眼底卻是自以為是的慵懶和冰冷；有的像惑人玫瑰，香豔豐腴，脂粉氣十足，骨子裡

卻帶攻擊的危險。

她們美得無法讓人把持，她們可能和自己心愛的男人在同一個屋簷下朝夕相對，甚至是拜堂夫妻，把自己的財富和愛都交出去，可是他們仍然同床異夢，各懷鬼胎。

她們的錯誤是錯看了男人。她們的愛，是我的眼中只有你，你的眼中只有我。可是對於這些男人來說，愛重要，但是，權利、地位、聖寵、官銜更重要。

女人熟讀斬男招數，各種手段嫻熟、萬種風情、閨中之樂都遊刃有餘，可是她們始終得不到男人的真心，到後來，她們甘願為愛情赴湯蹈火，一顰、一笑、一嗔都圍著男人轉，寂寞和不甘將她們的清高、自尊、美豔一點點蠶食殆盡。

她們不甘心熾烈的愛只換來一盞茶的溫存，不甘心都是一場夢一場空，不甘心對方愛的人不是自己，不甘心對方有眼無珠，看上的，竟是個處處不如自己的丫鬟。她們受傷、悲哀、憤恨、發狂，有了心魔，她們要搶過來，要確定自己在他心中的地位，她們要他們依舊匍匐於裙下。

此刻，他們只是她們的獵物。她們要絕對的主控，哪怕煎熬、狼狽、作繭自縛、畫地為牢、不擇手段、肆無忌憚，哪怕遍體鱗傷，腳踏玻璃渣子行走，她們也要抵死的糾纏。她們活得好累，她們看似敢愛敢恨，殊不知：她們最該恨的，是瞎了眼、蒙了心的自己。

作品中與她們截然不同的，是十多歲的少女鹿靈。每次鹿靈出場，她身上洋溢著熱情明亮和偶爾的狡點。

雖然鹿靈平時不講儀態，渾身上下的小平民氣，遇上了幽池，土生土長的鹿靈，不僅能跟上他的輕功，還能聞到他身上的妖氣，自然而然地成了他的「尾巴」。

　　沉悶的幽池的身邊，需要這樣一個嘰嘰喳喳的女孩，更何況鹿靈直爽單純，憎愛分明，出身貧賤，經常救濟窮苦百姓。

　　鹿靈是幽池的藥，新鮮靈動的藥。

　　鹿靈是小說的光芒和亮點，如同當年年輕時的南子的模樣。

　　希望李莎的小說《降魔人幽池》早日拍成電影，讓我們看到銀幕上的鹿靈和幽池。

北京電影學院教授、博士生導師　蘇牧

# 毛利華

北京大學心理與認知科學學院副教授，博士生導師，九三學社社員，現任北京大學心理與認知科學學院工會主席。

北京大學主幹基礎課《普通心理學》、《社會心理學》、全校通識課《心理學概論》、線上線下混合式課程《探索心理學的奧祕》主講教師。

曾獲 2004 年北京大學教學成果一等獎，教育部教學成果二等獎，2005、2008 年北京大學教學優秀獎，2006 年北京市科技新星，2006 年教育部高等學校科學技術獎（自然科學獎）二等獎，2015 年北京大學十佳教師寒梅獎，2017 年北京大學曾憲梓教學優秀獎，主講的《探索心理學的奧祕》獲教育部 2018 年國家精品線上開放課程。

曾獲 2010 年北京大學模範工會主席、2018 年北京大學優秀工會幹部等稱號。

## 溝壑難填

在工作中，我每日都能接觸到形形色色的各種人，我時常在想，人的漫漫一生中，做最多的事是什麼。

收到學生李莎的新文，又驚又喜。明明人這一生宛如草木的一生，要遵循自然發展規律，眾人眾生，循環往復，才可做到生生不息。不由讚歎李莎寫故事、寫虛構、寫幻想，卻也寫盡人生百態，寫透眾生真實。因為，活在這世上，我們每個人也都不曾倖免過。我們窮其一生，做最多的事是填補欲望，也用理智和恪守與它們苦苦對抗鬥爭。可又正因為如此，正因為同時擁有優根性和劣根性，我們才鮮活、立體、多面、高維度，我們才被稱之為人。

每個人的心中都有一頭猛獸，只是或許我們都應該學會懂得，事事小滿即可，擁有的都是僥倖，失去的都是人生。得之我幸，失之我命，在得與失之間，都感恩饋贈，感激命運降臨。

如何才能駕馭住心中的老虎，能輕嗅薔薇，是我們一生的功課。只有這樣，步履不停的人生才能明亮輕快許多。

北京大學心理與認知科學學院副教授、博士生導師

北京大學心理與認知科學學院工會主席　毛利華

作者簡介

# 李莎

・希達工作室創辦人
・中國傳統文化教育與傳播研究學者
・道學院客座講師

心理學博士在讀、
香港大學整合行銷碩士、
中歐國際工商學院高級工商管理碩士

曾於中山大學任職，並在韓國三星集團、周大福集團等世界 500 強企業擔任集團高級管理職位。

擅長傳統文化在心理學方向和環境學的應用，並致力於中國優秀傳統文化教育與傳播。

所撰寫的多篇學術性論文和專業性文章，已在《出版廣角》、《心理月刊》 等多家國家級核心期刊和國家級媒體刊登。

已出版作品：《直覺力》、《焦慮心理學》、《潛意識之謎》、《李莎的生活隨想》、《在難熬的歲月裡》、《何事不可愛》、《自坐逍遙台》、《孟婆傳奇》系列、《降魔人幽池》系列、《開元霓裳樓》系列等。

# 循環反覆無窮已，今生長短同一規

　　人人都怪罪亞馬遜熱帶雨林的那隻蝴蝶，怪牠無意間煽動了翅膀，才引起了美國德克薩斯州的龍捲風。

　　可《周易 · 繫辭下》裡寫：「天下同歸而殊途，一致而百慮。」唐朝詩人羅隱在《樂府雜曲 · 鼓吹曲辭 · 芳樹》裡又寫：「春夏作頭，秋冬為尾，循環反覆無窮已，今生長短同一軌。」

　　很多回到過去科幻題材的電影，總是向我們用嚴絲合縫的邏輯展示，哪怕主角知道所有始末，妄圖在過去某個關鍵事件節點更改未來走向，但如同水中撈月，鏡中拈花，總是徒勞。

　　是命定，也是人定。

　　一件事情在最初，總是混沌模樣，但已經內核完全、胚子初露，後來事態的發展，也只是在此基礎、此軌跡上的滾雪球罷了。可是可惜總是有些人秉承著「一命二運」，於是認定人定勝天，哪怕借助外力。這便是我創作《降魔人幽池》的初衷，想要以故事為載體，揭示一二道理。

　　理智都告訴每個人，孟子曾說過：「魚，我所欲也；熊掌，亦我所欲也，二者不可得兼。」人不能既要又要。

　　可是我們追根溯源，倒推回去，在這些人殊路同歸、雙手空空的結局前，在他們經歷本可能沒有的劫難前，在命運或許未見得對他們如此不公前，他們是不是放任了自己沸反盈天的心魔，得寸進尺地想要去

填補、去染指自己不該豐盈的完整。他們不是夠傻、夠痴，而是想得太多，要得太貪。因為貪，所以有了痴想，有了饞妄，有了心魔，竟以為那些本不可得的事物，能輕而易舉觸手可及。

這樣的人，我在現實中見過太多太多，一切的不幸都只源於他們的執迷，他們放任自己的心魔。心魔滋生，深陷其中的人，寧願要走火入魔，也不願立地成佛，寧願追逐漚珠槿豔的泡沫，擁有露水短暫易逝的快樂，握住搖搖晃晃快要破掉的氣球，也不願就此沉沒，哪怕最終只能留下一個下落不明的結果。

於是，比起單純粉飾自己，跌盪進流沙一般的假像，澎湃著海市蜃樓的幻覺的人，我更心疼那些明知「所有命運給予的禮物，早已在暗中標好了價格」、知其不可為卻偏偏為之的人。

他們知曉問題所在，結局昭然若揭，卻無法自拔，做困頓之獸，做亡命之徒。祈求上天能垂憐，如憐憫罪人，讓自己僅憑一己之力逆天改命，卻只能反覆著當初的反覆，發生著曾經的發生，放逐著自我欺瞞，清醒地看著自己再一次沉淪、沉淪，沉淪到更深暗的地方，彷彿飛蛾撲火，無邊墜落，再悉數燃盡。

被命運凝視，被把玩，執取終成空。

人生在世，不過「欲望」二字，有灼灼野心是好事；想踮起腳尖去擁有，是好事；想追逐心中執念，是好事；想要求得圓滿，也是好事。可是比起伶俜倥傯、雙手空空，不如早早端正自己的心態，馴服脫韁的心魔，選擇自我救贖，而不是自我無畏的、無腦的放縱。

俗話從來不是說，有多大野心就去做多大事，都只是說，有多大容器，便只能盛多少水，多大的碗，便只添多少的飯。

野心、貪欲、執迷、饞望，這些太過寬泛、太大、太無邊際，可能是生命並不能承受其重。與其苦苦追尋自己生命所不能擁有之物，最終再鮮血淋淋地回首直視潦倒淒慘的人生，倒不如理智、坦然地接受，接受自己人生的不完美，接受寤寐求之，卻求之不得，接受自己的不堪、中庸、普通，接受自己也只是芸芸眾生中不出挑、不意外的一個，接受自己削尖了腦袋、下巴都無法擁有，接受自己的眼前和當下。

學會放下和接受，如此簡單，卻也如此之難。

可能嘗試著去說再見，會聲音哽咽；可能嘗試著走開，但是會步履蹣跚，可能嘗試著放棄，還是會苦苦想著所想之物。可能很明顯，沒有它，就快要崩潰。

但是就像人人都喜歡花，所以才會採擷下來，擁有它幾日的春光和爛漫，可就像我在另一本書《開元霓裳樓‧風時序》裡寫的，阿史那連那在面對著心儀的若桑姑娘那樣憐惜地喃聲道，「看來……該長在樹上花開不敗的，就不該讓它隨風而落啊！」喜歡花，不見得就要擁有，可能讓它們繼續長在枝頭，反而我們能欣賞得更久一些。喜歡之物，也不見得就要掌握在手中，才能讓人心生歡喜。

勿施於人，以己之欲。因為世界之大，人間物色，芸芸眾生各有各的活法，各有各的精彩，各有各的路，各有各的歸宿。說到底，我們能做的，也只能是做好自己一人之事罷了。

李莎

# 目次

## 第一折｜策戮篇

## 第二折｜蜀葵篇

## 第三折｜万俟篇

第一折
策戮篇

## 楔子・火麒麟

仙宮九重，雲海繚繞。

靠近天界的仙島旁，雲層中閃現的赤光起伏迸射，而突然撕破層層厚雲的，是一頭通體燃燒的麒麟，他四蹄騰空，踏著火雲，躍進雲海去追逐逃在前頭的妖獸。

妖獸哀嚎逃亡，企圖鑽入雲海，捲起驚濤駭浪，而火麒麟緊追不捨，長嘯一聲，驚起電閃雷鳴，天地之間被攪得山搖風嘯、哀鳴八荒。

兩頭巨獸糾纏在雲海中翻滾爭戰，妖獸垂死掙扎般地咬住了麒麟的左臂，獠牙深入皮肉，血水滲出，火麒麟怒嘯長空，甩動身上火焰吞噬妖獸。

妖獸雖奮力逃脫，可身上早已染了麒麟之火，天火熊熊，燒盡妖力，使得那獸血液四濺，甩到天界兩旁的巨樹上，數道血痕驚現。

樹皮因此而閃動起赤紅色的光暈，忽明忽滅間，有一隻玉白如凝脂的素手撫在上頭，異光漸漸從樹皮上消逝，那抹帶有毒性的血跡，也在素手的靈力下化為烏有。

素手的主人便收起了袖口，是位身姿修長的美貌女子。她一襲月下繡白朝霞裙，拖尾綴滿香淺筆墨水中月，身形似驚鴻蛟龍，斜綰著鬢髮，鬢上戴著海棠樣式的珠簪，纖柔風姿如一滴墜落在玉湖中的晨露，美而空靈。

只是，這會兒的她於眉間透露出一抹不安，輕垂眼波，從這巨木的樹幹上緩緩走下，循望那妖獸逃走的方向低聲念了句：「定是逃回天魔兩界交匯處的龍窟裡去了……」

而後，她再仰頭看向身旁巨樹，這棵天界幻木似乎又長高了一丈，只因方才那抹「濁血」濺到樹皮，倒也被其好生吸收，一如天君的精氣分為「清」、「濁」兩道，交匯而生幻木，是天界的生命之源。

「只有我能察覺到你生長的速度呢。」她低聲自語，畢竟這巨大的幻木，只由她一人負責照顧，作為守樹的仙子，她一直恪盡職守，不敢有絲毫怠慢。而唯一能令她心中漾起波瀾的，便是總會從雲海盡頭傳來的窸窣響聲。

又聽到了。

她心頭一緊，掙扎著該不該回過頭去。

想來方才見到那妖獸逃竄之時，她就該料到是他在追殺那獸。龍窟由他負責守護，每日都會將那些企圖擾亂天界的妖獸趕回龍窟，也是因此，她總會見到他。

「珺瑤仙子。」

他喚出她名字，令她不得不回過身形，對他作揖道：「策戮神將。」

此刻正逢落日，赤紅餘暉描繪著他身上的明光金甲，一雙鳳眼泛著雨青色，黑髮如水，高大冷峻，金甲披風懸在風中，一如此刻燦然霞光。

珺瑤低下頭去，不敢看他，總覺得那雙眼睛灼熱得彷彿會將她燙傷，且他身上的神力之高，哪怕是在十里開外，她也能夠覺察得到。

天界無人不知他的名諱，神將策戮，火焰麒麟。

其擁有戰神頭銜的殺戮世家，深得歷代天君仰仗，而每一位身在殺戮世家的麒麟，也都心高氣傲，同時又溫厚寬容，天界的神仙們都說，繼承火焰麒麟血統的都是一群玉樹臨風、博學多才，可卻殺妖如麻的美男子。

可麒麟本是溫和、柔善的神族，但上古戰神卻將殺戮能力賦予了這樣的慈獸，而位高權重的世家，導致他們在天界的處境曲高和寡，內部又不和，總是勾心鬥角，導致這位所向披靡的神將讓眾仙既憧憬又懼怕，總是與之保持著疏離。

此般時刻，策戮並不與珺瑤交談，只是走到她的樹下，仰望著巨大幻木的枝葉，又從懷中取出自己的酒，為樹根倒上一杯。

金霞漫天，酒聲潺潺。

珺瑤側眼打量他，見他身姿漠然，恍如皎月，高隔雲端。忽然，他側頭望向珺瑤，令她心中一顫，幻木枝葉因而飄落數片，守樹仙子的心情，總是影響著幻木的繁茂與枯敗。

「今日的夕陽真美。」他對她說。

珺瑤恍惚地點頭，他每次見她，總會說這樣讓人沒有頭腦的話。當她眼神落到他肩上時，不由地皺起眉頭道：「神將，你受傷了……」

策戮順著她的視線看向自己的左臂，明光甲掉落了幾塊，血跡滲透衣衫，他卻不以為然一句：「哦！這是方才為了驅趕妖獸時被它咬傷的，是

我大意。」

珺瑤垂了垂眼，轉過身的時候向他側頭示意，策戮沒有猶豫，跟上她一同去了幻木下方。

她抬起手臂，觸碰一根樹枝，有一股神祕的力量流淌出來，幻化成光，頃刻間，那輕柔的光芒將策戮包裹起來，治癒了他的傷勢。

策戮動了動自己的手臂，露出一絲淡淡的欣慰笑意，對珺瑤道：「多謝仙子。」

珺瑤輕搖了搖頭，不再同他多說，轉身走進了幻木的樹幹之中。

夕陽落下，策戮默然地凝望著珺瑤離去的方向，忽地抬起頭，見天際閃起一顆天芮。他不由地蹙眉，知曉天芮是陰星。

果然不出策戮所料，不久之後，魔界來犯。九重之上，烏雲驚雷。萬千妖獸衝出龍窟，企圖血洗天界。

他身為戰神火麒麟，自是要保護天君周全，可待他發現妖獸蔓延到幻木附近時，他心中大亂，竟捨下天君，隻身前往幻木處了。

一抹殘陽斜掛天端，天界仙人死傷無數，屍首流淌到了幻木樹根之下，幻化成麒麟的策戮，萬分驚恐地在幻木旁尋找著珺瑤的身影。

「神將！」

她的聲音傳入耳中，策戮眼中閃現喜色，抬頭循望，發現她正躲在巨樹枝椏的庇護中，且她忽然驚呼道：「小心身後！」

策戮猛一轉身，無數可怖的妖獸瘋狂來襲，它們全身潰爛，無皮無膚，舌頭長如蟒，利爪尖如鉤，一群又一群地接連撲向通身火焰的麒麟，恨不得將策戮撕咬成碎片。

策戮的青色眼睛逐漸幻化出赤紅之色，他張開長滿利齒的巨口，以一種混沌縹緲的聲音叮囑珺瑤：「閉上眼睛！」

珺瑤順從地背過身去，緊緊地閉上眼，耳邊暫態響起電閃雷鳴，以及血肉橫飛的撕扯聲響。

她的身體在顫抖，心中又懼怕，妖獸的哀嚎令人背脊發麻，那劃破肉塊、震飛肢體的恐怖之音，令珺瑤蜷縮成一團，血跡甩在她臉頰，她嗚咽一聲，顫巍巍地抬起手，用力地摀住了耳朵。

不知過去了多久，天昏地暗間，待一切歸於平靜後，珺瑤緩緩地睜

開了眼。

她怯生生地望著樹下，妖獸的屍體堆成了山，淋淋血跡灌溉著樹根，那些被斬成兩截的頭顱溢出腦漿，令珺瑤胃中翻湧。

幻化成人形的策戮走向了樹下，他染著滿身的猩紅，髮絲都被浸在血液中，一抬頭，望向珺瑤，輕聲詢問她道：「你沒受傷吧？」

珺瑤的眼中有懼色，她只聽聞過殺戮神將的恐怖，卻從未親眼目睹過。如今見到，她心中驚慌不已，忍不住向後退縮，竟有淚水順著臉頰流落。

策戮困惑地蹙眉，飛身來到她身邊，探手欲觸碰她，珺瑤卻恐懼地哭出了聲，策戮的手停在半空，她啜泣著埋下臉，似一種無聲驅逐。

她怕他。

策戮的心因此而墜落。

且正是因為守樹仙子的驚懼，幻木的葉片開始迅速凋零。天界從擁有這幻木的那一天，就經過層層選拔挑出歷任守樹仙子，每一個都必須做到不卑不亢、不驚不喜，一旦內心出現強烈波動，幻木會因她的情緒而枯萎、衰敗。

便是這一剎那，幻木發生劇烈搖晃，天幕驟然黑暗，天邊一團巨大的雷光飛來，雲端竟站著數名仙兵，他們手持天君旨意，是來問罪珺瑤了。

策戮驚愕地瞪圓了眼，他知曉珺瑤是因恐懼自己才內心波動，可是幻木卻是因她而發生變故，他欲阻攔仙兵，可天君早已料到，仙兵其中一旨丟向策戮，縛仙咒立即將策戮雙臂鎖住，他動彈不得，眼睜睜地看著珺瑤被仙兵帶走。

紫光閃電，雷聲轟鳴，狂風大作，暴雨驟降，那是天君在彰顯怒顏。

策戮望著珺瑤的背影悲痛高呼，可仙兵還是將珺瑤推下了九重天，將她貶去了凡間！

驚雷劃空，天君現身，對待策戮，即便是天君也要和顏悅色。可沒了珺瑤的天界，已不被策戮留戀，待天君解開他的縛仙咒後，策戮毫不猶豫地縱身躍下了九重天！

幻木已敗，仙子受罰，神將追隨，龍窟失守，群妖湧現三界，人間，大亂將臨……

春風吹面，桃花滿枝頭。

城門正對著的大街上，兩邊都是小販攤位，那盡頭處停滿了十幾輛馬車，僕役們忙忙碌碌地將行李裝上去，引得茶屋裡頭的小生頻頻側目。

「那頭是李大人家的宅邸吧？」小生搖著手中摺扇，回頭來問著屋裡的眾客：「也不知道在忙活些什麼。」

有位長袍老生端起茶盞，輕抿一口，回道：「李大人的父親昨夜死了，這一早便要攜家帶口地挪去鄰城入住，據說那李大人今晚會獨自回來操辦喪事。」

小生困惑地蹙著眉，手裡的摺扇搖得更快了些：「哪有人會獨自操辦喪事的？」說罷，又去問自己對面桌的人：「哎，你怎麼看？」

桌旁坐著一位身穿布衫的少年，鬚髮束起，面容清俊，手腕兩處綁著銀甲，上頭還畫著怪異的符咒。他手裡搖著青瓷茶杯，清悠悠的淡漠語調裡還有著一絲稚氣音色，只回了句：「我不是本地人。」

小生打量他片刻，瞇起眼道：「是很臉生，這條街上從沒見過你。哪來的？做什麼的？」

少年將左手的一把寶劍按在桌案，抬眼看向小生：「幽池，是個降魔人。」

聽聞此話，小生臉色驟變，整個茶屋裡的客官也都變了臉色，他們驚怔地轉過頭，目光落在幽池身上，眼神中有著說不出的驚恐。

小生則是退後幾步，收起手中摺扇，鬚邊滲出冷汗，嗤笑一聲道：「降……降魔人怎麼會在這種地方，這裡明明已經——」

話未說完，門外便跑進來一名少女，她手裡捧著金鈴和符咒，氣喘吁吁地對幽池道：「我、我按你的吩咐從街上搜集來了這些，可這附近到處都是骷髏和屍首，多虧了我鹿靈是打鐵匠的女兒，換了體魄柔弱——」說著說著，她餘光瞥見一屋子的人，「哇」地一聲大叫道：「天啊，怎麼這麼多妖啊！」

「你竟有陰陽眼？」小生見被識破，也不再偽裝，猛地撕扯掉臉上的人皮，頃刻間現出原形，是一頭面貌猙獰的狼妖。

而整個屋子也因此而剝落了茶屋的假象，客官們紛紛起身，竟都是數不清的小妖。

　　剎那間，周遭景象也變換成了原本模樣——荒蕪、破敗的草棚，角落裡堆滿了人骨與碎肉，天色烏重，飛鴉鳴叫，城門口佇立著一塊石碑，上面刻著「無赦國」，而軍旗上頭濺滿了血跡，說明此處已被妖怪占領了許多時日了。

　　「我在前往此處的路上，曾聽聞無赦國被妖獸入侵，子民不是被吃就是被囚。」幽池站起身來，手裡握著寶劍，眼睛則是冷銳地環視著每一個尖嘴獠牙的妖獸，憤恨道：「卻不曾想會是這樣一群狡詐、無恥的怪物，竟敢扮成人形欺騙過路來客——」他深深吸進一口氣，拔劍出鞘，「自是當誅。」

　　「黃毛小子口氣不小！」狼妖怒聲咆哮，長臂一揮，對眾妖下令，「吃了他！」

　　眾妖紛紛探出血盆大口，利爪尖銳，衝向幽池。

　　「幽池！」鹿靈驚惶失措地驚叫。

　　幽池持劍去擋，瞥向鹿靈催促道：「還愣著幹什麼？把符咒和金鈴扔出去！」

　　「啊？噢！」鹿靈趕快將懷裡捧著的符咒和金鈴灑向空中，幽池一劍揮出，數張符咒斷成兩截，他再咬破手指，在空中一劃，血絲凝成一道透明牆壁，符咒被吸附在內壁，小妖們撞上來的時候，瞬間爆破頭顱，綠色妖血四濺。

　　幽池迅速念咒，掉落在地的金鈴隨著咒語浮到空中，隨著危險來臨的方向而飛速傾斜——幽池便能瞬間在小妖偷襲之前掌握動向，符咒結界維持的時間極短，一旦妖血凝聚過多，結界就會逐漸破裂。

　　而鹿靈眼看著結界開始裂出縫隙，她催促起幽池道：「快點把它們一網打盡，再拖拉下去，結界就壞掉了！」

　　幽池當然也知道要速戰速決，可這些小妖彷彿可以無限再生，剛剛斬盡一批，又有數隻衝了過來，它們彷彿不要命一般，踏著同伴的白骨撲向幽池，嘶吼著、啃食著，只為將他碎屍萬段。

　　「啪嚓——」

一隻小妖的利爪刺穿了結界，剩下的那些也相繼效仿，一齊衝破缺口，翻進了結界裡，幽池為保護身後的鹿靈，而將手中長劍撐在地上，以食指血跡抹在劍身，頃刻間劍刃血紅，震懾眾妖。而他猛地抬起眼，發現一直未有行動的狼妖站在結界之外，額間開著第三隻眼，無數道蛛絲從眼中探出，拴在眾妖的背脊。

　　幽池這才驚覺——是狼妖操控著眾妖的行動，若不斬殺狼妖，一切都是徒勞！而看出幽池終於發現了奧祕，狼妖得意地狂笑道：「還以為是如何了不起的驅魔人，看來也和那些路過的神棍螻蟻沒什麼兩樣，等下就把你和那個小丫頭一起清蒸——」

　　話音剛剛落地，狼妖項上的頭顱竟向左偏移，他愣神的剎那，腦袋「砰！」一聲落地。

　　一柄閃著星辰光芒的寶劍，帶出一串飛灑的血珠，狼妖的頭顱在地上血淋淋地翻滾幾下，寶劍一招刺進他的眼珠，俐落地劈成了兩半。

　　鹿靈被這光景嚇得猛一瑟縮，下意識地撫上了自己的脖子。

　　而由於狼妖已死，險些將幽池撕碎的眾小妖，也瞬間化成了一團團黑霧煙消雲散。幽池抬頭望去，只見狼妖的身體重重倒下，在地上形成了一灘膿水。

　　一雙鑲了金絲的皂靴踩在膿水中，幽池順勢向上看去，那人的短裙是非常講究的雲錦妝花羅，隱隱約約的紗絹外罩，腰間配著行動方便的劍鞘，連接著珠玉翡翠凝結成的腰帶，上衣闊袖，窄腕，有護甲，青衫是雨過天晴色的青，圓領斜襟。

　　最後，則是那張凌厲又顯現幾分青澀的容顏，介於少年與青年之間的面貌，眼裡盛著星輝，上挑的劍眉更顯凜冽，豎起的髮間嵌著一塊雞血石，更顯得他通身貴氣、縹緲虛幻。他將寶劍負在身後，踱步上前，打量著幽池與鹿靈，沉聲問道：「二位可受了傷勢？」

　　幽池看向鹿靈，她搖頭表示自己無恙，幽池鬆下一口氣，再次轉頭看向面前的男子，合拳道：「我二人無恙，多謝俠士出手相助。」

　　「舉手之勞，更何況，我也不是什麼俠士。」他擺了擺手，唇邊溢出一抹淡然笑意，又道，「在下姓王，家住附近，聽見響聲便前來查看，正巧遇見了這群不知天高地厚的妖怪作惡，自然要幫忙的。」

鹿靈立刻問道：「這裡怎會有如此之多的妖怪？」

「看你們是外鄉人，怕是不瞭解此處的情況。」他卻也不想多說似的，瞥一眼外頭天色，喃聲道一句，「天黑後不可在這城中出沒……」

比起他的叮囑，幽池的目光卻落在他身後的寶劍上：「敢問俠……王公子，你的這把劍可是斬仙劍？」

男子聞言，舉起自己的寶劍，自傲道：「此劍名為月懸，不僅可斬妖，也可斬仙。」

幽池驚了驚，還想再問，他卻不想多留，抬腳踹開殘留在膿水裡的狼妖碎肉，背過身時對幽池和鹿靈揮手道：「無赦國不是你們這種道行的人能來的，趁著天色未暗早些離開的好，再遇見妖怪可就沒這麼幸運了。」

幽池望著他逐漸遠去的背影，不由蹙起了眉頭。

鹿靈則是哼了聲，不買帳地翻了個白眼：「不就是有一把好劍嘛，一副瞧不起人的模樣，好生傲慢。」話音剛落，就見幽池額角滲出汗跡，她擔心地問他：「幽池，你怎麼了？是方才與妖怪爭戰傷到了哪裡嗎？」

幽池輕搖了搖頭，他蹙著眉，低聲說出：「這個人的身上有似曾相識的氣息。」

「你早先認識他？」鹿靈困惑地眨巴著眼睛，「可我們兩個才剛剛來到這個無赦國，他總不會是你的舊友吧？」

幽池默然，閉眼的瞬間，眼前晃過許多詭異的畫面，九重雲端，仙子飛天，還有燃燒著的熊熊火焰，他額際刺痛，不敢再去多看，睜眼的瞬間兀自說道：「他身上一定有我要找的身世記憶。」說罷，幽池二話不說地走出了破敗的草棚，只為追上那已然消失在林間的男子。

「幽池，等等我！」鹿靈撿起地上掉落的金鈴揣進懷裡，在無赦國這種遍地妖怪的地方，驅魔金鈴可不是隨處能尋到的，必要珍貴著使用。

說起這無赦國，幽池在最初也是不想來的，他與鹿靈在尋找自己七情的路上，途經無赦國外城的一處山谷，嶺高山危，偏生沒有人煙，就連綠樹下頭的紫花藤都襯著幽暗色澤，頗為詭祕。

山間入口又有黑影閃過，陰惻惻的笑聲飄進洞中，鹿靈抓著幽池的手臂想要繞路，誰知身後追來一名白鬚道士，背著竹簍，微微喘息，罵道：「跑回馱山裡也好，妖孽休要來人間作惡！」

鹿靈被這道士嚇了一跳，打量著他問道：「老人家，你方才說的妖孽……是不是指那剛跑回山谷裡的黑影？」

　　白鬍道士這才發現幽池與鹿靈二人，立即同他們知會道：「兩個小娃娃快離開此處！這無赦國外城也是危險得很，都是從城中竄出來的，見人便吃，生吞入腹！」

　　鹿靈順勢看向山谷間，只覺陰風陣陣，不由地瑟縮了身子，對幽池說：「聽見了吧？都說了這地方有妖怪，咱們還是繞路走吧，免得被吃掉……」

　　幽池仰頭打量著山谷上頭霧氣繚繞的青松山林，平靜道：「驅魔人本就是除妖降魔，既然此處有妖，更不能坐視不管。」說完這話，他便徑直走進了山谷。

　　白鬍道士籲了他一聲，橫眉豎眼地喊著：「年輕人莫要不聽勸！無赦國內早就被妖怪占領了，城內白骨成山，骸骨成海，人皮人肉更是隨處可見，你去了也是徒增屍山中的一處腥臭罷了！」

　　誰知幽池頭也不回，步伐更是加快，鹿靈也趕忙追了上去，剩下那白鬍道士唉聲嘆氣道：「天下大亂、大劫當頭了啊！無赦國去不得，去不得啊！」

　　而通過山谷，進入城中後，已經是日落時分，赤紅的霞光中，呈現在鹿靈眼前的，是一片連綿卻荒蕪的村莊，人煙稀少不說，連出入口處該有的市集攤位也寥寥無幾。

　　幽池和鹿靈打量起眼前光景，一步步地朝城中更深處走去，但不管怎麼走，城內都縈繞著一股死氣沉沉的氣息，連拴在門外石柱上的狗都是瘦骨嶙峋。

　　當中不乏一些端著飯碗四處乞討的人們……鹿靈張望四周，見到有官府的小吏在牆上張貼告示，乞討人經過他們身邊想要討口飯，卻被對方一把推搡去旁處，怒斥著：「滾遠一點！別耽誤我們幹活！」

　　「雖說不像道士講得那般可怖，但城內的確是見不到幾個百姓，角落裡也堆著不少白骨……」鹿靈嘟囔著，看見官吏離開後，她拉著幽池去看告示。

　　上面寫著：李大人家宅逢冥婚，狼仙娶親，途經李府，滅門七口，若

有道士、僧人、驅魔者能降伏李府長街上的狼妖，朝廷將賞賜千兩黃金。

一看賞賜的金額，鹿靈來了興致，立刻吵著要和幽池去李府長街上降魔除妖，這才有了開頭的那場除妖過程。

且說眼下，幽池只顧著追蹤那男子身上的氣息，他腳程極快，鹿靈跟在他身後吃力得很，時不時地喊他等等她，他也像是充耳不聞。

「幽池，你突然之間是怎麼了？可不曾見過你這種急迫模樣！」鹿靈急匆匆地追趕著幽池，許是自己的聲音過大，引得荒涼長街兩側的廢墟裡傳出窸窸窣窣的聲響。

鹿靈趕忙捂住嘴巴，她知曉是自己驚醒了藏身其中的小妖，生怕再勞累幽池降魔，且這街長無盡頭，幽池方才耗費體力，這會兒再戰必要吃虧，鹿靈便將一張符咒貼在自己額頭，祈禱符咒能遮掩自己身上的氣息，不被妖怪察覺。

誰知走著走著，幽池猛然停住身形，鹿靈一下子撞到他背上，她剛要抱怨，便見幽池望著左側的一棟茶樓出神。

說是茶樓，也已經極為破敗，木窗上到處都是爪痕與血痕，大門敞開著，屋內一片狼藉，腐臭的屍味撲面而來。

鹿靈捏著鼻子，餘光瞥見角落裡有掌櫃與店小二的殘缺身體，立刻害怕地低回頭，拉了拉幽池的衣襟：「你來這裡做什麼？這地方……陰森森的，我們快離開吧！」

二樓卻傳來一個清亮的聲音：「既然都來了，就上來一同喝杯茶也好。」

鹿靈怔了怔，幽池已經走上了木梯。

待來到了樓上，靠窗的位置坐著那位方才出手相助過的男子，他向幽池與鹿靈舉起手中的白瓷茶盞，含笑點頭。

幽池視線落在他面前的木桌上，一壺熱茶，餘下兩杯茶盞，像是早就料到他與鹿靈會追來似的。

「請。」男子示意他二人落座，又為他們斟上了熱茶。

幽池率先走過去坐下，鹿靈則是困惑地跟上去，打量著香氣撲鼻的茶水，蹙眉道：「這茶樓都覆沒了，怎還會有熱茶？」

男子則道：「無赦國的長街上，都是這種無人經營的茶樓、酒肆，老

閭們不是被妖怪吃了就是被吃了一半，像我這種不怕死的人，自然還會上街來尋個樂子，無非是自己找個順眼些的茶樓，再自己沏茶喝。」

幽池垂眼看了看自己面前的茶盞，低聲問道：「敢問公子，這無赦國為何會變成如此？」

他抬起左手，食指指了指頭頂，鹿靈一臉迷茫。

他笑道：「你們兩個果真是外鄉人，連無赦國發生這麼大的事情都不知道。」

幽池點頭說：「還請公子賜教。」

他似有無奈地長嘆一聲，擺了擺手，苦笑說：「無赦國有一座仙山，山上仙門的萬妖塔內，逃出了一隻千年道行的獅虎妖，他跑下山來為害城池，大片小妖也一併興風作浪，再加上無赦國的老皇上病重，十幾個皇子內鬥不休，皇宮裡面正為了誰能繼位而爭得你死我活，自是沒人在意百姓的死活。」

鹿靈聽聞這話，恍然大悟地嘀咕著：「難怪這街上就見到那麼幾個活著的百姓，還是負責張貼告示的官吏……，其餘人定是怕得連大門都不敢出。」

「想來這無赦國在半個月之前，還是土地遼闊、美女如雲、富饒安逸的天上人間……」他的眼神裡滲出悵然，悲戚道，「就在老皇帝抱病不起之日，萬妖塔才突然損壞……」

「你怎麼知道的這麼多？」鹿靈忍不住地打量起他，「看你衣著不俗，也不像是尋常人家的，你叫什麼名字？」

他一挑眉，傲慢地盯著鹿靈：「在問別人名號之前，理應先報上自己的才對。」

鹿靈嫌棄他要求還不少地翻了翻白眼，指著身邊的幽池怨氣沖天地說道：「他是幽池，我叫鹿靈，敢問閣下尊稱？」

他略顯狡黠地笑笑，熠熠生輝的眼波更是咄咄逼人，便道：「在下王煜，無赦國七皇子。」

此話一出，鹿靈瞠目結舌，倒是幽池表現得極為平靜，他甚至舒出一口氣，輕聲道：「難怪我覺得你的身上有很特別的氣韻，若是皇子，便也說得通了。」

王煜失笑一聲，上揚的嘴角盡顯居高臨下的姿態，他時不時地去瞥幽池放在桌案上的那把劍，珠玉飾鞘，蛟龍以柄，忍不住讚道：「你的劍……很不錯。」

　　幽池看向自己的劍，回道：「降魔除妖之人，自是要有一把利劍。」

　　王煜瞇了瞇眼，若有所思地盯著幽池，見他不過十七、八歲，眉眼清俊，樣貌娟秀，若是放在宮中好生裝扮，倒也要比父皇的一眾妃嬪還要秀美。而這樣臂膀單薄的少年，竟能在方才斬妖殺魔……，而且王煜還記得，他的劍可以在殺魔時赤紅如血……

　　「若你這樣的將相之才，可以入我麾下，倒也能助本皇子一臂之力。」王煜故作惋惜，實則是在引魚上鉤。

　　而幽池並不熟諳人間的世故，他只知王煜身上有自己熟悉的氣息，並且是與自己的身世有關，只要能解開自己想要的謎團，幽池並不介意如他所願。

　　「皇子想讓我如何幫襯？」

　　王煜滿意地露出笑容，極為快速地說道：「你我一見如故，莫不如結為兄弟，你助我完成大業，我回你榮華富貴。」

　　還沒等幽池回應，鹿靈就插嘴道：「你要真是皇子的話，就先和朝廷結算了我們除妖的懸賞——」她從衣襟裡掏出那張告示，指著懸賞的數目說道，「說好的千兩黃金，不能抵賴。」

　　幽池卻有些尷尬地按下鹿靈的告示，小聲提醒她：「皇子出手幫助你我降魔，千兩有一半是他應得的……」

　　「那不也是肥水不流外人田嗎？流回他自己家裡，和咱們有什麼關係？」

　　王煜覺得他二人有趣，笑了幾聲，立刻承諾道：「放心，斬除狼妖你二人功不可沒，千兩黃金保證分文不少，且你們能繼續助我降妖除魔，加爵賞地，應有盡有。」

　　鹿靈卻為此表示懷疑，她將告示小心翼翼地折好揣起，撇嘴道：「可你這無赦國都這般狼藉了，哪還有像樣的土地了？更何況你只是個七皇子——」

　　「鹿靈！」幽池提高音量，示意她不能再說下去了。

王煜的臉上閃過一絲不悅，可很快就轉瞬即逝，他點頭道：「鹿靈姑娘說得對，無赦國眼下的確荒涼貧瘠，而我也還未稱王稱帝——也正是因此，我才更需要二位的幫襯。」

幽池重新看向王煜，堅定地說道：「皇子但說無妨，只要我能做得到，必定不會拒絕。」

王煜順勢道：「你年歲多大？」

「十八。」

「我十九，是你兄長，我表字臨翊，你稱我為臨翊兄就好。」

幽池很欣賞王煜的爽快，合拳道：「臨翊兄。」

王煜笑笑點頭道：「幽池弟。」

鹿靈看著他們兩個一口一個兄、一口一個弟的，覺得自己都被排除在外了，便冷哼一聲，心想著有什麼了不起的，還很不以為然地問王煜道：「說了這麼多，你堂堂尊貴的皇子，到底想要我們這種江湖小百姓幫你什麼呢？」

誠然，王煜內心深處並沒有將幽池這種降魔人放在眼裡，且認為就算他走漏了風聲，自己的斬仙劍也可斬了他。於是也就無所謂擔憂，便將自己的計畫說出：「我打算帶兵攻下鄰國花江，吞納其兵力來與我的皇兄們爭鬥，將他們殺盡後，我自可登基繼位。」

幽池對於王煜能如此平常地說出弒兄殺弟的話而感到驚愕，可他自己也從未體會過父母情意、手足相扶，便也覺得自己沒有資格評判王煜的行徑。

反倒是鹿靈一針見血道：「如此說來，你是個沒有兵權的皇子？」

「鹿靈！」幽池又一次提點道。

王煜不以為然地輕笑著：「無妨，鹿靈姑娘心直口快，具有一雙能看透本質的慧眼。」

鹿靈無視幽池的顏色，繼續道：「但你既沒兵力，又如何能去攻下你口中的花江國？赤手空拳不成？」

王煜的眼神裡有幾分得意，雖談不上是勢在必行，卻也是極為自傲的，他一抬下巴，哼笑道：「自然是赤手空拳。」

幽池不解地蹙起眉，與鹿靈面面相覷。

王煜挑了挑眉梢，言語中有曖昧之意：「花江國長公主蘭陽可是一位多情的女子。」

剎那間，鹿靈明晰了王煜的打算，驚愕道：「你打算使美男計？」

「卻也不能說得這麼難聽。」王煜抬起杯盞，輕抿一口茶，唇邊笑意深陷，「若是郎有情、妾有意，便也不是利用了，更何況之於富庶的花江國來說，公主略施小恩助我完成大業，也不過是舉手之勞而已。」

鹿靈凝視著王煜的表情，她猜不透這位年輕的皇子心裡究竟在盤算些什麼，反而是幽池冷靜地問道：「臨翊兄，你既已有了定數，那打算讓我們二人如何幫襯呢？」

王煜道出心中所想：「有勞幽池弟與我互換衣衫，在我前去花江國的這段時間裡，幽池弟扮作我來在長街上斬妖除魔、收穫民心，擇日我歸來後，會以一個妖怪的頭顱一丘良田來回報你。」

殺得越多，民心越多，賞賜也就越多，看來王煜早已將整盤棋部署得明明白白、分外俐落。

幽池微微瞇眼，彷彿能看到王煜心中的黑暗深淵裡，有惡蟒在吐露危險的蛇信。可幽池沒有阻攔他，想來作為降魔人，幽池從不會介入任何人的因果，反而是痛快地點頭道：「臨翊兄放心，我定會妥善完成你的交付。」

王煜感激地合拳，鹿靈瞥見他袖中有一支玉簪格外奪目，多嘴問道：「那簪子……」

他順勢從袖中取出，格外寶貝地向幽池與鹿靈二人炫耀道：「這海棠簪是我準備送給長公主的信物，花蕊中鑲嵌著無赦國最為名貴的夜石玉，一顆足以價值連城。若不是無赦國今時遭遇妖怪攻克……」

說到此處，他眉宇間有恨意，但很快便舒展開來，收起海棠簪，抬眼看向幽池與鹿靈，堅定道：「不出十日，我便會回來與二位相見。」

幽池站起身，對王煜點頭示意道：「保重。」

王煜拍了拍他的肩膀，姿態顯得格外器重與熱絡，他的野心透過掌力傳到幽池的肩頭，令幽池感受到他逐漸膨脹的權欲之心，以至於覆蓋住了他身上那份令幽池感到熟悉的氣息。

## 第二章 舞花江

　　王煜離開無赦國的次日，幽池就已經為他堆出了一座由群妖屍骸砌成的白骨山。

　　通往皇宮的長街盡頭，夕陽西照。

　　幽池坐在山頂上頭，手中擦拭著染滿膿血的寶劍。

　　鹿靈提著柴火走了過來，臉上的面罩使她的聲音顯得含糊不清：「喂！幽池，你要找的乾柴我都帶來了，接下來要幹嘛？」

　　幽池並沒去看她，只道：「將乾柴鋪在白骨山腳下吧！」

　　鹿靈嫌棄地打量了一眼那座還在滲出綠色膿血的小屍山，她忍住嘔吐之意，將木桶裡的乾柴都灑落在幽池指定的方位。很快便聽到他低聲念咒的聲音，鹿靈眨眼之間，火光從乾柴間四起，剎那間燃燒起了劇烈火苗，屍山被點燃了。

　　鹿靈迅速向後退去，幽池在這時縱身一躍，落腳在她的身後，鹿靈回過頭來，責難似的數落起他來：「你貿然燒屍，只怕會引來無赦國內的豺狼吧？」

　　幽池眼裡映著火光，竟難得地誇讚起鹿靈：「你以豺狼來作比喻甚是周全，權朝、眾妖，都是凝視著臨翊兒的豺狼，堪比四面楚歌。」

　　鹿靈轉過身來面對幽池，不解地皺起眉頭：「你一口一個臨翊兒，當真是要和他稱兄道弟不成？你與他才相識不過幾個時辰而已，何必要如此賣命地幫襯他？」

　　幽池反問：「難道你不想要他許諾過的千金萬銀了嗎？」

　　鹿靈一怔，支吾道：「想要是想要，可我總有種不祥的預感，若是和他接觸過於密切，怕是會給你我惹來禍端。」

　　幽池倒是心平氣和：「你我從未介入過他的因果，現在沒有，日後也不會，自是不必擔心會有禍端。更何況——」

　　「更何況什麼？」

　　幽池抬了抬下巴，示意鹿靈身後那焚燒著妖怪屍山的熊熊大火：「火焰會將他目前的境遇傳遞而來。」

　　鹿靈遲疑地看向那大火，果然如幽池所說，火焰中逐漸有王煜的身影

凝結而出，她頃刻間明白，是幽池利用這大火來觀察著王煜的行徑。只要與幽池產生過肢體接觸，就會形成一種意識連接，幽池便可以循著對方的氣息，締結出對方正在經歷、與對方眼裡所看到的一切。

於是，鹿靈可以看到此時的王煜一襲錦衣，正站在布滿了牡丹花的高臺上，他手持那把凜冽的鎮妖劍，正在眾目睽睽下上演著一齣劍舞。

幽池瞇著眼，他從王煜的記憶閃現中，看到了花江國的富饒、百姓的安居，以及名震花江的滿花樓內的雍容富麗。

「他扮成了一位富商家的公子，挑準了時機，在這樓中來吸引他要等的人。」幽池眼中有一絲銀光跳起，那是他讀取王煜意識時的咒術。

鹿靈一驚，立刻指著那臺下坐著的女子說道：「她被許多侍女簇擁著，衣衫華貴，珠翠滿鬢，必定是王煜口中的蘭陽公主吧？」

幽池點點頭，隨鹿靈一同凝視著火中畫面。

只見那美人不過十七、八歲，額間朱砂如同玉石一般閃著熠熠光輝，她身著藕色華裙，面頰微豐，纖眉下鑲著一雙丹鳳眼，朱唇品著手中瓊漿，耳墜上的芍藥花搖搖晃晃，那容顏自是曼妙絕倫。

而且，她目不轉睛地盯著臺上舞劍的王煜，儼然是被王煜的美貌蠱惑，已中了計。

幽池與鹿靈靜默凝神，他二人目不轉睛地盯著王煜的一舉一動，想要看他到底如何利用這身在花江十日。此時的滿花樓內，的確是一派歌舞昇平、絲竹靡靡的紙醉金迷。比起無赦國的男尊皇權，花江國是女帝稱王，所以青樓裡舞女寥寥，反倒是舞男數不勝數。

今日的蘭陽剛剛加冕為儲君，帶著一眾侍女前來樓中尋個樂子，便是一眼就見到了持劍領舞的王煜。

他特意按照花江國的規矩束緊了腰身——

花江女子愛英姿，男子必要有寬肩、窄腰，多以明光甲製成的鑲金玉帶纏腰，裙裾剛好沒過小腿，藏在皂靴中的腳踝要足夠健碩有力，否則會無法撐起鹿皮皂靴的褶皺，看上去就不夠美觀。

而王煜不僅符合花江女子的偏愛，還是眾舞者之中，最為挺拔奪目的一個。

早先在無赦與花江兩國交涉之時，蘭陽就曾有幸目睹過七國之內第一

美男子王煜的尊容，那之後一直念念不忘，可多次派使者前去提親，都被傲慢的無赦國君與同樣傲慢的王煜駁回了。

以當年鶴立七國的無赦來說，當然是見不得花江這種女人掌權之國，更不會締結兩國姻緣。女帝倒是並未因無赦國的不識抬舉而動怒，反而是安慰蘭陽說：「王兒，你且再等上一等，風水是輪流轉的，那王煜總有一日會跪著來求你臨幸。」

也到底是應了女帝的預言，今時的王煜配合著樂曲，舞得極為賣力，實在是有搔首弄姿之嫌。可蘭陽瞥見周遭有其他妹妹也垂涎起王煜的美色──那些公主們都是陪她前來賞舞的，卻也個個打起了王煜的主意，還私下商議著該如何把他弄進宮裡。

世人皆知無赦國目前的慘境，蘭陽猜到王煜應是走投無路，才會屈尊來到花江，賣弄起自己的姿色──他的確只剩下那副皮囊了。

便是此時，王煜將外罩的羅紗薄衫褪下，驚起臺下一眾權貴的喝彩，他脖頸與胸膛間已布滿晶瑩剔透的汗珠，令蘭陽喉間燥熱，忍不住端起茶水一飲而盡，餘光再去瞥他，王煜塗抹著朱色胭脂的眼角點綴著金粉。

只一眼，便與蘭陽目光相撞。

他眼神毫不動搖，彰顯戾氣與野心，唇角揚起一絲淡然笑意，滲透出勢在必行的侵略意識，反而令蘭陽越發心神蕩漾、意亂情迷。直到蘭陽的妹妹若綺有所行動時，蘭陽才猛地站起身，弦樂也因公主的異樣而驟停，臺上的劍舞也停了下來。

不只是王煜，周遭所有視線都集中到了蘭陽的身上，她倉皇地看了看王煜，又覺臉頰發熱，飛快地低下頭，留給身邊侍女一句交代後，便匆匆地轉身出了滿花樓。

王煜盯著蘭陽的背影蹙起眉，侍女則走到他面前，恭敬道：「長公主有請七皇子門外相見。」

王煜心中最為黑暗的裂縫，露出了陰森的笑容與利齒，如他所料，她果然認出了他。

當天夜裡，忽來滂沱大雨，蘭陽的馬車停在儲君東宮外，赤金色的車簾被暴雨打得風中凌亂，而宮中的琉璃燈也被狂風搖得燭滅光暗。雨水順著紅磚瓦簷直流而下，守夜的侍女站在一扇扇窗前，但凡風一吹開窗子，

她們就要將其關緊，不敢有絲毫怠慢。

唯獨儲君的寢宮內一片氤氳之色。

燭光暈黃，紗幔絳紫，嫋嫋香霧縈繞室內，蘭陽的手指順著細膩如瓷的肌膚一路蔓延到他的臉頰、鼻尖、眉眼……

她指尖的柔情蜜意，竟也令這暴虐的雨夜染上了一抹迷醉之情。

王煜的眼睫微微一動，雙眼緩緩睜開。

蘭陽輕呼一聲，歉意道：「吵醒你啦？」

他眼神迷離地轉頭看向她，聲音有些喑啞：「我剛才做了一個夢。」

她立刻湊近他，輕問著：「什麼夢？」

他抬手捏了捏眉心，似又嘆息道：「我夢見我父皇重病在榻，兄長、弟弟們在商議著，該如何殺了他才不會被群臣發現，而宮外的妖魔鬼怪，在窺視著皇宮外的最後一道結界，是父皇身邊的長寅道長設下的符咒牆，一旦父皇死，牆便塌，妖怪衝進宮中，撕碎了我的兄弟們……」

他的聲音在空曠的寢宮裡顯得極盡縹緲空靈，令蘭陽逐漸露出了疼惜的神色。她趴在他胸膛上，抬手撫著他臉頰，終於道出：「倘若那夢裡的一切是你擔心會發生的，那麼，現在的我能為你做些什麼呢？」

王煜的眼神猛地一點，他沒有想到計畫會進展的這般順利──順利到過了頭。也許，根本就用不上十日。

王煜按捺住內心的雀躍，竟是欲擒故縱地推拒道：「我來花江國見你，並不是為了你的權勢，你不要小看我。」

蘭陽以為他不高興了，趕忙哄道：「我怎麼會小看你呢？無赦國變成這樣，誰也沒有料到，我很心疼你的處境，只要能幫上你，我什麼都願意做的，我是真心的！」

王煜順勢直起身來，凝視著她的眼睛發問：「為我違抗女帝，你也願意做？」

蘭陽一聽這話，卻也沒有猶豫，只道：「陛下最為疼愛我，只要我提的要求，她都會同意，自然不會存在違抗。」

王煜沉了沉眼，道：「她不可能會願意幫襯無赦國的，你我兩國最為鄰近，兵力與財力不相上下，如今無赦國慘遭妖魔攻陷，花江國居高不下，又怎會犧牲自己國家的兵力來援助我們呢？」

蘭陽道：「就算不去稟奏陛下，我身為儲君也手握部分兵權，我可以助你。」

王煜抬眼看她，似有懷疑：「蘭陽，你當真願意把兵印交給我？」

蘭陽嫣然一笑，指尖觸碰王煜眉梢，早就像是鬼迷心竅了一般：「待到明日夜裡，你隨我從花江國的密道前往陛下書房，那裡掌管儲君與眾將領的兵印，你想取走誰的都可以。」

窗外一道閃電劃過，悶雷乍響，王煜伏身頷首，極具感激地說道：「蘭陽公主的恩惠，我王煜沒齒難忘。今日便在此立誓，此後無論福禍疾病，王煜都將聽從蘭陽公主差遣，今生今世，絕無二心。」

蘭陽臉上溢出喜悅，她重新伸出手臂，去環抱面前的王煜，主動的親吻灑落滿心愛意，卻不曾看到王煜眼裡的涼薄寒意。

他此刻的逢場作戲，不過是在等雨停，在等明夜，在等拿到兵印的那一刻。

火焰如怒，熊熊燃燒。

肆虐的烈火之中，鹿靈透過意識連接的景象，看到了王煜眼中的狠戾。她因此背脊發涼，忍不住拉住身旁幽池的手臂，不安地問道：「我總覺得這個皇子很危險，幽池，他該不會打算傷害那位公主吧？」

幽池像是早已看穿了王煜的心思，他嘆道：「怕是比傷害還要殘忍數倍，他的計謀早在踏入花江國的那一刻就開始運籌了。」

鹿靈有些急迫地說道：「既然如此，我們總歸不能見死不救啊！」

幽池沉下眼，漠然地凝視著屍山中被燒成黑炭的骨頭碎渣掉落到自己腳邊，他說：「我說過的，他有他的因果，旁人不可介入。」

而轉眼便是隔日，花江國的暴雨依然滂沱，烏雲壓頂，雷聲滾滾，已然分不清白晝與夜晚的界限。

酉時一刻，王煜按照蘭陽告知自己的密道入口，進了花江國的皇宮。

他們曾約定過——酉時初，蘭陽將親自前往女帝的書房，將女帝支走，再打開書房的密室，取出所有兵印，而王煜將會在戌時趕至，從中挑選兵印帶走。只要兵印在手，眾兵就會聽從吩咐，即便有所懷疑，蘭陽也會從中幫襯，助王煜降伏眾將。

可她沒有料到的是，王煜提前了時間，他隻身一人出現在書房時，蘭

陽還未來得及支走女帝，而女帝也與王煜撞見。她立刻要呼喊守在門外的侍衛，誰知王煜手中的斬仙劍直指她脖頸，冰冷的劍刃抬起她下巴。

女帝瞬間便認出他來，餘光瞥向蘭陽，見女兒愧疚地別開臉去，女帝倒也明白她是被美色蠱了心，無奈地看向王煜，嘆道：「無赦的七皇子，你理應知道，區區一把鐵劍是要不了寡人性命的，七國君主從登基那刻起，都已位列仙門，唯有失道才可死亡。」

王煜的聲音冷酷無情：「陛下，七國君主的確皆為仙門，可我手中的這把劍是無赦國的斬仙劍，陛下想要試試刀刃是否鋒利嗎？」

女帝聞言，神色驟變。

恰逢此時，門外有聞聲趕至的皇子公主，見此情景，他們要去喊侍衛，女帝卻制止了他們，生怕他們的行為會激怒王煜。

「你想要什麼？」女帝試圖勸慰王煜，「寡人能幫的，都會幫，你把劍放下，不要輕舉妄動。」

手持斬仙劍的王煜，早已不將女帝放在眼裡了，他無非是想要利用蘭陽得知密道所在，目的已然達成，女帝的存在自是礙眼。

他只道：「陛下的遺願是什麼？我理當替你實現。」

女帝知曉王煜是有備而來，她的表情逐漸倉皇，哪怕不願面對自己氣數已盡的事實，卻還是打算垂死掙扎道：「寡人不想死在子女們的面前……至少帶寡人從他們身邊離開……」

話音未落，王煜轉手幾劍揮出，刀刃迅猛地割破了那幾位皇子公主的喉嚨，他們甚至連慘叫聲都沒有發出，便倒在了血泊之中。

王煜笑笑，逼近女帝一些，一腳將她踹倒在地，高舉手中斬仙劍，表情陰冷：「他們死了的話，就不算是在他們面前殺了陛下吧？」女帝惶恐地望著那張扭曲如鬼的臉孔，她逃避不及，只感到一劍刺下。

血液飛濺，噴灑在王煜的臉上，他抽出劍刃，轉頭看向蘭陽，她瑟瑟發抖地向後退縮，淚流滿面地同時顫聲說著：「你……你騙了我……你……你在騙我……」

王煜厭惡地從她身邊經過，轉手打開密室的機關。

待他取出裝滿兵印的匣子後，看到蘭陽伏在女帝和手足的屍體旁哀哭不斷，王煜聽得煩，走到蘭陽身旁踢了她一腳，在蘭陽仰頭看他的時候，

他將衣衫裡的一瓶毒酒扔給她。

「若你不想活，就喝了它；可若你不想死，便等我處理完要事後，隨我回去無赦國。」他嘴角上揚的笑意充滿輕蔑，「反正，就算是做我的奴隸，你也是求之不得的。」

想來那夜發生在花江國的事，在史冊上也沒有過多的記載，實在是因為無人敢書寫血淚，畢竟吞併了花江國的無赦國，一直掌控著兩國權朝長達七十餘年，自然不會有人敢挑戰以血腥、白骨鑄成大錯的暴君。

唯有僥倖存活下來的花江子民，不敢遺忘那夜的恐懼。事實上，百姓們只是看到皇宮最先火光燭天，再然後，便是無數官兵開始屠殺子民，掛帥的是秦將軍，他本是花江國內最得民心的一位，可他已經倒戈無赦國，並放話「降伏者不殺」。

但老弱婦孺終究是難逃一死，強壯的青年倒是被拉走充軍，超過十五、不滿二十五的年輕女子都被擄走。留下的都是些樣貌俊俏的，肥胖矮瘦的統統被血染屠刀，以至於半個時辰光景，皇城內外均是屍橫遍地。

而王煜攜著他的斬仙劍，早已是一路浴血殺出皇宮，他手中握有兵印，許多軟弱的將領選擇臣服。反正女帝已死，皇族大亂，王煜不霸占花江誓不甘休，眾兵懼怕他手中的斬仙劍，自然傾向歸順活命。

唯有宰相府誓死不從，十幾口都是烈性子，痛斥王煜傷天害理，又訓罵趨炎附勢的花江將領，隨後對著皇宮方向叩拜死去的女帝，接著閉門放火，全家服毒殉國。

王煜倒是可惜了宰相府那些上好的瑪瑙玉翠，便派出歸順的五百士兵做死士，要他們去宰相府的火海裡，搶出值錢的珍品。誰能找出傳說中宰相府內的金珠鳳，他就把蘭陽長公主賞賜給他做妻子。

在權欲、美色的面前，向來老實的底層士兵們，也會迸發出黑暗的私欲，他們甚至感激王煜給予此前從未有過可以展露自身能力的機會，也願意為這個新主人赴湯蹈火。

哪怕半數死士都要葬身火海，可捧回不少金銀珠寶的士兵，坐地就被王煜官升三級。遺憾的是金珠鳳無人尋到，倒是有個士兵拽出了宰相被焚乾的屍首，王煜就把宰相的頭顱割下，並掛城示眾。

所剩不多的百姓們，見到一國宰相都已亡了，更是六神無主，紛紛歸

順，但求不殺。於是，不過是一夜光景，王煜就吞併了花江國，將壯丁、美女都納入麾下，分出兩隊，男女各站，約莫五百餘人。且馬車拉走了花江國百箱玉器、金銀與綾羅，將領、臣子與士兵更是數以萬計。

待到雨停，天晴。

王煜騎馬走在隊伍的最前頭，他的錦衣已經染滿了血，靛青變成赤紅，一路滴落血珠。

長風吹來，吹散滿街腥臭的腐骨之氣。

蘭陽同樣是滿身的血汗，她坐在一旁將領牽引的馬上，雙目呆滯，髮絲凌亂，已然沒有了身為長公主的傲氣。

負責押送俘虜的士兵，將手中長鞭揮打在同胞身上，呵斥他們加快行走的速度。而站在男俘列隊中的一名少年，抬起沾染泥濘的臉龐，望著王煜的背影，眼裡滲透出冷漠的恨意。王煜卻沒有察覺到「她」的注視，更沒有發現這個女扮男裝的「少年」，混進了隨他回往無赦國的隊伍中。

同一時刻，無赦國長街上的屍山，已被大火燃燒殆盡。清晨的霞光灑照在布滿骨灰的地面，幽池彎下腰，將其中一顆元神撿拾起來，喃聲念著：「看來燒掉的妖怪裡，只有極少是千年道行的，連元神都不多見……」

鹿靈也把撿到的一顆遞給幽池：「喏！給你，我的這顆要比你的那顆大一些。」

幽池接過元神，將兩顆都揣了起來。

鹿靈困惑地問：「你留著這些做什麼？」

「元神聚多，便可用作打磨斬仙劍，王煜窺視的金珠鳳，便是以元神打造出的物品，他企圖讓自己的斬仙劍更為鋒利。」

提起王煜，鹿靈又忍不住打了個寒噤，直說：「那個皇子太過心狠手辣，屠殺了花江所有皇族，好在他還算有良心，留下了蘭陽一命。」而說到俘虜，鹿靈恍然間想起最後從火焰裡看到的畫面，「那個女扮男裝的少年，不！是姑娘，她看王煜的眼神，像是恨不得將他碎屍萬段，你說……她會不會是王煜的因果呢？」

幽池抬起眼，看向從天際升起的朝陽，他沉聲道：「我們很快就會知道答案了。」

畢竟，王煜的隊伍就要抵達無赦國了。

可一旦從花江國進入無赦國，境遇便顯現出了天壤之別。

由於妖魔橫行，無赦國邊境已是一片斷壁殘垣，加上此時又是夜晚，漆黑的天幕星辰寥寥，周遭屍身堆砌、白骨成山，自是陰森可怖，連馬兒都懼怕地放慢了速度。

長途跋涉的俘虜隊伍，顯然已經筋疲力盡，其間有不少女眷倒下，任憑士兵如何揮舞皮鞭抽打，她們也難以起身。

最前方的王煜倒是面無表情，他漠然地抬頭，仰望烏雲後頭的殘月，終於下令道：「今夜在此整頓，生火！」

眾將紛紛鬆了口氣，翻身下馬，開始安排部署。

妖怪和野獸相似，怕火，簇簇篝火燃起，倒是可以驅趕徘徊在附近的小妖。

士兵們搬出箱子裡的乾糧、食物，架在火上烹煮，俘虜們站在一旁直嚥口水。坐在岩石上的王煜手握水囊，他打量著那群俘虜，低聲吩咐士兵：「把食物分給他們，免得還沒回去無赦，就統統餓死了。」

士兵們得令照做，將乾糧和水囊分給俘虜。

所有人都是千恩萬謝，唯獨一名少年神色無異，她平靜地接過乾糧，沒有同旁人一樣狼吞虎嚥，反而是眼有嫌惡。

便是這副異樣，被王煜看在了眼裡，他撕掉一塊餅乾，放進嘴裡緩緩咀嚼，眼睛卻沒有從她身上移開。

她也抬起頭，回應王煜的視線，二人目光相撞，王煜率先從她的眼裡看到了顯露的殺機。不過是個十六、七歲的少年……

王煜不禁蹙了眉，心中猛然間升騰起一個念頭：理應殺了她，現在，馬上。

強烈的直覺，令王煜覺得她的存在十分危險，為何在清點俘虜時，沒有發現這號人物的存在？不該把她帶到無赦國的土地上……如果不立刻取她首級，留下來只會後患無窮。

就在王煜起身準備拔劍的那一刻，樹林裡忽然發出簌簌響聲。他循聲望去，只見幾名正圍著篝火的將領身後有風吹草動，不等王煜喊話，樹林裡就衝出了一隻猛獸，嘶吼著張開血盆大口，活生生地咬掉了其中一名將

領的頭顱。

　　士兵們措手不及，瞬間慌亂，王煜驚恐地看著那野獸肆虐地屠殺俘虜列隊，困惑道：「不可能，猛獸怕火，就算是妖──」

　　他即刻收聲，只因那猛獸直起身形，竟是長著兩顆頭的獅虎妖，一顆頭是雄獅，另一顆頭是惡虎，每每對篝火發出攻擊時，只需一顆頭睜開眼睛，另一顆則閉眼避火，這才能無畏滿林篝火的赤焰。

　　狡猾的妖物……

　　王煜憤恨地咬緊牙關，揮舞手中斬仙劍飛速衝出，結果卻被一道身影擋住去路，他一怔，發覺面前的瘦小身軀竟是那少年。

　　少年直面獅虎妖，一拳向其胸口揮了過去，王煜覺她不自量力，大喊她蠢貨，可卻聽見了清脆的骨頭斷裂聲，獅虎妖弓起身子，痛苦地彎下腰。

　　王煜愕然地怔住了。

　　其實，在這之前，獅虎妖身旁的將領與士兵都試圖持劍攻擊，可他們根本無法近身，因為獅虎妖速度太快，利爪又凶殘，一掌飛出，數名士兵就丟了性命。然而那少年的招式卻顯得遊刃有餘，甚至於在面對獅虎妖跪地之時，她只是輕挑起嘴角，露出了彰顯俏皮的笑容。

　　待到那獅虎妖好不容易咆哮著爬起身，少年快如閃電一般衝過去，一躍起身，迴旋踢到獅虎妖顴骨上。那獅虎妖明明高壯如塔，竟因這一腳而坍塌般地轟然倒下，那一顆雄獅頭顱立刻裂出了縫隙，綠色膿血滲出，少年直接踩了上去，拔出腰間短刀，不由分說地插進了另一顆惡虎頭顱的眼球中。

　　慘絕的哀嚎聲響徹山林，驚起群鴉無數。獅虎妖掙扎著慘叫，想要逃竄，卻因胸膛的傷勢再難起身。

　　少年抓起那幾乎等同於她身體般大小的獅虎妖臂膀，轉手一折，「唦嚓」一聲，毛爪斷裂，再一刀割下，扔出去飛旋後掉落，驚得士兵們滿目恐懼。

　　王煜被這場面震懾得背脊發涼，他不是沒有親眼見過血海與煉獄，而是那少年只憑一把短刀，再加上赤手空拳，就將一匹巨大的獅虎妖屠戮至死。

對，是屠戮……已經不是迎戰。

周遭靜極了，誰人也不敢發出聲音。

沉寂持續了片刻之後，獅虎妖瀕臨死亡的呻吟聲劃破夜幕，再接下來，妖獸便重重倒地，死了。

而少年的手臂則是從那獅虎妖的胸腔裡用力掏拽，將一坨血肉扯了出來，王煜看到那大如石塊的血肉，被她環抱在懷裡，甚至還在怦怦地跳動。

是獅虎妖的心臟，她……挖了妖獸的心。

有士兵受不了這血腥的場面，轉頭狂吐不止。

那少年卻面無表情地走向王煜，有將領沉聲提醒：「主公，小心這厲鬼！」

是啊！能殘忍地殺了獅虎妖的人，當真是形同厲鬼了。可她卻願意在王煜的面前跪下，並雙手托起那顆心臟，呈給她的主人。

王煜的額角有冷汗流落，他的確懼怕她，可又不想被她識破，便強裝鎮定地探出手去，越過那顆妖獸的心臟，輕拍了拍她的頭。

她似有一怔，緩緩抬起眼睛，滿臉血汗之中，唯有雙眼明如皎月。

「你救駕有功。」王煜拚命克制自己顫抖的聲音，試圖在她的面前保全上位者的姿態，但，他又要巧妙地將她拉攏到自己麾下，便解開自己繫在腰帶上的玉佩，賞賜給她，並問：「叫什麼名字？」

她沉默著，王煜以為這等野蠻之人並不會說話，剛要再問，她終於遲遲地回道：「琬珠。」

倒像是個女子的名字。

但王煜並未因此去質疑她的性別，他當真以為她是個身手非凡的少年，既得罪不起的話，不如趁此良機馴服留用。

於是，他同眾人令道：「今夜多虧琬珠，我等才能保全性命，為表謝意，我即刻封其為護國將軍左使，此後可護無赦國社稷！」

眾將領與士兵紛紛面面相覷，他們尚且猜不透王煜為何會這般痛快地冊封一個比厲鬼還要恐怖的少年。更何況，對方只是個孩子，看上去還沒有十八歲。但他們又不敢違背王煜的意圖，因為擁有了那少年的歸順，王煜等同於手握狠戾武器。

也許無赦國很快就將無人可敵。

眾將們開始諂媚王煜洪恩，已然將他當成了無赦國的新主，哪怕老皇帝還在苟延殘喘。

而琓珠只是默默地凝視著王煜臉上顯露的野心。這一刻，她覺得這個男子很蠢，竟不需要她費吹灰之力，就能輕易地獲得官爵。當真如同朱辭所說那般，她的計畫將會非常順利。

琓珠垂下眼，佯裝感激地接受了王煜的賞賜。

她已經開始期待他日後國破家亡、滿盤皆輸的下場了。思及此，琓珠的朱唇邊，便揚起了一絲陰冷的笑意。

## 第三章 蠱之毒

無赦國嘉義十三年，七皇子王煜吞併鄰國花江，攜七十六名將領、文臣與三百萬士兵及俘虜若干回境，逼迫老皇帝退位，斬殺十三名不願歸順的手足姊妹。由於萬妖塔破損而導致群妖遍地，實乃老皇帝失道，以此為由，自是罪狀。

可退位即等同於退出仙門，從按下血印的那一刻，便是老皇帝撒手人寰之時，故無赦群臣反對此提案，他們認為老皇帝罪不該死，而遺老陣容對老皇帝的維護，致使王煜登基不利。

緊接著，在血洗皇宮三日後，王煜母妃被群臣脅迫前來求情。可宮外民心浩蕩，百姓們都以為是七皇子為民殺妖，故而推崇新帝繼位。

最終，王煜與反對臣子在僵持多日後，終於決定各退一步——軟禁老皇帝三個月，且這段時間內，王煜必須肅清前朝留下餘孽、腐敗黨羽，並娶帶回無赦國的花江國長公主蘭陽為后，否則世人將會咒罵王煜無情無義，無赦國以德立於七國，絕不可汙了名號。

王煜同意了群臣的要求，為期九十天的無赦國肅清行動便拉開了序幕，史稱「水夏政變」，而負責此次政變的人，便是左使陳琬珠。

眾人尚且不懂王煜為何會如此信任這位原本是異國俘虜的左使，但她的確勤勤懇懇、忠貞不二地為王煜執行所有的屠殺之令，殺人、放火、抄家、逼宮、清理前朝腐敗官吏……

陳琬珠的心狠手辣，在短短幾日間，便令作奸犯科的臣子聞風喪膽。且最為狠戾的是，她利用「咬」字這一功力，將不肯就範的官吏家眷軟禁到一處，再將孩童餓上三日，哀哭聲令家眷們咬出了無數相護的官吏，而官吏們為了保全自己，爭前恐後地將貪下的民脂民膏交還朝廷，到最後還是淪落成砍頭示眾的下場。

不足二十日，朝廷已被肅清得乾乾淨淨。

又過二十日，王煜將年號改成了臨翊，其心可見。

到了第六十天，曾經反對的臣子也紛紛倒戈，實乃民意難為。

王煜雖是暴虐，可降妖有功，城中妖魔越發減少，子民擁護王煜，得民心者得天下，無人再敢與之抗衡。而幽池時常出沒茶館酒肆，也總會聽

到讚美王煜的聲音。

可是，街角上明明還堆積著餓殍屍首，也有小妖仍舊肆虐橫行，百姓們卻選擇視而不見，蒙上眼睛、摀住耳朵，無怨無悔地去相信王煜將會改朝換代、拯救無赦。

「幽池，你已經拒絕與王煜……」鹿靈怕被周遭客官聽見，立即改口說：「是你的臨翊兄，你拒絕了他提出的見面已有三次，若再不肯，他記恨於你可該怎麼辦？」

幽池搖晃著杯盞中的清茶，漠然道：「你放心吧！他還會再來找我的。」

鹿靈微微嘆息，只覺得自己與幽池被王煜困在了無赦國。

想來他已經從花江歸來六十餘日，倒是遵守約定，賞賜給了幽池宅邸、田地與金銀，甚至連侍女與小廝也安排了若干。然而，卻是不准幽池和鹿靈離開無赦國一步，哪怕是他二人走到城門附近，都會被侍衛阻攔，只因牆壁上四處貼著幽池與鹿靈的畫像，雖未寫明緣由，可上頭那「禁離城」三個大字，倒也足以限制他們的行動。

「真不知道他葫蘆裡賣的是什麼藥。」鹿靈憤憤不平地咬下竹籤上的糯米丸子，「這還沒有登基稱帝呢！就已經控制起我們的自由來了，要是日後真被他掌控了無赦國，你我的處境豈不是會很危險？」

幽池抬眼看她：「何來危險之說？」

鹿靈神祕兮兮地湊近幽池耳邊，小聲嘀咕道：「咱們兩個可是替他降魔除妖的，他肯定不想這事被旁人知道，若以此來威脅咱們的性命該如何是好？」

幽池沉默了片刻，喝下一口茶，忽然掐指一算，瞇眼道：「有因便有果，天事萬物，相生相剋。」

鹿靈困惑地皺起眉。

已然恢復了些許七情的幽池，倒也學會了微笑的能力，他淡然笑說：「順之，相生；逆之，則相剋。」

鹿靈有些惱火了：「什麼奇怪的大道理，我聽不懂。」

幽池長嘆一聲：「慕強是凡人的天性，臨翊兄在成仙之前，必要經歷劫難，從而來決定是順從天性，還是逆天而行。」

「你怎麼說得好像之前就與他相識一般？」

幽池搖搖頭：「也許與他相識的人並不是我，但是，唯有他歷經劫難後，我才能得到我的答案。」

正如幽池所言，王煜的確是要渡劫的。

這個劫是權，是欲，是美色，是大業，也是對強者的戀慕。

就像陳琬珠之於他，是一種非常微妙的情愫。

他自認是極為欣賞她的，無論是她為他做事的手段，還是獨自在他府上練習劍術時的狠絕，都能引出他滿眼喜悅。王煜心覺她是他的同類，也打從心底裡認可她的強大。

這一主一僕在朝廷、皇宮內，都是形影不離的。

王煜竟被她出色的女扮男裝騙得團團轉，始終以為她是個外表羸弱、出手狠辣的少年郎，自打封了左使後，又賞了她家宅，還親自教會她自己的招式——行雲流風。

當時在場的，還有日後會成為皇后的蘭陽公主，以及對王煜向來忠誠的十一皇子，還有一位來自花江的黃將軍。

說來也是風雅，那日是王煜想要賞楓，十一皇子作陪，婢女們在王煜的府裡備了佳餚珍釀，又有舞姬揮灑水袖。

蘭陽坐在王煜身旁的位置，她一雙眼睛只管追著他跑，比起亡國的奴隸，更像是順從的姜室。

風裡攜滿紫藤香，女奴們斟酒，樂者們撫琴，十一皇子忽然說了句：「七哥，你不是說花江國的劍舞最好看嗎？臣弟還從沒看過呢。」

王煜知道十一弟沒有惡意，他向來喜愛風月，自然是滿心好奇。

可「劍舞」二字一出，蘭陽就顫抖著雙手，灑落了酒水，她臉色慘白，嘴唇發抖，只因她當日被王煜一曲劍舞迷了心竅，才造成花江亡國。王煜卻早已忘掉了那段往事一般，沉聲笑笑，轉而看向次座的琬珠，喊她一聲：「會跳劍舞嗎？」

琬珠抬起頭來，眼神略有迷茫。

王煜立刻說道：「你是花江的男子，劍舞都該是刻在骨子裡的。去，帶著那群舞姬，給我皇弟跳一支劍舞。」

身著黑衣的琬珠恭順地點了點頭，黑髮束起，綁著紅玉。她默然起

身，腰間金帶飾以珠翠，一雙鑲著金邊的皂靴格外華貴。蘭陽瞥去一眼，看到她左手食指上戴著的是王煜的玉指環，竟有些隱隱醋意。蘭陽心中哀怨著，王煜可從未賞過自己任何他的貼身之物。

彼時，琬珠已經站在舞姬中央，她抽出腰間長劍，旋出招式，再配合舞姬四肢上金鈴發出的叮鈴、叮鈴——劍風破空，驚起落花，招招狠戾，又有嫵媚，她眼神裡有冷漠與炙熱，望向王煜的瞬間，令他下意識地站起身來。

蘭陽困惑地去看王煜，十一皇子也眼有愕然。只見王煜拂開下擺裙裾，踏過面前桌案，匆匆走向了臺上的琬珠。琬珠並沒有躲閃，也沒有遲疑，她一劍向著王煜刺出，他躲閃之際，她身體旋轉半圈，正好背靠在王煜胸膛。

王煜順勢將她手腕反扣在背，又抬起她左手握著的劍柄。琬珠一怔，猛地右手換劍，王煜則按住她臂膀，幾招下來，琬珠被逼到絕處，不得不轉身面向於他，便是這時，她手中的劍刃抵在了王煜脖頸處。

二人姿勢曖昧，呼吸可聞，王煜的手還按在她腰上，用力收攬，她的劍便更近他一寸。

王煜凝視著她的眼睛，低聲告訴她：「這招叫做行雲流風。」

琬珠微微蹙眉，重複著反問：「行雲流風？」

「只有這招能令我失掉我的斬仙劍，屆時，你也只有這一次機會可以取我頭顱。」王煜笑了一聲，「這是能夠殺死我的唯一方式。」

十一皇子在後頭聽到了這對話的內容，猛地起身喊道：「七哥！你醉了！」

可王煜身上並無濃重的酒意，琬珠也不懂他為何要信任自己至此。

「你遲疑了。」王煜望著她的臉，似在細細端詳，忽而笑她，腔調是流裡流氣的：「原來殺人如麻的你，也會心存柔情嗎？」

琬珠垂下眼去，並鬆開了手裡的劍。

「叮——」

劍落在地，舞姬去拾。

可劍身鋒利，劃破了舞姬纖手，琬珠聽見呼痛，立刻轉頭。

王煜則握著她手腕不放，強迫她哪也去不得。

「怎可對無關緊要的旁人溫柔？」王煜嘆道，「連妖獸的心臟都可活掏，對待人，又如何能這般仁慈？」

琓珠的嘴唇動了動，像是在問：仁慈？她？

殺了那麼多人的她，怎配與仁慈相提並論呢？

「人心，比妖怪、惡鬼的心，都要殘忍可怕。」王煜瞧出她眼中動搖，似有憐惜地放開了她的手，最後提點一句，「生死存亡之際，只要能活，對於敵人，就絕不能手下留情。」

琓珠終於反問他：「哪怕我的敵人是你？」

王煜卻露出寬慰的笑容，輕輕地點了點頭：「哪怕是我。」

琓珠心中溢起一絲異樣情緒，既不是厭惡，也非動容。

反而像是抵觸。

他越是這樣靠近她、接納她，甚至於是包容她，她就越發困頓。

朱辭不曾告訴過她，會是這樣的發展……

對，朱辭。

琓珠因這名字而情不自禁地蹙起了眉。

他的叮囑如同是咒語，日夜在她耳邊響起，經久不息。

「殺了王煜，搶回花江國的王印，至於玉石……隨你處置。」

思及此，琓珠知道自己必須儘快完成她的任務。

於是，她重新抬眼看向王煜，暗示般地對他說道：「皇子，還有十日便是約定的期限。」

王煜瞇了瞇眼，他知道她是在說水夏政變的結束時間。

琓珠繼續道：「到了當日，所有的肅清都會結束，自然也應該是你的登基之時。」

王煜略微垂下眼，他想到老皇帝如今還被「軟禁」在舊臣們認為安全的宮殿裡……

「如果皇子不想弒父，就交給我這個左使吧。」琓珠像是十分雀躍似的，竟露出了極為俏麗的笑意。王煜並沒出聲，只是靜默地看著她。

琓珠輕聲問道：「頭、心、手、腿，皇子想要我把陛下的哪一部分帶到你面前呢？」

對於王煜這種從小就生長在爾虞我詐之中的皇室子弟，根本沒有感

受過任何與父母二字有關的情誼，自然也不會對身為父皇的老皇帝有任何留戀。

他更擔心的，是面前這個少年的安危。便下意識地抬起手，輕撫了她面頰，嘆道：「只要你平安回來就好。」

琬珠怔了怔，唇邊笑意便顯得不太自然，王煜在這時被後方的十一皇子催著回去位置，落座之時，琬珠聽到十一皇子提了句：「待到政變之後，七哥是要與七嫂成婚了吧？」

登基之時，自然也是大婚之日。

王煜面無表情地頷首，他許給蘭陽皇后之位，無非是要完成群臣們的要求。且他忍不住看向前方的琬珠，她正在擦拭手中長劍。

「可惜了。」他無端說出這樣一句。

十一皇子問道：「七哥可惜什麼？」

王煜搖頭，自己也覺得可笑：「罷了，都是些糊塗心思。」

唯獨蘭陽敏感地察覺到了王煜的意圖，她緊抿嘴唇，怨恨地瞪向琬珠，又轉頭去看黃將軍。黃將軍對她使了個微妙的眼色，蘭陽只好低回了頭。

那之後的事，對於王煜來說，便如做夢一般。

琬珠為他取下了老皇帝的首級，也帶來了餘下的反對臣子的心臟。

她又脅迫朝中最有威望的權相，為王煜與蘭陽主婚，因為她知道，一旦權相做了這事，便是認可了王煜，再加上民心，剩下的便是等待約定期限來臨，王煜自可順理成章地登基稱帝。

想來那些被王煜搶來的花江財寶，理應算作是蘭陽的嫁妝，多到足以堆滿整個無赦國的皇宮。宮中的反對聲音也逐漸消逝，眾臣看向王煜的眼神裡，也漸漸有了討好的意味。

大婚當天，無赦舉國歡宴。

由於妖怪也被剷除乾淨，百姓們重見天日，自然感激王煜的照拂，他們寫下了無數感激的話語，覆在紙鳶上，飛滿了天，那場景格外壯觀。

皇宮內紅妝十里，宮牆外紙鳶遮空。

王煜的婚宴風風光光，眾臣們伏跪成片，恭祝這位即將成為帝王的皇子，與其妻情深愛篤，結下生生世世之緣。

當天夜裡，賓客滿席，皇子府中一片歡聲笑語，幽池與鹿靈也身在其中，他二人受到宴請，且是坐在貴客席間。王煜還將幽池介紹與眾臣相識，講他們是如何一見如故、成為知交，又道西北地方虎狼盤踞，王煜有意加封幽池，並派出為他應戰。

鹿靈聽見這話，登時站起身來想要阻止，卻被琓珠按住肩膀，硬生生地將她按回了座位。

幽池對鹿靈搖搖頭，示意不要輕舉妄動。鹿靈心有不服，轉頭看向琓珠，她一臉淡漠，卻眼含殺意，彷彿隨時都可以為王煜殺掉叛逆之人。

無論對方是誰。

最後，幽池暫且應下了王煜的提議，待到眾臣散盡時，幽池才神神祕祕地湊近王煜耳邊，悄聲說道：「皇子可知因果輪迴？」

王煜眉頭一皺，似無興趣，卻也需要繼續利用幽池的降魔能力，便耐著性子聽他說下去。

「道家有云：三世因果，六道輪迴，皆有來路。」幽池的視線落在對面的琓珠身上，她正面無表情地聽著鹿靈說個不停，王煜也循著幽池望去，眉頭皺得更深一些。

「什麼因果？什麼輪迴？不過都是些痴人的胡話罷了。」王煜語調輕蔑，他雖親眼見過妖怪，卻從不信神魔。在他心中，只有他才是自己的神，是自己的魔。

幽池嘆道：「若劫數有來路，也是因三生因果而起，皇子理應要警惕變數。而這些變數的出現──」他抬起下巴，示意琓珠，「自然都是有著預兆的。」

王煜沉了沉眼，全然不將幽池的提醒放在心上，幽池輕嗅了嗅他身上的氣息，不得不提點道：「皇子身上的氣韻變了，許是沾染了異物，不可再深陷，否則會傷及自身命脈，禍連國家。」

王煜面有不耐，不想再聽他多嘴，便吩咐侍從道：「來人，送幽池公子與鹿靈姑娘離府。」

幽池知曉多說無益，合拳告別王煜後，便隨侍從與鹿靈一同離開了。

當天夜裡，王煜並未去蘭陽的房。

紅燭徹夜燃，皇妃孤寂眠。

王煜在書房裡寫廢了很多張字，都練不出滿意的歌賦。抬眼望向窗外，夜幕深沉，距離天亮還極遠。他卻坐立不安似的，躊躇許久後，終於起身出了書房，繞過假山與庭院，找去了琬珠的房門。

　　作為七皇子的愛將，琬珠在這府內也有著落腳處，不僅如此，王煜連通房丫鬟都賞賜給她好幾個。可據旁人觀察，琬珠似對女色了無興致，便有人傳言她喜好男子。

　　想來一個俊俏的少年郎，自個兒本身長得就像個姑娘，就算陰柔一些喜歡男色，王煜也覺得沒什麼稀奇。只不過他卻做不到挑出漂亮的男子送給她，每每想到此事，他都會心痛如絞。

　　且今夜又是他的大婚之夜，本該要與皇妃同榻而眠的，偏生王煜卻總是心神不寧，站在琬珠的門前又不敢敲門，只能盯著她房內的微弱燭光徘徊踱步。

　　直到房內傳來一聲：「皇子，請進吧！」

　　王煜這才僵住身形，竟有些手足無措，在她又催促一聲後，他才推門進房。

　　已近亥時。

　　琬珠正坐在燭火下打理自己的盔甲，她知曉王煜登基前夕還有一場需要血洗逆臣的惡戰，自是不敢有絲毫怠慢。

　　而見她這樣冷靜自若，王煜反而怒上心頭，負手走到她面前，低頭看她：「這麼晚了，怎還不睡？」

　　琬珠並未抬頭看他，心平氣和地回道：「皇子不也沒睡？」繼而又道，「這般時刻，皇子獨自前來，皇妃豈不是要寂寞空枕？」

　　她說這話的時候，眼睫垂落，在玉瓷般光潔的臉頰上，打照出一層鬼魅的光影，令王煜情難自禁地探出手去，捏起她的下巴，強迫她仰起頭來。

　　「好一張漂亮的臉孔啊！可惜了那些願被你寵幸的丫鬟，竟沒一個能入得了你的眼。」他傾身過來，高挺的鼻梁頂在她耳畔，「可這麼多的漫漫長夜，你獨守夜色，都是如何度過的呢？」

　　琬珠無視他眼中的熱烈，略一轉頭，示意他看向自己的桌案道：「自然是為皇子熟讀輿圖、排兵布陣了。」

王煜隨她望去，見桌案上鋪陳著數尺長的輿圖，走近一看，竟是七國圖譜，琬珠已經在上頭畫出了赤紅印記，每一處都是要占領與吞併的領地。王煜眼中逐漸流露出動容之色，他覺察到琬珠對自己的確是耿耿忠心，又感受到她走到了自己身邊，不過是臂膀相碰，灼熱的溫度便要將他的心燒傷。

王煜頭皮一麻，拚命按捺住內心躁動，琬珠還在同他侃侃而談地說著：「如今的花江已經變成了無赦的邊城，再向南征戰的話，就可以與北嵐國達成同盟，先行吞下相對弱小的雪凝國，再借力北嵐國境，挑出一條最遙遠曲折的路線去東海國，五里一營、十里一驛，倒也不至於太辛苦，一旦拿下了東海，再回頭削弱北嵐，一統七國自然也不再是空話……皇子？」

琬珠困惑地看向王煜，他一直沒有回應，她這才發覺他的鬢邊有汗，便問：「你可是不舒服？」

王煜搖搖頭，忽地推開她：「我要回去了。」

琬珠沒有聽清，趕忙上前一步拉住他，誰料這一碰觸，令王煜整顆心都煩亂到了極點，猛地揮閃手臂，暴躁道：「別碰我！」

琬珠愣在原地，有些不知所措似的盯著他，皺眉道：「我……冒犯到皇子了嗎？」

王煜不願看她的眼睛，轉身便要離開，誰知忽然聽到身後一聲「叮噹」輕響，回頭一看，竟是琬珠將玉指環丟在了地上。

那是他賞賜給她的，作為身為他愛將的證明。

王煜猛地抬頭，琬珠向來平靜的臉上，現出一絲動容，她略顯激動地說：「皇子喜怒無常，我伴君如伴虎實在心焦，還請皇子貶我充軍，往後再不必看我這張令你動怒的臉孔。」說罷，她擺出送客的姿勢，繼而便朝屏風後頭走去。

王煜察覺到情況不對，此般做法只會將她推遠，當即喊道：「你給我站住！」

琬珠只頓了頓身形，便再度抬腳，王煜心中慍怒，衝上前去攔在她面前，命她道：「把玉指環撿起來！」

琬珠卻也不肯，斷然拒絕道：「恕臣不從。」

王煜氣沖頭頂，抬手掐住她的脖頸：「你敢不聽我的話？」

琓珠無所畏懼道：「皇子殺了我便可，一個不聽話的臣子，留著又有何用？」

「你知道我不可能會殺你。」

琓珠卻笑：「連親生父皇的頭顱都肯命我取下，皇子，你有何不可做之事？」

王煜的聲音喑啞：「你……與他們不同。」

琓珠逼問道：「我哪裡不同？」

王煜氣息漸亂，手指的力度逐漸加大：「你想知道？」

琓珠眼神堅定：「我想知道。」

「好。」王煜又逼近她一些，幾乎是從肺腑中擠出話語來，「如你所願。」

他不再掩飾眼中的欲火，反而令琓珠感到一股極具威嚴的震懾，令她的心跳漏掉了一拍。而他死死盯住她的那雙眼睛，是她無論如何躲也躲不開的。

誰料頃刻間，琓珠就感到自己身子前傾，自己整個人都被他拉進了懷中，那帶著暴虐氣息的吻胡亂落下。

琓珠愣了，唇上都是痛楚，他彷彿恨不得將她的全部都生吞入腹。

窗外驚雷劃空，雨珠砸落。

劈里啪啦，滿地水漬。

當王煜放開琓珠的時候，她感到嘴角有腥血味道，也分不清是誰的嘴唇破了，只聽得到他粗重的喘息覆在耳邊：「現在，你知道了吧？」

不等琓珠應聲，王煜繼續說道：「我不在乎你是個男人，更不在乎你好男色還是女色，你對我而言是不同的，哪怕你是妖物，我也還是對你……」

接下來的話，琓珠再沒聽到。

她只覺胸口鈍痛，那種感覺她再熟悉不過了，猛地捂住自己前胸，在失去意識之前，她死死地抓住了王煜的手，也顧不得他滿眼驚懼，她竭盡全力告訴他：「我……我的蠱毒發作了，你要去花江為我尋藥，只有花江國的巫月山上有解藥──」

她已經許久未服藥，實在是沒有料到，會在無赦國耽擱這麼久的時間，且也來不及再解釋了，琬珠毒症一發，便意識混濁、疼痛難忍，她全身抽搐著縮成一團，很快便暈厥過去。

　　王煜嚇得趕忙將她抱起，放到紗幔後的木床上，見她昏迷不醒，但鼻息尚在，知曉必要尋回解藥才能讓她醒來。

　　他雖不明所以，可滿腦子都是她方才說過的巫月山，便不敢耽擱，最後看了琬珠一眼後，他飛快前往馬廄，翻身上馬，連夜冒雨前往花江國。

　　已是四更天。

　　夜雨滂沱，泥路崎嶇。駿馬奔騰在靜謐深沉的夜色山林裡，馬蹄踏在雨地中發出急促又震耳的聲響。

　　雨水打濕了衣襟。

　　「籲——」

　　王煜突然勒住韁繩，停靠下來仔細打量四周，即便雨水在一定程度上模糊了視線，可這周遭景色他此前必定是見過的。

　　的確是他當日帶領眾兵在花江國留下的斷壁殘垣，按照記憶中的地點，他知曉再繞過一片山林，便能找見花江國最高的巫月山。

　　可眼下卻陷入了怪異境地，周遭景色總是重複，難不成，他在兜圈子？王煜心中有疑慮，抬起頭望著夜空，烏雲遮住了殘月，又一點點移開，露出了月華光亮。

　　待他重新低回頭，發現雨幕之中站著一個身形清瘦的人影。那是個女子，穿著白衫，彷彿攜著星月的光輝一同走來，並媚笑著向王煜招手：「公子，這樣晚了，怎獨身一人在此呢？不知妾身可否——」

　　她逐漸走近，王煜察覺到妖氣，抬手去握腰間佩劍，卻猛然心頭一震。他來得匆忙，並未查看佩劍，如今才知那劍並非斬仙劍，是平日裡用來防身的普通長劍而已。

　　面前女子意識到他的不安，立刻咧嘴陰笑，嘴中隨即散發出讓人作嘔的腥臭，黏稠渾濁的唾液滴落一地。

　　王煜登時倒吸涼氣——因為，她逐漸蛻下了人皮，顯露原形，竟是一隻長著六隻手、四條腿的人面妖獸，她獰笑著狂言道：「好久沒吃人肉了，你這個細皮嫩肉的來得正好！」

王煜心中雖有懼怕，但嘴上還是要有氣勢道：「本皇子也許久沒吃妖怪的肉了，你也來得正好！」

妖獸探出利爪，嘶吼著攻來：「這便生扒了你的皮！」

王煜倉皇間避開，馬兒被妖獸咬掉了半邊身子，他驚魂未定間，又見妖獸張開血盆大口，向他噴出綠幽的毒氣。王煜被嗆得劇咳，妖獸再飛撲向他，惡狠狠地將其按倒，口水順著鋒利的牙齒一併滴落在他身上。

王煜吃力地舉劍與之抗衡，妖獸胡亂張口來咬，就要撕扯掉王煜肩頭肉塊的時候，一支閃著雷光的箭矢猛地從後頭射來，刺中了妖獸的頭顱。

這獸慘叫一聲，憤怒地轉頭去看，王煜也看了過去——

竟是幽池站在雨中，他從身後箭囊裡又拾出一支利箭，搭在弓弦上頭，念出咒語，箭矢破空，劃出雷光，只聽「嚕——」地一聲，狠狠地刺中了妖獸眼珠。妖獸哀嚎不已，王煜則趁勢一腳踹在其腹部，在其退後的瞬間跳起身來，手中長劍迴旋飛出，直接劃開了妖獸的腰腹，導致綠色血液四濺。

幽池揮舞手中劍刃前來，踩在妖獸背上，高舉雙臂，一劍削掉了妖獸的頭顱。

雨勢漸小，雲遮殘月。

王煜驚魂未定地看著面前的幽池——他一揮劍身，灑落血水，轉而去踩碎那妖獸的腦袋，令其軀體頃刻間灰飛煙滅。

「看來是無赦國的妖怪跑來了花江。」幽池擦拭著劍身，喃喃低語道：「也罷，妖怪本就是趨附殘骸，花江國已經落魄，自然會引來萬妖塔中的妖物。怕是那塔一日不封印，人間便一日不太平。」

王煜則是從雨水中爬起身來，他心有不悅，死死地盯住幽池，冷聲問道：「幽池弟，你好像總是能夠找到我在何處，那次茶樓相見，還有這一次救我脫離險境，你彷彿對我的行蹤瞭若指掌。」

幽池並沒說出自己有想從他身上得到的資訊，但他還是要向王煜坦言另外一個事實，便轉過身來，直言道：「因為臨翊兄的全身都散發著一股蠱毒之氣，循著這氣息，自然可以將你找到。在我眼中，氣息是流動的，尤其是你身上的這種鬼氣。」

王煜當即蹙眉，慍怒地揮手斥責：「蠱毒鬼氣？我不懂你在胡說八道些什麼！」

幽池卻心平氣和地提點他：「臨翊兄，恕我多嘴，你血統高貴，自是不可與受蠱毒侵身之人太過親近。一旦動情，蠱毒是會染心的，這種染並非傳染，而是同化，一旦你的七情被蠱毒之人蠱惑，那你就會替蠱毒之人分擔她的蠱毒之痛了。」

王煜一怔，猛地想起自己這次前來花江的目的，不就是為了要為琓珠到巫月山尋找緩解蠱毒的藥草？思及此，他感到狐疑地打量著幽池，沉聲問道：「你為什麼會清楚這些？降魔人竟能窺探人心不成？」

幽池嘆道：「降魔人自是可以窺探人心，可唯獨臨翊兄和她，我看不到你們的心。」

王煜的眉頭蹙得更深，他咬緊牙關，言辭不滿：「幽池，你不要以為自己為我斬妖有功，就可以試探我的底線，我能賞你，就能懲你。你便不要試圖對我的私事指手畫腳，要記得自己是怎樣的身分。」

幽池並不會因王煜的譏諷而感到氣惱，他只是覺得幾日不見，王煜清

瘦了不少，眼窩略微深陷，彷彿休息得極差，整個人竟流露出頹唐之感，全然不似當日初見時的意氣風發。

這令幽池心中泛起一股說不出的悽楚，聲音也有些喑啞：「看來，我還是晚了一步。」

王煜不懂他話中寓意，只覺他是要阻攔自己，便放下狠話：「你只需要為我降魔除妖，直到無赦國內連一隻妖怪的尾巴都找不到，屆時，我定會讓你的後世也享錦衣玉食。至於旁的，你休要多嘴，也莫要插手，即便我要替她承受蠱毒，又有何不可？」

幽池像是聽到了極為可笑的話。

他彎下眼角，憐憫他道：「臨翊兄，凡人是無法與神抗爭的，能下蠱毒的人，非神即仙，你身為凡人，絕無勝算。」

王煜不滿他的說法，輕蔑地冷哼道：「待我登基成帝，自會列入仙門，區區下過蠱毒的小仙，怎可與我同日而語？」說罷，王煜便轉身欲走，幽池急切地向前一步，喊住了他。

「巫月山的藥草治標不治本，只會麻痹蠱毒，並加重病情！」

見王煜不肯停下腳步，幽池終於道出：「她在迷惑你，她甚至在騙你，臨翊兄，你不能自毀前路！」

這一次，王煜到底是停下了身形，他微微側臉，卻是丟給幽池一句：「人世紅塵，皆有個你情我願，水火無情，阻攔不住，人心，亦如此。」他話音落下，疾步離去。

幽池不能理解他所謂的人心與情欲，對於幽池來說，自己才剛找回部分七情，實在是不能體會王煜心境。他只知王煜身邊的蠱毒之人心思不純、詭計多端，也怕王煜意亂情迷、難以渡劫，更怕自己想要從王煜身上得到的線索，會因意外而中斷……

幽池深深嘆息，抬頭看向雨夜暮色，天際一抹玉白隱隱浮現，已是五更天了。而正如幽池所擔心的那般，王煜的確是走火入魔。他情魔纏心，早已迷了雙眼。

甚至於說，他根本就不在乎琬珠是男是女。他願意為她赴湯蹈火，而她是少年郎也好，是女兒身也好，他都不關心，他就是想和她親近罷了。

且那日，他將巫月山的翠星草帶回來，交由下人煎煮後，才發現那翠

星草是毒草。他雙手接觸了那草，導致頭暈目眩、體力不支，扶著門柱回到書房，他額角已有細密的汗水滲出。

已餵琬珠服藥的侍女途經此處，她二人見王煜癱在門旁，立即不知所措，忙問：「皇、皇子，你沒事吧？我……我去叫人來！」

王煜不准，他沉沉吐息，試圖調整自己體內氣息的走向，命她道：「不過是連夜勞累，休要驚動旁人，你們扶我進去吧！」

兩名侍女立即照做，一左一右地將王煜架回了書房，又伺候他坐到狼頭椅上，正躊躇著要不要告訴皇子妃時，王煜氣若游絲地問道：「她醒了嗎？」

侍女困惑地面面相覷：「誰？」

「她。」王煜嘆道，「琬珠。」

侍女們連忙應聲：「回皇子，陳大人才剛服下藥湯，這會兒還在睡著。」

雖然侍女不知道琬珠發生了什麼，可她們聰慧，從王煜的神色中察覺出了擔憂，便極為懂事理地補充道：「但陳大人的面色看上去有了紅潤，奴婢想……陳大人應該是不打緊了。」

聽了這話，王煜似乎也放心下來，他點點頭，擺手遣退侍女，很快又提醒一句：「她醒了之後便來告知我，切不可驚動她，我會親自去看她。」

侍女們順從地領命，餘光瞥見王煜似是睡去，她們便關了房門，悄悄退下。

其間小聲議論著：「皇子對那位陳大人可真是好，從不曾見皇子對皇子妃這樣用心，而這才新婚隔日，皇子竟然都不回去新房，反要去睡書房……」

「我聽管著馬廄的阿周說，皇子昨夜是從陳大人房裡出來的，嚇了他好一跳呢！」

「士兵們也曾私下說起皇子和陳大人的關係，總歸……是不太像男人之間該有的樣子。」

「呵！陳大人是長得俏麗，比女人都美呢！皇子說到底也是個男人嘛，見到美色，哪還會管是男是女呢。」

「你很懂啊？」

兩個侍女笑嘻嘻地跑開，全然沒有注意到蘭陽的房門虛掩著，一雙充滿怨恨的眼睛，盯著侍女們的背影，徹夜無眠的眼球上，布滿了悽楚的血絲。

在琬珠服下翠星草後，發作的蠱毒漸漸得到緩解，她不再痛苦，沉沉睡去，並做了一個夢。

許是思念家鄉過度，夢裡的她回到了她的故土花江國，且還是年幼時的模樣，就彷彿一切都還可以重新來過。

她出生在貧民窟，母親多病，父親殘疾，弟妹多達七個，全部都指望著她養家糊口。身為長女，她對艱辛二字早已習以為常，從小便坑蒙拐騙、花言巧語，是個為了家人能多喝上一口粥，而學會了一切生存本領的女子。

她這樣的出身，自是不可能會瞭解權貴之事，每天想的，無非是填飽肚子罷了。可隨著年歲漸長，她開始意識到，流連於貧民窟是一件看不到未來的殘酷事實，她想要改變，卻因卑賤的身分而無處可去。

而那個時候，花江國的武力已經日益強大，但周遭國家一直虎視眈眈，女帝過分寵溺公主，公主們又縱情聲色，連街邊的乞丐都唱著花江奢靡無度、不思進取，早晚會被敵國吞併。尤其是當朝大將軍被內戰陷害、於城牆自刎後，國內百姓更是陷入岌岌可危的狀態。

徵兵令常年可見，從最初的限制出身，到後來的不限年紀，琬珠察覺到國家極度需要兵力。

而她也可以參軍來養活家人，一年的俸祿可以讓全家不再忍饑挨餓，若是不幸戰死了，還會多得三年撫恤金。

她只需要女扮男裝就行了，很多窮人家的姑娘都這麼幹。於是，在十歲那年，她想在參軍前為家人囤夠過冬的山菜，便跑到花江國最高、最巍峨的巫月山上尋野果、野兔。她七歲起就奔走在山林間，赤腳跑得都比野狼快，再加上身材小巧、反應敏捷，她總是可以徒手抓到野兔與山雞。

結果那日在巫月山上，她看到了一棵長滿了金果子的神樹，通身金光，價值連城。她如獲至寶，貪婪地不停摘果子，沒想到卻惹怒了守護神樹的山妖，他如厲鬼般吼叫著現身，一腳將她踩在地上，又自稱是仙人，

怒斥琬珠破壞了天庭安排他守著的神樹。

　　為了懲戒，他便以掌穿透她的心口，翻轉了幾下，痛得琬珠撕心裂肺地呼喊，可卻沒死，只因那山妖將蠱毒放進了琬珠的心臟，那便是日復一日、夜復一夜的惡懲。蠱毒會導致心魔纏身，每當發作之時，都如萬蟻食心，令琬珠疼痛昏厥、生不如死。

　　而為了解除山妖的蠱毒，她一直奔走在市井中尋解藥，且蠱毒每發作一次，她身上如枯藤般的紋路就多一層，到最後將會漸漸淹沒她全身，必死無疑。她也曾無數次地懇求山妖放她一命，只要將解藥給她，她願意做一切事來彌補自己的過錯。

　　山妖卻道：「你貪婪無度，本可以摘下一顆果子就離開這山。只一顆，便足以讓你全家衣食無憂，可你偏要毀了整棵神樹，恨不得連樹根都砍了帶走。你要我如何咽得下這口惡氣？哪日天庭降禍於我，你又能替我攔下嗎？守樹是我失職，摘果是你惡念，天庭懲我，我必受，而我懲你，你也要領罰。」

　　「可……可我若死了，我的家人該怎麼辦？」琬珠痛哭不止，「我自是賤命一條，死不足惜，但我的父母、弟妹卻都要依仗於我，他們何罪之有呢？」

　　「因果輪迴，福禍相依。」山妖見她可憐，倒也提點她，「巫月山上的翠星草每日服下一次，可以緩解你蠱毒痛楚。但若想徹底解除這懲罰，必要你潛心認罪、修行，而其中的因果，還得你自己去參悟。」

　　當年只有十歲的琬珠，又如何能明白山妖話裡的玄機？她只知翠星草是毒草，每日服下，以毒攻毒時可以麻痺蠱毒帶來的痛楚，但時間一久，翠星草的劇毒又會害得她五臟六腑俱廢。

　　且在這期間，她的性格也發生了巨變，蠱毒將她折磨得越發冷酷、狠戾，她不再像從前那樣對家人展露笑顏，甚至憎恨他們的存在——

　　若不是為了他們，她又怎會貪婪地摘下神樹金果？無非是想要讓他們過上不再挨餓受凍的日子，她自己卻要被如此懲戒，真是太不公平了。

　　到了十二歲，她已經成為貧民窟裡令人聞風喪膽的存在。

　　許是蠱毒帶給她疼痛，也帶給她超出凡人的力量。那蠱毒彷彿在她心臟裡生根發芽，改變著她血液流淌的速度。就好像她已經不是人，也不是

妖，更不是仙，是一種詭異、恐怖卻無比強大的存在，殺人、屠禽、將從前那些欺負過弟妹的流氓打得四肢盡廢……，她在貧民窟中野蠻廝殺，為自己，為家人。

十三歲時，花江國的三皇子朱辭微服遊街，無意間誤入貧民窟，被一群賊人圍困，是她身手敏捷、手掏人心，解救了三皇子，那便是她因果的轉機。

朱辭見她身材瘦小，卻狠毒嬌俏，自是十分驚異，便買她回宮，還給了她家裡一大筆錢。家人至此搬離了貧民窟，住上了大宅，而琬珠也從此成了朱辭最為寵愛的貼身護衛。

朱辭要她女扮男裝，這樣能減少許多麻煩，又把她當成臥底來培養訓練，教會她行事狠絕、殺人不眨眼，同時又保持著靈動可愛，善於撒謊，周旋在許多男人之間。

朱辭很喜歡她，男人們也都喜歡她，琬珠得到了朱辭的誇讚，他說：「我將你調教成這般絕色，無論是何等鐵石心腸的男人，都要心甘情願地為你掏心挖肺。」

隨著時間推移，她歷練得更為老辣，既能親密交往，又能及時抽身，已然是不會動情的了。

她作為人類的心，彷彿從被山妖種下蠱毒的那一刻，就已經死了。但每當蠱毒引發心魔發作，她仍舊會痛不欲生。

朱辭會為了她，命人去巫月山找翠星草緩解痛苦，可那些士兵統統有去無回，不知是他們太弱，還是山妖恨絕了打擾那座山的不速之客。

「如此下去，絕非長久之計。」朱辭以手中摺扇掀開她背上衣衫，露出觸目驚心的藤蔓紋路，蹙眉道：「你很快就會被這蠱毒連累而死了。」

琬珠聽見朱辭輕嘆一聲，以為自己會被他拋棄——

她很怕他會將她視作無用的人，她只知自己的人生除了為他效力，再別無他用，一旦他將她踹開，那她就只是具等死的行屍走肉了。

她正欲懇求時，誰知朱辭忽然提議道：「我聽聞無赦國有一處神山……」

琬珠微微蹙了眉，心驚膽戰地等他說下去。

朱辭斟酌著用詞，不急不緩道：「朱辭聽聞無赦國有一處神山，只有

新帝繼位當日，神山中的仙鶴會銜出玉石做賀禮，唯有吞下染了帝王血的玉石，萬毒才能徹底消失。也就是說，那是唯一能解你身上蠱毒的方式，畢竟山妖不肯給解藥，我們就只能出此下策了。」

他的話，在琬珠心中種下了期盼——原來自己還是有活下去的希望的，只要得到無赦國的帝血玉石，她就可以恢復回正常人。

於是，當王煜隻身入侵花江國後，女帝被殺，蘭陽遭俘，其他公主與皇子死的死、逃的逃，朱辭雖大難未亡，可逃亡期間跌落馬車，竟落得了個殘廢。所幸琬珠對他不離不棄，將他安置在杳無人煙的邊城處，留下兩名侍女與侍從，負責照顧他起居。

可他也知道，這樣躲避只是權宜之計，一旦花江徹底淪陷，那王煜必會挖地三尺地搜索前朝餘孽、斬草除根。

「琬珠，你是否還願忠誠於我？」朱辭癱瘓在病榻之上，面色蒼白、情緒激動地問道，「這麼多年來，我待你不薄，而我如今這般醜態，你可還願為我做最後一事？」

琬珠毫不猶豫地應道：「我陳琬珠生是花江的人，死是花江的鬼，只要皇子吩咐，我死不足惜。」

「好——」朱辭交代琬珠，「我要你完成我多年來的夙願——混進王煜的俘虜隊伍，潛入無赦國做臥底，你要利用一切方式，一定要找到機會殺了王煜，且要活著回到花江，並把花江國的王印一併帶回來，到那個時候，你我興復花江，我保證會讓你成為花江的大功臣。」

說到最後，朱辭還不忘暗示她：「至於那無赦國神山上的玉石……屆時，就隨你處置了。」

屋外一聲驚雷，照亮了朱辭如厲鬼般猙獰的臉孔，而那閃電，也彷彿刺入了琬珠的心底，她牢牢地記下了朱辭的交托，也認定這是自己向死而生的使命。

殺了王煜。

沒錯，她要殺了王煜。

「啪！」

忽然之間，卻有一滴淚從琬珠的眼眶中墜落。

砸碎在夢裡。

琯珠抬手去觸碰自己臉頰，她從不知自己是會流淚的，多少年了，她都沒有再掉過一滴眼淚。

　　怎會突然間落淚呢？是因為⋯⋯她決意要殺了王煜嗎？

　　「不要哭。」

　　是他的聲音。

　　琯珠猛然間抬起頭，果然看到是王煜站在自己的面前。而周遭的景象也都變了，不再是花江國邊城境界的茅屋，而是無赦國的七皇子府，是他將她帶回的地方。

　　他甚至極為溫柔地抬起手，為她擦拭掉淚珠，連聲音都是怕驚擾到她一般的輕緩：「好端端的，怎麼就哭了呢？」

　　「我沒哭。」她辯駁。

　　「那，這是什麼？」他示意沾染在自己指尖上的淚痕。

　　「因為這裡是夢，所以⋯⋯這一切都是夢。」

　　「不是夢。」王煜的語氣極為堅定，「我會向你證明，這不是夢。」

　　琯珠抬起頭，以眼相問。

　　「我會幫你的，只要你心似我心，我就可以為你不顧朝臣反對，更不在意世人眼光，琯珠⋯⋯只求你不是在戲弄我。」王煜的眼中沒有絲毫猶豫，那漂亮的黑色雙瞳裡，隱隱泛起了赤紅之色，美豔絕倫。

　　琯珠因此而驚醒，夢裡的一切讓她覺得亦真亦假、恍恍惚惚，可身體的痛楚卻消失不見了，嘴裡有股熟悉的藥草味道，她便立即知道，自己喝過了翠星草的藥汁。

　　而身邊的觸感極為溫熱，她抬頭去看，驀然間睜圓了雙眼，竟是王煜睡在她身邊，手臂攬著她肩膀，以一種極為占有的姿勢，死死的將她圈在懷裡。

　　琯珠驚愕不已，掙脫幾下，不為所動，聽見他低沉的聲音傳來：「你醒了。」

　　她便不敢再隨意亂動，生怕自己的性別身分被他知曉。

　　「我擔心你，等不及侍女告知，便乾脆來你房裡等你醒來。」王煜暗啞著嗓子，聲線迷離，關切地問她，「身子還有不適嗎？」

　　她微微搖頭，低低道出：「皇子這般於我⋯⋯若是被旁人看見，怕是

不成體統。」

「有何體統可言？」他倒是不以為然，「無赦國的帝位非我莫屬，待我登基之日，便是成立新統之時。」

他的言辭令琬珠心中越發溢出難以言喻的焦灼感，不得不同他說道：「你我皆為男子，即便皇子即將稱帝——」

「我不在意這些。」

王煜慢慢地睜開雙眼，強迫她道：「你也不准在意。」

「此舉有違人倫。」

「何為人倫？」

「男女才可繁衍子嗣，同為男子，此舉將震驚世人——」

王煜側過臉，凝視著她眼中的慌亂：「你長得像是女人，扮成女人就可以了，應付那些朝臣與百姓，還不簡單嗎？」

就彷彿是終於戳破了這層心思，王煜全然不再避諱，反而令琬珠不知所措。當然，她要表現成不知所措，因為她知曉男人喜歡這樣，純真與引誘融為一體時，才能令男子深陷其中不能自拔，朱辭是這樣教會她的，她早已經練就得爐火純青。

縱然是百花叢中過的王煜，也無法看穿她擅誘的伎倆，他沉迷著她臉紅時的模樣，在琬珠想要起身的瞬間，他一把拉住她，一貫殺伐狠辣的手，竟因擔心她會懼怕而微微顫抖：「別走。」

琬珠的手被他緊緊地攥住，她意識到此刻是絕佳的時機，如果只是單單殺了王煜，她早就可以做到——他已經教會了她取他性命的法子。可若是他死了，那花江國王印的下落便不得而知，帝王之血的玉石也會遙遙無期。所以，琬珠的目的並不是在這種關頭要他的命，她必須讓他臣服於自己，她要蠱惑他，讓他成為她的囚徒。

「既是如此，我……有件事要告訴你。」琬珠試探著看向他的眼睛，「你要保證不會對我發火。」

王煜略微坐起身來，舉起二指發誓道：「我保證。」

琬珠長舒一口氣，忽然抓過他的手掌，用力地按在了自己的胸口，柔軟的觸感停留在王煜的掌心，他先是一愣，而後便錯愕地抬起頭。

「我不是有意騙你至今的。」琬珠為難地蹙起眉，「我……有我的

苦衷。」

　　可王煜根本聽不得她的這些解釋，此時此刻，他已經什麼都聽不見了，巨大的喜悅包裹住了他。

　　他曾以為她與自己同是男子，所以一度壓抑著自己的感情，總覺得這是不合常理的。多少個難眠的夜晚嚙咬他心，以至於他在最後決定全然不去在意人倫。

　　但如今……

　　她的真身竟然是個女子，那他再不必有什麼忌憚，竟是雙臂一張，將她緊緊摟在懷中。

　　琬珠在他的懷裡，露出了冷漠、狡詐的笑意，她知道，他咬住了她拋出的魚餌。

　　他劇烈的心跳聲響在她耳邊，她開始用言語蠱惑著他：「我之所以女扮男裝，隨你來無赦國，是因為我身在花江時，便聽聞了七皇子的盛名……我出身卑微，總是憧憬著英雄般的人物。從幼時起，我便聽到了許多關於你的事蹟，我……一直很崇拜你，幻想著有朝一日能成為你，你是無赦國的傳說，也是我的傳說，我的心願是能助你登上雲端，和你……同行齊肩……」

　　也許就是在這一刻，王煜丟盔棄甲，徹底淪陷了。

　　這是他愛情開始的地方，也是噩夢開始的地方。

　　明知她非他族類，仍舊義無反顧。

　　深陷蠱毒之人，早已非妖非仙，琬珠是異人，甚至會將蠱毒染入他心，可那又如何呢？

　　幽池好心的提點，在此刻已形同耳邊之風，王煜根本克制不住自己的欲望，他到底是愛上她，連自己的身體也甘心情願地為她分擔起了蠱毒之痛。

　　琬珠能清楚地感覺到這一瞬間，她體內的毒分散了許多，王煜也能感覺到四肢變得沉重，如同被拴上了無形的枷鎖。

　　一切，都回不了頭了，他意亂情迷地與她耳鬢廝磨，琬珠卻欲擒故縱地別開臉去：「我……還不能……」

　　只她一句，王煜便拚命將喉間火焰壓了下去，轉手撫著她臉頰，柔聲

道：「你放心，我不是那麼沒有情趣的人，你不願意，我絕不逼迫你。」

玩珠沒說話，聽見他又道一句：「我要你是心甘情願的。」

她垂著眼，仍舊是什麼也沒說，他重新倒在床榻上，伸手將她一攬，像抱著小獸一般將她禁錮在懷中。

玩珠的耳朵貼在他心口，聽著他的心跳聲仍舊澎湃激烈，她適時提出了一個請求：「下月初七是你登基的日子……我也想陪伴在你身側，一起前往神山。」

這實在是個非常不合規矩的請求。

帝王加冕之時，是位列仙門之日，仙鶴來賀，神女加封，自然不該有無關緊要的人在場，哪怕是正妻、嫡子，也是不可。

王煜猶豫了片刻，也僅僅是眨眼的片刻，他並允諾道：「好！我帶你去便是。」

玩珠如釋重負般地鬆了一口氣，她沒想到王煜會這麼痛快的答應。

而王煜接下來的一句嘆息，卻也令她不由地心生愧疚，他說：「不要讓我等得太久了，玩珠。」

話音落下的剎那，她感到額頭一股溫暖，是他輕輕地吻了一下。

房門在這時被敲響，是侍衛來道：「皇子，該……該早朝了。」

玩珠這才意識到天色大亮，看太陽升起的程度，早朝都已經開始許久了。

王煜卻懶得起身，不耐地丟出一句：「讓他們再等著。」

「回稟皇子，朝臣們已經等了……一個時辰了，還請皇子移駕——」

王煜厭惡地坐起身來，他責罵了侍衛幾句，轉頭看向玩珠，又吻了吻她唇，繾綣纏綿了一會兒後，門外又催了起來。

王煜憤恨不已，可也不捨得離開似的，最後貼在玩珠耳畔說了句：「等我回來，我們去邊城騎馬射獵。」

他轉身離去，推開門的時候，侍衛躬身行禮，玩珠也順勢走到了門旁，她今日也有許多要事。

而侍衛一見到玩珠，立刻惶恐地：「陳、陳大人……」接下來的話被硬生生地吞了回去，他自是不敢問出「陳大人怎麼會與皇子共處一室」這種會被挖心的蠢話。

可侍衛還是斗膽去瞟王煜繫著腰帶的背影，那副姿態……再看向陳大人衣衫不整，侍衛心驚膽戰地低下頭，只覺得面紅耳赤、心跳如鼓。琓珠卻也不計較他的反應，隨手整理了衣襟，繞進走廊時，看到了迎面而來的蘭陽。

她帶著身後的侍女走向琓珠，琓珠側身問候，蘭陽在經過她身邊時，冷聲說道：「別以為我不知道你的底細。」

琓珠愕然。

「我不會讓你得逞的。」蘭陽漠然地走過琓珠身邊，「花江已敗，無赦就是我的國家，這裡有我的夫君，你們誰也別想奪走如今屬於我的一切。」

## 第五章 賞不盈

說起蘭陽，她是朱辭同母異父的胞妹。

朱辭在皇子中排行第三，蘭陽在公主中排行第四，且年歲相仿，只僅僅相差兩歲而已。

而在花江國這種女子為尊的國度，女帝自然要偏愛生得美麗、性情靈動的蘭陽。朱辭作為皇子，在朝中並不受寵，可他又深受鄰國無赦國的男權思想薰陶，便早早地滋生出了策反之心。

只不過——

卻也有一則傳聞在暗示朱辭對自己的胞妹蘭陽有著別樣情愫，所以才會令女帝對他極為反感。

琬珠還記得曾有一次，在無赦國還未入侵花江之時，朱辭曾與幾位皇子在府中小聚。那日夕陽傾滿了府院，舞姬與樂器班子早已井然有序，見受邀而來的另外兩位皇子到了，便齊身跪見。

琬珠作為朱辭的貼身侍衛，向來都是如影隨形，她站在一旁，聽著皇子們竊竊私語——只因宮中流傳著蘭陽近來對青樓裡一會跳劍舞的男子格外用心。

朱辭聽聞這話，面色不悅，二皇子連忙提醒四皇子：「四弟，休要再說了，別壞了三弟心情，他這副模樣，也不是你我能夠開導得了的。」

四皇子感到惋惜的連連搖頭：「三哥本不必這樣傷懷，越是這般，反而要惹閒言碎語。」

朱辭怒道：「你且說什麼風涼話？平日裡最愛開他們玩笑的，不就是你嗎？」

四皇子訕笑：「我——我那是和他們逗趣呢，即便是我，倫理綱常這種事，我還是懂的。」

琬珠冷漠地注視著他們，抬頭望望月色，才發現時辰已是不早了。

朱辭鬧起了情緒，丟下兩位皇子，獨自一人回去了房中，二皇子便催促琬珠道：「快去看看你家主人，免得他要獨自傷心哭泣了。」

等到琬珠前去時，朱辭已酒意醺然，他坐在床榻邊，一手輕撫額際，一手展開摺扇緩緩搧動，聽見有窸窸窣窣的響動聲，渾渾噩噩地去看，發

現是琬珠，略顯失望地囁嚅了句：「是你啊……」

琬珠不動聲色地為朱辭斟上一杯茶，搖晃著杯盞，是為了讓液體流動更快，從而加速溫度轉涼。且待到茶溫差不多的時候，她又點上了一爐香，香味很快就飄散在房間裡，迷濛之中，她輕聲問朱辭：「皇子是把下官認成旁人了嗎？」

朱辭慢慢地抬起眼，透過繚繞的香霧，他看到琬珠的身影模模糊糊，再加上酒意上頭，他手中摺扇掉落，眼神哀傷地道了聲：「蘭陽。」

琬珠因此而心中一沉，似有難以言喻的痛楚漫過心頭。

「皇子的確是認錯了，下官怎會是蘭陽公主呢？」

朱辭感到恍惚地端過她遞來的茶，皺眉道：「這香的味道……和蘭陽身上的一模一樣……」他深深嗅著香氣，端起茶盞，不自覺地喝了下去，低頭看向杯底，殘餘幾片百合，是在這一瞬間，他彷彿回到了蘭陽被立為儲君的那夜。

宴席之間熱絡喧鬧，公主府裡，衣香鬢影，貴客們吃喝談笑，三輪酒局過後，下首的座位已經稀稀落落，是位高權重的貴客提早回去了。朱辭在座上尋找起蘭陽的身影，不過是剛喝了幾杯，就不見她的去向，他心有擔憂，便趕忙起身去尋她。

「我——我是怕她又與旁人起爭執。」朱辭的語氣悵然，他回想著那一晚發生的事情，眼神幽幽然的，並有些語無倫次，「她從小就十分任性，是受寵慣了，又依仗著美貌蠻橫待人，而我與她年歲最為接近，雖不是同一個父親，可我對她總會比對其他妹妹要親近一些……」

許是這香，許是這茶，朱辭竟同琬珠說起了自己和蘭陽的事情。

「那——」琬珠壯起膽子，試探著詢問，「皇子對公主，可有一些不同的想法嗎？」

朱辭微蹙了眉問：「不同的想法？」

舊朝皇族兄妹之間有過典故，講的是舊朝皇子眾多，某位皇子對自己的胞妹有著非分之想。因那公主生得豔絕四方，就算他沒有想法，其他皇兄也對其有垂涎之意。可血緣亂倫之事，實在有違人道——而那些，都是用來影射朱辭與蘭陽的。

「但旁人眼拙，俗不可耐，自然只會看到淺顯的表面，皇子與公主是

血緣兄妹，又怎會逾越人倫？那些胡亂造謠的人，真該株連九族。」琓珠略顯不安地看向朱辭，「皇子……你覺得下官說的，對嗎？」

當時，朱辭側過身子，手肘支撐在床榻上的小圓桌案，醉得深了，睏倦得很，眼皮時不時地合上，嘴裡還在唸叨著：「我倒是的確……很關心蘭陽的事情，也曾經——有過一些不該是兄妹之間的——」話到此處，他猛然驚醒，像是終於意識到自己說了不該說的話，震驚地看著面前的琓珠。

琓珠也是一臉驚愕，可又怕朱辭難堪，便趕忙低下頭去，找了續茶的藉口後，便匆匆離開。

夜風灌進她的衣衫，比起涼意蔓延身軀，心中的悲涼卻更為痛苦。她雖知曉身為奴隸，是不該對主人動情，可朱辭於她而言卻極為不同，除去知遇之恩，他幾乎教會了她所有的生存之道，包括該如何引誘男人。

但他卻只將她當做是工具，為他殺人、奪權的有力工具。

在他眼中，她並不是一個女子，又談何對她動情呢？

偏生琓珠那麼一絲絲可憐的人情味，用錯在了他的身上，實在是令她感到懊悔、羞憤，她發誓自己再也不會愛上任何一個利用自己的男子，也發誓要讓踐踏過她心意的人，付出同等的代價。

如今的琓珠緩緩地抬起頭，看向站在自己面前那居高臨下的蘭陽，就在方才，她才說過知曉自己的底細，以及那句「你們誰也別想奪走如今屬於我的一切。」

琓珠卻對她露出了一絲陰森的笑容，她回敬道：「恐怕要讓公主……不，是皇子妃失望了。」

蘭陽不悅且錯愕地蹙眉。

琓珠道：「如今屬於你的一切，早已由我這個被你當做螻蟻一般的人奪走了。」

蘭陽十分不滿琓珠的表情，那是一種充滿了野心、欲望與狠厲的表情，實在令她感到不適，便咒罵她一句後，帶著侍女匆匆離開。

且說她是很厭惡這個陳琓珠的，早從朱辭日日將她帶在身邊開始，蘭陽就對她充滿了敵意。

看年歲，她要比自己小上一些，這年紀就做了皇子的貼身侍衛實在少

見，又是個孱弱的少年郎，偏偏還生得一股子狐媚味道，哪有男子會日日睡在皇子府中的？朱辭不在意旁人的汙言穢語，她作為胞妹，可是覺得丟臉至極。

而如今，她又被王煜帶回了無赦國，照樣是成了最得勢的皇子身邊的紅人，整日同進同出，一張臉冷若冰霜，實在難以參透她心思。

蘭陽想著要找出她的破綻，好將她從王煜的府中逐出去——

便是因此，而中了琬珠的計。

蘭陽並不會料到，琬珠設下了天羅地網，只等著她飛蛾撲火。

那是次日夜晚——

總是虛掩著房門觀察外頭的蘭陽，見到了琬珠的身影在長廊裡匆匆閃現，她心中一慌，瞥見琬珠是前往王煜的書房，便偷偷地出了房，尾隨琬珠。

長廊悠長，靜謐如斯。

蘭陽進了月亮拱門，來到書房門外後，她徘徊了許久，皺皺眉，正想推門而入時，忽聽那書房屏風後，又響起了王煜的聲音。

「門窗都關緊了吧？小心旁人看到……」他的聲音很低，極為小心翼翼。

蘭陽努力地側耳去聽，似有嬌羞的笑聲傳進她耳裡：「你倒是放心吧，我也是很謹慎的人，當然要查看門窗——」

話未說完，她輕呼出聲，嬌嗔道：「有話好說，急什麼呀？」

衣衫褪去的聲響曖昧摩挲，王煜安撫似的：「你別動啊！都是自己人了，就別見外了。我不過是想要瞧瞧你內襯是什麼顏色的，你又不會少塊肉……」

蘭陽心中大驚，乾脆將門推開一半，大膽地去瞄那映襯在屏風上的光景——只見王煜站起身來，滿滿一把將她困在懷裡，邊鉗制邊道：「有我來疼你，再好不過了。」

琬珠倒也不躲，欲拒還迎似的，兩具軀體就在屏風上糾纏著，靡靡之音充斥室內，令聞聲的蘭陽漲紅了臉，她又氣又惱，以至於一個不小心推開了房門，聲音驚動了房內二人，原本還如膠似漆的一男一女立即分開，尤其是那男子，竟倉皇地翻開後窗跳了出去。

蘭陽倒也不怕了，乾脆大步邁進房裡，猛地扯開屏風，坐在床上的琓珠卻神態自若，她雖鬢髮凌亂，衣衫卻已整理好了，見到氣勢洶洶的蘭陽，面不改色道：「原來是皇子妃，是夜深人靜，怎會造訪此處？又為何，連門也不敲？」她裝模作樣地打了個哈欠，「罷了，我也犯了睏，正打算回房歇息了。」

蘭陽聽她大言不慚的，心裡更是憤怒，神色也是難掩慍色，她一把將琓珠從床上拉起來，瘋魔似的去翻找被褥裡的東西，找了半天後，終於發現了玉枕下面藏著的一條瑪瑙腰帶。

蘭陽震怒，將這腰帶舉到琓珠面前質問：「看，這果然是王煜的！說，你剛剛是不是和王煜在這裡苟且？我分明聽見他的聲音了！」

琓珠唇邊的笑容顯得傲慢但尷尬，她不動聲色地拂開蘭陽抓著自己皓腕的手，輕笑一聲：「皇子妃真會說笑，怎能這般質問我呢？且不說我是個男子，退一萬步來講，這裡可是皇子府，發現一條名貴的瑪瑙腰帶有什麼稀奇？難道只有七皇子有這樣的腰帶不成？」

蘭陽又急又惱，她因嫉妒而面目全非，本就懷疑王煜與其之間有姦情，可畢竟捉姦捉雙，男的都跑了，也只能抓著琓珠洩憤：「你不要和我胡攪蠻纏，這府內誰人不知你與王煜日日眉來眼去，還有方才……你們……你們那些淫穢之語，實在是不知廉恥，亦不知人倫！我、我要把你們——」

「把我們怎樣？」琓珠逼近蘭陽一步，眼中陰冷的笑意越發深陷。

蘭陽心頭一緊，她忽然覺得此刻的琓珠有些可怕，不由地退後一些，嘴上還是不肯饒人：「我要把你們的事情告知天下，要讓無赦國的百姓，都知道你們那鳳求鳳的齷齪之舉！」

琓珠故作吃驚，沉聲道：「是呀！鳳凰本是夫妻鳥，鳳為雄，凰為雌，唯有鳳求凰，鮮少鳳求鳳。若是有違天意，如同是逆天而行，無赦國的百姓得知此事，可還願推崇七皇子王煜登基稱帝嗎？」

窗外悶雷劃空，驟雨突降，蘭陽的臉上被閃電襯出哀戚與驚恐，她顫抖著嘴唇，問道：「你這般遊刃有餘……難道都不怕他名聲盡毀嗎？」

「名聲？」琓珠走到桌案旁，拿起了那把放置在上頭的斬仙劍，是王煜的劍。她撫摸著冰涼冷酷的劍身，面無表情地說著：「一個弒母亡國之

人，配提名聲二字？」

蘭陽雙瞳悲慟，憤然道：「你、你說什麼？」

琓珠冷聲道：「倘若公主沒有沉迷男色，花江的密道便不會被敵軍知悉，女帝自不必死，花江國也不會落敗，你的皇兄朱辭更是不會成個癱子——」話到此處，她冷銳眼神殺向蘭陽，「像你這樣聲名狼藉、背信棄義的女子，留在王煜身邊，才會令他名聲盡毀！」

「你……你怎麼會知道這些……」蘭陽痛苦地意識到：「是王煜告訴你的？他……他連與我之間的私密之事，都要毫無保留地同你說？」

琓珠並未理會蘭陽的問話，她手持斬仙劍，緩緩地走到蘭陽的面前，居高臨下道：「公主，你想知道他為什麼會同意娶你做皇子妃嗎？」

蘭陽卑微地閃躲著眼神，猶疑了一下，才道：「他……他一定是覺得有愧於我，而且他答應過我的，會永生永世都留我在他身邊——」

「留在他身邊，做個奴隸罷了。」琓珠輕蔑道，「是無赦國的臣子要他推舉『懷柔』，試想，一位國君能娶一位亡國公主，而這位公主為他間接弒母，他又娶了她，他是多麼偉大的仁慈與憐憫啊！」

「轟隆隆——」一聲驚雷突然炸響，撼動了蘭陽的心。

王煜正在後院亭中練劍，他手中拿的，是白晝時琓珠與他交換過的，她的佩劍。琓珠與他約好此時相見，但等了許久，也未見她身影，偏生是這一聲驚雷，嚇得他背脊一僵。

他抬起頭，望著夜幕中黑雲滾滾，心中忽然有一絲不安，他實在無法沉下心練劍，便準備前去琓珠房內尋她。

「吱呀——」

王煜推開琓珠房門，進去循望，不見她人，窗外暴雨驟亂，王煜心生疑惑。

而書房之中，蘭陽不敢置信地搖著頭：「你說的不是真的……王煜娶我做皇子妃，是因為我助他奪嫡有功，我……我不惜覆滅了花江，也為他奪得了江山，如果不是我，他區區一個不受寵的皇子，又如何能像現在這般隻手遮天、翻雲覆雨！」

「正是因為你知道的太多了，他才不願多看你一眼。」琓珠提著那把森寒如冰的斬仙劍，眼裡閃過狂熱的光，「你看，他這便派我來取你的性

命——且他叮囑了我，要讓你別太痛苦，畢竟夫妻一場，你與他也是恩愛過的，且他還要坐實百姓心中的仁君，又怎會讓你死得太過淒慘呢？」

「不可能……他不會殺我的……他捨不得的！」

「捨不得？」琬珠冷笑，「你難道沒有聽到他與我顛鸞倒鳳時的聲音？倘若他心裡有你，又怎捨得讓你傷心？一旦你死了，他就可以無所顧忌地與我日夜享樂，再不會有人念他，獨留皇子妃守著空房，更不會有人認為是他在折磨你。且你死在他登基前夕，還可以保全他仁慈的名聲——朝臣們只會說，你是不堪忍受亡國的痛苦而終於自盡，而他還會為你築出一座皇陵，以此來彰顯他對你的長情，令世人頌他無愧髮妻！」

蘭陽因她的這一番話而崩潰了，她滴淚橫流，極度瘋狂地指著她罵道：「你與他一樣皆為男子，即便我死，你也別想取代我皇子妃的位置！」

琬珠笑意深陷，她輕輕拉開自己的衣襟，露出被束帶纏繞著的微微隆起的胸脯：「現在，你終於看明白了吧？」

剎那間，蘭陽驚愕地說不出話來，她瘋魔般地呢喃著：「你……你竟是個女子……所以你蠱惑了朱辭，如今又蠱惑王煜……你的目的究竟是什麼？你當真愛過他們嗎？」

愛？

琬珠眼中滲透出不屑。

「我不過是想要逆天而行罷了。」琬珠這樣說完，將斬仙劍扔到蘭陽面前。

蘭陽知道，她在逼自己自刎。

她顫抖著雙手，拿起了那把斬仙劍，想到當日，王煜就是以這把劍舞出一曲驚魂姿。

再然後……

「他……他便騙了我……」蘭陽回想起往事種種，那血淋淋的皇宮，女帝被砍下的頭顱，手足姊妹被殺的慘狀，和方才她聽到的王煜與琬珠之間的淫靡之音，她忽然瘋狂地大喊一聲，哀哭道：「王煜負我，死又何懼！」

劍刃逼向脖頸，一道鮮紅的血痕飛濺到了琬珠的臉上。

蘭陽倒在血泊之中，錦繡華服染滿了驚恐猩色，一路蔓延成了淒苦罪孽。琬珠漠然地凝視著她的屍體，抬腳踢開她的手，俯身拾起了斬仙劍。

夜風怒吼，長雨漂泊。

屏風後的木窗發出窸窸窣窣的聲響，琬珠對著那方向令道：「出來吧！」

只見一名穿著王煜衣衫的男子悄然走出，正是蘭陽信賴的黃將軍。

他見到蘭陽死狀可懼，於心不忍地別開臉去，怯聲道著：「陳、陳大人，卑職已經按照您的吩咐冒充王煜皇子，也和您聯手騙過了蘭陽公主……您、您說過的，從今往後，都不會為難卑職，還請陳大人放過卑職，允許卑職辭官，離開無赦國吧……」

「我的確是答應過黃將軍。」琬珠以右手握著的斬仙劍，輕輕地敲打左手掌心，若有所思地說著：「可黃將軍一直都是蘭陽公主的親信，無論是身在花江國，還是來到無赦國後，你都為她做了不少事——包括替她把花江國的王印，交到王煜的手中。」

黃將軍汗如雨下，他餘光瞥向琬珠，感受到她在自己的身邊繞來繞去，身姿如同鬼魅。

「黃將軍——」琬珠問道，「你還記得花江國的王印，被王煜放在何處了嗎？」

「卑、卑職只是負責在花江國將王印交給了王煜皇子，至於回來無赦國後，他如何處置了王印，卑職全然不知情，還請陳大人明察——」

「什麼？你竟不知道？」

「是……」

琬珠笑瞇瞇地彎過眼睛：「那我又何必留著一個只會說不知道的下官呢？」

黃將軍神色一凜，他似乎察覺了什麼，急忙抽出腰間佩劍，以迅雷不及掩耳之勢劈向了琬珠。

誰知琬珠只是輕巧地抬起斬仙劍，黃將軍的佩劍砍在上頭，立即折成兩段。琬珠的笑容在臉上漸漸消失，她的蠱毒藤蔓已經蔓延到了脖頸，唯有發作之時才會顯現。

她因痛楚而扭曲了面孔，眼珠充血的模樣，令黃將軍嚇得魂飛魄散。

他竟然忘記了，眼前這個人，可是活掏了妖獸心臟的陳琬珠啊！

「妖異！」黃將軍指著她咒罵，「朱辭從貧民窟帶回來的妖異！禍亂了花江，又想禍亂無赦，理應天誅地滅啊！」

他一邊罵，一邊驚慌地想要逃走，卻被琬珠一劍刺出，穿透了臂膀，釘在了屏風的木樁上頭。

「黃將軍別跑。」琬珠陰著一張臉走近他，「你不是心心念念想要辭官嗎？眼下別說是辭官了，你的命，我都替你拿走，便再也不必擔心我會為難你了。」

黃將軍恐懼異常，他絕望地哀求、呼喊，卻無法逃出現場。

王煜是被那一聲慘叫引去了書房，長廊裡，也遇見了聞聲前來的幾名下官，他們跟隨在王煜身後疾步前去，待到推開書房的門，滿地鮮血染紅了王煜雙眸。

書房內的一切震撼著了來者，只見琬珠正坐在黃將軍的背上，手中斬仙劍刺進他脖裡的脖頸，另外一隻手裡則托著蘭陽的頭顱細細端詳著。血水順著她的手腕流淌而下，滴落在她的靴面上。而她唇邊似乎還掛著一抹若有如無的笑意，仿若是惡鬼的獠牙。

下官們見到這可怖的煉獄之景，嚇得當場癱坐，有的則是歇斯底里地慘叫著跑開，唯獨王煜目不轉睛地死死地盯著琬珠，他眼中滿是憤怒的血絲，一開口，是暗啞的嗓音：「你……竟敢……」

接下來的話卻說不出口了，他竟不忍斥責她，更不想自己的評判傷害到她，哪怕他極度氣憤，到底還是罵不出那一句「心狠手辣」。

琬珠聞聲轉過頭來，面不改色地凝視著王煜的眼睛，忽爾笑道：「皇子，恕下官擅作主張——實在是因下官撞見了皇子妃與黃將軍私會，一時怒火攻心，才釀成此等慘劇，只因下官……無法容忍有人背叛皇子。」

王煜心中冷笑，暗道好一個陳琬珠，殺人不過頭點地，死後還要這樣汙蔑蘭陽、黃將軍二人，實在是心腸極致歹毒。

可那又如何？他怎捨得降罪於她？

即便有侍衛聞聲而來，見此情景，一時不知所措，當然會覺得是琬珠做出了大逆不道的舉止，下意識便想要去捉拿，王煜還要怒氣衝衝地斥責他們道：「吃了熊心豹子膽了，連陳大人也不放在眼裡了嗎？還不都快

退下！」

「可是，皇子——」侍衛們慌亂地瞥見琓珠手中的斬仙劍上滿是血跡，「這分明——」

「放肆！」王煜怒吼，「都滾下去！」

侍衛們訕訕後退，王煜轉頭去看琓珠，她已然縱身躍下，踩著血泊走了過來，王煜心中雖責怪於她，可又見她臉上有蘭陽留下的抓痕，瞬間心疼起來，正充滿憐惜地抬起手欲觸碰她，誰知胸口一陣悶痛，王煜痛苦地蹙起眉，終於再難支撐地暈向前去。

他靠在琓珠的懷裡，在意識消失之前，聽見琓珠命令侍衛：「來人，皇子受驚過度，同我扶他回房。」

在琓珠經過侍衛身邊時，大家嗅到她身上有一股奇香，這個陳大人身上總是散發著異樣香氣，嫋嫋入鼻，令人恍惚痴迷。

而待到侍衛將王煜扶回房中，琓珠便遣退了他們。她獨自一人照顧王煜，為他擦拭額間汗跡，又柔聲安慰他道：「皇子別怕，只要我還活著，蠱毒就不會侵入你的心臟，我生，你生，我死……」她再沒說下去，轉身放下了紗幔，又去燃起了一爐香。

香可安心，王煜的眉頭逐漸舒展開來，似已沉沉睡去。

夢境裡芳香四溢，雲霧繚繞，有一隻羽毛赤紅的小雀停在桃花枝頭，王煜心中困惑，正欲去探，小雀忽然啄掉一片花苞，那花苞瞬間綻放，搖身一變，成了人形女子。

「琓珠？」王煜萬分驚訝。

可那女子全然沒有看見王煜似的，只管朝著其他人跑去。

王煜循望而去，見面前忽現一閣，閣間傾巢飛出數名風華絕代的仙子，皆為妙齡。方才花苞變作的女仙最為清麗，她容似皎月，雙臂挽著長紗披帛，其餘仙女則是恭敬地對她行禮，她揮了水袖，免去禮數。

王煜端詳著她容顏，當真是與琓珠一模一樣，正想前去，忽聞空中傳來鶴鳴，循聲望去，真見到一群仙鶴飛來。

他們銜著玉白衣衫、赤紅念珠，還有束髮用的華冠，領頭的仙鶴收起潔白的翅膀，落到花苞神女面前，躬頸行禮，樣子十足溫文爾雅。

「鶴族三子赤鬃見過神女珺瑤。」仙鶴道，「這些都是天君吩咐小仙

準備的儀式用品，請神女洗禮過後更換。」

那被喚作是珺瑤的神女點頭謝過，對赤鬢說：「有勞赤鬢少爺了。」說罷，她便走進了瀑布簾幕中，剩下仙鶴赤鬢與其餘女仙們面面相覷。

兩邊都很有禮貌，彼此行禮問好，然而仙鶴頸子太長，一低頭，打中了女仙的腦袋瓜頂。王煜覺得這場景甚是有趣，還沒笑出聲來，女仙們的面色就變得極為凝重，只因天際烏雲襲來，雲海翻滾，赤鬢驚慌地展翅離去，臨走前還在念著：「是策戮神將來了，小仙實在是怕他！先走一步！」

剎那間，周遭景象發生了巨變，瀑布消失，女仙不見，只剩下烏雲上的一名銀甲神將遺世孤立。

他抬起眼睛，紅眸如血，正巧與王煜的視線相撞。

王煜心下一驚，覺得這人的面容……竟十分像是自己。

而再低頭去看，那神將腳下是六星法陣，身後的萬階上，站滿了神色各異的神君，他如同被審判一般站於臺上中央，只聽「叮鈴」、「叮鈴」清脆的鈴聲響徹空曠神殿，白衫仙人輕搖手中的金鈴，天君站於紗簾之中，嚴肅而莊重的聲音傳出：「神樹已敗，珺瑤被貶，而麒麟神將難辭其咎！策戮，你可知罪？」

臺上的人眼中輕蔑，冷聲一句：「敢問天君，在下何罪之有？」

「混帳！」天君震怒，斥道，「神界有關，不可動情！你可都做到了？」

他漠然垂眼。

「既壞了規矩，可該甘願受罰？」

他仰起臉，十分堅定道：「自當甘心情願。可是——還請天君告知我珺瑤的下落，我不在乎神界嚴規，只想追隨她下界！」

「執迷不悟，不知悔改！」天君喝道，「天雷來！」

黑雲滾滾，驚雷乍起。

紫光天雷破空而來，共有十次，次次擊中胸口，令臺上的他痛苦不堪、倍受折磨。直到最後一次驚雷結束，眾神散去，唯他一人躺在臺上，平日裡最怕他的仙鶴赤鬢被他的痴情感動，冒死飛來，給了他珺瑤的線索——

「策戮神將，去人間找神女吧，她已轉世投胎，如今天上三日，人間已三百年，她早已是將你忘記，你且要抓緊時間，別讓她徹底忘了前塵——」

王煜是在這時猛然醒來，他滿頭大汗，恍惚地直起身形，只覺夢中驚雷彷彿是打在他身上的，疼痛難耐。

轉頭去看，夜深人靜，房內無人，門外傳來隱隱聲音，竟像是幽池。

# 第六章 妄心人

露重夜深，花影婆娑。琬珠凝視著自己身前的幽池，他有一雙暗藍色的眼睛，在這漆黑夜幕之中，更顯得幽藍、詭異。

他身上隱隱散發出的霧氣，令琬珠蹙了眉，瞇起眼睛，喃聲道：「我見過你……你是王煜的義弟。」

「義弟？」幽池失笑一聲，「能為七皇子斬妖除魔、保全城池，倒也只有手足才能夠心甘情願了。」

琬珠聽懂了他話裡的弦外之音：「看來，你與王煜之間有過承諾。」而且，他竟能在如此深夜隻身一人來到皇子府，必然不是尋常之輩，琬珠便冷聲問，「你究竟是什麼人？」

「你聽聞過降魔人嗎？」幽池舉起手中長劍，一雙幽藍色的眼睛，打量著夜色中寒光逼人的劍身，他探手輕彈，劍身發出「錚」的一聲長鳴，「降魔人遊歷四方，殺過最殘暴的狼，取過狐妖的心臟，催陷入執念中的厲鬼投胎轉生，也懲罰過忘恩負義的凡夫俗子。」

說罷，他看向琬珠：「只要我願意，就能看穿凡人的心思，唯獨你，我看不透你的前塵與來世，你與常人不同。」

琬珠不禁駭然笑道：「必定是因為我的心已被蠱毒吞噬，蒙上了厚重黑霧，就算神仙下凡，也未必能解此毒了。」

「你既然知道，為何還要連累臨翊兄？」

「世間情愛，講的是一個你情我願，你又算什麼來頭，非要棒打鴛鴦呢？」

幽池冷下眼神，反手握住長劍，直指琬珠：「若沒有了你，臨翊兄便能順暢地度過此生，我便能從他的身上找到我要的一切——只要除去你這障礙。」

話音落下，幽池便飛快地持劍刺向琬珠，其速驚人，令琬珠艱難地縱身一躍，總算是躲開一擊，誰知還沒等站定，幽池已然出現在她身後，手中劍刃橫在她頸前，貼近她耳邊漠然道：「看來你再如何驍勇狠辣，也還是不敵我降魔人。」

琬珠受到激將，憤怒地猛一轉身，試圖探手去掏幽池心臟，誰知幽

池早就料到她會有如此行徑，手中長劍一轉，劍刃當即砍中她腕，血漿飛濺，險些砍掉了整隻手。她倉皇逃開，右手血流不止，還好她反應靈敏，才能保全筋骨。

而幽池在這時將長劍舉過頭頂，口中低念咒語，長劍竟幻化成了長弓，三支幽藍色的光箭搭在弦上，對準了琓珠胸膛。

且琓珠已經受傷，她自知不敵幽池，腿都軟了，簡直是個活靶子。正當她想要呼喊王煜的時候，一抹赤紅色的身影從牆外翻來，裙衫繚亂，清香四溢，那身影猛地擋在琓珠身前，對幽池大喊道：「別殺她！」

幽池弦上的箭矢瞬間破碎，只因幽池的分心，他不由地皺眉，困惑道：「鹿靈？你怎麼──」

「我尾隨你來到皇子府⋯⋯」鹿靈側頭看向身後的琓珠，無奈道：「因為⋯⋯她身上有我覺得熟悉的氣息，從上一次來到皇子府參宴時我便發現了。」

幽池的眉頭皺得更深，他露出動搖的神色，鹿靈趁勢說道：「我想知道這份似曾相識的氣息，究竟是怎麼一回事。幽池，求你先不要殺她，而且你不也是一直想要找出自己的身世謎團嗎？也許她和王煜一樣，與你的身世都有所關聯！」

幽池猛然一怔，驚愕道：「鹿靈，你是如何知道──」他可從沒有洩露過自己的這份心思。

鹿靈嘆息一聲：「我有些時候會看到你的想法，但也只是瞬間，雖然我不知道為什麼會這樣，也無法控制這種能力，可自從來到無赦國之後，我就會這樣了⋯⋯」

幽池還想再問，誰知「吱呀──」一聲響，王煜的房門開了，他披著單衣，面色慘白，凝視著幽池，沉聲說道：「幽池弟，還請看在你我兄弟的薄面上，放她一馬。」

王煜的語調滲透出一絲哀戚，就彷彿他知曉自己此刻無力去救琓珠──他的蠱毒已經發作，且到了要比琓珠還要難熬千百倍的地步。

倘若這個時候的幽池執意要取琓珠性命，那麼整座皇子府也奈何不了他，更別說是此刻虛弱至極的王煜了。

而看到這副模樣的王煜，幽池也於心不忍，他到底是放下了手中佩

劍，轉頭對鹿靈說：「我們走。」

鹿靈心下大喜，趕忙跑向幽池隨他離開，琬珠則是盯著他二人遠去的背影，眼裡蘊藏殺意。

誰知她剛一站起身，王煜便忽然對她道：「你還記得我們之前有過的約定嗎？」

琬珠困惑地看向他，怎麼在這種時候提起這個？

王煜深深吸進一口氣，垂了垂眼，拚力地壓制著心口難忍的痛楚：「我說過要與你一同去騎馬，去射獵，我還從未帶你去看過無赦國的神山……我父皇在我小時候總說，若是遇見了心愛的女子，就要帶她去看一次無赦神山，喝一次無赦神泉……」話到此處，王煜抬起頭，凝視著琬珠的眼睛，「去牽馬吧，隨我一起去神山。」

他是把她曾經的請求放在心上的。

儘管此番前往神山並無法得到玉石，可琬珠還是欣然應下。

她甚至與他同乘一匹馬，只因他身子尚且不適，她不想他累了體力。王煜不由輕笑：「看來，你心中也是記掛於我的。」

琬珠沒回話，只是為他整理了一下喉結下的鳳紋銅扣。而後，他率先翻身上馬，再將她拉上馬背，坐於他身前。

一路出了皇子府，出了長街，進了山林，天際已開始隱隱泛白，微薄的朝陽從雲層後頭浮現。

雖是琬珠手持韁繩，可王煜在中途將其搶了過來，他自是熟悉此處地勢，便迎空一甩，烈馬長雲幾乎飛馳在山林之中，令琬珠感到耳邊風聲呼嘯，頭頂樹蔭也嘩嘩閃動。

很快便來到了樹林深處，巨樹叢生的林中，地勢迷亂，高草瘋漲，柔軟而高壯。

夜風吹拂，蕩起一波又一波的陰綠長浪，散發出的是一股清冷的幽涼之氣。直到長雲停在了山腳下頭，王煜也順勢勒住了韁繩，琬珠抬頭看向上空——

驚覺此山浩瀚如海，巒峰相連，山巔更是聳入雲層，彷彿通天高塔。

「這便是無赦國神山？」她喃喃低語。

王煜翻山下馬，探出手去，將她抱了下來。

這令琬珠心生不滿，抵觸地說了句：「我自己可以。」

王煜充耳不聞，只管放她到地上，再將馬韁拴在一旁的樹幹。

也許是神山下的霧氣洗滌了他身上的蠱毒，這會兒光景，他已然舒適了不少，思緒也逐漸清晰，便轉手牽住琬珠，向山腰處前去。

他說自己幼時便經常來這山中了，只因他深信自己有朝一日會登基稱帝，所以便將神山當做是他的私有之物。十三歲的時候，他在山腰的一塊石臺上安置了藤床，當做練劍疲乏後的修養之處。

等到他們終於來到他說的石臺時，天邊已有血紅色的朝霞爬出，儘管周遭仍舊是昏暗的，可視線所及處的翠綠、嫣紅已是很清晰了。

王煜站在琬珠身後，伸出長臂，穿過她肩頭，指著山澗湍急的瀑布說道：「待我登基之日，那裡就會有仙鶴飛來，他們會銜出山神珍藏的玉石來送於新帝做賀禮。」

琬珠凝望著不遠處的瀑布，心中暗道：「朱辭所言果然無虛，仙鶴、玉石……當真是存在的。」

「聽說那玉石就是相助帝王位列仙位的法寶，只要伴於身側，便可長生不老。」琬珠低聲道出，半晌過去，都沒有等來王煜應答。她困惑地轉頭看向身後，發現王煜神色複雜。

也許是因為王煜聯想起了自己那個詭異的夢境，神山的瀑布與夢裡所見的瀑布極為相似，又也許，是因為琬珠身上的衣衫又輕又軟，清風吹來，撩撥過他臉頰，感覺更為異樣，連同呼吸也一併紊亂。

琬珠能聽見王煜逐漸沉厚、急促的喘息，連同他喉結吞咽口水的聲音，也在她耳畔搖曳。

「皇子，你能不能……別靠下官這樣近？」她說這話的時候，耳根已經發紅。

王煜瞥見她脖頸上的赤色，不由地探出手指輕輕觸碰，得到的是她微微的顫慄。他便有了底氣一般，更為靠近他一些，低下脖頸，唇幾乎是貼在她耳邊：「我還要，等多久？」

琬珠下意識地側過身形，順著來時的路準備下山：「天快亮了，我們回去吧！」

結果還沒等走出一步，就被王煜拽住了手臂，用力一扯，她就回到了

他身前。

二人近在咫尺，山林中碎風徐徐，幽幽花香，潺潺水音。她的腰身幾乎與他嚴絲合縫，心跳聲極為混亂，究竟是誰的，卻也辨不仔細。她還是要維持著朱辭教過她的伎倆——哪怕在這一刻，她已經有些意亂情迷，竟不知該如何應付這樣的局面。

「蘭陽死了。」王煜的唇磨蹭著她臉頰，喑啞著嗓子，「皇子妃的位置，還無人屬意。」

這包含著權欲與情欲的言辭，令琬珠開始神智不清，她眼神迷蒙地低下頭，還想再說拒絕的話，可身體已經發軟，再加上他大手一抬，她下巴抬起，嘴唇壓下來的瞬間，她覺得自己好像已經等候多時了。

那個吻很長，長到周遭的聲音都不見了去向，天地之間旋轉且空曠，雲海浮在頭頂，仙霧彌漫腳下，耳邊「咚——」一聲響，琬珠睜了睜眼，才發現自己倒在了他的藤床上。

王煜伏身而來，他雙臂撐在她兩側，將她囚困於他身下，望著她的眼神柔情似水，他問她：「你也是對我有意的，是不是？」

已經到了如此關頭，他還在擔心自己沒有抓住她的心。

花花紅塵，人心貪婪，既要身子又要得心，彷彿少了一樣，都要終日惶恐不安。

琬珠是因他擔憂和不安的語氣才心軟、動搖，所以這一次，她沒有推開他，手心抵在他胸膛，被他一把按下，反扣在藤床。

五指交纏，喉間燥熱，瀑布下生長著一叢鮮紅色的野花，長年被水珠澆打，卻也美豔非凡。

耳邊鳥鳴聲吵。

當琬珠再次睜開眼睛的時候，日頭已高掛於天。

她醒了醒神，看向四周，山林繁茂，滿眼幽綠。

窸窸窣窣的聲響，引她望向藤床前方，王煜正在穿戴衣衫，他背對著她，俐落的動作顯得有幾分冷漠，琬珠心裡有些困惑，便沒有作聲。

王煜在這時抬了抬頭，他知道她醒了，便沉聲說道：「陳大人，請你明日帶兵前往烏雛國，向赫蘭帝借兵十萬。」

琬珠蹙了眉：「烏雛國？」

王煜負手而立，仍舊是沒有轉過身來：「你可還記得我大婚當日，列國受邀而來，卻只有一國帝王參加了府上晚宴嗎？」

琬珠點點頭：「記得，除去花江已被吞併，餘下五國裡有四國君主都連夜離開，只有烏雛國的赫蘭帝……」

「我承諾過他，一旦我成為無赦新帝，便會分割一半領土給烏雛。」

「便是你吞併花江國的那一部分？」

「沒錯。」王煜頓了頓，再道，「赫蘭帝也許諾我，會借兵於我來鞏固尚未實現的皇權，在登基當天，一定會有人企圖要我性命，而無赦國的兵力也分散在各個領域，既要挾制朝臣，又要鎮壓餘黨，我需要新的兵力來擴充軍營。而眼下，我能信任的只有你。」

琬珠卻隱隱地察覺到了不對之處，她不安道：「你答應過我的，在你登基當天，會帶我來神山見證——」

話未說完，王煜已轉過身形，他漠然注視著她的眼睛，沉聲道：「我今日不是已經帶你來過神山了嗎？」

琬珠愣了愣，腦中忽然轟然坍塌，她不敢置信道：「所以你才說皇子妃的位置尚且無人屬意……你在誘導我……你、你竟和我要弄心計！」

「心計？」王煜冷笑一聲，俯下身湊近琬珠，捏住她下巴，略帶痛心與哀傷地對她說：「我的琬珠，一直在要弄心計的人，不是我吧？」

琬珠哽咽。

王煜仍舊憐惜地望著她，嘆道：「你放心，過去的事情我不會問你，但你要想證明你對我的真心，就要聽我這次——去烏雛國得到赫蘭帝的信任，我會伺機攻入烏雛占領城池，你借到的十萬兵力，將會助我一統大業。」

琬珠怨恨地看著他，王煜無奈地鬆開手，他站起身來，低聲道：「你能為朱辭來蠱惑我，為什麼不能為我去蠱惑赫蘭帝呢？」

提及朱辭二字，琬珠神色驚慌，他……竟知道朱辭與她之間的事情。

「原來你全部都知道……那為何——」

為何還把這樣一株危險的毒花留在身邊？

「我不知道。」王煜皺了皺眉頭，他的確不清楚該如何定義自己對琬珠的感覺，他從未有過這樣的情愫。唯一清楚的是，在家國存亡之秋，他

身為即將登基的新帝，有著保護皇位與蒼生的職責，他絕不能讓無赦國走上和花江國一樣的下場，所以……

「倘若你愛我，就該助我一臂之力才是。」

「哪怕認同你把我送給別人？」琬珠痛心疾首。

王煜卻道：「我沒有把你送給任何人，你始終是我王煜的，無非是——我們一起來一統山河罷了。琬珠，我向你保證，大事成之後，你將是無赦國唯一的王后。」

王后？

唯一？

這要她如何還能相信他？就在方才，他還在暗示她會是唯一的皇子妃。可不過是短短幾個時辰過去，他就變了臉，竟要拱手將她送給鄰國，只為助他完成大業。

她以為他已經是她棋盤上的棋子，是可以任由她擺佈的了，誰知他所表現出的一切都是虛妄的假象，是誘使她進入他布下的天羅地網的蜜藥，再反將她列進他早已規劃好了的棋陣上。

「你早就打算好了的，對不對？你口口聲聲說著會與我共用天下，可比起你的無赦國，我簡直微不足道，不是嗎？」

「我說過的，只有你能為我做這件事，除了你，我還能去信任何人？」王煜甚至哀求起她，他彎下身來，握住她的手，言辭懇切：「琬珠，我們現在是一體的，蠱惑將我們守在一處，我連你的痛楚都能為你分擔，你又有何不可為我做出小小的犧牲呢？我現在就答應你，只要十萬兵力一旦借到，我就會去烏雛國接你回來，我們會大婚，會生子，會相守到白頭，無赦國的所有臣子和百姓都要尊你、敬你。我王煜絕不會納妃娶妾，只與你一人共統江山，我發誓！」

琬珠張了張嘴，卻什麼也沒說。

王煜見她沉默，心神不安，從腰間抽出斬仙劍，「嚓」一下割破自己的掌心，鮮血直流間，他對著神山瀑布起誓道：「我王煜在此立誓，從今往後，若有負於陳琬珠，必將永無輪迴、劫難無數！」

琬珠的表情變了變，她忽然心痛，似不願他發此毒誓，可又覺得自己被他騙了，實在憤怒，就這樣掙扎地低下臉去，輕輕地點了頭。

也許出現第一次的妥協，之後還要有無數次的妥協。

可當時的琬珠，又如何能知道日後的一切呢？她甚至連朱辭的教唆都拋了腦後，心中想的只是要盡快借兵成功，這樣王煜就會接她回到無赦國，她理應為他做成這件事。

在那之後，他一定就會實現他的承諾，他們或許真的會像世上所有平凡的夫妻……相守到白髮皤然。她會擁有一個屬於自己的家，他會給她真正的家，所以，她只記住了「相守白頭」這四個字。

時值秋末蕭瑟，琬珠被王煜親自帶兵送到了烏雛國的領土上。

她仍舊是少年將領的裝扮，只因烏雛赫蘭帝喜好男色，這已不是祕密。他的後宮皆是俊美少年，且年歲絕不會超過十七，在赫蘭帝眼中，十八歲的少年已是不能入眼的老朽。

而琬珠的樣貌、年紀，都剛好是能被赫蘭帝寵愛的時候，只要她不讓自己的女子身分暴露，十萬兵力將會很快到達無赦國。

同年年底，王煜登基吉日推遲，占星結果表明，要隔年晚春登基才能風調雨順，王煜便決定在這段時間裡征戰四方，擴充疆土，搶奪奴隸。

且月餘之間，幽池與王煜斷掉了聯繫，他忙著殺伐，幽池尋不到他，又不能耽擱自己的旅程，只好循著其他線索，去尋找自己餘下的七情。可幽池深信自己的身世與王煜有關，所以從把守城關的侍衛口中打聽到，他有可能回到無赦國的時日，便想著要在當日等候王煜相見。

到了一月，幽池與鹿靈已經身在距離無赦國極為遙遠的紫新國，只因幽池感受到這裡有著他熟悉的氣息。

「總歸不是王煜戰敗、受傷落難於此吧？」鹿靈還這樣奚落道。

結果到了城中，發現天空盤旋著厚重烏雲，且雲色詭異，既紫又青，團團壓城，時而驚現閃電，一道道落進城內，那城牆上更是鍍著一層陰鬱之色，好生壓抑。

連個守門的侍衛都沒有，幽池與鹿靈困惑不已，好不容易找到一戶有孩子在門外玩耍的人家，剛想詢問，那家老翁便抱起孩子準備關門，幽池只好自曝身分，說自己是降魔人。

一聽這話，老翁可就雙眼放光，直接開口請求幽池幫這城降魔。他說紫柔佛巴魯上有一雷妖，白日放雷，夜裡驚閃，令百姓們都不敢出門，且

已經維持了有一整月了。

幽池掐算時間，倒是和王煜失去音訊的日子有些相符，便心神不安，立刻應下老翁，與鹿靈趕往紫柔佛巴魯。

山勢陡峭，野獸極多，小路崎嶇，荒草遍地，幽池和鹿靈找到山間一山洞，企圖從中找出雷妖，卻驚愕地發現洞中之人是琬珠。那時的她躺在寒石上，蠱毒紋路已經遍布到了臉頰，幾乎瀕死。

幽池想要靠近她，卻發現她身體上空籠罩著雷光，一旦靠近，便會放射出雷電，幽池恍然大悟，原來日夜驚雷的不是雷妖，而是琬珠。

唯獨鹿靈可以近身於她，這令幽池極為不解。而鹿靈發覺琬珠不僅不省人事，呼吸都微弱如游絲。她懇求幽池救救琬珠，因為琬珠這般淒慘模樣，實在令鹿靈心痛如絞。

她竟淚流滿面，哭泣著：「我也不知道我為什麼會這樣傷心，只是覺得自己對她有愧，什麼也幫不上她，我……我竟不知為何會是這般想法……」

幽池不忍鹿靈難過，便決定入琬珠夢境，探個究竟。

鹿靈也想一同，可瀕死之人的夢境危險至極，稍有不慎，便會困於夢裡再難歸來，所以幽池只能一人前去。

也許琬珠的夢裡會有王煜。幽池心中暗暗想道：「看了她的夢，才會知道她與王煜之間究竟發生了何事、令她深陷此處。」

紫光閃現的盡頭，彷彿有龍鳳戲珠，幽池撥開層層迷霧，直奔琬珠夢境的中心。

可待他看到夢境的整容後，卻有些許茫然，只因這夢裡的景色如同仙境，九重天上雲海翻騰，巨樹參天，霞光萬丈。

漂浮在浩瀚仙雲中的仙島，一座又一座地移動，其中景色各有不同，有仙宮，有寶剎，亦有成群靈獸在島中悠然行走。

尤其是雲海對面那一棵巨大的神樹，枝繁葉茂，通體金光，且枝椏如瀑布一般流淌下來，五光十色，光輝熠熠，自有一股不可言說的神祕感。

這裡是仙界，而仙族的誕生，皆是集天地之靈幻化而出。且說在那巨大的神樹後頭，便是險峻、巍峨的神山崖，由於是仙界之物，自是被叫作神山，或是仙山。

山巔聳入雲層，三萬九千仞，寸草不生，黑石連巒，只在日月星辰間會見到仙鶴從山巔成群飛過，偶爾還會有年少的仙鶴，將口中銜著的雨露注水灑落在山巔上頭，潤澤了石縫中的泥土，三千年來滴水穿石的潤物，使得泥土中有一株翠綠的仙草破石而出。

而她，便是鹿靈的前世，是仙界神山懸崖上的一株靈芝仙草。

要說這神樹已活了億萬年，卻從未見過身後的懸崖上會有仙草出現，守樹的神女珺瑤也覺得神奇，對這株仙草自是極有好感，整日用神山露水澆灌、照拂於她，令仙草根基漸漸牢固，葉片翠綠，順著懸崖伸展到了神樹下頭，又爬上了樹椏。

就這樣曬著仙界太陽，喝著神山露水，再加上珺瑤神女的悉心照料，仙草在第四千年的時候，終於幻化出了人形。

當年在仙界的鹿靈尚且不叫鹿靈，她被珺瑤收做了徒兒，取名靈素。

因為珺瑤對她有照拂之恩，靈素又是種充滿靈性的仙草，便總想著要報答神女，不是幫她照看神樹，就是幫她去後頭懸崖上搬來一些黑石，做加固神樹根基的材料。

有一次靈素險些掉下懸崖，她靈力低下，幾乎被雲海吞噬，倉皇之間只好又變回仙草原形，纏在仙鶴翅上回到山巔，可驚嚇令她失了水分，變得奄奄一息，幸好路過此處的魔尊對其施法澆水，她才逃過一劫。

還記得魔尊當時微笑道：「小小仙草實在頑強，若是下界為人，也會是堅韌忠良，必成大業。」

可她是個女子，做不成什麼忠良，她只想永遠留在仙界陪伴珺瑤神女。

但魔尊的救命之恩，她也是不敢忘懷，時常會同珺瑤說起：「師父，若有朝一日我修練成仙，一定要回報魔尊，哪怕他不會將我這種小仙放在眼裡，我也要盡自己全部能力去償還。」

誰知珺瑤卻告訴他，魔尊與凡間女子有了私情，神界要降罪於他，不知是將其封印還是要與魔族大戰，總之，再能見到魔尊已不是易事了。

夢境中的幽池看到此處，只覺魔尊樣貌有幾分熟悉，就彷彿自己的記憶深處，也曾經見過那抹笑意。他心中越發焦急，只管加快步伐，循著夢境繼續走下去。

夢境越深處，越為深暗。只見一聲驚雷乍起，紫光漫天，幽池看見頹敗的山林裡，一輪殘月低空懸掛。而夜幕之中的林內怪影重重，他的視線裡忽然闖入一頭凶猛巨大的妖獸，竟是在倉皇逃命。

　　那妖獸身後追著的，是一匹通體赤焰的麒麟，在快要接近妖獸的瞬間，他搖身一變，幻化成了手持長劍的高大男子，黑髮青眼，光澤幽藍，身披銀甲，冷峻如斯。

　　他一個跳躍飛到空中，夜鴉驚亂，他手中長劍旋轉飛出，將近在咫尺的妖獸頭顱削飛於空。妖獸屍體頃刻間灰飛煙滅，他一腳將妖獸的眼珠踩爆，林中已被他的行徑嚇破膽的小妖紛紛逃竄，驚呼著：「是殺戮麒麟來了！是神將策戮！」

　　這個長了一對鳳眼的男子，的確是仙界中的神將，名為策戮，生於戰神世家，仙體為火焰麒麟，又因殺戮成性，而被叫做殺戮麒麟。

　　其實，他上古的祖輩是極為溫和的物種，麒麟本身就是寬容、仁愛的慈物，但隨著三界戰亂不斷，麒麟之血又可長生不老，仙界便將其收入仙門，還教唆麒麟成為殺戮的武器。

　　試想，仁愛慈物都可為仙界殺戮，又有何方神聖還敢與仙界作對呢？

　　尤其是策戮的家族背景複雜，上古傳承下來的規矩繁複，導致手足之間勾心鬥角，他的性情也因此而變得喜怒無常、陰晴不定，唯獨對那守護著神樹的珺瑤神女，有著難以言說的情愫。

　　自打有那神樹開始，便有了神女。所以，當策戮還只是一頭小麒麟獸的時候，珺瑤就已經有五千歲了。

　　且說神將世家可隨意在仙界中通行，作為保護仙界的唯一戰閥，他們位高權重，甚至於可以繁衍後代——但不可是仙界神女、仙子，與麒麟同族、魔界妖尊、凡人公主都可以通婚，唯獨不能是仙子。

　　但策戮幼時便喜歡在神樹下吃神果，珺瑤也很寵他，從不會將他驅趕，反而會偷偷背著天君，給他留出神樹新結的果實。

## 第七章 金瑤臺

直到又過去一千年，策戮已可以化作人形，且在能夠隨心操控麒麟與人身之時，他便要為天庭斬一從魔界逃來仙界的妖獸。

還記得那妖獸法力強大，策戮與之大戰三日，才將其鎮壓回去魔界，便見到了前來收服妖獸的魔尊。在道行滔天的魔尊面前，不過才活了千年的策戮，也感到了極為震撼的威懾，他嚇得變回了麒麟原形，怔在原地不知所措。

魔尊卻沒有為難他，只是以手指在他額間碰了碰，留下了一抹印記，示意他是曾經被自己放走的仙界神將，若日後有緣再見，他也必須還魔尊這人情才行。

等到策戮回去仙界時，他已經累得沒有力氣，心裡只想著要去幻木下頭，要去見珺瑤，他已經離開天上一整日了，於他而言，未曾與珺瑤相見的一日，簡直倍感折磨。好不容易到了幻木下頭，他體力不支，伏在地上，以麒麟的姿態睡著了。

頭頂是樹葉被長風吹拂的沙沙聲，裙擺拖地的輕柔帶來寧靜花香，策戮緩緩睜開眼，看到一顆果實掉落在他面前，再向上看去，便見到珺瑤又驚又喜的容顏。策戮一怔，這才發現自己此刻已是人形，而珺瑤從未見過自己的人形模樣，她會恐懼也是應該。

那天，策戮花了好長時間才和珺瑤解釋清楚了自己的身分，他說自己已經被她餵食了長達一千年的神樹果子，他就是那頭日日徘徊在神樹下的麒麟獸。

珺瑤只道男女授受不親，她作為守樹神女，從未與男仙多言，如今見到策戮，更是怕得瑟瑟發抖。

可她低垂眼睫的臉龐甚是美麗，神樹花葉飄落，拂在她鬢，策戮能夠清晰地感覺到，自己心裡有種繾綣的情愫在無限蔓延，比他斬殺一千隻妖獸的快意還要濃烈百倍。他不知該如何形容這種感受，直到他的兄長以一副過來人的嘴臉笑他：「呦！鐵樹開花，心生執念。」

的確是執念，因為是他的一廂情願。

天庭的麒麟是戰神，也是殺戮之神，珺瑤自是害怕於他。可他總是偷

偷地凝望著幻木下的珺瑤，打從擁有人形之後，他便凝望了兩千年。

連珺瑤收做徒兒的那株仙草，都看出了策戮的痴情，總說道：「師父——那個神將很是中意你呢！每天都會放一籃的海棠花到幻木下頭，是你最喜歡的人間才有的海棠花。」

每當聽見這種話，珺瑤的臉紅一直泛到耳根，她還要拚命壓抑這種情緒波動，因為一旦七情六欲過度，幻木就會凋零或是怒放，總歸不是天庭想要看到的模樣。

「師父當真是鐵石心腸，竟對那種美男子都無動於衷。」仙草靈素甚是不解，她張望著樹下的痴情神將，唉聲嘆氣道：「他不過是想和師父說說話，總是從天明等到天黑，再這樣下去，天君都要問責師父耽擱神將守護仙界啦！」

珺瑤最怕的就是這個，她訓斥靈素胡言亂語，可思來想去，到底還是飛下幻木，去見了策戮一面。那還是他自打人形以來，她第一次願意見他。

從前她都是撫摸他麒麟模樣的毛茸茸的額頭，如今面對這樣一個人高馬大的男子，她總是心跳加快、面色緋紅，連話都說不明白。

他以為她還是怕他、躲他，便不願讓她為難，只將從人間帶回來的一支海棠簪交給她：「我覺得它配你，你若戴上，定是好看。」

她倒是很喜歡那支海棠簪，和她素白的衣衫確實相配，也就接了過來，輕輕插在自己鬢上，抬頭看他時，見他微微笑了。

那笑漾進了她心底，掀起了難以遏制的層層漣漪，她驚慌離開，連聲再會也忘記同他講。

自那之後，他來的次數漸少，靈素以為是他終於敗給了師父的冷漠，實際上是神將們都在征戰魔界，他自然也不例外。

且兩族大戰難免傷亡慘重，他雖身為殺戮麒麟，驍勇善戰，卻也令她心中擔憂，默默祈禱他可以凱旋而歸，又偷偷從幻木上藏了一籃他做麒麟獸時最愛吃的果子，埋在籃中的海棠花下，怕被靈素看見。

聽聞仙兵說神將們歸來，卻不是戰勝，她雖唏噓，卻也期待他能來幻木見她。可等了數日，也不見他身影，在某個失落的夜晚，她昏昏睡去時，仿若在夢中見到他的身姿。

他攜她飛去九重天上，賞雲海翻滾，見月色柔華，星辰北斗皆為襯，風聲細碎繞鬢邊。他貼近她耳畔，輕聲說了句：「珺瑤仙子，若我與天君請命，懇請他打破天規，許你做我妻子——仙子可願意？」

一聲驚雷劃破天際，珺瑤因此驚醒，她這才發現方才是夢。

再看向天邊，紫光電閃，雷雲滾滾，靈素說是魔界妖獸來襲，且話音未落，大片妖獸已經奔赴幻木下頭，珺瑤驚慌之際，見到策戮持劍來殺。

想來她只聽聞過殺戮神將的恐怖，卻從未目睹過。而那次幻木下的殺戮，到底是令她看到了策戮殺妖如麻的姿態。說不害怕是假的，可想起自己夢裡他的溫柔，她又覺得自己理應整理好情緒，不該讓他一直苦苦等候……

他對她的好，她自然知曉，只是身為守樹神女，又如何敢動凡心？

待妖獸斬盡，他想著來看她是否安好，飛身來到她身邊，探手欲觸碰她，她卻因複雜的心緒而遲疑地退後，他卻把那當做了是她的懼怕，也因此而心灰意冷。他轉身離去的時候，珺瑤想要挽留，可決絕的背影令她無法開口，也擔心自己對他的愛戀，是一廂情願的妄念。

是啊，在他看來，他的愛是執念，而在她眼中，她的愛是妄念。怕對方無法接受自己，也怕天庭、怕眾神、怕天規的束縛。

命運終究殘酷，仙人不該有情。意識到自己與他終是殊途的珺瑤，像是斷了生欲，低落消沉的心境，使得幻木的葉片迅速凋零。天界從擁有這幻木的那一天，就經過層層選拔挑出歷任守樹仙子，每一個都必須做到不卑不亢、不驚不喜，一旦內心出現強烈波動，幻木會因她的情緒而枯萎、衰敗。

至此，天君勃然大怒，並降罪於珺瑤，將她貶去凡間渡劫受苦。珺瑤被貶下凡的時候，策戮也決絕地隨她跳了下去。且說身為殺戮麒麟，他背後是神將世家，在天庭舉足輕重，若是其父出面與天君求情，他是不必受任何罪過的。可這麼一跳，卻是他心甘情願，甚至還有那麼一點私心。

他想著到了凡間，天庭那些不准與女仙情愛的規矩，便都煙消雲散了，他大可去追尋轉世後的珺瑤，她在何處，他便在何處，從此一生一世一雙人，再不必受相思之苦。卻不知他墜天時，體內出現了業火，他竟才得知自己是擁有業火的。

詭異似紅臉的業火燒得天際血紅，導致紅雨不斷，災禍人間，這罪名可不小，天君再如何偏袒他的世家，也還是要小小懲戒一下，以示自己的明君之舉。於是，他記憶被收，也入了輪迴，並且要渡一千零三十四劫才能重回天庭。

　　花花世界，他與珺瑤歷經困苦，度過了許多輪迴。

　　有那麼一世，她是當紅歌舞伎，他是敵國少年將，二人雖有緣相戀，卻也因家國仇恨而雙雙殉命。

　　再下一世，她是富家千金，他是落魄書生，門第不配，家族阻礙，到底也是成了苦命鴛鴦。

　　就這樣世世相遇，世世錯過，生生相愛，生生相散，人間三百年已過，當這一世的策戮成為王煜，珺瑤成為琬珠，這劫數儼然是還沒有盡頭。

　　幽池親手撥開重重迷霧，越發前往夢境深處，只為追逐王煜與琬珠之間的愛恨猜忌。且終於被他找到了一顆夢中遺珠，他揮劍砍碎珠子，點點星芒裡皆是過往因果。

　　原來，王煜是去接過琬珠的。

　　在將琬珠送給敵國的數月後，王煜已經得到了十萬兵力作報酬。可他也牢記自己與琬珠的約定，便帶著一行護衛，再次踏足烏雛國的領土，親自面見赫蘭帝。

　　前去敵國的路上，同行的周將軍還曾屢次提醒王煜：「皇子，眼下你那無赦國新帝的皇位還沒坐上，前去烏雛國便要加倍小心，以免那詭計多端的赫蘭帝想要──」說罷，便在脖頸間比劃出了一個抹脖子的手勢。

　　王煜凜冽目光瞥了一眼城門上的烏雛旗幟，又沉下眼去：「我們是來接陳大人回去無赦國的，又不是來挑起戰端的。」

　　「只怕陳大人，便是無赦國與烏雛國之間的戰端了。」

　　王煜心中也有些動搖，他知道烏雛兵力強硬，送給無赦國十萬大軍，也不過是九牛一毛，與之對比，無赦國仍舊不算安全。

　　如果這次將琬珠帶回國去，無疑是在赫蘭帝心裡插上一針，怕是要記仇。

　　可，如果赫蘭帝對琬珠並不滿意，此行豈不是也算順水推舟？

但王煜很快就否決了這一想法。赫蘭帝理應是喜歡琓珠的，不然是不會將十萬兵力如此痛快地贈與無赦國。只不過，他一向如那波詭雲譎，心思莫測，王煜又如何能猜得出他究竟在想些什麼呢？

　　踏上烏騅國領土後，王煜與赫蘭帝在塞外帳中相見，只因赫蘭帝正在帶兵攻打鄰國進城，已多日不曾回宮了。

　　王煜瞥見他一身赤紅鎧甲，腰上繫著海棠編織而成的帶子，不由地蹙起眉頭。

　　「哦？」赫蘭帝察覺到王煜視線，也低頭看了看自己腰上的帶子，哈哈大笑道，「嬌豔吧？今早採摘的海棠花，做花環、做腰帶，甚是清香！」

　　王煜頷首，恭敬道：「赫蘭帝風雅，當真是性情中人。」

　　「倒不是我這個粗人風雅。」赫蘭帝眼神曖昧地摘下腰間一株海棠，戴在自己右耳上頭，舔了舔嘴角，似在回味過往一般，「琓珠妹妹喜歡海棠，我便也愛屋及烏就是了。」

　　琓珠妹妹。

　　這稱呼令王煜身形一震，惶恐地看向赫蘭帝。

　　他卻嘿嘿一笑：「怎麼？你也不知道琓珠妹妹是個女兒身？瞧咱們，被個小丫頭騙得團團轉！」

　　王煜吞嚥口水，喉結滾動，額角冷汗滲出，還要賠笑道：「是啊……如此看來，我也是被蒙在鼓裡了，竟不知她是個姑娘家。」

　　「卻也無妨。」赫蘭帝摩挲著下巴，神色享受地笑了笑，「她倒是很合我心，楚楚可憐的模樣，很是得我疼愛，那些嬪妃都要嫉妒死她了。」

　　王煜唇邊的笑容逐漸褪去，咬緊牙關。

　　「可惜都這麼多個日夜了，她都還沒懷上我的骨血，真是讓人心急。」

　　王煜緊緊地握住雙拳，骨節發白。

　　「不過七皇子，你和她認識比較久，你倒是教教我，怎樣還能再討她歡心？」

　　王煜用力地閉上眼，彷彿已在心中將赫蘭帝千刀萬剮，若不是身旁的周將軍驚慌地呼喊王煜，他的手竟真的要去探腰間斬仙劍了。

「七皇子？」

王煜猛然驚醒，抬頭看向赫蘭帝。

「你的臉色如此慘白，可是路上勞累？」赫蘭帝擔憂地嘆道，「你我之間不必見外，若是累了，便隨我護衛回去我宮裡，正巧還能與琬珠妹妹敘敘舊，她說你當她如親妹對待，分開這麼久了，她也一定很想念你這位兄長了。」

王煜心中冷笑一聲，順勢合拳謝道：「多謝赫蘭帝體恤，我與妹妹……的確是該敘舊了。」

可王煜隨赫蘭帝欽派的侍衛，來到烏雛皇宮的寢殿後，卻見到琬珠已經極為蒼白瘦弱，她的手腳拴著鐵鍊，連同脖子上也綁著鐵環，如同在對待一隻牲畜。

三整月，九十多個日夜，他二人終於得以再次相見。

比起憎恨，琬珠更多的是激動與喜悅，若不是有侍衛在場，她當真會失態。還好王煜向她使了眼色，她才按捺住了心思。

「我想與妹妹單獨聊聊。」王煜對守在身後的烏雛侍衛說道，「還請幾位通融。」

侍衛們也是通情達理，帶著侍女們統統退了下去。

剩下王煜和琬珠時，她終於疾步跑向他，可惜鐵鍊限制了距離，她的腳踝被拉扯，再難前進，王煜卻也沒有靠近她，只管站在原地，負著雙手，他提防著烏雛國，更擔心隔牆有耳，所以不便與她親近。

「琬珠。」他嘆息一聲，悵然道，「我今日前來，只是想親自看望你一眼，見你安好，我便也心安了。」

琬珠怔怔地看著他，似有迷茫地問道：「我安好？我這般……哪裡安好？」

她已骨瘦如柴，面色枯槁，裸露出的手腕、腳踝都有瘀青與傷痕，他已然目睹一切，竟還能如此大言不慚？

「琬珠，你且再等等。」王煜斟酌著用詞，謹慎道，「現在還未到時機，你要考慮大局——」

至此一句，令琬珠如夢初醒。她總算是明白了，他今日前來，並非要接她回去無赦國，他不過是來安撫她的。

什麼「且再等等」，無非是權宜之計，他壓根沒想要帶走她。

「你……這是真的要把我送給烏雛國了？」琬珠怔怔地瞧著他。

他別開臉去，怕與她視線交匯，只低聲道：「你也知曉的，赫蘭帝滿意你，你身在烏雛國也沒什麼不好。且他已經按照約定，借兵十萬於我，我自然不能過河拆橋，而且無赦國的朝臣也是不建議你回去的，很多人一直想要陷害你，我也只能再想辦法將他們一一說服……不過你放心，只要我登基稱帝，事情就都會結束，我定會接你回去無赦國。」

這一刻，琬珠連憤怒都沒有了，他口口聲聲都在說著國家、朝臣，唯獨關於她本身的話，卻是寥寥數語。

他以前不是這樣的……

「你連蠱毒都願意為我分擔……你為我去尋解藥，隻身前去巫月山……就連我陷害了蘭陽，你也不曾怪罪過我，甚至當群臣都反對我留在你身邊時，你也從未動搖過。」琬珠困惑地皺起眉頭，「可為什麼，你現在待我卻如此冷漠？你明明看見了我在烏雛國這般生不如死的境地，也知道赫蘭帝對我的虐待……聰明如你，不可能不懂他的為人，但你選擇視而不見，就好像我所遭受的痛楚，在你眼中不過是螻蟻所受之罪，輕如鴻毛……你當真，是愛我的嗎？」

一個「愛」字，令王煜不安地看向周遭，似怕被人聽去。

琬珠的心再涼半截，她心痛徹骨。

也許是終於確定旁人不在，王煜這才走近琬珠，他的眼裡是有著愛憐的，也的確伸出手，想要觸碰她臉頰。

琬珠本想躲開——至少要給他點顏色，要讓他知道她的寒心與憤怒，可她不忍心，更捨不得。於是，她沉浸在他掌心的溫暖裡，竟一時動情，潸然淚下。

她又如何不懂呢？

他就是這樣一個人，說他鐵石心腸也好，說他無情無義也罷，即便是為他付出一整個國家的蘭陽，在失去利用價值後，也被他視作臭蟲。

好在現在的她還被他需要，就算她很快也會擁有和蘭陽相似的下場……

但他曾經說過的誓言，她卻仍舊相信，他許諾過的每一句、每一個

字，她都不願去懷疑。縱然他將權力、江山放在高於她之上的位置，她也還是想要盡自己所能的去幫他達到目的。

只要——

「你別再留我一人在這裡了。」琬珠哽咽著，「求你帶我回去無赦國吧！我可以為你殺敵，也可以為你整頓朝廷，留我在你身邊，你不能沒有我的……」

王煜怔了怔，抽回了自己的手掌，像是重新冷靜下來一般，他漠然道：「還不行。」

琬珠錯愕地看向他。

「琬珠，你應該懂我才對。」王煜湊近琬珠耳邊，以非常輕的聲音說道，「你還未找出能讓無赦國進攻烏雛國的方式，任務還沒有完成，你怎能半途而廢呢？」

琬珠「啪」地一聲打在他臉上，鐵鍊也一併將他臉頰劃傷，他沒躲，也沒有怨恨，唯獨琬珠恨絕般地咬牙切齒道：「你這懦夫！根本就不配活在金燦的瑤臺上！」

王煜悲痛地看向她，試圖去抱她，卻被她厭惡地打開了手，他只能收緊手指，最後說道：「我是不得已的，琬珠，你再信我一次，再幫我一次，不會太久的。我保證。」

又是保證。

那麼多次的保證……

他還想騙她多久？

她憑什麼要一直被他耍弄於股掌之間？

琬珠恨透了他，決絕地背過身去，不願再看他，而他駐留片刻後，也終究是離去了。

而夢境中的幽池靜默地望著這一切，心中有股難以言說的焦躁，只覺他二人這般彼此折磨，別說是回去天庭，就連何時能夠渡劫結束都不好預料了。

誰知就在幽池為此悲嘆的空檔，夢境之中竟劃開了一片血色。他猛地抬頭去看，竟見夢境裡的琬珠倒在了血泊中央，她手裡握著一支海棠花簪，那簪子將她的脖頸刺出了雖細小卻深邃的洞。鮮血順著洞口流淌而

出，將她冰冷的身軀吞噬、淹沒。

是這般決絕且孤注一擲的方式，令琬珠得到了自己想要的結局。她被烏雛國的赫蘭帝送回了無赦國，出乎意料的是，赫蘭帝並沒有怪罪她，也沒有收回十萬兵力，反而是對她的痴心有幾分欣賞。

「世間哪有妹妹會這樣愛戀哥哥的呢？」赫蘭帝早已看出了其中端倪，在將琬珠交還於王煜的時候，他曾說道，「這分明是女子痴迷男子的愛意。王煜，這位琬珠妹妹的心思全部屬意於你，我堂堂烏雛一族，又怎好做橫刀奪愛的不義之舉？便送還給你，日後，且好生地對待她吧！」

也許這是最好的結局了，哪怕王煜還沒有得到可以進攻烏雛國的皇宮輿圖，可琬珠能夠全身而退地回到他身邊，他又何必執著於一時呢？

他倒也的確將這份遺憾藏在了心底，不僅安排御醫為琬珠查看身體，也要侍女為她更衣、梳洗，待她養好了身上的傷勢，他才召她來到自己寢宮。

駕帳高懸，氤氳香散。

凌亂的床榻上，王煜衣衫不整地臥在枕席，胸前躺著身姿曼妙的琬珠，她香肩裸露，鬢髮濕潤，雙頰緋紅，爬著蠱毒紋路的腳踝，倒也還能看出白皙之色，二人軀體交纏在一處，倒是極為香豔。

王煜的手指輕輕地摩挲著琬珠的背，速度逐漸放緩，直至最終停下，琬珠知曉，他理應是睡去了。她小心地爬起，先把衣衫穿好，然後探身到王煜身邊，仔細觀察了他片刻。他的呼吸平穩，吐息輕緩，似是睡得很沉。

琬珠反手探去自己的腰後，一把小而精緻的匕首被她握住，她看著面前的王煜，目光落在他脖頸處，只要一刀，一切仇恨都將煙消雲散。

她不能再錯過這一刻了，已經等了這麼久，她絕不允許自己失敗。

可就在刀尖即將落下的那一瞬，他忽然輕嘆一聲，緊接著便是一句：「你不想要花江國的王印了嗎？」

琬珠的手一顫，刀尖偏了方向，直直地刺在了枕席。

王煜在這時睜開眼睛，他不動聲色地看著她，全然沒有絲毫懼怕，只是略顯憂傷地說道：「我若死在此處，你便無法得到染血的帝王玉石，又如何能治好你身上的蠱毒呢？」

琬珠震驚不已，她嘴唇微動，卻說不出話來，只感覺自己的手臂被緊緊抓住——王煜直起身形，握緊了她的手腕，直至她疼痛難忍地哀呼一聲，匕首掉落，她才咬牙切齒地問道：「你……你是從什麼時候——」

　　「知道你的目的？」王煜喟嘆道，「琬珠，有些事情，是不能夠戳穿的。我本不想說這些，是因為不願破壞你我之間的情誼——哪怕我早就知道你留在我身邊的心思，不過是想要玉石，和為你的朱辭皇子奪回花江國的王印。」

　　他口口聲聲說著情誼，可卻沒有一次做過能令她深切感受過情誼之舉。

　　不……也不是全然沒有，倘若他對她真的無情，那麼她早就該動手殺他才對。

　　真的是她貪戀那登基之日才會出現的賀禮玉石嗎？

　　還是說，她自己根本就不忍心取他頭顱？

　　眼前閃過的是王煜從巫月山帶回毒草時的景象，當時的他中了毒草的毒，假裝被蠱惑折磨得昏死的琬珠曾想過，這是個好時機，他尚且虛弱，她可以殺了他。就算會失去玉石，可總歸能圓了朱辭的心願——

　　殺掉入侵花江的罪人，也算是替朱辭出了惡氣。

　　誰知當時的王煜卻命侍女為她煎藥，待她醒了要傳他，他會親自來她房內。字字在意，句句關切。

　　於是，琬珠想要取他性命的想法，也就放下了片刻，心想著再等等吧，等他對她無情的時候，再殺他。

　　便是自那之後，她一直等，等他將她送給烏騅國，等他來接備受虐待的自己，等他實現他所有的誓言……

　　她當真是等了太久太久了。

　　久到自己都覺得一切荒謬，久到她對王煜產生了恨意、愛意，乃至於不願再去原諒他的執念。

　　她今次想要殺他的心，早已不再是為了朱辭。

　　她不過是——

　　「為了我自己再不受你的折磨……」琬珠想到此處，竟是失笑出聲，她悲痛地搖著頭，眼裡逐漸有霧氣泛起，「我不想再去擔心你下一次還要

把我送給誰，也不願再做你的棋子，倘若我殺不了你，你便殺了我吧！」

王煜沉下臉色，他看到有淚水從琓珠的眼中流淌而出，他從未見過她哭泣的模樣，只覺她的確是傷了心。

沉默良久過後，他終於問她：「我不會再傷害你的，琓珠，我要如何做，你才能相信我？」

琓珠冷笑一聲：「我不再信你了。」

「你想要我怎麼做？」王煜俯身湊近她，將她的鬢髮捋到耳後，憐惜地從身後抱住她，輕聲道，「你想要我性命，我可以給你。待我登基那日，你取我頭顱，自可得到染血玉石，服下之後，便可不再受蠱毒之痛了。還有——」

他頓了頓，又道：「花江國的王印被我放在宮中密室裡，其他幾個國家的王印都在那裡，你若想要，也一併拿去吧！」

可琓珠卻全然沒有了興趣，她失魂落魄地說道：「我什麼都不想要了……如今的我，在你身邊也倍感痛苦，離開了你，也同樣生不如死。你若死了，我也不想獨活，可你若不死，我照樣是恨絕了你。是你把我逼到今天這個地步……我曾經無拘無束，無愛無恨，想要殺誰便殺誰，想要活剝誰的人皮，就能如願……可自打入了你的局，我什麼都做不到了，我不再是我了。你要是覺得對不起我，就准我回去花江國吧，哪怕是死，我也想死在故國，你我至此不必再相見，更不必彼此折磨了。」

王煜蹙起眉，他咬緊牙關，抱著她的手臂，也不自覺地加大了力度：「我就這樣令你厭惡嗎？」

他到底還是不懂她的心思，琓珠絕望地閉上眼睛，淚水滑落的瞬間，她已然徹底絕望。

「放我走吧！」

王煜沒有回應，只是用力地將她的身形轉過來，強迫她面對自己。可她不願看他似的，強硬地別開臉，他心中慍怒，猛地將她推開，忽然高聲令道：「來人！將陳大人關進地窖，沒有我的准許，誰也不許放她出來！」

侍衛們得令，紛紛衝進室內，將琓珠關押進了王煜寢宮的地窖。

他當然是以為關住了她的人，就能夠關住她的心。可他忘記了，真正

想要尋死的人不會哭喊，真正想要離開的人也不會留戀。

當夜，琬珠逃走了。

望著空蕩蕩的地窖，王煜手裡死死地握著她遺留下的那支海棠簪子。那本是他送給蘭陽的信物，可自從蘭陽死後，那簪子便落到了琬珠手上。王煜曾說過，那簪子是當年無赦國最為貴重的一件寶貝，上頭的寶石價值連城，本就是要送給未來皇子妃的。

「更何況，海棠這花，還是與你更為相配。」王煜親手將簪子插在琬珠的鬢髮上，他從未告訴過琬珠，那是他第一次，也是最後一次為女子戴簪。

可她到底還是逃離了他的身邊。

離開無赦國的琬珠，卻不知道自己能去哪裡，其實花江國是回不去的了，她愧對朱辭，任務沒有完成，連自己的心也一併搭了進去，她有何顏面去見他？

琬珠一路漫無目的，如同孤魂野鬼，悠悠蕩蕩，路過各色山峰，親眼見那些樹叢蕩起一波又一波的高浪。直到她因蠱毒發作，而在山中寸步難行——

她倒在了紫新國的山上，逐漸被蠱毒吞噬，又被城中百姓以為是妖，導致紫柔佛巴魯無人敢登。久而久之，山上長草橫生，紫光詭異，也便是幽池與鹿靈如今看到的這般淒慘模樣。

此時此刻，走出琬珠夢境的幽池就站在她面前，他看得出，她的確沒有想要再活下去的意思。

鹿靈彷彿也感受到了琬珠散發出的消沉意志，她伏在琬珠身邊，感到痛心地對幽池說道：「她好像很痛苦，幽池，她似乎想要說些什麼，可是她已經沒有力氣開口了，要怎樣才能聽見她想說的話？」

幽池沉默片刻，回答鹿靈：「你真的想幫她？」

鹿靈用力地點頭：「我一定要幫她！」

幽池想到在琬珠夢裡看到的那株靈芝仙草，對鹿靈的前世也有了幾分知悉，心覺這或許也是鹿靈的因果，他雖不願意介入他人因果，但對方是鹿靈，他自是不能不管，便道：「你握住她的手，我會讓你們的意識連接，但你會暫時失去自己的感知，而她的靈魂想透過你的身體來傳達她最

後的心願。如此，你可願意？」

鹿靈毫不猶豫：「自然願意！」

「好吧……」幽池輕輕嘆息，在鹿靈握住琬珠手掌的那一刻，他念出咒語，只見嫋嫋青煙從他口中呼出，一點點地覆蓋住鹿靈與琬珠的身軀，剎那間，紫光閃現，鹿靈昏迷過去，但琬珠的聲音卻從她嘴裡鑽出。

「是你啊，降魔人。」是縹緲若游絲般的聲音，琬珠幽幽地說著，「既然你找來了這裡，便知道我已經身陷執念，蠱毒已吞噬了我，趁我還沒有入魔之前，給我一個痛快的了結吧……」

想來降妖除魔是幽池的義務，既然她提出了要求，幽池身為降魔道長，也不能任由蠱毒籠罩山林，他點頭答應，在降魔之前，他總是要問一句：「你還有什麼話要說？」

「何必問我呢？」琬珠失笑，「你不是已經從我的夢境裡，看到了所有的前世今生嗎？」

幽池怔了怔：「你……知曉自己的前世了？」

琬珠長長一聲哀嘆：「也許是我被蠱毒吞噬後，已徘徊在成魔的邊緣，所有的過往、因果乃至於輪迴都見證了一遍，我才知曉自己與王煜是幾百年前就註定的孽緣。你能從我夢境裡看到的，也都是我想要讓你看見的，至於其他的……你還有許多不知道的，譬如……我和王煜之間失去了的那個孩子。」

幽池全身一震，驚愕道：「你……你們之間竟還有個孩子？」

琬珠沉吟了片刻，終於同幽池緩緩道出：「我來到紫柔佛巴魯已經有了小半年，而當時從王煜寢宮的地窖裡逃走時，我已經有了身孕。可憑他多疑的性情，根本不會相信孩子是他的。我逃出無赦國的原因，也是想要平安生下孩子。只可惜蠱毒發作，連累我痛不欲生，七個月的時候，孩子早產，我又獨自在山間，自是沒能保住他了。是個男孩，瘦小的胎身，沒比我的手掌大多少……我把他埋葬在山洞外的海棠樹下，他的靈魂陪我度過了許多難熬的毒發之夜。」

「而三百年前，我身在仙界做守樹的神女，那個時候的我雖對他有情，但因為天規束縛，我不敢表明心意。天君貶我入凡時，我也私心的想過，若成為凡人，定可以隨心地支配自己的七情六欲了。」

101

聽到「七情六欲」這四個字，幽池的表情變了變，他蹙著眉，眼神黯下。

琬珠繼續沉聲說著：「我當年看到了他隨我墮天入凡，我自以為他愛我已經深入骨髓，但當我投胎轉世，再不記得前塵的第一世。作為青樓女子的我與他相遇，那時的他是敵國的少將，漸漸地彼此情動時，他因我身為妓女的身分而覺得愧對家族，又不願斬斷與我之間的情絲，他懦弱地選擇自刎。」

「到了第二世，我貴為富家千金，他只是落魄書生，我願為他背信棄義，他卻覺我心狠手辣，甘願入了道觀做道士，再不問花花塵世，留我一人苦苦等候，到了晚年，他也沒有再見我一眼。」

「第三世，第四世……乃至到了今世，我與他不停相遇、相愛……分離、別過……總是不能白頭相守。我不能原諒他次次背棄我，不能原諒他將我送給敵國，更不能原諒他口口聲聲地說著愛我，卻每一世都不願真正地回應我的情意。」

「你說，什麼是彼此相愛、情投意合？必是要出雙入對、相互信任、不離不棄的……」

「而我也曾猜想，他是因為當年在天上，我無數次的疏遠他，才在那麼多次的後世輪迴中報復於我，可轉念一想，他也是不記得前塵的，會對我無數次的動情，只是因為天上的那一縷情絲。說到底，三百多年來的相互折磨，只是因為情關難過。」

「這執念不斷，情絲不斬，無論再有多少次輪迴，也還是沒有改變。我想他必定也是覺得我不夠愛他，可仔細算算，我與他三百年間的親密，也不過是每一世的那幾夜罷了，我又何必貪戀那些溫存與纏綿，而不願自斷情絲呢？」

說到最後，有淚水從鹿靈的眼角滑落，那是琬珠的淚，她借著鹿靈的身體懇求幽池：「降魔人，殺了我吧！斬斷我的情絲，斬斷我的執念，讓我魂飛魄散，再不入輪迴，從今以後，世間再無陳琬珠，天界再無珺瑤仙，只願策戮……只願王煜能長命百歲、孤苦餘生了。」

那如同詛咒又如同祝願一般的話語，是琬珠留給王煜最後的遺物了。

因為她再一次請幽池揮劍向她，態度決絕，終無半點留戀。

幽池先是終止了她與鹿靈的意識連接，在鹿靈猛地喘息甦醒之際，幽池揮起手中長劍，只一刀，便砍掉了琬珠的頭顱。

　　血脈斷裂，情絲散，執念亡。鹿靈望著眼前這一幕，默默地流下眼淚，竟是喃喃喊出一句：「師父……」

　　而幽池的劍刃在沾染到琬珠鮮血的那一刻，忽然看到一道身影從劍中閃現，是曾經出現在琬珠夢境中的魔尊。他身材高大，面目卻不清，在模糊的畫面中朝幽池伸出手，似要觸碰他臉頰。

　　幽池只覺得這人極為熟悉，就彷彿王煜身上的那股氣息，是來自這個人的，可幽池剛要開口詢問，那身影便破碎、消失了，只餘下殘留在幽池劍上的一絲氣息，令幽池緊緊地皺起眉頭，他深信，自己的身世，定與這位魔尊密不可分。

　　半月後。

　　幽池帶著鹿靈回到了無赦國，他們找到了王煜，彼時的王煜已經登基成為無赦國的新帝，在他宏偉、繁華的寢宮內，幽池將裝有琬珠骨灰的木盒交給了他。

　　王煜怔怔地問：「你說這是誰的骨灰？」

　　幽池重複道：「陳琬珠。」

　　身著金袍的王煜狐疑地蹙緊了眉心，很快便低下眼，再抬起頭，迷茫、驚愕、最後竟笑了起來。

　　可他的笑聲是顫抖的，他將幽池手裡的木盒一把打落在地，笑道：「一派胡言！她不會死的，她還等著我去接她，我這麼長時間一直征戰各國，為的就是挖地三尺也要把她找出來！她……她怎麼捨得就這麼死了……哈……哈哈……不可能……」

　　話到最後，他開始動搖，餘光又瞥見木盒裡掉落出的一支海棠簪，頃刻間，他發瘋一般地衝下御座，跌跌撞撞地朝那木盒跑去。

　　只見他身子一晃，跪在地上，捧起那木盒，打開來看，細膩骨灰，幾朵海棠，他驀地失了魂，脖頸間暴起青筋，他顫聲說著：「不會的……怎麼會呢？你只是在和我賭氣罷了，我也不過是想要試探你對我的忠心罷了……怎麼會死呢？」

　　他猛地看向幽池，憤怒地罵道：「說！她是怎麼死的！」

幽池如實告訴他：「她懇求我斬斷她的情絲，再也不入輪迴，從今以後，再不必和你相見了。」

他愕然。

幽池轉身面向他，悲嘆一聲：「策戮神將，你當年隨她墮入凡間，明明只是為了追隨她一處，為何會變得如此貪心呢？在得不到她的人時，你想著她只要肯和你說句話，你便會開心；而當她愛上你時，你又想要她為他傾注全力你才甘心。如此貪得無厭，劫數何時才能渡盡？你永遠都回不去天界的話，又如何能再找回人世間已魂飛魄散的她？」

他聽不懂幽池在說什麼，準確的說，此刻的王煜已經受到了極大的精神創傷，琬珠的死刺激得他失魂落魄，更不願再問幽池，也不想再聽他說，只抬了抬手，示意幽池離開。

幽池駐留了片刻後，終究是轉身走了，走到殿門外，他鬼使神差地回過頭去，竟見到王煜一邊哭泣著，一邊將琬珠的骨灰吃進嘴裡。

他仍舊那般貪婪，連她死後的骨灰也不肯放過。

幽池感到絕望地抬起頭，看向天空，長雲萬里，不見仙。

那之後，民間相傳，無赦國的國君停止了殺戮和草菅人命的暴行，並且一改往日的做法，好好安置士兵，讓他們回歸田地，與周邊鄰國簽訂互不相犯條約，並且帶頭歃血起誓，使得百姓得以休養生息。

但他自己卻鬱鬱寡歡，常常整夜夢魘，孤枕難眠。加上藥石無靈，御醫也束手無策，認定他是心死哀生，這世間已沒有任何東西能提起他的興致。

就這般煎熬了一、兩個年頭後，在某個仲夏的夜晚，他孤獨、平靜地死在了睡夢之中。

夢裡的他，在黑暗裡走上了一座金光燦燦的橋，那橋蜿蜒無盡，引他走入下一個輪迴。

瑤臺金燦燦，人心哀戚戚。

無論是凡人還是神仙，若對待情義與道義都沒了敬畏，失去人道，必會得到懲戒。

好在王煜曾為仙界中人，算是有大量功德，得以走上金橋，便不會在死後魂飛魄散，自是還可轉世再渡。

此般時刻，王煜緩緩地邁著步子，嘴裡呢喃著心中所願：「寡人來世所求不多，唯願她可長相伴。」

奈何一錯再錯，滿盤皆輸，月意再濃，卻無心觀賞，除了她緋紅的雙頰和溫熱的掌心，世間再無他所戀之物。

江月難照舊時岸，天庭朱顏盡辭散。

人不見，執念殘，求不得，亂因果。

看著王煜下了橋，幽池站在他夢境的最後，忍不住低下眼，心緒複雜。

身旁的鹿靈輕聲詢問道：「你覺得王煜下一世還有可能遇見琬珠嗎？」

幽池搖搖頭：「不會了，琬珠的情絲已被我斬斷，她的執念也消逝，元魂更是破碎，已經不存在於三界了。」

鹿靈悵然道：「可我總覺得只要還有一絲魂靈，她就還會再輪迴的。」

幽池動容地嘆息：「人類的七情六欲竟比魔物還要蠱心，也許是為他們的過往痛心，我竟也體會到了『哀』這種情緒。」

一聽此話，鹿靈驚喜道：「什麼？你又多了一樣七情？」

幽池默默點頭，轉手收起夢境，他對鹿靈說：「走吧！去下一個地方。」

《策戮篇》‧完

第二折

蜀葵篇

「沈家書香門第、行善積德，其公子沈權陽壽本未盡，若是媒介不斷，他絕不會死，而你身為薩滿神女，為何在還魂時心存雜念？」

蜀葵鬢髮繚亂，眼神渙散，嘴唇動了動，並未開口。

冥府判官用力地拍了桌案，雙指一併，高聲喝道：「因為你修行淺薄，無視人間百姓疾苦，更未盡自己身為薩滿神女的職責，所以才會激怒城中百姓，將你火刑祭天，對不對？」

「火刑」二字令蜀葵的神色變了變，她的嘴唇已經蒼白乾裂，艱難地吐露出聲音：「不對……我、我沒有錯。」

判官怒道：「大膽！你已是冥府鬼魂，竟還不肯認罪，若你生前盡職盡責，又怎能淪落至此？必是你從未遵守道義，罪過滿身，仙無由成！」

蜀葵怔了怔，她恍惚地抬起頭，看著眼前面色陰鷙的判官，愕然地搖了搖頭。

判官見她如此頑固，直接命鬼差將罪狀簿扔去她面前，依次陳列道：「你十惡皆有，殺害生命、盜取財物、淫狎行動、口出妄語、嗔恚憤怒、暗昧迷理！更有甚者，你辜負了所有信奉於你的子民，實屬罪孽深重！」

蜀葵恍惚地看著罪狀簿上的字跡，皆為冥府死者血書，她困惑、驚慌地蹙起眉，不明白為何會出現這些指責、謾罵她的話語。且她回想起自己生前的最後一日，沈家一大早就來拍響了她的房門，喊著自家公子奄奄一息，還請神女前來返魂。

那時天色蒙亮，理應不是返魂最佳時機，她心神不安，卻還是想著救人要緊，匆匆去了沈家，又擺出薩滿法陣，喚出媒介，又注入了返魂香。

沈家公子的魂魄，的的確確出現在眾人視線之中，她當真是將其靈魂返還。可不知怎麼的，就在返魂香燃盡之時，魂魄突然分崩離析，沈家公子的肉身哀叫一聲，便一命嗚呼。

那肉身也因此而變成了一灘血水，血跡一直流淌到了蜀葵腳邊，她從來沒有遇見過那種狀況。以至於身在陰曹地府的她一經回想，便痛苦地閉上眼，不願再去回想，甚至哽咽道：「我不知道……我不知道為何會那樣……」

「因為你心思不純，有違修行！」判官站起身來，語氣激動，「你枉做一遭神女！」

枉做？

蜀葵震驚得眼神閃爍，判官的斥責聲漸漸遠去，她的耳邊只剩下曾經那些恭敬的話語。

「神女大人心懷蒼生，治好了我家虎子的爛瘡，且從未收過我們銀兩，當真是修仙之人的胸懷。」

「若不是有神女大人行醫，我這雙腿怕是要殘廢了。」

「多虧了神女指點，才能保佑我考取功名，平步青雲！」

神女是西涼城的定海神針，有神女才有西涼！

先敬神女，再敬西涼！天佑神女、天佑西涼！

那時候，百姓們尊敬、推崇、擁護她……他們讚美她、敬重她、跪拜她……

而她也付出了自己的全部，為西涼城的子民獻出赤誠之心。

然而一把通天火點燃了木椿，她全身被綁在鐵柱上，火溫逐漸升高，鐵柱燙得她背脊皮肉「滋滋」作響，那是極其殘酷的刑罰，痛得她發出撕心裂肺的喊叫聲。

而那些在祭天鐵柱下觀望她慘狀的百姓們卻神色各異，他們竊竊私語、交頭接耳，有人在說味道難聞，有人在說她罪有應得。

還有人嗤笑道：「叫得那樣慘，她真的會痛嗎？神女竟然也是血肉之軀？」

那笑聲令蜀葵猛然醒神，而判官已經走到她面前來，抓起拴著她四肢的鐵鍊，交給一旁的牛頭、馬面，喝道：「她如此頑固不化，當真是要讓她吃點苦頭才行，行刑！」

牛頭與馬面卻未立刻行動，他們想起在人界引她魂靈來此冥府之際，她孤獨地徘徊在西涼城城門口，遲遲不肯離去。

「她的身上沒有戾氣，也無怨恨，並非厲鬼。」牛頭小聲說道。

「而且就算只是個魂靈，她全身也散發著一股仙氣，不像是斷了陽壽的人。」馬面點頭附和。

判官卻怒道：「怎麼，你二鬼是質疑我的判決？如果不服，本官隨你

們求見冥帝重判便是！」

　　牛頭和馬面輕咳一聲，搖了搖頭：「不、不是，我兄弟二人怎敢質疑判官定奪呢？」

　　「那便上刑！」判官拂了雙袖，不留情面，「杖五十！」

　　無奈之下，牛頭、馬面只好照做，他們吩咐身旁鬼差行刑，而判官則是回到座上，叮囑牛頭與馬面：「要讓她認下所有罪行，並在罪狀簿上按血手印，這樣才能將資料登入冥府罪錄殿，免去她轉世為人的機會！」

　　話雖如此，可蜀葵始終不肯認罪，即便鬼差強行去按她的手，她也死死地握成拳頭不肯鬆開，嘴裡不停喊著：「我是被冤枉的，我沒有害過任何人！我不服！」

　　「哼！每一個十惡不赦的罪人來到冥府，都會說和你一樣的話。」判官冷嘲著，端起桌案上的茶盞，再道，「還是不服的話，再加五十杖，看你再如何嘴硬。」

　　一杖又一杖，接連落在蜀葵身上。

　　她已然招架不住，冥府的杖木上渡了地獄火，每一杖都燒得死魂痛不欲生。即便如此，她還是執著著：「我、我沒有做過傷天害理之事……」

　　蜀葵意識模糊，奄奄一息，直到耳邊傳來衣襟碰觸的簌簌響聲。

　　判官立刻從座椅上站起身來，牛頭、馬面與一眾鬼差也恭敬地領首，蜀葵恍惚地循著他們的視線看去，只見身後走來了一位氣宇不凡的黑袍男子，他腳下黑雲如漣漪般徐徐散開，漾出一抹抹黑金相連的紋路，襯著他那繡著回雲波紋的錦衣，竟令蜀葵錯以為自己騰身入了仙境。

　　眾鬼紛紛俯首跪拜，尊那男子道：「冥帝大人。」

　　蜀葵怔了怔，心中驚道：「原來，他竟是冥帝……」

　　冥帝和墨免去眾鬼禮數，隻身來到蜀葵面前，俯瞰她的眼神裡，帶有一絲審視意味，他淡然地舉起手中的一本簿子，那便是冥府的生死簿。

　　不過，生死簿共有兩冊，分為「生簿」與「死簿」，但凡上了「死簿」的人，都不得過奈何橋、入輪迴。於是，和墨對蜀葵低聲道：「你的名字的確在這上面，說明你生前罪孽滔天，死後來了冥府，也是要入十八層地獄，且永不可輪迴為人。」

　　蜀葵悲憤不已，她氣若游絲道：「我……我生前從未做過一件錯事，

更從未有任何私欲，憑什麼如此對我？豈非是你冥府見不慣修仙之人枉死，非要留我在地獄裡沉浮，也好為你的英明之舉增添一抹痕跡？」

「放肆！」

牛頭與馬面怒喝道：「不可對冥帝無禮！」

冥帝和墨卻抬了手，示意牛頭與馬面退下，二鬼只得默默照做。和墨凝視著被折磨得鬢髮凌亂的蜀葵，不由間心生一絲憐憫，便輕聲道：「急於自證者，本身就是一種罪過，就算仙緣再勝，也是難以脫離凡塵束縛，就算再為人，也難改貪婪。」

蜀葵蹙眉道：「你只是今日才見到我，從不知我此前行徑，何以能瞭解我？若我再次為人……定不會——」話到此處，她悲憤地咬緊牙關，似不願再說不可能實現之事。

和墨看穿她心思，且與此同時，他手中的死簿也輕顫了幾下，這令和墨眼神黯下，彷彿領悟到了某種預示，便低聲同蜀葵道：「看來，是天意如此，我冥帝又何必執意阻撓呢？三界六道，紅塵滾滾，理應由你自己去尋出其道。」

說罷，和墨俯下身來，他與蜀葵維持著同樣的高度，在蜀葵抬起眼的剎那，四目相對，他緩緩說出：「倘若你願意，可以與我做一個交易。」

蜀葵蹙了眉，以眼詢問。

和墨唇邊勾起一抹神祕笑意，他說：「冥府向來公平，從不反悔，你自是不必擔憂——」話音落下的瞬間，他的手掌慢慢抬起，輕觸蜀葵額心，巨大紫光閃現。

蜀葵只感到眼前一片模糊，意識逐漸渾濁，恍惚間，好像又回到了茫茫蠻州。

那是她心碎的地方，也是她必須斬斷執念的故鄉。

# 第一章 人骨酒

秋風落處涼，楓紅滿地殤。

九州西北，是為蠻州，其地勢山巒連綿不斷，男子皆俊秀，女子皆曼妙。外客來此，唯有渡船，待見一片碧綠連成島嶼，便知蠻州最近的城池——南蒼已到。

城外高草地上遍布翠綠蘆草，柔軟高壯，城門蒼藍且懸掛著尖銳的牛角，城內人們背著竹簍、飾以銀環，臉上繪著七彩圖騰——即便如此，也難掩姣好的面貌。

幽池自然會忍不住多看上他們幾眼，而過往行人也同樣回以打量、審視的目光，畢竟在他們眼中，身穿粗布衫、背著長劍的幽池，在南蒼城中也很是少見。

這會兒正是夕陽落日的光景，萬丈紅霞照在頭頂，幽池仍舊疾步行走，絲毫沒有放慢速度的打算。

可跟在他身後的那人就明顯吃不消了。

鹿靈已是勞累不堪，雖是打鐵匠的體魄，卻架不住秋老虎的高溫酷熱，她鬢髮已被汗水浸濕，有氣無力地同前方的幽池說道：「這附近好多酒肆、茶館呢……咱們隨便找一家，進去坐坐，歇歇腳也好啊……」

幽池頭也不回地否決道：「不行！我們才剛進城，必要再深入城內一些，尤其是這城裡有奇怪的氣息，我正在追溯。」

鹿靈無力地翻了個白眼：「你又要說王煜轉世的氣息了嗎？從無赦國離開之後，你就一直吵著王煜已經轉世，非要去尋他……真不知道他和你的身世到底有什麼不解的淵源。」

幽池並未作答，他自然是沒有將自己的心思告訴過鹿靈。

想來，琬珠身上的魔尊氣息還沒得到解釋，可她已經元魂盡散，幽池也只有找到轉世後的王煜，才能驗證那股氣息是否一致。

誠然，他只是想要知道魔尊的氣息為何會與自己記憶中的那份氣息相似，畢竟幽池之所以會在王煜身上感覺到那氣息，完全是因為魔尊曾在王煜額間留下過印記。

正盤算著，面前忽然有一群人擋住了去路。

幽池這才回過神來，他抬頭看向前方，只見一富麗府院的大門前聚滿了賓客，街道兩旁停滿了車輦，且不只是權貴，往來百姓也都可以進入府院。

鹿靈也終於追上了幽池的步伐，她見了這場面，倒是來了精神，拉扯著幽池衣袖道：「你看這麼多人都朝那宅邸裡湧去，咱們兩個也進去一探究竟吧！」

幽池正欲開口，那府院門口的家丁就迎了上來，滿面笑容地邀請道：「二位進來喝杯酒吧！今日是我家老爺舉行三日不夜宴的第一日，從白晝到夜晚，長桌宴上擺滿百種菜餚，無論男女老少、貧賤富貴，來者便是客，主人家絕不趕客。」

幽池一心想要趕路，是鹿靈一把拉過他的手，對家丁連聲道：「那就多謝款待了！」說罷，力大無窮的扯著幽池進了府院。

匆忙之間，幽池瞥見匾額上掛著「周府」二字，這便是蠻州南蒼城中赫赫有名的周臨安周侍郎宅邸了。

據說府內之所以這般熱鬧，是源於周侍郎家的長子周守在朝裡復了官職，這沒落的周家，也因周守重得聖眷而有了往日風姿。為表心中喜悅之情，周侍郎決意歡慶三日，只要是進府道賀一聲的，都可以落座吃長桌宴。

而剛進周府，如深山幽谷般的內宅盡收眼底，幽池心有讚歎，鹿靈則是左顧右盼、又驚又喜地說道：「這宅子也太大了，簡直像要把整個天下都收納其中——幽池，你看，那裡竟然有一座高塔！」

鹿靈這會兒既不累也不乏了，蹦跳著跑到塔下仰頭觀望，連聲驚歎：「都聳入了雲層，根本數不出這塔有多高了……」

幽池卻看到塔的四周都拴滿了鐵鍊，鐵鍊的根基處又貼滿了符咒，再看向塔旁，有一處蓮池，池水清澈，有假山，也有行宮，如同是在水裡建造出了一番迷你的皇宮內院。

即便是遲鈍的鹿靈，也不由地愣了愣，悄聲詢問幽池：「這周侍郎怎敢在家中建造如此水中觀景？不怕觸怒蠻州皇帝嗎？」

幽池也覺得有幾分蹊蹺，皺眉之際，風中忽然飄來一陣異香，緊接著便是窸窣的腳步聲，幽池回身去看，雙眼亮了亮。

只見一名身穿水青色華裙的妙齡女子停在面前，一身水色，如同碧綠湖水一般閃著熠熠光輝。她面頰微豐，柳眉下鑲著一雙桃花眼，朱唇輕點，耳墜珠翠，倒是有股子清傲的氣韻。

她的眉目停留在幽池臉上，沒多一會兒，又看向了他身旁的鹿靈，輕笑道：「二位看著面生，不是南蒼城人士吧？」

幽池合拳，微微向面前女子行了一禮，道：「在下幽池，是來貴城尋人的。」

接著，他又看向身側鹿靈，與之使了個眼色，鹿靈心領神會地點頭，也向那女子躬身行禮道：「小女子鹿靈，是他的表妹。」

那女子微笑著打量二人，聲音柔和溫順地說道：「我是周府的女兒，周猶夜，周守是我兄長。」

「原來是猶夜小姐，失敬了。」幽池再次行禮。

猶夜回了一禮，笑道：「二位不必多禮，既然來了周府便是客。只是，我見二位衣著談吐皆是不俗，是外城商賈？」

幽池不想透露自己的真實身分，便順勢道：「我與表妹是從無赦國前來的市井商人，以販賣——」話到此處，幽池頓了頓，鹿靈立刻掏出腰間一把精緻的短刀，舉到猶夜面前，「以販賣鐵器為生！」

猶夜掩面輕笑，側身示意二人隨上自己：「我帶兩位去長桌宴旁歇歇腳，這邊只是賞景區，不設宴的，穿過月亮門才是熱鬧的晚宴呢！」

幽池略有猶豫，鹿靈渴盼著飽餐一頓，抓過幽池的手臂，就跟上了猶夜的腳步。

然而就在湊近猶夜身邊的瞬間，幽池忽然看見她脖頸上閃爍出一抹赤火圖騰，只一瞬，便消失不見。幽池感到驚愕地蹙起了眉，要知道那圖騰是冥府紋章，普通凡人怎會擁有？

更為詭異的是，一經穿過了月亮門，眼前的人聲鼎沸簡直如同進入了鬧市，數不清的賓客圍坐在長桌旁，侍女們進進出出，有條不紊地端來一盤又一盤菜餚，家丁們則是扛著酒水，放置在賓客的座椅後頭，每隔三個位置就會有一缸佳釀，周遭還配以鮮花做點綴，可見周府之闊綽。

鹿靈倒是很喜愛這繁華宴席，忍不住感慨道：「酒香、菜香花也香，我還是第一次參與這種不同凡響的宴席呢！」

猶夜眼裡含笑，是十分婉轉優美的眼波：「父親已經許久沒有這樣開懷了，實在是此前家兄仕途不順，最近才得以平反，父親為聊表心意，以粗茶淡飯款待家鄉友人也是應該。」

　　鹿靈忍不住訕笑：「猶夜小姐過謙了，若周府這是粗茶淡飯，尋常百姓家可都是要吃糠咽菜了。」

　　猶夜望著面前賓客，神色忽然變得有些肅穆，她喃聲說道：「只希望從今以後，周府能一帆風順。」

　　一陣夜風吹過，整個周府花林中騰起了一片如輕紗般的白霧。

　　幽池瞇了瞇眼，心中隱隱覺得不妙，道：「起夜霧了。」

　　夜涼如水，星辰寥寥，猶夜將幽池與鹿靈安頓在了宴席間，落座片刻，便迎來了晚宴正式開啟。

　　懸掛於紅木簷的薄紗燈隨風搖曳，長桌盡頭的高臺上，翩翩而來一眾舞姬，這是不夜宴的第一日，自然要有一場天上人間般的歌舞昇平。

　　樂師們奏起，絲竹聲靡靡，一共十二張長桌，最前面的三張桌子，圍坐著各路王孫貴戚，中間的三張桌子則是名門之後，再次的三張桌是市井商賈，也便是幽池與鹿靈的桌位，而最後的三張桌子，坐滿的都是布衣百姓。

　　周侍郎則是坐在高臺下的主位，那一小張圓桌旁坐著列席的周家人，周猶夜坐在周侍郎身旁，周守坐在周夫人身旁，位置其實有些怪異。更令幽池困惑的是，猶夜面前的餐具器皿最為華貴，周侍郎也只用了銀盃盞，猶夜的卻是金玉樽，連碗都是琥珀做的。

　　再看周守，雖是周家長子，可對待猶夜卻格外尊敬，還親自為她斟滿了酒水。

　　幽池目不轉睛地盯著圓桌，心覺蹊蹺。

　　鹿靈只顧著欣賞舞蹈、吃著佳餚，全然沒注意到幽池的表情變化，眾人更是紛紛舉杯，對周侍郎獻上祝福，臺下舞姬配合著氣氛揮灑水袖、舞得越發歡快。

　　而一名家丁忽然鬼鬼祟祟地跑到周侍郎身邊，湊近他耳畔悄聲說了句：「稟老爺，找遍了府內，也沒找到那位公子。」

　　周侍郎蹙了眉，有些不悅道：「繼續找！豈能讓貴客在周府遺失？」

猶夜與周守互相看了看，都沒說話，反而是僅次於他們桌子的第一張長桌的貴客，察覺了異樣。

　　距離他們最近的，是今夜宴中身分最為尊貴的薛氏小侯爺，名璽。正一邊小酌青瓷杯中的佳釀，一邊打量著圓桌旁的周府一家人。

　　周守要年長薛璽兩歲，十七歲就被封了官，但二十歲那年又遭貶，直至今朝二十五，才又再度恢復官職。眼下已重掌權勢的他，在滿堂的諂媚聲中笑得一如既往的溫文爾雅，平和而沉靜，不似他薛璽，眉宇間盡顯幾分戾氣。

　　可論家世論資質，薛璽自認要勝他不知幾籌，偏偏一個周守能在朝中得皇帝重用……

　　思及此，薛璽心生妒意。他又飲下一杯，目光越過周守，落在周猶夜的身上，今夜的她，仍舊是美豔不可方物。

　　她正在勸說著周家父子，又不想賓客生疑，還要時而回頭含笑點頭，嫵媚的桃花眼裡盈盈水澤，自然是難得一見的美人。

　　而薛璽今夜願意屈尊來此長桌宴，實乃是醉翁之意不在酒。他凝視著猶夜玉白皓腕、峨峨雲鬢，不禁又有些心神蕩漾、意亂情迷起來。可轉念想起薛家與周家已提親三次均是遭拒，內心怨恨便升騰而起，他死死地盯住猶夜，覺得她當真是不將自己的一腔情意放在眼裡。

　　偏生耳邊傳來一陣掌聲，他嫌惡地循聲望去，只見高臺之上，一名舞姬正在旋轉獨舞，她腰肢婀娜，媚眼如絲，且四肢佩戴著的金鈴相互碰撞，清脆響聲悅耳動聽，時不時地還以一雙攝魂眼去瞄那坐在主位的周守。

　　如此舉動惹得薛璽怒上心頭，咬牙切齒地嘀咕著：「一個卑賤舞女罷了，也敢這般拋頭露面，成何體統！」

　　他身側的一名貴族聞言，轉頭笑他：「薛郎，你是妒忌人家沒有把你放在眼裡，只盯著年輕有為的周御史吧！」

　　薛璽憤恨地咬緊牙關，舉起手中酒盞一飲而盡，眼裡也洩露出殺意。

　　而這一切，都被坐在第三張桌旁的幽池盡收眼底。他凝視著薛璽，心中暗道：看來參宴的賓客不僅身分懸殊，連同心思……也各有鬼胎。

　　鹿靈在這時將一顆紫葡萄塞進幽池嘴中，他一怔，順勢整顆吞下，鹿

靈笑道：「你這般心不在焉的，要錯過多少美食美酒啊？」

「你倒是飽餐了一頓……」幽池打量著鹿靈面前的殘羹，知曉她已盡興，還想再同她叮囑，卻猛地嗅到了一股詭異氣息，那氣息凜冽陰森，如血腥惡念，飄散在宴席之間。

幽池飛快地回過頭，他用力閉上眼，集中念力後，再猛地睜開，眼白都被黑色吞噬，他打開了自己的陰陽眼，開始在人群中搜索詭異氣息的來處。

那些賓客在他的眼中已成了閃著白光的靈體，身上的白霧搖搖晃晃，而妖物身上的氣理應是赤紅色的，只要找到那抹赤紅——

就在主桌那裡，幽池看到了一抹赤紅氣焰！他剛要站起身，那赤紅氣焰「嗖」一下子飛竄離開，緊接著便是周夫人的驚呼聲，幽池只能暫且收起陰陽眼，他看向主桌，只見周夫人驚慌失色地指著自己的酒杯，顫巍巍地語無倫次著：「酒裡……酒……有……人、人的……」

是因為這聲尖叫，聲樂驟停，舞臺上的舞姬們也都落下了水袖，眾人也都困惑地望向主桌，長宴的氛圍忽如死寂，鹿靈也不斷地探頭張望，嘴裡念著：「出什麼事了？周夫人說什麼？她的酒裡有人的什麼？」

周侍郎還在安撫夫人，可周夫人已經面如土色，她說什麼都不肯再坐回桌前，周守與猶夜也擔心母親情緒，便喊來家丁要他們將周夫人的酒杯撤走。

家丁迅速跑來，在端起酒杯的那一瞬間，瞥了一眼酒杯裡頭，當即「啊！」一聲慘叫著跌落酒杯，恐懼地喊出：「人指頭！」

一石激起千層浪，在座的賓客全部都站起身來，蜂擁著衝到主桌旁，去看那地上的東西，發現真的是人的一截斷指後，當即連連退後，更有人嚇得直接朝門外跑去。誰知周侍郎卻倉皇地命令一眾家丁：「快……快攔住他們！誰也不能離開周府，關門！」

得令的家丁們照做，將大門封死，又攔下了想要離開的賓客，頃刻間，府內一團混亂。

鹿靈也不安地靠緊了幽池一點，抓住他的衣襟低聲呢喃：「到底是怎麼一回事？酒裡怎麼會有人的手指……」

恰逢此時，吵鬧之中有人站起身摔了酒杯，接連啐了幾口，是薛璽，

他咒罵道：「這酒有異，我方才咬到了一塊碎骨，定是人骨！周府竟然拿人骨泡的酒給我們喝，簡直喪盡天良！」

這話可讓賓客們慌亂起來，大家滿目驚懼，七嘴八舌道：「我方才喝了好幾杯酒了，竟是人骨酒？」

「實在是噁心，堂堂周府，怎會做出如此大逆不道之事！」

「且方才有周府的家丁在府內找一位公子，莫非這人骨就是那位失蹤的公子……」

現場眾說紛紜，猜疑不斷，幽池卻在這時又感受到了那抹詭異氣息，他發覺這氣息是混在人群中的，定是有妖物幻化成了人形來魚目混珠。

必要讓那妖物現出原形才行，否則在這些賓客眼中，他的降魔過程就成了殺人之舉——

正當幽池思慮之際，猶夜忽然揮起衣袖，對眾人高聲道：「諸位稍安勿躁，且聽我一言——人骨酒確實來自周府，但我周府是有苦衷的！」

此話一出，更令眾人震驚不已，薛璽更是率先出頭，指著猶夜破口大罵：「還想妄圖狡辯？你周府無端設宴邀請眾人，本就沒安好心，莫不是趁著這三日宴席，想要將往來賓客都殺了泡酒，來做你府上家丁食糧！」

一旁的眾多家丁連喊冤枉：「我們雖是下人，可卻不是妖魔，怎會願意吃人肉？」

周侍郎、周夫人連同周守都慌亂地看著猶夜，周侍郎更是催促道：「女兒，你、你快和賓客們說明隱情啊！」

猶夜不急也不惱，她走下高一層的圓桌，眾人見她，也自覺地向後退去。

是從這一細微的舉動中，幽池看出了賓客們對猶夜的尊敬。

而猶夜則是對眾人娓娓道來：「三日前，是我兄長復職喜日，但兄長從朝中歸來後，只覺身體不適，黃昏之時便睡下。待到隔日醒來，食咽不下，反而嘔吐不止，並吐出鮮血，血裡還有釘子，這分明是受到了妖物詛咒，想要害我兄長性命。於是我向父親提議，借兄長復職來設宴，廣納賓客，那詛咒我兄長之人，必會來府中查看我兄長狀況，且還會趁機再加深詛咒，以確保我兄長慢慢地死在他的詛咒中。而身為蠻州人，大家都信奉薩滿神，我周府也不例外，在發現此事後，便向薩滿巫師求助，而巫師則

是送給我一壺酒，並要我在宴席中為每人的酒水裡都倒上一滴，浮現人骨的那一杯，就是那下了詛咒的妖物——」

話到此處，猶夜的目光猛地落在薛璽身上，她沉下眼，冷聲說：「薛璽公子，除了你的酒，旁人可沒喝出人骨啊！」

眾人聞言，皆是既錯愕又震驚地看向了薛璽。

幽池也蹙了眉，一雙眼睛緊緊地盯在薛璽身上，不由地閉眼，再睜開，喚出陰陽眼。

果然不出所料，幽池在薛璽的身上，看到了赤紅色的火焰，這也就是說明——

「他是妖。」

鹿靈聽到這話，轉頭看向幽池，見他眼白漆黑一片，立刻明白他在窺探場內妖物的真身。

薛璽卻不肯就範，他環顧周遭那些審視般的眼睛，還在詭辯道：「胡言亂語！」薛璽指向猶夜：「你母親的酒水裡也喝出了人的指頭，大家也都看見了！」

猶夜舉起手裡一截以蘿蔔雕刻成的人指，稍一用力，就折斷，眾人倒吸一口涼氣，卻見猶夜將那截「人指」扔到空地，再踩上去，頃刻間碎成玉白泥濘，連同蘿蔔的清香也一併飄出。

薛璽這才驚覺自己被擺了一道，他餘光瞥見周府家丁已經在長廊裡聚集，每個人手裡都舉著火把，那火是幽藍色的，定是薩滿巫師使了藥粉。他能嗅到空氣裡的異味，且已經不能在此久留——薛璽猛地看向周守，他今夜的目的，是殺了那周御史！

於是薛璽嘶吼一聲，猛然間褪去了衣衫與人皮，一張猙獰且鮮血淋漓的鬼臉呈現而出，猶夜有條不紊地吩咐賓客們四散，她自己則是擋在家人身前，手裡握起自己的金足樽。

妖物拖尾極長，且背脊長滿了尖銳利齒，它的雙臂上無數張妖嘴張合，似隨時都能將凡人的肌膚咬碎。它咆哮一聲，以四肢伏地，飛速衝向了猶夜。

「幽池！」鹿靈擔心會有危險，期望幽池能夠幫忙降魔。

可還未等幽池從身後拔出長劍，猶夜就已經鎮定地將金足樽裡的酒水

灑向空中，迅速地畫出了一個如靈蛇般的形狀，並唸了一聲：「破！」

頃刻間，靈蛇圖騰如同被賦予了古老的咒語，瞬間散出幽綠的光芒，且巨光形成颶風，撼動了地面，許多賓客站立不住，搖搖晃晃地跌倒。

「大家閉上眼睛！」猶夜的鬢髮與衣衫被颶風吹得獵獵作響，她皺緊眉頭，囑咐眾人道，「小心光矢傷了眼！」

話音落下的瞬間，熾烈光矢染亮半邊天際，在場賓客趕忙捂住雙眼不敢去看，連同鹿靈也聽話照做。唯獨幽池以陰陽眼的姿態，將一切景象盡收眼底。

靈蛇圖騰中奔湧出了無數金光，像馬又像龍，有四蹄、有磷光……如同萬千神獸彙聚一處，形成不計其數的光矢，紛紛釘入了妖物的身體，狠狠地鑿出了一個又一個的血洞，令妖物哀嚎淒厲，痛苦難耐。

等待巨光散去，那妖物已經被光矢射成了血水，化成一灘，逐漸從地面上蒸發成煙。猶夜則是鬆下一口氣，她立刻拍了拍手，示意眾賓客：「諸位，妖物已被我除掉，大可不必驚慌，睜開雙眼吧！」

賓客們順從地睜開眼，發現妖物已經被猶夜除掉，便都又喜笑顏開，全然不記得方才的恐懼，只管對猶夜連聲感激。

還有人落井下石般地踩了幾腳散在地面上的薛璽的衣衫，啐道：「我早就覺得薛璽不對勁了，近來眼神飄忽、言辭顛三倒四，原來是妖物化成的，真正的薛璽怕是已經被活活吃掉了！」

又有人質疑起來：「可是，方才不是有周府家丁在找一位失蹤的公子嗎？」

猶夜則是惋惜地嘆道：「家丁已在周府蓮池邊的柳樹下，找到了那位公子的衣衫，想來他理應是黃昏時最早來到周府的，一定是被化身成薛璽的妖物吃了個乾淨，屍骨無存了。」

所以，唯有薛璽的酒水裡浮現出了人骨，正是因為他吃掉了那公子，還想嫁禍周府，薩滿巫師交給猶夜的酒，便是催出人骨的祕藥。

眾賓客這才恍然大悟。

且夜已深了，第一日的長桌宴，就在這齣降魔鬧劇中結束。

來者依次拜別周府後，剩下幽池與鹿靈，他二人商議著尋一客棧，恰巧被猶夜聽見這番說辭，她本就好客，便走上前去，邀請二人在周

府住下。

言談期間，幽池的目光時不時地落在她脖頸處若隱若現的冥府印記上，心想著這女子一定和冥府有所淵源，雖是活人，卻有此印，背後必有蹊蹺。

更何況，冥府與魔尊也是來自一處，幽池一心想要找出自己的身世，再加上鹿靈也想住在這大宅邸中，他便順水推舟般地接受了猶夜的邀請。

想來周府剛剛經歷危機，周侍郎一家人卻也很快便忘懷了一般，不僅接納來路不明的幽池和鹿靈，還為其準備出了兩間舒適華貴的客房，尤其是鹿靈的房中，猶夜親自為她點燃了一爐香。

嫋嫋香霧，沁人心脾。

鹿靈很是享受地躺在鬆軟整潔的床鋪上，笑瞇瞇地枕著雙臂道：「這位姑娘不僅人長得美麗，心思也純善至極，毫無架子不說，還待客有道，真是世間稀有。」

說完這些，見沒人回應，鹿靈不滿地爬起身，敲了敲牆壁，大聲道：「幽池，你聽見我說的了嗎？」

卻傳來幽池的一聲唱嘆。

「你嘆什麼氣啊？」鹿靈皺眉。

「看來客房的隔音也不是很好。」幽池感到美中不足，「如此一來，到了夜裡，我就要被迫聽你磨牙齒、打呼嚕的聲音，也是痛——」還沒等「苦」字說出口，牆壁就被鹿靈一拳砸出了響。

「臭幽池，我才不磨牙齒也不打呼嚕，你再亂說，我定扒了這牆給你好看！」

便是這樣，幽池與鹿靈就在周府住了下來。

經過連日相處，幽池發現猶夜不僅僅是在性格上善良溫和，在作為上也是行善積德。她救助乞兒、發放糧食、道觀祈福，哪怕有痴心妄想的窮酸書生跪在門前想要娶她成家，她也不會奚落對方，反而會動之以情，還會為他尋一差事。甚至還救下蒙冤受屈之人，幫助對方在官府之間周旋，替他申冤。

周府家丁經常說：「小姐是仙子轉世，為周家貢獻頗多，就連少爺復職，小姐都是功不可沒。」

周侍郎說：「我周府上下萬萬離不開夜兒，她一刻不在，我與她母親這心裡便不得安寧。」

周守則道：「周某三生有幸，能與夜兒做今生兄妹。」

百姓們會說：「猶夜小姐是我們南蒼城的神女，她心懷大愛，擔得起子民的擁護與歌頌！」

「她竟每天早上親自送飯食給咱們，糕點也是格外精緻，生怕怠慢了客人。」鹿靈同幽池提起猶夜的時候，是發自內心地讚歎她的胸懷與為人。

幽池自然也認可猶夜的善舉，且每次見到她，幽池都覺得她全身散發出一股聖潔的白光，彷彿她所做的一切，並不是為了自己積累功德，而是心甘情願地普愛眾生。

然而，那一日的到來，令一切都蒙上了陰影。

還記得那天是黃昏夕陽，風中飄著花香，家丁正在院落裡掃塵，幽池站在蓮池旁練劍，坐在石階上的鹿靈與猶夜，品著濃郁的碧螺春，周府大門外忽然傳來一陣呼喊聲，緊接著，便是瘋狂的砸門聲。

幽池停下手中動作，困惑地看向大門，猶夜也站起身來，微微蹙眉。

後門在這時跑來一名侍從，極為狼狽地對猶夜說道：「小、小姐！不好了，是鄰城西涼城城主失道，導致城內水火無情，大片難民湧來了咱們南蒼，這會兒正聚在周府門外求助呢！」

只見猶夜的眉頭皺得更緊，正欲開口，周侍郎與周守匆匆前來，他們已聽聞此事，神色不安，周侍郎更是手足無措地詢問猶夜：「女兒，這下該怎麼辦？」

猶夜不慌不忙，她思慮片刻，勸說周侍郎道：「父親，讓家丁打開大門，周府可以收留前來此處的難民。」

周侍郎聞言，眼有猶豫，周守更是一口否決道：「妹妹，切不可開門！我方才命人爬上屋簷看了外頭，難民少說八百，多則一千，周府如何能容納下這麼多人？」

猶夜卻道：「可西涼城從二十年前就已經荒廢沒落，其間更換不少城主，也都沒有起色，如今又逢失道，難民們更是無家可歸，我們怎能冷漠地將他們拒之於門外？」

周守仍舊不肯同意，門外卻在這時傳來淒厲的哀嚎聲，有人喊著：「妖魔啊！妖魔吃人啦——」

猶夜驚惶失措地轉頭看去大門，果然見到有血跡流淌進來。

幽池也在這時喚出陰陽眼，透過厚重的鐵門，他能看到門外的百姓層層疊疊地擠壓在門上，如同一道道肉牆。而在那些肉牆的身後，有許多隻四腳著地的妖魔，他們啃噬難民軀體，吸食他們的腦髓，血肉橫飛，哭聲淒厲。

幽池收起陰陽眼，看向猶夜提醒道：「我看到了門外確有妖魔，大概是追著這些難民從鄰城來到此處，若此刻打開大門，妖魔也會一併進入周府。」

一旁的鹿靈聽了這話，立刻衝過來抓住幽池：「待妖魔進來，你殺了他們便是！」

猶夜聞言，驚愕地看向幽池：「你……如何能斬殺妖魔？市井商人也能除妖降魔嗎？」

## 第二章 悠悠口

還未等幽池回應，周府大門外的慘叫聲越發悚人，周侍郎也心神不安，眼見血水順著門縫流入腳邊，猶夜又不斷懇求，周侍郎終於拂袖道：「交由你處理吧！」

猶夜露出欣喜之色，周守卻痛心疾首地喊了聲：「父親！」

周侍郎背過身去，似不願再插手，而猶夜則與幽池簡短地交代幾句，幽池心領神會後，持劍擺陣，猶夜這才命家丁將大門打開。四名家丁鼓足勇氣，將擋在周府門前的鐵棍撤開，難民們如洪水一般傾入進來，好多個倒在地上，已然是滿身鮮血。

身後的妖魔緊隨其後，其恐怖猙獰的模樣，令周府眾人驚呼出聲，其中一名家丁就要被吃掉之際，幽池飛速衝到妖魔面前，揮出長劍，幽藍光芒閃現，妖魔瞬間被削掉了頭顱。

鹿靈則是掏出懷裡的符咒，猛地撒向空中，幽池念出咒語，符咒在空中結成了巨網，落下的剎那便將所有妖魔覆蓋其中，幽池再以雙指抹在劍刃，嘴裡振振有詞，緊接著揮出凜冽劍鋒，如釘子般的光刃紛紛鑿向府內的一、二、三……共四匹妖魔，只半炷香的功夫，就將它們一網打盡。

被斬殺乾淨的妖魔倒在地上，綠血滲出，肉軀蒸發，難民們也都鬆下一口氣，爬起身來對著幽池磕頭道謝，自是感激不盡。幽池退後幾步，示意他們去謝蓮池旁的猶夜：「她才是將你們放進府內的恩人。」

聽聞此言，這群衣衫襤褸的難民便轉了勢頭，全部跪拜在猶夜跟前，又是俯首又是跪拜，懇求猶夜收留他們在此，哪怕只賞一口汙水也是不嫌。

鹿靈則是飛快地跑到幽池身邊，打量他一番問道：「你沒事吧？」

幽池搖搖頭，示意無礙，又和鹿靈一同看向猶夜——

只見猶夜正打量著這群長途跋涉的人們，許是疲累到了極點，他們的臉色一律青紫、滿是泥濘，還有襁褓裡背著嬰孩的年輕婦人，她們的衣衫已經被荊棘割破，露出的臂膀已經血痕累累，且嬰孩們的痛哭聲令人格外心碎，猶夜心中動容，便傳來家丁去打些水來分給大家。

家丁聽命前去，周守卻在這時湊近猶夜耳邊叮嚀道：「妹妹，這些人

都是流民，髒且不說，萬一再帶來傳染病症，豈不是要連累周府？更何況你幫得了一時，又如何能幫他們一世？」

猶夜低聲道：「周府也不缺這點水來救濟……」

「一時能救，不能一世，反倒是會害了他們！」周守冷眼打量這些難民，心中極為不快，「有手有腳，即便去城中討飯，也不能吃白食。」

偏生這話被最前面的一名難民聽見，他試探般地舉起了手，略顯怯懦地說道：「我……我可以在周府幫忙做事，只求一口飯吃，不計較勞累。」

此話一出，猶夜、幽池與鹿靈，連同周守及家丁們都看向了那男子，他雖瘦削，可一雙眼睛格外清澈，衣衫粗布，腰身卻是筆直，可見落難之前出身不俗。

周守充滿提防地看著他，就像是在審視臭蟲一般：「周府豈是你這種人想進就進的？一旦做了家丁，一輩子都得是周府的人，連同死都要葬進周府的墓，你也甘願捨棄家鄉？」

男子毫不遲疑地點頭道：「只要能在這裡做事，要我做什麼都情願。」

周守見他語氣堅定，便面露猶豫，轉頭看向猶夜，她倒是神色自若，只問那男子：「你叫什麼名字？」

「在下姓商。」男子順勢爬起身來，合拳躬身，「商景策。」

看他舉止有禮，樣貌年輕，若不是西涼失道，他也定不會淪落至此。想到此處，猶夜心生憐憫，自是應允下來：「既是如此，你就留在周府做事吧——」

不等周守阻攔，她便高聲詢問一眾難民：「還有誰願意成為周府的家丁？要知道一旦留下便是一輩子，不可背棄也不可離府，若是背叛，輕則放逐，重則杖斃！」

難民們面面相覷，交頭接耳，有人怯怯問道：「倘若不願留下……那我們是否還能在此討口飯吃？」

「自然可以。」猶夜道，「諸位今夜可以參加周府的長桌晚宴，想吃多少都可以。只不過，今晚過後，不願留下的人就要離開周府，府上也是不養閒人的。」

想來難民們流亡許久，只在乎眼前利益，聽聞可以吃飽飯再走，也就喜笑顏開，直道著那便飽餐一頓後離開。

唯有另外一名男子和一名女子從人群中站出，他們分別是身穿破敗鎧甲的李七郎以及青樓女如穗。

「小女子願意留在府中做差。」如穗感激不盡地跪下，誠懇道，「求小姐收留。」

她的臉蛋是少女模樣，身上穿的是青色布衣，上面繡有松柏的圖案，鬢髮雖然凌亂，卻能見出曾經的鮮亮。

猶夜扶她起身，微笑著握了握她的手：「既是如此，我便吩咐人為你洗漱更衣，留在府上謀生。」

李七郎也口口聲聲願意效忠周府，從此以後，便留入南蒼，永不回西涼。

再加上商景策，留下的共是三人，猶夜要家丁引他們去後院挑選房間，又叮囑長桌晚宴開始的時辰，切莫錯過。那三人隨家丁前去，猶夜也同周守帶著其餘難民去廂房處歇息。

幽池的目光始終追隨著那三人的背影，不知是不是錯覺，幽池發覺那三人都默默回過頭來，打量著背道而馳的猶夜，其中神色各異，卻令人覺得眼神不善。

鹿靈湊到幽池身邊，悄聲嘀咕：「幽池，你有沒有覺得那三個人和其他難民不太一樣？」

幽池沒有回應她，只是略微垂眼，道：「走吧！我們也去長桌宴那邊吧！」

鹿靈點點頭，跟上幽池的腳步，還有些耿耿於懷地看向那三人消失的方向：「這三個身上都沒有一滴乾涸的血跡，說明一路來此，總能避開危險，倒是比旁人機敏多了……」

這話令幽池微微蹙了眉，只因他也覺得那三人有些蹊蹺。

當天傍晚，正是三日不夜宴的第二場晚宴。

雖說是三日，可時間卻並不是連續舉行的，而是每到一個「七」開頭的日子，才會擺設長桌宴，一直到第三次夜晚才算結束。

這一夜，仍舊是座無虛席。

彷彿往來權貴、百姓們，都已經忘了上次的人骨酒與薛璽之死，一群人只顧著沉浸在喜悅的喧鬧之中。只不過比起第一夜的長桌宴，今夜的長桌增設出十五張，全部都是為西涼難民準備的。

他們餓了許久，見到佳餚，爭搶著狼吞虎嚥，令一旁的南蒼權貴們略顯瞠目結舌。

幽池與鹿靈仍舊坐在原先的位置上，許是見識慣了之前的長桌宴，鹿靈今夜的興致並不高，只吃了少許便不再貪食。

幽池瞥了一眼鹿靈面前的酒盞，發覺今夜給賓客們都換了杯子，再轉頭看去，猶夜與周府一家人仍是坐在主桌。要說不同的，是這一次的周家身邊多出了三位家丁，自是那三位願意留在周府做事的西涼人。

如穗已經適應了自己的新角色，身穿侍女衣衫的她，正為周侍郎斟滿酒水，商景策與李七郎也十分自若地負手而站，儼然是以家丁的身分自居了。

「周公子怎麼不在了？」鹿靈也盯著主桌方向，猶疑道，「方才還見到他坐在猶夜小姐身旁，一轉眼就不知了去向。」

幽池瞇了瞇眼，正覺得奇怪之際，身後不遠處忽然傳來一聲驚叫，緊接著是「撲通」的落水聲響，家丁們大喊著：「不好了！是少爺……」

幽池聞訊，意識到不妙，飛快地衝出宴席，明明蓮池距離自己極遠，可他腳下如生風一般，只顛起了幾個步子，轉瞬間就來到了蓮池岸旁。

猶夜、周侍郎一家人也緊隨其後，待見到了他們，站在蓮池旁的家丁，哆哆嗦嗦地指著水底同眾人道：「快救……少爺被人推進池塘了！」

幽池看向水面，只餘幾個氣泡浮現，他甚至沒時間脫掉鞋子，只管一個猛子跳進了水中。

這時節的池水冷得徹骨，幽池在水面之下，目力所及不足兩尺，加上池底水藻遮眼，苔蘚叢生，他吃力地撥開障礙物去尋人，摸來摸去，他到達極限，衝出水面換了一口氣，池塘邊已經圍滿了周府侍從，可不知為什麼，誰也不敢下水，他只好憋足了氣，再潛下去。

水底光線實在太暗，只能靠感覺去摸索。所幸他摸到了一隻腳，再使勁一拉，終於將人從水底給撈了上來。

隨著池水波動，幽池氣喘吁吁地拖著周守上了岸，他伏在地上大口大

口地呼氣，周家人與家丁們則是圍攏到周守身邊關懷，只有鹿靈跑到幽池身旁噓寒問暖。

幽池心中心想，從落水聲到現在，憑藉這個速度，周守無非是嗆了水，必然能存活下來⋯⋯

可事態越來越糟，很快就傳來啜泣聲，不知是誰說了一句少爺斷氣了，猶夜滿目震驚地推開一眾人等，只見周守躺在石地上一動不動。

猶夜驚惶失措，利用所知的一切知識去救他，皆是無濟於事，周夫人則是伏在周守身上哭喊著：「守兒，我的守兒，你睜開眼睛看看娘親⋯⋯」

猶夜全身發抖，低頭打量周守的臉色，喃聲說著：「這怎麼可能呢？從時間上來判斷，不可能會淹死的⋯⋯」

然而她猛地發現不對，俯身去扒周守的眼睛，嚇得一旁的周侍郎心痛地喝道：「夜兒，人都死了，你這是大不敬啊！」

猶夜卻驚道：「哥哥眼球充血。」又去檢查他的鼻孔和耳壁，果然如她所料，「不是溺死的，哥哥死很久了，至少有一炷香的時間！而且⋯⋯他嘴唇顏色詭異，是中了毒！」

這話令現場一片死寂，幽池也緩緩地站起身來，他下意識地去看向那三人的表情，如穗面色驚慌，商景策沉著眼，李七郎則是別開臉去──再看其他前來的難民，他們眼神呆滯、蒙昧，似是不知道究竟發生了什麼慘劇。

猶夜則是咬緊牙關，她忽然四周循望，看到距離池塘最近的那名侍女，立刻問她：「是你喊的人？在我們趕到之前，你喊了有人把少爺推進蓮池的？」

侍女一怔，面色蒼白，竟傻愣著說不出話。

「你快回答小姐啊！」身邊的家丁推搡道。

那名侍女戰戰兢兢，她幾欲哭出來，支支吾吾地說著：「我⋯⋯我本來是要到後院幫廚的，路過蓮池時，竟看見有人⋯⋯有人把少爺推進了水裡。」

猶夜追問：「看清是何人了嗎？」

侍女不停地搖頭：「看不清，就只見到那人手裡拿著一串玉珠，夜色

裡格外明亮——」話到此處，侍女忽然大叫一聲，指著周守的屍體說道，「就是少爺手裡攥著的那條珠串！」

猶夜立即去查看周守攥著的珠串，青色的穗子，牛筋做成的細繩上，綁著五顆顏色各異的珠玉，每一顆玉身裡還漂浮著水波紋，是非常罕見的珠子。

「是薩滿的物品啊……」有難民們七嘴八舌地竊竊私語起來，「都說西涼才是薩滿的故鄉，這種古老的珠串，都是西涼薩滿用來祈福的。」

「會不會是這周府得罪了某位西涼薩滿啊？」

亦有周府家丁顫抖地面面相覷：「那下一個會不會是你，或者，是我……」

極度的恐懼令氣氛變得越發詭異，周夫人哭得久了，竟是暈厥了過去。周侍郎趕忙命家丁將人攙扶離去，他抹著眼角老淚，對猶夜說道：「女兒啊！你可要為你的兄長做主啊！」

猶夜將珠串從周守的掌中拿出，握在自己手上，她憤恨地審視著在場的每一個人，一改往日溫和，竟是凶狠地命令道：「鎖上周府大門，所有參宴者都不得離開，直到找出謀害我兄長之人為止！」

家丁們得令立即照做，紛紛跑向大門處拿起鐵鍊，將大門鎖了起來。

參宴的權貴、百姓們以及西涼難民們都面色慌亂，他們想要離開，就與家丁們爭搶起鐵鍊，頃刻間亂作一團。

猶夜則是深深舒氣，她緊咬牙關，憑藉著僅剩的理智來到幽池面前，躬身行禮道：「方才……多謝幽池公子將我兄長的屍首帶上岸來。」

幽池默默點頭，沉聲勸道：「還請猶夜小姐節哀。」

猶夜抬起眼，表情肅穆地同幽池道：「幽池公子，你身手不凡、直覺敏銳，且眼下我只能信任你了，求你同我一起為兄長尋出凶手，一旦水落石出，你不僅可以離開周府，還會得到酬謝——」

話到此處，猶夜又怕被旁人聽到，極為謹慎地湊近幽池一些，悄聲耳語：「只是，還望公子能夠暗中幫襯於我，一有風吹草動，及時來報。」

她是想要將幽池當作眼線，安插在眾賓客之間。幽池明白她意，本是不想蹚這渾水，卻也暫且應了下來，他實在不忍在這個時候令她為難。

見幽池同意，猶夜稍稍安心，側身安排家丁送幽池與鹿靈回去客房休

息，她自己則要打著安撫的旗號來審訊在場眾人。

幽池和鹿靈隨家丁朝後院走去，誰也沒有看到一抹身著背刺金蟒衫的身影，趁著旁人不注意悄悄溜出了宴席，尾隨上了幽池。

月色正好，花影婆娑，本是這般絕美的襲人夜色，卻逢血腥之案，實在令人扼腕。

家丁走在前頭，為周守的死唉聲嘆氣，鹿靈跟在幽池身後，蹙著眉，摀著腹，像是吃壞了肚子。就在快要到客房的時候，前面的家丁忽然「啊！」地一聲低呼，隨即倒在地上，幽池與鹿靈驚愕地望去，只見靛青色的身影匆匆而來，扔下手中木棍，伸手攔住去路：「二位且慢——」

幽池打量面前男子尊容，他身穿周府家丁的金蟒圓領衣衫，腰間繫著寬玉帶，下擺繡滿回雲紋，團領後頭墜著兩條黑色綢帶，就如同燕子尾。這身周府的裝扮穿在他身上，自是十分驚豔華貴。

且他也洗去了來時的一臉泥濘，露出了如玉容顏，眉眼又生得極為清秀俊俏，只是表情中有些倉皇，顯露出狡黠之意。

「商景策？」幽池倒是記得他的名字。

商景策像是有些意外似的，鹿靈則走上前來道：「你打暈了家丁，又把我們攔下，到底想幹什麼？」

商景策神色驚恐地張望四周，怕有人察覺，就趕忙拉著幽池朝假山後的隱蔽處跑去，鹿靈見狀，也趕快一同追去。

確定方便講話之後，商景策才對幽池躬身作揖，神祕兮兮地說道：「降魔道長，在下心中有一個祕密，一定要與道長講明。」

幽池大驚，鹿靈也一怔，忍不住問出：「你……你是如何知道我們真實身分的？」

「在下家中也曾有使用類似符咒的長輩。」商景策的目光落在鹿靈衣衫裡露出的符咒一角，「也便因此，在下才能猜出兩位的身分。」

幽池與鹿靈面面相覷，沉吟片刻後，幽池問商景策道：「你要告訴我什麼祕密？」

商景策心一橫，冷聲道：「周守是李七郎害死的！」

鹿靈不敢置信地瞪圓了雙眼，幽池則是謹慎地說道：「話不能亂說，必要有真憑實據。」

商景策稍微冷靜下來，他細細地同幽池說起了辦晚宴之前發生的事情：「道長有所不知，我們西涼自城主失道以來，便被妖魔攻占，城中子民已被迫背井離鄉、顛沛流離了半年光景，其中酸楚更是道不盡的。而李七郎是這些難民中的民間領袖，他在沿路上就為所欲為，將一眾人等當做是他的奴隸，今日得以被周府收留，他更是動了歪心思，與我一起留下後，他還口出狂言，要霸占周府的宅邸，甚至……垂涎著猶夜小姐的美貌。於是晚宴之前，他便在周守的酒水裡下了毒……只因周守撞見了李七郎欲對猶夜小姐不軌。」

　　在幽池與鹿靈愕然的眼神中，商景策說起了傍晚時的所見所聞。

　　當時，他被派去後廚扛酒，分發給各個長桌，原本李七郎也是與他一起的，可那人卻中途跑掉了，商景策搬完第一桶酒後，想著要去把李七郎找回來，但周府太大，他又不熟，走著走著就迷了路，竟是誤打誤撞地來到了猶夜的房門口。

　　只聽屋內傳來咒罵聲和瓷器的碎裂聲，商景策受到驚嚇，藏在草叢裡觀望，他見到李七郎慌慌張張地跑出了猶夜的房，緊隨其後追出來的便是周守。

　　「我就知道西涼難民沒有一個好東西！這畜牲簡直喪盡天良，我今晚非要讓你進蓮池裡溺斃才能解恨！」周守一邊追趕一邊破口大罵。

　　商景策餘光瞥見跑在前面的李七郎的腰帶鬆鬆垮垮，而周守手裡持劍，當真是不肯放過他，等他們走遠了，商景策才敢悄悄去猶夜的房前。

　　那大門敞開著，猶夜正披頭散髮地坐在地上，衣衫不整、滿臉淚痕。

　　聽見腳步聲，猶夜一驚，抬頭去看，見是商景策，她又懼怕又悲憤，眼神充滿了提防。商景策也不敢再留，躬身一禮，便轉頭跑開了。

　　回憶到此，商景策咬牙切齒，憤恨地瞪著雙眼，同幽池說道：「周府當真是仁至義盡的，願意收留我們一群外來人，還允許我們三個在府上做事，這是猶夜小姐的恩典！可李七郎那畜牲不知感恩，偏要違背人倫，依我所看，他就是怕周守將此事說出，才搶先一步將他害死。幸好他不知道我看見了一切，否則，我也難逃他的迫害……」說到令人後怕的驚恐之處，商景策感到痛心地皺緊了眉頭。

　　幽池沉默著聽他說完這些，挑了眉毛，問道：「你為什麼要將這個

祕密告訴我？既然你知道真凶，為何不親自去告知貓夜小姐？」

「因為，我方才聽到貓夜小姐與道長說要聯手查凶，這就說明貓夜小姐心中也有不安，她將此事委託給道長，才能保證她的安全。」商景策眼中充滿了恐懼，他顫抖著嘴唇，「一旦心狠手辣的李七郎，連貓夜小姐也要殺人滅口的話，屆時就只有道長能幫助周府擒拿真凶了……」

商景策的一番話，令幽池震驚不已，他還想再問，身後卻傳來了家丁們的對話聲。

商景策一驚，匆匆道：「道長，千萬不要讓任何人知道我告訴你的這份祕密，為確保真凶能被抓獲，道長切莫打草驚蛇！」說罷，他便慌張地跑開了。

剩下幽池與鹿靈站在原地，等到家丁們經過時，彼此打了個招呼後，鹿靈才悄聲詢問幽池：「這下該怎麼辦，要把此事報給貓夜小姐嗎？」

幽池緩緩搖頭，鹿靈又問：「這個商景策的言辭，你相信嗎？」

「不完全信。」幽池略一垂眼，他心中已然有了決定，轉身湊近鹿靈耳邊私語。鹿靈的表情變幻莫測，先是驚怔，隨後恍然，最後極為讚許地連連點頭。

約莫一個時辰之後，一行難民約莫十一、二個，正跟在周府總管的身後前往後院廂房，混在其中的倒數第二個，正是喬裝打扮後的鹿靈，她衣衫襤褸，鬢髮凌亂，扮成難民還算有模有樣。

且這會兒是因為貓夜還在大殿內審訊，總歸是忙不過來，便撥來一行難民，交由信賴的家丁負責做第一輪的盤問，而這個負責盤問的家丁，便是李七郎。

許是他傍晚時間便毛遂自薦，其餘難民又在貓夜面前表現得十分尊敬他，也就令貓夜相信他可以勝任今夜盤問一職。

鹿靈和排在身旁的另一名女難民，被挑選出來最先接受盤問，總管打量著她們兩個，沉聲道著：「看你們兩個也不像是會下毒謀害的人，但流程是要走的，你們先去沏好茶，晾溫了就端進房內。」

鹿靈應聲領命，在和同行女難民前往後廚時，她找了個藉口支開了對方，只一人前去端了茶，又搧又吹地加快了熱茶降溫的速度，不出片刻的功夫，她就朝李七郎的房走去了。

所幸總管已事先告知了路線，否則鹿靈怕是要迷路在這深深後院中。

　　她一路繞過假山、庭院，找到那間幾乎被垂柳包裹著的廂房後，發現有一隻狸花貓從虛掩的房門中跳了出來。鹿靈一驚，手中端著的茶水險些灑出來。

　　三色狸花貓一雙綠瞳裡映著鹿靈的臉，牠「喵嗚」了兩聲，便爬上了一旁的老柳樹，轉眼便消失不見了。

　　「進來吧！」房內傳來了慵懶的一聲令，鹿靈便邁過門檻，恭順地進了屋內。

　　她踏著碎步，餘光偷瞄周遭景色，除去山水墨畫的屏風外，牆上懸掛著不少圖畫，都是些花草、山水，而畫下還放著古箏，再側耳聆聽，屏風後傳來的是高山流水的優柔曲調。

　　鹿靈感到奇怪，心覺一個家丁的廂房，竟然能被周府布置得如此闊氣，而對面側臥在床的，便是李七郎了。

　　他略有些年歲，約莫是二十八、九，蓄著些鬍渣，金蟒衣衫裹身，卻要比商景策的衣襟多出了三層金紋，證明了其在家丁裡，也是比商景策的地位要高。

　　這會兒的他右腿弓起，長臂搭在膝上，手裡一把蒲扇，拴著金色流蘇玉穗子，正懶懶地搖著。

　　鹿靈恭敬地問候道：「小女子是前來接受盤問的……還有，這是奉總管之命端來的茶。」

　　「拿過來吧！」

　　「是。」

　　李七郎端過木盤上的茶盞，打開蓋子，撇掉浮沫，輕抿一口去品，忽然就眼神憂鬱，抬頭問鹿靈道：「你從哪裡拿來這茶的？」

　　「是從後廚端來的。」

　　李七郎嘆息一聲，點著頭道：「是啊！自然是周府後廚了，又不可能是從西涼……」話到此處，他神色變得些許複雜，打量著鹿靈的面容，試探性地詢問道：「你原先是跟在誰身邊的？」

　　鹿靈察覺到他上了鉤，便按照事先與幽池商議好的說法答道：「我是跟在商公子府上的難民們一同來南蒼的，平日裡我也很少言語，您未必會

注意到過我……」

「原來曾經是商景策府上的人。」沒想到李七郎並未表現出任何異常，反而露出了恍然大悟的神色，他動容、懷念地盯著自己手中的茶盞，感慨道：「難怪這茶的味道會令人覺得熟悉了，只有他府上喜歡放一些百合做茶底，不枉你在他那頭做過差。」

其實，這只是因為幽池在商景策身上嗅到了百合的氣味兒，才要鹿靈藉此來博得李七郎的信任。

而緊接著，李七郎則嘆道：「可惜了……可惜了啊！」

鹿靈越發困惑起來，心想這人毫不急於盤問，就好像他並不在意凶手是何人。難道說，真的如商景策所說那般，凶手是李七郎？否則他怎如此鎮定自若？

而見他已經喝光了茶，鹿靈便探手去接，李七郎遞來的時候，二人指尖摩挲著相觸，鹿靈並沒躲，反而適時地停頓下來，彷彿在等待著他接下來的動作。

若商景策對李七郎好色、狠辣的形容是真，那他自然會有所行動，尤其，眼下又是孤男寡女。

鹿靈望向李七郎的眼神藏有暗示之意，但他卻沒有回應她的視線，只將茶盞放到木盤上，反而是終於問道：「今夜周府公子遇害之時，你可在現場？」

「我是聽聞落水聲後，才隨眾人一同趕往蓮池附近的。」

李七郎又問：「你在現場有沒有看到可疑的人？」

「我驚嚇過度，並沒有來得及觀察旁人。」

李七郎便頗為悵然地說道：「難得周府願意收留我們，不管怎樣，周府對我都是有恩，發生這樣的事情，實在是令我難過。」

鹿靈附和著點頭，心裡卻暗暗疑道：「這人是怎麼回事？不是說他好色又貪權，還想霸占周府宅邸嗎？怎會拉著個本應接受盤問的難民追思亡者了？」

李七郎……當真是害死周守的凶手嗎？

　　而不出一會兒，李七郎就已經有些醉意醺然，是因為鹿靈端來的茶底百合浸過濃酒，初嚐時喝不出酒水的味道，待茶水全部飲下片刻，酒意才會上頭。

　　李七郎坐在床榻邊，一手輕撫額際，一手緩緩搧動扇面，鹿靈在這時又燃起了幽池交給她的一小塊香料，香味很快就飄散在房間裡。迷蒙之中，李七郎慢慢地抬起眼，透過繚繞的香霧，他看到鹿靈的身影模模糊糊，再加上意識混濁，他手中蒲扇掉落，眼神驚訝地道了聲：「如穗。」

　　鹿靈立刻走進霧氣，邁著碎步來到他面前，頷首道：「公子認錯人了，我這種粗人，怎會是如穗姑娘呢？」

　　李七郎恍惚地甩了甩頭，忽然皺眉道：「你可真是賊心不死……當真以為誰人都會中你的計不成？」這樣說著，他便又想起了傍晚時的宴席——長桌宴上熱絡喧鬧，衣香鬢影，貴客們吃喝談笑，三輪酒局過後，下首的座位已經稀稀落落，有一些位高權重的貴客提早回去了。李七郎便看見周守起身離開，而鬼鬼祟祟地追趕著周守的那個身影，便是曾經的青樓女如穗。

　　李七郎心下一沉，便趕忙起身跟了上去。

　　「我——自然是清楚她在打著什麼歪心思。」李七郎的語氣中有幾分不屑，他回想著幾個時辰之前發生的事情，眼神幽幽然的：「她隨我們從西涼來南蒼的路上，就總是企圖利用美色來換取利益——難免多喝一杯水、多吃一口肉，或者是多睡一下溫暖些的被褥……而她用來交換這些物質的方式，便是出賣她年輕貌美的肉體。」

　　許是這香，許是這茶，總之，幽池準備的一切都沒有白費——李七郎果然開始在鹿靈的引導下，說出了重要的資訊，也不枉費她涉險來此。

　　「那——」鹿靈壯起膽子，試探著詢問，「你和她之間，也有過利益交換嗎？」

　　李七郎微蹙了眉：「我？」

　　鹿靈故作為難的樣子，支吾著閃爍其詞：「面對美色，男子們皆會有垂涎之意，尤其是像如穗姑娘與猶夜小姐那般貌美絕倫的女子——」鹿

靈刻意加重了「猶夜」二字的讀音，是想試探李七郎對猶夜究竟有無非分之想。

話未說完，就被李七郎的笑聲打斷。笑了好長一陣子，眼淚都要笑出來了，他才醉醺醺地回道：「我李升雖未娶妻生子，可志在四方，見過的美人數以千計，風流過往也說之不盡，又怎會被青樓女子和小家碧玉衝昏頭腦？」

鹿靈心中帶著戒備，不知道這人到底在打什麼主意，看上去竟是與世無爭的，難道他早知道她是來探他口風的？但看他的態度以及方才的袒露，實在不像是心機過重的樣子。

鹿靈漸漸也就放鬆了，又覺得不能錯過這唯一的時機，就耐著性子引導他說出更為關鍵的線索：「可有人曾見到你出入過猶夜小姐的房內，就在周守少爺遇害前夕——」

「欲加之罪，何患無辭。」李七郎側過身子，手肘支撐在床榻上的小圓桌案，醉得深了，睏倦得很，眼皮時不時地合上，嘴裡唸叨著：「若說是何人害了那周守，唯有——」

鹿靈緊盯著李七郎的臉，追問道：「唯有？」

李七郎忽然睜開眼睛，表情極為嚴肅地說道：「如穗。」

屋內靜極了，氣氛變得極為詭異，鹿靈震驚不已，忍不住問道：「你的意思是，如穗姑娘是害死周守少爺的凶手？」

李七郎借著酒意，冷聲道出：「除了她，還會有何人？」

鹿靈卻道：「但如穗姑娘的動機——」

「她離開宴席後，我跟上她想去看看究竟。正因為我瞭解她的為人，知曉她在周府肯定也不會老實。結果被我撞見她勾引周守，可惜沒有成功，她自然會心生恨意，又怕周守以此要脅來將她趕出周府，她必定會起了殺心。難道，這動機還不夠嗎？」李七郎越發激動，竟撩起了自己左臂上的衣衫，將一道鮮紅的傷疤展露給鹿靈，「看！這就是凶案發生前，我為了阻攔如穗殺害周守而擋下的刀傷！結果她倉皇跑掉之後，到底還是變了法子害死了周守，實在是忘恩負義！」

鹿靈凝視著李七郎手臂上的刀傷，還在滲出血跡，的確是新傷。

而且，他也並非商景策描述中的重色重權之人，反而重情重義，並有

著自己的規矩。

「你看——」李七郎在這時又將一件東西扔到鹿靈面前，是拴著青穗的玉佩，他說，「這是如穗整日都戴在身上的東西，被我挾制住之後，她倉皇逃跑時掉落的，若把這個拿去給猶夜小姐，真相就將大白，只管將如穗處死便是。」

鹿靈沉吟不語，她拿過那青穗玉佩攤在掌中，困惑地問道：「既是如此，你為何還要假裝不知情地盤問眾人？為何不將真相告知猶夜小姐？」

「同伴一場，於心不忍。」李七郎惋惜地長嘆一聲，「只望她能良心大發，早些去與猶夜小姐自首才好。」

鹿靈沉下眼來，門外傳來敲門聲，是總管來催促了。

想來每一個難民的盤問時間不得過久，鹿靈趕忙離開。下一個難民走進李七郎的房內，待房門關上之前，鹿靈回頭匆匆瞥了一眼李七郎，許是開門時吹進了一陣涼風，室內香霧散去，他此時已經清醒了過來似的，猛一搖頭，如夢初醒般地看向面前的難民。

半炷香的工夫後，鹿靈與幽池在發生命案的蓮池旁匯合，她將得來的一切資訊都告知給了幽池。

幽池聞言後，眉頭越發緊皺，低聲道：「看來，形勢並不樂觀啊！」

鹿靈也無奈道：「這個李七郎與商景策形容的全然不同，也不知道他們兩個究竟是誰在說謊，要不然……我再去會會那位如穗姑娘？」

「那倒也不必。」幽池平靜道，「如穗姑娘未必就是李七郎口中的凶手。」

鹿靈極為震驚地反問：「你為何這般肯定？」

「因為，那位如穗姑娘——」話還未說完，一個柔媚的女聲忽然穿透夜色，縹緲傳來，「二位可是在談論與妾身有關的事情嗎？」

幽池與鹿靈循聲望去，只見身穿周府青色侍女裙的姑娘娜娜而來，她腰身極瘦，彷彿不盈一握，窄小的臉頰上，鑲嵌著一雙明亮、妖媚的鳳眼，自是彰顯著風情，且每當她走上一步，菱紗裙擺便如同翻飛的漣漪，煞是美豔。

這般美人絕非常見，鹿靈心中讚歎，又趕忙去看幽池的表情，生怕他也要被這等美人勾魂攝魄。

可幽池到底是心如止水的降魔道長，面對如此美色，連眉頭都未動一下，只管淡漠道：「原來是如穗姑娘。」

如穗輕笑著行了一禮：「妾身見過幽池公子、鹿靈姑娘。」

鹿靈有些驚訝地回了一禮，心想她才來周府不到半日，竟記住了自己與幽池的名字，倒是個有心之人。

如穗起了身形後，略微謹慎地觀察了一番周遭，確定四下無人後，才湊近幽池和鹿靈，神神祕祕地說：「妾身找到二位，是想要告訴二位一個祕密。」

又是祕密？鹿靈不禁蹙眉，問道：「是何祕密？」

如穗唇邊的笑意緩緩褪去，轉而變得是有些狠戾的表情，她非常堅定地說道：「周守公子──是被周猶夜殺死的。」

此話一出，不僅是鹿靈大驚失色，連幽池的眉宇間也多一分訝異。

如穗則是字字珠璣：「事已至此，我也不怕告訴二位了──實際上，我與周猶夜在上一世就是相識，當年我二人是競爭對手，且我會慘死，也是她一手造成。可轉世之後，我竟然還保留了前世的記憶，只可惜……」

話到此處，她哀怨地垂下了眼睛，長嘆道：「紅顏命薄，在從西涼前來南蒼逃亡的路上，我就已經死了，如今的我，不過是只孤魂野鬼罷了。」

這般線索令鹿靈瞠目結舌，她不敢置信地打量著如穗，指著她問道：「你、你竟然是個怨魂嗎？」

如穗默默點頭，幽池倒是毫不驚訝，只道：「從你來到周府的時候，我就已經發覺你不是凡人了，只不過你身上並沒有煞氣與戾氣，的確是冤魂，而非怨鬼。」

如穗露出了極為悲傷的神色，一雙美目滲透著哀戚：「妾身命相不好，這一世又沒有完成功德，路上早早病死，只能憑藉最後一絲意志力來找到周猶夜。」

鹿靈問：「你為何這般執著地想要找到她？」

如穗忽然憤恨地說道：「是為了報復她前世搶走我神女位置之仇！」

說到這裡，如穗惱怒不已，她緊握雙拳，咬牙切齒：「前世明明是我出身富貴，可最後在競選薩滿神女一職時卻輸給了她，都是她使了奸計來

阻撓我，這令我如何能甘休？」她越說越激動，身體也微微顫抖。

鹿靈有些困惑，心中暗暗道：「即便如此，又有何證據能說明是猶夜殺了她兄長呢？」

如穗是鬼，自然可以聽到鹿靈的心聲，她當即回道：「是我親眼所見的！我親眼看到她在周守公子的酒水裡下了毒！」

鹿靈連忙摀住嘴，另一隻手則是摀住胸口，讓自己連心聲也不可以發出，否則會被面前的鬼窺探。

如穗則是繼續說道：「從我自願留在周府做差的那一刻起，我就是為了要找周猶夜算清前世的舊賬！而她根本沒有認出我來，只因今世與前世的容貌不同，又或者是，她根本沒有保留前世的記憶，只不過是轉世輪迴在權貴之家罷了。而我為了要讓她向我懺悔，便在晚宴之前悄悄潛進了她房間，誰知竟撞見她將一包詭異的粉末倒進了一壺酒裡，再接著，我就看到那壺酒出現了周守公子的面前，他斟酒喝下之後，身體搖搖晃晃，以為不適，便離開宴席去蓮池旁透氣，周猶夜是陪同前去的，我也悄悄地跟上了他們，竟看到她親手將周守推進了蓮池中！」

幽池的眉頭蹙得更緊，他再三確認：「你當真目睹她所作所為？」

「千真萬確！」如穗一把抓住幽池的手，可由於她是鬼，在接觸降魔道長時，她的手掌險些被灼傷，驚叫著躲開後，她楚楚可憐地揉搓著自己的雙手，低訴著，「周猶夜為人心狠手辣，她偽裝出一副聖潔寬容的神女之貌，無非是為了騙取眾人敬仰，以此來增加她在人世的功德。前世的她如此，今世的她也這般，我自是最為瞭解她了……」

可鹿靈極為困惑地喃聲道：「如果猶夜小姐為了積攢功德，又何必殺害自家兄長？這般損害陰德之事，她的動機又是什麼呢？」

「動機……」如穗呢喃這二字，忽然神色痛苦，她摀住雙耳，極為掙扎地搖著頭，「我的頭……好痛啊，我生前就被這種病痛折磨著……為何死後還要……好痛……我、我——」話未說完，如穗便難以忍耐地跑開了。

她每跑一步，地面上就出現一連串血色腳印，直到她的身影隱匿在黑暗中，那些血腳印才一併消失不見。

「她不是因病而死。」幽池凝望著她背影消失處，沉聲道，「也許連

她自己是怎麼死的，她都已經混亂了。」

鹿靈反而是唉聲嘆氣道：「他們幾個眾說紛紜，這簡直像是打開了地獄之門，根本不知道該相信誰的話。幽池，這下該怎麼辦？」

幽池也略顯無措，面對二人一鬼的說辭，即便是他降魔道長，也沒辦法看穿何人說謊。直到夜色中飄來一股熟悉的氣息，似仙境霧沼，又如冥界燭火，幽池知道這是曾在王煜身上嗅到的魔尊之氣，便猛地轉過身形，竟見猶夜獨自站在蓮池旁的老柳樹下。

她的眼睛藏著幽綠色的光，仿若鬼魅，脖頸上的赤紅圖騰隱隱閃爍，那便是氣息的來源。

「是嗎？原來如穗便是前世的綠萼啊……」猶夜語調幽幽，她垂下眼簾，極為懷念似的，「怪不得能從她身上看到似曾相識的影像，也難怪她會尋到我了。」

幽池震驚，鹿靈也愕然地睜圓了雙眼，她忍不住問猶夜道：「你、你都聽見了？難道你也保留了前世的記憶？」

猶夜並未回答，她只是兀自說著：「方才聽聞她說到她已死，那她的元魂一定也很快就會灰飛煙滅了。」

幽池能從她的聲音裡感受到不捨之情，順勢說道：「關於她剛剛所說的殺害周守的凶手——」

猶夜苦笑道：「我怎會害死我自己的親生兄長呢？即便我同樣保留前世的記憶，可我今生是周府的女兒，更是要對周府忠心耿耿。」

幽池與鹿靈大驚失色——

猶夜竟然也與如穗一樣，記得前世發生的一切？

可是，這怎麼可能呢？據幽池所知，死魂在進入冥府後，都會飲下孟婆湯，一旦上了奈何橋，前世與今生再無任何瓜葛。

難道……

「你沒有喝下過孟婆湯？」幽池蹙了眉。

猶夜微微抬起眼，望著幽池眼裡閃過淡淡的幽藍光芒，無奈地笑道：「你果然不是什麼普通的市井小人，你是降魔人。」

幽池道：「你也不是普通的周府小姐，若你保存前世記憶，你便是——」

「沒錯。」猶夜並不隱瞞，她知曉這一天總要到來，而自己也一直在等這樣的一天，「我是薩滿神女轉世，今世累積功德，自然是想要延續上一世的神職使命。同時……」

話到此處，她頓了頓，眼中洩露一絲遺憾：「我也想找到前世愧對之人，希望能以我的綿薄之力，讓她全無遺憾地度過今生。」

鹿靈試探地問道：「你所說之人，可是如穗？」

猶夜恍惚地點了點頭。

誠然，正像如穗所說那般，在上一世，如穗便與猶夜競爭薩滿神女的神職。可即便如此，如穗也算得上是最為瞭解猶夜的那個人。

想來紅塵滾滾，凡人在世，無論是悲喜交加，都是你方唱罷我登場。只是，總會有人迷失在日常功利、紛爭與權欲裡，漸漸忘卻初心，懷抱遺憾而死。

猶夜心有哀戚地抬了頭，她對幽池與鹿靈說出了自己的前世——

「前世，我的名字叫做蜀葵，是蠻州西涼城普通人家的女兒。可雖出身普通，家族無權無勢，但因品行端正，具有隱約先知能力，又行善積德，被西涼城百姓推舉為城內的薩滿神女。而綠萼……也便是今世的如穗，她前世出身貴族，卻在最終輸給我，此事令她一直懷恨在心……」

蜀葵在世時，西涼城還是土地遼闊、子民安康、物質富饒的都城。才子、美人、妃嬪……帝王擅從西涼選取人才，且西涼隸屬蠻州十七城之一，也是唯一擁有薩滿神女一職的都城。

蜀葵在十六歲那年成為薩滿神女，本來還只是小城範圍內有些名聲，可她救人、行醫、驅魔，在神與人之間穿梭，替百姓解決困境，為權貴實現訴求，以至於引來皇城許多皇子、公主求見。

曾有一公主想要和自己死去的駙馬對話，哪怕只有寥寥幾個時辰，公主也心滿意足。蜀葵為其實現了心願，得到公主認可與賞賜，從而令家鄉西涼也一併增添名望。

且這位公主又將蜀葵引薦給了她的皇子兄長，那皇子想要成為儲君，可惜宮中有許多反對聲音，皇子請求蜀葵改變這種局面。蜀葵便教導皇子行善、懷柔，以「仁」來服眾，且每日清晨在帝王的寢宮前送上一株合歡花，合歡清香，味沁心脾，帝王甚是滿意，而皇子堅持許久的「仁」之

舉，也平反了此前的反對聲音，令他最終如願以償，登上儲君之位。

蠻州皇家對蜀葵極為信賴，連帝王也開始覺得這樣的薩滿理應留在宮中，西涼城主自然不敢違背帝王之意，便派出一支侍衛隊，護送蜀葵進宮，為皇家做事。

到了宮中，成為新帝的御用薩滿，帝王對她不薄，良田、俸祿、綢緞與瑰寶，賞賜應有盡有，待遇等同於三品文臣。

可蜀葵到底是心繫家鄉，屢次請命想要還鄉。她想念西涼故土，更想念家鄉百姓的愛戴。儘管身在宮中，旁人也都高看她一眼，但她仍舊覺得西涼才是她的歸宿。

帝王見她心意已決，也只好准了。

蜀葵滿心喜悅地回去了西涼，卻發現綠萼已經成了代理的薩滿神女。百姓們並沒有因為蜀葵的離開而覺得生活發生變化，因為綠萼也可以為他們解決困難，而蜀葵再度歸來，反而造成了兩位神女的尷尬處境。

然而，蜀葵覺得百姓們也是有自己的苦衷，她仍舊願意為西涼付出自己的全部熱忱。

只可惜，某日蜀葵在為一戶書香人家的少爺返魂時，中途卻忽然斷了媒介。她覺得事情蹊蹺，但這樣的失誤，卻導致了少爺徹底歸西。那家人憤怒不已，怨恨蜀葵的疏忽，對她破口大罵，甚至慫恿起城中百姓來汙蔑、怒斥她。

此時此刻，猶夜痛苦地回憶著過往，她的聲音在顫抖，眼神也變得驚悚——

「最初，他們只是對我進行謾罵，不再如之前那般恭敬，百姓們會聚眾到一處，朝我吐口水，更不准我去平日裡光顧的店鋪裡買貨。」

「漸漸地，這種侮辱開始牽連到了我的家人，他們會在我弟弟回宅的路上堵住他，輕則毒打，重則扒衣；又把我妹妹從轎子上拖下來凌辱，還會在夜深人靜的晚上，舉著火把衝進宅邸，強行按住家丁，將他們斬首⋯⋯。我怕他們會傷及我年邁的老父老母，只得跪下請求他們饒恕，結果如此一來，他們認定我犯下的是滔天大錯，當夜便把我抓去衙門的大牢，拷打我、折磨我，用竹籤挑斷我的每一個指甲，我痛苦不堪，屢次昏迷，他們用冷水、用尿液來澆醒我，我甚至不知道反反覆覆了多少次，身

上的劇痛令我神智不清。我以為忍耐就能結束這些暴行，結果等到意識到的時候，他們已經把我綁在了木樁上，口口聲聲地喊著祭天，以火刑將我活活燒死。」

猶夜語畢，幽池和鹿靈都屏息沉默，蓮池周遭安靜得彷彿人間的所有聲音都不見了去向。

半晌過去之後，猶夜長長的嘆息一聲，重新說下去：「死後的我，自然是順理成章地到了冥府——」

她遭到判官審問、逼供，只為要她交代生前所犯下的罪孽。可蜀葵心中不服，她為她的西涼城、為她的百姓付出了自己的全部，乃至於生命，怎就要被屈打成招？

倒是最後引來了冥府的至高權力者——冥帝和墨來重審此案。

還記得當時，身著金紋黑袍的冥帝和墨出現在她的面前，翻閱了生死冊。當發現「死冊」上並沒有記載她的名字時，便知她是僅差一步便可以修道成仙之人。

和墨略微蹙了蹙眉，嘴角邊漾出一抹略微無奈的苦笑，他低頭俯瞰著滿面泥汗的蜀葵，輕嘆一聲，問道：「我可以給你一次重新選擇機會——你是想要上奈何橋入輪迴，還是重新回去人間活一次？」

蜀葵聞言，略顯困惑。

和墨則抬起眼，凝望冥府忘川幽幽，彼岸生花，他若有所思地同她解釋道：「重活一次雖然可以擁有新的身分，且前世記憶也不會消失，但如果不能渡上一世罪孽，就會不得善終，從而永遠失去輪迴的機會。」

說罷，他重新看向她的眼睛，淡淡一句：「你可願意？」

蜀葵蹙了眉，仿若陷入了極度痛苦的掙扎，可只沉默了片刻，她便毫不猶豫地點頭道：「我願意！」

和墨仿若看穿她的心思，眼中光澤黯淡下來，卻也只是叮囑道：「你要記得，從冥府回去人間，你會重新出生，重新為人，更要積攢功德，平穩百歲，一旦做了錯事，或者功德無法抵消前世罪孽，你將死境淒慘，且魂飛魄散，再無法入輪迴了。」

蜀葵連聲答應，並且表示自己轉世後，一定會比前世更加努力地積攢德行。

和墨低低喟嘆，不再多言，只是向蜀葵伸出手，拉她站起身來。等到蜀葵站定後，和墨又抬起自己的雙指，輕輕撫在蜀葵脖頸處，一股熾熱的灼痛感令蜀葵猛地蹙眉。

和墨低聲道：「冥府印記所在，即便你有何不測，也可以找到回來的路，且你樣貌秀麗，唯眼神有幾分寡淡，印記為紅，赤色自是十分襯你。」

便是因此，蜀葵重新回到了人間，這一次，她投胎到了蠻州南蒼城。只因在她死後不久，西涼城遭遇戰亂，幾乎覆滅，自是不再適合新生降臨。且西涼沒落後，南蒼便成為蠻州最為富庶的城池。和墨又為她選擇了一家貴族，即周府。

周老爺三代都在朝中做官，唯獨在他這脈有些低迷，但自打夫人生下女兒猶夜後，仕途竟也一路好轉，自然覺得猶夜是天降福臨，疼愛有加。於是，轉生成周猶夜的蜀葵，在周家夫婦與兄長周守的呵護下長大成人，她依靠著前世的記憶幫助父親起官，兄長在朝中也得到重用，她自己則是日日行善，照比前世，身為周猶夜的她，更加善待百姓與子民，幾乎到了他們有求必應的程度。

而實際上，她的內心早已發生了改變。在前世遭遇了那般淒慘、震撼的背叛後，她很清楚能重活一世，只要渡盡前一世罪孽，這世便可百歲善終、得道成仙；若有一步錯了，自然會再次慘死。

可今生不同，她擁有前世全部記憶，自然知道該如何規避錯誤的行為。她不再陶醉在世人的歌頌裡，也不再妄想得到所有人的讚美，她的目的很清晰，她要渡自己，也要渡罪人，渡一切與她有關的罪孽，方可圓滿。

「所以，當西涼難民們出現在周府的時候，我知道這是我今世等了已有十八年的良機。」猶夜說到這裡，眼神中竟顯現出隱隱的恨意，「而且，我從那些難民的氣息中，能夠感受到前世害我的人，也混在裡面。」

幽池聽到此處，略有困惑地問道：「你的意思是，他們也都重新轉世輪迴了不成？」

猶夜默默地點頭：「沒錯，我不會忘記那幾人的氣息。」

鹿靈反而越發不明白了：「難道你知道前世是有人刻意想要害你？那

麼，你的死就不是被百姓們背叛，而是有人故意為之？」

「人在死後，是可以看到生前慘劇的。」猶夜感慨地嘆道，「我亦是身在冥府的時候，才知道真正害我的人是誰。只不過，在今世見到他們的時候，我才發現這幾個人也都變了模樣，連同面目也與前世不同——更為出乎我意料的是，他們也都認出了我，並在晚宴開始之前，就私下來找到我，懺悔他們前世的錯誤。」

幽池震驚不已，與鹿靈面面相覷，思慮片刻後，他才對猶夜道：「既然如此，他們之中必定有一個是殺害周守的凶手，對不對？」

這一次，猶夜卻沒有回應幽池，可從她的神色變化中，幽池可以察覺到她有意隱瞞著什麼。

然而幽池卻看不穿，他只能看穿妖魔，卻看不透人心。

更何況，猶夜是有冥府印記庇護的人，他更是奈何不了她。

見猶夜不答，鹿靈便急了，她追問道：「私下找過你懺悔的人，可是商景策、李七郎與如穗？」

猶夜仍舊不做聲，但如此表現反而更像是一種默認。

鹿靈感到非常迷惑：「那他們為什麼還要對我與幽池說謊？他們已經向你懺悔，為何還要和我們訴說另一番言辭？這究竟……算怎麼一回事？」

「因為他們是罪孽的。」猶夜忽然開口，並咬牙切齒道，「若我想要彌補上一世的罪孽，必須渡他們三個人身上的罪。而且，他們三個人之中必然有人在說謊，如果找不出前世真正害死我的人是誰，我很有可能會再次意外死去。而我，絕不允許今世的我有任何閃失。」

非異人作惡，異人受苦報；自業自得果，眾生皆如是。

幽池凝望著猶夜臉上逐漸浮現出的業，絕非善，且她與初見之時相比，已然是眼神藏戾。

這是個執念成癮之人。幽池心中嘆息。

無論是前世還是今生，她想要渡己罪孽也好，渡旁人罪孽也罷，都因她執著此事，而釀成了癮。

癮害己，亦害人。

## 第四章 懺悔錄

當天夜裡，幽池憂心忡忡地睡下時，已經過了子時。

夜極深，木窗外面仿若有冰涼的水氣，一滴一滴的掉了進來。

「滴答滴答」的水聲，連接不斷地砸在床榻上。

幽池感到厭煩的皺起眉，他翻了個身，忽然感覺眼前有什麼黑色的影像在晃動。他一驚，猛地睜開雙眼，轉頭去看，發現木門上有一個男子的背影投映而出，且是帶著流動的水紋。

幽池立刻懂了，自己陷進了別人引他入甕的夢境。

那飄忽的身影來回走動著，幽池聽見房間內的水滴聲更加清晰。當他開口準備發問時，嘴裡卻只有「咕嚕」的一聲響，吐出來的是透明的水泡。

他抬手摸住喉嚨，手指帶動的是身邊大片的水紋與波浪。

原來如此，他是在充滿水的夢境裡。

幽池下了床，走近木門外的那道身影，腳下水澤發出「嘩嘩」響聲，他抬起手，使出咒術，木門「吱呀」一聲敞開，門外卻空無一人。

滿屋的水瞬間傾洩出門，幽池的衣衫卻也沒有半點濕痕，轉頭的瞬間，猛地見到了一個全身濕淋淋的男子。

他披頭散髮，臉色蒼白，伸出手臂指著左邊的一處位置，掙獰地說著什麼，奈何發不出任何聲音。

「周守？」幽池認出他來，明白這是他托夢來此。

且循著他所指的方向看去，幽池發現那位置是猶夜的房間。幽池蹙起眉頭，難道周守是在暗示自己害死他的凶手是猶夜？

不……

幽池豁然大悟，那個位置不只住著猶夜，還住著——

「來人啊——」慘叫聲忽然響徹夜幕，幽池因此而驚醒，夢散了，他從房裡坐起身，下床推門時，發現周府裡的下人們聽見動靜，也紛紛朝聲源處趕去。

鹿靈、猶夜也聞聲而來，大家都站定在周老爺和周夫人的門前，家丁們破門而入，周老爺正跌坐在地，慘青著一張臉，指著窗外對眾人道：

「有鬼！有鬼啊！」

周夫人卻在床上哭泣道：「那不是鬼，是守兒，他托夢給我們了！」

「可……可我剛剛明明看見一個全身濕透的人，他指著一個方向……」周老爺說到此處，忽然像是頓悟了什麼一般。

幽池也錯愕地抿緊了嘴角，周守竟不只請他自己一人入夢？但看向鹿靈、猶夜和在場其餘的人，他們眼神茫然，根本不清楚是怎麼一回事。

反而是周老爺的臉色越發詭異，他似乎信了周夫人所言，喊來家丁，扶自己起身，然後便奪門而出，高聲令家丁道：「去……去北側廂房，將住在那裡的所有難民都給我抓出來！大刑伺候他們！」說罷，便撐著拐杖率先前去。

「父親！」猶夜大喊一聲，連忙追上。

幽池與鹿靈彼此交換眼神，也一同跟隨。等趕到了蓮池前邊的空地，十餘名難民已被家丁們押了出來，最前面的那個是如穗，只因她住在北側廂房的第一間。她本是負責看管被迫留在周府的數名難民，可如今因為周守托夢，她便被按在了長條木椅上，雙手雙腳都被綁上了繩索。

周老爺怒斥她道：「是不是你殺了我的守兒？倘若你現在認下，我倒可以給你留個全屍！」

如穗拚命地掙扎著，她自是不肯認罪，淒厲目光看向周老爺身旁的猶夜，反而是同她憤怒道：「你如今滿意了吧？見到我被這般對待，可算解了你曾經的仇恨？」

猶夜猛地蹙眉，她搖著頭，並不想看到此番慘狀，當即為如穗跪在周老爺面前，苦苦懇求道：「父親，還請審問清楚，莫要害了無辜！」

「女兒，是你哥哥親自托夢給我的，他親手指證，怎會是錯？」周老爺憤恨著：「他在為父夢裡指出的方向，正是北側啊！」

猶夜喊道：「可我也是住在北側房中！」

「你是他的親妹妹，此事怎會與你有關？」周老爺一把推開猶夜，對家丁下令，「給我打！重重懲罰這個妖女！」

沾了水的木板子，重重地落在了如穗身上，每一板打下去，都疼得如穗哀叫不止，且她本就死了，人間遭受的這般苦難，更是會令她魂飛魄散。

不出片刻，她的身體就越發虛無，如同瓷器碎片一般，開始剝落凋零，這可嚇壞了家丁們，手中板子停下，面露驚慌。

　周老爺還在固執己見地大罵：「果然是個妖女！是妖！」

　他將猶夜拉到身邊，指著如穗大喊：「女兒，除掉她！把妖除掉，為你哥哥報仇！」

　奄奄一息的如穗抬起眼，充滿仇視地瞪著猶夜。

　猶夜心下一沉，如此眼神，她自是再熟悉不過。

　前世的自己，便是這般審視著對她行刑的每一個百姓，她當時恍惚地看著站在木樁下頭的人們，他們神情各異，有憐憫、有不屑、有嘲諷，亦有謾罵……

　再去看那高臺上目睹這樁慘劇的權貴，衣衫華貴的西涼城主手持搖扇，神情自若，就彷彿在欣賞一曲餘興。

　是啊……

　看著她被火刑活活燒死的惡人，不正是前世的綠蕚、城主……還有引發一切的，死在返魂中的公子嗎？

　如今的現世，這些人又重聚在一處──

　猶夜倉皇地看了看如穗，又茫然地在人群中尋找起了商景策與李七郎的眼睛，直到確認他們都在，她心中猛地塌陷下去，知曉這又是一場輪迴。

　今日不是她死，便是他們三人之中的一個死去，且不僅僅是死去，還會魂飛魄散、永不入輪迴。若是此事發生，猶夜的罪孽也將加重，她答應和墨的事情就會失信，自然也要遭受懲戒，她又怎會允許此般情況發生？

　便決定護下如穗，也等同於護自己周全──可是，就在她決意反抗周老爺的時候，一股奇異的聲響從她身後劃過，很快便傳來家丁的聲音：「老、老爺，這位姑娘已經……已經死了……」

　聞訊的猶夜不敢置信地回頭去看，趴在木椅上的如穗緊閉雙眼，四肢已凋零枯萎，只餘下一顆頭顱，且就是那顆頭顱的後頭，插著一把匕首。猶夜驚亂地衝過去，拔出那匕首，如穗的頭顱也因此而消散不見，剩下一灘衣衫。

　那匕首上拴著符，是用來殺鬼的，且刀柄處有輕微的凹陷。猶夜猛地

抬頭，看向李七郎，從齒縫中質問道：「你為何要這麼做？你可知道這樣一來──我們全部都要為此而付出代價嗎？」

李七郎沉下眼，低聲嘆道：「你既然還記得這把匕首，又怎會不知這匕首出自何處呢？」

猶夜怔了怔，恍惚中記起了那偌大的沈家，返魂的房間裡，擺滿了大大小小的刀具，薩滿神女需要以匕首割破自己掌心，她的血液，便是返魂的媒介。

而那把匕首，便是前世沈家遞給她的刀。

思及此，猶夜神色不安地看著自己手中的匕首，前世之物，再現於她手中，自是凶兆。

面前忽然有陰影覆下，她惶恐地抬起頭，只見商景策站在她面前，他表情冷酷，甚至於說，充滿了狠戾。

「你……」猶夜話還未說完，商景策的手掌，便覆到了她手中的匕首上。

「正好降魔人在此處，就讓他來看看你我前世的淵源吧！」商景策話音落下，掌間便有白色巨光閃現。

不遠處的幽池與鹿靈被吞入其中，他們自是進入了商景策前世的記憶中。

前世的商景策，是西涼大戶人家的少爺，名叫沈權，他自幼熟讀詩書，也會一些劍術功夫，是文武雙全的翩翩公子。

到了十七歲，自該娶親生子，不少名門望族都屬意於他，來沈府提親的權貴絡繹不絕。可他總是嫌棄那些是俗不可耐的小家碧玉，只一心想尋一位美麗、聰慧又具備學識的妙齡女子。

直到他一日路過城中薩滿神殿，見到了在石階下為百姓們分發救濟糧食的神女蜀葵，立即被她身上的不俗氣韻所吸引。

從此之後，他害了相思病，日夜念著蜀葵的名字，已是非她不娶。父母雙親不忍孩兒消瘦憂愁，便帶著家奴與聘禮，前往薩滿神殿向蜀葵提親。

然而身為神女，便要遵守終生不嫁、廣愛蒼生的神旨，蜀葵覺得沈府冒犯了自己，十分憤怒，便將二位趕出了神殿。

沈權非但不怪蜀葵，還埋怨是雙親太過草率，她可是西涼的神女，如此平常的禮數，實屬褻瀆。於是沈權親自登門神殿，他向蜀葵承諾，自己將要為她建造一座廟宇，這般小的神殿配不上她的胸懷——只要她願意與他時常相見，他便會實現承諾。

　　蜀葵自然明白他的意圖，斷然不會答應，可卻對他說：「公子印堂汙黑，定是思慮過度，勞了心神，倘若你能每日都來神殿祈福，這病症也會逐漸消退。」

　　沈權以為蜀葵是默許了與自己相見，十分開心，當下便答應會日日都來神殿祈福。

　　誰曾想第二日前來，他發現神殿之中聚集了許多百姓，他們都是來殿內祈福的，且都是圍繞著蜀葵的身邊，請她為自己指點迷津。蜀葵耐心教導，平等地對待著每一位西涼的子民。

　　這令沈權心生不悅，並越發嫉妒起那些圍繞在蜀葵身邊的男男女女，以至於被心魔纏身也全然不知。

　　想來心魔是源於對自己的折磨與迷失，葉綠為陽，葉黃為陰，萬物抱陰而付陽，實乃天地自然，必要順其自然。

　　可沈權深陷妒意之中，難以抽身，竟一日比一日憔悴，又得知蜀葵被傳進了皇城，再難相見，他更是沒了活著的盼頭。到了最後，他終於重病不起，且整夜被夢魘糾纏，請了道士前來做法，也是無濟於事。

　　「令郎是夜間撞了邪，前段時間是中元，這附近有黃仙娶親，怕是被令郎撞了個正著，也必定是擋了黃仙的路，所以才會在夜間遭此折磨。」道士在臨走之前，將一把匕首遞給沈老爺，「我的道行還淺，不敢與鬼差、冥府搶人，大人還是另尋高就，想辦法平復黃仙怨念吧，否則令郎很快就會死於非命。至於這匕首，是我祖上傳下來的銀器，可做往來三界的媒介，想必可以幫上你們一些忙。」

　　沈老爺便高價買下了那把匕首，又聽聞蜀葵今日回來了西涼城，沈家就連夜將蜀葵請來府上，懇求她為沈權返魂。

　　子時返魂，燭光燃燃，沈權的房內，蜀葵坐在儀式陣法中，握著道士的銀匕首，她割破自己的掌心，讓血液流滿刀身，紗幔裡的沈權忽然開始痛苦地呻吟，沈老爺與沈夫人擔憂不已，蜀葵卻厲聲道：「不可出聲，切

莫擾了魂回路！」

沈老爺與沈夫人再不敢多言，而蜀葵的額際也開始滲出冷汗。

她能感覺到匕首帶著自己找到了沈權徘徊在冥界的魂魄，然而想要呼喊他，他卻怨恨地回過身，質問著她：「你為何不肯接受我的愛慕？你只是凡人，是個女人，不是神明，就該嫁人做妻，蒼生與你自是無關！」

蜀葵看到他的肩頭散發出瘴氣與業力，恍然大悟地意識到——他是自困於此，根本沒有什麼黃仙娶親，是他的心魔作祟，不肯醒悟！

但她又不忍見他作繭自縛，便朝他伸出手，懇求著：「沈公子，且先回來人界，莫要執迷不悟！」

「除非你答應會嫁我做妻，否則……我寧願留在冥界當個孤魂野鬼，也不願再因嫉妒而日夜痛苦！」

蜀葵猶豫著皺眉，誰知沈權的魂魄卻衝了過來，一把掐住她脖頸，逼迫道：「答應我！快答應我！」

沈權手上的力道越來越大，表情也越發猙獰，蜀葵快要失去呼吸，她痛苦不已，拚盡全力將他雙手扯開——

就在剎那間，沈權的魂魄灰飛煙滅，匕首上的血液倒流，蒸發不見，而沈權忽然坐起身形，慘叫一聲，便重重倒回床榻，一命嗚呼了。恢復神智的蜀葵，氣喘吁吁地伏在自己的陣法中，她望著眼前伏在沈權屍體旁哭天喊地的沈氏夫婦，又想到自己在返魂期間遭遇的逼迫——

是沈權的心魔，促成了這全部悲劇。

展現在猶夜、幽池與鹿靈面前的前世記憶，令三人神色各異——

猶夜是震驚，她不曾想到轉世後的沈權，也就是商景策會親自握住匕首，將前世關於他的過往展現於她眼前。但至少她記起了自己為何會返魂失敗，是因為沈權自斷了魂魄。

鹿靈很是同情，她看到前世的猶夜，也就是蜀葵一心為了給沈權招魂而盡心盡力，到頭來卻得到這般悲慘下場。

而幽池卻覺得，這絕非是真相的全部，如果只是沈權返魂失敗，就算沈家再如何憤怒，也不可能會蠱惑百姓們眾怒。於是他走上前一些，探出自己的手指，在那把匕首上割破手指。

降魔人將自己的血融入他人因果，才可以真正地展現出餘下的真相。

幻象如水面，因幽池的血滴，而漾開了層層漣漪。

在夢境的盡頭，一位身穿水綠色長裙的女子，正藏在富麗堂皇的宮殿金柱之後。她年輕曼妙的臉上，畫著顏色鮮豔的薩滿圖騰，額心一塊翠綠色的玉石格外顯眼，在空曠的大殿中，隱隱泛出幽靜的光澤。

此時此刻，她屏息側目，正在偷聽金柱後頭的談話。

那坐於金柱後寶座上的，乃是西涼城的城主，而殿中跪著身著紅袍的官吏，他將近來城中遭澇一事怪罪起了神女失職，口口聲聲都是道著蜀葵的不是。

「主公，想來神女蜀葵在今日之前，已身處皇城數月，早已見慣了歌舞昇平、皇親國戚，又如何還願意將咱們這小城小戶放在眼中？」官吏嘆道，「且她剛回西涼不久，便天降暴雨，連下三日，導致莊稼澇死，百姓無收，她這是在存心與西涼作對啊！」

城主的左手托著臉頰，手肘支撐在椅座上，眉頭微蹙，並未做聲。

官吏則再道：「下官還從民間聽聞，百姓們此前曾埋怨主公將神女獻給皇帝，畢竟西涼城的百姓們也是需要薩滿神女庇護，雖說如今得回了神女，不免要產生二心，還請城主趁此良機，更換神女，消除天災！」

城主終於微微嘆息，似有猶豫道：「蜀葵都無法停止天公降雨，即便再換一位神女，又如何能保證她能停了這雨？」

官吏的眼神中閃過一絲狡詐與陰險，他神神祕祕地同城主道：「下官曾聽聞，神女蜀葵昨夜曾為城中權貴公子沈氏返魂，卻因失誤而害死了公子沈氏，沈府漫天白綾，正痛不欲生，若這事傳開，百姓們也會質疑神女蜀葵。主公只管在這之前選定好新的神女，一旦百姓的憤怒到達頂峰，新的神女現身，即便暴雨不停，百姓們也不會將罪孽歸結到西涼城的——」

城主細細地品味著官吏的這一番話，心覺有幾分道理，再加上蜀葵在這種節骨眼犯了過錯，乃是天意。

「既是如此，便交由百姓自己來定奪吧！」城主摩挲著手指，乾脆擺脫了自己的這份責任，對官吏低聲道，「不必封鎖沈府發生慘劇的消息，有些真相，百姓們是該有權知曉的。」

話到此處，城主站起身來，走到了燭光通明處。

他年歲近而立，一雙細長的鳳眼，窄臉，薄唇，略顯刻薄之相。是他

左眼下頭的那兩顆痣，令望著這一切的幽池微微蹙眉，那痣，李七郎的臉上也有。雖面貌不同，痣卻未變，在輪迴之中，這算是前世罪孽的遺留，幽池便隱約知曉了這城主在下一世的身分，自然是李七郎了。

想他前世是蠻州西涼城的一城之主，享盡榮華富貴，被子民愛戴，就連蜀葵那薩滿神女的稱號，也是由他賜予。

他本應在蜀葵深陷困境之時，以城主之力幫助蜀葵脫離苦海，然而，他犯下的最大過錯，就是嫉妒蜀葵曾易主皇帝——哪怕，是他親手將蜀葵送去皇宮的。

人性總是變幻莫測，即便是身居高位的城主，也難逃疑慮之擾。他懷疑蜀葵忠心，便聽信了官吏讒言，在沈府將沈權的死遷怒於蜀葵的時候，他選擇沉默；當沈府煽動百姓一同加害蜀葵之際，他依然視若無睹。

以至於到了最後，百姓們唯有處死蜀葵才能一解心頭之恨時，他竟選擇了觀賞蜀葵的火刑，想要以此來確認以薩滿神女祭天，究竟會不會解除澇災。

說來也令人唏噓，一把大火燒死了蜀葵，自火苗通天之時，暴雨竟霎時停止。百姓們歡呼不已，隔岸觀火的他也心中大喜。

他自是慶幸自己的決定，以蜀葵一命換取西涼安寧，澇災一解，再無煩憂！

殺一人，利天下！

甚至設宴歡慶，再立下新的薩滿神女，他要讓西涼穩坐蠻州都城寶座——更是於同年開始征戰四方，企圖擴充疆土。

怎料西涼大軍接連戰敗，導致野死不葬烏可食。轉眼半年光景，西涼就已兵力殘缺，大澇過後，竟是大旱，滿城皆是餓殍，百姓們怨聲載道，他不得不用妻子剛剛誕下的孩兒去祭了魔道，卻也只是換來三年太平。

而三年期限一到，不僅他全家被妖魔迫害，連同西涼城也一併成為了妖魔們的肉池。

「我死之前，曾親眼看到妖魔分食了我妻子、大女兒和二兒子的身體，活生生的⋯⋯」李七郎站在夢境的盡頭，孤獨、絕望地說道，「所以轉世後，保留了前世記憶的我，只想贖前世罪過，以此來換我妻女投胎為人的機會。直到我死之前，也都在恨著她沒有做好神女之職。但我同樣也

清楚，唯有讓今世的她寬恕我，前世的罪孽才算了結，否則，我今生將不會善終，再無法投胎為人，更不會與我妻女在來生相見了……」

「你說謊！」一聲怒喝衝破夢境，是商景策闖入了這夢。

他憤恨地指著李七郎，雙眼充血地罵道：「明明是你在前世的決定害死了神女蜀葵，憑什麼要怪罪她沒有盡到神女一職？雖說是她死後導致西涼城池覆滅、戰爭紛亂，那也都是你這個毫不作為的城主造成的慘劇！」

李七郎並不氣惱，只冷漠地側過眼睛，盯著商景策質問道：「難道說謊的人，只有我一個嗎？」

商景策全身一怔，退後幾步，顫著聲音反問：「你、你這話是什麼意思？」

李七郎卻轉過身形，面不改色地盯著商景策，步步緊逼道：「若你前世不死，你沈家就不會把過錯都推到蜀葵頭上，她也就不會被百姓質疑、遷怒，更不會出現火刑祭天的悲劇。你即便恨到在今世想要殺了我，也怕是找錯了人。」

而身處在這夢中的幽池凝望著二人，雖仍舊困頓，卻好心相勸：「二位，莫要一錯再錯，說出真相吧！」

商景策聞聲，這才發現夢裡的幽池。他盯著幽池的眼睛，眼有驚愕地說道：「真相？究竟什麼才算是真相？我追隨蜀葵來到了今世，就是想要向她懺悔，前世並非我害死了她，我當時的確因嫉妒而生了心魔，可那道長說過，只要由神女以血液覆在匕首上，便可將我的魂魄從冥府拉回人界……我……我也不知道為何自己就在返魂期間魂飛魄散了，更不知道那道長又是從何處而來，只記得他身上殘留著一股淡淡的胭脂粉香……就好像是——」

李七郎一語道破：「如穗身上的味道。」

此話一出，不只是商景策，連同幽池也露出了震驚之色。

李七郎微微垂眼，漠然說出：「我同冥府交換了今生十年壽命，只為換取當初是何人阻斷了蜀葵返魂。是你的死，導致了全盤盡毀，而交給你那把匕首的道長，正是由如穗——也就是前世的綠萼冒充。」

商景策感到困惑不已：「綠萼……我記得她曾與蜀葵競爭過神女一職，可是，她為何要冒充道長，騙我父親買下匕首？」

「那匕首被下了蠱，會導致在返魂中出現問題。」

商景策道：「既是如此，那害我死在返魂途中，又間接害死了蜀葵的人是綠萼？」

李七郎點頭。

商景策又問：「那今世殺死周守的人，又是誰？」

「也是她。」

「她與蜀葵有利益之爭，我倒也是可以理解。」商景策緊皺眉頭，「可她今生與周守無冤無仇，為何要下此毒手？」

李七郎欲言又止，幽池則在這時開了口，輕聲道：「既然二位都覺得是如穗姑娘殺了人，那我們便把她找來，一同在這夢中道出個原委。」

李七郎不由嗤笑：「她人都死了，死人又如何能說出真相？」

「是啊！你們也知道死人是無法說出真相的。」幽池眼中似有一絲嘲諷之意，他抬起左手，食指上繞出一縷青煙，「所以，我留下了如穗姑娘的一根髮絲，以此做媒介，令她的意識能夠重現在這夢中。」

果然，幽池的這番話，令商景策與李七郎的表情都微微一變，而如穗的靈識則在這時從幽池指尖浮現，她身形縹緲，如霧如煙，極為痛苦地捂著自己的頭，嘶聲力竭地喊著：「我……我想起來了……我不是病死的……我是……我是被這兩個人活生生地……用石塊砸碎了頭，死在了前往南蒼的路上！」

商景策與李七郎因此而全身一震，面如白紙。

「你們——你們怕我把實情告訴蜀葵！」如穗猙獰地嘶吼著，她指著他二人破口大罵，「你們兩個早在西涼時就找到了我，與我協商要一同向蜀葵懺悔，可我拒絕了你們，因為我與蜀葵之間，有著只有我們兩個才知曉的祕密，你們卻以為這祕密會妨礙你們今生去渡前世罪孽，從而對我起了殺心。以至於在前往南蒼逃亡的路上再度逼迫我，甚至……還、還凌辱了我……」

「胡、胡說八道！」李七郎顯得十分激動，「無憑無據，休想血口噴人！」

如穗卻開始嘔吐，直到將一塊破碎的玉器吐在夢境裡，那是一塊青穗玉佩，與此前李七郎展現給鹿靈看的那一塊，一模一樣。

「這是我生前戴在身上的東西，雙心同結玉，一條青穗綁著兩塊，你們在凌辱我時，因我掙扎而撕扯掉了其中一塊玉，剩下一塊被我情急之下吞進了腹中，且被你拿走的那一塊已經碎了一條裂痕——」如穗凶狠地瞪著李七郎，「你便因此而誣陷我、造謠我……甚至辱我名節……」

李七郎的額頭開始滲出冷汗，他將自己身上的那塊青穗玉佩藏在身後，咬緊了牙關。

商景策也閃躲起了眼神，他從沒料想過幽池這般的降魔人會插手此事。

幽池則在這時問如穗道：「但是，你為何要說是猶夜小姐殺死了周守？」

「因為……我當時憎恨她在前世棄我不顧……我……我想要報復她……」如穗的眼神忽然變得哀怨、動容。

前世棄她不顧？報復？這些字眼令幽池極為迷惑，但他必要找出害死周守的凶手，只能先追問道：「也就是說，殺死周守的另有其人？如穗姑娘，凶手究竟是誰？」

「凶手……是……」如穗聲音淒厲，緩緩地抬起頭。

## 第五章 恕罪路

也許是因為自己僅剩下一縷靈識，再無力編造謊言；又也許，是因為她終於回想起了發生的一切，自是要在靈識散盡之前，把真相說出。

於是，如穗將那晚的慘劇全部都說了出口。

原來在周守出事之前，晚宴還未正式開始的時候，如穗、商景策與李七郎三人就先後前往猶夜房內——如穗是最先到的，卻沒有進去房中，只因她看到猶夜在房內處理一壺酒水，以粉末倒進壺內，如穗以為那是猶夜在投毒，可實際上，她也看到猶夜自行倒了一杯喝下品嚐。

那粉末是百合花釀成的粉，周守平日裡很是喜歡，猶夜只是在為兄長釀一壺不錯的酒罷了。

藏在窗子後頭的如穗，就這樣一直看著一切，連商景策、李七郎依次來尋猶夜所說的話語，如穗也都聽到了。

商景策坦白了前世因愛慕生妒，但卻不承認自己間接害死了蜀葵，只一味懇求今世的猶夜原諒他前世的罪孽，好令他今生善終，重入輪迴。

猶夜什麼也沒答應，遣他走了。

李七郎來的時候，也是向猶夜坦白了一切，並說自己前世從未下過處死蜀葵的指令，都是百姓們不可理喻，他懇請猶夜寬恕前世的自己，如此一來，他才能獲得轉世與妻女相聚的機會。

猶夜仍舊是什麼也沒答應，同樣遣他走了。

想必他二人定是求情不成，心生怨恨，離開路上撞見前來尋猶夜的周守，竟產生了爭執。

周守本就瞧不起西涼難民，言辭中不乏奚落與蔑視，這令李七郎與之大打出手，商景策嚇得落荒而逃，這才造成他認定是李七郎殺了周守——因在爭吵之中，李七郎曾揚言：「區區周府，比不上我西涼城池一畝田，便是都送給我，老子也不稀罕！」

結果，周守自然也是被揍得鼻青臉腫。

他憤怒地前去猶夜房裡，想要讓妹妹將李七郎趕走，誰知卻撞見了身在猶夜房中的如穗，且在如穗的面前，猶夜竟跪在地上，哭得梨花帶雨，這令周守十分困頓。

如穗見狀，一時驚慌，趕忙撞開周守跑了出去，周守情急之下去抓她，二人爭執起來，期間撕壞了彼此衣衫，便被趕回此處的李七郎目睹此景，自然是會以為如穗在勾引周守。哪怕他心裡很清楚，自己與商景策曾在逃亡路上一同凌辱如穗，一同以石頭砸向如穗。

可詭異的是，如穗卻在第二天完好如初的出現在了他們面前。他們雖害怕，卻不敢有任何問話，儘管他們知曉如穗已經死了，她已是個亡魂，追趕著他二人奔赴南蒼。

他們三個的目的相同，都是去找前世的蜀葵，今生的猶夜，只要從她那裡獲得寬恕，所有罪孽才算渡盡。

然而，猶夜自己的罪又有何人能渡？且她之所以在如穗面前哭得那般傷心，是同樣在向如穗懺悔，而意外出現的周守聽見了一切，在抓獲如穗未果後，周守質問猶夜是否真的如她所言，做出過那般天理難容的事情——

猶夜顫抖著不敢回應，她怕自己一旦承認，那麼今生所做的功德都會前功盡棄，周府會如何看待她？南蒼百姓會如何再信賴她？與冥府的承諾豈不算是違背？她不安極了，只能懇求周守不要告訴任何人，周守雖咬牙答應了下來，心裡卻對猶夜產生了質疑。

等到了晚宴，周守還在耿耿於懷，連喝下三杯酒後，覺得頭昏腦脹，起身打算去蓮池旁透氣，卻猛地被人推進了池中。他轉身剎那，看見了凶手的臉，一雙眼睛震驚到了極致。

而同樣看到這一幕的，是尾隨周守來到蓮池的如穗，她親眼目睹周老爺將周守推進了池中，緊接著，又見猶夜慌慌張張地追趕至此。

如穗趕忙藏好在草叢後頭，悄悄地探出頭去看——

「爹……你……你竟然對哥哥……」猶夜嚇得臉色發紫、語無倫次。

周老爺痛心疾首道：「我下此毒手，全部都是為了你啊！女兒！」

「爹，你……你此話何意？」

「周守方才找到我，將你前世犯下的滔天大錯都告知了我，我是擔心他把這些說出去，擾了你今生名譽！」周老爺一邊淚流不止，一邊將周守的屍體又往蓮池了浸了浸，哀嘆道：「我是為了保護你，保護周府！」

「爹……你是為了你自己，為了保全你擁有一個『神女』女兒的虛

榮，你無法捨棄這光環，也不肯面對你女兒曾經是個失敗的人，你怕這『神女』遭到質疑，怕失去聖眷，甚至不惜犧牲親生兒子——」

哪怕要在他的酒水裡下毒，要將他推入冰冷的池底！

人心竟這般叵測、殘酷，無論歷經多少輪迴，這般局面都不會改變。

猶夜絕望地看著周老爺在蓮池邊清理著自己的腳印，還非常細心地也為猶夜拭去繡花鞋上的汙泥，並安撫猶夜道：「女兒，你放心，此事都是為父一人所做，就算東窗事發，也與你絕無關聯——更何況為父已經想好了對策，待到今夜，為父就謊稱守兒托夢於我，我只要將過錯都歸結到那群西涼難民的身上，這一切就都結束了！再不會有人知情！」

「可哥哥……他是無辜的……」猶夜流下眼淚。

周老爺卻著魔一般地怒視著蓮池，憤恨道：「他企圖質疑你的名聲，他是罪孽的，絕不無辜！我周家沒有這樣吃裡扒外的人，這是他罪有應得！」

原來信仰讓人堅定，信仰也會讓人迷失。

在面對手足、至親、血緣，都不及信仰所帶來的震懾重要。

猶夜悲痛地望著迷失在信仰中的瘋狂的父親，淚水順著下顎，墜落在冰冷的石地。

而藏身在草叢後的如穗，目睹了這所有悲劇，想來她本就已經死去，意識混亂且渾濁，自然會混攪所見一切。若不是幽池借助自己的靈術喚來她最後一縷靈識，她恐怕還是記不起這真相。

「幸好有你的幫助，降魔人……」此時此刻，靈識飄忽的如穗看向幽池，感激地說道，「是你的靈力令我想起了一切，我終於不必再含恨而終，哪怕，我今生也如前世一樣，死於非命……」

說完這話，如穗最後一縷靈識殘念便消散了，只餘下掉落在地面的另一塊青穗玉佩。幽池心有哀戚地望著那玉佩，直到有一隻素手將玉佩拾起。

是猶夜，她出現在了這夢中。

商景策與李七郎的神色微變，他們皆是閃躲起了眼神，彷彿因愧疚而不敢去看猶夜的眼睛。

反而是幽池以一種質問的語氣對猶夜道：「你能入這夢，就說明你也

想與前世做個了結，如穗姑娘已徹底魂飛魄散，就算出於良心，你也總該說出前世的真相了吧？」

猶夜迷茫地看向幽池，眼中略有驚愕：「你⋯⋯為什麼會⋯⋯」

「正像如穗方才說出的部分真相，只有在面對她的時候，你是哭訴著請求她原諒的──」幽池漠然道，「也正說明你與她之間的淵源，絕非像與另外兩人那樣簡單。」

猶夜的表情顯露出悲痛，也有幾分絕望，她沉吟半晌，終於重新開口，道：「如穗⋯⋯我是說綠萼，她在前世本不必死的，她⋯⋯是為了救我⋯⋯」

猶夜終於將一切緩緩道來。

前世的蜀葵在成為薩滿神女之前，是在西涼秦府，也就是綠萼家中做差的。她擁有先知能力，總是可以透過夢境，預測到一些即將發生的事情，也可以幫助百姓避開許多災禍，自然得到秦府重用。

蜀葵與綠萼幾乎是一同長大的，綠萼待她如親生姊妹，二人無話不談，形影不離，也正是綠萼對她的優待，總是會遭到府內其他家奴的嫉妒。

蜀葵經常會被下人們欺負，又要被綠萼的其他幾位兄長輕薄。最慘的一次是被醉酒的秦府二公子侮辱，令蜀葵失去了完璧之身，也失去了成為神女的資質。

綠萼因此而心中有愧，便在西涼城主選取神女當日，自願退出競爭，只為讓蜀葵奪得薩滿神女的稱號。

儘管在檢驗身體的時候，蜀葵在綠萼的幫助下蒙混過關，可非處子，本就是欺騙。更何況蜀葵忘不了被凌辱時的痛苦，以至於心生怨恨，她一心想要讓秦府二公子付出代價，於是在行善積德期間，也煽動那些被她救助過的百姓仇視秦府，甚至在二公子娶親當天，找到了妓女栽贓二公子與其之間的風流韻事，害得新娘一怒之下悔婚，到底是壞了一椿好姻緣。

蜀葵心中解恨了不少，她表面上仍舊救死扶傷，背地裡卻睚眥必報，凡是得罪過她或是輕蔑她的人，她都會想方設法地報復回去，就連綠萼苦苦哀求她不要再這般作惡，可她仍舊執迷不悟，於是，才有了最後的那一場火刑祭天。

也許當年害死她的，並不只有一個人。

將她推向死亡的，是人們的執念、貪婪和嫉妒。

每個人都有責任，每個人也都難辭其咎。

沈權明明可以活下來，可他的妄念令蜀葵救他的時候產生了遲疑，於是妄念扼殺了媒介。而沈權只想利用自己的死，來讓蜀葵永遠記得他，卻不知是自己的貪婪間接害死了蜀葵。

西涼城主明明可以救蜀葵，但他不想失去民心，就默許百姓們燒死了蜀葵。

唯獨綠萼，她真心實意想救蜀葵。

所以在蜀葵被行刑的前一晚，她打通關係來到獄中，帶來了盤纏和一套衣衫，要蜀葵換上，並道：「逃吧，蜀葵！我已經安排好了車輦，會有人護送你離開西涼！只要離開了這裡，去哪裡都可以從頭再來！」

被刑罰折磨得滿身是傷的蜀葵抬起頭，困惑地看著綠萼：「逃？我能逃去哪裡？若他們發現，再將我追回，只怕仍舊難逃一死……」

「躲藏在山林間的話，他們未必會找得到，避開這段風頭，大家就會忘記你，再不會有人記得這些了。」

蜀葵怔了怔：「忘了……我？」

她做了這麼多善事，救助了那麼多的百姓，西涼城的薩滿神女，竟然這麼輕易就會被遺忘？

「憑什麼是我被遺忘？」蜀葵絕望地凝視著綠萼，「我付出了那麼多，他們理應對我感恩戴德才是！」

綠萼卻無奈地皺起眉頭：「可，你也做錯了很多事。」

「我何錯之有？」

「你對我二哥……對那些家奴，還有曾經質疑過你的一些百姓……」

蜀葵大怒：「是你二哥辱我在先！也是你家奴欺我在前，我不過是以眼還眼，怎就成了錯？」

綠萼痛心道：「身為神女，怎能以個人意志為主？普愛眾生，容不得半點私心，蜀葵，不要再執迷不悟，放下貪婪，離開西涼吧！」

「不……」蜀葵搖著頭，她恍惚地站起身，不能接受似的看向綠萼，忽然間就變得眼神凶惡，她一把將綠萼撲倒，用力地掐住綠萼的脖頸，咬

牙切齒道：「接納百姓憤怒的人不該是我，綠萼，我走到今天，是被你們秦家逼迫的，是你二哥毀了我的一切，你理應為他來償還！」

蜀葵瘋了一樣，她力氣那麼大，綠萼根本掙扎不開，她的臉色逐漸變得青紫，很快就在蜀葵的雙掌下失去了意識。蜀葵則是迅速地與綠萼更換了衣衫，她要讓綠萼代替自己，在明日去接納百姓的憤怒。

「所以……真正被火刑燒死祭天的人，是綠萼，並非蜀葵。」猶夜說出真相的時候，眼淚不由自主地流淌下來，「當時，我混在人群中，親眼目睹了她被大火燒成了灰燼。而為了以綠萼的身分活下去，我假意衝進火海去救她，目的是打算被火勢燒毀容貌，這樣一來，再沒人能認出我的真實身分，我也可以扮演著綠萼，繼續生活在西涼，並再度被選為了神女。是啊！我以綠萼的身分活了下去，這也是冥府『死』冊上並沒有記載『蜀葵』名字的原因，是我的私欲擾亂了我與綠萼的輪迴機會，才導致冥府在查找名諱的時候犯難……」

幽池以冷漠的目光注視著猶夜：「所以，你才會向轉世投胎後的如穗懺悔，懇求她的原諒，只是為了渡你前世犯下的滔天罪過。」

猶夜痛心地閉上眼睛，絕望道：「我本想在今生護她周全的，至少要讓她百歲善終，這是我前世唯一的遺憾，可是——她卻死在了前來尋我的路上，實在是諷刺至極……」

幽池低聲喟嘆，他對猶夜搖頭道：「你這般偽善，當真是愚蠢。而她始終未對任何人說出你曾經的罪行，也是愚蠢，相互包庇彼此的罪孽，並不能讓你們重拾修為。即便你今生仍舊行善積德、救死扶傷，也不能彌補你此前所犯下的惡行。且你過於追求仁禮、大愛與蒼生這些縹緲之物，註定不會善終，不僅會令你身邊的人迷失，連同你自己，也迷失在那些虛妄的讚美聲裡。你本可以好好做人，安分守己，盡小善，修正果，卻偏要人心不足蛇吞象。」

猶夜卻略有恨意地看向幽池，質問道：「倘若你是在責怪我貪婪、執欲，那，他們兩個呢？」

她指向一旁的商景策與李七郎，憤恨道：「他們同樣為了自己的私欲在作惡，難道錯的就只有我一個嗎？難道……他們就不該死嗎？」

商景策像是擔心猶夜一怒之下會殺死自己，十分不安地跪在地上，瑟

瑟發抖地請求猶夜饒過自己，還口口聲聲地說著：「前世終究是前世，今生的你我還是要原諒彼此，方得善終！」

李七郎也躬身求道：「猶夜小姐，我已向你懺悔了我曾經所做的一切，你既已原諒了我，便不能再追究我今生的過錯了。更何況，我前世也受盡了折磨，同樣沒有好過！」

「是啊！前世的確只是前世……」猶夜哀嘆著仰起頭，她的眼角滑落淚水，怔怔地注視著頭頂夢境，喃喃自語道，「無論是你我，還是前世的蜀葵與綠萼，又或者是今生的如穗，大家都被執念與私欲束縛，總歸是人發殺機，天地反覆……也許，當真該觀空亦空，空無所空。」

猶夜長長地吐息，重新低回頭的時候，她對幽池說：「我今生，也沒有遺憾了。」

幽池迷茫地蹙起眉，然而，就是在猶夜話音落下的那一刻，商景策忽然捂住自己的口鼻，極為痛苦地哀嚎出聲，不出片刻，他便七竅流血，倒在地上死了。

李七郎見此情景，驚愕地連連後退，可他的嘴角也開始滲出血跡，他猛然想到晚宴時喝下的酒水，顫抖著手，指著猶夜，道：「你……你端來給我們的酒，竟、竟是毒……毒酒！你——」

話未說完，李七郎口吐鮮血，雙眼一翻，暴斃了。

猶夜卻無動於衷地喃聲道：「三日不夜宴，本來就是為了吸引我的故人前來，只兩日，便解決了我前世的遺憾，真是出乎意料了……」這話落下的瞬間，猶夜便帶著如穗的青穗玉佩轉身離去了，她幽幽地說著，「這玉上還留著她前世的一絲殘念，若我細心照料，也許會將其養出人胎，她也就不算魂飛魄散了……」

幽池惋惜地望著猶夜的身影，那道孤獨、寂寥又充滿血腥氣味的影子，逐漸消失在夢境深處，如同走向了黑暗境地的不歸路。

本是普愛眾生的神女，在今世卻讓自己的雙手沾滿了鮮血，可她卻反而覺得很是暢快。

她再不懼鮮血淋漓，再不想要被人歌頌。

也許，這一世，她終於找到了屬於自己內心的寧靜。

## 尾聲

　　猶夜離開周府，再無蹤跡之後，周老爺與周夫人並沒有痛不欲生，甚至請求術士做出了一個假的人形草偶，掛起了長髮，穿上了猶夜曾經的衣衫，自欺欺人般的令其坐在第三次的不夜宴長桌前，向前來參與晚宴的賓客介紹說，這就是他們引以為傲的女兒，周猶夜。

　　人人都知這是假象，可又不敢去問猶夜下落，更何況，南蒼失去了那樣一位聖女，日後難處也怕無人可幫，便全部都默契地信以為真，全當猶夜還在一般。

　　眾賓舉杯言歡，人形草偶坐在這一派熱鬧的夜宴中，唯獨它不發一言，卻盡收面前荒唐之舉，當真詭異。更為蹊蹺的是，第三次不夜宴結束後，天降大雨，連下多日，始終不停。

　　幽池與鹿靈冒雨離開南蒼城，才一出城門，便發現外面是晴空萬里。

　　「這雨竟然只在南蒼城裡下？」鹿靈不明其意，心覺恐怖，不由道，「該不會是猶夜小姐有什麼遺願未了？不！她也未必就是死去了，只不過是消失了而已……」

　　幽池凝望著前方景象，忽然淡淡一句：「了卻她心願的人，來了。」

　　鹿靈困惑地循聲望去，只見城外景象又發生了改變，如同是鏡像一般的水霧中，一位俊朗男子從霧中走來，他身著黑袍，衣領處繡著錦瑟龍紋，曼舞黑髮束起，一塊赤紅玉佩鑲在束髮帶上，襯得他面容更顯清輝明月，攜來絕世風華。他走到幽池與鹿靈面前，凌冽眉眼間竟有一絲奇異的溫和，令鹿靈不禁看得入迷。

　　「把她交給我吧！」他向幽池伸出手，掌心攤開。

　　幽池怔了怔，很快便抬起自己的手，將握在掌中的一塊赤紅圖騰交了出去。那是猶夜脖頸間的印記，只因她將其拋在了夢中，被幽池拾起。男子握住了印記，指縫中有隱隱火光閃現，轉身欲離去，幽池卻喊住了他。

　　「你——可是冥帝和墨？」

　　他略微轉過身形，打量了一番幽池，含笑道：「看來，你在人間過得還不錯。」

　　幽池蹙緊眉頭，他追上前一步，忍不住問出心中困惑：「你身上……

有魔尊的氣息，可否告訴我，你與魔尊之間是何關係？」

和墨微微吐息，聲音縹緲，他嘆道：「你想問的，理應是你自己與魔尊之間的關係才對。」

幽池欲言又止，冥帝和墨只道：「若他當年沒有叛逃魔界，這冥帝的位置，本是由他來繼。他為兄長，自是應該。」

「原來魔尊是冥帝的哥哥……」一旁的鹿靈十分吃驚地嘀咕了句，不禁道出，「幽池一直在追尋魔尊的氣息，他總是說那氣息非常熟悉，和他自己的身世有關。」

和墨神祕地笑了笑，餘光瞥向幽池，輕聲說道：「如此看來，即便是當初拿走你的七情，血緣之脈的記憶也仍舊是無法被封印的。」

幽池大驚，不敢置信地追問：「你說什麼？血緣……我與魔尊難道是——」

和墨指了指天空，示意天機不可洩露。

隨後，他側身融進水霧裡，只留下一句如夢如幻的：「幽池，你總有一天會見到他的，時機一到，真相便會大白，你且再耐心地等候便是。」

話音落下的瞬間，冥帝和墨的身影與水霧一同消散了。

幽池還想再追，可儼然已經無跡可尋，他迷茫地望著萬里晴空，恍惚間覺得方才的一切只是一場夢。鹿靈走到他身旁，拍拍他的肩膀，安慰道：「只要我們兩個一直在一起，總有一天……我的意思是，我們一定會找到你——」頓了頓，鹿靈終於說出口，「你的身世。」

誠然，幽池震驚於自己和魔尊有血緣關係，魔尊是他兄長？弟弟？還是父親呢？畢竟，冥帝和墨自然不會騙他。

如今的他已經擁有了七情，也許真如和墨所言，只需等待時機。

思及此，幽池彷彿擁有了期許，他轉頭看向鹿靈，微微笑道：「走吧！去尋找我們的時機。」

鹿靈也隨他笑了出來，她點點頭，跟上他步伐，朝下一座城池走去。

一陣長風吹來，翠草繁花香，即便時機仍遠，降魔人的旅途，總是不會結束。

**《蜀葵篇》·完**

# 第三折
## 万俟篇

# 楔子 · 黃皮仙

徐州莊公二十六年晚夏，七月十九。

天色陰鬱，時而電閃雷鳴，廣澤城內最鄰近郊外之處，有一宅邸，雖廣闊，卻破敗，磚石灰白，牆角縫隙間盡是汙泥，偶有苔蘚叢生，黃綠交雜，順著牆根爬至牆尾，連出一串大小不等的鼠洞。

宅邸屋簷下掛著白燭燈，外罩的一層油紙破破爛爛，這會兒正被陰風吹得顫顫巍巍、搖搖欲墜。連同寫著「万俟」二字的匾額，也是歪斜著的，頗顯寒酸。

而万俟宅內，無人修剪的葡萄藤長得顛三倒四，庭院裡的小水池裡早已乾涸，周遭四散著幾張籐椅，籐條已泛了黃。

順著長廊走進堂內，敲敲打打的治喪嗩吶，在白幡間哭天喊地，夏蟬隨同父親甯侯爺走在為數不多的奔喪賓客中，一抬眼，就能看到靈堂上擺著紅木牌子的靈位，下頭是一條又長又寬的烏木棺槨，兩側站著的是万俟家的眾多子嗣，大大小小的共有六人，其中最為年長的是万俟璟。

他年有十八，高身細腰，髮如烏墨，臉似潤玉。這會兒是身穿素衣，頭繫白布，一雙漆黑的眼睛裡空茫無助，只哀默地凝視著身前棺槨。站於他身旁的兄弟姊妹們悲傷啜泣，且不時有賓客上前來勸慰，唯有他一人能做到禮節性地回應，其餘的万俟家弟妹只顧著難過。

夏蟬與甯侯爺走去万俟璟面前時，他抬了抬頭，與夏蟬四目相對之際，他似乎洩露出一絲動容。

夏蟬自以為他是依賴自己，更是憐惜起他，在甯侯爺上香祭拜的時候，她忙湊到万俟璟身旁，小聲說道：「万俟伯父的事情……你且要節哀。」

万俟璟痛心地蹙起眉。

夏蟬又叮嚀道：「可若是遇見了無法解決的困難，一定要告知於我，我們就要結為夫妻了，你可不能獨自硬撐。」

万俟璟看向她，眼裡自有感激之意。

也正如夏蟬所說，她早已算得上是万俟家的準兒媳，即便高高在上的甯府，與貧瘠潦倒的万俟家有著地位、權勢乃至金錢上的雲泥之別，可夏

蟬自打見到万俟璟的第一眼起，就已然立下了非他不嫁的誓言。

雖說万俟家這會兒出了白事，按照人倫常理，万俟璟是要為父親守喪。可由於事發突然，万俟璟本人和甯府都認為不必拖延婚事。更何況，万俟父是意外身亡，他感染了城中最近爆發的一種怪病，感染原因不明，可一旦染上就會暴斃，且會化成膿水從世間蒸發。

所以，此時的棺木裡，也只有万俟父空空如也的衣衫。

万俟璟不由地嘆息一句：「我連他最後一面也沒見上……這病，實在是太可怕了！」

棺裡的倒也不是第一個死的，此前城內也有人染上此病，只艱難地掙扎了十幾個時辰便亡故了。

万俟父算是第三個因這病而死的人，不少賓客擔心万俟家會遺留傳染因素，拜祭過後便匆匆離開了。

甯侯爺也催夏蟬離開，他向來不喜万俟璟，卻也礙於情面而不得不出席万俟家中的喪事，又沉聲對夏蟬道：「再過三日，你二人便可日夜相見，眼下先隨為父回府，免得惹旁人笑話。」

夏蟬扭捏著不肯離開，万俟璟只好勸慰道：「夏蟬，侯爺所言極是，你且要考慮名節，莫要為我而亂了規矩，回吧。」

夏蟬欲言又止，最後也只得點頭聽話。

她轉身之際，高高的白幡被夜風猛地吹得舞起，暈黃的燭光之中，一抹鮮紅色的衣裙闖入她眼底。夏蟬心中一驚，以為見了鬼，差點尖叫出聲。

而那抹紅色身影緩緩地穿過白幡，走到了万俟璟的身旁，一雙極盡美豔、卻充滿了哀戚的雙眸，落向了万俟璟身上。

夏蟬聽到万俟璟喚了她一聲「表姊」，又聽身旁的賓客交頭接耳地說著：「那美人好像是万俟家的遠房親戚，叫什麼來著……」

「万俟瀾煙。」

「是了，是這名字，最近總見她出沒在万俟家的宅上，聽說是近來成了寡婦，不得已才來投奔廣澤万俟家的。」

「唉！也是個可憐人，看上去也不過才二十餘歲……但不管怎樣說，万俟家還真是多美人，一家子都長得那般標緻，也難怪那万俟璟能把甯侯

爺家的千金迷得神魂顛倒了。」

　　說完這話，那幾個人才發現一旁的夏蟬，趕忙閉上嘴，匆匆跑出了宅子。

　　夏蟬卻不以為然，只是同情地看向万俟瀾煙，心中暗暗道：「既是璟郎的表姊，又來投奔，感情也必定很好，若璟郎在與我婚後不放心這位表姊的話，倒也可以接她來甯府一起同住。」

　　「夏蟬。」已然站在宅子門外的甯侯爺又催促起來。

　　夏蟬趕忙應聲前去，踏出万俟宅邸時，她背脊一僵，總覺得身後有抹寒意刺背，轉頭瞬間，卻見大堂裡只有白綾漫天，並無任何人在注視她。

　　夏蟬心中困頓，隨父親坐上車輦，還未駛出城郊，就聽車夫一聲驚呼，車輦驟停，夏蟬身子前傾，險些磕破了頭。

　　甯侯爺撩開車簾，不悅道：「出什麼事了？」

　　車夫戰戰兢兢地望著車輪下的血跡，吞吐道：「回、回老爺，奴才眼拙，沒看到黃……黃……」

　　車夫無論如何也不敢說出那名字，倒是夏蟬瞥去車輪下頭，竟是一隻血淋淋的黃鼠狼。

　　甯侯爺蹙起眉，嘆了一聲：「真是晦氣，快快讓開路，你也戴上斗笠，別讓黃仙看見了你模樣！」說罷，甯侯爺趕忙放下車簾，也要夏蟬躲藏到車內角落處。

　　車夫照做，繞開黃鼠狼的屍體，悄悄地將車輦駛離了城郊。夏蟬也不敢大聲呼吸，她彷彿可以聽見車輦後頭傳來窸窸窣窣的聲響，如同那隻黃鼠狼一直在尾隨著他們。

　　甯侯爺的嘴裡念著不知道是什麼咒語，夏蟬偷偷打量他，看出他神色驚恐，自然也是十分懼怕。

　　陰風四起，殘月浮空。

　　半炷香的功夫過去，死在車輪下的那隻黃鼠狼，已經不見了去向，只餘一灘血紅。

# 第一章 十三郎

徐州廣澤城的地勢極高，群山連綿，又加上雨天不斷，幽池與鹿靈徒步上了山尖，再踩著泥濘一路下山，油紙傘被雨水打得支離破碎，只剩下若干傘骨了。待他二人來到主街，找到一處茶館，收傘後進了館內，就聽到其中吵吵嚷嚷的。

幽池摘下頭上斗笠去循望，只見堂內中央站著一個身材清瘦的少年人，竹布衫，束腿褲，頭戴黑色高帽，背上的是竹條編織成的藥箱，手裡還拿著一藥鈴，自然是江湖郎中了。

他正在和茶館裡的其他客人爭得面紅耳赤，幽池與鹿靈緩緩落座，店小二在這時提著一壺熱茶來到幽池桌旁，媚笑著詢問二位點何茶點。鹿靈餓壞了，要了肉糕和清茶，幽池則是將一串銅板放到桌上。

小二眉開眼笑地收下錢，吆喝著傳菜給後廚，正欲離開，幽池喊住他道：「那郎中在吵什麼？」

「您說十三郎呀？」店小二望著那小郎中的背影嗤笑一聲，「他是個外鄉人，來了廣澤有半月，自打万俟家的老爹死了之後，他就總要跑來茶館詢問誰與那老爹有過接觸。」

鹿靈蹙眉道：「万俟家？」

店小二指了指茶館門外的小巷子：「喏！巷子盡頭就是那万俟家的宅子了，破破爛爛的，只住著六個兄弟姊妹，最近還添了個遠方表姑娘，窮酸的一大家子。」

幽池順著他的話道：「万俟家死的那個人，和茶館裡的諸位有何關係？」

店小二呵呵笑了兩聲：「郎中嘛，覺得万俟老爹的病和城中爆發的惡疾相似，口口聲聲地說著不是瘟疫，而是人為，要檢查諸位身上是否攜帶媒介，他們都是那日參加過万俟老爹喪事的。」話到此處，有人喊添茶，小二一聲「好！」，忙跑去招呼。

幽池為自己斟上一杯清茶，端起品味，聽見十三郎面紅耳赤地大叫著：「我、我我說了，我知道那人的底細，就、就是他引發的惡疾！」

諸位都笑了，學著十三郎的口吃嘲笑他。

十三郎又氣又惱，還想再辯，門外進來了幾個衙役，十三郎一見他們，當即面色慘白，嚇得趕快要逃。

衙役卻一把攔住他去路，幾個人推搡著他，頤指氣使道：「又是你啊！十三郎，整日造謠生事，就這麼想被哥幾個抓進大獄裡吃牢飯嗎？」

十三郎小聲辯解：「我、我我沒造謠，我說的是真的！」

衙役模仿他的樣子吞吞吐吐：「我、我我我，我什麼我？」便提起十三郎的後衣領，欲將他拖出茶館，「掌櫃的托人給我們捎話了，你已經影響了他的生意，今日是必須把你帶回去押上三日了。」

十三郎拚命掙扎，奈何身子瘦小，根本不敵。而衙役還沒踏出茶館，便被一把錚亮的長劍攔住了去路，轉頭一看，是位氣韻不俗的少年。

幽池禮貌頷首，微微一笑，道：「這位衙役大哥，您大人有大量，今日就饒了我這位痴傻的弟弟，我帶他回家後，定會嚴加管教。」

衙役一挑眉，看了看十三郎，又看了看幽池：「你們是兄弟？」

「如假包換。」幽池嘆道，「我正是從外城來到廣澤尋他的，家中老父老母已擔憂多日，因為他這裡——」幽池指了指自己的腦袋，「這裡有點問題。」

衙役立刻露出同情的表情，十三郎可不高興了，氣得連連跺腳，衝著幽池大喊：「你、你你說誰腦子有問題？你血口噴人！我沒、沒你這種哥哥！」

「還真是個不怎麼正常的小子。」衙役可不想落得一個欺負智障人士的名聲，趕忙將十三郎放了，臨走之前還叮囑幽池，「看好你的兄弟，別再讓他胡說八道，惹怒了甯侯爺可有麻煩了。」

幽池合掌道謝，十三郎還在凶惡齜牙，鹿靈則是一把摀住十三郎的嘴，轉手拿走小二送來的肉糕，和幽池匆匆離開了茶館。

一直到了人煙稀少的巷子裡，鹿靈才放開十三郎。

憋了好半天的十三郎貪婪地喘息，他非但不感激幽池出手相助，還斥責他與鹿靈二人多管閒事。

這可惹怒了暴脾氣的鹿靈，直接兩拳三腳就將十三郎揍倒在地上，險些被打掉一顆牙的十三郎，只得連連求饒：「女、女俠饒命，小的、小的不敢造次了！」

「哼！這還差不多。」鹿靈收起了拳腳，十三郎默默地爬起身來，他拍打著自己身上的灰塵，委屈巴巴地翻出藥箱裡的膏藥，為自己揉搓著臉上瘀青。

幽池見他可憐，也覺得鹿靈實在莽撞，又聽見巷口傳來菜刀在案板上的剁菜聲，抬頭一看，是個餛飩攤，就問十三郎：「請你吃一碗吧。」

十三郎眨眨眼，立即眉開眼笑：「自然好啊！多謝——」他不知道該如何稱呼幽池，話只能說到一半。

「在下幽池，是個市井商人。」幽池微笑著說他慣用的謊話，又引薦鹿靈道，「這位是我表妹，叫做鹿靈。」

十三郎咧嘴一笑，露出被鹿靈打掉半截的門牙：「顧十三郎，雲遊四方的郎中。」

半炷香的功夫後，三人坐在巷口的餛飩攤前，老闆端來三碗熱湯餛飩，十三郎餓癟了肚子，顧不得燙嘴，狼吞虎嚥地吃了起來。

幽池體貼地為他加了兩滴香油，鹿靈則是嫌棄他吃相難看，路過行人和老闆搭話了句：「張兄呦，還敢在万俟家門口開攤啊？小心染病嘍！」

老闆抓起青菜絲下到鍋裡，在圍裙上擦擦手：「不礙事，那是邪門病，我這種下里巴人想染上都難。」

一聽見有人談論起了「病」，十三郎咀嚼的速度明顯變慢，他開始疑神疑鬼地打量起老闆的背影，就像是覺得自己碗裡的餛飩也不乾淨起來。

幽池一直注視著十三郎的一舉一動，鹿靈也覺得這個小郎中有些鬼祟，本想要找個合適的時機開口詢問，誰知十三郎主動開了腔，他神神祕祕地同幽池與鹿靈說道：「大哥、大姐——哎呦！」他委屈地看著鹿靈，「為何打我？」

鹿靈用筷子數落道：「叫他大哥可以，但叫我大姐不行。我十七，你多大？」

「十、十五。」

幽池聽了，對鹿靈輕嘆：「那他叫你大姐也沒錯。」

鹿靈卻憤恨地瞪著十三郎，嚇得他不敢胡亂開口，只好勉為其難地喊鹿靈：「那……那鹿姑娘？」

鹿靈這才露出還算滿意的表情，十三郎也鬆下一口氣，繼續說道：

「大哥，大……鹿姑娘，實不相瞞，半月之前，我本是路過這城，未想逗留，可、可是卻嗅到了城中有一股可疑之氣，似妖非魔，這、這才引得我進了此城。」

幽池一蹙眉：「難道你不只會行醫，還擅除妖？」否則又怎會辨別出妖魔氣息？

十三郎用力點頭：「正、正是。家父曾做過幾年道士，家母也、也有通靈之力，我自幼學習醫術與除妖術，是有、有一些功夫在身的。」

鹿靈便瞥一眼幽池，笑了笑：「竟是個同道中人呢！」

十三郎倒也聰明，領悟到鹿靈一語雙關，立刻詢問幽池：「大哥，你、你也會除妖？」

幽池清了清嗓子，瞪向鹿靈，冷聲回道：「雕蟲小技，不足一提。」

十三郎卻好不生疑，雙眼亮晶晶地道：「竟、竟是巧了，我孤軍奮戰總是不敵對手人多勢眾，既然遇見了大哥和鹿姑娘，咱、咱咱們三個人，也能將、將將那妖物挾制住了！」

鹿靈訝然地道：「哪裡來的妖物？」說罷，她示意餛飩攤對面的那棟舊宅子，「該不會是那棟万俟家吧？」

十三郎也回頭去望了一眼，隨後搖搖頭，悄聲回道：「此前的確是在万俟家宅裡，可近來幾日，我感知到那妖物換了住處——甯府。」

幽池的眉頭皺得越發深了一些：「依你所言，那怪病起因是妖物，且到了如今，那妖物混跡去了達官貴人的府中？」

十三郎點頭，並提議道：「二位既與我有緣，便幫、幫幫人幫到底，你、你們隨我將這妖物一同剷除，也算為城中百姓除了害蟲。否則……唉，否則真不知還要有多少人死於可怖的暴斃之症。」

幽池與鹿靈互相交換了眼神，倒也覺得應該除妖救人，畢竟幽池是降魔道長，既遇了妖，便不能袖手旁觀。

可奇怪的是，他竟從未察覺到廣澤城內有妖的氣息，自從上一次離開南蒼城之中，連同魔尊的氣息也一併斷掉了。

鹿靈看穿了幽池的心思，便湊近他耳邊，小聲說道：「也許是個法力高深的妖，若是來自魔界，我們也好從那妖的口中，打探一些你父親的消息。」

幽池凝視著鹿靈，默默應下，轉頭對十三郎說：「既然要捉妖，便要制定合理的計策，且又都是同道中人……我與鹿靈會協助你的。」

十三郎大喜，立即道：「多、多多謝大哥與鹿姑娘願意相助！不過你們放心，我已經打探好了消息，明日一到，我、我們就可以混進甯府——」

幽池與鹿靈不約而同地問道：「明日？」

「明日是、是是甯府千金甯夏蟬與万俟家的万俟璟大婚之日，屆時，到、到到場賓客眾多，自是為咱們提供了好時機。」

幽池默默點頭，心裡已經有了盤算。

待到隔日一大早，天色才濛濛亮，甯家府院裡就已經開始一派喜色了。侍女們忙碌著張貼喜字，家奴們搬弄箱櫃、賀禮，一張張圓桌也被擺在了院落內，自有不少賓客開始登門道賀。

作為廣澤城中的權貴，甯侯爺不僅手握權力，還家纏萬貫，能娶到甯侯爺家的千金，那也算是前世修來的福分。

可說是娶，倒也不夠合理，只因万俟家一貧如洗，連成婚都由甯侯爺親自操辦，喜日一過，万俟璟便要入贅到甯府，他反倒像是嫁過來的。

想來這兩戶八竿子都打不到一起的人家，自是不配，奈何夏蟬屬意万俟璟，即便是甯侯爺數次想要棒打鴛鴦，也是不敵夏蟬的忠貞堅定。

再加上甯夫人溺愛女兒，哪怕是和万俟家成婚，也還是要風風光光的操辦婚事，如此大喜之日，尋常百姓都可以進府來喝一杯酒，即便雙手空空，甯府也絕不趕客。幽池便利用了這機會，與鹿靈冒充藥販，準備混進甯府。

最先進去甯府的是十三郎，他背著藥箱，搖著搖鈴，很輕鬆地隨人潮進去了府中，還回頭對徘徊在街對面的幽池與鹿靈使了個眼色，暗示他們效仿他的方式即可。

幽池掐算著進出賓客的人數，想著再過個十人，便與鹿靈前去。然而，一輛繡著金紋的轎子在這時停在了甯府門口，四名身穿甯府家奴服飾的侍衛隨在轎旁。

待到轎子一停，侍衛便撩開轎簾，最先從轎中走出的是位妙齡少女，她身著碧綠湖水色的衣裙，外罩淡紫色的羅紗，腰肢纖細輕盈，面頰粉若

桃花，柳眉下鑲著一雙靈動的杏眼，雲鬢娥娥，耳墜珍珠，自是有股子出塵氣韻。

她一出現，甯府門前的家奴們便都恭迎上前，俯身行禮道：「夏蟬小姐。」

原來是甯侯爺的千金。幽池瞇了瞇眼。

夏蟬微微點頭，側過身形，親自接過侍衛手中的轎簾，迎轎中的另一人走出。

這次是個男子，十七、八歲的年紀，靛青色的簡衣，上頭繡著錦緞花紋，並用金線細細地勾描出了瑞獸麒麟的圖騰，眉目清俊，身姿高挑，烏黑長髮被赤紅色的珠玉結成雙縲，且每走一步，身上都散發出一股令人神智清明的香氣，似是蘇合香。他這副姿容，令甯府門前的侍女瞥見一眼，就情難自禁地緋紅了臉頰，趕快埋下頭去，不敢再看。

夏蟬極為自傲地握住他的手，對家奴道：「我與璟郎從万俟宅邸歸來，也從他家中帶回了一些剪紙，都是弟妹們親手所製，你們去轎上捧出來吧！」

家奴們得令照做，夏蟬與万俟璟在眾人的注視下走進了甯府。

連同鹿靈也瞠目結舌地凝望著万俟璟的背影，連聲讚歎著：「世間竟有這般絕色男子，真不怪甯侯爺的千金會對其痴迷成執了。」

幽池略顯輕蔑地瞪了鹿靈一眼，她卻視若無睹，仍舊沉溺在万俟璟的美貌之中。直到一聲口哨響從甯府中傳出，是十三郎的訊號。

幽池抓過鹿靈的手，催道：「好了，該進去了。」誰知剛踏出一步，幽池就感到自己的太陽穴被猛地刺痛，有一股奇異的氣息混雜在人群中。

他蹙起眉頭，有些慌亂地環顧四周，企圖尋找到那抹氣息的主人。

混合著蘇合香的氣……

似妖非魔，十分詭異。

可往來的賓客與家奴之中，並沒有可疑之人，幽池陷入憂慮，他趁著家奴去接應權貴車輦之際，拉著鹿靈混進了甯府。

剛一進庭院，那股濃郁的氣息便撲面而來。幽池急迫地追逐起那氣味兒，鹿靈跟不上他的腳步，氣急敗壞地吵著：「你走得那麼快做什麼，幽池，你要害得我扭腳啦！」

結果繞過長廊拐角，便與迎面來者撞了個正著。幽池猛地退後，鹿靈也嚇了一跳，只因那人是甯府的千金甯夏蟬，她身後跟著幾名侍女，手裡捧著嫁衣，正是要去試穿喜服的。

望著幽池與鹿靈，夏蟬的表情有幾分困惑，反倒是長廊後頭的十三郎趕了回來，滿臉堆笑地對夏蟬解釋道：「夏、夏夏夏夏蟬小姐，這兩位是、是我的侍從——他是幽池，那位姑娘是鹿靈，是隨我來府中添藥的。」

夏蟬便微微一笑：「原來是郎中帶來的人，我房內的藥香燃盡了，幫我添一些也好。」

十三郎便恭敬地跟上夏蟬，又使了眼色，讓幽池與鹿靈同自己一行前去。三人湊到一處時，小聲嘀咕了幾句，幽池方才知道，十三郎在前幾日就已經打通了甯府，且以郎中身分為甯府置辦了不少稀世藥材，這才得到了夏蟬的信任。

但最得夏蟬中意的是，十三郎擅長一些除妖之術。

「上次你帶來的那東西，放在房裡的確是有助於璟郎休息……」夏蟬走在最前頭，時而嘆息道，「可到了這幾日，璟郎又有些難以入睡，即便睡下了，也要夢囈不斷、滿頭大汗，十三郎——」

夏蟬微微側過臉，試探著問：「你今日將我要的那東西帶來了嗎？」

十三郎神神祕祕地回答：「放、放心吧，夏蟬小姐，你叮囑我的，我都記掛著呢！」說罷，便拍了拍自己背在身後的藥箱。

夏蟬安心地笑了，在來到婚房前，她要侍女將嫁衣放到床榻上後，便將她們遣走了，本來只想留下十三郎的，但十三郎都說幽池與鹿靈是自己人了，夏蟬才勉強同意讓他們兩個也進了房中。

待房門關緊後，夏蟬請三位落座在了紅木桌旁。桌上早已是沏好了槐花茶，還擺著一碟金酥糕，一盤芙蓉團，還有兩碟綠露酥。

鹿靈頓時亮了眼睛，她很少見到這樣名貴的糕點。

夏蟬看穿她心思，微笑著示意：「姑娘不必客氣，請用。」

「多謝。」鹿靈笑瞇瞇地撿起一塊點心，「那我便恭敬不如從命了。」

十三郎則是把自己背來的藥箱打開，從中取出了一個紅布包裹著的東西，小心翼翼地拿到了夏蟬面前。

「夏蟬小姐，你、你你要的東西，我帶來了。」

夏蟬立即接過，拆開紅布，取出了只有巴掌大的一本竹簡書。

「太好了，正是這個。」夏蟬喜悅地撫著竹書封面，「有了這寶貝，璟郎今晚自是可以好生入眠了。」

幽池打量著那竹書，看到側封寫著《南咒》二字，不由蹙眉道：「夏蟬小姐，容我冒犯一問，你要這咒術之書有何用處？」

夏蟬略有苦澀地抿了抿嘴，訕笑道：「你既是十三郎的人，我便不必瞞你——就在一個月前，我這甯府的偏院走了場水，火勢凶猛，令恰好在偏院小住的万俟夫人喪生了火海，而璟郎正好目睹此景，至此便留下了心疾，夜裡總是輾轉反側。幸得半月前十三郎來了府內，他小施法術，為璟郎讀了本咒術書，那兩天的璟郎便睡得踏實不少。可一旦沒了咒術書，璟郎便又無法入睡，我便請十三郎為我尋來了與之前那本相似的。」

幽池蹙緊眉頭，心想這南咒是頗為奇怪的咒語，相傳是來自魔界的宗卷，如讀咒之人稍有差池，念錯了咒語，很有可能會導致慘劇出現。

「太危險了。」幽池看向十三郎，使了個眼色，示意他不該給凡人這種危險的咒術書。

十三郎卻對幽池擠眉弄眼的：「你、你你怎麼不問問死在偏院火海裡的万俟夫人，是、是是何人？」

幽池便望向夏蟬，以眼相問。

夏蟬微微嘆息，遺憾地說道：「万俟夫人便是璟郎的生母，在她嫁去万俟家之前，曾是我甯府的侍女，算得上是我母親的陪嫁丫鬟。」

鹿靈塞了滿嘴的糕點，支支吾吾地問了句：「好端端的，貴府怎會突然失火呢？」

夏蟬聞言，略微垂下了眼，恍惚間回想起那日大火的景象。

那會兒正是酉時，天色已暗，風裡夾雜著厚重的泥土氣息，夏蟬轉頭望去，是侍女家奴們正在翻土栽花，她又抬頭去看暮色，天際盡頭烏雲厚重，怕是要來雨勢。

「小姐。」她的貼身侍女阿碧找了過來，低聲耳語道，「那件事已經妥當，再沒後顧之憂了。」

夏蟬點點頭，鬆下一口氣：「如此一來，我便也安心了。」

阿碧到底還是又說了句：「只是⋯⋯」

夏蟬略一側眼，阿碧這次悄悄貼在她耳邊嘀咕了幾句，她嗯了聲，抬手把披風上的鎏金扣子緊了緊，淡淡一句：「已經過去的事情就不必再提了，今晚之後，那些都要爛在你肚子裡頭，全當什麼也記不得。知道了嗎？」

阿碧順從地頷首，作為夏蟬的貼身侍女，她很清楚自家小姐的行事風格，除去冷靜忠貞，便是過往不看，否則也不可能會說服侯爺同意了她與万俟璟的婚事。

甯家子嗣眾多，夏蟬排位第三，可實際上，連嫡長女都要看她臉色。由於嫡長女性子懦弱，不免要靠夏蟬打點府上內外，府中看不慣夏蟬的人也不少，尤其是二少爺甯春遲。

且說到曹操就見曹操，剛一過長廊，就見二少爺一行挑著燈籠走去大堂，火光映照著那張略顯刻薄的側臉，在這蒼涼夜色中竟顯露出一絲陰鬱森然。

阿碧道：「他也是要去見侯爺了。」

這聲音不大，卻引得二少爺側過頭來瞥向這邊一眼，夏蟬躬身行禮，二少爺漠然地回過視線，繼續向前走了。

夏蟬目送她哥轉過庭院，直到他和他的奴才們不見身影，夏蟬扭頭看阿碧：「你嗅到什麼味道沒有？」

阿碧吸了吸鼻子：「好像有股焦味兒。」

這話音剛一落下，四周就閃現巨大的亮紫色光芒，夏蟬猛地看向天際，雷電交加，火光劈落，幾乎是在剎那間，便有侍女發出驚叫：「來人啊！偏院走水啦！」

隱隱有火光呈現在前殿上頭，夏蟬察覺到那的確是府內偏院的位置，立即奔著火光的方向疾步走去。可火勢無情，前路已被濃重的煙霧模糊，方向已難辨別，只能依稀從呼喊聲感知到偏院裡的人都已蜂擁而出，如蝗蟲掠食一般四散奔跑。

好端端的，怎麼會突然起火？

「莫非是方才的閃電⋯⋯」夏蟬喃聲低念，卻聽到幾米之遙的地方傳來塌陷聲響，是一座小榭被燃燒的火焰焚倒了，驚呼聲不絕於耳，也不知

是否有人因此而受了傷，又不知是誰驚慌失措地大喊道，「來人啊！救万俟夫人！」

聲音源頭的確是從偏院後的廂房附近傳來的，夏蟬命幾名家奴救火，她則是帶著阿碧和其餘幾個侍從前去偏院。

濃煙重重，火勢攔路，偏院外已大火滔天，連同門旁的石柱都已燒得焦黑，橫七豎八地躺在玉石路上，砸碎了路面，淌出一地火舌。

阿碧護在夏蟬身前，阻攔道：「小姐，回吧！火勢不妙，犯不上涉險！」

夏蟬抬眼去望連成火海的屋牆，琉璃瓦片被燃燒得發出劈里啪啦的怒吼，長風呼嘯而過，火勢接連再高，又引來數道驚雷電閃，紫光劈天，殿倒垣塌。

她收回了視線，看著近在咫尺的偏院，尚且還未被大火牽連，但火已蔓延此處，再不能縱容其無情。而後，她又瞥見倒下的石柱後方有縫隙，剛好等人身，也來不及多慮，她命阿碧道：「你帶著剩下的人把偏院前的火滅掉，我去府內尋万俟夫人。」

阿碧從來不會反駁夏蟬的命令，更不會猜疑她的心思，點頭應下後，就立即帶著同來的五人提水救火。

夏蟬便隻身一人順著那縫隙進了偏院內，且她前去的這段距離也不過數尺，她有足夠的信心在火勢更凶之前將人救出去。然而就在推開偏院大門的那一刻，伴隨著「吱呀——」的厚重響聲，撲面而來的血腥氣，濃郁得令她汗毛直豎。

空蕩蕩的府內縈繞著縹緲、詭異的啜泣聲，万俟璟正跪坐在大堂門前，雙眼空洞，兩淚流落，繡著牡丹金紋的錦衣被鮮血染成了赤紅。

夏蟬背脊發涼，腳踏向前，踩進血水，濺在鞋面。可僅這一步，就又停在原地，她不敢再向前去，只因偌大的偏院內，遍地躺著七竅流血的死屍，破敗、渾濁的屍體頭腳相連，不瞑目地睜著灰白的眼球。

而翡翠砌成的池塘臺邊，万俟夫人雙腿兩開，左手握劍，劍刃浸血，裸露出的手腕上，爬滿了紫色的花紋，像是種上去的異域花草。

夏蟬的眼神緩緩向上，一路看向万俟夫人的脖頸，猛然間收緊了瞳孔。她的頭，早已不見了。

而當時，一道詭異的身影從偏院屋頂閃過，夏蟬沒來得及看清，只覺心下一驚。緊接著，阿碧帶人衝了進來，夏蟬再顧不得別的，只匆匆地跑向万俟璟，擔憂地詢問著他是否受了傷。

　　那便是曾發生在偏院的火勢慘劇了。

　　夏蟬娓娓道來一切，話落下時，她出神許久，喃聲說出：「不過是短短一個月內，璟郎已經失去了父母雙親，而我再不為他做些什麼，他該如何度過無數的難眠之夜呢……」說罷，夏蟬握緊了手中的咒術竹書，如同握著救命稻草。

　　也不知道是因為悲傷，還是她本來就身子不適，幽池見她氣色不佳，人也憔悴，就好像是瀕臨枯萎的花。是在這時，門外傳來輕響，是侍女來催夏蟬換上嫁衣，吉時已到，賓客自是滿堂。

　　夏蟬連忙站起身來，略有歉意地對幾人說道：「瞧我，大喜的日子，非要提起那些惹人低落的事情。幾位還請迴避，待我更換衣衫、完成大婚，傍晚宴間再聚。」

　　幽池等人便懂事理地退出了夏蟬的房，門外的侍女們則捧著首飾、珠翠進了屋內，房門關上後，幽池、鹿靈與十三郎便朝長廊出口走去。

　　鹿靈抬手擦拭著嘴角糕點的碎屑，不禁嘆道：「這位千金大小姐可真是用情至深，開口閉口都是她的璟郎，可謂忠貞不二了。」

　　十三郎則道：「你、你你有所不知，即便不是夏蟬小姐，也、也還有其他權貴的千金青睞那万俟璟，我、我我聽城裡的人說，只要万俟璟出街，連菜販的女兒都、都白送菜給他，就為了多、多瞧他一眼。」

　　鹿靈得意洋洋地一句：「愛美之心，人皆有之——」

　　幽池蹙了眉，望向十三郎：「你難道未從万俟璟的身上感知到詭異的氣息嗎？」

　　「怎麼？」十三郎驚訝地眨巴著眼，「你的意思該不會是，這甯府裡的妖物，竟會是在那万俟、万俟璟身上？」

## 第二章 孤人塚

幽池欲言又止地張了張嘴，反倒是鹿靈義正言辭地警告著幽池，道：「空口無憑，可不能胡亂懷疑，要有證據的！」

幽池斜睨著鹿靈，心中暗暗道：「我看，連你也是被那万俟璟的美貌給迷昏了頭腦。」

十三郎倒也摩挲著下巴，極為認真地思索道：「要、要說万俟家的確是怪事連連，且都是在一個月之前開始隱現的，先是万俟夫人死、死在火海，緊接著便是万俟老爺染、染上怪病而暴斃。更何況在最初，那妖物的氣息也、也是從万俟宅裡溢出來的……」

幽池默默地點頭，說道：「方才在府外倒也見過了万俟璟，他身上有奇香，卻並非妖物之氣，儘管……那香味的確有幾分蹊蹺。」

鹿靈插嘴說：「你們兩個先不要討論這些了，人家甯府今天辦喜事，你們不要觸霉頭。」

「可、可我們就是要趁著喜宴，才混進甯府來找妖物的。」十三郎說罷，環顧四周，發現侍女和家奴們都朝大堂前去，大抵是要準備大婚儀式的，他便拉過幽池與鹿靈，悄聲道：「我有一計，你、你們只需要聽我的吩咐，一定、一定很快就能引出那妖。」

幽池和鹿靈面面相覷，側耳傾聽十三郎的計畫。聽著聽著，二人的表情從驚愕變得迷茫，最後變成了難以置信。十三郎卻胸有成竹地一挑眉，口吃的語氣也顯得歡快起來：「就、就就放心吧，聽我的，準沒錯！」

幽池卻感到憂心地擰過眉頭，實在不敢苟同十三郎的決意。

而大婚時辰一到，竟然還未晌午，這在幽池眼中，已是不吉之兆。且更為可怖的是，他掐算了這日子，居然是個三娘煞。

初三又逢庚午日，再加上天色陰鬱，無雲無光，新郎官的喜花還在入大堂的時候斷了。喜婆趕忙將喜花拾起，嘴裡笑著「掉花掉花，早生娃娃」，可她的額角卻滲出了細密冷汗。

要知道，甯府本就選了個不吉利的日子成婚，再加上厄運狀況頻頻發生，先是夏蟬的紅墜子耳環丟了左耳的，再是万俟璟的玉珠腰帶少了顆珠子，這會兒又掉了喜花，真叫人心裡發怵。

且甯府有規矩，新婚夫妻必須繞著整棟宅子接受賓客的祝福才能入堂交拜，而那被大火燒毀的偏院還未修繕，途經那處，總覺得陰風陣陣，夏蟬心裡不安，一個腳下不穩，險些摔倒。好在万俟璟眼疾手快，趕忙將她扶住，二人這才能勉強繞一圈，回到了大堂。

　　甯侯爺年紀大了，凡事不愛操心，成婚的事宜都交給甯夫人打理，大堂裡的喜燭都是甯夫人布置的。可距離傍晚還遠，就算燭火全部點燃，也沒人看得出那火苗是否光亮，而那些各懷鬼胎的甯家兄弟姊妹，與來參加婚宴的万俟家兄弟姊妹分別站在兩側，每個人臉上都掛著或偽善或冷漠的笑容，就如同是一幅人間百態圖，為面前的一對新人，獻上違心的祝福。

　　夏蟬與万俟璟拜了天地，拜了父母，再夫妻對拜，禮成之後，由万俟家的兩個妹妹將嫂子牽到洞房，而万俟璟則要被甯府的兄弟拉到院內的宴中，誓要一醉方休。

　　幽池便在這時與鹿靈使了個眼色，鹿靈心領神會，端著藥盒前去庭院內的喜宴。他二人本就冒充了藥販，又與十三郎是一同來的，在眾人眼中，他們無非是走江湖、討生活的郎中，便不會生疑。

　　鹿靈挨桌發放著自己藥盒裡的玉露珠，美曰其名是服下一顆，可千杯不醉，實際上，都只是山藥粉末釀成的丸子，毫無作用。

　　唯有在途經新郎官万俟璟身邊時，鹿靈以藥丸不夠為由，在一旁現場製作，由此一來，她便可以近身的接觸万俟璟——因幽池事先給了她一張符，只有靠近與妖物接觸過的人，那符就會變了顏色。若是黑色，說明此人為妖，若是紫色，則代表他與妖有染。

　　而万俟璟留下喝酒的這桌人，都是些甯府的權貴遠親，還饒有興致地看著鹿靈製作藥丸。鹿靈也不緊張，作為打鐵匠的女兒，她早就見慣了市井，自是可以圓全任何謊言。

　　「諸位莫急，醒酒丸是要有些功夫在身才能製出的——」鹿靈才一說完這話，抬起頭時，就見万俟璟在盯著她。

　　這害得鹿靈臉一紅，手裡的山藥粉末都險些灑到桌子上。

　　另一位穿著靛青色衣衫的男子笑起來，他抬起手中摺扇，指了指万俟璟：「璟郎，休要用你那清俊出塵的眼睛，盯著人家藥販姑娘了，都害人家害臊了。」

万俟璟淡淡笑過，對面有人來斟酒，他禮貌地端起酒盞去接，回頭時又問了句鹿靈：「你是哪裡來的藥販？之前沒見過你呢。」

　　鹿靈剛要回答，就有人替她說道：「好像是跟著那個結巴郎中來的，那小結巴不是總出沒甯府嗎？好像還會除妖術呢！」

　　万俟璟一蹙眉，輕飄飄地來了句：「除妖？」

　　「是呵！」靛青色衣衫的男子搖起摺扇，打趣万俟璟，「你與我家妹在日後相處時可要小心一些，她信極了巫邪之術，若你哪天膽敢背叛於她，她定要請那些個江湖騙子把你當妖給除了。」

　　此話一出，令桌旁的賓客都嬉笑不已，鹿靈這才意識到，那靛青色衣衫的男子是夏蟬的兄長，按照排位來說，定是她說過的二哥甯春遲。

　　万俟璟卻也不惱，平和地微笑，回道：「我與夏蟬情比金堅，又如何能做對不住她的事情呢？二哥說笑了。」

　　甯春遲眼有不屑，轉而喊來了在臺上為眾人獻舞的一名舞姬——像甯府這樣的名門望族，婚宴也如同國宴，別說是舞姬，連皇城來的器樂班都要在此獻曲。

　　有人嘀咕著被喊來的舞姬是甯春遲的相好，甯春遲要她在這一桌前，藉著佳曲和月色獻上一舞。那舞姬看上去像是異域姑娘，順從地在絲竹迭奏聲中踏歌而來，身姿曼妙，風情萬種，就連鹿靈凝望著這景象，心情也不由地大好。身穿碧綠紗裙的舞姬輕抬腳尖，流雲般的水袖揮灑如雪，縱情的旋轉，然而她媚眼如絲，卻都是去探万俟璟的。那眼神太過熱情與火辣，直白得令万俟璟不得不別臉去。

　　甯春遲則悄悄打量万俟璟此時的表情，陰險一笑，低聲道：「好妹夫，你也不必覺得有不妥之處，從此你我就是一家人了，這甯府的一些規矩，你不想學也要學，譬如——圈養些花花草草、鶯鶯燕燕，都是祖上傳下來的，你若不嫌棄，這舞女送給你當個小妾便是，畢竟她長得有幾分像——」話到此處，甯春遲笑得更為曖昧，万俟璟卻猛地變了臉色。

　　他再去看那輕舞的女子，黛眉紅唇，臉若皎月，眉間一抹朱砂似烈焰赤火，猛地令他想起了那晚的火海。他心下一驚，忽地站起身來，桌上酒杯碰灑，舞姬被嚇了一跳，腳下踩空，整個人跌落在地。旁桌的賓客不明所以，紛紛探頭往來，絲竹聲也戛然而止。

甯春遲責難似的站起身，斥那舞姬道：「你怎麼搞的，如此疏忽，在我妹夫面前成何體統？」

舞姬趕忙跪下，戰戰兢兢的請罪：「二公子息怒，三姑爺息怒，都是奴婢不小心，還請寬恕奴婢。」

甯春遲還要再數落幾句，万俟璟卻攔住他，嘆道：「罷了，二哥，又不是什麼不得了的事，你不要嚇到了她。」

「哼！我是不想壞了你今日大婚的吉利。」甯春遲道。

万俟璟卻一言不發，且臉色蒼白，十分難看，他又端起酒杯灌了滿口，擦拭一把嘴角，忽然就對這桌的賓客說道：「我大概是有些醉了，趁著意識尚清，我先回去新房看望夏蟬一眼，暫且不能陪你們，自便。」說罷，就轉身朝新房那頭疾步而去了。

鹿靈見狀，自是一頭霧水，身旁有人埋怨似的對甯春遲說：「二公子啊二公子，這大喜的日子你偏要哪壺不開提哪壺，壞了你妹夫的心情。」

甯春遲冷笑道：「呵！我是敲山震虎，提醒他今非昔比了，從前的事情想都不要想起為妙。」

鹿靈察覺到他們話有玄機，可也來不及去在意，反正万俟璟都走了，她趕忙捧著藥盒躲去一旁，找到僻靜之處後，她翻出自己身上的符咒，不由大驚。

符咒竟然毫無變色，鹿靈極為震驚道：「這……這怎麼可能呢？」

難道万俟璟真的和妖物沒有半點關係？

「但幽池又怎會懷疑錯人呢……」鹿靈雖覺得万俟璟美貌，卻也沒有被迷惑到不能明辨是非的地步。

正困惑之際，庭院深處忽然傳來一聲淒厲的慘叫，鹿靈被嚇得背脊發涼，她趕快重新跑去喜宴賓客之中，發現大家也都慌慌張張地站起身來，有人指著慘叫傳來的方向說道：「好像是新房那裡傳來的！」

一石激起千層浪，眾人都朝著新房處奔去，鹿靈也急急地融進人群中，途中遇見了聞聲而來的幽池，他二人互相望了一眼，來不及多言，只朝著新房前去。

半炷香的功夫後，一眾人等都聚集到了新房門前，甯侯爺與甯夫人擔憂地拍著房門，大喊著夏蟬的名字，結果沒拍幾下，房門就自動開了，

甯侯爺險些撲空，眾人也隨他進去了新房，只見夏蟬蜷縮在喜床上瑟瑟發抖，万俟璟也一臉驚恐地凝望著地面。

幽池、鹿靈與一眾人等也循著万俟璟的視線望去──

陰冷的石地上，一灘尚且冒著水泡的膿液，正從竹布衣衫中流淌而出，就彷彿是衣衫中本該有的人體，已經化成了綠幽幽的膿水，活不見人，死不見屍。

鹿靈最先認出那衣衫，她倒吸一口涼氣忍不住念出：「十三郎……」

幽池猛地蹙眉，表情極為痛心，且憤怒。

人群中有人喊道：「是那口吃的小郎中，他……他怕是也染了那病了！」所以才會暴斃，化成膿水，魂飛魄散。

滿目驚懼的夏蟬受驚過度，語無倫次地說著：「我……我不知道他為什麼會在我的新房中，只聽到床下一聲詭異的響動，再下床去看，就見到了這景象……」

万俟璟則是表情惶恐地摟住夏蟬的肩膀，輕撫她背，似在安撫。

而眾人忽然連連退出新房，嘴裡念叨著：「這病……理應是不會傳染，可、可也不能保證沒有毒性，咱們還是快走吧！」

說罷，一群人便鳥獸群散，生怕被這意外連累，唯獨幽池與鹿靈痛心不已，他二人望著地上的衣衫與膿液，極為自責。

這就是十三郎的計畫，偷偷潛入新房，藏身床下，待万俟璟回來見夏蟬的時候，他就可將招妖藥鈴貼在床鋪下頭，只為驗證万俟璟身上的詭異氣息。不曾想事情未成，反而搭上了郎中性命。

而新房的木窗敞開著，此時已臨近傍晚，起了風，陰涼穿堂過，赤霞鬼影搖，整個紅通通的新房內朱紅閃爍，異味撲鼻，一灘膿水，一衫竹布，三分腐臭，七分鬼氣。

幽池心裡難受，聽見万俟璟吩咐府內家奴：「來人，把這衣衫……拿走埋了。」

家奴們有些猶豫，卻也不敢違背新姑爺的命令，只好摀著口鼻，勉為其難地進屋，將膿液裡的衣衫撿走了。

而拎起衣衫的瞬間，一件東西「砰！」一聲掉落在地，幽池眼疾手快，在旁人察覺到之前，他率先去拾起了那東西，卻也惹來万俟璟一記狐

疑的眼神。

幽池不動聲色地將東西藏在身後，若無其事地低垂著臉，万俟璟則是緩緩收回目光。然而，幽池始終能夠感覺到他的餘光在打量自己。只不過，万俟璟之所以表現出格外謹慎的模樣，似乎是擔心會「打草驚蛇」。

幽池沉下眼，他的直覺沒錯，万俟璟……果然有著蹊蹺。

到了酉時，家奴們已經將十三郎的衣衫埋到了偏院後頭的花田裡，埋成了一個凸起的小墳包，遠遠看去，與整個花田平地極為不搭，像是一個淒慘的孤人塚。

眾賓客也因這場意外慘劇而早早地離開了甯府，很多人唉聲嘆氣地將外衫褂子脫下，怕染上了病菌，便嫌棄地扔到了巷子口，直吵著晦氣。

甯府上下也到處是下人，每個人懷裡都端著滾燙的熱水，四處噴灑，只為將府內的病毒降到最低。折騰了好長時間後，家奴們個個腰痠背痛地回去歇息了，貼滿喜字的新房裡吹滅了燭火，万俟璟與夏蟬這對新人也同枕而眠。

待到夜深人靜、萬籟俱寂，幽池才從樹叢後探出頭，他確認周遭無人後，對身後的鹿靈打了個響指，二人便悄悄地朝偏院前去。

一直到了埋葬十三郎的孤人塚前，幽池從背上取下自己的長劍，抬手覆在劍身，咒語低念，長劍立刻彎成了圓弧狀，倒是很好刨土。

鹿靈盯著他問：「你真的要挖墳？」

「我有要找的東西。」幽池挽起自己雙袖，又從腰間取出兩條布，一條扔給了鹿靈，道，「蒙上，小心吸入屍臭。」

布條上都是蒜、薑和醋的味道，沖得鹿靈鼻子疼，她齜牙咧嘴地將布條蒙住口鼻道：「這麼多強烈的味道被你混合到一起，不像是防屍臭，倒像是防妖怪的。」

「若真被我挖出那東西，說明的確有妖怪。」幽池話音落下，便開始用手中長劍挖墳。

鹿靈默然，蹲下來用她身上的小藥盒幫著一起翻土。由於土很新，是幾個時辰之前才埋下去的，挖起來很輕鬆，幽池的速度也快，沒多一會兒就挖開了。殘月當空，夜風陰涼，空無一人且還殘留著火海殘骸的偏院裡，幽池與鹿靈一齊注視著塚裡的衣衫。那衣衫的布兜裡有些凸起，藉著

月光，能看到那東西泛著隱隱的異光。幽池立刻跳進塚內，將那東西從布兜裡掏出來，果然是十三郎貼著符咒招妖藥鈴。

「這符還是我給他的——」幽池懊惱地嘆道，「看來他根本沒來得及將這東西藏到床下就被發現了。」

鹿靈則是被陰風陣陣嚇得有些膽怯，她感到背脊發毛，怯懦地看著四周，大聲都不敢出：「幽、幽池……東西拿到了，我們還是快走吧，這地方發生過火災，又死了人，實在是很不舒服……」

幽池卻蹙眉道：「藥鈴上附了東西。」

鹿靈更加害怕了：「附、附了什麼？」

幽池輕輕晃動藥鈴，那聲音幽靜、陰森，迴盪在寂靜、空曠的偏院中。一縷殘念飄飄忽忽地從藥鈴中飛散出來，那是名衰老、枯瘦的女子，鬢髮凌亂，面目塌陷，只痛苦地摀著自己的脖頸，然後猙獰地無聲嘶吼著，還飛到幽池的身邊，對他不停地比畫著什麼，整個人顯得極為悲戚。

鹿靈已經被這景象嚇得跌坐在地，她生怕那女鬼發現自己，便緊緊地縮成一團，不敢出聲。而女鬼一直糾纏著幽池，久久不肯離去，卻也始終說不出話來。

幽池便嘆了一聲，悵然道：「孤魂野鬼竟都不知道自己早已死去，徘徊至此，恨找不出害死她的人，便遲遲不肯入輪迴。」

最終，女鬼在無聲地哀嚎了一陣後，忽然看見了一旁的鹿靈。

鹿靈也剛巧與之四目相對，女鬼忽然露出凶狠的眼神，長開血盆大口，淒厲地朝鹿靈撲了過去。

鹿靈嚇壞了，可是，她連叫聲都還未發出，女鬼就從她的身體穿過，消失的無影無蹤了，只掉落一片細碎的、閃閃發光的紅色玉屑。

鹿靈驚魂未定地撫著胸口，幽池則是從塚裡爬出來，走到地面撿起那片紅玉屑。他攤在掌心裡仔細打量，又湊到鼻前嗅了嗅味道，蹙了眉。

「這玉屑有股絕望之氣，還有淚水的氣息，卻偏偏沒有妖氣。」

鹿靈唉聲嘆氣地站起身，哀怨地瞥一眼幽池：「還是快離開這裡吧！十三郎都一命嗚呼了，小心下一個會是咱們。」

幽池充耳不聞，只盯著玉屑出神。

鹿靈見他眼神有些怪異，很快便看他打算吞下那玉屑，鹿靈眼疾手

快，立刻衝去將玉屑奪走，大喊他：「幽池，你清醒點！」

　　幽池這才恍然回神，他迅速搖了搖頭，猛地將蒙面布條扯下，將那玉屑包裹了起來，並同鹿靈道：「這玉屑有蠱惑之力，即便是我，也險些被迷惑了。」

　　唯有將玉屑藏起來，不去看、不去嗅，才能免受其害。

　　鹿靈不安地問道：「那……這玉屑既能蠱惑人的話，會否有毒呢？而且是那女鬼留下的……會不會是這個從藥鈴裡跑出來的女鬼，用這東西害死了十三郎？」

　　幽池沉默著，不發一言，他從未像此刻這樣憂心過，只因他根本找不出一絲一毫的端倪，更猜不透方才的女鬼究竟想要告訴他們什麼。

　　唯一能夠確定的是——

　　「整棟甯府都有問題。」幽池抬起頭，望著被大火燒毀的偏院石柱、屋房，一股陰森鬼氣飄散而出，他不由地握緊了布條裡的玉屑。

　　鹿靈也瑟瑟發抖地縮了縮脖頸，她忍不住念叨著：「是啊……明明這府裡住著的都是活人，卻總覺得背脊涼颼颼的，陰氣太重了。」

　　擋在殘月前的烏雲略微散去，探來一縷慘白月華，幽池凝望那月，眉頭越發皺緊。

　　待到隔日，天色剛剛蒙亮，甯府大門便「吱呀」一聲地敞開了。被家奴引進府內的，是一位身穿朱紅色裙衫的妙齡女子，她身形纖柔，腰肢似不盈一握，領口裸露出的肌膚，與臉頰一樣白皙細膩，鳳眼纏繞，朱唇欲滴，耳邊墜著翠綠瑪瑙，如同血腥之中一縷青翠，極為震撼驚豔。

　　那些引路的家奴羞澀、雀躍地偷偷打量著她，瞧見一眼後，又要滿臉羞紅地垂下頭去，羞怯的模樣好生可笑。

　　一夜未眠的幽池正站在長廊裡頭，雙手環胸地遙望著那光景。鹿靈也黑著一雙眼圈，陪在幽池身邊，一同盯著那抹豔絕的紅色身影。

　　「那美人是誰啊？」她隨口問了句。

　　便有兩名侍女在她身後竊竊私語起來：「還真的來了呢！」

　　「是啊！她與姑爺感情深厚，姑爺斷然不能留她獨自在万俟家那種破舊的宅子裡的。」

　　鹿靈回過頭去，見那兩個侍女神色有些怪異，眼神中也洩露嘲諷之

189

意。她忍不住問道：「二位知道那是何人？」指了指前方被家奴帶去新房處的女子。

侍女這才發現鹿靈，說了句：「原來是藥販姑娘。」緊接著便湊近過來，神神祕祕地回道，「那位是姑爺的遠房表姊，万俟瀾煙。姑爺在與我們小姐成婚之前，就提出過這請求，甯府當時答應了，會在姑爺與小姐婚後，接她來府同住。」

鹿靈默默地點頭，心想著万俟璟倒也是個重情重義的人。

就在此時，身後傳來窸窸窣窣的腳步聲，幽池率先回身去見，鹿靈也循望過去——是夏蟬攜侍女來了。

「小姐。」那兩名在鹿靈身邊的侍女趕忙行禮問候，且眼神有些閃爍，似擔心會被聽去方才的閒談。

夏蟬一抬衣袖，遣了侍女們離開，只留下幽池與鹿靈二人。

幽池側眼打量了夏蟬，她雖衣冠楚楚，卻容顏憔悴，怕是還未從昨夜的驚嚇中緩過來，但卻沒有同幽池提起十三郎的事情，反而刻意避開，只是微笑地問候道：「二位昨夜在甯府可睡得習慣？」

幽池怔了怔，與鹿靈互看一眼，總覺得夏蟬這般問話顯得極為怪異。

可幽池還是彬彬有禮地回應道：「勞煩夏蟬小姐掛心，我們行走江湖的，能睡到這般舒適的床褥，自是極為踏實的。」

夏蟬釋然地笑道：「這便好，甯府總怕會待客不周。」話到此處，她又輕嘆一聲，「倒是我自己，昨晚也不知怎麼的，噩夢連連，連累璟郎也要睡得不好……」

鹿靈嘴快，脫口而出：「莫不是因為十三——」

「郎」字還未說出，夏蟬的臉色猛地沉下，幽池趕忙同鹿靈使了眼色，示意她不可再說。

鹿靈只得閉上嘴巴，幽池訕笑一句：「夏蟬小姐，我們方才就見到府上有客，你起得這般早，也是急著要去見那位客人？」

夏蟬的眉頭這才舒展開來一些，但她還是輕按著太陽穴，幽幽道：「是啊！璟郎的瀾煙表姊被接來了，我正要去見她呢！」

幽池心中懷疑，便問：「可夏蟬小姐的夫君怎未同小姐一起前來？」

「璟郎啊……」夏蟬道，「他今晨很早就親自去為瀾煙表姊準備廂房

了，這會兒應該是在房中等候著瀾煙表姊。」

鹿靈拿開了捂住口鼻的手，情不自禁地道：「如此說來，他們這對表姊弟的感情可真是要好。」

夏蟬一聽，略顯寬慰地笑了：「的確，他們雖是表親，可情同親生，感情自是深厚。更何況，璟郎如今已失去了父母雙親，其他弟妹還小，要指望著他來照拂，唯有瀾煙表姊與他年歲相仿，是唯一可以訴說心裡話的親人，我當然希望她能多陪伴在璟郎身側，也好讓璟郎儘早從陰霾中走出。」

夏蟬的語氣極為深情，令聞言的鹿靈自是動容，她可以感受到夏蟬對万俟璟那份沉甸甸的愛意，實在是個很痴情的女子。

可話音才落，夏蟬便咳嗽起來，她扶了下額頭，似覺得身子不適，但還是堅持要去看望万俟瀾煙，便同幽池與鹿靈頷首道：「我且要去見客人了，二位還請自便。」

幽池目送夏蟬離開，不知是不是天色陰鬱的關係，總覺得夏蟬的背影看上去飄忽不定，彷彿一陣長風刮來，她就會暈倒在地。

鹿靈則是有些肚子餓了，便拉著幽池想要去尋飯食，幽池卻站著沒動，反而是從腰間取出了一把銀刀。

鹿靈困惑地問他：「你這是哪裡來的？」

因那銀刀非比尋常，刀身小巧，刀柄細長，是方便郎中製藥的工具。

幽池道：「這是昨夜在新房裡，從十三郎的布衫中掉落的東西。」

鹿靈回想起當時景象，的確曾見幽池俯身撿起了一樣物品。

「若十三郎真的是染病而亡，化作膿水之際，卻留下了銀刀和藥鈴，便說明這病只能侵害人體，而無法毀滅人體之外的物品，連衣衫也不能。」幽池說道。

鹿靈蹙著眉，默默點頭：「但他昨夜可是突然發病的，若非此前就已經感染病症，怎會如此之快──」

「未必。」幽池凝視著銀刀上的一抹紅屑，瞇眼道，「也許，他只是昨夜在夏蟬與万俟璟的婚房裡才感染了那病。」

## 第三章 紅珠病

自打十三郎暴斃之後，甯府也不再安寧，很快便出現了下一個感染者，是二公子甯春遲。

說來也是巧，幽池當時正打算再探偏院的孤人塚，路過附近廂房，發現木門是虛掩著的，而房內傳出對話聲。他心生疑慮，因這廂房裡住的人是万俟瀾煙。而又是何人在她房內呢？

幽池悄悄走到門前，發現那縫隙足夠觀察到房內情形，他看見一抹身影從屏風前頭鑽進了後方，那衣裙自是万俟瀾煙的紅衫了。

想來她已入住甯府有三日，期間也曾與幽池、鹿靈二人打過照面。幽池雖不清楚她的為人，但總見她笑臉盈盈，實在難以參透她心思。

更詭異的是，她幾乎時刻都是出現在万俟璟身邊，比起妻子夏蟬，他們表姊弟二人顯得更加形影不離，感情好到旁人看上一眼，都會覺得那股子膩味勁兒，直叫人心中毛骨悚然。

正想著，幽池忽聽屏風後有一男子聲音響起。

「門窗都關緊了吧？莫要被旁人看到……」那男子的聲音很低，格外謹慎。

幽池努力地側耳去聽，万俟瀾煙輕盈的笑聲傳進他耳裡：「堂堂甯府二公子，還要怕無關緊要的『旁人』嗎？」話未說完，她輕呼出聲，嬌嗔道，「你急什麼？」

衣衫褪去的聲響曖昧摩挲，甯春遲急不可耐：「誰叫你生得這樣美豔，便是見上你一眼，都要魂不守舍。今天可算被我逮到你了，平日總是有個万俟璟在你身旁礙事，哪有今天這樣方便……」

幽池立即明白他們在行苟且之事，可甯春遲早已娶妻生子，妾室也有三、四個，而万俟瀾煙又是万俟璟的表姊，如此作法，實屬不妥。

然而，那一雙男女的身影已是映在了屏風之上，甯春遲鉗制著万俟瀾煙吐露心意道：「你聽我說，換成那民間的說法，咱們現在也算得上是親戚關係了，親上加親不是更好麼……左右你也死了丈夫，明天我就去請父親把你許給我做妾，你万俟家都受著我甯府照拂，自是不虧。」

結果一聲大罵從身後不遠處傳出，幽池機警，轉頭便瞥見有一女子持

劍從長廊穿來，他趕忙躲到一旁的石柱後。

那聲音驚動了房內二人，原本還如膠似漆的一男一女立即分開，可卻也來不及了，那位盤起鬓髮的婦人已經衝進廂房，她憤怒地審視著屋內二人，作勢便要去砍甯春遲，罵道：「姓甯的，你整日沾花惹草、勾三搭四，實乃是個不知廉恥的負心漢！我才誕下孩兒數月，你就又要在府內招惹是非，我今天非殺了你們這對狗男女！」

甯春遲一邊整理著衣衫一邊四處逃竄，滿口謊話地勸道：「夫人，夫人你聽我說！是你誤會了，我、我是出於待客之道來看望璟郎表親的，絕非你想的那般齷齪！」

夫人一把抓起甯春遲掉落在床上的腰間玉佩，舉到他面前質問：「那這是什麼？看望表親需要看望到床上來寬衣解帶不成！」

甯春遲一時無言以對，只得推開夫人，匆匆忙忙地逃出了廂房。

夫人震怒不已，見甯春遲跑了，又回頭去看坐在床畔旁的万俟瀾煙。

她只是微笑著，目光落在夫人劍上，好心提醒了一句：「劍起了鏽，怕是許久不曾用過了吧？」

夫人一怔，低頭去看自己的劍，劍身的確有鏽，她原本是武將之女，自嫁人之後，便不再舞刀弄槍，竟從未察覺到自己的劍已經鈍鏽，而眼前女子，居然一眼就看得真切。

万俟瀾煙又回了一個巧笑道：「夫人不必這般震驚，別看我出身貧寒，可對刀劍鐵器，也略瞭解一二。」說罷，她從鬓上取下一柄素淡的髮簪，輕輕一丟，那髮簪便刺到了夫人身旁的屏風木板上，穿破了山水圖中的假山。

夫人愣了愣，不敢置信地看向万俟瀾煙。

万俟瀾煙站起身來，擺出送客的姿態：「若夫人有心，還需再操練起往日功夫，如此一來，才能馭夫有術。」

寥寥幾語，令夫人又氣又惱，卻又無法反駁，再加上自己的丈夫不忠在先，再糾纏人家姑娘只會顯得寒磣。

於是，她便悻悻地出了廂房，期間踩到腳下一塊硬物，她撒氣般地將那東西踢了出去，在夕陽的照耀下，是閃爍著赤紅光滿的玉珠。

躲在石柱後頭的幽池，看著夫人氣勢洶洶地離開，万俟瀾煙則是不動

聲色地注視著夫人的背影，就那樣看了一會兒後，她打算回去房內，誰知遠處忽然傳來怵人的驚叫：「不、不好了！二少爺他……他出事了！」

幽池聞聲，立即從石柱後飛奔出去，他嗅到了空中那抹熟悉的異樣氣息。

似妖非魔，正如他第一次見到万俟璟時聞到的味道一樣。

是循著這氣息，他來到了長廊後的庭院中央，只見家奴與侍女們聚集在假山前頭，大家都不敢靠近，唯有同樣趕來至此的夏蟬擠開家奴，衝到假山前，登時驚呼：「二哥！」

幽池也越過眾人，滿目驚愕地見到了地面的那灘膿水，已經散發著蒸汽的衣衫，的確是甯春遲的裝束。

可他與十三郎的死狀不同，在他化作滿地的膿液裡，還四散著許多紅色的玉珠，每一顆有米粒那般大小，夏蟬不小心踩在上頭，立刻破碎了許多。她卻顧不得那些紅珠，只抱起甯春遲空蕩蕩的衣衫，痛哭不已。

哭著哭著，她的身形搖晃起來，昏倒之際，被匆匆趕來的万俟璟環抱住了肩膀，他憤怒地吩咐起家奴：「還不快點為小姐請來郎中！」

家奴們慌忙照做，三三兩兩地跑開去找大夫，而万俟璟則是將暈倒的夏蟬橫抱起身，正欲離開的時候，一抹紅衫映入他眼。

万俟璟抬起頭，望見了站在人群盡頭的万俟瀾煙，她的眼神極為冷漠，似不屑一顧。万俟璟略顯不安地移開視線，一言不發地從她身旁擦肩而過。

幽池蹙起眉，他感受到了那二人之間的詭異氛圍。

大概是覺察到了幽池的凝視，万俟瀾煙側眼回應他的目光，隨後，她勾動唇角，含義不明地笑了。

幽池越發皺起眉頭，他一直盯著她，直到她轉身離去，幽池看見她腰間繫著的一串白晃晃的銀片，一、二……共有五枚銀片，而那銀片的材質，好像在何處見過……

「幽池！」身後一聲呼喊，打亂了幽池此刻的思緒。

他轉頭去看，鹿靈氣喘吁吁地跑來：「我、我聽甯府的侍女說，二公子染病化水消失了——哎呀！」話音剛落，她就看到了假山附近的那一地膿液，上頭還冒著蒸汽，不由嘆道，「竟然是真的出事了……」

家奴們正一手捂著口鼻，一手小心翼翼地去將甯春遲的衣衫從膿液中撿出。這已經是第二個因怪病而死在甯府裡的人，眾人都開始有些恐慌了，大家都生怕自己會是「下一個」。

　　且因為甯春遲的膿液裡遍布紅玉珠，甯府的下人們就開始稱這種本是無名的怪病為「紅珠病」了。

　　何人感染，何人就會消失，無論是血肉還是人骨，都將從世上蒸發不見。而若是消失者是「被」希望消失的話——

　　幽池猛地意識到了這一點，他不由自主地看向了万俟瀾煙離開的方向，悄聲對鹿靈說：「今晚一過酉時，你隨我前去偏院處。」

　　鹿靈也隨著幽池壓低了聲音，有些痛苦地問道：「又去偏院做什麼？那種鬼地方……我可不喜歡。」

　　幽池只道：「去了便知。」

　　鹿靈心中嘆氣，抬頭瞥向偏院位置，只覺得那頭陰氣重重，惹人發慌。

　　而傍晚時分，得知甯春遲染病暴斃的甯侯爺夫婦自是悲痛萬分，可卻又不准府中任何人聲張此事，還打算在府內祕密火化衣衫，連同白日裡曾與甯春遲有過接觸的人，都要審問一番。說是審問，實際是要推去府內的窖裡，令其全身都潑滿烈酒，以此來祛除病菌。

　　甯春遲的夫人和兩個孩兒，一個五歲，另一個還在襁褓，以及那幾名小妾，都免不了要在全身淋滿酒水。

　　嬰兒因酒氣刺鼻而哇哇大哭，小妾們可憐自己日後的境遇也啜泣不停，甯侯爺覺得又晦氣又憂慮，與心腹官家商議之後，竟決定要甯春遲的三名小妾一同火化，美曰其名為殉葬，實則是因為甯春遲接連幾日都流連在小妾房內，甯侯爺實在是放心不下。

　　小妾被蒙著布條的家奴們推出酒窖時，還尚且不知會發生什麼，她們甚至以為再不必忍受酒氣，竟十分喜悅。直到被帶去庭院附近的火堆前，她們才發覺不妙，想要跑，卻一把被家奴按住，他們道：「可別怪我們這些做下人的，要怪，就怪二少爺太寵你們了！」

　　其中一個小妾求饒不成，只能罵道：「天殺的甯府，少爺就算再如何寵愛我們，也不及日日要去給老爺請安來得頻繁，若懷疑感染，老爺才最

該被火燒死！」

家奴們一巴掌打下去，那小妾立即暈厥，而其他小妾怕得哆哆嗦嗦，即便哭天喊地，也知命數已到，有一個乾脆直接撞到一旁的假山，也好過比大火活活燒死的痛楚要好。

甯府就這般祕密地處決了甯春遲的三個小妾，除去行刑的家奴之外，甯侯爺不准旁人插手，如此道貌岸然之舉，自是為了保全甯府的名聲。

到了酉時三刻，全然不知火刑一事的幽池，正與鹿靈藏身在偏院附近的万俟瀾煙房外。所幸有草叢遮掩，他二人才能隱匿於夜色。

鹿靈打量著眼前的這棟廂房，嘴裡小聲念叨著：「好像是甯府最為富麗的一處廂房了，門前還有著小蓮池，水潭中還養著金鯉呢……」

不僅如此，廂房的門前還掛著綴滿了琉璃玉石連成的珠簾，月光照來，珠簾便在皎白光華下，折射出五色光暈，就像千萬顆琉璃石彙聚到了一起，霎是美豔。

「這個万俟璟對他表姊可真是夠體貼的，就差把她帶到自己的喜房裡入住了。」鹿靈本是打趣的一句，誰知剛一說出口，自己就被嚇了一跳。

她下意識地轉頭看向幽池，忍不住問出：「難道你……也是因為覺察到了這個？」

幽池沉著眼，低聲道：「即便覺察到了，也還是不能妄自定論，所以，我才要在今夜來驗證心中猜疑。」

「那……十三郎的死……」

「若有端倪，万俟姊弟自然首當其衝。」

鹿靈感到驚愕地睜圓了眼，還想再問，幽池已經將食指豎到唇前，「噓——」並示意她去看廂房內的情況。

鹿靈轉回頭，目光盯著廂房裡亮起的燭光，最先映入眼簾的，是倒影在紙窗上的那座山水圖屏風，上面是潑墨畫，有婀娜身影映在屏風上，正是万俟瀾煙了。

她走到窗旁，輕輕推開了紙窗，與方才所見到的不同，此刻的她是一襲月華錦緞長裙，但下擺仍舊是赤紅色的，唯獨雙袖似水，長長地拖曳在腰間。且這一身似雲霞般縹緲的衣衫，緊緊地包裹著她雪白豐腴的身軀，更襯出她絕美的容顏，那舉手抬足間的旖旎嬌豔，實在是勾魂攝魄，別說

是男子了，連鹿靈同為女子，都被她這般傾國傾城的美貌吸引得無法移開視線。

可是——

「她要做什麼？」鹿靈狐疑地瞇起眼。

幽池也蹙起眉。

只見万俟瀾煙正把自己腰間繫著的銀片腰帶掛到了窗簷下，又分別將五枚銀片稍微彎曲，並穿起了五張符咒。

幽池眼中一閃銀光，可以看清符咒上面寫著的咒語，與十三郎此前交給夏蟬的《南咒》一致。

緊接著，万俟瀾煙便撩了撩自己的水袖，對著符咒鞠了一躬，幽幽地唱道：「黃金鎧甲日光搖，攀胸圓弧翠雲漾，菱花鏡裡夫人骨，血肉皮囊獻黃仙——」她輕擺水袖，眼神是妖嬈中滲出淒厲，每一袖都拂過符咒，上頭的咒語一張接連一張地亮起了幽綠、土黃色的詭異光芒。

那唱聲令鹿靈的背脊直發冷，她撫著自己的脖頸，感覺雞皮疙瘩都竄了起來。

「她……她怎麼這般裝神弄鬼的，實在是駭人。」鹿靈的牙齒直打顫，「彷彿是在做什麼妖法……」

幽池也感覺到身心不適，他作為降魔道長，除過的妖孽成千上萬，可面對操控起妖法的凡人，他到底是束手無策的。

人非妖，不能超度，且人心一旦滋生惡念，將會比妖更為可怕。

万俟瀾煙在這時微微開啟朱唇，一縷土黃色的煙霧從她口中嫋嫋飛出，飄出窗外，蜿蜒著、扭曲著朝著万俟璟與夏蟬的新房處前去了。

鹿靈遙望那妖霧，不由大驚，拉扯著幽池的衣襟說道：「怎麼辦？要不要阻止？」

幽池為難道：「妖法已起，根本無法阻攔，且這妖霧又無形態，也沒有嗅到殺意，極難將其捕捉。」

鹿靈擔憂道：「看那樣子是飛去夏蟬小姐的房裡了，這個万俟瀾煙到底想搞什麼鬼？凡人女子又怎會這詭異的妖法？」

然而，這話剛一落下，空氣中便浮起了異香，鑽進幽池與鹿靈的鼻子，令人有些頭昏腦漲，思緒渾濁。

幽池用力搖頭，抬眼看見異香之中，走出一個戴著面具的男子。那面具是黃鼠狼的頭，細眼、尖嘴、黑鬚，他攜滿身香氣入了万俟瀾煙的窗，而這香氣令万俟瀾煙全身酥麻，很快便委身於他懷中。而男子則是揮起長袖，刮來大風，猛地將紙窗給關上了。

五張符咒順勢落在了窗外，幽光散去，化成灰燼。

幽池便跳出草叢，打算去查看那符咒的灰燼，可還未等靠近窗下，就被一道黃色光芒彈開。

他再不敢靠前，只因知曉面前被下了結界，再輕舉妄動，必定會驚動房內的人。而房內傳出的淫靡之音，更將整樁事顯得詭異至極。

幽池深深去嗅彌漫在身旁的氣息，和初見万俟璟時的味道一樣，不同的是，這一次多了份妖氣，就彷彿那戴著面具的男子，是万俟瀾煙透過妖法喚來的妖物。

也就是說——

「妖物的確是存在於甯府的。」幽池注視著結界內的廂房，眼神裡浮現出一絲不安。

而那戴著黃鼠狼面具的男子——便是十三郎企圖用藥鈴引出的妖物。

幽池握緊雙拳，他意識到甯府裡隱藏的詭異，要比他此前預想的可怕得多。且就在這時，廂房前頭的月亮門內，忽然匆匆跑過了幾名侍女。

幽池心下一驚，循聲望去，那些侍女們行色急迫，嘴裡念叨著：「才成親不久，怎就摸出了喜脈……」

「你這榆木腦袋！小姐此前就總與姑爺膩在一起，現在發現懷有身孕又有什麼好稀奇的……」

「可郎中不是說小姐腹痛得厲害，正擔心胎兒會不保……哎呀，不說這些晦氣話了，我們還是趕快把熱水盆端去小姐房裡吧！」

急促的腳步聲漸行漸遠，幽池探頭到月亮門處，望著那些侍女的背影，眼有擔憂。

鹿靈也在這時從草叢裡爬了出來，她躡手躡腳地從廂房前經過，來到幽池身邊後，悄聲問道：「現在呢，我們該如何是好？」

幽池想了想，立即道：「走，去夏蟬小姐住處。」

鹿靈用力地點頭，畢竟方才那縷飄去夏蟬房裡的妖霧，已是極為古

怪。待到幽池與鹿靈趕到那間仍然掛著喜綢的新房時，房裡已經聚滿了人。大家都圍在夏蟬床畔，她滿頭汗水，面容蒼白，被褥蓋在她身上，她左手則是按壓著腹部，表情有些痛苦，而另一隻手，則正被郎中診脈。

甯侯爺夫婦滿臉擔憂地站在郎中身後，一群侍女也不停地換洗著絹帕，輪流為夏蟬擦拭額際。

花白鬍鬚的郎中神色多變，他時而驚愕，時而茫然，嘴裡還不停地念叨著：「這……這脈屬實是怪，不僅胎象不穩，還總是斷了氣息，但若等上片刻，氣息又極為強烈，老夫從醫多年，從未遇見過如此詭異……」

甯侯爺慌慌張張地：「可我女兒那般痛苦，你且先讓她止痛，千萬別是，別是——」話到這，甯侯爺自己也不敢多說了。

郎中卻不敢隨意開藥，只因夏蟬身孕不久，還不宜服藥。

「而且，就算吃了藥，也未必管用。」郎中為難地搖頭，反而是神神祕祕地從自己的藥箱子裡拿出了一個黃色的牛皮紙小包，起身塞給了甯侯爺。

「這是什麼？」甯侯爺一蹙眉，「竟這般腥臭！」

郎中趕忙擺手道：「侯爺莫要不敬，小心被黃仙聽見——」

又四下鬼祟地探了探，更加小聲地詢問道：「近日來，小姐可曾遇見了什麼怪事？或者……是怪人？」

甯侯爺一口否認：「我堂堂甯府千金，怎能和怪事怪人有染？」

郎中只嘆：「唉！侯爺就算不願說出實情，也還是要小心謹慎為妙。你且把這小包放在夏蟬小姐枕下，莫要被她察覺，更不能被她身邊的人知道，若明早小包破損，就證明此事已經不是我郎中能做的，而是要另請高就了。」

甯侯爺聽了這話，心中有些懼怕，小聲問道：「這……這小包裡是什麼東西？」

郎中湊近甯侯爺耳邊：「野狗的血，已被我製成了血丸子。」

甯侯爺怔了怔，轉眼看向郎中，滿眼疑慮，卻也不敢再多嘴，只最後請教道：「倘若明早小包破損，我又該請何方神聖來府上呢？」

郎中唉聲嘆氣著：「至少，也得是位有些法力的降魔道長了。」

說罷，郎中便拎過桌子上的藥箱，頭也不回地匆匆離開了。剩下甯侯

爺抬起衣袖，擦拭著不斷從下顎流淌而下的汗水，哆哆嗦嗦地將小包揣進了懷裡。

而幽池已將這一切都盡收眼底，他心裡清楚得很——黃鼠狼對野狗的血有幾分忌憚，但那郎中小包裡的血丸子也只是權宜之計，畢竟黃鼠狼與黃仙是兩個級別，且他從方才就發現，房裡該來的人都來了，唯獨少了万俟璟。

按照常理，妻子有孕且胎象不穩，身為丈夫，又是新婚，怎能不守在床榻？

果然，甯侯爺也因此而慍怒不已，連忙傳令門外的家奴：「姑爺呢？去把万俟璟給我喊過來，都這種時候了，他死去哪裡了！」

家奴得令，連忙去尋，幽池卻攔住門外的家奴，對他道：「我去找他，剛剛的確在一處見到了姑爺，總比你無跡可尋要快。」

家奴感恩道謝，幽池便帶上鹿靈離開了新房。

「幽池！」鹿靈緊張兮兮地跟在他身後，「你為何要撒謊？我們根本不知道万俟璟在哪裡，你要去哪裡找他？」

幽池並未回話，只大步流星地朝前走著。

鹿靈意識到他要去的地方，瞠目結舌地說道：「偏院……廂房……你該不會是，要回去万俟瀾煙的住處？」

幽池終於有了回應：「除了她的房內，我想不到他還會去哪裡。」

「可是那廂房外面的結界——」

幽池拿出了十三郎遺留下的那把銀刀，眼神沉下：「這把刀，可以將那結界切割開來。」

鹿靈困惑不已，卻也只能跟隨幽池的腳步。

片刻過後，二人再次來到了廂房門外。透過紙窗，可以看到廂房內燭光微弱，万俟瀾煙的身影投影在窗上，她身邊還有一人，面具凸起的尖嘴，證明了那男子還在。

鹿靈心有懼怕，她感到耳畔陰風陣陣，將樹影吹出鬼魅之態。

幽池將銀刀反握，對準自己面前橫向切割，果然聽見了「滋啦」的聲響，結界真的被銀刀割開了。

幽池扯開結界兩側，抬腿邁了進去，鹿靈也學著他的模樣進了結界。

剛一踏進去，結界的口子便收起，而結界內的景象也與外面看到的不同，就連廂房也不是之前的廂房——

幽池和鹿靈震驚地凝望著眼前的景色，屋宅連綿成一片，門區上掛著「万俟」二字。土黃色的大門前兩尊石獸，獠牙外露，面目猙獰。石獸兩側載滿了雪白的槐花樹，風一吹，花瓣紛落，如雨攜香。

幽池環顧四周，發覺這裡的時間與結界之外也有不同，外面已是夜晚，此處卻是清晨，萬里無雲，陽光大好，門內則是傳來朗朗吟詩聲：

「無端天與娉婷。夜月一簾幽夢，春風十里柔情。怎奈向，歡愉漸隨流水，素弦聲斷……聲斷……」那聲音「聲斷」了半天，也聲斷不出之後的詩來。

「万俟璟！」一聲高呼從後方傳來，幽池與鹿靈立即回身去看。只見柔光之下，一名紅衣少女，正是豆蔻年華，她雙眼靈動，面容美麗，渾身上下充滿了蓬勃的生命力，手裡握著一把彎刀，腳下踏著烏皂長靴，氣勢洶洶地朝前衝來。

鹿靈剛想要躲，誰知那少女徑直穿過了她的身體，且對她視若無睹一般地推開了那兩扇大門。

鹿靈驚訝地看著她的背影：「剛剛是怎麼回事？她……她從我身上穿了過去，而且還看不到我……」

「這是幻境。」幽池隨著那少女走進了万俟宅邸，沉聲道，「有人想要給我們看他們的過去。」

「過去？」鹿靈皺了皺眉，猛地覺察到方才那女子的樣貌有幾分熟悉，「我知道了，她是万俟瀾煙，是過去的万俟瀾煙。」

幽池點點頭，抬手一指，宅邸那棵巨大的老柳樹下頭，正站著十四、五歲的万俟璟與万俟瀾煙。

這會兒的万俟瀾煙正一腳踹倒了万俟璟，還將手中彎刀逼在他脖頸前，凶狠地質問他道：「說！是不是你去和我養父告的狀？我不過是偷了前街鋪子裡的一隻土雞，你也不過是剛巧路過看見，怎就要去我養父那裡多嘴？」

## 第四章 入魔路

　　万俟璟怕得雙腿發軟，一臉驚恐地連連搖頭，怯懦道：「不、不是我說的，我沒有……」

　　「那我養父怎會知情？」万俟瀾煙一個眼神，示意万俟璟看自己露出腕上的傷疤，「要不是他知道了，我也不必挨他的打，全都怪你告狀！」

　　「真的不是我……」万俟璟試圖掙扎，卻被察覺端倪的万俟瀾煙一把按倒他身後的老樹上，他背脊撞痛，哀求著，「叔父是如何知情的，自是與我無關，你若不信，我、我可以對你立誓！」

　　「立誓有何用？」万俟瀾煙不屑道，「你讓我砍掉你一隻手，解我心頭之恨才行！」

　　万俟璟知道万俟瀾煙說到做到，別說是這巷子裡，就連方圓百里的屠夫都要忌憚她幾分。

　　他自然是不想失了一隻手，只得不斷求饒，當万俟瀾煙稍微鬆懈之際，他趕忙推開她，轉身便逃。万俟瀾煙立即去追，他則是繞到後院的一處地窖，飛快地衝進裡頭擋住門，任憑万俟瀾煙如何在門外敲打、咒罵，他也不吭一聲。

　　直到她罵累了，走了，他才悄悄地從地窖裡探出頭。

　　外面已經是傍晚，見万俟瀾煙已經不在，他才得以鬆下一口氣。途經此處的三妹妹腳步作響，嚇得剛要爬出地窖的他全身一顫。

　　三妹妹見狀，只是嘆道：「万俟瀾煙找不到你，把二哥揍了一頓洩憤，說什麼兄債弟償，他的牙都掉了三顆，你可害苦二哥了。」

　　万俟璟鬱鬱寡歡地坐到地窖旁的石凳上，蹙眉道：「她太可怕了，總是找我碴，我實在害怕她……」

　　三妹妹卻無奈道：「她倒是凶神惡煞的，可我真沒看出你害怕她。你口口聲聲說她強迫你做事，但你若不願意，只管躲著她、避著她不就是了？」

　　「躲也是躲不過的。」万俟璟說這話的眼神有些躲閃，「她總會把我找出來。」

　　三妹妹瞥見万俟璟心虛的神色：「大哥，我看你是垂涎咱們表姊的美

貌吧？」

「胡說！」万俟璟這下不高興了，羞紅臉道，「我堂堂正人君子，豈會有如此齷齪想法？再說她那般蠻橫，誰還覺得她好看？」

「這倒也是。」三妹妹長嘆著，「她不僅脾氣大，又有一身好功夫，咱們万俟家誰能是她的對手？都怪叔父領養了她，明明和咱們毫無血緣關係，還要叫她表姊，還要住在咱們家裡混吃混喝……」

万俟璟沉默地聽著三妹妹的抱怨，再不發一言。

那年的他剛剛十四歲，而万俟瀾煙也不過十五歲，她雖是他表姊，可實際上卻和万俟家的孩子沒有血緣，她是遠房叔父在五年前領養的遺孤。

她無名無姓、無父無母，而叔父又孤身一人，想著讓她姓了万俟，再管她衣食，也能在將來為叔父養老送終。

可沒人知道她過去究竟是怎樣過活的，更不知道她來自哪裡，她雖然長得美麗，性格卻暴躁，又總愛做些不似女子的事情，十分好動，還擅偷竊，叔父便總因此而對她棍棒相向，打她比打黃狗還要凶狠。

兩年前，遠房叔父因城中戰勢所迫，不得不來投奔万俟璟的父親，也是從那時開始，万俟璟與万俟瀾煙同住在了一個屋簷下。

他時常會見到叔父用沾了水的鞭子抽打万俟瀾煙。有的時候，叔父還會喊上万俟璟的父親一起來教訓万俟瀾煙，以至於万俟瀾煙身上的傷勢總是不斷。

她是無比懼怕叔父的，只要叔父出現，她就會變得聽話恭順，但叔父離開後，她又會原形畢露，尤其是面對万俟家的孩子時，她總要以欺凌為樂。而與她年紀相差最小的万俟璟，自然就成了她刁難的對象。

她總是呵斥万俟璟為她做事，還時常拉著万俟璟陪她去偷竊。他在門口把風，她去酒肆裡偷酒，等滿載而歸後，她就教万俟璟和她一樣肆意飲酒，哪怕万俟璟極其不擅此事。他一心想要考取功名，也相信唯有出人頭地，才能改變万俟璟貧苦的境遇。

反觀万俟瀾煙，她的身上充滿了暴烈、野性與狠辣，她總是在做危險的事情，數次被衙門抓進大獄，又因她在獄中過於猖狂而打傷獄友，令官吏都不得不把她放了出來，以免在獄中又要鬧出大事。

她總說：「我就應該是個女將軍，上戰場、殺惡敵，朝廷理應賞我千

金萬銀、良田無數！」

　　万俟璟心想，哪有將軍總會欺霸無辜的？他老實做人，安穩做事，卻整日被她欺壓。

　　她的衣服丟給他洗，她的飯菜強迫他做，她惹下的禍被叔父抓包，總要誣賴到他的身上，他時常為她領罰。所幸叔父念他忠厚仁義，最多是和他父親商議一番，罰他少吃一頓晚飯，再在地窖前頭跪上一個晚上。

　　之所以懲罰在地窖前頭，是因為万俟家裡供奉著黃仙牌位。那木牌上刻著繚亂的經文，佇立在兩塊矮石之間，上頭遮蓋著木板，是為木牌擋雨蔽日的。

　　而這會兒，万俟璟被万俟瀾煙陷害與她一同偷了土雞，自然又要被罰一頓晚飯。

　　他吃不到的飯菜，會擺在黃仙的牌位前，算是貢品。

　　但這麼多年來，万俟璟從未在木牌附近見到過黃仙出沒，他總覺得是父母過於迂腐。可父親卻總告訴他，家中之所以無病無災，都是受這黃仙庇護，只怪自家窮困潦倒，不能給黃仙更好的待遇，否則，黃仙也能助万俟一家飛黃騰達了。

　　万俟璟只感到那木牌陰森可怖，絲毫不信父親的那套說辭。他暗暗發誓：「只要我考取了功名、家纏萬貫後，家中便再不需要浪費食糧來供奉這些野路鬼神了。」

　　可他當時不過是在心中有了這樣一個念頭，供在木牌前的蠟燭便忽地一下子滅掉了。万俟璟心下一驚，平靜下來後，卻也不以為然。

　　他盯著那漆黑、冰冷的木牌，沉聲一句：「裝神弄鬼。」

　　到了隔日，天色蒙亮，跪了一整晚的万俟璟得以起身回房，還沒走到房前，就見到万俟瀾煙提著一把短刀站在他的窗前張望。万俟璟以為她還要找自己麻煩，便悄悄地退後，轉身逃跑。誰知踢到了石子，聲響引來万俟瀾煙察覺，她發現了万俟璟，二話不說便追了上來。

　　他逃去了後山，那山十分陡峭，樹林繁茂，亂石堆砌，万俟璟又餓又睏，想著小的時候總去半山腰的一處山洞，便想著要躲到那裡。結果卻逢電閃雷鳴，暴雨突降，山土滑坡，他再難前行，只好藏身進了身旁那亂石砌出的小圓洞中。

想來也是怪，那圓洞從外面看去，小得難以容身，誰知進入其中，才發現別有洞天。圓洞裡仙霧嬝嬝，華彩光變，周遭四壁上竟還繪著令人眼花繚亂的精妙圖騰，神祕美豔，令万俟璟覺得十分驚豔。

他不由自主地朝洞裡更深處走去，可走著走著，就發現長長的洞內幽深死寂，光亮逐漸黯下，仿若沒有盡頭。他開始覺得不安，想調頭離開，卻發現來時的路一片漆黑，根本找不到出口。

待他奔波尋找了好一會兒，也沒能出去這洞時，他極為絕望地蹲下身來，只因他連洞外的雨聲都聽不見，方知誤入怪異境地，也許將枯死此處。思及此，不由哀哭不止。

哭泣了一會兒，眼前忽現火光，万俟璟驚愕地抬頭望去，見是万俟瀾煙舉著火把站在面前。他又驚又喜，万俟瀾煙卻狠狠地踹了他一腳，命令他挪開一些位置騰出給她。万俟璟搓搓鼻子，順從地讓出一塊空地。

她順勢坐到他身邊，將火把架在地上，火光頓時照亮了洞壁。

二人臂膀緊挨，衣衫皆是濕漉、黏膩，但肌膚的溫度卻傳遞給了彼此，令万俟璟有些無措地向旁移了移手臂。

「這洞邪門。」她忽然開口。

万俟璟側眼看她，還沒等詢問，卻因瞥見她明媚側臉而心生悸動，趕忙匆匆垂下了眼。想來他也不是第一次意識到她容貌美麗，打從叔父帶著她出現在万俟宅邸的那一刻，他就覺得她讓他心中的春水漾開了層層漣漪。

若不是她總要那般欺辱他……

「我的鞋子濕了。」她的聲音將他的思緒拉回現實，万俟璟一怔，小心翼翼地轉頭去看。

她正笑盈盈地看著他，將右腳伸到他面前，抬了抬腳說：「我是為了追你才弄濕鞋子的，你還不幫我脫下來，放去火上烤烤？」

「又不是我要你來追我的……」万俟璟嘴上委屈，行動卻很順從，湊近她準備脫下鞋子。剛捏住她的腳踝時，掌心的溫熱令他有些面紅耳赤，動作也因此停滯。

万俟瀾煙微微彎下身子，嘴唇幾乎是貼著他耳畔的：「你說得沒錯，我追你到這裡，是因為，我想要追。」

她的聲音彷彿可以蠱惑人心，万俟璟的思緒竟一瞬渾濁，也不知是不是這洞裡的氣息詭異，又或者是獨處的曖昧氣氛，令本就對她有著好感的万俟璟動了歪心思，總之，等他再次抬頭時，就發現自己已經將她抵在了洞壁上。

她低笑一聲，雙眼彎成月牙，如狐媚之瞳，笑他：「你的膽子就只有這個程度嗎？」

激將法對万俟璟向來管用，再加上身體燥熱驅使，他立刻將嘴唇覆在她唇瓣上，万俟瀾煙似乎也沒想到他真會如此，竟愣了一瞬，但很快就接受了他青澀且莽撞的親吻。

二人之間再沒言語，只剩下迴盪在洞內的急促的、氤氳的喘息聲。

那夜在洞內，万俟璟夢見了很詭異的景象。煙霧嬝嬝之處，黑色的河水在緩緩流淌，他就站在河中央，水藻纏住了他雙腳，令他行動不得，只能眼睜睜地看著對面岸上的万俟瀾煙越來越遠。她一身紅衫，手持短刀，似在追趕一群黃色皮毛的動物。

一隻、兩隻……共有三隻，跑在最前面的那隻較大，身上的毛髮色澤也較深，眼瞳是棕色的。中間那隻體型纖細，尾巴很長，且尾端帶著紅毛。後頭那隻最小，唯有耳朵是白色，牠像是察覺到了万俟璟的視線，忽然停下身，蹲坐著遙望河岸這頭。

那一雙金色的眸子令万俟璟心中一驚，彷彿有著靈氣。

而就在万俟璟分神之際，才發現万俟瀾煙已經不見了蹤影，他不安極了，想去追，卻怎麼也無法過河，氣喘吁吁地停下喘息時，他聽到「吱吱」的聲響從身後傳來。

万俟璟轉頭去看，身後的竟然是那隻白色耳朵的黃鼠狼。牠頸長頭小，前爪極短，棕毛在月光下泛著朦朧的光澤。

牠忽然對万俟璟開口道：「公子，奴家有一事相求，勞煩公子幫襯。」

万俟璟嚇了一跳，發出「啊！」的低呼聲，隨即坐倒在水中。

淺水沒膝，黑如墨漿。

黃鼠狼湊近万俟璟一些，繼續懇求道：「奴家在你小時候曾幫助過你，如今也算是你回報的時刻，只要你願意將這個服下，奴家自當感激不

盡──」他爪子掌心裡有一塊赤紅色的玉片,小似米粒,卻熠熠生輝。

万俟璟看了看那玉片,又看了看黃鼠狼,實在覺得可懼,便一言不發地緊抿嘴角。誰知黃鼠狼直接逼近他眼前,金眸死死地盯住他眼睛,竟是在質問:「難道奴家為你們做了那麼多,你如今卻連小小的回報都不肯嗎?若不是奴家迫不得已,又豈會求到你區區凡人頭上!」

万俟璟怕得很,欲言又止地張了張嘴,便是這一張口,那玉片立即滑進了他嘴中。

一個不小心,他咽了下去。

這下可嚇壞了,万俟璟驚慌失措地想要吐出來,可不管他怎麼做,嗓子都如同是被卡住了一般。等再一抬頭,眼前的黃鼠狼已經不見了。

一陣詭異陰風吹來,万俟璟身上發冷,他顫了顫肩,喉嚨發癢,以掌捂唇咳嗽起來,拿開手一看,掌心赫然有咳出的血跡。

万俟璟驚叫一聲,「啪」地睜開雙眼,這才發現自己正躺在山林之中。

暴雨已停,天色大亮,此前的山洞消失無蹤,就好像一切都只是一場詭異的夢。万俟璟困惑地坐起身來,他謹慎地張望四周,發覺葉片上殘留著些許露水,就代表昨夜的確是下過雨的。

「或許……並不是夢。」他喃喃自語間,轉眼瞥見了睡在身側的万俟瀾煙。她身上披著他的外衫,吐息均勻,還未醒來。

万俟璟是在望見她容顏的那一刻,才情不自禁地放鬆了內心的疑慮與焦躁。他倒情願昨夜發生的一切都不是夢。

思及此,他緩緩探出手去,輕撫她眉眼,竟在心中期盼著這一刻能多停留些時候。

万俟瀾煙是在這時睜開眼睛,她對万俟璟微微一笑,挑眉道:「只敢在我睡著的時候動手動腳?」

万俟璟的面色有些羞紅,很快就俯下身來,逞強地貼近她唇邊:「你醒著的時候,我也是敢的。」

她伸手環住他脖頸,笑聲肆意、張揚。

自那之後,万俟璟與万俟瀾煙的關係,成了只有他二人才知曉的祕密。在万俟家的面前,他們仍舊偽裝成互看不順眼的模樣,万俟璟的弟妹

們自然沒有發覺他們私下的變化。唯獨万俟瀾煙的養父覺得他們兩個有些奇怪，因為——每當夜深人靜之際，万俟璟不在宅裡的時候，万俟瀾煙也必定不在，問旁人他們去了何處、是不是一同離開的，卻誰都不知情。

但養父也沒將此事放在心上，他認定那兩個人是名義上的表姊弟，出於人倫道義，万俟家是不可能壞了祖上規矩的。

傳言万俟先祖富庶為官，是人中龍鳳，手握土地與兵權，在朝廷中也舉足輕重。可後人並沒有傳承先祖的家業，因一場大火燒毀了先祖的所有良田與宅邸，導致家道中落，若不是當時家人拚死從宅中救出了歷代一直供奉著的黃仙靈牌，只怕無仙庇佑的万俟家還會更加淒慘、窮苦。

而由於万俟先祖是依靠黃仙起家的，黃仙便為万俟家立下了一道至關重要的規矩——

「不可近親、遠親婚配，輕則驅逐，重則車裂。」

即便万俟璟與万俟瀾煙沒有血緣，可只要入了万俟族譜，那就是万俟家的人，便不可結為夫妻。每個万俟家的人都知曉這歷代流傳下來的祖訓，誰人都不會違背，畢竟不存在知錯犯錯的愚蠢之人。

偏偏万俟璟與万俟瀾煙觸犯了祖訓——比起万俟璟真誠的愛意，万俟瀾煙卻是極為擔憂這段感情的。她甚至不敢與万俟璟當眾有著任何的眼神交匯——雖然她看上去天地不怕，可她唯獨害怕自己的養父。就算她與万俟家沒有半點血緣，養父若是知道真相，也必定不會放過她。

倘若她及時斬斷與万俟璟之間的糾纏，這對彼此都會更好。她是握有主導權的那一方，她很清楚自己可以支配万俟璟的喜怒哀樂，一旦她鬆手，他會痛苦悲傷一段時間，但也可以在陷得更深之前抽離。

然而，她始終沒有選擇痛斬情絲。就像万俟璟能夠從她身上得到的一樣，他們需要著彼此。

在万俟璟看來，万俟瀾煙就像是一頭暴烈、野性、自由的野獸，她不歸順於任何人，也不服從任何人，她不講究規矩，更不介意門第，但凡是她想要做的，總會得手。她教會了許多他不曾從詩書上學到的東西，譬如射獵，譬如偷盜，譬如……殺人。

猶記得那天是他們從山下歸來之時，天色已晚，臨近黃昏，血紅色的夕陽在山巔撲出了詭異的猩紅，被樹影篩落在身上，斑駁凌亂。

万俟璟與万俟瀾煙剛走到山腳下的道觀時，遇見了三名悍匪，那悍匪高大壯碩，手裡還操著鐵棒，見到這一對少年少女，當即撲來搶了錢財，還拽走了万俟璟身上唯一值錢的祖傳紅玉佩。

　　万俟璟不敢奪回，生怕惹怒了悍匪們，而這群貪婪的莽夫並不滿足，見万俟瀾煙生得俊俏，當即起了邪念，淫笑著將她團團圍住，勢要凌辱。這下可令万俟璟憤怒不已，他衝上來要與他們爭個你死我活，可他哪裡是悍匪們的對手？幾拳下去，万俟璟就吃痛地捂著腹部，跪倒在地。

　　而就在悍匪們打算殺了万俟璟、姦淫万俟瀾煙的時候，那少女從紅衫裡取出了自己的短刀——精緻小巧，刀刃如鷹嘴，圓圓鉤起，一刀奪命。

　　她甚至連眼睛都沒眨，在悍匪接近自己的瞬間，就劃開了他的脖頸動脈，第一個死得非常簡單。其餘兩個見此情形，自是憤怒不已，便張牙舞爪地就要去捉她，可万俟瀾煙身形輕巧，騰身飛躍，腳尖點在其中一名悍匪頭頂，再反手一刀鉤進他顱頂——

　　霎時間，血色的腦漿飛濺開來，也噴在了一旁的万俟璟臉上。

　　僅存的最後一個悍匪被嚇得魂飛魄散，他終於意識到惹錯了人，屁滾尿流地跌跄逃跑，卻被飛落在地的万俟瀾煙攔住了去路。她飛出手中短刀，直接削掉了悍匪的右手手腕，悍匪痛得癱倒在地，放聲哀嚎。

　　万俟瀾煙則是略微側頭，對万俟璟說道：「方才是不是這個人用右手打了你的臉、腰和腹？」

　　万俟璟有些吃驚地站起身，像是沒想到万俟瀾煙的觀察力竟然如此敏銳，只點頭道：「是他。」

　　得到肯定的答覆後，万俟瀾煙便彎下身，撿起悍匪落在地上的鐵棒，轉手遞給万俟璟：「拿著，用這個把他的頭打爛。」

　　万俟璟遲疑了，他沒有接過鐵棒，便是捕捉到了他的這絲善意，那悍匪立即向他求饒起來：「俠士饒命——俠士饒命——」

　　万俟瀾煙立即蹙起眉，眼底泛起厭惡，只一眼，便嚇得那悍匪趕忙噤聲。

　　她則是強迫般地催促万俟璟：「還愣著幹什麼？我說得還不夠清楚嗎？還不快做！」

　　万俟璟猶豫道：「可是……他已經知錯了，又何必趕盡殺絕呢？」

「我們沒有趕盡殺絕。」万俟瀾煙笑道,「不過是找點樂子罷了,你試試看,自能體會到其中樂趣。」

万俟璟舉棋不定,万俟瀾煙乾脆親手將鐵棒塞給他,接著又押著那悍匪來到他面前,一腳揣在地上,再以短刀將他左腳的腳筋挑斷。

悍匪哀嚎慘叫,聲音淒厲驚悚,令万俟璟頭皮發麻,為了讓那可懼的喊聲停下,他忍不住揮出手中鐵棒,剛好打中了悍匪的太陽穴上,等他回過神去看時,悍匪已經臉朝地,沒了呼吸。

眼前的一切慘景,令万俟璟嚇得癱坐地上,手中鐵棒滾落,他額際冷汗直冒,只覺空氣中飄滿了恐怖的血腥與罪惡。万俟瀾煙則是踢了踢他面前的那具屍體,確認再無生還可能之後,她反而露出了燦然笑意。

「罪有應得。」她低聲一句,轉頭望向万俟璟。一步步走向他時,她看得出他眼中的懼意。

此時的万俟璟彷彿是在這一刻才真正的瞭解她,哪怕此前知曉她蠻橫無理,卻不知她竟是這般輕視人命。

可是——他並沒有因此而閃躲,即便知曉她是魔,他也還是義無反顧地選擇了入魔。

當她抬起手,輕輕擦拭掉他額際汗水時,他感到自己心中泛起的是一陣如水般安逸的釋然。

「你不怕我?」她問。

「怕你什麼?」他反問。

万俟瀾煙似有一怔,隨後,她笑意越發深陷,手指一路撫過他眉眼、鼻梁與唇,笑道:「看來,你竟比我還要瘋魔。」

頭頂月光皎白得慘烈,地面屍血流淌成河,他們在充滿腥臭的死亡中,堅定了對彼此的愛意。就彷彿是終於獲得了自己身上殘缺的那部分,在對方的眼裡、口中、掌心……,相互貼合的那一瞬,二人都感受到了無比吻合的完整。

然而,再如何情比金堅,万俟璟與万俟瀾煙也只能偷偷地愛戀與幽會。

一晃就過去了一年,万俟瀾煙已經十六歲,万俟璟也十五歲,二人都到了婚配娶嫁的年紀。而由於万俟家一貧如洗,好人家的女兒是根本不願

意嫁過來的，万俟璟的父親自然要為兒子的婚事犯愁，他本是不願万俟璟娶同樣貧窮的女子，可家中又拿不出半錠金銀來做聘禮，只怕是屠戶的女兒，也不肯嫁万俟璟做妻。

「唯有考取功名，才能被旁人高看一眼。」万俟父終日叮囑万俟璟，「璟郎，在你有所造詣之前，還是不可考慮兒女情長，必要專心的刻苦讀書才是。」

可男兒蹉跎得起歲月，女兒家的花容月貌是禁不起半分耽擱的。叔父開始為万俟瀾煙的婚事做起了盤算，他相中了城尾小藥鋪家的朱五郎，那是個宅心仁厚、高大溫順的少年郎，只憑一眼端詳，叔父就察覺到他對自己貌美的養女有意。

「擇一良日，許她過門。那老朱家的藥鋪買賣不錯，她過去了也不會委屈。」叔父在與万俟父商量這事之時，被途經此處的万俟璟偷聽得一清二楚。

## 第五章 負心咒

隔日清晨，辰時一刻。官府大堂內，一派威嚴肅穆之氣，審問官爺微微垂眼，打量著堂內跪著的兩個草民。

「回稟大人，是……是昨日晚上發生的事。老朱家藥鋪的朱五郎，也就是我們的少當家，他隨朱老爺從万俟家提親回來後十分開心，說成了親事，定在這月二十五，便在家中設了一場晚宴，也是為了慶祝這喜事。」

說這話的人，是朱家藥鋪僥倖生還的唯一藥工。

審問官品了一口茶，眼神陰鷙沉聲問：「火勢起時，是幾時幾刻？」

藥工的雙手已被燒傷，他心中還殘留著昨夜陰影，顫顫巍巍地將自己知曉的情況全部說了出來：「回稟大人，小的當時在宅外掃塵，其實是並不清楚因為什麼起火的。等到小的嗅到異味兒時，差不多是酉時三刻，整個藥鋪大院都起了火，由於火勢驚人，牽連到了朱家整串房屋，所以才會……才會導致滅門慘劇發生——」

審問官爺毫不遲疑地截斷他：「你於昨夜趕回宅中救火時，和你通報官吏的時間只差了一炷香，且你當時因濃煙昏倒在了宅內，醒來的時間與官吏到場時不差分毫，為何偏偏只有你還活著呢？」

藥工痛心道：「小的……小的是因貪生怕死，並沒有去救火海裡的主人、同僚，小的……小的見火勢太大，實在救不成，那些慘叫聲又過於驚悚，小的剛好看見身旁的地窖，鬼使神差地藏了進去，這才躲過一劫。」

審問官爺又看向跪在藥工身旁的仵作，當即問道：「依你方才提交的證據，朱家藥鋪共死了十三人，死因並非皆為火災，對嗎？」

仵作點點頭，道：「稟大人，朱家的十三具屍體裡，有七具是死於刀傷，剩下六具遇毒，也就是說，被毒死的那六個人，早在火災出現之前就已經死亡。」

藥工驚慌失措地搶話道：「這、這不可能啊！火災之前他們都在宅內歡聲笑語的吃宴，徒留我一個人在外面掃塵，我還因此而憤憤不平，他們又怎麼可能會早就被毒死了呢？」

審問官爺抬手安撫道：「無人懷疑你，休要惶恐。」

接著，他又對仵作道：「驗屍過後，可找到毒因？」

「稟大人，經由殮屍坊徹夜驗屍，發現六具屍體中的毒液極為罕見，並且還殘留著紅色的珠玉碎屑，彷彿是死者誤食了某種玉器導致的。」

「怎會有人誤食玉器而死？」審問官爺困惑道。

仵作回道：「是在死者胃裡發現的紅玉碎屑，但當我想要查明碎屑時，發現此物遇水則化，遇鐵則融，唯有在人體中才能存活。可一旦屍體逐漸腐爛，那碎屑也會化作膿水。更加奇怪的是，六具中毒的屍體，要比其他七具的腐爛速度更快，甚至有一些屍體的手腳都潰爛成泥，極其可怖。」

審問官爺聽到此處，神色越發凝重，他在此城做官多年，還從未聽到過如此駭人的案子，更何況朱家藥鋪的老朱、朱嫂及朱五郎，都是一家憨厚本份的老實人，怎會惹上如此血腥的殺身之禍呢？

思及此，審問官爺心生憤怒之意，他猛地看向那唯一的活口，厲聲道：「說！案發之時，可有看到可疑之人？！」

藥工汗如雨下，他很怕自己會被懷疑是縱火之人，但一時之間又回想不起重要資訊，只能支吾個不停。

審問官爺重重地拍了桌子，再次大喝道：「還不快從實招來！」

藥工嚇得趴在地上，猛然間，眼前晃過了一道紅色的身影，他迅速抬起頭，稟報道：「是個紅衣的女子！」

審問官爺蹙起眉。

藥工連連點頭地呼喊著：「火起時，小的……小的看見屋頂上有個穿著紅色衣裙的女子出現，雖然只有一眼便消失了，可她手裡提著短刀，通身紅裙，絕對錯不了！」

「短刀……紅裙……」審問官爺呢喃著這字眼，立即下了令，在全城搜索符合這條件的女子，畢竟能持短刀上街的紅裙女子，可並不多見。

與此同時，万俟家的宅邸後院，万俟瀾煙正將自己身上的紅裙扔進剛剛點燃的火堆裡。她這會兒身著素衣，腰間繫著那把精緻小巧的短刀，熊熊火焰映紅她的面容，倒也為她那蒼白的臉頰增添了一抹紅暈。

万俟璟找來時，她正要把身上的短刀也處理掉，剛一側目，就看到他鬼鬼祟祟地朝這邊走來，期間不停地張望四周，生怕會被人發現他們相會。

「膽子變大了嘛，在家宅的後院也敢來尋我見面了？」万俟瀾煙嗤笑一聲，似是挖苦。

万俟璟也沒心情和她理論，只匆匆上前來，一把抓住她手腕，欲將她帶走：「這裡不能留了，官府已經開始在城裡搜索，告示都張貼了出來，你儘快出城躲過風頭吧！」

万俟瀾煙甩開他的手，瞇起眼睛：「躲？」

「難道要被他們查上門來嗎？」万俟璟異常焦躁，他湊近万俟瀾煙，謹慎地道出，「昨天晚上，留下了活口。」

万俟瀾煙並不驚訝，她像是早就知曉。

反倒是万俟璟驚愕道：「你竟知道？」

「是個藥工。」万俟瀾煙思忖著，「當時大火已起，我在屋頂上看到一個倉皇的身影闖進了朱家藥鋪，可火太大了，我也不便再冒險殺他。」

万俟璟絕望道：「就是這個活口供出了你的裝扮，城裡的告示上貼著紅裙女子的畫像，即便你燒了衣裙，可鄰居也會指證你的平日裝扮。官府可沒那麼好騙，還是逃吧！」

說罷，他再次抓住她手腕。

万俟瀾煙立即按住他的手，問道：「你不和我一起？」

「若我也走了，父親會察覺到端倪，只怕咱們兩個的事情會敗露。」

「紙包不住火，你我還要偷偷摸摸到何時？」

這話令万俟璟頓時面露悲痛之色，他略有愧疚地嘆息一聲，轉回身形的時候，憂傷地凝望著她：「我知道你為了我們的事情受苦了，只是，朱家藥鋪的慘劇將你我推向了風口浪尖，我們一定要等這案子平息了之後，才能再做打算。」

万俟瀾煙盯著他的眼睛，抬起手去觸碰他的眼角，語氣是難得的柔情：「你是怎麼做到流下紅色眼淚的呢？我此前都不知道，你的淚水竟是血色的。」

万俟璟蹙了眉，抬手覆上她手背，低聲道：「我也不知道是怎麼回事，昨夜在朱家藥鋪面對朱五郎的輕蔑，我只覺內心十分憤怒，再加上他口口聲聲要娶你過門，我一時沒有控住心緒，就流下了血淚。」

即便只有幾滴，卻也格外觸目驚心。且他的那幾滴淚珠竟然凝結成了

紅玉，掉落在地的剎那，被朱五郎撿起，他正打量那小如指甲的紅玉，誰知被身後人撞了背，導致手指一顫，紅玉丟進了自己口中。

而說時遲那時快，朱五郎當即抽搐倒地，口吐白沫、七竅流血，竟死了。藥鋪大院裡頓時一片混亂，老朱和朱嫂見兒子慘死，癱坐在屍體旁哭天喊地。本是來退親的万俟璟，不安地向後退去，晚宴裡的人們開始指責是他流下了不吉利的血淚，才害死了朱五郎，要殺了他為朱五郎償命！

万俟璟驚慌不已，在他被一群人團團圍住時，等候在屋頂上的万俟瀾煙丟下來一把短刀，直接割掉了撕扯著万俟璟衣衫那人的頭顱。

朱家的滅門慘劇，便是從那一刻拉開了帷幕。

儘管万俟璟也不清楚自己流下血淚的原因，可是，確實是淚水形成的紅玉珠毒死了朱五郎，從而引發了万俟瀾煙殺死了七名試圖謀害万俟璟的朱家人。緊接著，她又掰開了朱五郎的嘴，掏出殘留在舌下的紅玉碎屑，逼迫剩下的六人服下神似劇毒的玉屑。

那六人苦苦哀求，發誓不會將所見所聞告知旁人，可万俟瀾煙哪會信他們？即便這六個人是老弱婦孺、跛腳瞎眼，万俟瀾煙還是強硬地餵他們吃下了紅玉碎屑。待他們毒發暴斃，再一把火燒了這朱家藥鋪，不留後患。

「要不是匆忙逃離，那藥工也獨活不成。」回想至此，万俟瀾煙感到憤恨地咬緊了牙關。

「只要你先去避避風頭，等過了這段時間，朱家藥鋪的事也就成了懸案。」儘管万俟璟滿心不捨，也還是要忍痛將她護全。

万俟瀾煙也有了動搖，她凝望万俟璟片刻，探手環抱住他。

万俟璟也抬起雙臂，將她腰身緊緊攬在懷中。她身上的素衣又輕又軟，薄薄的一層，貼著他胸膛，肌膚熱度透過衣衫直達他心口，總是令他神魂顛倒。

又聽見她輕輕的說了一句：「等事情平息，你我也要同這宅子裡的眾人坦白一切了。」

万俟璟感到沉重地點點頭，正欲鬆開她時，身後忽然傳來悚人的響聲。他二人嚇了一跳，當即循聲望去——

只見万俟父正手持一把利斧站在不遠處。

剎那間，万俟璟的整顆心塌陷下去，從父親的神色中能夠看出，他必定是聽見了全部！

此時此刻，万俟父喘著粗氣，雙目噴火，面容猙獰而扭曲，他抬起斧頭指向万俟璟，怒吼般地質問道：「万俟璟，你把話說清楚，万俟瀾煙和你之間究竟是怎麼一回事？」

万俟璟與万俟瀾煙趕忙與彼此拉開距離，二人都怕極了，他們對万俟父的恐懼早已根深蒂固，打從幼時起，万俟父的凶狠、殘暴，就已經令周遭街坊聞風喪膽，而在對待万俟璟的事情上，他更是強硬至極，以至於在看見眼前這對表姊弟的瞬間，他就已經看透了所有。

「好，好，真是好啊！」万俟父怒到極致，反倒放聲大笑起來，那笑聲令万俟璟感到頭皮發麻，可即便他全身都在顫抖，卻還是催促万俟瀾煙先逃出這裡，他害怕自己的父親會遷怒於她。

万俟瀾煙也嚇壞了，縱使她殺人如麻，但對万俟父的敬畏，滋生了她內心的恐懼，正想轉身離開時，万俟父已經衝上來將她按住。

万俟璟大驚失色，喊叫著阻攔道：「爹，你不要傷害她！」

誰知万俟父轉手就是一斧頭，險些削掉了万俟璟的鼻尖。

「逆子！」万俟父甩開万俟瀾煙，又抓過万俟璟的臂膀，粗魯地將他一路拖拽到後院的黃仙牌位前，狠狠地將他摔倒地上，命其跪下。万俟璟不敢忤逆，老老實實地跪好，万俟父仍舊怒氣難消，反手舉起斧柄，發瘋似的砸向万俟璟的背、肩和腿，還訓斥他不准躲避。

斧柄是鐵石打造的，砸在身上是錐心刺骨般的劇痛。万俟璟艱難地忍受這痛楚，一旁的万俟瀾煙擔憂不已，終於鼓足勇氣跑來拉扯万俟父，卻被他一巴掌打在地上，她摔了滿身泥濘，素衣染上了汙濁。

万俟璟忍不住看了她一眼，万俟父只覺他毫無悔意，一腳踹倒他，他倒下的時候壓折了黃仙牌位，木牌碎成兩截，其中一半被他無意識地攥在手中，万俟父踩在他胸口，用力地踩著怒罵他：「我供養你讀聖賢書，為的是讓你改變如今的貧窮命運，還万俟家曾經輝煌！可你都做了些什麼？染指你表姊，謀害朱家滿門，你對得起我、對得起万俟家的祖訓嗎！」

万俟璟胸膛疼痛不已，想要掙脫，卻被踩得更狠，他甚至感到五臟六腑都有了撕裂，喉嚨間滿是血腥之氣。

「爹……我……我不是有意瞞你，但我和她當真是兩情相悅，求你成全我們吧！」万俟璟痛心疾首道。

万俟父聽到這番話顯得更加震怒，他大喊一聲，抓起万俟璟的衣領，將他拖拽到万俟瀾煙身邊，命他道：「去！當著我的面，和她斷絕情分，至此你二人只是表姊弟，再無其他，做得到的話，我今日便饒了你們兩個！」

万俟璟惶恐地看向同樣滿面驚懼的万俟瀾煙，他遲遲不肯開口，万俟父發覺他對万俟瀾煙竟然是真的動心，這可壞了。他說什麼都不能讓自己的兒子壞了万俟家的祖規，再加上內心暴怒不已，他不受控制地將万俟璟從地上抓了起來。

万俟瀾煙不知所措地跟著一同起身，只見万俟父將馬廄裡僅有的兩匹馬轟了出來，再將馬韁拴在万俟璟的脖頸和腳踝上，馬屁股互相對照，万俟父一揮鞭子，其中一匹馬立刻朝前跑去，這令万俟璟被馬韁繫著的脖頸劇痛不已，若是再催促另一匹馬，只怕他身體就要被撕扯成兩截。

万俟父咬牙切齒道：「我就算是親手了結了你這逆子，也絕不能讓你鑄成大錯！」

眼見血跡從万俟璟的嘴角旁緩緩滲出，万俟瀾煙驚覺事態不妙，她不得不衝上前來，苦苦哀求万俟父：「叔父，求你饒他一命，我願聽你安排！」

万俟璟雙手死死地抓著脖頸上的馬韁，他從齒縫中艱難地擠出：「不……不行……」

「還不閉嘴！」万俟父又一鞭子打在馬屁股上，這一次，怒馬在院子裡奔騰起來，好在另一匹馬也朝著相同方向奔跑，万俟璟只是被拖曳在地上滑行了一段距離，除了點皮肉傷，倒沒真的遭到分屍。

可他已經十足狼狽了，万俟瀾煙不忍去看，她顫抖著聲音，再一次請求万俟父放過他。万俟父打量著万俟瀾煙的臉龐，他憤恨地說著：「就是你這張臉迷惑了他，甚至妄想壞他前程——他飽讀聖賢詩書，必定能考取功名，他要娶的是名門千金，豈容你這等卑賤之軀蠱惑？」

万俟瀾煙遭到羞辱，握緊了雙拳，卻也不敢反駁。

又聽万俟父命令般地說道：「既然你真的想幫他，那便不要再害下一

217

家願意娶你過門的好心人——城北有一屠戶，他年過而立還未娶親，父母早已急得快要不行。聘禮倒是要比朱家藥鋪還多，你與那家倒是最合適不過了，待到明日，我與你養父便會將你送去那裡，從此以後，你與那人好生過日子，再不准和你弟弟有任何瓜葛。」

他特意咬重了「弟弟」的讀音，強硬地要她認清這現實。

万俟瀾煙感到絕望地垂著眼，那遍體鱗傷的万俟璟還在試圖挽留她：「別……別答應他……別答應……」

這又如何是她不應就能解決的困境？

万俟父根本不是在和她商量，他是在命令，即便万俟瀾煙一聲未吭，他也粗魯地抓起她來，一邊朝前院走去，一邊冷酷地說著：「好好收拾一番，抹上胭脂，穿戴整潔，今晚子時就坐上喜轎，明早到了城北，剛好天亮，不能誤了吉時！」

万俟瀾煙踉蹌地走著，她匆忙回過頭去看万俟璟，他一臉悲戚地伸手向她，眼眶泛紅，就要流下淚水。万俟瀾煙心中無奈，只得回過臉來，任憑万俟父將自己當成一隻臭蟲來對待。

獨留万俟璟一人趴在泥濘中，他雙眼空洞，心灰如死，掌心刺痛令他眉頭一蹙，低頭去看，竟發現自己手中一直攥著那被他壓斷的半截黃仙靈牌。靈牌上似有幽幽霧氣繚繞，可那霧很快就變成了血水，從靈牌上頭不停地滲出。

万俟璟大驚，迅速將手裡靈牌扔了出去，這才發現那血水都是自己的幻覺，靈牌孤零零的半截，不過是塊普通的木頭罷了。可万俟璟卻覺得那靈牌在死死地盯著他，以至於那些幽幽霧氣都附在了他的身上，如蛆蟲一般蠕動著鑽進他心口，這令他有種萬蟻噬心的劇痛。

他捂住胸膛，迷迷糊糊地翻過身，見到天色灰蒙，一隻孤寂的鳳頭劃空而過。万俟璟沉沉地閉上眼，他再難堅持，終是昏死過去。

待到万俟璟重新醒來時，已經是三日後了，他身上的傷勢已被包紮，屋內的桌案上還放著藥碗，三妹妹在這時捧著一碗熱粥進來，見他醒了，神色複雜，似又喜悅，也有悲傷，只問了句：「好些了吧？」

万俟璟敏銳地發現了她鬢邊帶著一朵紅色海棠，心下轟然，立即道：「她已經嫁過去了？」

三妹妹一驚，也不忍瞞他，只好點了頭，並說：「你昏睡三日，父親便趁這時候……聘禮也收下了，父親還說，可以用那錢助你赴考。」

　　万俟璟既心痛又憤怒，他猛地翻身下床，身上傷勢仍舊隱隱作痛。

　　「你要去哪？」三妹妹不安地追上他。

　　万俟璟不回答，只前去後院，找到了當日幾乎將自己拖拽而死的那匹馬。

　　三妹妹瞬間懂了，她握住馬韁，阻攔道：「哥，你別再犯傻了，她現在已經是別人的妻子，拜過了天地，是天與地都證明了此事，你又何苦逆天而為？」

　　万俟璟一把搶過馬韁，翻身上馬，又見她攔在馬前。

　　「你讓開。」他眼神憤怒。

　　三妹妹搖頭：「父親不會放過你的，我不能看你自毀前程，三日前的教訓你這麼快就忘了嗎？再違背他意願，他會殺了你的，為了一個万俟瀾煙，值得嗎？」

　　万俟瀾煙。

　　這四個字令万俟璟頓時有種萬箭穿心的痛楚。

　　他喉嚨哽咽，手指攥緊，雙腿加緊馬腹，大喊一聲，馬兒前蹄騰起，嚇得三妹妹不得不躲去一旁。

　　万俟璟順勢駕馬離去，他朝著城北狂奔。

　　天際悶雷驚起，暴雨驟降，馬蹄濺起雨水，冰冷浸濕了万俟璟的衣襟。

　　誰知許久過去，万俟璟也沒有找到城北的屠戶家，反而是迷失在了山路，且周遭都是巨樹，仿若望不見出口，暴雨中，有窸窸窣窣的黑影從林間穿梭，「咯吱咯吱」的聲音令万俟璟心中發毛。

　　他勒住馬兒，想要仔細觀察周遭情勢，可馬兒仿若不願在此停留，牠嘶鳴不斷，只想逃竄，万俟璟安撫牠不得，被迫下馬，想牠是累了，就打算在此稍作停留，又怕牠私自跑走，便將牠拴在一旁的樹上。

　　也就是在此時，万俟璟身後的樹旁傳來一聲呼喚：「公子。」

　　第一聲淹沒在雨中，万俟璟並未聽見。

　　緊接著，便有了第二聲：「公子。」

起初，万俟璟以為是錯覺，可他隱隱感到不妙，轉頭循聲去望，驀然一驚。只見另一棵巨樹後頭探出半張瘦臉，他眼瞳是金色的，鬢髮發白，直勾勾盯著人看的模樣，令万俟璟有些頭皮發麻。更何況此處是深山老林，除了他為了抄近路而來，又怎會有其他人在？

　　再加上暴雨砸落，雨聲紛亂，令山林仿若呈現在一片陰沉、蒼涼的迷霧之中。

　　万俟璟緊緊地抓住馬韁，他不敢靠前，只透過雨簾問了句：「何事？」

　　那瘦臉以袖掩面，明明是男子，眉眼間竟有幾分魅惑之態，且眼尾上挑，一眼看上去便知曉不善，他幽幽開口道：「公子，奴家累了，也餓了，可否幫幫奴家？」

　　這聲音有些耳熟，万俟璟蹙眉道：「我身上沒有乾糧，恕無能為力。」

　　瘦臉從袖中探出一根手指，指了指那匹馬兒：「公子不是有牠嗎？」

　　万俟璟不由冷笑道：「這麼大的一匹馬，你若真的想吃，又該如何下口？此處雨水不停，連篝火都升不起，你要是有辦法，拿去便是——」

　　誰知話音剛落，就聽見馬兒撕心裂肺的慘叫，万俟璟猛一轉頭，發現自己的馬兒不見了，再看向那瘦臉，他正蹲在馬兒身前，掏出馬腹裡的內臟、脾胃，飛快地塞進嘴裡咀嚼，滿嘴血紅，樣貌驚悚。万俟璟當即嚇得癱坐在地，馬兒的血液混進地面雨水，一路流淌到他腳邊。

　　瘦臉則抬頭望他，黛眉一彎，瞳孔細得如同一根針，他染血的紅唇旁溢出一抹駭人的笑，嘴裡的生馬肉咬得津津有味。

　　「鬼……有鬼……」万俟璟驚嚇過度，倉皇地爬起身想要逃，可剛一轉身，就見瘦臉擋住他去路。

　　再轉去反方向，面前還是瘦臉，万俟璟心中驚懼，臉色慘白地捂住頭跪在地上，哀求著：「鬼郎饒了我，放我一條生路，我……今日只是誤入此地，從不想會驚擾了鬼郎……」

　　「公子何必撒謊？」瘦臉湊近万俟璟，翕動鼻翼嗅了嗅，手指擦掉嘴角旁的殘留血腥，低聲道，「你明明是為了搶回你的摯愛，此路距離那屠戶家最為接近，你必定會來此山林的——」

万俟璟不敢看他，只低頭驚訝道：「你……你怎麼會知曉這些？」

「公子的任何事情，奴家都清楚。」那瘦臉輕笑著，「若不是你壓壞了奴家的家宅，害得奴家與眾兄弟姊妹失散，奴家也不必淪落在暴雨之中無家可歸了。」

家宅？

万俟璟愣了愣，忍不住抬了抬頭，偷偷去打量他。他正在舔舐自己的手背，有黃色的毛髮在他手背隱隱浮現，万俟璟又見他眼瞳金色，恍惚中想起了曾經出現在夢中的那隻黃鼠狼。

「你……是黃仙？」万俟璟試探地問。

瘦臉瞥向他，金眸死死盯住他眼睛，笑道：「看來公子是記得自己做過什麼的，既然如此，你也必定記得服下過的紅色玉片吧？」

万俟璟想了想，的確有這個記憶。

瘦臉繼續道：「那玉片是個咒，奴家當時正在躲避仙界追捕，有咒在身，極易暴露，便託夢把玉片交給你，只因你是万俟家最純善的一個。」

万俟家……這三個字令万俟璟回想起了家中供奉的黃仙靈牌，立即懂了，他目不轉睛地盯著面前的瘦臉：「你是我家後院的——」

「不錯！奴家一家五口，已守護万俟家世世代代，本應繼續守下去。」話到此處，他話鋒一轉，「可你壓壞了靈牌，害得我們宅邸盡毀、氣息暴露，我父母兄長已被抓回天庭，獨留我和妹妹尚在人間苟延殘喘，可惜我又找不到妹妹去向，只能從你身上拿回我交給你的咒，那咒能助我仙力再長。不過你放心，我會留一半咒給你的，誰讓你對我們一家這般『關照』呢？」

那「關照」二字充滿了恨意，還沒等万俟璟解釋，瘦臉的爪子已經掏進了他的胸口狠狠扭轉，万俟璟痛苦得幾乎暈厥。

不出片刻，半塊赤紅色的玉片就被瘦臉掏了出來，他滿意地舔舐玉片上的血水，對万俟璟冷笑道：「剩下的半塊殘留在你心口，只會讓咒不是咒，玉不是玉。我帶走的半塊可助我成仙，而留給你的半塊在凡人體內，就成了負心咒，而與這咒為伍的你，也將人不人、鬼不鬼，這便是你壓壞了我一家宅邸的回報。」

## 第六章 叛心人

三更天的時候，万俟瀾煙被詭異的聲響吵醒了。

倒不是睡在身側的屠戶丈夫的呼嚕聲，而是她聽見房外巷子裡，有窸窸窣窣的響動。她坐起身，輕手輕腳地下了床，披上她的厚衫，悄悄推開房門後，迅速地跑出了宅邸。

如今的她身住城郊的舊宅，老是老了點，但宅子的廂房極多，也有蓮池，那屠戶的父親出手闊綽，還為她與丈夫的新房添置了不少金銀燭器，比起万俟家的破屋宅，掛著「劉」字匾額的屠戶家宅，的確是要好上許多。

這會兒的万俟瀾煙繫上腰帶，獨自走在宅子對面的街巷中。

黑鴉鴉的巷子深處，有影子在踽踽獨行。

「嘩啦——」

一隻老鼠從腳下跳過，漾起了地面的積水，万俟瀾煙低頭一看，發現那水窪裡有血漿，而順著血漿來的方向看去，便是那影子的所在處。

月光照進巷子，窄小的小路裡昏昏朦朦，万俟瀾煙看見万俟璟滿身是血的走進了月光裡。他身上的血是從眼睛裡不斷流出的，染紅了他原本素白的衣衫，連同烏黑的鬢髮也泛著血漿色澤。

万俟瀾煙被這可懼的景象嚇得後退幾步，即便是她，也無法忍受這濃重的血腥臭氣。

万俟璟搖搖晃晃地走近了她，抬起血淋淋的雙眼，瞳孔漆黑，毫無眼白，他就像是被什麼東西附身了一樣，行動詭異，雙腿蹣跚，一把抓住万俟瀾煙的手腕，縹緲空靈的聲音傳出：「和我走吧！我來找你了，我們一起離開這裡，私奔去別處。」

万俟瀾煙感到他掌心涼徹，心中不安，一把推開他：「我已經嫁人了，我有丈夫。」

一聽這話，万俟璟愣住，他蹙起眉頭，忽然歪扭起脖子，骨頭發出「唭嚓」、「唭嚓」的響聲。

「你這話是什麼意思？」他問。

万俟瀾煙充滿疑慮地打量著他：「就像是你父親說的那樣，我的存在

只會影響你考取功名，更何況，万俟家的祖訓不可近親亂倫，即便你我沒有血緣，終歸是——」

話未說完，万俟璟再一次抓住她，他的聲音變得陰森、尖銳，仿若是一隻巨大的老鼠在嘶鳴：「你，打算拋棄我？」

万俟瀾煙終於察覺到了不妙，她強忍內心的恐懼，試探地問道：「你不是万俟璟？你是誰？」

万俟璟的臉立刻變成了一隻黃色的鼠頭，他猛地湊近万俟瀾煙，似要狠狠地咬上她一口，結果被她靈敏的躲開，並迅速掀開手臂上的衣襟，露出了刻在臂彎上的雷符。

那繚亂的符咒綻放異光，猛地將万俟璟的身軀逼上了巷壁上，他開始發出哀嚎，四肢開始抽搐，很快便有一團黑影從他身體裡竄出，頃刻間逃出了巷子。

万俟璟當即從壁上摔落在地，他只昏迷了片刻後便猛然驚醒，隨即一口膿血咳出在水窪中，緊接著，他眼角處的淚水全部都變成了紅色的玉珠，「劈里啪啦」地掉落一地。

万俟瀾煙氣喘吁吁地盯著他爬起身，眼睜睜地看著他身上的血液逐漸褪去，她感到驚恐地瞪圓了雙眼，忍不住問道：「你在來找我的路上遇見了什麼？你……你被那東西下了詛咒！」

咒？

万俟璟恍惚地搖了搖頭，他像是記不起來時路上的事情，只零星幾抹碎片從眼前閃過，暴雨、樹林、椎心之痛。

那痛楚令他的太陽穴一陣針刺，再不敢去回憶，他扶著額際，痛苦地說道：「我……我不記得了，我只是想著來找你，路上被暴雨耽擱，就一路走到現在……」

「你從城南走到了城郊？憑著一雙腿？」

万俟璟緩緩點頭，忽然抬起眼，他凝視著万俟瀾煙的臉，非常急迫地說道：「我是來找你和我一起離開的，前幾日並非我對你不管不顧，是我傷勢未癒，待醒來之後，便聽我妹妹說起你已被嫁給了那姓劉的屠夫。可現在好了，我來了，我們可以一同走了！」說罷，他抓著她的手，轉身便欲離去。

誰知她卻不為所動，這令他感到愕然地轉回身，望著她。

她很平靜，被他抓著的臂彎上，是繚亂的雷符。

此前並沒有見到過她臂彎有這圖騰，万俟璟的眉頭越發皺緊，可眼下也不是關注這小事的時候，他催促般地問她，為何不隨他走——

她半垂著眼，不以為然地說道：「我方才就已經拒絕過你了，我不會和你走。」

万俟璟不懂其意。

万俟瀾煙嘆息般地冷笑道：「離開這裡，又能去哪裡呢？我們兩個要怎樣生活？依靠我狩獵、你生火嗎？難道我們要藏在山中一輩子，一旦有了孩子，該如何養育他們？」

「我可以賣畫維生，我也可以作詩……，我飽讀聖賢詩書，早晚都會出人頭地、功成名就！」

「早晚是幾時？」万俟瀾煙走近他，逼問道，「我要等多久？等到最後，是否還是你父親來辱罵我、毆打我的境地？他還會像那日一般將你我拆散，將我嫁於他人，視作臭蟲？」

万俟璟心中愧疚，但仍舊承諾道：「我向你發誓，再也不會出現那日的情況，他無法找到我們，只要我們遠遠的離開這裡——」

「你能給我那樣的宅邸嗎？」万俟瀾煙指向身後巷尾處，屠戶劉氏的大宅，在万俟璟啞然的瞬間，她又說道，「每日有肉、有白粥、有時蔬，還有綾羅、玉器和火燭，他給我的，你也能嗎？」

「我——」

万俟瀾煙一把扯下他腰間的紅玉玉佩，輕哼一聲：「你全身上下最為值錢的，也就是這東西了。」

「這是我娘留給我的……我、我可以送給你——」

「我要這個做什麼？能換金，還是能換銀？」万俟瀾煙將玉佩丟回到他手上，「這樣一塊破玉，連一碗肉湯都換不來，我留著何用？」

万俟璟不敢置信地看著万俟瀾煙，他的心很痛，而她的話語如同利刃，毫不留情地刺穿他胸口，令他難以忍受般地抬手摀住胸膛，以至於在艱難的平復心緒後，他還在試圖挽留她：「我知道你不信我了，三日前發生的一切，是我對不起你，我無法在父親面前護你周全，害得你被迫嫁給

屠戶，讓你忍受分離之苦——」

「你錯了。」万俟瀾煙再一次打斷他的話，「我並非被迫，以我的身手，想逃的話，早就離開這裡了。」

万俟璟喉間哽咽，顫抖著聲音問她：「那……你為何會……」嫁給他之外的人？

「這親事令我不必再寄人籬下。」也許這句話說出口，會令万俟璟更加難受，可万俟瀾煙不得不告訴他實情，「兩個同樣貧窮的人是無法長相廝守的，阻隔在你我之間的溝壑太多了，與其一個個解決，還不如另尋良人。你也該放下了，別再來找我了。」

這話落下，万俟瀾煙退後幾步，她望著万俟璟的眼神變得冷漠、疏離，就彷彿曾經的熾熱都是假的一般。

万俟璟蹙起眉，心頭一絲抽痛，令他不由地緊緊地咬住牙關。

她又講了許多話，大多都是要將他推開的。在他聽來，她是怕被她的屠戶丈夫知曉這一段舊情舊愛。万俟瀾煙還勸說他要體諒他父親，不要辜負他的栽培，早日考取功名，讓他的弟妹都過上錦衣玉食的好日子，這是他身為長兄的責任。

她說這些的語氣那麼得意，只因她已經不再是万俟家的人，她擁有了更好的生活。

可什麼再不相見、什麼劉氏屠戶、什麼大宅大院……

他聽不懂。

尤其是她在說到他時的口氣，輕描淡寫的像是此前的歡愛只是一場空。

他與之恩愛了三年的女子，他視作是明珠一般的女子，怎就會變成了這般？連半點情誼都不剩？世間怎會有人負心得如此決絕？哪怕就算是一隻貓狗、一頭豬、羊，但凡是陪伴過在自己身邊的，也不該這樣殘酷地對待。

難道在她的眼裡，就只有利用旁人來達到自己的目的不成？

他不過是她的腳下跳板？

思及此，万俟璟的臉色越發慘白，全身也止不住的顫抖。

他怨恨地抬起眼，看向万俟瀾煙——

是啊！他該恨她的，她選擇拋棄他，可他偏偏像是受到蠱惑，身體總是不由自主地想要靠近她，甚至伸出手去，想要再一次觸碰她的臉。

　　她卻露出明顯厭惡的眼神，猛地別開臉去，說道：「走開！」

　　万俟璟的手，錯愕、悲涼地停在了半空中。

　　「你怎麼會突然變得如此……」他怔怔地呢喃，「不該是這樣，你不該突然變成這樣的……」

　　他一邊說，一邊留下眼淚。

　　万俟瀾煙震驚地注視著他的淚水，全部都是血漿，是血淚，它們緩慢、駭人地從他的眼中流淌下來，砸碎在他手背，頃刻間凝結成了一顆顆紅玉珠子。

　　數不盡的紅珠掉落在地，散在他與她的腳邊，有誤以為是食物的老鼠，「吱吱」地從洞穴裡探出頭裡，伸出爪子抓起好幾顆紅珠塞進嘴巴裡。只剎那，那隻老鼠便七竅流血，抽搐了一會兒後，便開始全身流膿，眨眼功夫，牠就化成了一灘膿水，血肉都散發成了氣體，如一縷煙霧般消逝了。

　　目睹此狀的万俟瀾煙，先是驚恐的想要逃走，她心覺如今的万俟璟已經不是個凡人了，從在巷子裡看見他滿身是血的出現時，她就能夠察覺到他身上的氣息已經變化。但是，他又不是妖物，因為她臂彎上的雷符並沒有傷害到他的肉身，只是將附在他身上的東西逼出。

　　更何況，即便他此刻已經跪坐在地，不停地哭泣、流淚，他還在哀求著她：「別離開我，求求你，別走……」

　　他的痴情令她感到十分厭惡。

　　可是，她卻停住了腳步。

　　待她重新走回到他面前時，他哭出來的紅玉珠子，已經沒過了他腳面。万俟瀾煙俯身撿起了其中一顆，放在掌心，細細端詳。

　　晶瑩美豔，熠熠光輝，像是凝固的血玉，煞是好看。

　　「看來，你從現在起，也不必再過貧苦的日子了。」她心中已經有了新的盤算，低頭去看他時，他正仰著一張滿是血淚的臉，怯懦地望著她。

　　而万俟瀾煙注視著他的眼神，又再度變得柔情蜜意了。

　　他不知道她為何突然又選擇回來他身邊，他只知道她能願意回來就

好，其他的，他根本不在乎。

於是他倉皇地爬起身，害怕她會改變主意那般，緊緊地將她抱進了自己懷裡，同她承諾著：「日後只要你讓我做什麼，我就做什麼，誰也不能把你我分開，就算是我父親……他若再為難你我，我……我就會——」

即便他的話沒有說下去，可万俟瀾煙卻上揚起嘴角，極為森然地笑了，她知道，她已經擁有了一份非常恐怖卻又了不起的法寶，只要誰服下万俟璟血淚變成的紅珠，那個人就會永遠的從紅塵中消失，成為一灘膿水，成為一縷煙霧，一如那暴斃的過街老鼠。

利用這能耐，她不僅可以報復那些對她不敬的人，還可以搶占他們的錢財和宅。

白骨露於野，千里無雞鳴。

她要讓這座城，改姓成她的万俟。

可實際上，万俟璟自己卻並不清楚為何會流下血淚。且血淚凝結成的紅珠，竟能有這般恐怖的力量，他對此一無所知，只記得在万俟瀾煙要離開他的時候，他感到自己心裡有一股悲憤的怨氣在滋生，逐漸形成了心魔，令他整個人變得極為瘋狂。

可單單只是瘋病，又如何能有血淚？

万俟璟揉著自己的胸口，彷彿能感覺到每流一次淚，自己的心臟就會縮小。但他不敢將這件事告訴万俟瀾煙，他怕自己的血淚是有限制次數的，而她一旦知曉，或許會再次棄他不顧。哪怕他明知她是在利用他，他還是願意為她傾盡自己的所有。

而第一個死於紅珠的人，便是万俟瀾煙的丈夫。

想來那屠戶對万俟瀾煙足夠呵護，又給了她富足的生活，可面對更多的金銀、土地與權勢的誘惑，万俟瀾煙選擇解決掉這個「障礙」。她需要恢復自由，便攜帶著万俟璟的血淚紅珠，回去了劉氏宅邸。

當他們親熱的時候，万俟瀾煙在自己的唇邊放上了那顆紅珠，屠戶吃下腹中的瞬間，並沒有立即察覺。然而，他很快就感到肺腑燒灼、胸口悶痛，跌下床榻的瞬間便哀嚎不斷，先是雙腳、雙腿流出膿水，一點點地延伸到腰部，最後是他的頭、鼻子和眼珠。

不出半炷香的功夫，屠戶就化作一縷輕煙，消失了。

万俟瀾煙將肩頭落下的衣衫重新穿戴整齊，她坐在床沿處，凝視著地上的那一灘膿水，唇邊泛起幽然笑意。

緊接著，屠戶的父親聞聲而至，他驚慌失措地四處張望，詢問万俟瀾煙自己的兒子去了何處，他方才明明聽見了兒子的慘叫聲。

「他就在你眼前啊！」万俟瀾煙示意地上的膿水。

老頭子滿臉困惑，不懂她的意思。可他忽然感覺有人從身後摀住了他口鼻，餘光驚恐地去看，是一個流著血淚的年輕男子站在他後頭。

「你很快就能見到他了。」万俟璟死死地摀住老頭子的嘴，轉手將一顆紅珠塞進他口中，冷漠道，「父子二人在黃泉路上相見，彼此都不會孤單。」

老頭子還未等發出慘叫，全身血肉就如城池塌陷一般地墜到地面，剎那間就成了一灘膿。

望著地面上的兩處膿水，万俟瀾煙對万俟璟露出了滿意的笑容。

就是這抹久違的笑意，令万俟璟開始了他的萬劫不復。

短短幾日，方圓十里的商鋪老闆，都因暴病而接連離世，有肉鋪老闆、酒肆老闆……還有花糕店老闆，他們的死因極其相像，都是七竅流血，接著潰爛流膿，最後連骨頭殘渣都不剩地成了膿水。

此事驚動了廣澤城的縣令，他以為城裡是出了某種恐怖的傳染病，便下令封鎖了消息，城中百姓必須對此事守口如瓶，若此事傳去了千里之外的聖殿，他小小的烏紗帽怕是會就此不保。

於是，他想著要儘快切斷病原，便搜尋第一處發現屍體的地方——
劉氏屠戶的宅邸。

他命人抓來了身在宅中的寡婦万俟瀾煙，詢問她事情原委。万俟瀾煙按照自己與万俟璟早就計畫好的手段，先是在朝堂上啼哭不止，然後說丈夫死的時候，她人不在身邊，並未看見過程。

「他死狀那般淒慘驚悚，你怎不立刻報官？」縣令訓斥道。

万俟瀾煙以袖掩面，極為委屈地哭訴著：「小女子太怕了，前腳才去準備飯菜，後腳回來便見夫君消失在房內，只餘一地膿水。小女子最初根本不知道那膿水就是夫君，安排下人清掃打理的第二天，才聽說隔壁鋪子家的男人也是這樣死的。這才慌了神，趕快去藥鋪買一些黃耆來泡水

喝……小女子自幼便聽聞，黃耆可驅風邪，大概這就是小女子並未感染的緣故……」

一聽這話，縣令趕忙同站在身旁的衙役使了個眼色，暗示他去搜尋足夠的黃耆來，泡水給衙門裡的所有人喝。

接下來，他又追問万俟瀾煙：「那……那第二家出事的，是緊挨著你宅邸的酒肆老闆，他全家男丁都死了，只剩下妻子和老媽，莫非這病傳男不傳女？」

「恕小女子無法回應縣令老爺……小女子也不知情，再加上城內已經人心惶惶，小女子擔心自己會否只是還沒有到發病的時機……」話到此處，她故意咳嗽幾聲，嚇得周圍衙役都不由自主地退後幾步。

縣令也躊躇起來，他考慮到万俟瀾煙是最早的病原接觸者，實在是有著隱患，可又不能把她丟進大獄，她一個弱女子，沒奸沒盜，平白無故被判了罪，豈不是給他這個做縣令的自找麻煩？

於是縣令只好放走了万俟瀾煙，但是限制了她的出行，七日之內不准她招搖過市，也不准她接觸旁人。至於為何是七日，縣令只是根據每一個暴斃者之間的時間截點推算出來的，他自認七日無事的話，便可以阻隔病症傳播。

而事實證明，万俟瀾煙的確沒有攜帶病原，因為她被禁足的七日裡，城內仍舊有人接連暴斃、消失。

在降魔人來到此城之前，最後一個死去的人，便是万俟璟的父親。

那個時候，無論是城內還是城外，都飄散著濃重的血腥之氣，連空中不知名的飛鳥的羽毛上，都攜帶著猩紅之色。幽池與鹿靈是循著詭異的腥臭味兒踏入這城的。而凝望著夢境結界真實的幽池，也看到了他和鹿靈走進城內時的模樣。

「這夢是怎麼回事？」結界中的鹿靈盯著夢裡的自己，她感到恐懼地捂住了嘴，低呼道，「以前從來沒有發生過這種的，為何我們能在夢裡看到過去的自己？」

幽池也覺得怪異，他幾乎從未與夢中的自己擦肩而過，可此時此刻，剛剛進入城內的那個幽池忽然停住腳，他身旁的另一個鹿靈詢問他：「怎麼了？」

「有人在盯著我們。」另一個幽池說。

夢境中的幽池則是倒吸一口涼氣，因為，他回想起了自己入城時的景象！

與另一個幽池所說的話一模一樣，他當時也是這樣同鹿靈說過的！

然而，那份暗處的凝視，竟然就是來自夢境中的自己，這種時間上的錯位，令幽池意識到他身處的結界絕非尋常的夢境！

「像是迴圈……」即便是幽池，在此刻也露出了一絲惶恐之色，他不自覺地向後退了退，腰間玉佩與佩劍相撞，漾出細小響聲。

另一個幽池猛地看了過來，高聲問道：「誰在那裡？」

鹿靈不安地抓住幽池的手，一雙眼睛也盯著另一個幽池身邊的自己，她從沒想到這般近距離的看到幾日前的自己，會是這樣一件恐懼的事情。就好像那個人不是自己，而是另一個時間中已經死去的人又活了過來。

不過值得慶幸的是，另一個幽池即便走近了結界外頭，也沒有察覺到夢境這裡的幽池與鹿靈。

他只是站在外面仔細地觀察了一番，「好像是烏鴉。」他轉向鹿靈，「走吧！我們先去找間客棧休息吧！」

在另一個幽池即將轉身離去的剎那，幽池忽然亮了雙眼：「倘若我們改變當初的路徑，是否就不會在茶館裡遇見十三郎？」

鹿靈驚愕地看著幽池：「你……該不會是想要——」

幽池堅定地點點頭，緊接著，他抽出腰間佩劍，在結界上劃出劍痕。

「呲啦——」

聲響驚動了外面的另一個幽池，他立即警惕地看向這邊的幽池，哪怕這一刻呈現在另一個幽池眼前的，只有巷中的紅磚牆壁。

夢境中的幽池帶動佩劍跑了起來，他劍痕的聲音也在不斷飄遠，另一個幽池與另一個鹿靈立即追隨起他的腳步，一直將他們帶到了甯府的大門外。

幽池在這時收起了佩劍，鹿靈也追至他身側，忍不住問道：「你是打算讓曾經的我們跳過與十三郎的相遇？你……你打算改變過去？」

「有何不可呢？」幽池微微喘息，他站定身形，對鹿靈點頭道，「倘若十三郎沒有與我們一起來到甯府，又或者，他從未與我們相識，說不定

就不會死。」

「即便如此——」鹿靈有些無措地蹙起眉頭，「你改變了過去，十三郎真的能平安無事的話，那我們自己會不會有危險？紅珠是万俟璟流下的血淚這件事，我們又該如何知曉？倘若我們也被陷害服下——」

「鹿靈。」幽池打斷她，他轉過身，雙手輕輕按住她肩頭，非常誠懇地對她說，「你要相信我。」

鹿靈動搖地凝視著幽池。

「我是降魔人，遇見妖鬼氣息的瞬間就會察覺到的，所以別擔心，就算過去和未來都會在接下來發生改變，我也會保護你。」幽池的手掌從鹿靈肩頭垂落，順著她的手臂找到她的手，用力地握住。

鹿靈低低嘆息的同時，反手握住幽池，她苦笑一聲：「反正，就算是我出了事的話，你也會為我改變未來的，所以，我不怕。」

幽池也微微笑了，他點頭道：「只要有我在，你永遠不會有危險。」

二人凝望彼此的眼神中，都有幾分情愫顯露，可正當此時，結界外忽然傳來慘叫聲。甯府的侍女猛地推開了大門，她哭喊著跑出來尋找大夫，一邊跑一邊喊著：「救、救人啊！我家小姐她……她也染了那病，正七竅滲血！」

另一個幽池與鹿靈聽聞此言，立刻衝進了甯府。

「看來一切都發生了改變，時間軸被打破了。」意識到這一點的幽池，知曉接下來的一切都是他沒有經歷過的了，他必須和鹿靈跟上他們。於是，他一劍劃破自己的掌心，令自己的鮮血墜落下來，那血液順著結界流淌出去，一路淌進了甯府。

剎那間，血液令幽池能夠看見甯府的一切，聚成一灘水窪的鮮血就彷彿是鏡面，將發生在府內的全部都投映在了結界內。

## 第七章 縛鬼索

此時此刻，甯府內正上演著一齣詭異大戲。

正因幽池的干預，從而改變了時間，所以，死去的十三郎才能活生生地站在另一個幽池與另一個鹿靈的面前。只不過錯過茶樓相遇的三人，並不知曉彼此身分，賣藥郎十三郎不過是循著妖氣找來了甯府，而這般時刻的甯府，正在為万俟璟與夏蟬舉辦婚宴，一群權貴賓客坐在宴間等候那對新人拜過天地後出來斟酒，卻見一個搖著藥鈴的賣藥郎神神叨叨地走了進來，一邊走還一邊喊著：「甯府有妖，妖惑眾生！」說罷，他舉起手中藥鈴，鈴鐺瘋魔一般地搖晃作響，吵得賓客們緊捂雙耳，一臉痛苦。

才進府內的另一個幽池與另一個鹿靈困惑地面面相覷，心覺這個賣藥郎有些修為，畢竟他二人也是被妖氣引進府中，而既然賣藥郎也嗅到了不對勁，便證明甯府中的妖非同一般，自是非除不可的了。

「妖在哪裡？妖物、藏、藏藏在何處！」十三郎不停地搖著藥鈴，鈴聲指引著他在眾賓客間尋到妖氣。若鈴聲越大，就代表接近之人曾與妖接觸；藥鈴破碎，便說明妖已現身。

可瘋癲的十三郎每接近的任何一個賓客，都會引發藥鈴巨響，他驚覺在場所有人都接觸過妖物，眼中一個寒光閃過，他看向了喜堂——新人正被喜婆牽引進堂內。坐在高堂上的二老雖咧嘴微笑，可卻面色慘白、雙瞳呆滯，像極了陰間還陽之人。

而站在二老面前的新郎、新娘背對著十三郎，但新郎身上的喜花已經斷了帶子，剛好掉落在地。新娘的蓋頭也輕輕搖晃，只因一陣妖風穿堂而過，「忽——」地吹飛了那紅豔豔的布塊。

剎那間，十三郎手中的藥鈴「砰！」地一聲碎裂了！

身著嫁衣的夏蟬則是緩緩地回過頭來，眼神困惑、迷茫地看向了站在門外的十三郎。

「妖……妖物！」十三郎略顯惶恐地退後一步，指著夏蟬低吼一聲。

夏蟬……是妖？

從血液鏡面中看到這一切的幽池，感到不可置信地緊鎖起眉頭，身旁的鹿靈也極為震驚地說道：「這不可能的，從你我看到的夢境來說，流下

血淚的万俟璟才最有可能是妖物！夏蟬小姐絕對不會是妖，十三郎一定是搞錯了！」

幽池也覺得事有蹊蹺，畢竟縱觀全域，夏蟬更像是一個受害者，更何況——

「我從未在她的身上感受到妖氣。」幽池的語氣顯露出絕望與困頓，他這種模樣可並不多見。

他情不自禁地開始回憶起初進甯府的每一個細節，夏蟬的溫和、彬彬有禮與熱情招待，與万俟璟、万俟瀾煙姊弟二人的遮遮掩掩和行事怪異，形成了鮮明的對比。

可一旦仔細推敲——

十三郎當時死的時候，喜房裡就只有万俟璟和夏蟬二人，倘若万俟璟不是妖，那麼……

「難道……真的是夏蟬？」幽池的眉頭越發蹙緊，他感到背脊發涼、汗毛直豎，因為——

「若真是如此，她身上竟連一絲一毫的妖氣都沒有，而此刻的甯府就只有另一個我和十三郎能夠匹敵妖物，但這般強大的妖……甚至連她的真身是何都不知曉……」

幽池的喃喃自語，令鹿靈也感到了強烈的不安，她忍不住詢問幽池：「他們……會有勝算嗎？」

幽池無法給出答案，他的額際有冷汗流淌而下，這一刻，他在心中暗暗問自己：「改變過去，當真是對的嗎？」

而這時，甯府內的賓客也是神色各異，有受到驚嚇的，也有感到不屑的，他們在竊竊私語著：「哪裡跑來的結巴小子，竟敢指著甯侯爺的千金叫妖。」、「混江湖的這些人，不都是瘋瘋癲癲的，可惜了這麼年輕的一個就說起了瘋話。」、「這甯府還能容他造次？馬上就會有家奴把他給拖出府去了。」……

可詭異的是，整個甯府都沒有一個家奴出沒，連侍女都不見人影，只有另一個幽池與另一個鹿靈，急匆匆地跑到了十三郎身邊，是另一個幽池率先問十三郎道：「這位藥郎，你可確信那位身穿嫁衣的姑娘是妖？」

十三郎餘光瞥了一眼另一個幽池，就這短暫的一眼，還將他仔細打量

了一番，僅憑直覺就猜出了他身分：「你是降魔人吧？」

另一個幽池立刻睜大了眼睛，對十三郎再沒有絲毫的懷疑，立即點頭道：「既然你已確信，我與鹿靈會助你一臂之力！」

十三郎卻覺得事情並不樂觀，他吞了吞口水，猛地將背在身後的藥箱抓到胸前，手忙腳亂地在藥箱裡翻找著東西，同時還不忘和另一個幽池解釋著：「我、我我行走江湖有些年頭了，以前我爹教導過我，遇、遇見那些沒有妖氣的鬼，一定要以藥、藥藥鈴去試探妖力，若藥鈴破碎了，就必須——必須拿出這個來驅魔、鎮邪！」

只見數張紫色的符咒，被十三郎從藥箱裡抓了出來，他二話不說地將符咒一張接一張地擺到自己腳下，一共五張，四方各一張，中間那張貼在了自己左腳背。

另一個幽池目不轉睛地盯著他的做法，卻不懂他打算做什麼，直到他忽然將自己袖子挽起，露出雙臂，肘部以下兩手臂湊到一起，刺在臂上的圖騰拼湊出了雲的形狀。

也是因此，十三郎的身體開始產生變化，有風從他四周浮起，他沉住氣，必須不能結巴地喊出咒語。

「雷公！」十三郎吐字清晰地喊了這二字，五張符咒上的絳紫之色立刻奔騰而出，五處糾纏到一起，彙聚成一股巨大、繚亂的驚雷，並在空中翻滾幾次，循著雲的方向衝去了十三郎的雙臂。

巨雷衝進了十三郎的身體，他吃力地接下了這些雷電，雙瞳立刻呈現出絳紫之色，連眼白也散發出紫光。他迅速轉頭看向幽池，聲音也變得粗重，就像是有另外的靈魂附身到了他身體那般：「降魔人，拿劍！」

另一個幽池心領神會，立刻從腰間抽出長劍，十三郎則是以雙手握住那劍身，藉由長劍，將驚雷從自己的指尖迸射而出。

頃刻間，劍身被紫色雷光包裹，待全部巨雷都堆砌到那把長劍上頭後，十三郎眼中的紫光才緩緩褪去。他滿頭大汗地退後幾步，極為虛弱地對另一個幽池說：「我、我把雷符上的驚雷都引到了你的劍上，瞄準那妖物……雷符能逼得她現出原形！」

另一個幽池用力點頭，他手持雷光長劍，試險一般地躍到空中，俯身凝視著那緩緩從喜堂內走出的新娘。

她仰起頭，也盯著上空的另一個幽池，二人四目相對，她眼中閃過一絲妖冶之光。另一個幽池猛地蹙眉，他敏銳地捕捉到了這抹妖氣，雖微弱，卻清晰，他必須儘快按照十三郎的吩咐去做。

　　「快、快出劍！別讓她跑了！」十三郎焦急地催促。

　　然而，身穿嫁衣的夏蟬忽然抬起手指，對著半空中的另一個幽池所在的方向，畫了一個詭異圓弧，他手中的劍便莫名地歪向一側，另一個幽池因此而分身之際，夏蟬迅速地跳到了喜堂長廊的牆壁上。

　　她四肢附牆，背部弓起，整張臉開始變得扭曲，並且有鮮血順著七竅緩緩流淌而出，直到順著牆壁淌落在地面時，地底裡開始滲出一個又一個的頭顱。

　　那些頭顱像是野蠻生長的毒蘑一般湧出地皮，每一顆頭都流著綠色的膿，直至他們的身軀全部現身在地面，一旁的十三郎、另一個鹿靈與眾多賓客才發現，他們是曾經死去的甯府家奴、侍女，且像是已經死去多時，全身的肉都潰爛了，每走一步，腳下就會滲出厚重、黏稠的膿水，嘴裡還在咕噥著各自死前最後的一句話。

　　「小姐，救命啊……」

　　「姑爺和表姑娘……他們……殺人啊……」

　　「……我什麼也沒看見……饒、饒了我吧……」

　　這些話令在場的所有活人都感到毛骨悚然，眾賓客們想要逃，可是跑到大門口才發現，甯府的門根本打不開。

　　於是，他們手足無措地試著翻牆逃走，結果一個踩壓一個，誰也無法爬上屋牆，好不容易有一個賓客剛剛翻到牆簷，卻感到腳踝被狠狠地抓住。那人驚慌地低頭去看，發現是一個滿身膿水的家奴抓住了他，用力一扯，他的左腳就被生生地扯斷，連血帶肉還有筋骨，一同被家奴塞進嘴裡咀嚼、吞噬。

　　那人被嚇破了膽，甚至忘記了劇痛，竟是兩眼一翻，直接順著牆壁掉落在地，昏死了過去。圍上來的家奴、侍女都瘋魔般地包圍了那人，撕肉的、掏心的、挖眼的……不出片刻，那人就被生吞入腹。

　　剩下的賓客們嚇得屏息摀嘴，誰也不敢發出聲音，還有人濕了胯下，遺落滿地尿水。

而吃淨了那人的家奴與侍女們，滿眼呆滯地轉回頭來，他們連眼珠都沒有了，只剩下兩個黑色的血洞，卻還在煽動鼻翼，想要嗅出人氣，再吃人肉。

身在結界夢境中的幽池與鹿靈被所見景象震懾，他們二人情不自禁地回想起自己所經歷的甯府，那些家奴、侍女還有甯老爺與甯夫人……

「難道……他們在那時就已經都死了？」意識到這一點的鹿靈感到背脊發涼，她的雙手在不住的顫抖，一想到自己曾喝過那些侍女泡的茶、做出的菜餚，她就胃裡翻湧，猛地摀住嘴巴，強忍嘔意。

幽池也明晰了時間線的重合，打從他與鹿靈最初進入甯府時，所有甯府人就已經化作了膿水。

「他們早就被万俟璟的紅珠害死了。」幽池絕望地說。

「所以，我們是身處一棟鬼宅？」鹿靈眼神驚恐地看向幽池，「打從我們踏入甯府，真正死去的，就只有當時的十三郎一人嗎？」

還沒等幽池回答，鹿靈就徹悟一般地找出了答案：「是這樣了……是了，正因為當時甯府裡的所有人都已死，十三郎又是在新房裡，他身為活人的氣息，一定被當時同在新房中的万俟璟察覺得到，於是他才會被輕而易舉的發現、殺害，是那種活人才有的氣息，暴露了十三郎的藏身處！」

幽池的額際有冷汗滲出，他聲音沉重地說道：「也就是說，那一次所有人看上去都是活的，唯有十三郎死了，才令我們一直被蒙在鼓裡；而這一次，由於我改變了十三郎的軌跡，才導致他識破了妖物本尊，那些早就已經死掉的家奴，也來不及偽裝成人，從而暴露在我們面前。」

「可妖物的本尊怎麼會是夏蟬呢？她可是甯府的小姐，怎就能如此狠毒地害死甯府所有人？這其中還包括她的父母雙親在內！」

不僅僅是鹿靈想不通，這一刻，連幽池也感到匪夷所思，他從未遇見過如此詭異、離奇的妖案，甚至找不出一絲一毫的頭緒來——

畢竟，若不是他在無意之間改變了十三郎的命運，這一切就都不會發生翻天覆地的變數。而且……就憑他與鹿靈在夢境中看到有關万俟璟和万俟瀾煙的舊事，也足以說明他們姊弟兩個之間有一個是妖。流下血淚的万俟璟，雙臂刻有雷符的万俟瀾煙，他們的所作所為、一舉一動，都說明他們不是尋常的普通人。

幽池飛速地在腦中搜索著碎片時的蛛絲馬跡，那隻將紅玉交給万俟璟的黃鼠狼曾說過——

「剩下半塊殘留在你心口，只會讓咒不是咒，玉不是玉。我帶走的半塊可助我成仙，而留給你的半塊在凡人體內，就成了負心咒，而與這咒為伍的你，也將人不人、鬼不鬼，這便是你壓壞了我一家宅邸的回報。」

說明那是黃鼠狼對万俟璟下了咒。

而緊接著……是万俟璟和万俟瀾煙那次深巷裡的相遇，万俟瀾煙拒絕了万俟璟私奔的提議，她同時也以雙臂上的雷符，鎮壓住了附身在万俟璟體內的妖物，那妖物逃竄出了万俟璟的身體。

思及此，幽池彷彿察覺到了某種端倪。

妖物……附身……

黃鼠狼……

他情不自禁地低下頭，看向血液鏡面中映出的景象——攀附在牆壁上的夏蟬身影，倒影在那血液鏡面裡，而那血液鏡面如同照妖鏡，能夠照出附身在肉身中的妖物本尊。

幽池死死地盯著鏡面中的臉孔，鹿靈也循著他的視線望去，剎那間，她感到恐懼地倒吸一口涼氣，下意識地探手去抓住幽池，語無倫次地說道：「那……是……是黃、黃鼠狼的頭！」

正如鹿靈所言，鏡面中映出來的，是一張尖嘴獠牙的鼠臉！可不同的是，那鼠臉時而顯現出一半的人面，其人面正是夏蟬的臉孔。

鹿靈驚慌道：「莫非夏蟬小姐真的是妖物？還是說，她是被黃鼠狼附了身？」

幽池卻道：「不！她只是被這隻黃仙占用了肉身，從我們看到的万俟璟的夢境中就能得知，那隻黃鼠狼，本是被万俟家供奉在宅邸中的黃仙——」

由於靈牌被万俟璟壓壞，導致黃鼠狼們都無家可歸，而那隻曾經把紅玉交給万俟璟保管的黃鼠狼，應該是最小的一隻，牠大概是信任万俟璟，可又因万俟璟害牠失去了家園，從而又對他產生了怨恨，才會對他下了極為狠絕的咒。

「所謂的負心咒，並不是針對万俟璟的負心咒。」幽池後知後覺地意

識到，「那咒是打算讓万俟璟痛不欲生、肝腸寸斷，所以，是對万俟瀾煙下的咒，也就是個反咒。」

鹿靈恍然大悟般地點著頭，說道：「我知道反咒，早在和我爹打鐵的時候，曾聽聞鄰居家做差的道長說過，這種反咒是妖物設下最為惡毒的咒術——只留下痛楚在承受咒術者的身上，而真正的咒果，則驗證在承受者的摯愛那裡。」

幽池道：「沒錯！這也就是說明負心的人將會是万俟瀾煙，因為她是万俟璟的摯愛，她會不停地負心於万俟璟，只要万俟璟越愛她，她就會將万俟璟推得越遠，造成万俟璟越發病態。」

鹿靈感到頭皮發麻地蹙起了眉：「而万俟璟越發病態的話，他製造出的紅珠內的劇毒也就更加恐怖，受到殘害的人也會越來越多。」

「還有——」

幽池指著鏡面中夏蟬的面容：「夏蟬之所以會被妖物附身，一定是万俟璟給予黃仙某種承諾。」

「你的意思是，万俟璟重新在甯府裡供奉起了黃仙？」

「尋求黃仙庇護是万俟家的祖規，可未必一定是万俟璟供奉了新的黃仙——」幽池感到極具不安地沉聲道，「若是尋錯了黃仙，很有可能會遭到反噬，也會造成血災，那附身在夏蟬身上的黃仙，未必是當初出現在万俟璟夢中的那一隻……」

鹿靈緩緩地道出心中的疑慮：「難道說，是万俟瀾煙私自供奉了新的黃仙？」

她想起曾經在万俟瀾煙房門外看到的那一場香豔戲碼，撫摸、親吻著万俟瀾煙的男子的眼瞳，的確是金色的，而鹿靈也知曉：「供奉妖仙，必要奉獻肉身。」

這個肉身可以是處子之身，也可以是獻祭他人的肉體。

可万俟瀾煙早已不再擁有貞潔，所以她即便無數次的奉獻出自己的肉身，也不足以引出妖仙的全部妖法。

「那麼，便只有獻祭了！」幽池意識到了這可怕的一點，他明白夏蟬之所以被視作妖物，是因為她已被万俟瀾煙獻祭給新的黃仙。

並且，夏蟬身為甯府千金，在成婚嫁人之前必要恪守貞潔，這是所有

名門千金的死規。而因為幽池改變了時間線，也導致許多人的命運也一同被更改。

首先，是十三郎。

他在上一次與幽池、鹿靈相識之際，便因來到甯府而暴斃，說明他看見了不該看見的東西，才會被殺人滅口。

其次，是万俟璟。

他雖然是所有死亡的締造者，也是紅珠的病原，可由於時間被更改，他沒有順利地與夏蟬完成大婚，這必定會導致他與万俟瀾煙之後的計畫受阻。

最後，便是夏蟬了。

她曾在大婚後，發現懷了万俟璟的骨血，但根據時間與家規來看，她不可能會與万俟璟在婚前偷食禁果，即便在婚後發現有孕，也未必是万俟璟的血脈，她自己都不會知曉被獻祭給妖仙，更不會知道當時腹中流掉的那個孩子，是個不成形的妖胎。

沒錯！所有甯府的人早就死了，打從万俟璟與万俟瀾煙踏入甯府大門不久，他二人就為了掠奪宅邸及錢財，而讓所有人都服下了紅珠。劇毒令甯老爺、甯夫人與家奴、侍女們接連暴斃、化膿，唯獨剩下夏蟬一個，是因為她被留作祭品。

處子之身，獻祭黃仙。

潔淨、貞潔肉體是最好的容器，黃仙為妖仙，想要降臨於世，必須透過人間的媒介。

肉身，即是媒介，而最好的方式，就是從祭品的肉體裡誕生出世。所以在血液鏡面中映出黃鼠狼模樣的夏蟬體內，已經孕育著黃仙的靈魄，若是不加以干預、阻攔，那與万俟瀾煙有過承諾的黃仙一旦降世，必定會帶來血雨腥風。

「我雖然還不知道他們之間的承諾是什麼——」幽池咬牙切齒的說道，「因為万俟璟和万俟瀾煙的夢境斷掉了，我們沒能看完全部，便不清楚他們究竟有何打算。可是，夏蟬本不該是如此的這個模樣，她已經失去了雙親、家宅和奴僕，不該連自己的性命都搭進這一場恐怖的姻緣裡。」

鹿靈思慮片刻，才說道：「幽池，你可不要意氣用事——另一個幽池

與另一個鹿靈還在甯府裡，你我此刻若是貿然衝出結界，那他們兩個又該何去何從？我們兩個又會否有危險？」

按照人間的規矩來說，同樣的人不能出現在同樣的時空中，一旦彼此相見，不是本尊死亡就是另一個肉體覆滅，是極為不祥之舉。

「鹿靈，你可真是太小看我了。」幽池苦笑一聲，他從自己的衣襟裡掏出了兩張紙人，咬破了自己的手指，在其中一個紙人上，以指尖獻血寫下了「幽池」二字。接著，他將另一枚紙人遞給鹿靈，示意她照做。

鹿靈雖十分困惑，但她信任幽池到了從不會懷疑他的地步，便也咬破了食指，在紙人身上迅速寫下了自己的名字。

「吃了紙人。」幽池說完，就將帶有自己名字的紙人塞進了嘴裡。

鹿靈一邊說著：「太詭異了！實在太詭異了！」可行動上卻沒有半點遲疑，她飛快地吃進自己名字的紙人，生怕落下一丁點紙屑。

待做完了這一切，幽池便握住鹿靈的手，叮囑她：「和我一起踏進血液鏡面，腦子裡必須想著同樣的目的地——甯府宅邸的喜堂前，絕對不能有絲毫分神，否則就將掉去我找不到你的境界，明白了嗎？」

鹿靈用力地點頭，甚至連呼吸都莫名地屏住了。

「現在，集中意念！」幽池大喊一聲，率先踩入了血液鏡面中。

鹿靈緊隨其後，她感覺自己的雙腳踏在血液鏡面的那一瞬間，腳底有層層漣漪散開，耳邊「叮！」的一聲，鹿靈感到眼前視線逐漸模糊，結界夢境的濛濛霧沼緩緩散去，覆蓋在頭頂的景象，變成了甯府的宅邸。

鹿靈猛地醒過神來，她發現自己就站在十三郎的身邊，而另一個鹿靈也與自己近在咫尺。這令她嚇得發出驚呼，可卻誰也沒有察覺到她的存在，當她意識到這一點後，立刻伸手在十三郎和另一個鹿靈的眼前晃了晃，竟發現他們依然無動於衷。

「他們看不見你的。」幽池的聲音在鹿靈身旁響起，「服下紙人就是為了隱蔽你我二人的身形與氣息，為的是回到現實裡，在助他們一臂之力的同時，還不被他們看到我們的存在。」

提及「幫助」二字，鹿靈驚覺另一個幽池已經揮出攜滿雷光的劍，殺向那攀附在牆壁上的夏蟬。

第一劍，夏蟬倉皇地避開了，那雷光只燎傷了她嫁衣的裙擺，而她整

個人則是略顯無措地朝著牆壁盡頭的矮樹林裡爬去。她四肢爬得奇快，如同一隻碩大的老鼠，很快便連同尾巴也一併從裙子裡露了出來。

「三尾！是三尾黃鼠狼！」十三郎看見那尾巴的數量，立刻提醒另一個幽池，「再、再揮第二劍，雷光還能再用，必須、必須砍掉她的尾巴！」

可惜另一個幽池操之過急，第二劍揮出的時候沒有打中夏蟬，一個偏差，令牆壁破損了巨大的洞。夏蟬企圖從洞穴中逃竄到甯府外頭，另一個幽池面露驚慌，誰知接下來，他忽然感到自己的手被一股奇異的力量抬了起來。

是幽池正站在他的身後，以自己的雙手去握住他的劍柄，並低聲說了一句咒語：「天雷降！」

剎那間，烏雲密布的空中有紫色閃電被引下，順著另一個幽池的劍刃吸走了大片雷光，驚雷如奔騰的馬群一般，衝向了企圖逃走的夏蟬，毫不留情地擊在她的背部，惹得她發出淒厲慘叫。

這一次，打中了。

夏蟬從牆壁上掉落，瘋狂地掙扎在地面，另一個幽池還沒等回過神，就覺得自己的身體受到操控一般地收起了長劍，雙掌交合，扣起食指、拇指和小指，並以雙手中指對接，大喝一聲：「縛鬼索！」

## 第八章 攬魂曲

鎖鏈立刻從天而降，如巨龍一般呼嘯著衝向地面的夏蟬，將她的身體緊緊地鎖住，但凡她想要掙扎逃離，鎖鏈就會越繫越緊，甚至勒入皮肉，流出鮮血。夏蟬因痛楚而咆哮、喊叫，那聲音刺耳詭異，彷彿有另外一個身體摻雜在其中般渾濁不清。

另一個幽池蹙起了眉，他緩緩走向夏蟬，想要看清附身在她身上的，究竟是何妖物。

然而，才剛走幾步，他就覺得自己的臂膀被一股力量拉住。他困惑地看向身後，似乎有個身影站在那裡，可卻無論如何也看不出輪廓，只能依稀聽到一個熟悉的聲音，透過意念傳進他耳中：「不能近身，小心有詐！」

「鹿……靈？」另一個幽池聽出這聲音的主人，可一抬頭，卻看見另一個鹿靈和十三郎站在喜堂門前，又怎麼可能會透過意念傳遞聲音給自己呢？

他充滿疑慮，同時也觀察著四周，發現那些賓客都已經死傷無數，淪為了行屍走肉般的家奴、侍女們的口中餐。滿身陰氣的甯府下人們，連賓客們的骨渣都不放過，甚至還啃起了骨髓。

而十三郎也利用這個機會，在喜堂門前建立起了一道屏障結界，用於保護自己與另一個鹿靈，不被那些家奴嗅到活人血肉的氣息。

只是——

「從方才就不見万俟姊弟去向……」另一個幽池感到不安地低語，畢竟將甯府搞成這般人間煉獄的局面，那對姊弟難辭其咎。

更何況，最危險的就是他們兩個，如不將他們找出來——

正當另一個幽池為此憂心之際，被鎖在地面的夏蟬，忽然發出一聲淒厲的哀嚎，緊接著地面開始劇烈地顫動，裂出的縫隙中散發出大量赤紅色的瘴氣，另一個幽池聽見耳邊傳來提醒：「用屏息咒，是毒霧！」

這聲音像極了他自己的……但另一個幽池來不及多想，趕忙使用咒術，以屏息咒阻擋毒霧侵蝕。可瘴氣濃重，逐漸遮掩了他視線，他衝進霧氣之中，竟看到夏蟬的身體浮到了半空，她的面容不停地變換成猙獰的

鼠頭模樣，腹部逐漸高聳、變大，很快便有不知名的液體從她裙擺中流淌、墜落！

烏雲密布，雷聲滾滾，甯府中死去的家奴忽然全部站起身來，他們像老鼠一般俯下身形、四肢著地，一齊迅猛地爬行著衝向了夏蟬，並一個接連一個地疊成了一座小高山，一直到能接觸到空中的夏蟬身體時，他們就化成了膿液，猛地將夏蟬吞噬進去，將其包裹在其中。

目睹這一切的另一個幽池感到既震驚又作嘔，而不遠處的十三郎則是高聲喊道：「快想辦法粉碎那團膿、膿液！他們在製造羊水，一旦被她生出妖、妖仙，後果不堪設想！」

另一個鹿靈也催促道：「幽池，你可是降魔人啊！一定要想辦法阻止！」

他當然也知道事態緊急，可他劍刃上的雷符已經用光了，普通的劍光根本無法斬破那團膿液。另一個幽池試了很多次，包裹著夏蟬的膿液表層，並沒有出現任何破裂痕跡，反而是越來越大。

到了最後，連其中夏蟬的面容都模糊了，另一個幽池再看不清夏蟬的容顏，連她是生是死，他都不得而知。

地面的顫動也因此而停止，另一個幽池從空中落回在地，他看到天邊翻滾的烏雲不再怒吼出道道閃電，也再感受不到任何詭異的妖風，一切都平靜了下來——

靜得近乎恐懼、離奇。

直到膿液之中發出一聲尖銳的響聲，表層開始崩裂，血色的瘴氣從縫隙中散出，夏蟬開始發出痛苦的呻吟，她的雙手「砰！」一聲拍打在膿液內壁上，血淋淋的掌紋呈現進另一個幽池眼底。他瞬間頭皮發麻，只因他意識到夏蟬已經開始在生產！

那些充作羊水的膿液，在一點點地順著縫隙流淌而下，彷彿預示著一旦流淌乾淨，夏蟬體內的妖仙也將問世。

「晚了……一切都晚了……」另一個幽池滿眼的驚懼與絕望。

他連夏蟬體內的妖仙是何來物都尚不清楚，且他與另一個鹿靈才剛剛來到這廣澤城，連這甯府究竟發生了什麼事都不清楚，唯一知道的，便是剛才那郎中所說的「万俟姊弟」，卻也僅在喜堂門前匆匆見過一眼。

眼下，可該如何是好？

再瞥向身後的十三郎和另一個鹿靈，他們身前的屏障，也因膿液表層的破裂而一併出現裂縫，說明那妖仙的降世必定會帶來威懾一切咒術的災難，屆時他又該如何保護他們？

正當另一個幽池無措之際，他聽到耳邊傳來了那個聲音：「擺出星陣，四方陣彙聚出的天地靈氣會形成光矢，可以在妖仙降世的瞬間，就將其置之死地！」

另一個幽池猛地蹙眉：「你究竟是誰？怎會知道四方陣？那是降魔人才能知曉的祕術——」

「現在不是解釋的時機，你只需要仔細聽好——」那聲音急匆匆地說，「万俟璟與万俟瀾煙並不是親生姊弟，他們連表姊弟都算不上，因為毫無血緣，但卻仍舊背負了亂倫之名，是他們召喚出了新的黃仙，並以甯府千金夏蟬的肉身做獻祭。」

另一個幽池感到極其驚愕：「他們這麼做的目的是什麼？」

「万俟璟掌握著紅珠淚水的能力，他只要留下血淚，就會凝聚成紅珠玉，一旦肉體凡胎者服下，就會暴斃化膿而亡。」那個聲音繼續解釋道，「而我猜測，召喚新黃仙的那個人是万俟瀾煙，她本就心思毒辣，必定是想要吞併甯府，乃至於整個廣澤城的所有宅邸與錢財。」

說到這裡，那個聲音急迫道：「快要來不及了，按照我所說的去做，擺陣！」

「可四方陣需要四位通靈者，其中二人必須是降魔人才行，眼下只有我一人，即便擺陣也彙聚不出光矢！」

「誰說只有你一人！」那聲音立刻飄向到北方，率先在地面畫出一條陣法，並催道，「你站在南方，召喚另一個鹿靈站在東方！」

「另一個鹿靈是什麼意思？」他雖困惑，但也知道不能耽擱，便轉頭呼喊十三郎身旁的另一個鹿靈來到了法陣東方。

於是，便成了另一個幽池與另一個鹿靈各站在南方、東方，由於另一個鹿靈也具備通靈體質，在另一個幽池的咒術協助下，她以掌心貼在地面，的確可以畫出陣法軌跡。

本應只有南方、東方兩條陣法亮起光束，可空空如也的西方、北方

也瞬間亮起了陣法軌跡。另一個幽池感到詭異，可他知道法陣一開不可回頭，便立即合掌念咒。

咒術聲猶如縹緲空靈的神來之音，迴盪在法陣中，而他的腳下也瞬間升騰起了星月相合的圖騰，他雙掌探出，再合上，幾次交疊，另一個鹿靈也按照他疊掌的模樣去做，待到四條陣法彙聚到中央後，兩道藍色、兩道碧色，四道光束交纏在一起，猛地形成了一道光矢，一起筆直地射向了半空中包裹著夏蟬的那團膿液。

剎那間，如洪荒靈光一般的光矢，不留情面地劈開了膿液表層，如釘子一般將膿液表層鑿出了無數的洞，那正是站在四方陣法軌跡上四人的靈力彙集。只不過，服下了紙人的真正的幽池與鹿靈，無法被另外兩人看見身形，可他們仍舊以自身靈力來助其一臂之力。

此時此刻，幽池眉心緊蹙，他打開了自己的陰陽眼，雙瞳變換成赤紅之色的瞬間，他透過破碎的膿液表層，可以看到有一團黏糊糊的東西，正從夏蟬的體內誕出。夏蟬也因此而發出驚悚的慘叫聲，再然後，她便徹底暈死過去，卻也不知道她究竟是不是真的已經咽氣了。

幽池根本來不及去救她，必須以光矢之力斬斷那團降世之物的頭顱才行！

而他的咒力無法維持光矢太久，只能一次成功，不容失敗！

「四方法陣！」幽池大喊一聲，合掌三次，鹿靈照做的同時，合掌的聲音傳遞給了另一個幽池與鹿靈。

他們也同樣擊掌三次，四方法陣再次發揮其威力，雙色光矢仿若天地之靈光一般，從法陣中央破空而起，蜿蜒著、怒吼著鑿向了那團還未降世之物。僅一擊，光矢穿透了那物小小的、黏膩的身軀，竟頃刻間令其粉碎了！

幽池感到喜悅地吐口而出一句：「成了！」

誰知那物雖已粉碎，可地動天搖般的慘叫聲，卻從甯府的喜堂內傳了出來。且一道道詭異紅光從堂內毫無章法地刺出，招式狠辣，險些就令門前的十三郎受傷。好在他一個後空翻摔倒在地，躲開了那些亂射的邪力。

然而，那些邪氣紅光鋪天蓋地的射出後，將幽池建造而出的四方法陣炸裂開來，受到陣法反噬的另一個鹿靈受傷倒地，若不是幽池及時將另一

個幽池從陣法中推開，他也會一併身負重傷。

　　陣法已毀，另一個鹿靈咳出了鮮血，另一個幽池則擔憂不已，趕忙衝向她身旁查看其傷勢。

　　剩下幽池與鹿靈二人焦急地奔到喜堂門前，十三郎感到背脊一凜，竟是感受到了他二人身上的氣息，不由地轉頭看向幽池，與之四目相對，幽池則將食指豎在唇前，示意十三郎不可說破。

　　十三郎愣愣地點了點頭，忽又聽見喜堂裡的騷動，猛地轉頭看去。只見身穿喜服紅衫的万俟璟，滿臉血淚地從喜堂內走了出來，他身形搖晃，勢如鬼相，雙手手指均已長出了尖銳利爪，連手背上也開始出現土黃色的毛髮。

　　十三郎顫顫巍巍地指著他，高聲大叫道：「妖、妖氣在他的身上！那團降世之物轉移……轉、轉轉移到他的身上了！比之前的要、要要更重！」

　　幽池與鹿靈震驚得面面相覷，尤其是鹿靈，她不敢置信道：「万俟璟雖然是流下血淚的罪魁禍首，可他怎麼會突然成了妖？那降世之物不是已經被法陣的光矢粉碎了嗎？究竟是怎麼回事？」

　　「妖胎之所以可以轉移，說明那妖胎不僅僅只在夏蟬體內，還有可能在其他人腹中。」幽池哽咽著，他的額心滲出冷汗，說出了自己大膽、驚駭的猜想，「而万俟璟為男子，自然是不可能懷胎，除非……是万俟瀾煙。」

　　鹿靈瞠目結舌道：「我倒是曾親眼目睹万俟瀾煙與一名戴著面具的男子交歡……難道說，她是在那個時候懷了妖胎？可即便如此，為何妖胎又在万俟璟的身上？」

　　十三郎聽見了二人的對話，他吞了吞口水，哆嗦著嘴唇說出：「除非……除、除除非，他吃了懷有妖胎之人，那無法誕出的妖胎將會與他合二為一，是、是退而求其次之策。」

　　此話一出，不僅是幽池與鹿靈，連身在廢墟法陣內的另一個幽池與另一個鹿靈都驚懼萬分。

　　而站在喜堂門前的万俟璟身後，還燃著紅彤彤的喜燭，掛著如波浪般連綿的紅綾，這本是他大喜之日，卻要讓他顯露出如此猙獰的面目。

他緩緩閉眼，紅色的淚珠順著臉頰墜落，再次睜開雙眼時，他唇邊溢出一抹蒼涼的笑意，看著癱坐在地的十三郎，以及隱藏著身形的幽池與鹿靈，還有法陣裡的另外兩人，他平靜地說出最為令人心驚的事實：「沒錯！我是吃了万俟瀾煙，她現在就在我的身體裡，與我的血、我的肉融進一處。」

　　幽池咬緊牙關，鹿靈感到恐懼地摀住了嘴，十三郎更是嚇得臉色慘白，他不停地念叨著：「我、我我就知道這宅子不對勁，陰氣與妖氣並重……可、可我也沒料到竟、竟會是這樣可怕……」

　　鹿靈忍不住道出：「你那麼愛万俟瀾煙，怎麼會……會吃了——」

　　這句話，她因極度的恐懼和震驚而說得極為艱難，以至於到了最後關頭，也難以說得完整。

　　接近妖物的万俟璟，自然可以看見隱去身形的鹿靈，他也能夠聽到她的聲音，可他卻表現得極為不以為然，甚至覺得他並沒有做錯任何事。他抬起衣袖，看著自己通身的紅色，輕飄飄地說道：「不吃掉她，怎麼能永遠的和她白頭偕老、生死與共呢？不吃掉她，又怎麼能阻止她離開我、拋棄我呢？」

　　幽池緊緊地握住手中的劍，他胃裡一陣翻湧，心覺作嘔。

　　十三郎也喃聲道著：「難怪我在甯府外頭可以嗅到兩股妖氣來源……原來一個在那千金身上，另、另另外一個就藏在你身上……說明你很早之前就、就……就已經吃掉她了吧？」

　　万俟璟欣賞著自己的紅色衣袖，幽幽回道：「就在我與夏蟬成婚前夜，她企圖離開甯府，她要帶著此前收集的許多我流淌下的眼淚，從我身邊逃走，我挽留她、懇求她……她卻對我說了很多傷人的話——」他回想起當時景象，眼裡逐漸浮現出恨意，「她不該總想著從我身邊逃開的。」

　　万俟璟與万俟瀾煙之間究竟發生了什麼而導致反目成仇，幽池卻全然不知情的，因為夢境斷了，他與鹿靈衝出了結界，自然也就無法知道全部後續。

　　他只是能夠從万俟璟身上感受到強烈的妖氣與怨氣，儘管他吃掉了万俟瀾煙，供奉了新的黃仙，甚至還打算將妖胎帶到人世，可他卻並不快樂，彷彿失去了精神與靈魂的支撐，他再沒有少年時期的那份喜悅。

他的心，已經空了，乾涸了。

而幽池知道，唯有利用這一點，才能將他這個怪物徹底除掉。

於是，他企圖將万俟璟帶進自己的騙局裡——

「廣澤城內暴斃化膿的百姓，是否都是你所為？」幽池問，「劉家屠戶、你生父、甯府老夫妻、家奴與侍女，都是被你害死的，對不對？」

万俟璟面不改色地看向幽池所在的方向，他一斂眼，冷漠地道：「是我。」

「害夏蟬小姐被妖仙侵身的人，是不是你？」

「是我。」

「引妖胎附在万俟瀾煙腹內的人，也是你？」

万俟璟嘆息一聲：「我曾得罪過一位黃仙，被下了負心咒，我發現那咒厲害得很，當我越是深愛她，她就會把我推得越遠，我很怕會失去她，一度不顧顏面地懇求她留下，可越是這般做，她就越厭惡我。於是，我意識到自己必須解除那咒，所以才供奉了新的黃仙。那黃仙承諾我會解除咒語，只要我找到獻祭品，將他帶到人世，我便選中了夏蟬。」

聽到這裡的鹿靈，忍不住替夏蟬道出不公：「夏蟬小姐那麼愛你，你竟然如此對她，你實在枉而為人！」

「人？」万俟璟感到可笑，「從我遇見万俟瀾煙的那一天起，我早就不配為人了，我敗壞人倫、漠視家規、弒父殺人……」

他看向自己的雙手，那是一雙似人非人，似獸非獸，長滿了毛髮的利爪，這令他既厭惡又不安地緊蹙起眉頭，語無倫次地說著：「我殺了那麼多人，只要是她想要的、希望我做的，我都不會拒絕。我無非是想要盡我所能地去取悅她。她喜歡金銀宅邸，我為她掠奪便是；她想要過人上人的日子，我血洗甯府，只為讓她坐擁……就連和夏蟬成婚，也是為了將身為處子的夏蟬獻祭給妖仙……」

話到此處，万俟璟極其怨恨地咬牙切齒，幾乎是從齒縫裡擠出：「可都是因為那個負心咒，是那咒害得她一心想要離開我，而我不知道該如何去做了，我別無他法，只能吃下她，連同她腹中的骨肉！」

「腹中骨肉？」幽池猛然一驚，「万俟瀾煙並非處子之身，她如何能成為第二個獻祭品，成為妖仙誕於世間的器皿？」

十三郎則頓悟道：「錯了！我、我們之前的考慮疏忽了一點——並非處子的万俟瀾煙，並不是懷了妖仙，而是懷、懷懷著万俟璟的骨血！」

鹿靈後知後覺地恍然道：「也就是說……万俟璟將自己的骨肉獻給了妖仙？」

幽池的眉頭蹙得更深了：「自古老鼠喜細肉，万俟瀾煙腹中的胎兒，倒是能令那妖仙黃鼠狼美餐一頓了。」

「竟然以此為代價，而引得妖仙附身在自己身上……」鹿靈實在是無法理解，甚至質問起万俟璟，「你如今的所作所為又有何意義？万俟瀾煙被你吃了，你們的孩子被妖仙吃了，你孤苦伶仃一個，就算真的解除了負心咒又如何？他們還會從陰間還陽不成？」

「我所供奉的黃仙承諾過我的，他會復活他們的！」万俟璟忽然大吼起來，他的面目已經開始變形，尖牙從嘴角露出，作為人的特點在漸漸萎縮，他本身也極度痛苦、扭曲地蜷縮在地上，背脊上的衣衫發出撕裂聲響。脊骨破損的同時，一條粗大、光滑的尾巴衝破他的皮肉，落在了地上。

而万俟璟整個人也承受不住一般地癱倒在地，他發出淒厲的悲鳴聲，思緒也開始渾濁、混亂。

幽池在這時對他說出最為致命的一句：「妖仙違背了承諾，他打算占用你的肉身，取代你、吞噬你，一旦他降世，你連最後一點作為人的意識都不再擁有——屆時，你再也不會想起万俟瀾煙的容貌了。」

果然，此話一出，万俟璟表現出極為動搖的模樣，也許是他擔心再也憶不起万俟瀾煙，又或者是他內心深處也在隱隱質疑妖仙的承諾，總之，他的人臉在瞬間搶占了鼠頭，竟短暫的恢復了意識，並高聲對幽池喊道：「砍掉我的頭顱、將頭顱粉碎，這樣才能阻止妖仙降世！」

話音落下的剎那，万俟璟的臉又被鼠頭侵占，且那妖仙的樣貌開始清晰呈現，已然要完全占據他肉身。

「幽池！」鹿靈急迫地催促。

幽池已經沒有思考的餘地，更無暇去猜疑万俟璟是否在欺騙他，為了阻止妖仙，他只能趁此機會揮出長劍，迅速地砍下了那顆猙獰、醜陋的鼠頭！

劍身立即亮起了紫色幽光，如同有了靈識一般，幽池的佩劍開始帶動他使出全部靈力，他猛地將劍再一次高高舉起，利用全部靈力砍出第二劍，硬生生地刺穿了那顆已被砍落的鼠頭，並試圖將其震得粉碎！

　　這一次，鼠頭猛地長開嘴，發出了恐怖至極的哀嚎，那聲音震撼著地面，令周遭刮起了無數妖風，連同身在法陣內的另一個幽池與另一個鹿靈也感到不安，他二人吃力地爬起身，來到不遠處的夏蟬身邊，護在她身前，試圖為她擋住妖風攜起的碎石。可他們也都知道，夏蟬的氣息微弱，怕是已經撐不了多久了。

　　而幽池則是使出全身力氣，並將自身法術凝聚在劍柄，一點點、一寸寸地刺進鼠頭的腦漿裡，旋轉幾次，令鼠頭的頭骨發出破裂的聲響，再一劍拔出，鼠頭終於灰飛煙滅！

　　可就在那妖氣最後消散之際，一抹詭異的聲音散在空中，是那妖仙在賊心不死地做著最後的掙扎，他以縹緲、空靈的聲音放聲道：「我與你降魔人本是無冤無仇，可你屢次要將我置於死地，我倒要看看今日之後，你還能奈我何——」

　　聲音落下，妖氣破滅，只有一縷黑色的邪氣，竄回進了万俟璟那失去頭顱的肉身中。與此同時，夏蟬忽然驚叫一聲，隨即便兩眼一閉，自是命絕。

　　另一個幽池抬手去觸碰她鼻下氣息，不由地露出悲傷眼神，他看向另一個鹿靈，搖了搖頭：「她死了。」

　　另一個鹿靈強忍著傷勢帶來的痛楚站起身，脫下自己外套上的一層靛色罩衣，蓋在了夏蟬的臉上。

　　周遭一片死寂，烏雲仍未散去。万俟璟在這時動了動手指，他斷裂的脖頸處，逐漸有邪靈之識聚集出了黑色珠光，那珠光很快就變成赤紅，眨眼之間，便形成了一顆頭顱。

　　那頭顱的面容是万俟璟原本的模樣，他已然重得了人臉。

　　只見他從地上爬起身，臉頰上的血淚也消失不見，他扶著額，暈頭轉向地抬起眼，看向幽池的那一瞬，並沒有任何表情，就彷彿根本不知道他的存在。這令幽池感到錯愕地蹙起眉，他明顯的察覺到，万俟璟已經看不見他了。

鹿靈也頓悟道：「他身上的那股詭異氣息不見了……難道說，妖仙真的死了？」

在二人困惑的注視下，万俟璟看向了癱坐在地上的十三郎，他發覺十三郎看著他的眼神充滿了恐懼，他不解道：「這位小哥，你怎麼這般看我？還有你……是怎麼來到這裡的？」說罷，他環顧四周，迷茫地念叨著，「這裡又是哪裡？這裡不是万俟家宅……我為何會在這裡呢……」

另一個鹿靈氣憤地想要上前去與之理論，另一個幽池卻一把抓住她，搖頭道：「他已經不記得過往了，我們不必介入旁人的因果。」

另一個鹿靈憤憤不平地抿緊嘴唇，她瞪著万俟璟的背影，冷冷地注視著他朝甯府的深處走去。

他一邊走，一邊呢喃著：「我的肩膀好重，好沉……一定是万俟瀾煙又偷偷欺負我了，她總是趁我讀書睡著的時候，把書本壓到我身上，我這就回家去找她理論……」

他即便已經變成如此模樣，卻還是對万俟瀾煙念念不忘。

一念起，萬情傷。

邪念是七情六欲，生於人心，成魔，只在須臾間。

幽池默默地凝視著遠去的万俟璟，他知曉万俟璟肩頭沉重的原因——是妖仙臨死之前的邪氣，帶走了同樣瀕死狀態的夏蟬的魂魄。

往生論裡常說，唯瀕死之人怨念最大，許多妖、鬼、魔都會利用他們的怨氣，在最後關頭將自己的邪力放置在那一縷怨念之中。所以，夏蟬的怨念與妖仙的邪氣合為一體，殘留在万俟璟的肩上。

幽池看見一團詭異如人形，又似黃鼠狼的霧氣壓在万俟璟背脊，怕是永生都不會離去。

除了靈媒之人，凡人卻也看不見這景象。同樣具備陰陽眼的鹿靈，也極為唏噓地望著夏蟬攀附在万俟璟肩頭的景象，她低聲嘆道：「想必她早就知道万俟璟與万俟瀾煙的事情，可她選擇默許並包容，甚至還願意為他們保守祕密。她一定是太愛万俟璟了，愛到就算被他害死，也還是不願離開他。」可話雖如此，鹿靈還是忍不住問幽池道，「身為降魔人，你不去除掉已經變為怨鬼的夏蟬嗎？」

「惡人本就自該有天降，如今的万俟璟已經元氣大傷，他怕是無法再

流出害人的血淚了。」幽池道，「而夏蟬的怨念殘留在他身上，用不了多久，就會將他身上的精氣全部吸食殆盡，他活不了幾日的。」

聽到這話，鹿靈心中也是五味雜陳。

而眼下，唯一要處理的就是——

「他們兩個怎麼辦？」鹿靈抬了抬頭，示意法陣裡的另一個自己與另一個幽池。

幽池悵然道：「就把他們二人留在甯府裡保護廣澤城吧！」

鹿靈有些驚愕：「你的意思是，要把他們困在結界裡？」

「我們打破了時間迴圈，必然要留下另外兩個繼續在時間迴圈裡才行，否則，雙方都不會存活。」幽池轉身道，「走吧！在他們意識到也要離開這裡之前，我們必須先他們一步了。」

儘管鹿靈認為幽池這種做法很是殘忍，可為了生存下去，她也別無辦法。臨走之前，她匆匆看了一眼另一個自己，那個鹿靈的傷勢很重，也不知道能不能平安無事，而另一個幽池正將她背起，企圖尋找合適的房間來為她療傷。

鹿靈於心不忍地轉回頭，她決定假裝不記得這段事情，這樣一來，她內心的愧疚感才會少一些。

幽池則是招呼著十三郎隨他們一起出了甯府。十三郎並不清楚這個幽池和那個幽池之間的聯繫，他只想著儘快離開這棟陰鬱、詭異的甯府，再管不了其他了。

三人在走出甯府的那一剎，才發現外面的天空湛藍烏雲，行人們歡聲笑語，小販們吆喝叫賣，儼然與甯府內部是兩個不同的境地。

「恍如隔世啊……」十三郎悵然感慨。

幽池在甯府外以咒語建出了一道結界牆壁，阻攔甯府與外界發生聯繫，就同是把甯府孤立、隔絕了起來。做完這些，他從口中取出了紙人，。鹿靈看到他這樣做，自己也趕快把紙人吐了出來。紙人立即煙消雲散，如灰燼一般隨風遠去了。而十三郎也搖著自己的搖鈴與二人告別，繼續去他的雲遊郎中。

幽池抬頭望向天際，有三顆星子在白晝中明明滅滅，對應著那星子的下方，是一片烏壓壓的城樓，他情不自禁地蹙起眉，總覺得那裡有某種似

曾相識的氣息在吸引他前去。

　　「說不定，在那裡會遇見我的因果。」幽池喃喃低語，對鹿靈說道，
「走了，鹿靈。」

　　鹿靈點頭跟上，她曾忍不住想要再一次回頭去看甯府，可僅僅是一念
閃過，她便不再憂心了。就像幽池所說，他要去尋找他的因果，而被留在
甯府中的另一個自己，也有著其因果。

　　因果有福報，也有惡報，欲望使人迷失，唯有拋棄貪婪，才能重回紅
塵正路。她也想要看看自己的因果，為此，她將和幽池一同尋找下去。


　　　　　　　　　　　　　　　　　　　《万俟篇》‧完

第四折
憾鏡篇

# 楔子・封九娘

　　湖州魏公九年初秋，八月十九。

　　鄰近皇宮的皇城也叫霧城，由於常年被霧氣籠罩，總是灰茫茫一片，才得此名。而近來的霧城遭遇了政變，十子奪嫡的內亂，不僅殃及到了朝堂，連整個皇城乃至其他小城的百姓們也受到了牽連。

　　列王爭權，戰事不斷，衙役們忙著站隊諂媚，官員們不問民間死活，導致該建的山路建不成，該挖的水渠撂下一半。若是攤上個軟弱的縣令，那這座城中的百姓不僅吃不到糧食，連本就稀罕的水源都要成為更嚴峻的問題。

　　湖州雖名湖，卻最為匱乏水源。只有皇室才能喝得到珍貴的淡水，大臣們喝的是蒸製過的廢水，再往下的階層，連廢水都喝不到，只能想辦法自囤雨水和晨露。

　　所以，遠離霧城的小城、村落中的子民，是無法如皇城中的權貴一般日日洗臉、沐浴的，有的村中老者直到入土之前，也才洗過寥寥幾次的冷水澡，那還是天公開眼降了大雨，導致河水囤積，從而能滿足村民們洗澡淨身的夙願。

　　再說那最為邊緣的白家村，更是將水源視為金礦的地帶。那裡的村民幾乎個個都是汙泥覆著臉，長年洗漱不成，喝的水還是下雨時的囤積之物。一小瓶一小瓶地藏在各家地窖陶缸裡，唯逢年過節時，才捨得打開一支巴掌大的瓶子供全家享用。

　　而在所有姓白的人家中，僅有一戶姓封。

　　封家自祖上就一直賣著裝水瓶，因為那瓶子要特殊器皿來鍛造，否則無法將水源存放上百年。封家有九個孩子，在極度貧瘠、落後的白家村裡，旺盛的人力，是維持百姓自家運轉的唯一法子。

　　封家的後院建了一座大熔爐，用來熔鐵、製瓶，孩子們則負責每日去山上挖掘稀有的精衛石，據說那是精衛填海用的石頭，堅硬無比，只有封家人才能識別得出。

　　而他們沾滿汙泥的臉，整日都被熔爐烤得紅彤彤、紫幽幽的，身上的衣衫也黑如鐵塊，裸露出的肌膚更是看不到一塊潔淨之處。

想來列王奪權的爭亂也很快延伸到了白家村，與四王有所勾結的當地城主聽其吩咐，切斷了水源供應，導致城裡一些權貴沒了淡水。這沒了淡水，裝水瓶的需求量自然驟降，封家更是捉襟見肘，連米鍋都要揭不開蓋子了。

　　封父就派出孩子們去山上採野果、野菜，每人必須採回一背簍，完成不了的人不准吃飯。

　　最小的、也就是排行第九的封九娘，當年才僅有十歲，家裡人都習慣叫她封九或是小九，她生來就是個啞巴，自然成了兄姊的欺負對象。這一次，她被兄姊遣去村裡無人敢登的妖韶山，那山終日困於黑雲間，總有屬鬼哀鳴傳出，自是無人敢去。

　　封九為了裝滿一背簍野菜，不得不硬著頭皮上了妖韶山。進了山中才發現，山內不僅寸草不生，連石路都漆黑崎嶇，更別說是尋到能食用的野菜了。可封九知道，帶不回去食物會被懲罰，搞不好還會被毒打一頓，她必須潛入更為幽深的莽林。荊棘劃破她的皮膚，殘樹刮壞她的臉頰，她唯有沉默相對，哪怕腳掌已鮮血淋漓。

　　就這樣一直找到天黑，封九只尋到了幾顆松塔，再回身一望，漆黑詭異的林間早已看不清來時的路，她心中驚懼萬分。忽然有一陣異風吹過樹林，每一棵樹都發出不同的音色，那些音律交織在一起，如同縹緲空靈的琴聲。

　　封九開始追逐起那琴聲，她以為找到聲音最明朗之處，就能尋到下山的路，結果跑著跑著，竹簍丟了，挖野菜的鐮刀也不見了。她氣喘吁吁地停在一棵長著銀色枝條的巨樹下，心裡想著的，竟是這銀條樹枝是否能食。正當她準備折斷樹枝時，剛握在手裡的枝條忽然化成了利刃，瞬間割破了她掌心。

　　她低呼一聲，扔下那利刃，染血的利刃轉眼就變成了一柄小鏡。

　　封九從沒見過這麼漂亮的小鏡，她顧不得手掌流血，趕忙撿起小鏡觀賞。襯著月光，她照著自己臉頰，映在鏡中的，是一張又髒又醜的臉。封九皺起眉頭，心中暗暗想道：「臉醜陋、骯髒也就算了，我連聲音都沒有，被我那些哥哥、姊姊欺辱時，罵都罵不出。要是我能擁有聲音的話——」

257

這念頭剛一起，小鏡就在她的手中搖晃起來，鏡面立刻如波紋一般徐徐漾開，並傳出了一個清冽而空曠的聲音：「這算是你唯一的心願嗎？」

封九嚇了一跳，「啊！」一聲鬆開手，小鏡摔落在地，還好是摔在了滿地枝條上，這才避免了鏡面破碎。

「真是個沒見過世面的孩子。」這一次，鏡面中漂浮而出的，不僅僅是那如妖魅般的聲音，還有一團純白如羽的霧影。那影子明顯不是人類，一雙妖異的紅色眼瞳格外豔麗。可封九看不出這霧影是男是女，只覺得朦朦朧朧的影像，更顯出一種豔絕的美。

她從未出過村落，更沒見過這樣美的東西，居然一點也不害怕了，還試圖探出手去觸碰。

白霧如火，燎了指尖，封九痛得收回手，那聲音則笑道：「你倒是不怕我，也算勇敢。」

妖異的紅眼望著封九，似要看穿她靈魂深處的欲望。

封九支支吾吾地比劃著，她在問他是妖是仙，能不能實現她想要聲音的心願？

「我自然可以給你聲音。」紅色的眼睛漾出一抹詭異的笑意，「只不過，作為交換，你也要為我做一件事才行。」

封九連連點頭，要她做什麼都行。

那妖霧便托起一枚銀晃晃的珠子到封九的面前，誘惑般地說道：「只要你吞下這個，再回去家中靜候七日，以足夠的水源來滋養，那麼七日後，你就會獲得屬於你的聲音。」

封九望著那顆華潤晶瑩的珠子，無比渴望，卻又悲傷地垂下眼，她不會說話，不會寫字，根本無法告訴妖霧，自己根本找不到水源。

「沒有水也不要緊。」妖霧自是可以看穿她的內心，媚笑道，「血，也是可以的。」

血？

封九指了指自己。

妖霧點點頭，並將珠子推得離她更近了一些。

但是……封九的眼神流露出不安，她一無所有，拿什麼來做交換之物呢？

妖霧環繞在她的身邊，幽柔如夢的霧氣輕輕飄散，那聲音似幻境一般迴蕩在封九的耳畔：「你要與我交換的東西很簡單，只要你能夠度過沒有遺憾的一生，便算是對我的回報。」

封九眨了眨眼睛，像是在問：「倘若我的一生充滿著遺憾呢？」

「那麼，你就將與我對換——」妖霧輕飄飄地落回到了小鏡中，「被封印在鏡子裡的人將會變成你，而我，就會得到自由。這麼簡單的交易，你不虧。」

那聲音誘惑著封九探出手去，緊緊地握住鏡柄，將其拿了起來。鏡中映出的是她醜陋、泥濘的臉孔，封九不願再多看一眼，立刻別開頭去。

鏡中傳來了那個繼續誘惑著她的聲音：「怎麼樣，要和我做這個交易嗎？」

封九的心已經蕩漾出了雀躍的波紋，她用力地點點頭，發出嗚咽聲，那是在說「我願意」。

鏡中立刻有長著利齒的血盆之口露出了笑容，緊接著便有一陣妖風吹來，漂浮在空中的珠子，被吹向封九的臉，她一張口，珠子滑進她嘴中，停留在了她喉間。封九頓時感到自己的喉嚨有被利刃割裂的感覺，她痛苦地摀住脖頸，跪坐在地。

那聲音從鏡中傳出：「珠子需要血液滋養，記住，必須有足夠的血液，否則——」之後的話再沒有說下去，只餘陰森恐怖的笑意迴蕩在林間。

封九已經痛得意識模糊，她額角冷汗直流，眼神也逐漸恍惚，而山間長風陣陣，烏雲遮月，長滿黑色樹枝的古木，發出此起彼伏的幽怨哀鳴。

封九跪倒在地面，昏迷之前，她執迷不悟地伸手去握住了小鏡。

七日後……只需等七日。

封九在閉上眼睛的前一刻，還在念念不忘著，她很快就會擁有聲音了。

## 第一章 蠻祖城

白晝中亮起三顆星子，懸於日頭旁，忽明忽滅，照耀著巍峨氣派的蠻祖城。這城是湖州的老皇城了，歷經張莊公、李公、齊成公、于魏公……共四十三代君主，且每一任君主都會在繼任當年，修飾、擴大蠻祖皇城，以至於千百年來，此城的皇宮已經高聳入雲。

圍繞在宮牆的外城也富麗、華貴，朱色底子的牆壁上，鑲嵌著金絲鏤刻出的圖騰，銀龍、金虎、玉鱗的馬、翠珠的狼……無數奇珍異寶都鑲在牆面，如同神獸千河，美不勝收。

最為令人歎為觀止的，是這些神獸都是真金白銀、翡翠瑪瑙而製，足以彰顯蠻祖城雄厚的財力與富庶。

城中的子民彷彿不知饑餓、貧窮為何物，他們衣著光鮮、車輦華貴，公子們衣袂如仙，姑娘們步步生蓮，就連街邊小販，都是坐在如意椅上搖扇賣貨，時不時地還掏出肉乾去餵懷裡的貓。

不！非貓也。卻也不是犬。

鹿靈盯著那小販懷裡四不像的動物，緊緊地皺起了眉頭。

「貓的爪子、犬的牙齒、鷹的嘴、鳥的羽毛，頭又長角、尾又似魚……」鹿靈感到怪異地倒吸一口涼氣，「我從沒見過這等怪物！」

這一聲怪物脫口而出，立刻惹得那東西對著鹿靈凶惡齜牙，還展開了雙翼，似要攻擊鹿靈。好在一旁有道身影，朝那東西扔出了一塊肉糜，忙著嚼肉的「怪物」再無心理會鹿靈，磨蹭著小販的手臂背過身去。

鹿靈撫著胸口，長長吐息，轉頭看向身側那人，約莫二十來歲，身形不高，瘦骨嶙峋，穿著一身灰撲撲的道觀長衫，鵝蛋臉，顯得人很幼態，唯眼睛盡顯疲色，他對鹿靈說：「那不是怪物，是蠱雕的幼崽，蠻祖城裡的人都喜歡飼養它們。」

「蠱雕？」鹿靈驚愕道，「那不是傳說中的神獸嗎？這世上竟當真有此物？」

他指了指頭頂，示意鹿靈看那高聳進雲層的皇宮：「這城已經千年之久了，是湖州境域中唯一能延綿的城池，染了日月靈氣後，自然是更為接近神界的。」

言下之意是，能見到蠱雕也不足為奇。

正當鹿靈想要道謝時，身後傳來了幽池的聲音，他走到鹿靈身邊：「鹿靈，我找到客棧了，不遠處就是了——」話到此處，他才注意到那位灰衫男子，略一蹙眉，「這位是？」

男子舉步上前，拱了拱手：「在下商鈺，字昊汝，乃城中羿山天清宮內的道士。」他指了指幽池與鹿靈所站方位的左側，巷路的盡頭，的確連接著一處上山的石路。

幽池遙望那山巔上的一座宮宇，其裝飾如仙宮一般炫目，不禁在心中感慨，蠻祖城的確富庶的驚人，打從他與鹿靈進城門的那一刻起，就發現這城與沿途的其他城池，有著雲泥之別。

只是——

「道觀的宮宇上空，怎麼覆著一層黑霧？」鹿靈也看出了端倪。

聽聞此話，商鈺的表情變得有幾分哀戚，幽池瞥見他神色變化，便對鹿靈使了個眼色。

鹿靈心領神會地點點頭，又對商鈺道：「商鈺道人，你方才幫了我，我與我表哥——」她示意身旁的幽池，「我與我表哥理應表達謝意才是。他尋到的客棧裡有茶肆，商鈺道人與我們一同前去可好？我二人初來此地，有許多不熟之處，還想著要叨擾商鈺道人多加指點。」

商鈺忙道指點談不上，倒是能為二人提供一些叮嚀。且他今日也是剛剛下山，遇見兩位算是有緣，再加上也確實有些口渴，便同幽池、鹿靈一起前去客棧附近的茶肆了。

茶肆裡很是熱鬧，且門口也有麵攤，水鍋裡的麵條五彩繽紛的，鹿靈第一次見，便興致沖沖地想要吃上一碗。

「是七福麵。」商鈺說，「七種顏色，都加入了不同蔬菜的汁水。」

鹿靈便去要了三碗。

攤主抬了抬眼皮：「只剩三喜麵了。」

顧名思義，是三種蔬菜汁的麵條。雖然有些可惜，但鹿靈也還是同意了。商鈺提醒她，可以加一顆蠱雕荷包蛋，煮得老一些最好吃。

「商鈺道人也加一顆？」

商鈺擺擺手：「修行之人不食葷物，姑娘與公子請便。」

「叫我鹿靈就行。」她指了指身旁的幽池，「我表哥叫幽池，我們都是雲遊的商人，見此城上空懸著白晝三星，就覺得這地方肯定富庶非凡，想來此發筆橫財的。」

幽池心中暗笑，想著經歷了不少降魔之事的鹿靈，也已經習慣用謊言來掩蓋彼此的真實身分了，當真是孺子可教。

而聽到白晝三星這種說辭的商鈺倒是機敏，他打量了一番鹿靈，再細細端詳著幽池，極為謹慎地問道：「二人當真只是商賈嗎？」

幽池不動聲色地回以笑意：「當然，我表兄妹二人，自幼便跟隨父母行走江湖，對一些蹊蹺、詭異之事，也是瞭解一二。」

商鈺這才釋然地頷首：「這就難怪了，畢竟白晝三星這般說法，不是普通凡人能夠懂得的，更何況，很多凡人根本看不到白晝中的三星，必定是有一些靈性在身的人，才能感受得到。」

話到此處，三碗熱騰騰的三喜麵被端了上來，兩碗加了蠱雕荷包蛋的，是幽池與鹿靈的麵，剩下一碗素的三喜麵，則被商鈺端到了自己面前。攤主還拿來了醋壺、山椒、辣椒碟兒，還特意為商鈺準備了幾顆糖蒜，並道：「道長辛苦了，若不是出了事端，道人們也不必下山，我們小本買賣也只能贈些吃食聊表寸心了。」

商鈺感謝了攤主，將糖蒜加進麵裡，他同幽池與鹿靈解釋，自己平日會照拂前來天清宮祈福的信士，麵攤攤主曾是其一。

「他方才所說的事端，是天清宮裡有了麻煩？」幽池一邊吹拂麵條的熱氣，一邊問商鈺，「宮宇上空的黑霧，可與白晝三星有所關聯？」

商鈺沉默片刻，他放下了手中竹筷，神色悲傷道：「大概是半月之前，蠻祖城內發生了一些怪事，但由於城中君主出身蠻族，善戰也貪戰是人盡皆知的，所以權臣與百姓們並未將那些怪事放在心上——直到天清宮裡地位顯赫的商道姑忽然發癲而亡。」

幽池猛一皺眉，鹿靈也露出驚愕的眼神：「忽然發癲？」

商鈺嘆息著點頭：「商道姑是我的師父，當我還是襁褓嬰孩時，便被遺棄在了天清宮的門前，是她收我入觀，並傳授我修行之術。她的弟子眾多，是天清宮內最為德高望重的一位，且她多年來一直行善積德、關照信士，頗受皇城裡望族們的尊敬與信賴。然而——」他話鋒一轉，說起了商

道姑死前的怪異。

　　她忽然開始寫起了香豔的小詩，還在整個道觀的牆壁上頭，畫起了活色生香的春宮圖。這對一位有著舉足輕重地位的道姑來說，實在是驚世駭俗之舉。

　　「即便如此，我的師兄弟們也不願承認是道姑瘋了，都覺得是有妖異作祟，畢竟——」商鈺緊蹙眉頭，「半月前的蠻祖城內，曾出現妖韶山發生山洪一事，有不少野獸的屍體都被泥石流沖到了城內，造成了小範圍的惡疾肆虐。也正是商道姑出面終止了那場惡疾，她的修為極高，自是能夠呼風喚雨，引得一場天降大雨，整整下了三天三夜，澆滅了毒菌，平復了怪事。然而，她自己卻在那之後大變模樣。」

　　幽池詢問道：「她的變化在此前沒有過徵兆嗎？」

　　商鈺搖搖頭：「從未有過，她一直都受到百姓的愛戴，與其他三位道長並稱天清宮四如仙，她是四如仙之首，在位三十餘年，沒做過半點出格之事。」

　　鹿靈也為此而嘆息著：「受人尊崇的道姑，突然畫上了春宮圖……這的確是不妥。」

　　「不只如此。」商鈺再道，「道姑在臨死之前，甚至還破壞了一位信士的婚事，她攪散了喜宴的大戲班，罵走了喜婆和宴客，還當眾指出那信士害死了五位老婆的舊事，嚇得剛剛嫁進門的新娘說什麼都不肯拜堂。那信士覺得面上無光，帶著人來天清宮大罵，還一把火燒了宮門，這就是天清宮上空漂浮黑霧的原因。」

　　「看來不是邪霧，而是大火殘留下的浮煙。」幽池沉聲說道。

　　「更痛心的是，道姑留下的修仙石也不見了。」商鈺極為憂傷地垂下了眼，「那是她一生的修為，而我是她的入室弟子，那修仙石本是要傳給我的，結果一場大火，燒毀了商道姑的屍首，也丟了修仙石。」

　　鹿靈道：「那你此行下山——」

　　「正是為了尋修仙石的。」商鈺信誓旦旦，「火焰燒得盡修仙之人的肉身，卻燒不盡其功德。所以，修仙石定是被那信士偷走的，天清宮內許多弟子都下山來尋，尋不到道姑的遺物，誰也無法回去宮裡同三位道長交代的。」

263

聽了商鈺的這一番傾訴，幽池與鹿靈面面相覷，都覺得是件詭異事。

就在這時，茶肆外頭忽然傳來一聲高喊：「和親公主巡街啦！」

一石激起千層浪，整個茶肆的客官都騷動起來，他們前仆後繼的奔去張望，幽池也困惑地轉頭循望店外。從長巷盡頭而來的，是一列威武、華貴的儀仗，身穿金甲的將領，騎著高頭駿馬，共有四名，皆環繞在那輛鳥籠形狀的宮車旁。

那車輦被裝飾得甚是雍容，鎏金鳳紋的車頂上流淌下珍珠簾，一串串隨風而輕輕搖曳，發出相互碰撞的動聽聲響。而車簾上頭繡著金絲、銀線裹成的九頭龍圖，每顆龍頭都頂著血紅色的瑪瑙，這瑪瑙倒是貨真價實的，而非刺繡。

風攜花香來，車簾一角被吹拂而起，露出了車中女子的美貌容顏。她膚如白瓷，唇似芍藥，一抹胭脂點在額間，略顯幽怨的美目中滲透出蒙昧，令矚目的百姓們看得如痴如醉、驚歎連連。

幽池也不由地愣了神，惹得身旁的鹿靈一拳砸在他肩頭，怒斥道：「要不要把你的眼睛摘下來，貼到人家身上去？」

幽池低咳一聲，辯解道：「我只是覺得她的樣貌有些不同，像是異域來客。」

商鈺為二人解釋道：「她的確是外族人，作為遠道而來的公主，目的是與蠻祖城的君王和親。」

這話剛落，茶肆裡的其他客官也各自議論起來：「那位茗縮公主是上月才與君王成婚的，若沒記錯，大婚之日正是天清宮裡的商道姑暴斃之時。」

另一人卻搖頭道：「不對吧！我怎記得是在商道姑死後，那外族公主才來到蠻祖城內的？」

「反正前後也差不了三日——而且你們看，那公主的臉上滿是愁雲，必定也是聽聞了皇城中的詛咒了。」

「噓——休要提什麼詛咒，你我都是普通百姓，在外面還是要謹言慎行才是。」

幾人便都轉過了身形，改成壓低了聲音竊竊私語起來。

反倒是聽見他們對話的鹿靈，有些好奇地去問商鈺：「他們說的詛咒

是什麼?」

商鈺也不瞞,坦言道:「這座蠻祖城雖疆土遼闊、金銀不缺,可卻一直被千年都不曾破解的詛咒束縛──」

每任君主都會在占星師算星後的時間內完成大婚,大婚之後,也都會選擇前往戰場,而每一任君主也都會無一例外地在戰場上死去。死去的最年輕的君主只有十四歲,最年老的,則有七十五歲。

但他們的死法從不會有任何改變,都是死在戰場上。

同時,他們都十分戀戰,並且熱愛征伐,這也導致了蠻祖城雖為城,可卻大如皇國,富庶異常,那都是掠奪來的金錢,征戰為城池積攢了足夠的子民、土地與琳琅瑪瑙。

而茗綰公主也已經與城中的新任君主完成了婚典,按照皇城內部的規矩,君主即將要出征殺伐。

聽到這裡,鹿靈頓時急了:「這樣一來,剛剛成婚的茗綰公主,豈不是就要成為寡婦了?」

商鈺沉默一下,點頭道:「這是她的宿命。」

鹿靈覺得好笑:「可明明知道上了戰場就會死,這些歷代的君主為何還要前仆後繼?畢竟不去征戰,他們就能活下去啊!」

幽池也感到困惑:「的確,他們就如同是迫不及待地前去戰場上送死,明知結果只有一個,卻不願改變選擇,實在令人難以理解。」

商鈺嘆息了一聲,道:「這便是詛咒,是囚困著蠻祖城君主的詛咒。而詛咒的存在,凡人是不能夠明晰其存在意義的,就連商道姑也試圖為君主破解詛咒,結果卻遭到了反噬。」

想到自己慘死的師父,商鈺極為遺憾道:「師父常教導我不可介入他人的因果,哪怕是這一世的父母,也不能改變他們的命數。反觀她自己……唉!詛咒,終究是無解的。」

幽池打量著商鈺的神色,心覺他是因道姑之死而備受打擊,整個人極為憔悴、灰暗,以至於他已經將一些不算友善的東西,吸引到了他自己的身上,一團詭異的霧氣徘徊在他肩頭,似要融入他體內。

幽池便從衣衫裡掏出了一張黃符,上頭畫著火咒與一隻閉著的眼睛,他對鹿靈使了個眼色,鹿靈立即心領神會,從幽池手中接過了火符。

由於鹿靈坐在商鈺身旁，她只需要悄悄湊近商鈺，就能把火符貼在他的背上。火符入身，化作雲煙，無論是商鈺自己還是其他人，都看不見那張火符了，可入身的火符卻能保護商鈺免受「惡物」纏身，同時，也能夠幫助幽池觀察商鈺的動態。

　　待到三喜麵吃光，商鈺便與幽池、鹿靈拜別，他還需繼續尋找修仙石下落，自是不能耽擱。三人一同走出茶肆，鹿靈望著商鈺逐漸遠去的背影，小聲同幽池嘀咕道：「你覺得他要找的那塊修仙石，會和城頂上空的白晝三星有所關聯嗎？」

　　幽池則道：「不然，我也不會浪費一張珍貴的火符了。」

　　「看來你認定這座城裡的一切怪事，都是由白晝三星引起的。」鹿靈抬起頭，望著那三顆越發明亮的星子，「你我從廣澤城一路追尋到此處，的確是要找出三星現身的源頭。或許……和你的身世有關？」

　　幽池沉了沉眼，他沒有回應鹿靈。正當鹿靈打算再問的時候，身後忽然傳來一片譁然，幽池一驚，與鹿靈一同走向聲源處——只見百姓們圍在一處告示前，指指點點道：「這不是方才那位外族公主命人張貼的告示嗎？」

　　「莫要以外族公主稱呼了，都已經與君主完婚，要尊稱王后才是。」

　　「沒錯，這告示的確是以王后口吻來寫的。」

　　幽池瞇了瞇眼，也看著那紅底黑字的告示內容——

　　「蠻祖千年如一日，城內安居風雨調，非一朝一夕之穩，而今，只盼有賢良之士入宮面聖，日夜伴於君上身側，寬其心、解其憂，再不問邊疆殺戮，還百姓賢主聖明。若有緣者見此，無論老幼婦孺，不分男尊女卑，憑告示入宮，自有封賞，欽此。」

　　這告示令一旁的百姓們炸開了鍋，都在七嘴八舌的議論吵嚷。

　　鹿靈也湊近幽池耳邊，悄聲一句：「看來，是王后想要廣納說客來幫她挽留夫君了。」

　　幽池目不轉睛地盯著那告示上的字跡，彷彿能從字裡行間看出一股縹緲的幽柔之氣。他猛地蹙眉，立即擠進人群，在來到最前頭時，他毫不猶豫地撕下了那告示，折了三折，揚在手中，道：「賢者在此，還請引薦入宮。」

一群百姓呆怔地盯著幽池，臉上寫滿了「還真有見錢眼開的人，連那殺人不眨眼的蠻君都敢去招惹」。

　　鹿靈瞠目結舌地看著幽池，她全然不知道他在打什麼主意，直到身後傳來整齊有力的腳步聲，她猛地轉頭，見到一眾金甲侍衛持矛而來。他們眼神冷酷、面無表情，其不怒自威的震懾力，令百姓們自動地退去兩側，讓開了一條通路。

　　待金甲侍衛站定在幽池面前，瞥了一眼他手上的告示，一昂頭道：「持告示者必入宮見主，走吧！」

　　幽池拱手行了一禮，轉頭和鹿靈使了眼色，鹿靈雖滿心疑慮，卻還是聽話地跟上了他。

　　他二人上了金甲侍衛準備的車輦，一路前往去蠻祖城的皇宮，途中誰也沒有說話，除了金甲侍衛身上的金色鎧片會隨著馬匹的顛簸而發出低沉聲響外，周遭靜如一片死寂。

　　夕陽逐漸爬上雲端，三顆星子仍舊懸於天幕。幽池撩開車簾張望外頭，發現車輦已經入了一片幽深樹林，落葉隨風飄落，紫色的藤條垂了滿地。

　　他不由蹙眉，心中暗暗猜疑，這林子似乎有些古怪，深不見底，又無生靈，連蟲鳴都聽不見——

　　就好像是一條閃爍著詭異波光的通道，又不知是如何而成的通道。

　　「連生息都嗅不出，可卻又覺得處處都有脈搏在跳動。」幽池低聲自語，放下車簾時，看見坐在對面的鹿靈臉色鐵青。她摀著嘴巴，似在忍耐嘔意，幽池忙問她是否不適，鹿靈搖搖頭。

　　「也不能說是不適，就是覺得身體很沉，喉嚨裡有什麼東西要湧出來似的，腹部也很脹，耳邊也吵得很。」鹿靈用手背擦了擦嘴角口水，又指了指車輦外頭，對幽池說，「你聽，好多嬰兒的啼哭聲。」

　　幽池愕然道：「哪有嬰兒的啼哭？我可什麼都沒有聽見。」

　　「你可是降魔道長啊！怎麼會聽不見這麼吵雜的聲音？」

　　正是這點令幽池覺得詭異，他還想再問，車輦卻忽然一個顛簸，車內二人身形搖晃，鹿靈更是險些跌了出去。

　　「哎呀！」她一聲驚叫，喉間猛地有顆閃著銀光的東西衝出嘴巴，幽

池眼尖手快，一把抓住那物，攤開一看，那物在掌心裡化作了一塊銀屑。

又小，又尖。

「像是鏡子的碎片。」幽池蹙眉道。

鹿靈這會兒好受多了，她舒出一口氣，揉捏了一下自己的脖頸喉嚨處，百思不得其解道：「我可不記得自己吞進過鏡子的碎片，這東西是怎麼來的我都不知道，真是邪門兒。」

話音剛落，幽池的神色忽然一凜，他背脊發涼，連手臂上的汗毛都接連豎了起來。只因身後吹來一股陰重、潮濕的長風，他臉色剎那蒼白，雙手竟不自覺地微微顫抖。

緊接而來的，是車輦停落，金甲侍衛縹緲如霧的聲音穿來：「二位，蠻祖皇宮到了。」

幽池拚命地握緊雙拳，試圖克服自己的顫抖。他咬緊牙關，率先推開車門走下去，剛一踏到地面，便見腳下如一面巨大的鏡子，倒映著他的姿容。再一抬頭，面前皇宮如拔地而起的磅礡天宮，襯著鋪天蓋地的月華，彷彿一直堆到了九重天。他仰頭去望，卻怎樣也望不到宮殿的頂端，那白如雪浪的皇宮，在夜幕中閃著粼粼波光。

鹿靈的驚歎聲也在身後響起，她瞪圓了雙眼，好半天都說不出話來。

待稍稍平息之後，她又迅速趴在地面去照自己的臉，還拍打了幾下鏡面，極度震驚地說道：「天啊！這真的是鏡面，好像用力去敲打，鏡子就會破碎，我們走在上頭當真安穩嗎？」

「自然安穩。」回應鹿靈的聲音從宮門前飄然而來。

幽池與鹿靈一同去看，見到兩位身穿藕色長裙、腰繫靛色玉帶的宮女，提著兩盞玉燈，她們清一色的媚長雙眼，朱唇一點，含笑間再道：「此乃鏡湖，是千年前由初代君主征伐冰族而獲的寶物，冰湖被嵌入了鏡中，便成了鏡湖，千年來從未產生過裂痕，二位大可放心。」

「連湖都能從外族帶回來啊……」鹿靈連連咂舌，「可真是了不起。」

宮女以袖掩唇，美目一彎，笑著側過身形：「二位既是金甲衛帶來的人，必定是賢者了，請隨奴入宮去見王后吧！」

幽池頷首示意，他深深吐息，跟著宮女們朝通天巨塔一般的皇宮走

去。鹿靈也緊緊地跟在幽池身後，她很怕稍有一個不留神就會走丟在這偌大的宮苑裡。想她也是出沒過王煜宮殿的人，也不是沒見過世面的，可這般如天庭宮宇般的皇城，她夢裡都不敢見。

然而，在剛剛入了宮門的剎那，宮女便停下身形，並略有歉意地對幽池與鹿靈道：「二位賢者請以此遮目，在到達王后寢宮之前，萬萬不可摘下。」

幽池看向宮女手中的兩條黑布，眼有困惑。

宮女只道：「這是君主蠻君的規矩。」

那聲音雖溫柔，卻不容置疑，且充滿了魔力，很難抗拒，幽池只好默默地接過了黑布條，繫在了自己的眼睛上。

鹿靈也照做了。

兩位宮女分別檢查了幽池與鹿靈的黑布條，確定無誤後，才帶著他們繼續前行。

約莫半炷香過去，二人終於被帶進了一處寢殿。

由於雙目看不見，嗅覺與聽覺也就更為靈敏。幽池感到寢宮裡很溫暖，有一股幽幽清香將他包裹起來，窸窸窣窣的腳步聲由遠到近，他聽見宮女們恭敬地喚了聲「王后」，可是，卻沒有聽見回應。

接下來，他被宮女牽引到了木椅旁坐下，當黑布條被解開時，他被突如其來的燭光刺痛了眼，待適應之後，便看到一張逐漸變得清晰的面孔。

她坐在寬敞的、鋪著野獸毛皮的紫色雕花椅上，雲霞似的紅衣襯得她肌膚白如凝脂，燭光搖曳在她身旁，映著她旖旎嬌豔的朱唇，微揚的下巴令她本就明麗的眼睛，更能流淌出清潤的水澤，而畢竟年輕嬌嫩，她唇邊掛著的笑意，倒也有三分嬌貴、七分傲氣。

這張臉，與幽池白日時的驚鴻一瞥自是如出一轍。他立刻便知道了，眼前這人，就是與蠻君完成了和親大事的茗綰公主。不！是茗綰王后才對。

幽池心裡正想著，茗綰已經招手示意宮女上茶。

## 第二章 洛麟君

　　香茶很快便被端了上來，但幽池來此詭異的宮殿，可不是為了喝茶的，他將撕下的那告示拿出，放到桌案上，推到茗縐的面前，道：「王后，草民自告奮勇將告示撕了下來——」又示意身旁坐著的鹿靈，「草民與表妹二人斗膽來為王后分憂，還請王后——」

　　話未說完，茗縐就低聲嘆息，她拿起桌案上的那張告示，轉手給了身側穿著芍藥色衣裙的宮女。她是引幽池與鹿靈到王后寢宮的宮女之一，當時，她手中提著的宮燈上寫著「阿渃」二字，想必那便是她的名字了。

　　此時，阿渃接下了茗縐遞來的告示，轉身去了屏風後頭。

　　幽池打量著阿渃在屏風後的身影，依稀可見她將告示放在了一處半尺高的小山上，由此可見，那裡堆放的，都是今日收集回來的告示。

　　鹿靈湊近幽池耳邊，小聲耳語一句：「這麼看的話，我們並不是頭一個來見王后的『賢者』了。」

　　這也說明了，在幽池與鹿靈之前而來的「賢者」，都沒有人能夠令茗縐滿意的。阿渃在這時重新回到了茗縐身邊，並帶來了一支狼毫筆與一張紙板，茗縐拿在手中，手持狼毫開始寫字。

　　幽池有些詫異，與同樣迷茫的鹿靈相互看了一眼後，茗縐已將紙板翻了過來，上面寫著：「二位賢者如何稱呼？」

　　幽池立刻合拳道：「草民幽池，乃雲遊江湖的商賈。」

　　鹿靈也趕忙道：「草民鹿靈，是幽池的表妹。」

　　茗縐又寫道：「幽池賢者，鹿靈賢者，你二位在入宮之前，是否已經得知了糾纏蠻祖城千年之久的詛咒呢？」

　　幽池瞥了一眼茗縐，垂下眼睛頷首應道：「回稟王后，草民知曉。」

　　「那你們可有何不同於常人的能力，來破解這詛咒？」

　　幽池略一沉吟，道：「草民想，只要能將君主留在城中一年有餘，便算破解詛咒。因此咒皆在大婚之後不久發作，而一年的時間足以平息咒語，草民在幼時曾與家父學習過道法、意念與占星之術，可以此來試。」

　　在說到占星之術時，茗縐的眼睛明顯地亮了起來，隨後，她露出了釋然的神情，放下紙板，對身旁的阿渃點了點頭。

阿渃心領神會，立即來到幽池與鹿靈面前，微笑道：「兩位賢者，王后已認可了你們，請隨奴婢去見蠻君吧！」

幽池愣了愣，雖有疑慮，卻還是起身隨著阿渃離開。臨走之際，他悄悄回頭看向獨留在室內的茗縮，她已踱步去了屏風後，一抹美人影映在上頭，似在細數那些告示的份數。

幽池蹙起眉頭，心覺那不該是一位尊貴的王后應做的事情。而且——

「她身上的氣息與常人不同。」幽池喃喃自語，聲音很小，只能被離他最近的鹿靈聽到。

「你又這麼說了。」鹿靈忍不住打了個寒顫，「每次你一說哪個人的感覺不對，不是那個人自己有蹊蹺，就是那個人的身邊暗藏著蹊蹺，搞不好還是殺機。上一次的万俟姊弟已經夠恐怖的了，我可不想在這裡還遇見麻煩事。」

幽池的眉頭卻越發皺緊，他沉聲道：「與以往都不同，那種說不清的氣息，被她壓抑得很好，即便是我，也很難參透。」

一聽這話，鹿靈也顯露出了不安，同時還在唇前比出「噓」的手勢，她很怕被引路的阿渃聽見。

提著宮燈的阿渃，正帶著幽池與鹿靈二人走在鏡湖之上，他們三人的身影倒映在鏡面，每走一步，鏡面上就會漾出一圈淺淺的漣漪，煞是驚豔。這也難怪蠻祖城的君主要把這湖帶回城中了，任憑是誰遇見這樣罕見的美麗之物，都要產生邪念……鹿靈在心中唏噓。

走在最前的阿渃則忽然道：「再繞過一處紫薺花園，便會到達蠻君的宮殿，二位賢者只有一次機會說服君主，還望二位珍惜。」

鹿靈眨了眨眼：「怎就只有一次機會？」

阿渃嘆道：「因為，沒有成功的賢者們，都被蠻君殺死了。」說罷，她抬手指了指越發接近的蠻君宮殿外的水井，「那井並不是用來抬水的，而是飼養妖獸的籠子，而那些見過妖獸的人，也都是被扔進井中，被活活吞吃的死人罷了。」

「難怪從方才起就聞得到一股隱臭。」鹿靈皺了皺眉，見那井是由黑磚砌成，足足要由十個人伸開雙臂才能環抱得住，可見飼養在下頭的妖獸有多麼巨大可怕了。

「早在二位到來之前，已經有不下百餘名賢者被丟入了井中。」阿渃道，「王后一直在廣納說客來留下蠻君，打從她知曉城中詛咒之時，就一直為此而默默努力。因為她自己已經試過了許多法子，再加上她總是要寫字來說服，實在是很難實現心願。」

幽池試探地問道：「王后是不願開口說話嗎？」

阿渃搖了搖頭，極為惋惜地回答：「王后生來便不會講話，奴婢是她的陪嫁侍女，打小就知道她是要靠寫字來與旁人溝通的。」

鹿靈也因此而露出了恍然的表情，她倒是沒有半點不敬的意思，只是在心中暗暗地做出結論：原來王后是個啞巴。

阿渃手中的宮燈輕輕搖晃，在來到蠻君寢宮的大門前時，她轉身看向幽池與鹿靈，表情有些凝重地說道：「按照規矩，奴婢只能送二位到這裡，但兩位實在年輕，奴婢也不忍你們失敗，就將王后不准奴婢說的事情，稍稍告知給你們。」

幽池不勝感激，阿渃便同他們說了起來。

實際上，茗綰已經和親有兩年了。她貴為赤翎族的嫡公主，是中原州外的外族裡最負盛名的女子。無論是其容貌、品行、血統、母系背景都沒有半點缺憾，唯一美中不足的，是她天生就啞了。醫術再高超的御醫，也無法查出她說不出話的原因，喉嚨、氣管都健康完好，可她吃了無數藥草，也還是無法發出聲音。

但是這並不影響那些求親者們的熱忱，他們知曉茗綰豔絕四方，一待到她年滿十六歲，便都絡繹不絕地前往赤翎族表明心意。

可此族猶為慕強，且在百年之前，族裡曾遭遇千里之外的蠻祖一族入侵、掠奪，導致赤翎族對蠻祖族充滿了敬畏與仰慕，也因擔心會再次惹起戰亂，赤翎王在聽聞蠻祖族這一任君主與茗綰年紀相仿後，甚是大喜，當即決定將茗綰嫁給蠻祖族君主，來完成一場有利兩族的和親。

然而，茗綰最初是不願和親的，她聽聞蠻祖族的人都嗜血戀戰、粗野蠻橫，她不想去做那種人的妻子。更何況她自己也擅長劍法，又習得一身好本領，她向父王表明，自己可以保護族人。

赤翎王笑她是初生牛犢不怕虎，若她見過蠻祖君主屠過赤翎城的景象時，便不會說出這種蠢話了。

「既然父王清楚他們凶狠、歹毒，又如何能忍心將孩兒置於龍潭虎穴、苦海荊棘之中？」茗綰曾那般質問。

赤翅王撫摸著女兒的臉龐道：「若你一人可以換取赤翅族至少五十年的安穩，就算是要本王將你嫁給猛獸、野鷹做妻，本王也不會有半點猶豫。」他繼續漠然道，「你該感謝你生了一張傾國傾城的臉孔，否則，就憑你這生來就啞巴的殘缺，蠻祖族的現任君主又怎會同意你入他城池？」

原來她不過是枚棋子，父王早就已經將她獻給了蠻祖城的君主，根本容不得她拒絕。她必須離開所有家人，離開她的故鄉，前往萬里之外的異族，更要告別從小教導她劍法的師父與師兄。也正是踏上和親之路的當天，一向堅韌的茗綰，對著她的師父、師兄們哭了起來，她不想和親，不想做皇權的犧牲品——那是她十六年來第一次表達內心的不滿，也是她第一次對未來的人生產生恐懼。

她可以選擇逃跑，但必定會引發蠻祖族的入侵，她不能為自己的家鄉帶來腥風血雨；她也可以選擇自盡，或者是死於和親的途中，這樣一來，兩族只會為她遭受的意外感到扼腕，並不會以此為由而挑起事端。

但離別之前，母后眼含淚水握著她的手，囑託著：「茗綰，你一定要活下去，總有一天會與母后再次相見的，為了母后，你要好生活著。」

想來母后只有她一女，若是她死了，母后也必定會隨她而去。也是因此，茗綰放棄了尋死的念頭，她看著戴在自己十指上顏色各異的戒指，那是蠻祖族的聘禮之一，每一枚戒指都對應了世間所有元素，雲、水、風、火……，十枚戒指牽扯出十條水晶鏈條，緊緊地纏繞在她手背，像是極致的束縛與占有。

打從一開始，蠻祖族的君主就已經對他選中的妻子布下了天羅地網，她無論如何都是逃不了的。被蠻祖一族看中的女子，會被他帶進蠻祖城千年來都充斥著浮華、鐵血與糜爛的朝權之中，她要為他生下足以承擔權野跌宕、宦海浮沉的繼承人，更要接納他被祖上糾纏千年的無法破解的詛咒。

誠然，在茗綰來到蠻祖城不久之後，就得知了關於蠻祖族君主的詛咒，是她的夫君，洛麟親口告知於她的。想來在她的想像中，蠻祖城的君主理應是醜陋、高大又不講理的嗜血之人，但當她入了皇城，見到洛麟的

第一眼，才驚覺他不過是個與她年歲相仿，且眉目秀麗的少年。

洛麟自小便容貌出眾，正因為長相過於俊美，他才會戴著惡鬼面具征戰沙場，目的是引起敵軍的忌憚，也避免因長相不夠凶惡而被輕視。

他是個寡言少語的人，十七歲那年看見了茗綰的畫像，因青睞她的容貌而同意了和親之事，並且，在茗綰從赤翅族來到他蠻祖族的當晚，他便同她推心置腹道：「我的王族是被詛咒的一族，每任君主都必須在占星師算出的時間內完婚。那個時間是根據星象而定，只有占星師能料得準。也許是十八歲，也許是二十八歲，就連七十餘歲也有可能。大婚當年，也必須生下繼承人，與此同時，在任的君主必須前往戰場，並死在那裡，那是我族的宿命，也是我的宿命，千百年來，每一個蠻祖族的君主都是相同的死法，而我的星象中，成婚的時間是在十八歲。」

他說：「可我想要破解這詛咒，我想知道詛咒背後究竟是什麼陰謀，所以我需要你的協助。」

也許是因為他的真誠，茗綰選擇去試著相信他。

而他決定反抗詛咒的第一件事，就是延遲大婚典禮。

大婚如同是觸發詛咒的訊號，只要君主娶妻，詛咒就會開啟齒輪的運轉。也就是為了與詛咒抗爭，洛麟遲遲沒有與茗綰舉行大婚儀式。

可兩族卻因此而心存不滿，尤其是赤翅王，他覺得洛麟的做法實在不合規矩，女兒已千里迢迢地送去給了蠻祖族，近乎一年時間竟還未舉行大婚慶典，就算是再如何忍讓，赤翅王也覺得顏面無光。

再說蠻祖城的朝臣，他們也時刻催促著洛麟完婚，就好像急不可耐地要讓繼承人出世，否則，蠻祖城上下都難以安心。

多方壓力導致洛麟也不能再孤注一擲，但是他足夠狡猾，想著既讓兩族滿意，又防止詛咒開啟的方法，於是，他選擇了先與茗綰生下子嗣。

所以在大婚舉行之前，茗綰就已經為洛麟誕下了一個女兒，由此一來，洛麟借勢封了茗綰為王后，即便還未完成大婚，可二人已是君主與王后的夫妻之實，足以平息了赤翅王的怒火。

再說，小公主的誕生，她剛剛降世就被封為長公主，是洛麟親屬的第一繼承人。只是朝臣卻不滿公主為女子，女子怎可稱為繼承人？蠻祖城的歷任君主必須是男子，否則會遭外族輕視。

洛麟卻不肯更改口諭，他想著必須做一切能與詛咒對抗之事，未婚生女、立為儲君，這些不僅在挑戰詛咒，也在試探王權。然而當洛麟一到十八歲時，他的想法幾乎是突然之間就發生了天翻地覆的改變。

還記得那天夜裡下了大雨，他出現在茗綰的寢宮前，也無人撐傘，他全身已被雨水淋透。茗綰當時正在給女兒哺乳，見他來了，立即整理好衣衫，也以眼神示意阿渃去備薑茶來給洛麟暖身。

可阿渃還沒等應聲，洛麟就一揮手臂，擺出了拒絕的姿態，並冷漠地瞥了一眼茗綰懷裡的公主，視若無睹般地命令茗綰道：「我已定下了大婚之日，三日後舉行儀式，婚後我便要出征南國，你明日便帶侍女來與我合宮，莫要再獨住此處了。」說完這話，他轉身欲走。

茗綰大驚失色，張了張嘴，想問為何突然改變了主意？奈何她發不出聲音，只能急著去抓他衣襟，試圖挽留。洛麟卻一把甩開她的手，眼神凌厲，語氣淡薄，他蹙眉道：「此事已定，王后莫要阻攔。」

茗綰只能眼睜睜地看著洛麟離去，她靠著門框，哀默地癱坐在地。

他此前從不會對她這般武斷、絕情，不過是十八歲一到，他就如同變了一個人，根本不再是她所戀慕的洛麟。

「那之後又過了三日，婚典如期舉行，朝臣跪拜，八方來賀，茗綰公主正式成為了洛麟君主唯一的王后，而這也就是發生在兩日前的事情。」

聽阿渃說到這兒，幽池和鹿靈也感到一股淡淡的悲傷，只不過鹿靈察覺到一絲異處：「原來大婚就在我們來到城中之前的兩日才舉行完畢？」

阿渃點點頭：「也是因此，在城中百姓來看，我們家公主就彷彿是才在前幾日完成和親的，很多人都不清楚她和君主之間已經有了一個女兒，而且……君主在大婚之後，就廢除了曾將嫡公主立為儲君的口諭。」

鹿靈問道：「他為何要出爾反爾？」

阿渃嘆道：「沒人知道如今的君主在想什麼，就連茗綰王后也無法感知到他的心意。他們原本很是恩愛，幾乎同進同出，可自打君主一改常態後，他們之間的情誼也蕩然無存，君主一心要奔赴戰場，根本不顧王后的哀求與挽留。」

幽池接下阿渃的話：「所以王后才會張貼告示，廣召天下賢士來為她留下君主。」

「實在是因為王后已經一籌莫展了，她用盡了法子，勸、哭、絕食，乃至於是以死相逼，都無濟於事，彷彿誰也改變不了這宿命。」

阿渃神色悲苦，她抬頭仰望君主的宮殿大門，長嘆一聲後，再次叮囑幽池與鹿靈：「勞煩二位將君主留下，王后必定會重重有賞。」這話落下，阿渃也完成了自己的使命，她向二人俯身作揖，提著宮燈轉身離開了。幽池則是與鹿靈走上階梯，在踏到最後一階的時候，君主寢宮的大門自動敞開了。

「吱呀——」

鈍重的聲響如厲鬼哀鳴，迎面撲來的花香也格外醇厚，令幽池不由地皺起眉頭，他見到滿院都盛開著曇花，純白的花瓣襯著皎潔的月華，將殿內照耀得極為通亮，如同是光明聖殿。

「曇花雖美，可只能盛開剎那芳華。」幽池盯著那些捲曲、婉轉的花葉，眼神也隨之黯淡下來，「鍾愛曇花者，必為性情極端之人。」

「可以讓這麼多的曇花同時盛開，也實在是件不可思議的事情……」鹿靈指尖拂過花葉，一不小心被細刺傷了指肚。

一滴血湧出，被她含在嘴中吸吮了。

「沙沙」、「沙沙」，夜掃落塵的聲音傳來，幽池循聲望去，只見一身穿黑袍的男子，正在曇花叢下打掃著開始凋落的花葉。他看起來很年輕，最多不過二十歲，如果不是穿了黑色的衣衫，可能還要更加年輕些。個子極高，骨架卻較為清瘦，但又不會顯得孱弱，側臉望來的眸子明亮，五官也是俊秀的，身上的氣韻倒是不俗。

鹿靈見到有人，立即跑了上去，躬了一禮，問道：「閣下可知君主正殿在何處？我與我表哥是摘了告示的賢者，是來宮裡拜見君主的。可惜寢殿實在是大，我們一時半會兒找不到哪處才是正殿，擔心誤了時辰。」

男子漠然地注視著鹿靈，略一垂眼，將她打量了一番：「說客？」

鹿靈似有些不滿這形容，幽池在這時走來，他抱拳行禮道：「在下民間商賈幽池，與表妹鹿靈來宮中並非想要做說客，而是為了替一位悲傷的王后挽回夫君。」

男子的神色變了變，他饒有興致地說了句：「你們倒是與此前造訪的江湖騙子不同，他們只想著要錢，變著花樣的在君主面前自作聰明，連我

在一旁聽著都心覺厭惡。」

幽池瞇了瞇眼：「所以他們都被投進井中，餵了野獸。」

「你會認為是蠻祖城的君主殘暴嗎？」男子問。

幽池微微搖頭：「為人君王者，必有其通天之本領，殘暴與否，不該我一介凡夫俗子定奪。」

男子眼裡閃過一絲驚色，他握緊手中掃帚，忽然走近幽池一步，指著身旁大片的曇花叢，問他：「你既知曉君王與凡人不同，那你身為凡人，能從這些逐漸凋落的豔麗花群裡看出端倪嗎？譬如說，在你眼中，凋落代表了什麼？」

幽池轉過頭，凝視著曇花一現，回答道：「我的死亡。」

男子蹙了眉。

幽池重新轉回頭，他與男子四目相對，沉聲道：「曇花凋零，如燈滅，如人死，而我等貿然出現，本就唐突，惹惱了殿中人，必定會落得投井的下場。然而，若天子無心劫，君主無執念，又何必降罪在小小凡人身上呢？即便是曇花一現，也總歸是美過，憐惜眼前人，莫要被妄念纏身，殺戮如曇花，終有凋零時，而放下，才能讓一切順意順然。陛下，我說得可對？」

「陛下」二字令鹿靈驚愕地看向幽池，她低聲驚呼：「你……你說他是蠻祖城的君主？」

男子因此而淡然一笑，他什麼也沒再說，只是輕蔑地看了一眼幽池便轉過身去，姿容逐漸融入曇花叢中，很快便消失不見了。幽池望著他遠去的背影，心裡也鬆了一口氣。

「他倒是沒有把咱們兩個扔進那井中餵獸。」即便是幽池，方才也是有些心神不寧的，「這位君主身上幾乎沒有氣息，根本無法分辨他是人是妖，就彷彿他連心神都不存在，實在是詭異得很。」

「連你都看不穿他嗎？」鹿靈震驚不已，又問，「可你是什麼時候發現他就是蠻祖城的君主的？我還以為他真的是個掃地小廝咧！」

「雖然感受不到他的氣息，但他身上的震懾力，卻令我一眼就察覺到了他的不同。」幽池緊緊地鎖起眉頭，「我從沒有遇見過像他這樣可懼的存在，他只是單單站在那裡，就令我不寒而慄。」

話音落下的剎那，有風從四面八方吹拂而來，吹落了無數曇花的花瓣，也吹滅了掛在宮簷下燈罩裡的燭火，周遭漸暗，只餘死一般的沉寂。

　　可緊接著響起的，是宮苑深處的哀哭聲，隱隱的啜泣，再加上樹影隨風晃動時的鬼魅，這些都令鹿靈惶恐地縮了縮脖子。她催著幽池快點從這裡離開，畢竟這偌大的寢宮裡，除了她二人再無半個人影，連侍女都沒見到，簡直像是個荒蕪鬼地。

　　「快走吧，幽池！當心他改變了主意，又要取咱們性命了！」

　　幽池一邊點著頭，一邊與鹿靈向來時的小路退去。

　　他二人就這樣匆匆地出了君主洛麟的寢宮，剛走出沒多遠，就見一群穿著彩衣的宮女急匆匆地奔走著，她們要去的地方，正是茗綰的宮殿。

　　鹿靈性子急，抓住一名彩衣宮女就問：「是王后出什麼事了嗎？」

　　那名彩衣宮女只道：「阿渃姑姑傳我們去的，是王后突然昏倒，我們要去配合御醫照料皇后！」說完便推開鹿靈，急匆匆地隨著隊伍跑掉了。

　　幽池與鹿靈面面相覷，心中也是擔憂，趕忙追上那一隊宮女。待到了茗綰的寢宮門口，見阿渃正忙著帶領剛從車輦上走下的御醫進殿。

　　她神色惶恐，語調不安地同御醫小聲道：「王后的月事自兩月前便沒有來過了，且大婚之前，君主與王后也是十分恩愛，經常會留在王后的寢宮許多日……」

　　御醫馬上恍然，面露笑意道：「恭喜姑姑了，恭喜花容宮了，王后必定是又有了身孕，錯不了的！」

　　阿渃半信半疑地同御醫進了茗綰的寢房，跟在後頭的幽池與鹿靈，則藏身在門外的樹叢裡，他們聽到屋子裡忙忙碌碌的，宮女們進進出出，是來接應後來起來的御醫，前前後後共有十餘名。恐怖的是，每一位來到此處的御醫，都聲稱茗綰必定懷了身孕，恭喜話滔滔不絕。

　　再到半炷香的功夫後，又有身穿灰衫的當朝占星師拜訪，她是從御醫那裡得來的消息，要來為茗綰占星胎兒是男是女的。

　　一直偷瞄著眼前光景的鹿靈困惑道：「他們怎麼就能確定茗綰一定懷了孩子？還如此大張旗鼓地來占星起了性別，未免太詭異了。這蠻祖城裡的人都怪得很，他們到底是怎麼一回事？」

## 第三章 白犬狼

室內火燭隨風輕晃，氤氳光暈忽明忽滅。

光影映照在金朱色的牆壁上，那是一位在跳著詭異舞蹈的身影，她嘴裡還不停地念著咒語，手中有接連不斷的符咒飛出。滿牆、滿地的紙符，每張符咒都樣式不同，有如鳥狀之符，有寫有「龍神」二字之符，亦有雷電風火、四神陰魅之符。

符咒連成了圓圈，核心處便是茗縮的床榻，周遭圍繞著御醫、宮女與天清宮裡來的道士，數不清的眼睛直勾勾地盯著被夢魘纏身的茗縮，他們的嘴裡念念有詞，每多念一句，就令茗縮的表情痛苦不堪。

她知道自己是醒著的，可無論如何都睜不開眼睛。她也能夠感覺到身旁圍著的人們，但是她發不出聲音，全身也動彈不得，唯有冷汗不停地從額際滲出，又覺那些咒語吵得她頭痛欲裂，只能在心裡呼喊著阿渃的名字。

「阿渃，阿渃！快讓這些人都離開……」

可是，被御醫與占星師攔在門外的阿渃，又如何能聽得見茗縮的心聲呢？她只是焦急、不安地徘徊在外頭，時不時地看向紙窗裡的婆娑影像，不停地告誡自己要信任御醫，他們說了是在做保胎儀式，那儀式是確保占星師能夠占出胎兒的性別。

「王后……」阿渃擔憂地絞弄著手指，正不知所措著，忽然感到耳邊一陣清風拂過，她猛地轉頭去看，但無人在側。

「怪事。」阿渃撫著自己臉頰，「方才明明感到有人經過，莫非是錯覺？」

那縷清風卻也不是阿渃的錯覺，是幽池的魂魄穿過了阿渃的身體，飄浮到了茗縮的房內。他與鹿靈覺得那些御醫行事古怪，便迫使自己靈魂出竅去房內查看。

此般時刻，幽池浮到茗縮身前，見她額上汗如雨下，臉色慘白如紙，那些聚在她身旁的人們則面無表情，就彷彿拚了命的想要將咒語灌入茗縮的體內。而他們口中的咒語皆不同，幽池從未聽聞過，好似上古祕咒，令活體不適，令魂體也極易消散。

幽池感覺自己的靈魄時不時地會因那咒語而破出小洞，他的靈力在這個房間裡充滿了不穩定，尤其是占星師忽然看向他，煽動著鼻翼道：「有外人闖進來了。」

其中一名彩衣宮女立刻停止念咒，她像是早有準備般地從腰間掏出一支搖鈴，用力晃動起來。剎那間，幽池魂飛魄散，最後一眼，他只看到占星師對他露出了輕蔑的笑容。

「啊！」草叢中的幽池驚呼一聲，他猛地坐起身形，驚魂未定地大口大口地喘著粗氣。

一旁的鹿靈連忙關切道：「幽池，你沒事吧？你流了好多汗，出什麼事了？你怎麼這麼快就魂歸肉身了？」

「我看見了很多符咒……占星的人發現了我，有個宮女搖鈴把我趕了出來……」幽池緊蹙眉心，他從未如此狼狽過，忍不住抬頭死死地盯著那扇緊閉的房門，咬牙道，「那些人，絕非良善之輩。」

話音剛落，房門忽然從裡面慢慢的打開，占星師帶領著一眾御醫與宮女站到門前，對等候已久的阿渃說道：「恭喜姑姑、賀喜姑姑！王后的確是懷了身孕，且是男嬰，相信君主征戰歸來之後，必定會立這尚未出世的孩兒為太子的。」

此話一出，不僅是獨自站在門前的阿渃滿目驚色，就連藏身在草叢中的幽池與鹿靈也感到詭異萬分。

「他們是如何判斷出茗綰王后腹中骨肉是男嬰的？」鹿靈小聲嘀咕著，「難道占星之術當真如此玄妙？」

幽池並未言語，他暗自握緊了雙拳，眼神蘊藏著怒意。

阿渃則是猶疑地向那位占星師詢問：「大師所言必定不會有假，只是……大師方才也說了『君主征戰歸來』，若將王后有孕的消息告知於他，他便不會忍心拋下王后吧？」

占星師卻漠然道：「姑姑有所不知，君主在半個時辰之前，便已經召集將領們祕密出宮去了。」

「出宮？」

「自然是帶兵征戰。」

阿渃驚愕地自語一句：「如此說來，是那兩位賢者並沒能說服君主留

下了……」

草叢中的幽池聽見這話，他眉頭越發緊皺，心中暗暗想道：「那君主必是早就決意要離宮出征了，我與鹿靈與他相見的那會兒，怕就是他臨行之前的最後一面。」

「他沒有將我們投入井中餵食野獸，並非他心存善念。」幽池咬緊牙關，憤恨道，「分明是他急著出宮，全然沒有心思在我們身上浪費時間罷了。」

鹿靈感到害怕地睜圓了雙眼：「照你這樣說來，那君主豈不是毫無善心、只知殺戮之人？」

幽池沉默地點了點頭，忽聽房內傳來一聲淒厲的呻吟，是茗縉的聲音。然而堵在門前的那些御醫、宮女以及占星師全不在意似的，他們紛紛離去，手指只管掐算著茗縉生子的時日。

甚至還有宮女在臨走之前，將符咒貼滿了茗縉的門框，語氣強硬地囑咐阿渃：「誰也不可撕下此符，否則，天將降禍。」

阿渃無心理會她這話，匆忙地應下後，便推開她去房內看茗縉的狀況。

幽池見那行人離開了，也拉著鹿靈從草叢裡起身，他們站在茗縉的房門前，去打量裡頭的光景。只見茗縉已經醒了，阿渃正跪伏在茗縉榻旁，她主僕二人正在悄聲談論，直到茗縉的視線飄出房門，阿渃也隨她一併望去。

幽池與鹿靈就站在門旁，他們看到阿渃眼含清淚、神色訝異，可很快又欣喜地對他二人說道：「太好了，二位賢者平安無事地歸來，奴婢以為連你們也要被君主——」

說到君主，阿渃的臉色立刻又變得難看起來，她悲戚道：「王后已經得知君主離宮的消息了，御醫們……在方才也告訴了王后。」

幽池正想要踏進房內來與之探討此事，可符咒設下的屏障卻立刻將他攔身在外，一股強烈的劇痛將他吞噬，令他猛然間知曉，這符是用來防他這種靈媒之人的。

「這皇宮裡有破解靈媒之術的人。」幽池低聲道。

鹿靈聽見他這話，不安地問出：「連你這種功力頗深的降魔人也奈何

不了對方嗎？」

幽池感到絕望地繃緊了嘴角，他沒有回答鹿靈。因為，他根本不是奈何不了對方，而是連對方究竟藏身在宮中何處，他都無法感知得到。

這一刻，他忽然產生了一絲懊悔的心緒——帶鹿靈涉險此處，會否是他做過天大的錯誤決定？可眼下他們已經無法離開此處，因皇宮大門都被封上了符咒，幽池與鹿靈已經完全被困在了這裡。

幽池卻也暗暗做出最壞的打算，若有危險發生之際，他可以懇求阿渃將鹿靈送出宮去。鹿靈並非生來就具備靈媒體質，只是與他在一起久了，才染上了靈力。只要有他協助，鹿靈是可以逃走的。

思及此，幽池又自嘲一笑，他幽池竟也被逼到了這種田地，實在是可憐又悲慘。

而三日後，臥床多日的茗縑終於能離開寢宮出行，她倒是十分感激幽池能夠為她去遊說君主，哪怕並未成功，可幽池與鹿靈活了下來，就說明君主也是動了惻隱之心的。

「我懷有身孕的消息，已經飛鴿傳書去了他那裡，他若得知此事，說不定會改變心意，重返皇宮。」茗縑寫出的這話，在幽池眼裡看來，簡直就是痴心妄想。且她好像已經忘記了那一晚的事情，御醫、宮女與占星師在她床榻前營造出的可懼氛圍如黃粱一夢，早就從她心頭消散一空。

這會兒的她，正在阿渃的陪伴下於庭院裡賞花逗鳥，手掌時不時地去撫自己的小腹，她倒是極為在意這胎兒安危的。

「幽池。」跟在茗縑與阿渃身後的鹿靈在這時停住腳，扯了扯身旁幽池的衣襟，示意前方茗縑的背影道，「你覺不覺得她身上的氣息似曾相識？」

幽池蹙眉：「你怎無端說起這話？」

「我近來總能嗅到這王后身上有股熟悉的氣味兒。」鹿靈猶疑地說道，「和王煜身上的很是相似。」

王煜。

這名字令幽池心頭一沉。

想來從無赦國離開後，幽池倒是一直在追尋王煜身上的那股氣息——那是魔界之氣，幽池認定那與自己的身世有關。可在經歷了蜀葵、万俟姝

弟的事情後，那股氣息便斷掉了。

　　幽池雖嘴上不說，內心倒是有幾分擔憂、焦急的，沒想到鹿靈卻道出了他的心思，令他驚訝之餘也倍感惶恐。這說明鹿靈對靈力的感知已經越發熟練，而她自己卻渾然不知，再加上身在這古怪、可怖的城裡，很容易就惹禍上身。

　　所以幽池要打消她這念頭，便道：「你感知錯了，她只是個凡人，怎配與王煜相提並論。」

　　「話雖如此，但那個君主也不是什麼良善之輩，搞不好他們兩個也和王煜、琬珠一樣，都是有著前世因果之人。」

　　「噓！」幽池示意鹿靈不要多嘴，又側眼示意僅有幾步之遙的茗縉與阿渃二人，「我們尚未分辨得出他們留我們在此的用意，更要謹言慎行才是。」

　　鹿靈乖順地點頭，她反倒是覺得茗縉準備給她與幽池的美食佳餚乃是奇珍，罕見得很，她認為多留在這裡一陣子也未嘗不可。

　　直到半月之後，前線帶回了令整個蠻祖城都震撼不已的消息。

　　君主戰死，一如詛咒。

　　可令幽池覺得詭異的是，上到重臣、下到百姓，他們震驚的並非君主的死，而是君主竟在戰場上廝殺了近乎十五日才亡，這在歷代之中實乃少見。畢竟蠻祖城的先代君主，幾乎一到戰場便會死去，那是件很邪門兒的事，甚至還有敵軍親眼目睹先代君主當眾自刎，從烽火臺上飛身跳下百丈的君主也是有的。唯獨洛麟抗爭得最久，也是斬殺了最多敵軍的一任君主。

　　在他死之前的十五日內，他征下了南國、崔席國、引國……等七個國家，金銀、女人與戰俘，都被將領們用牛車、馬車以及裝糞的車子拉回來，滿滿當當的裝了八十餘輛。

　　蠻祖城的史官便為此而寫史，將之成為歷代傳奇之舉，並與朝中十三名重臣商議過後，為洛麟留下了「賢麟君」的稱號，可謂功發四海、流傳千古。

　　蠻祖城上下又為其哀悼整整三日三夜，且國喪將長達十個月，期間不准貴族、百姓夜間遊樂，宵禁更是從原本的戌時提早改到了酉時。

洛麟倒是享盡了後人尊仰，他的王后茗綰可就沒有半點喜悅了，彼時她已孕有兩月，竟真的如御醫與占星師所言，她到底是懷了先君的骨血。

除了她會為洛麟燒紙、做法之外，宮中其餘人等都沉浸在一派歡喜之中——他們雖身著素白喪服，可面目歡喜，個個洋溢著笑容，全然沒有失去君主的悲傷，反而還擺宴來慶賀茗綰腹中的胎兒終於成形。

只因在得知洛麟君戰死沙場的當日，御醫們便又衝到茗綰寢宮，診脈、驗身……在確信茗綰的孩兒完好且胎心有力後，眾人如釋重負，甚至還立即舉行了一場儀式。

按照儀式要求，茗綰必須跪坐在皇殿中央，她的四周掛滿了白綾，而面前則是占星師手持燭火，並將火焰在掌心反覆揉搓，直到變成灰燼後，占星師才示意茗綰跪拜散落在地的灰燼。

雙掌合十，搓動三次，磕頭五次，期間不准發出任何聲音。

好在茗綰是個啞巴。

這儀式進行得十分順利，占星師在最後走到茗綰面前，她拾起地上的全部灰燼，揉在掌中成了一塊骯髒的硬物，低聲道：「王后，吃下它，這是先祖的賞賜，可保你腹中胎兒順利降生。」

茗綰懷疑地抬起頭，占星師臉上的笑容滲透出一絲森然，在白綾的襯托下，也顯露出陰鬱的慘白。

茗綰猶豫了片刻，占星師將掌中物又推近一些，茗綰知道逃不掉，只好接過來吃下了。

灰燼入口，苦澀難耐，但過喉之時，竟有一股暖流。茗綰感到暖流一直淌到了自己腹中，彷彿將胎兒緊緊地包裹了起來，她也因此而鬆下一口氣，畢竟，她想要守護腹裡孩兒，這是洛麟死前唯一留給她的、只屬於她與他之間的東西了。

儘管朝臣、御醫與宮女表現出的態度都令她感到詭異，可她決定對此視而不見，並聽從御醫的安排在寢宮裡養胎，連平日裡常去的蓮池都不再靠近了。

「御醫說蓮花生寒、濕氣染身，對胎兒總歸是不好的。」阿渚在見到幽池與鹿靈的時候，低聲喟嘆道，「王后也不好和他們逆著來……便有勞二位賢者多多開導、陪伴王后了。你們能從君主那裡平安歸來，就算沒能

破除詛咒留下他，可是能活下來這一點就足以證明你們的功力，還請二位為王后寬心。」

阿渃並不知其中奧祕，自然是格外信賴、尊敬幽池與鹿靈的。

幽池應了下來，心中也在盤算著，如何才能進去茗綰的房間。屏障一旦形成，就算撕下符咒也無濟於事，他和鹿靈都是被這房間排除在外的。唯有等候子時一過，月華落下，符力淺薄，幽池才能以靈魄鑽進窗櫺。即便如此，也無法過於靠近房中的茗綰，符咒會將他拉扯出去。

夜色漸深，細雨飄來，烏雲將月遮蔽。

潮濕的泥土氣撲面而來，幽池的靈魄悄悄潛入茗綰房內時，她還未睡。

萬籟已俱寂，燭火剛燃滅，茗綰又續上了一根蠟，昏黃光影映著她的臉。那是一張蒼白得沒有絲毫血色的臉孔，不苟言笑的模樣，在夜晚中顯得格外虛無，就好像隨時會變成一縷輕煙消散。

幽池注視著她的一舉一動，見她坐回到床榻旁，低頭瞥了一眼放置在自己枕上的靈位，上頭刻著君主洛麟的名號。

可靈位是新的，本該光滑無缺，但明顯有著火燒、刀砍過的痕跡，還纏著細細的鐵絲，似要遁入靈位之人的血肉一般。

幽池站在角落地抱手觀望，覺得茗綰對君主的情誼，好像並非表面那般情真意切。只見茗綰手指輕撫靈位牌面，眉眼間竟洩露出幾分厭惡之色。緊接著，她從枕下取出了一柄雕花小鏡，仔細地端詳起了鏡中的自己。

漆黑靜夜，陰鬱連綿，竟要在此時照起鏡子？

幽池參不透茗綰這般舉動有何深意，但見她站起身來，對著鏡子左顧右盼，甚至轉過身去，將鏡面正對向了幽池。剎那間，幽池瞪圓了雙眼，只因那鏡中呈現出來的人臉並非茗綰，而是另一個女子醜陋、泥濘的面容！

而鏡子也找出了幽池的身影，茗綰猛地轉過頭，眼睛與幽池的視線相對，她嗚咽一聲，像是在問：誰在那裡？

窗櫺忽然被夜風吹開，亂雨拂來，風如鬼叫，房內燭火被吹滅，幽池驚覺自己必須離開了。哪知茗綰卻將手中小鏡對準了幽池所在的方向，鏡

裡忽然傳出野狼嘶吼，緊接著，便有一頭紅眼白毛的巨狼從鏡子裡衝出，張開血盆大口、撲向了幽池！

幽池驚恐地倒吸一口涼氣，他感到巨狼的利齒咬在了他擋在身前的左臂上，一陣劇痛吞噬了他，接下來的事情，他便記不清了。

幽池昏死了過去。

在清晰的痛楚折磨下，他夢見了自己幼時的景象。

那年他八歲，奉師父之名去山下尋一位高人。怎料途經山腰時，他踩中了一處蛇窩，雖說師父怕他遇見蛇禍，在他身上綁了裝有雄黃的罐子，可他被鑽出洞中的群蛇嚇得丟了魂，罐子碎了一地，人也連滾帶爬，被其中一條黃色小蛇咬住了小腿，毒液頃刻間透過血液迴圈到了他全身。

他很快便意識模糊，口吐白沫。

思緒渾濁之際，他仰過身子打量頭頂的天色。

黃昏，血霞，黑色的鳥群，其中有一隻飛向了他。

他半夢半醒地看到那隻黑鳥在他身旁變換成了人形，那身影高大，額心間刻著第三隻眼。師父曾說，墮天之人為星見，星見者可知三界往昔，長在額間的眼可通天。

若那真是一隻通天之眼……他很想讓這人幫自己尋到那些遺失的七情，更想讓這人去看看……他的父母……如今都身在何處。

這樣想著，他遲遲地閉上眼，唯獨感到清冷幽香撲在面色，一雙手臂將他從枯草葉中抱了起來，並在他耳邊留下一句：「幽池，醒醒，你還未到命絕時。」

那聲音迴蕩在耳畔，反反覆覆，如同咒術。

幽池猛地睜開了雙眼，他氣喘吁吁地坐起身，心中暗想著，又做了兒時的那個夢……又夢見了那個三隻眼的人。可那時的他因被蛇咬而昏死，根本沒有看清對方的臉，只有他身上的氣息刻在了幽池心間。

「魔界之氣……」幽池低聲自語。

待到思緒逐漸平靜之後，他環顧四周，發現自己竟深處在山洞之中，再舉起方才被那巨狼咬傷的左臂，想要看看臂彎上頭是否殘留著血洞，誰知呈現在眼前的左臂，並非人的臂膀，竟然是一隻長著白色毛髮的狼的前肢。

幽池震驚不已，他立即起身，忽然感覺視線的高度不對，他整個人的身體都是下伏的，且身後還長出了尾巴。幸好洞中有一潭尚未乾涸的水窪，他低頭去照，心下轟然，自己竟變成了當時鏡中衝出的那頭白毛巨狼。幽池既錯愕又迷茫，他尚有清晰的意識，便知這絕非是在自己的夢境裡。

更詭異的是，這頭白毛巨狼的身軀，並不聽從幽池的控制，牠隨意走動，開始支配著主權。這令幽池立即明白，他只是靈魄附身在了巨狼身上。

是魂穿。

但他並不擅魂穿之術，降魔人都懂這種招式有著一定的危險性，保不齊會魂死他身。所以，幽池猜測這魂穿行為是旁人迫使他而為的，也許……是手持小鏡的主人。

茗綰……

幽池不由地對她產生了懷疑，但巨狼卻已經在這時走出了洞穴，因遠方有狼群嚎叫，像是在呼喚同伴。

## 第四章 榮鹿役

　　幽池不知這頭巨狼有無名字，只知牠的毛色雪白，但身形矮小，像是狼與犬雜交的產物。但同時，也知道牠是雌性，還未成年，折合成人類年紀的話，約莫是十四、五歲。

　　他便在心中叫她白犬。

　　白犬站在山洞口的懸崖旁，她嗅了嗅空中氣味兒，知曉狼群都聚首在前方山巔，便也疾馳下山。一路穿梭在叢林中，速度極快，四肢迅猛，連附在牠身上的幽池，也能感受到一股前所未有的自由之感。

　　可跑著跑著，前方便殺出了一頭毛髮黑灰的雄性狼。黑狼攔住了白犬去路，並齜出獠牙低吼，像是在驅逐她離開此地。

　　白犬的尾巴耷拉下來，雙耳也縮了起來，發出討好般的嗚咽聲。黑狼卻開始憤怒嘶吼，似呵斥白犬滾開。白犬只好退了退後，落寞地轉身之後，她立即豎起耳朵，在聽見黑狼背過身去的瞬間，她猛地衝了回去，露出利齒狠狠地咬住了黑狼的脖頸。

　　黑狼痛苦地淒厲哀嚎，白犬死死地咬著動脈血管不放，即便黑狼四爪在她身上抓出了道道血痕，她也死不鬆口。直到黑狼血液流乾，奄奄一息地翻了白眼，白犬才將牠甩去一旁。

　　她顧不得自己身上傷勢，飛速朝著山巔奔去。她心中在擔憂，明明是一頭畜牲，卻彷彿有著和人一樣的思維。她在心中不斷地祈禱著：「狼王一定要平安，要等我趕至，將那群叛變的狼群統統撕咬成碎片。」

　　原來白犬是被老狼王的妻子撫養長大的。她是狼族裡一頭母狼與村落裡的公犬生下來的雜種，剛出生沒多久，母狼就受到族群刑罰，被一群公狼活活咬死了。狼后見她可憐，再加上自己剛剛失去幼子，便將她叼回自己窩裡養大。

　　白犬從小就與族中狼崽一同長大、捕食、玩耍，幼時她還不清楚自己的不同，其他狼崽都是灰色、黑色毛髮，唯有她通身雪白，雙眼異瞳，一隻是紅色，另外一隻是銀色。

　　由於她一半的血統是犬，這導致她的骨骼纖細，與其他狼崽比起來要顯得嬌小。而且她的母親原本是被老狼王的兒子灰伽看中的，是要做狼王

太子妃的。誰曾想，她偏偏選了一條狗，這對於整個狼群來說，實乃奇恥大辱，更令灰伽將仇恨延續到了白犬的身上。他時常想要在她幼年時咬死她，又或者將她淹死在河溝裡，總之，白犬感受得到灰伽的敵意，她心中也十分懼怕灰伽。

如此過去了許久，一年、兩年、三年……，河岸、火堆、懸崖、睡夢中……白犬不敢有絲毫鬆懈，她甚至沒有睡過一個完整的夜晚。只有近乎瘋魔的警覺，她才能躲過灰伽與他的部下帶來的無數劫難。

她想要活下去，如同狼后經常告訴她的那樣：「等你長大一些，回去你父親的村落，也許那裡會接納、收留你。」

在那之前，她必須忍耐、拚命忍耐，等到她的四肢足夠粗壯、身體足夠勇猛，那個時候她就擁有了獨當一面的本事，就可以去尋她的父親了。

然而就在第七年的時候，狼后去世了，族群裡唯一愛護她的母狼永遠地離開了她，白犬遭受到的排擠與驅逐也越演越烈。那些狼群聽命於灰伽，也知曉灰伽早晚有一天會繼任狼王的位置，白犬是灰伽的眼中釘，自然也是其他狼的攻擊目標。

失去了狼后的庇護，白犬總是會被灰伽帶頭的狼群咬得遍體鱗傷、鮮血直流，其他小狼都不敢分食物給白犬，她舊的傷口還未癒合，新的傷口就要新增。

如此下去，必死無疑。

狼王見白犬可憐，可又不能壞了族中團結的規矩，便暗示白犬從族中逃走。他會選一個滿月時分，支開灰伽與擁護灰伽的狼群，白犬只有這一次機會能趁機逃離。

誰曾想那天夜色剛降，滿月懸空，被狼王支走的灰伽，卻突然帶著狼群折返回來，他見狼王有意放走白犬，竟憤怒地與之撕咬起來。狼王畢竟老了，哪裡是正值壯年的灰伽對手？幾番對陣下來，狼王的前肢被咬出了模糊的血口，他癱倒在地，無力再敵，灰伽趁勢要狼群將狼王看管起來，他這是打算要篡位。

白犬識破灰伽的心思，自是怒不可遏，但她孤身一個，又身形矮小，正面衝突無疑是自尋死路。便在被灰伽逼上懸崖的時候，她捨命般地投入了崖下的湍急河流，任憑水流將自己沖走。灰伽與狼群凝望她在水中浮浮

沉沉，最後被沖去下游後，才漠然轉身離去。

沒有一頭狼能在下游的河流裡活下來。

那水流不僅湍急，還殘留著河神詛咒的劇毒，數百年來，狼群連那裡的水都不會喝上一口，曾有狼崽意外喝了那水，不出片刻便暴斃而亡。

灰伽便因此了結了心頭大恨，白犬一死，他的恥辱也再不會有人提及。而狼王身負重傷，必定命不久矣，此後的狼群，就是他灰伽的天下了。他將趁此機會去攻占附近的村落、城池，要咬死那些人類，擴大他們狼族的領土，更要霸占其他狼群的母狼。他要延伸自己的血脈，方圓百里的狼，都必須對他灰伽俯首稱臣。

正是因他的暴虐，附近的村莊死狀慘烈，屍身遍地、斷肢漫天。這也引發了極其嚴重的瘟病，此病一路從小城蔓延開來，甚至波及到了遠方的蠻祖城。

當年在任的蠻祖城君主，得知是狼群發瘋造成的病症後，便下了死令，圍剿獵殺大陸上所有狼群，見一頭，殺一頭，且重重有賞。

那段長達半年的血腥屠戮，被記載在了蠻祖城的史冊，居然名為史稱「榮鹿之戰」。

想來鹿獸千歲，是為瑞獸，屠狼的戰役竟然成了指鹿為馬的榮光事，還命負責此事的將領為冬石君，可見蠻祖城的城主認定自己「血洗」狼族是件造福於民的福祿喜事。

冬石君倒是沒有辜負君主，他射獵、扒皮、火刑……，將極盡殘忍的刑罰都用在捕捉到的野狼身上，連剛出生的狼崽也剁成肉泥包餃子，煮給手下的士兵們飽餐。

也就是短短半年光景，蠻祖城各個山巒中已不見狼的蹤跡，偏遠小城與村落裡的猛獸也近乎絕跡。

可貪婪的人們為了賞金，還在不斷地虐殺有著「狼」特徵的物種，豺狼、野狗、家犬……

人們憑獸頭領賞，一時間形成了熱潮，竟也有喪心病狂的人，把家中殘疾的孩子扮成狗的模樣，以此來換取賞賜。

而將犬視為神明的蠻祖城分支阿臾族，則痛恨君主與冬石君的所作所為，他們距離城池極遠，坐落在陡峭的懸崖山腳下，村民們加在一起也才

只有千餘人，就是這般人丁稀少的阿臾族，開始計畫反抗蠻祖城。

他們將村中的「犬神」都裝飾上了鹿角、鹿皮，模仿成瑞獸花鹿的模樣，以此來蒙混過冬石君的搜查。

誰知就在冬石君真的信以為真，並打算帶兵離去的時候，一頭戴著鹿角的犬神窩中，卻傳出了呻吟。冬石君扒開那窩一看，竟見到了通身皆是銀白毛髮的母狼，那正是被村中犬神從詛咒之湖中救下的白犬。她沒死，湖裡的毒也未能奈何得了她。

她傷勢剛剛痊癒，還極為虛弱，又被冬石君發現，只好倉皇逃離。冬石君下令士兵以火把攔住她，還說她是白狼，扒了皮給君主做頂冬帽！

白犬被眼前繚亂的火苗嚇得瑟瑟發抖，又見有亂箭朝她射來，心想著今日怕是就要死在這裡了。此時一道身影從她身前閃現，嗚咽聲墜落在地，犬神頭上的鹿角也一併摔下，那隻家犬第二次救了她。

白犬悲痛地在他身旁舔舐，他渾濁的眼睛望著她，似說了些什麼，白犬的瞳孔猛地縮緊。

凡人聽不懂狼和犬的語言，那家犬臨死前對她說的是：「女兒，你要堅強地活下去，哪怕你孤苦無依。」

原來他就是她苦苦尋找的父親，所以他才屢次將她救下，不顧自身安危將她藏匿在村裡。可人類卻殘忍地殺了他，將他的屍首拖走，砍斷了四肢與尾巴，留著扒下皮來做鞋子用。

村中的阿臾族們為此痛哭不已，他們詛咒冬石君，更詛咒蠻祖城的君主。

冬石君傲慢至此，對此不屑一顧，還命手下把其餘扮成花鹿的家犬都一併抓了出來，勒死的、砍死的、活剝的……阿臾族人目睹此等慘景，心碎絕望。

在白犬也要被抓走之際，阿臾族的族長使用詛咒之術，將冬石君和他的士兵們五馬分屍，而代價是族長自己也落得同樣下場。他在臨死之前，將詛咒刻在了冬石君手中掉落的蠻祖城旗幟上，那是阿臾族的祕語，除了本族，無人能懂。

可憐白犬漂亮的銀色毛髮濺滿了鮮血，她越過屍體，找到木車板上死去的父親，最後舔舐了他的毛髮，便獨自離開了村落。

她不知道自己還能去哪裡。

失去了母親、狼后、父親的她，已經沒有了存在與追尋的意義，她如孤魂一般徘徊著、躲藏著，生怕會遇見「榮鹿之戰」的擁護者，她不想死得和父親一樣慘，哪怕她已沒了活下去的支撐。

在這期間，她也遇見了很多人，善良的、邪惡的、歹毒的……，有真心窩藏她、保護她的，亦有假意為她提供茅屋，背地裡通知官兵想要以她的頭顱來領賞的。形形色色的人類，令她見識到了在狼族中不曾見過的自私、貪婪與欲望，即便是曾經在她看來最為殘忍的灰伽，也不曾如此邪惡。

她開始變得冷漠，不再交付自己的信任，即便遇見了真心想要收留她的人家，她也會露出獠牙，凶惡相對。

她再也不是從前的白犬了。

經歷的磨難與痛苦，並沒有為她帶來光明，她覺得自己已經身陷泥沼，無人在意她。在同族眼中，她是雜交之物；在人類眼中，她只是一頭牲畜，哪邊都不是她的歸宿。

直到在穿越沙漠，來到蠻祖城邊境的時候，她偷偷地跟在裝滿了狼、犬的馬車上，聽到他們交談，說巫狼山雖然躲過了這次榮鹿之戰的圍剿，可老狼王快要病死了，只因灰伽篡位奪權，不准其他狼治療狼王的傷口，怕是再過幾日，老狼王就將歸西。

聽聞此事的白犬忽然醒悟，她知曉老狼王是為了救自己才會被灰伽咬傷，她必須趕回去救出老狼王才行。

這也就是她為何會一路殺回千里之外的巫狼山，咬死無數阻擋她的野狼，只為將那被灰伽囚禁的老狼王帶走。

支撐她生存下去的，是救出老狼王的決心，是那些老狼王庇護她的點滴，更是狼王與狼后養育她的恩情。

她只想著要回報這份恩情，卻全然沒有想到，灰伽早就為此而布下了天羅地網。

白犬錯了，錯得淒慘，錯得離譜。她總以為灰伽是獸，不曾會有人類的狼絕，卻忘記了他可以為奪得狼王位置而不惜弒父。

當她重回巫狼山的那一刻，等候已久的灰伽與他的狼群，立刻捉到了

她，荊棘網、捕獸夾……，都是圍剿山林的榮鹿士兵們留下的凶器，她的同類竟然搜集起來用來對付她。

就連埋葬她的深坑，都早已準備好了。

任憑她如何狂怒的嘶吼、掙扎，也沒有一頭狼會站出來為她求情。那些從狼崽時期就一同長大的狼群也夾拉著尾巴，不敢靠近她，所有狼都漠然地注視著她被獸夾切斷四肢、被荊棘網刺破身體、被灰伽的心腹們拱進了深坑。

狼群們將土堆灑到白犬身上，她睜著渾濁的眼，猛地縮緊了瞳孔，竟看到了灰伽的身後，站著平安無事的狼王。他雖年邁，卻依舊健壯，傳聞中的奄奄一息，仿若是無稽之談。

只聽他低吼幾聲，似在催促灰伽速速將白犬埋葬，破壞巫狼山種族血統的恥辱，不能久留於世，她沒有被榮鹿士兵殺死是她的幸，可巫狼山的狼族必要親自來肅清遺留問題。

白犬滿眼震驚，她絕望地看著老狼王冷漠地離開，整顆心都被惶恐、疑慮所吞噬。她並不知道這是一齣裡應外合的戲碼，散播老狼王將死的傳聞，不過是為了將她引回巫狼山的餌，畢竟灰伽是老狼王最為心愛的嫡子，灰伽所憎恨的雜種，老狼王又如何能留呢？

滿月之夜的撕咬，也不過是騙取白犬的忠誠罷了。

老狼王知道，若以強攻，白犬必定會逃，狼群會永遠失去肅清孽障的機會，便不能將白犬逼得太深。

更何況，老狼王深知狼犬交雜之物被土化掩埋數月後，將會在體內凝出一顆白丹珠。白丹珠有吸引瑞獸花鹿出現的功力，一旦花鹿自動送上門，狼族便不愁吃喝，子嗣更是綿延。

屆時得了此珠的灰伽，將一統普天之下的所有狼族，巫狼山將成為榮耀之山，這便是老狼王的野心。

為此犧牲掉區區一頭白犬，實在是太划算了。

遺憾的是，白犬為忠誠、為恩情、為純粹而死，卻不知她的屍身、血肉成為了他人攀上頂峰的踏板。她被永遠掩埋在深坑之中，狼群還將荊棘網鋪在土堆上頭，那是狼族古老的儀式。

荊棘網下，不得超生。坑下之物將十世受苦，千世受罪，永世不入輪

迴。而遭受這些殘忍懲戒的，不過是一頭還未成年的白犬。

漆黑的深坑之中，白犬緩緩的睜開了雙眼，是附在她身上的幽池離開了她的身體。幽池的魂靈飄出了她體內，於黑暗中凝望著那一具血肉模糊、滿身泥濘的白色生靈。

她的肉身已經逐漸冰冷，甚至開始腐爛。

幽池感到悲傷地垂下眼，低聲嘆著：「連一頭牲畜都知曉要追尋忠誠，她明明長著獠牙，卻從未對呵護過她的人露出利齒。那些短暫地出現在她生命中的溫情，竟也都染上了背叛的色彩，令一隻小小的白犬短暫的一生，充滿了悲痛遺憾。」

她雖柔弱，卻從未屈服。

而那些強悍的握有權力、刀劍的人類，與貪婪、狠屬的野狼，卻無時無刻不在利用自身的優勢來壓榨、凌辱她的意志，白犬卻全部接納了那些惡念，她以死亡為終結，了卻了恨意。

「或許，化解矛盾最好的方法，就是以德報怨。」幽池從白犬的身上參透了其中的奧義，「以德報怨才可以化解仇仇，所有的仇恨與紛爭，都是因為爭大，都是因為嫌小；都是因為爭多，都是因為嫌少。」

倘若以怨報怨，只會怨更多，仇更深；如果能夠寬恕過往，做到以德報怨，才能化解仇恨。

獸是如此，人又何嘗不可？

「你錯了！」

一個聲音忽然從白犬的身體裡飄出。

幽池猛地抬起頭，他循聲望去，卻找不到任何身影，只見一團幽幽紫光浮在白犬身前。

紫光裡再度傳出縹緲的聲音，「以德報怨是愚蠢之舉，何等軟弱的人，才會對自己遭遇的痛楚視而不見？即便是一條狗、一塊石頭，也不該任意被踐踏、被凌辱。」

這聲音非常古怪，含糊不清，又嘶聲力竭，像是被巨掌掐住了喉嚨一般。

「你是什麼人？」幽池追問。

那聲音只道：「不過是與這條狗一樣悲慘的人罷了。」

伴隨著一聲嘆息，聲音逐漸減小，紫光也緩緩褪去，只剩下一句：「忠誠不見得有回報，以德報怨未必會感化惡意；一條野犬固然死不足惜，可她代表的，是千千萬萬在凡塵裡掙扎的愚者，不屬於兩族的物種，即便付出再多的忠誠，也還是會被兩族排斥……誰也不能例外……」

聲音與紫光徹底消散後，幽池也發現自己的魂靈正在一點點地消失。

他心中對那話耿耿於懷，想著自己非人非妖、半人半魔，無論是人類還是魔界，他哪邊都不是，自然也哪邊都不是歸屬。

或許……他也如白犬一樣……

思及此，幽池憂慮地垂下眼，沉沉閉上，等到再次睜開雙眼的時候，他發現自己正躺在一片濕漉漉的草叢上，是夜露水跡。

鹿靈的聲音從身側傳來：「你醒啦？」

幽池緩緩地爬起身形，他感到恍如隔世般地看向鹿靈，囁嚅道：「我……我記得我的魂穿到了一隻白犬身上，我經歷了那隻半狼半犬生靈的一生，隨她肆意奔跑，隨她身埋土坑……隨她生，隨她亡。」

鹿靈安靜地聽著他囈語般的傾訴，抬手輕輕捋過他掉落在額前的一縷髮：「但你並不是她，你是幽池，你有你的因果。」

幽池因鹿靈的話而稍稍平復了心緒，他略顯悲傷地看向鹿靈，低聲問：「你一直與我雲遊，一路上遇見了不少妖魔與怪事，你從未抱怨過，是我吸引來了那些魔物，鹿靈，這是為何？」

「什麼為何？」鹿靈感到迷惑地眨巴眨巴眼，「你這話好生奇怪，難道是希望我日日抱怨你是降魔人不成？」

「可你本來的生活好好的，打鐵、鑄劍，那才是尋常日子，自打遇見我之後——」

鹿靈立即打斷他：「與你在一起的日子，我才覺得痛快肆意。」

「哪怕你知我非人非魔？」

「兩族都不是，又兩族都沾染血脈，世上還有比這更得意的事情嗎？」鹿靈羨慕地連連嘖舌，「我倒是也想像你這樣身世非凡呢！也不知道我鹿靈的真實來歷，是否也有著不為人知的蹊蹺呢？反正我都沒見過我娘，保不齊我爹也隱瞞了我的身世呢！」

她這一番話令幽池露出苦笑，卻也感到釋然了不少。

如她所說，他並非白犬，他自有屬於他的因果。

而那團充滿了憂傷與執念的紫色光霧，似乎才是藏身在白犬體內的魂魄。

「也就是說，魂穿白犬的並非僅我一個。」意識到這一點的幽池，忽然皺起了眉，他恍然大悟道，「是有人想要帶著我去那頭生靈所歷經的一生。」

鹿靈不解道：「可那人為何要帶你去看一頭牲畜的過往呢？」

幽池緩緩搖頭：「這就像是個詭異的謎團，我尚且找不出頭緒，不過——」話到此處，他抬起頭，看向了草叢之外的茗綰的房門。

那扇紫朱色的房門，在夜色中更顯詭祕，窗內無光無亮，連一絲響動聲也未有，便是已經入睡了。

幽池的眉頭越發蹙緊，他沉聲道：「我魂穿白犬之前最後看到的，是茗綰舉起手中小鏡的畫面，可鏡中映出之人，卻並非她容顏。」

鹿靈驚慌地睜圓了眼睛，她疑惑道：「你的意思該不會是，茗綰王后對我們有所隱瞞？」

「這是自然的。」幽池環顧四周，鬼魅的樹影，高大的城牆，數不盡的琉璃宮燈，他瞇眼道，「這座城要比我想像中的還要危險，或許，是我們這一路來遇見最恐怖的地方了。」

「你、你快不要再說下去了。」鹿靈感到後怕地打了個冷顫，她縮著脖子，環抱起自己的雙臂，牙齒打顫道，「王煜的無赦國裡到處是妖怪，猶夜的西涼城裡皆是騙局，最可怕的當屬那對万俟姊弟的鬼宅，黃仙殘酷血腥就不說了，那已是我經歷的最嚇人的事件，你竟然還說這蠻祖城比那鬼宅還要可懼，被困在這裡的我們，可該如何是好？」

幽池神色凝重地說道：「想要離開這裡，唯一的方式便是粉碎詛咒。而那份詛咒不僅是束縛在歷代君主身上，搞不好，詛咒糾纏的是整座城池。」

「當真會有如此強大的詛咒？竟能籠罩著這麼大的疆土？」

「我師父曾與我說過擅詛咒的神明，只不過，卻也不能完全算作是神明，他們已經墮天，是犯過天條的，可因為曾經位列仙班，所以也不完全是魔。」幽池沉下眼，長嘆道，「是魔界掌管鏡像的墮天神明。」

鹿靈不安地抿緊了嘴角，半晌過後，她才喃喃地說道：「看來，我們這次是要與神明抗爭了。」

　　幽池握緊了自己手中的長劍，自打進入蠻祖城以來，劍柄上的寶石便變成了紫色，幽怨、鬼魅的紫，彷彿在指引他走向更為接近謎底的地方。

　　「不要離開我一步。」幽池叮囑鹿靈，「在這座城裡，我們除了彼此，誰也不能相信，所以，你必須時刻在我的身邊。」

　　鹿靈從未見過如此慌亂的幽池，沒錯，他的語氣和神色都顯露出了慌亂之色，就彷彿他也對前路感到未知。

　　「你放心吧！我們兩個無論如何都不會分開的。」鹿靈能做的，就只有緊緊地握住幽池的手，她企圖給予幽池力量，他們這一路都在相互扶持，即便是神明，也不能把他們拆散。

　　次日一早，天色大亮。

　　幽池與鹿靈早早就出了房門，直奔茗綰的宮中。還沒等走到宮殿門口，就見有一隊宮女，端著奇珍異寶等在門外依次入內，每進一個，便會有侍從喊出所送珍寶的名號，都是朝臣選出送來給茗綰安胎的，其中就有一寶叫做「鎮子童」。

## 第五章 商道姑

那寶貝是座玉像，高約兩尺，頭戴紫金冠，金帶束腰間。左臂立在右掌上頭，翹起了拇指、食指與小指，面似童子貌，眉眼彎成月，一抹笑意掛唇邊，額間鑲著一塊石，晨光下折射出五彩斑斕的華翠。

「鎮子童像一件！」侍從念著手持禮單的名號，「安胎保子，吉兆！」

幽池盯著那玉像額心上的石頭，不由地瞇了瞇眼。想來那石似翠又似玉，卻與整樽石像不太搭調，像是額外增加上去的。

「是修仙石。」一個輕緩的聲音從身後傳來。

幽池一怔，猛地轉頭去看，只見身穿道服的商鈺站在隊伍裡，他手中捧著金盤子，端著的是一把展開的摺扇，上頭點綴著鳳飛九天的圖畫。

商鈺輕聲對幽池說：「沒想到這麼快就再遇兩位，是天清宮派我送來的賀禮，此扇縫進了一張符，保佑王后能生得一子。」

幽池聽了這話，略顯驚愕，心裡暗道：「修行之人竟也如此入俗？」

反倒是鹿靈在表達了問候之後，又悄聲詢問商鈺：「你方才說了修仙石，可是你一直在尋的那塊修仙石？」

商鈺謹慎地瞟了一眼前方守在門旁的侍從，點頭道：「正是。」

「看來是修仙石流入民間，被用作裝飾玉像了。」幽池緩緩點頭，「難怪我覺得那石頭與玉像極不合適。」

話到此處，他問商鈺：「你打算如何得回那石？」

商鈺卻輕嘆一聲，抬頭看向那長長的隊伍，沉聲道：「只盼那座鎮子童玉像沒有絲毫馬腳，否則——」

這意味深長的說法，令幽池與鹿靈皆是滿面困惑，正欲再問，茗縮的房門前忽然傳來一聲淒厲慘叫，眾人循聲望去，只見一位剛端著賀禮進去的宮女，竟被兩名侍衛架了出來。

她被仍在地上，其中一名侍衛抽出佩劍欲砍，阿渃急匆匆地追出來，連忙阻攔道：「王后並未有異樣，那藥湯沒有令她動了胎氣，且王后更是不准你等在她門前殺人！」

侍衛冷聲回道：「姑姑，我等是奉了右丞相之令，來守護娘娘與

太子安全，這宮女送來的賀禮是斷子湯，自有謀害太子之嫌，必要殺之除患！」

「不是斷子湯，不是！」宮女苦苦哀求著，「奴婢是賢妃宮裡的，賢妃娘娘要奴婢送來的雪蓮湯，是為王后娘娘安胎的！」

「湯裡有異味，王后喝了一口就吐了出來，你還敢狡辯？」

「奴婢不知是何原因，當真不是奴婢的錯，饒了奴婢——」話還未說完，侍衛已經一劍揮下，鮮血四濺，這宮女當場斷了氣。

排在後頭的宮女、侍郎們都瑟瑟發抖，那侍衛舉起手中染血佩劍，厲聲道：「誰再膽敢加害太子，這便是下場！」

這群人口口聲聲喊著太子、太子，就彷彿茗縮肚子的孩子一定是個男兒。更為詭異的是，打從茗縮懷有身孕後，無論是她摔倒、腹痛，胎象都依然穩固，她整個人的狀態也越發好起來，面色紅潤、臉頰圓潤，就好像肚子裡的孩子在將強大的力量傳送給她。

儘管幽池覺得這狀況極為可疑，但他卻又無能為力，畢竟茗縮孕育的究竟是什麼東西，不到降生的那一天，誰也無從得知。

便是在此時，茗縮差人叫喚阿渃。

「奴婢在。」阿渃趕忙湊近房內，「王后有何吩咐？」

茗縮在板上寫著：「外面吵得很，我乏了，要他們都散了吧！我不見客了。」

阿渃看了一眼跟前的那位宮女，她已經被地面上的死屍嚇得全身顫抖，手裡端著的賀禮都跟著一併搖晃。是見她可憐，阿渃才斗膽請求茗縮：「王后，請恕奴婢多嘴，眼下正有一位就在門前，她帶著的是鎮子童的玉像，實乃吉兆，還請娘娘接了此物。」

茗縮的嘆息聲飄散而出，她寫道：「那就最後一個是她吧！其他人都遣走便是。」

阿渃點頭稱是，轉眼給那宮女使了個眼色，宮女先是一愣，反應過來後，便立即端著玉像進去了茗縮的房內。

排在後面的隊伍都被阿渃遣離了此地，剩下商鈺還站在原處不打算離開，是幽池湊近他身旁耳語一句：「你且先隨我走，若那玉像被王后留下，我會想辦法幫你拿回修仙石的。」

商鈺蹙眉道：「可玉像若被退回呢？」

「只要我聞過了玉像的氣息，就定會為你找到。」幽池提醒說，「此地不宜久留，耳目眾多——」他示意徘徊在附近的宮內侍衛。

商鈺也察覺到了那些監視一般的視線，便點點頭，故作不以為然地跟在幽池與鹿靈身後，三人保持著恰到好處的距離，不急不緩地走出了茗縉的宮殿。

等到了無人經過的偏院矮亭處後，幽池才問起商鈺是為何要進來宮中的。

「單單只是為了送賀禮？」幽池似看穿了商鈺，「你早就知道了修仙石的下落吧？」

商鈺倒也沒有否認，他從道服裡取出了一條紗帕，放在了裝著摺扇的盤子裡，呈到幽池與鹿靈面前。

鹿靈細細打量一番：「這是阿渃的紗帕，我見她用過。」又抬頭盯著商鈺，「但怎麼會在你手上？」

「你再仔細看看。」商鈺說。

鹿靈又端詳了一番，終於發現了問題：「這紗帕做工精細，走線講究，倒也不像是阿渃能用的。」

「理應是她身邊的高貴之人賞賜之物。」商鈺道，「而且，是昨夜遺留在天清宮內的，被我在道觀前頭的杏花樹下拾到。」

「昨夜？」幽池眼神虛浮，阿渃身邊的高貴之人，他首先想到的是茗縉，可她昨夜身在房中，難道是他陷入夢境之中時，她離開了房間？

不！造夢者若離開，夢境會中斷，幽池肯定昨夜造訪天清宮的人絕非茗縉。

那便只有阿渃本人了。

「但是，阿渃並非普通的婢女，她是王后的貼身奴婢，自是不能自作主張離開皇宮的。」幽池說到這，抬眼看向商鈺，「她必定是受到了指使。」

「可大半夜的，跑去天清宮裡做什麼呢？」鹿靈百思不得其解地歪過頭。

商鈺便嘆道：「我想，王后也有心想要得到我師父的修仙石，所以才

會來到天清宮尋找修仙石的下落。」

鹿靈再問：「修仙石遺失一事人盡皆知，她又何必去天清宮竹籃打水？」

「修仙石的確是遺失了，但是，我師父留下的杏樹還在。」商鈺說，「我曾聽聞蠻祖城的占星師會祕術，得了祕術之人，可見自己貼身物品留在死者生前的遺物之前，且遺物必須是仍舊具備生命力的，貼身物品會透過那份生命力，找到自己想要從死者身上找到的東西。」

他沉了沉眼，堅定道：「這也就是為何我尋了許久修仙石都不見蹤跡，而昨夜過後，修仙石就出現在蠻祖城皇宮內的原因。」

幽池恍然道：「原來，這才是你今日奔赴皇宮來的真正目的。」

商鈺的神色略顯無奈，他悵然道：「因為……昨夜我剛好回了天清宮，尋修仙石未果，我無法與師叔交代，心中本是落寞不已，便獨自去師父生前留下的杏樹下訴苦。誰知身後忽然挨了一棒，兩眼一黑，竟是昏了過去。」

幽池與鹿靈認真地聽著。

「然後，等我再睜開眼，約莫是丑時光景，天空中的滿月極大，有大片大片的杏花從樹上飄落，這太詭異了！師父的杏樹雖未死，可這時節早就過了杏花開的時候，怎就突然開得如此繁茂？我正驚奇著，一低頭，便看見了遺留在身上的紗帕。帕子上頭的幽香，與我昏倒時嗅到的一模一樣，而帕子的做工是皇城之人才配享用的，我猜想其中必有蹊蹺，便懇求師叔安排我今日入宮。」

幽池品味著商鈺的這一番話，緩緩點著頭。

他想到自己當時潛入茗縮房內時，曾看到占星師在做著陣法。那儀式是用來「安胎」的，而儀式下的法陣上，繪出的圖案共有四種物品，一為花，二為石，三是犬，四是劍。

「如此看來，花便是杏花，石則是修仙石，犬……」幽池聯想到了夢中的白犬，不由地皺緊了眉頭，心想著若白犬便是法陣所需之一的物品，那接下來還未找到的，「便是劍。」

鹿靈與商鈺互相看了看，他們聽不懂幽池在說些什麼，但商鈺卻知道杏花的確可以用來保護懷孕的女子，便道：「蠻祖城有一祖訓，因與天清

宮是前後建成，所以都有著非常古老的規矩。不管是民間女子還是貴族小姐，又或者是當朝王后，每位懷孕的女子在被確定有喜脈後，都會把杏核磨碎，混入一碗湯裡服下，那樣會確保胎兒安穩，且必是男子。當然，也不是誰都可以來吃下這杏仁的，一定是祖上三代有將士陪同君主上過戰場的後代，才有此權利，否則，偷吃杏核者會被株連九族。」

鹿靈似懂非懂地說道：「既然是這樣的話，不就更證明了是茗縮想要保全腹中胎兒？」

「尤其，那杏樹是擁有修仙石的商道姑在生前種下的。」幽池道，「一位威望、仙緣極高的人留下的物品，必定會被皇家看重。」

話到此處，幽池立即問商鈺：「可否讓我連結你的意識？」

商鈺瞇眼：「連結意識？」

幽池回道：「我打算親自去追尋商道姑臨死之前的過往。」

商鈺眼神虛浮地打量了一番幽池：「你果然不是什麼雲遊商賈，擅意識連結者，非除魔者即降妖人。」

鹿靈則是讚賞起商鈺：「不愧是修行的道士，眼光倒是尖銳。」

話不多說，商鈺環顧四周，發現並無宮人出沒後，才安心地探出手，將那紗帕放在掌心，對幽池道：「你且將手掌覆於我掌上，中間隔著這條紗帕的話，也能去夢境中尋出其主人。」

幽池笑笑：「如此一來，一石二鳥。」

話音剛落，幽池已經握住了商鈺的手掌，他念出咒術，頃刻間便消散了身形，靈魄鑽進了商鈺的意識裡，商鈺也因此而兩眼一翻，昏了過去。

所幸鹿靈眼疾手快，她一把扶住商鈺的身子，又吃力地將他拖到了身旁的樹下，嘴裡還抱怨著：「幽池可真是的，把這個道士丟給我就不管了，以前還會帶著我一起去夢境中呢……」

說著說著，鹿靈忽然靈機一動，她狡黠地抿嘴笑道：「哼！我鹿靈可不會輕易任人擺佈，就算是幽池，也別想壓制我，畢竟不准我離開他半步的承諾，可是他自己親口說的，所以嘛——」她探出手，也學著幽池的模樣，去握住商鈺的手掌。

再試著念出和幽池一樣的咒語——

剎那間，鹿靈感覺自己的身體漂浮了起來，一陣暈眩過後，她覺得自

己彷彿騰雲駕霧、身輕如燕，待到雙腳落地，她才發現自己身在一處宮門前。那宮似仙宮，青煙繚繞，鹿靈仰頭望著宮門上的匾額，赫然有「天清宮」三字。

她心中驚喜想著，看來真的入了商鈺的靈識裡，就算沒有幽池幫襯，她竟也能成功，實在妙哉！

鹿靈開心地爬上臺階，奔走在天清宮的殿內，見石柱上刻著的都是仙鶴、蛟龍的圖騰，極具仙域聖潔之意，待走近到宮中內門，她才發現有不少百姓聚在此處，理應是來祈福的。

他們衣著各異，身分不同，但腰間都繫著磚紅色的玉帶，是門旁的道士們分發到他們手上的。玉帶在陽光的照耀下格外斑斕乍眼，可若要說最令人無法移開目光的，還得是正對著鹿靈的那一座巨大道姑神像，她雙掌交疊，低垂眼眸，表情仁慈，像是在無限寬容地注視著前來祈福的子民。

鹿靈仰望著神像，感受到了一種不可言喻的壓迫。正想合起雙掌拜拜，那些百姓忽然發現了她，並驚喜地喊道：「是道姑！」

「商道姑！拜見商道姑！」

「多虧了道姑，我家丈夫才能恢復健康，道姑神通廣大！」

「我家老母親也是受到了道姑的照拂，才能重得康健之身，我全家願做牛做馬，來償還道姑的大恩大德！」

鹿靈驚慌失措地看著圍在自己身邊的人們，她搞不清楚這是怎麼一回事，倉皇低頭去看，發現自己竟身穿道袍，再去摸髮鬢，居然縮成了長辮束在腦後，一根簪子素淡無珠。正巧地上有灘水窪，她彎身低頭映照一看，她哪裡還是鹿靈，明明是頂著一張陌生女子的臉孔。

可還不等她解釋，自己的雙手竟然不受她控制地做出了合掌的動作。

她俯身頷首，對周遭的百姓輕聲道：「修行之人理應為蒼生獻出赤忱，各位不必記掛，這是我應做的。」

這聲音也不屬於鹿靈，這軀體仍不屬於鹿靈，便立刻懂了，自己魂穿在了這具身子上頭。

原來幽池口中的魂穿竟是如此感受，雖無法控制軀體，可又能夠感知到這肉身的一切感受。喜悅、悲傷、欣慰……那些情緒都非常清晰，怕是連疼痛也要一併嘗試了。

而且方才就聽到人們喊這身子是「商道姑」，這說明鹿靈魂靈附身之人，就是商鈺尊仰的師父了。

正這樣想著，人群中忽然出現了一位體形肥胖、衣著光鮮的達官貴人，他的家僕也極為仗勢，呵斥眾人讓去兩側，必要他家老爺暢通無阻地來到商道姑面前。其他人雖不滿，卻也是敢怒不敢言，那可是蠻祖城民間屈指可數的顯赫氏族黃家的大公子。

黃新上下打量一番商道姑，瞇眼笑笑，捋了鬍鬚後，命家僕道：「還不快把寶貝搬來！」

家僕們得令，屁顛屁顛地端來了一座玉像。那玉像等人身高，要四名家僕各抬一角才能平衡，且玉像通身翠綠，是由瑪瑙鑄造而成，乍眼看去，的確富貴逼人。

只可惜⋯⋯

百姓們面面相覷，竊竊私語這玉像送給商道姑怕是不妥。

黃新還得意洋洋地一揮摺扇，對商道姑道：「這玉像可是足足花費了我黃家數萬顆瑪瑙煉製打造而成的，其價值連城就不必多說了，其深意才更適合天清宮！」

商道姑的神色微微有變，但眼裡的溫和始終未褪半分，含笑輕聲道：「多謝黃信士慷慨相送，只是，將鎮子童玉像送於天清宮，似乎不算合適。」

黃新一合摺扇，反問道：「怎就不合適？道士不是人嗎？不需要繁衍後代嗎？鎮子童可保安胎、生子，多少權貴求之不得呢！」

這話實在是天大的不敬。

天清宮乃蠻祖城內最大的道觀，是修仙之人的聖地，自是不可與凡家俗客相提並論。更何況，商道姑是天清宮內最有威望也最富仙緣的道人，遵照宮規，修仙者不可婚配更不可生育，即便是普通的小道士，若放棄修仙也是要被逐出師門的，商道姑又怎能接受這充滿了褻瀆之意的鎮子童玉像呢？

「還請黃信士將玉像帶離此處。」商道姑仍舊語調輕柔，「道觀聖地，請信士自重。」

黃新這下可變了臉色，他瞇著眼睛，一副覺得商道姑不識抬舉的模

樣，用摺扇指著她並撂下狠話：「我本是敬你為我弟弟治好了惡疾，才命人打造了這寶貝送於你表達謝意，你可別不知好歹！」

說罷，便要家僕扔下那玉像，他則是憤怒地揮袖而去。家僕也不敢輕賤了貴重的鎮子童玉像，小心翼翼地放置在地後，就趕忙去追自家主人了。

見那仗勢欺人的黃新走遠了，百姓們才敢站出來指著那群人啐上幾口。

「分明就是惡霸，不就是有些臭金臭銀罷了，也敢來這天清宮裡造次！」

「黃家人就沒一個好東西，上到老的，下到小的，再就是黃新打頭的那三個兄弟，都是酒肉好色之徒，滿腹腥臭！」

「還說呢！那黃老爺都年過耄耋之齡了，前陣子還娶了個芳齡十八的黃花閨女，毫無廉恥到了極致！再說，他這似肥豬般的大兒子，都快要半百的歲數了，也不好生娶個老婆居家過活，整天跑來天清宮裡惹人不快，真是生厭極了！」

眾說紛紜，商道姑卻也全然不在意，她甚至連那鎮子童的玉像都沒有多看一眼，只管下了臺階，去和在院內掃塵的三名小道士交代了幾句。小道士們心領神會，立即喊上眾多同伴，前去臺上將那玉像搬出了天清宮，再將一塊偌大的白布罩在玉像上頭，拴在道觀裡的玉帶，是為擱置之物，等親送之人來領回。

商道姑則是重新回到了觀內，她每日都要在觀中閉關三個時辰，但卻不會封上觀門。前來祈福的百姓、信士們，也可將心願寫成信紙，留在她身後，又或者是跪坐在她身旁向她傾訴，她都會在閉關的過程中，給予救治的法子。

這種不受萬物之擾，又身處萬物的閉關方式，是她自創而為，目的是要讓自己的心境在紛亂吵嚷的環境中還能平靜如水。

風動，樹動，心不動。

商道姑認定唯心不亂，才能修練成仙。

而魂靈附其體內的鹿靈，的確能夠感覺到這位道姑心思平穩，再如何惱人的事，也無法在她的心池中漾出漣漪。只是鹿靈發覺，商道姑是在刻

意克制心緒，若放任情緒，必定也會功虧一簣。

難道說，這是奠定了她日後會莫名癲狂的緣由？

鹿靈不解之際，殿內已然走進了一位信士。見那人身姿高挑，氣韻不俗，卻板著一張臉孔，看上去極為冷酷淡漠，連身上印著紫竹暗紋的華衣，都是幽黯的絳紫，乍一眼便令人心生寒意。

他撩起衣擺，跪在商道姑身後的圓形竹織墊上，低聲說道：「信士黃賜，見過道姑。」

鹿靈蹙眉，心想著黃賜⋯⋯賜，次，即次子，且方才剛走個黃新，這次子莫非是那人口中提及過的弟弟？

黃賜接下來的話便為鹿靈解了惑，他說：「家兄今日送鎮子童玉像一事，實屬無禮。我已聽家奴稟報，這才特意趕來天清宮向道姑賠個不是。」他抬了抬臉，一雙鳳眼細長，眼尾掃著淡淡的朱砂，倒為他的臉龐增添了一絲血色，「黃賜斗膽懇請道姑能寬恕家兄，作為胞弟，我願替他承擔天清宮的懲戒。」

商道姑終於動了動嘴唇，回應他道：「天清宮乃祈福、償願，向來善待虔誠子民，從不言懲，黃信士言重了。」

黃賜眼裡忽然亮起了一瞬光：「道姑記得我？」

商道姑仍舊不動聲色的：「黃信士何來此言？」

「你既稱呼我為黃信士，就代表你記得我的姓氏，便也知曉我是何人了。」

商道姑卻道：「黃信士方才已經報上了自己名號，又提及鎮子童玉像一事，我自然便知曉你是另一位黃信士的兄弟了。」

「原來如此。」黃賜竟苦澀一笑，隨即屈膝站起，向著商道姑的背影行了一禮，「既然道姑已不怪罪，我這就先行離去了，等到隔日，我再來天清宮拜訪。」

「信士慢行。」商道姑始終沒有睜開過雙眼，她虔誠修行，未受絲毫打擾。

就這樣過去了兩個時辰，又有一位信士走了進來。

這次是位女子，看那樣貌上了些年歲，但身形清瘦，妝容曼妙，年輕時必定是個美人。她同樣是撩起了衣擺，綠裙散落時，她跪在竹墊上，虔

誠地詢問商道姑：「民女趙氏，懇請道姑指點迷津。」

商道姑慢聲細語道：「但講無妨。」

「民女自年少時便為一戶權貴人家做差，以自身母乳哺育了三名男兒長大成人，可惜長子貪戀花柳，不願成婚；么子對男色想法頗重，難以自拔；唯獨次子受家中老爺重用，然而，他近來卻愛上一位不該愛之人，道姑可有法子幫他實現心願？」

「但憑自然，自有緣法。」商道姑平靜道，「時機到時，惑將自解。」

那綠裙女子以袖掩唇，試探般地抬起眼，小心翼翼地問道：「依道姑所言，是要讓我們自行解決此事？」

「倘若也有了自己的法子，若不勞其心神，自然可以一試。」

綠裙女子唇邊漾起一抹詭異笑意，她緊緊地盯著商道姑的背影，再問道：「哪怕有違天意、人道與世俗規矩？」

商道姑卻也沒有放在心上，回道：「只要對方無家室、無婚配、無指腹，孑然一身，未婚未嫁，又談何有違天意與人道呢？既然屬意，便是有緣，還是要盡力促成一段姻緣為妙。」

綠裙女子笑意更深，她立刻站起來，感激地對商道姑作揖：「既然道姑都這麼說了，我這就捎話回府，待事情成了，道姑功不可沒！」

在聽見「功不可沒」四字時，商道姑的臉上稍微浮現出了一絲喜悅。

她向來貪戀人們對她的讚賞、崇敬與信賴，她也深信，若自己修仙入班，必定會收穫更多的尊崇。所以，多年來她心無旁騖，一心修行，只為早日登入九天。

可就在今日閉關結束，離開殿內時，卻發現門外聚集了一眾家僕、侍女。反觀天清宮內的道長、道士們，都被那些家僕給綁了起來，連商道姑的師兄也在其中。

此時已是入夜，殘月當空，晚風凜冽，目睹此景的商道姑，露出了鮮有的詫異神色，她喊了一聲師兄，想問清這是怎麼一回事，但見師兄悲苦地抬起頭來，眼眶青紫，血跡斑斑。

商道姑吃驚不已，剛想質問那群家僕怎可打人，哪知那家僕們忽然分開兩側，恭敬地讓出了一條路來。

道路盡頭，一位面相美豔卻刻薄的女子邁著蓮步走來，待走到眾人身前，她對商道姑頷首微笑：「道姑，我如約而來了。」

　　如約？商道姑眼有困惑，反倒是一直在商道姑體內的鹿靈，當即認出她來，是那名綠裙女子！

　　「民女趙氏趙梅娘是黃家的總管，特意來請道姑到府上一聚。」趙梅娘指了指身後的一臺車輦，上頭以紅綢、珠翠裝飾，倒像是個喜轎。

　　再看趙梅娘的衣著，她已經換去了白日時的綠裙，反而是著了一身暗紅色的華服，就彷彿要準備參加喜宴。

　　商道姑不明狀況，但還是本著禮節而好言相問：「若只是想要請我去黃府幫事，何必如此大張旗鼓？還要打傷我師兄與其他道長──」

　　話未說完，就被趙梅娘截斷：「我也不想鬧到這般田地，是他們阻攔於我，我也是迫不得已。」說罷，她側身再請，「道姑，隨我走吧！」

　　「你先放了他們。」商道姑談起條件，「否則我是不會和你走的。」

　　趙梅娘立即對家僕們使了個眼色，眾人便將抓起來的道士們都鬆了綁，遭到迫害的天清宮道長們略顯怯懦，就在商道姑即將隨趙梅娘離開時，她最小的師弟忽然小聲挽留了句：「師、師姐……他們是要綁你去嫁給黃家二公子的……」

　　聽聞此言，商道姑愕然地停住了身形。

## 第六章 觀逆道

鹿靈也感到驚恐地隨著商道姑打量起了面前的眾人。

一如方才的小道長所言，趙梅娘與其家僕皆是來自黃府，且白晝時，黃府的兩位公子都接連出現在天清宮。先是長子黃新送來鎮子童玉像侮辱商道姑，再來是次子黃賜前往殿內向商道姑致歉。

最後，便是趙梅娘的懇求了。

思及此，鹿靈的心頭突然一震，莫非趙梅娘當時所問之事，是針對商道姑的？

果然，此刻的趙梅娘見被揭穿，倒也不打算隱瞞，反而是大大方方地承認道：「不錯！我的確是奉命來帶道姑回去黃府見我家主子的。而且，也是我將道姑告訴我的法子回稟了老爺，黃府才有了如此安排。」

商道姑聽了這話，覺得可笑似的搖了搖頭，她並不氣憤，只心平氣和地同趙梅娘道：「想必這其中定有誤會，我乃修行之人，與婚喪嫁娶早已無緣，黃府位高權重，怎會不懂其中道理呢？」

「道姑，我看是你還沒有搞清楚眼下的狀況吧？」趙梅娘忽然變了臉色，語調都轉淡。

商道姑凝望著她，她也不再隱瞞，無比冷酷地說道：「黃府的確位高權重，黃老爺親族眾多，當朝宰相也是出身黃氏，蠻祖城現任君主的愛妃，又是黃宰相的嫡女，其中裙帶關係自是可通天，道姑你心裡也該是有所掂量的。」

商道姑仍舊耐著性子，語氣也平緩和善：「這是黃府的榮耀，也是蠻祖城的君主英明。」

趙梅娘挑眉：「天清宮也在君主的統領之下，身為天清宮的一員，難道就不是道姑的榮耀了嗎？」

商道姑頷首微笑：「修仙之人與世無爭，只願人間太平。」

「既是如此，你若不肯隨我去黃府，人間可就不會太平了。」趙梅娘輕笑一聲，「畢竟，黃老爺最為看重的就是二公子黃賜，他的心願就是黃老爺的心願，自然就是當朝宰相的心願，若敢有人不從，必將惹來殺身之禍。」

黃賜。

這名字卻是令商道姑毫無印象的，她只隱約記得黃新，對黃賜反倒感到極為模糊。可鹿靈倒是記得那黃賜的模樣，衣冠楚楚，面目如玉，一雙鳳眼也顯風情，唯獨寡言淡漠，性子淡薄，自有一股子遺世獨立之貌。

趙梅娘在這時點出：「黃賜公子戀慕之人，別說是道姑了，就算是天上的仙女，黃老爺也要把她給生生地拽下來，許配給二公子。」

這說法可謂大逆不道。

不僅是商道姑震驚無比，連鹿靈也受到了極大的衝擊。原來趙梅娘曾說的那句「愛上不該愛之人」，竟是商道姑之於黃賜！

「天大的笑話……」比起那鎮子童玉像帶來的侮辱，商道姑覺得這份愛慕才更為羞恥，她終於有了怒色，一字一句道，「我與二公子素不相識，何來愛慕一說？即便他有這心思，也該斷了念頭，我一心修仙、幫助百姓，是城中舉足輕重的道觀中人，黃府不該一而再、再而三的羞辱於我，還請各位打道回府吧！」

見向來和善的商道姑動了怒，趙梅娘也懂得順勢，她不再強硬，反而是微笑著勸慰起來：「道姑息怒、息怒。二公子尚且年少，不過剛滿十八，青睞道姑的美貌也是人之常情，道姑終歸是心繫蒼生的，為二公子了卻這一椿相思之病，不也算是攢了修行嗎？」

「混帳話！」商道姑徹底震怒，她忍無可忍，紅著臉斥責起趙梅娘，「我是天清宮的道姑，是聖者，入俗等於毀了全部修行，我與你們無冤無仇，你們豈能以怨報德、如此害我！」

「道姑——」

商道姑背過身去，激動地喝道：「我已經說得很清楚了，請帶著你的人離開天清宮，否則，我將喊弟子去尋官府來了！」

趙梅娘不怒反笑：「官府？難道官府會聽你區區一介道姑，反來得罪黃府？」

「看情形，你是要將我逼上絕路了。」商道姑冷下一張臉，她略微回過臉，狠絕道，「你若還不離開，我也不再與你多言，寧願了結此身。」

她毫不猶豫地從頭上摘下簪子，青絲散落之際，簪向脖頸。趙梅娘故作驚嚇的模樣，她半張著嘴，像是不知所措似的。

商道姑見她如此輕視自己，更為氣憤，簪子猛地刺破自己肌膚，血珠流出的剎那，趙梅娘這才不慌不忙地說道：「竟沒想到柔弱纖美的道姑是個烈性子，是我方才不敬，道姑大人大量，莫要掛心！」

商道姑無動於衷，鐵了心以死相逼。

趙梅娘再道：「倘若道姑執意尋死，我也奈何不了你。只不過，這天清宮的上上下下、裡裡外外，怕是都要給你殉葬用了。」

一聽這話，商道姑手中的簪子停住了，那些本就怯懦的道士，更加不安起來，他們忍不住懇求起道姑：「莫要衝動，師妹，你要為大家著想啊！」

商道姑一蹙眉，沉聲道：「這無非是他們用來威脅我的招數罷了，你們豈能這就亂了陣腳？」

趙梅娘立即哼道：「來人，一把火燒了天清宮！」

家僕們得令，立刻動身去取火把。

道士們被他們這一舉動嚇得六神無主，紛紛阻攔起那些不知天高地厚的家僕，不停地央求著：「且慢、且慢，我們這就勸師妹改變主意」。

更有鼻青臉腫的師兄，「撲通」一聲跪倒道姑面前哭訴道：「師妹，好師妹啊！你可不能不管我們，你要救救天清宮，現在只有你能救大家了！」

「是啊！所有人的性命都掌握在你的手上，這種生死攸關的時刻，你就暫且放下你的清高身段，是萬萬不能只你考慮自己的了！」

「商師妹啊！」

眾人的呼救聲不斷，家僕們推搡叫罵的聲音也極為吵人，所有人都在逼迫她、強迫她，即便知道會斷送她前程，卻也沒有人會設身處地的為她來說上一句話。

再望向師兄那滿是傷痕的臉孔，那可是曾經威風至極、萬民敬仰的天清宮第一道長，如今卻要為了苟活而不顧顏面……

這令商道姑既痛心又不忍，自然會心軟下來，即便知道這是趙梅娘的計謀，她也不得不鬆下了手裡的簪子。

其他道士見狀，知道有戲，也趕忙來勸慰道：「捨一人，救萬人，更能救了咱們這天清宮！師妹，你向來心懷仁慈，連素昧平生的百姓你都能

救死扶傷，我們可是與你一同長大、修行的師兄師弟，你又如何能見死不救呢？」

手中簪子「啪嗒」落下，趙梅娘俯身替商道姑撿起那簪，交予身旁家奴，餘光去瞥那失魂落魄的商道姑，挑起一抹得意的笑容，命道：「來人，扶道姑出宮。」

家奴們爭先恐後地去攙商道姑，他們都知曉黃賜是日後的黃府繼承人，諂媚商道姑就等於是諂媚黃賜，奉承的話自然是也少不了：「道姑好福氣，咱們的二公子可是前途無量啊！」

「是呵是呵！修仙有什麼好，又苦又受罪，還是做凡人逍遙快活！」

「神仙也要羨佳偶，二公子一表人才，雖比道姑年歲小上不少，但厚積薄發，日後必是將相之才！道姑不虧！」

商道姑嫌惡地皺起眉，她的心，因這些令人厭棄的話語而煩亂不已。

心如池，水泛起，層層漣漪散出，她感覺自己已經產生了一種難以言喻的變化。就彷彿此前所有的苦心修練都將要化為泡影，她沒有堅守得住內心的平靜，終究是要前功盡棄。

再回頭去看越來越遠的天清宮，道士們只敢站在最高的那層臺階目送她離開，生怕靠得太近，會再惹上麻煩，唯獨站在人群最末的愛徒商鈺淚流滿面，可他人微言輕，終歸是無能為力。

商道姑無可奈何地轉回頭，她深深吸氣，不再為自己傷懷。

此行倒是顯得大義凜然，她心覺自己是為了天清宮、為了眾道士，只有暫且屈服，才能保全一切。既是如此，也不算是違背修行，畢竟，她是為了眾人而選擇犧牲自己。

只不過，在看到宮門前停著的那輛與喜轎如出一轍的車輦時，商道姑還是感到不適地皺起了眉頭。趙梅娘見她神色有變，竟是十分的欣慰：「哎喲！道姑終於有了些喜怒哀樂，不再像是之前，活脫一個漂亮的玉像，連笑容都虛假得很。」

玉像。

商道姑猛然想起黃新送來的那玉像已經不見了，抬頭看向趙梅娘，這位女總管一副無所不知的模樣，令商道姑不禁恍然道：「原來那玉像也是你們刻意為之？」

趙梅娘笑道：「大公子是個急性子，得知二公子的心思後，便迫不及待地來探道姑的口風，結果被回絕得乾脆，他心裡覺得挫敗，便又差遣我來交辦此事。好在現下事已成了一半，我就命家僕將鎮子童玉像搬回了黃府，畢竟，商道姑即將成為黃府中人，鎮子童玉像終歸是肥水不流外人田，你很快會用上的。」話到最後，她眼神曖昧，還暗示般地落向了商道姑的腹部。

　　商道姑緊緊地咬住牙關，她什麼也不願再說，厭惡又憤恨地撩起車簾坐了進去。趙梅娘對她表現出的憤怒視而不見，她只抬了抬手，歡喜地對家僕們說道：「起轎，回府。」

　　一群家僕便歡天喜地地吹起了喇叭、嗩吶。曲調即喜樂，儼然是接親儀式，於夜深人靜間，吵得人盡皆知。就這樣唱了一路，百姓們從各自家門裡探頭探腦地打聽了一圈，都知曉了那喜轎裡坐著的人是商道姑，也知曉了她是要去嫁給黃府的二公子黃賜。

　　一傳十，十傳百，用不上半炷香的功夫，全城百姓都聽聞了這事。

　　此等消息的震撼程度，絕不輸於天崩地裂。要知商道姑可是修行之人，又是天清宮內地位較高的道姑，百姓們尊她、敬她，就連君主也親自拜訪過她所在的天清宮，又為何會突然之間放棄修仙大業，轉而嫁做別人妻？

　　家家戶戶奔相走告、眾說紛紜。

　　「實在太不可思議了，毫無預兆啊！難道商道姑此前的行善修行都是騙人的幌子？目的竟是為了嫁去權貴府上？」

　　「可黃府的二公子黃賜比商道姑要小上整整十歲，這老妻少夫的，又是修行之人出關入俗，成何體統啊！」

　　「簡直有違人道，驚世駭俗啊！」

　　那些指責、嘲笑、詆毀與質疑，鋪天蓋地的襲向了商道姑，她感覺自己正被一雙鬼魅巨手推向了充滿泥沼與幽暗的詭異境地。她的心被烘烤、煎熬，如同藥罐壁上的殘渣碎藥，指尖稍稍去搓動，就將粉身碎骨、灰飛煙滅。

　　她曾經所付出的一切，全部都付諸東流了。

　　在喜轎落地，喜婆迎接的那一刻，她被催促著走進聚滿了賓客的黃

府。無數雙眼睛落在她的身上，將她打量、審視，或輕蔑或諷刺，如同亂花蒙蔽雙眼，她不知該看向誰、看向哪裡，亦不知該向誰尋求幫助。

而喜宴已擺滿了庭院，黃老爺與黃夫人將她拉扯著進了廳堂，等候她拜堂成親的黃賜身著喜服，他回過身來，一雙鳳眼幽不見底，仿若深淵。

「舉頭三尺有神明，落地生根不容悔！良偶佳配聽人命，死後也是黃府鬼！」喜婆道盡這話，一把將商道姑推在地上，按著她肩膀，跪在黃家的列祖列宗前：「商氏女嫁黃家郎，修仙不成成喜娘！拜堂！」

容不得商道姑掙扎，喜婆按著她的頭在地上磕了三次，接著又牽著黃賜握住商道姑的手，並將一把杏花乾花塞進二人掌中：「聞杏花、吃杏草，生個胖寶寶！」

那乾花被雙掌揉碎的剎那，周遭就衝出了一堆侍女，她們有的招住商道姑肩，有的掰開她的嘴，還有的舉起手裡的藥湯，往她口中灌。商道姑一己之力根本無法反抗，只能為魚為肉，任憑那藥湯洶湧地流淌進自己的體內。

黃賜無動於衷的站在她身旁，黃老爺、黃夫人與其他賓客也是冷眼旁觀。直到藥湯灌盡，侍女們狠狠地捂住了商道姑的嘴，確保她無法吐出之後，才將她放開。

商道姑伏在地上久咳不止，也許是藥湯起了作用，她很快就覺得頭暈目眩、眼花繚亂。黃老爺見狀，心滿意足地抬了抬手，示意賓客們離開廳堂，只留下了黃家親眷，黃賜、黃新還有么子黃濘，黃老爺夫婦還有各自的侍妾，加在一起約莫二十餘人。他們圍成了一個圓圈，將商道姑置於中央核心，像是畫地為牢。

癱軟地躺在地面的商道姑已經意識恍惚，她極為艱難地睜合雙眼，見到有數不清的杏花被撒到自己的身上。

清幽的杏花香氣沁人心脾，商道姑感到自己從未如此放鬆、釋然。

緊接著，她感到一個陰影籠罩下來。那陰影的紅衣格外眩目，鳳眼更是顯得迷醉，他傾覆而來，彷彿要將她整個人都覆蓋在身下。這一刻，她竟不覺得恐懼，反而覺得異常溫暖。

「別怕，這是你必經的儀式。」他的聲音在她耳邊低吟，安撫著她的心緒，「你是被選中的，從你身上誕出的血脈，必定是最為接近神明的，

你要為此感到榮幸。」

話音落下的瞬間，商道姑只覺身體發熱，下體有隱隱的刺痛，但很快就被一種喜悅的感覺所替代。她雖覺得羞恥，卻也沉淪其中。

之後再不記得發生了什麼，她沉沉地閉上了眼睛。

而鹿靈卻眼睜睜地目睹了黃賜強行占有了商道姑的整個過程。由於她的靈識是附在道姑身上的，所以，就彷彿是她自己也經歷了這可怖的一切。

周遭那麼多雙眼睛死死地盯著這一場景，他們的嘴裡還在囁嚅著某種咒語，每個人的手裡都端著一盞火燭，燭臺刻著杏花的紋路，映襯著滿地的杏花花瓣，尤其是那些碾碎在商道姑身下的乾花，如同是點點斑駁的血跡。

見到本是聖潔的商道姑被如此對待，鹿靈不禁心生悲戚，她既難過又痛心。明明與商道姑一體，明明見到了她經歷的所有迫害，可是，鹿靈卻無能為力，只能捂著臉默默哭泣。

要是幽池在身邊就好了，是他的話，一定能幫助商道姑改變過去、逃離苦難。

然而，鹿靈不知道的是，修仙之人一旦回歸凡人生活，便是背棄了曾經對仙緣立下的誓言。若是性格固執，不能對曾經的榮耀釋懷，還很有可能會作繭自縛，從而陷入魔道。

商道姑就是那個無法忘記自身過去光芒的人。

在那夜之後，她從黃府醒來時，發現身上素淡的道服已經被褪去，換上的是華貴的綾羅綢緞、金玉耳飾，就連瑪瑙打磨成的鐲子，都戴了滿滿兩隻手。她再也不必為百姓解決麻煩事，也不會被百姓歌頌其無量德行了。

黃賜成了她的夫君，黃府成了她的桎梏，杏花種了滿園，卻不再有一棵是她親手栽下的。她已然失去了自己曾引以為傲的成就、價值。

直到她的腹部開始隆起，她才知曉自己有了身孕。

但詭異的是，突逢一日降雨，暴雨肆虐，她腹部劇痛，大汗淋漓地哀呼了一炷香的功夫，黃賜終於冒雨走進了她房裡。她已經痛得看不真切人影，只記得黃賜坐在她身邊，濕漉漉的衣袖上，墊著一碗冒著熱氣的藥

湯，湯裡散出杏花香。

「喝了這個，能緩解你的痛楚。」他一雙鳳眼微微垂落，仍舊是看不出任何情感。商道姑滿鬢冷汗，髮絲皆被浸濕，她顧不得其他，迷迷糊糊地喝下了黃賜送來的那碗藥湯。

說來也怪，藥一服下，腹部很快就不痛了，可隨之而來的，竟是鮮血從雙腿間流落！儘管她不知所措，卻也無力動彈，只得眼睜睜地看著血液一滴滴地落進了黃賜放置在地的湯碗裡。

她體力不支，終是昏死過去。等到再次睜開雙眼時，她發現自己已經被丟出了黃府，身上只披著來時的那件道服，朱紅色的大門正在緩緩地關上。

她虛弱不已，蹙起眉頭，望著門後的人，正是趙梅娘。

趙梅娘見她醒了，略微一愣，半張臉露在門縫間，她嘆了一聲，對商道姑道：「緣來緣散，道姑眼下已經是自由之身，可以隨心而行了。」

她就這樣被趕出了黃府，只因那藥湯催下的血液，足夠分食給黃家親眷。

也不知道黃老爺是從哪個妖言惑眾的嘴裡聽說，修仙之人的胎血，混合著下了杏花樹精的咒，服下便可獲長生。

而咒是來自商道姑親種在天清宮內的杏花樹，那樹之所以常年繁茂，是因為有精怪照拂。取其盛開的杏花花瓣，堆上滿滿一車輦，熬成藥湯，將符咒撕碎了一併扔進去翻攪，就成了藥引。

那所謂的杏花樹精的咒，便是從天清宮裡求得的符咒，不過是在那棵杏花樹的樹幹上拓印了樹皮的形狀，就成了黃府眼裡極為珍貴的寶物。只需再加入最後也是最為重要的胎血，這長生不老藥便大功告成了。

本來嘛，黃老爺覺得長子黃新是配種的最佳人選。

沒錯，就是配種，和配豬、配狗、配羊都沒什麼區別，能結合出胎血才是關鍵。且在黃老爺眼中，修仙之人的胎血是最聖潔的，也是可以配得上黃府血統的，更何況，有自家兒子親自來配，必能保證血脈純正。

可還沒等他同黃新交代這事，二兒子黃賜卻來主動請纓。他很少會表露自己心跡，唯獨這次很是積極，並向黃老爺懇求道——

「孩兒自幼便抑制著內心的欲望，多年來，孩兒熟讀詩書、勤練劍

術，只為有朝一日能為父親分擔家業，延續望族之譽。孩兒心中除了黃府，再無其他雜緒，唯獨三年前天清宮一拜，對那位聖潔如仙的道姑難以忘懷。若父親想要黃氏血脈來配出長生不老藥，請交給孩兒來與道姑完成這差事，也算圓全了孩兒一夢。」

黃老爺聽了這話，點頭表示贊同，卻也要多嘴問上一句：「難得賜兒你動了心，既喜歡她，爹允你娶她進門來做這差事便是。只不過……得了胎血後，那道姑的用處就沒了，留在府上反而壞事，屆時，你如何能捨得心愛之人淪落至悲慘境地呢？」

黃賜垂著鳳眼，朱唇裡飄出的雖是愛意，卻冷漠至極：「回稟爹爹，孩兒愛她，只是愛她的仁慈與不可褻瀆，一旦沾染了男子陽氣，她那份聖潔也就被毀，孩兒便不會再愛她了。」

黃老爺放聲大笑，誇讚黃賜極為適合來配這胎血，畢竟，殘酷無情才是黃府興旺家族的本能。

情與愛，靈與肉，必須分開得徹徹底底，成大事者不可為兒女私情多費心思，黃賜根本不覺得自己的所作所為會毀掉商道姑，反而享受著將美麗聖潔之人摧毀的快感。

可奉獻出自己胎血的商道姑，卻已經修行盡毀，即便她還可以回到願意收留她的天清宮，但一切都不再是從前。

她能感受到師兄、師弟與自己的弟子們，日日流露出的充滿同情的眼神，百姓們也不再來拜她、信她，大家都覺得她是被黃府趕出來的可憐人，誰又會相信她口中所說的胎血陰謀呢？

她逢人就道黃府是邪惡、是豺狼，他們為了煉製長生不老藥而害了她、毀了她，旁人卻暗道這道姑瘋了，整個人都是錯亂的。畢竟近來的黃府與往日不同，他們開始行善積德，還幫助遭瘟的百姓治病。

只因半月前，蠻祖城內的妖韶山發生了山洪，許多野獸的屍體都被泥石流沖到了城內，爛肉血塊沒有及時清理，造成了小範圍的惡疾流竄。瘟疫幾乎是一夜之間就大肆傳播起來，搞得百姓們人心惶惶、戰戰兢兢。

黃府倒是一改惡霸嘴臉，竟首當其衝地站出來，為難民分發糧食。

商道姑卻識破他們的嘴臉，只道他們是自以為服了胎血可以長生不老，才敢置身於危險之中。可長生不老並不代表不會染病，她詛咒黃府一

個接一個都會死在瘟疫裡！

　　想來是老天有眼，她的詛咒竟然應驗了，最先死去的是黃新，他當真染了病，不出三日就暴斃而亡。緊接著便是黃老爺、黃夫人、黃澤，還有黃府的那些個侍妾、家奴，他們都沒有逃過懲戒。

　　最後，黃賜也死在了瘟疫中。

　　短短七日間，黃府遭了滅門之災。

　　百姓們都以為是商道姑的詛咒靈了，又想到此前對商道姑的不敬，便都驚恐不已，趕忙去天清宮內向她致歉並祈求，求她結束這場惡疾，並答應她日後一定同最開始那般尊她、敬她。

　　許是內心的執念與欲望又睜了眼，商道姑信了。

　　她本就虔誠修行多年，雖被黃府逼迫成婚、有孕過，可她願犧牲自己所有的修為，來換得一場大雨，澆滅城中瘟病之源。

　　她從清晨跪到夜晚，從晚霞跪到天明，嘴裡念的咒語一刻未停，哪怕口乾舌燥、嘴唇破裂。

　　可就是這樣精誠所至，才能金石為開。她呼來了風，也喚到了雨，大雨下了整整三天三夜，所有的病菌也在這場肆虐的大雨中消失了。百姓們的生活再度回歸了原貌，他們喜悅不已，卻將答應過商道姑的事情忘在了腦後。沒有人去感謝她，也沒人登門拜訪，甚至還有人說起了風涼話──

　　「倘若不是那道姑壞了修行規矩、嫁做人妻，這瘟病未必會出現呢！」

　　反倒是當日求她為了天清宮嫁給黃府的師兄，攬下了所有功德，他聲稱是自己求雨的功勞，隻字不提商道姑為了雷公電母降世，而在杏花樹前跪了三天三夜。

　　是在那一刻，商道姑寒心到底。她終於看清了師兄們的嘴臉，更看清了天清宮待自己是如何輕賤，她上斥宮門，下罵道長，指著那些曾經哀求過她的師兄弟們一一列舉罪狀：「當初是你們哭著喊著求我救你們的！我是為了你們，為了整個天清宮才放棄了我的修仙之行！黃府如今得到了他們的報應，那是罪有應得！可你們是最不該背叛於我的，枉費我為你們犧牲了自己，結果呢？卻遭你們如此對待，你們真該天誅地滅！」

　　道長們被她罵得面紅耳赤，低著頭不敢應答，卻有一個不知死活的非

要說：「道姑，你也不要把罪狀都歸結在咱們身上了。天清宮還能收留你這染了俗世髒汙的人已是仁至義盡，你還有什麼不知足的？」

好一個俗世髒汙，好一個仁至義盡！

「我骯髒……我入了俗，難道你們就都是乾乾淨淨、不染俗塵的嗎？」商道姑一雙憤怒的眼眸看向大師兄，他腰間的女子香囊毫不避諱，那夜裡時常留著的後門，也殘留著風塵香氣。

商道姑忽然就放聲狂笑，笑他們的偽善，笑他們的骯髒！

「是你們逼我的，無論我接下來做什麼，都是你們把我逼成這田地的！」撂下這狠話，商道姑憤恨離去。

等到隔日一早，整個道觀的牆壁上頭，畫滿了活色生香的春宮圖，甚至還有香豔、露骨的小詩，作畫的商道姑用畫筆指著畫中的風塵女子，轉頭詢問趕來的道長，挑釁地笑問：「大師兄，這女子你可熟識？」

那道長氣得紅了臉，他自是知曉不能再把商道姑留在天清宮了，便決定計畫逐她出去。

就在三日後，曾為黃府做過差事的一位家僕大婚，他是黃府裡少數活下來的人之一，巧的是，就是他當初負責抬著商道姑的喜轎進入黃府的。商道姑的大師兄以此做文章，故意在商道姑面前說起那家僕已經死了五位老婆，竟然還在娶親，實在是沒有廉恥。

「畢竟，他的五位老婆都是難產而死，沒一個能把孩子生下來，這等猖狂之人，本就是罪孽深重，當真不該再去害人了。」大師兄實在是壞，他非要講起孩子的事，彷彿在暗示商道姑也曾孕育過一個無法生下來的胎兒。

可即便如此，商道姑也沒有上當，她已經放下了對黃府的仇恨，並打算重新修行。只要她潛心修練，必定能重得仙緣。

但大師兄怕她會走漏他與風塵女子的舊賬，又因嫉妒她此前的修為而不肯放過她，便托人買了個關係，讓那人扮成商道姑的模樣，去攪了家僕的喜宴。

假扮之人表現得瘋瘋癲癲，當眾指出家僕害死過五位老婆的舊事，嚇得剛剛嫁進門的新娘，說什麼都不肯拜堂了。於是乎，家僕將這賬算到了商道姑的頭上，他趁夜行動，帶人來到天清宮點了一把火，燒了宮門，以

洩怒火。

當時，正在閉關中的商道姑被困在了密室裡，屋外大火燃燃，密室又被鎖了門，她無從逃脫，只能祈求蒼天憐憫。

大火就這樣整整燒了一夜，待到隔日天色蒙亮，免於火災的弟子打開了密室的門，發現商道姑竟然沒死，只是被煙霧嗆得極為憔悴，她顫抖著伸出手，似在求救。

哪知，聞訊趕至的大師兄，見商道姑還活著，嚇得當即喝了一聲：「妖女啊！」

火焰燒毀了密室的大門，卻沒燒到她的肉身，若不是妖，怎會如此命大？

一石激起千層浪，商道姑是妖女一事，震撼了整個蠻祖城。

那家僕又聯合官府以此做引，帶著官兵衝進天清宮，活活將商道姑以鐵鍊綁了起來，竟押著她當眾遊街。

罪名宛如空穴來風，可那些才經歷瘟疫浩劫的百姓們，急需突破口來發洩內心的恐懼、不安與驚慌。商道姑就彷彿是可以吸納所有悲慘的容器，她被推搡著走在天清宮前往蠻祖城城門的長街上，恍惚地看著兩側聚滿的人群，其中不乏她救助過多次的信士。然而，他們卻對她怒目相視，咒罵她、侮辱她，手裡的爛菜葉、痰盂水也一併灑向她。

商道姑驚愕地看著他們，那些歇斯底里的叫罵聲，在她耳畔嗡嗡作響。數不清的石塊砸中她，額頭破了皮、臂膀流了血，她聽著那些詆毀，心底裡最後一絲驕傲，也在這條長街上崩塌了。

她曾是高高在上的聖者，仁慈地俯視著尊敬她的子民。

她從不吝嗇自己的能量，她幫助、照拂所有有求於她的信士。可到頭來，她換得的卻是被榨取自己的胎血、被一同長大的師兄背叛、被官府凌辱、被百姓打罵、被石塊淹沒、被惡臭吞噬……

究竟是為何淪落至此？她到底做了什麼不可饒恕的事情？

商道姑既絕望，又困惑，亦有迷茫。

她幽幽地看著城門盡頭，一群百姓已經架起了火堆，乾草鋪滿了木樁，火苗竄起，煙霧通天，還沒等反應過來是怎麼一回事，她就已經被推上了木樁。眾人團結合作，按著她、壓著她，直到將她死死地綁在

了樁上。

她並沒有掙扎，甚至沒有喊叫，只是無助又哀傷地注視著目睹她被火焚的所有百姓，卻始終都沒有一個人站出來為她說話。

儘管她在死前並沒有感受到任何痛楚，彷彿是上天憐憫她的境遇，在火燒她身時，飛來了一隻尖喙的無名鳥。也不知道那是不是她的幻覺，只見那鳥以喙撕破了她的喉嚨，血液噴灑，殷紅飛濺，她沒了聲音，呼喊不出，且當場就死去了，倒是痛快。

烈火並未折磨到她的意志，她懸掛在木樁上，死去的屍身很快便被燒成了吱吱冒煙的木炭。留在草堆上的，只有一片晶瑩剔透的銅鏡碎片，人們並未注意到那碎片，因商道姑死了，他們也就鳥獸群散。

到了最後，也沒人去為商道姑收屍。反倒是一個戴著斗笠的人走到乾草堆旁，探手拾起了那銅鏡碎片，握在掌心揉碎，竟凝成了一塊小巧的石頭。那人立刻將石頭藏在袖中，轉過身，匆匆離去了。

只剩下隱隱的哭泣聲迴蕩在烈火裡。

是鹿靈在哭。

她雙手捂臉，跪在火焰堆裡的夢境深處，於黑暗裡兀自哭泣著。身前忽來一陣清風，一聲「滋啦」，取火摺子亮起了光，鹿靈感受到光線傳來，啜泣著抬起了頭。

商道姑的靈魂正站在鹿靈的面前，她左手舉著取火折，那是生前燒死她的火；右手則是端著靈位牌，上面刻著「天清宮道姑商氏」名號，那是死後享的位份。

鹿靈憐惜地望著她，緩緩站起身，欲言又止地張了張嘴，商道姑卻搶先她一步說道：「在我的這一生中，你看到了什麼？」

鹿靈一怔，並非因為商道姑的問話，而是商道姑的聲音有所不同，渾濁不清，又有暗啞，像是另外的人。

但鹿靈還是回答她道：「我看到了遺憾。」

商道姑的表情一變，很快就露出了釋然的笑容。

她抬起手中火折，指向黑暗中的一處：「南方有鳥，名為剠雛。非梧桐不棲，非練實不實，欲取代鸞鳳，凌駕於四靈。」

話到此處，她幽幽垂眼，落寞道：「可惜鸞鳳不知其鳥險惡，將

土地、糧食都與之分享，最終成了引狼入室、鳩占鵲巢，總歸是人心難測。」

鹿靈神色悲涼：「道姑來世莫要再為他人作嫁衣裳，來世……定要去過凡人生活，只求無憾，不求無愧。」

商道姑眼裡的光黯了下去，她囁嚅著：「無憾……無憾……如何才能無憾一生？」說到此處，她悲傷地抬起頭來，視線雖落在鹿靈身上，卻彷彿在透過她看向別處，「這也是做盡善事的一生了，連內心最深處的欲望都被自我壓制，不偷，不搶，不嫉，不妒，吃素飯，穿素衣，即便遭人迫害、詆毀也未有反抗，任憑野風呼嘯，這一生總歸是沒有害過任何人，為何還會下場悲慘、充滿遺憾？」

這問題令鹿靈啞口無言，她不知該如何回應商道姑，只見商道姑右手的靈牌忽然變成了一片銅鏡碎片，雖細小，卻尖銳，且鏡面中映著她的臉，鹿靈因此而震驚地瞪圓了雙眼，只因鏡中映出容顏，並非商道姑的模樣。

那臉是另一個女子的，染著汙泥，狼狽不堪，她在鏡中張了張口，商道姑的身體彷彿受她控制一般地，說出了與她口型一樣的話語：「我不懂，地位顯赫的道姑都要受人世折磨，是否真的要成為皇子、皇主才能夠主宰自己的命運？」

鹿靈一咬牙，鼓足勇氣般地去問鏡中的那張臉孔：「你是何人？你……並非商道姑吧？」

鏡中之人瞥了她一眼，什麼都沒有說，只低低嘆息一聲，隨後便消失不見了。鹿靈抬腳便要去追，誰知商道姑的身影，也在這時隨著鏡中之人一同散去。

緊接而來的是大片颶風，鹿靈伸臂遮擋，那風聲獵獵，幾次襲來，鹿靈雙腳離地，被吹到了空中，她連驚叫都來不及，就被颶風扔去了黑暗深處，摔落在地的剎那，鹿靈終於驚恐地醒過神來。

她氣喘吁吁地喘著粗氣，抬手摸了一把額際，滿是冷汗。

「真不愧是你，鹿靈。」幽脆的聲音響在頭頂。

鹿靈恍惚地循聲望去，只見幽池正雙手環胸地站在她身前，眉頭輕蹙，表情略顯慍怒。

「幽、幽池……」鹿靈還未完全從夢境中走出來，她語無倫次地說著，「我看到了商道姑的死因，她……她是被人害死的，可又不只是一個人，是很多人。而且……是有人在她的屍體前拿走了她的修仙石，可惜我沒有看清那人的長相……」說到這裡，鹿靈也逐漸冷靜了下來。

然而，她的胸口卻仍舊是悶痛的。就彷彿在那個深淵般的夢境中，她自己也親身經歷了商道姑所經歷的一切，久久走不出其中的傷悲。

幽池在這時俯下身來，他握住鹿靈的手，輕聲道：「我知道你經歷了商道姑的過往，魂穿死者的體內，的確很消耗心氣，我明白你此刻的心境。」

鹿靈聞言，略有困惑地問道：「可是，你也去了那夢境，我們為何不曾──」

「不曾相遇？」幽池道，「因為，夢是疊加的，尤其是一位聖者的夢，她只允許有一人魂穿她的過往。而你已經進入了她的意識，我便只能停留在表像，去觀望你所經歷的一切。我們雖然身在同一個夢境裡，卻隔著一層阻攔，是來自聖者夢境的自我保護。所以，我方才說了不愧是你，竟然可以直接魂穿到死者的最深層意識中，即便是我也要承受極大的風險──畢竟對方是修仙之人，若無仙緣，很難近身。」

鹿靈不太確信地反問：「你的意思是，我也是擁有仙緣的人？」

幽池心中暗道：「也許是你的前世與仙緣有關，總歸不是平凡之人，卻也猜不透究竟是何身分轉世。」

鹿靈見幽池陷入思慮，還想再問，誰知躺在地面的商鈺在這時低吟了兩聲，很快就醒了過來。

他看著面前的幽池與鹿靈，竟一時回想不起發生了什麼事，只記得自己睡著了。

幽池見商鈺已醒，便同他低聲道：「商鈺道長，我已經透過你的意識，連結到了商道姑死前的過往，而且，鹿靈也魂穿在了道姑的身上，並看到了修仙石遺失的原因。」

商鈺大驚，立刻看向鹿靈。

鹿靈說：「我的確看到商道姑是被大火燒死的，她死前留下的，其實是兩樣東西，一樣是鏡子一般的碎片，另一樣是由鏡子的碎片變化而成的石頭，應該就是你在尋找的修仙石了。」

商鈺仿若並不在意修仙石的由來，他只是急迫地追問鹿靈：「你可看清了是何人拿走了修仙石？」

鹿靈將自己看到的知無不言：「是個戴著斗笠的人，雖看不清那人面目，但從身形看得出是女子，又穿水藍色衣裙，看上去倒也算華貴。」

「女子……華貴的水藍色衣裙……」商鈺重複著這話，忽然雙眼一亮，他略有驚慌地說道，「是蠻祖城皇宮裡的宮女，至少是妃嬪身邊的地位。水藍色不是尋常百姓家的女子可以穿的，在蠻祖城，只有皇宮裡的婢女才能享有這顏色，千百年來都未曾改變。」

話說到此，幽池與鹿靈彼此看了看，再看向商鈺時，他的眼神也變得堅定。於是，三人都不約而同地轉過頭，看向了庭院樹叢盡頭後的，王后茗綰的寢宮。

幽風陣陣，青草搖拂。

此般時刻的茗綰，正躺在房內枕榻上。她近來嗜睡，夢又多，這會兒難得醒了，就打量著手裡的石頭出神。那是送來的賀禮中，鎮子童玉像額間的石頭。

茗綰將那石頭摘了下來，並與自己藏在枕下的一塊同樣的石頭，黏合到了一起。同樣的翠玉色，同樣的大小，黏成一體後，竟也沒有絲毫變化，就彷彿是重合了起來。

茗綰心中知曉，鎮子童玉像間的石頭是現實中的修仙石，而自己此前在手的，則是夢境裡的修仙石。

一實一夢，二者合一，才算是真正的修仙之石。

但是，茗綰知道她手裡的修仙石的本貌，她也清楚世間根本沒有什麼修仙石，而她握著的這個，也無非是塵世中留有的遺憾形體罷了。

思及此，她低低嘆息，心中暗道：「若每一場經歷都不存遺憾的話，我才能得到我期盼已久的東西。」

可這鏡子碎片，總是會化作不同的形態，留在她的身邊，這就代表遺憾尚存。茗綰不禁神色悲戚起來，她只能在心裡祈禱這一生不要留有任何的遺憾了。於是，她的手掌覆在已經微微隆起的腹部，眼神也變得堅定。

阿渃是在這時敲門進來，她帶來的侍女端著安胎湯，是杏花熬製成的。

「王后，到服湯的時候了，奴婢伺候王后服用。」阿渃捧著湯碗來到茗綰身前，這是每日都要喝上多達五次的安胎湯。茗綰也不清楚這是今日的第幾次，她反正除了昏睡，就是被阿渃叫醒喝湯。

這會兒起身服下了湯藥，她以手勢詢問起阿渃：「那兩位降魔人在何處？」

阿渃一驚，忙問：「王后口中所說的降魔人，莫非是指幽池公子與鹿靈姑娘？」

茗綰點點頭，並要阿渃伸出手來。

阿渃照做，茗綰在她掌心寫出：「他們的身上有不尋常的氣息，絕非常人。你去請他們來，我有事想要與他們商談。」

阿渃倒不明白茗綰口中的「絕非常人」是何意，但還是乖乖地領了命，轉身退了出去。

剩下茗綰獨自一人時，她看向放在床榻旁案几上的湯碗，不剩一滴藥渣的碗內，開始散發出一股隱隱的異味兒。每次喝光那藥湯不久後，味道都會飄散而出。

是打胎細粉混進了藥湯中。

　　起初她在喝完第一碗的時候也很驚慌，儘管不知是誰在暗中加害於她，可擔心腹中胎兒會因此落下的心情，折磨了茗縞許久。她本應在第一時間傳御醫前來，但她發現碗中殘渣有異時，其實已經距喝下過去了半炷香的時間，胎兒若有事，早就落紅了。

　　她開始對胎兒的情況產生了懷疑，甚至在接下來的安胎湯送來後，她也無所顧忌的全部喝下，不曾想，腹中的胎竟是無論如何都打不掉的。

　　她已經足足喝了不下十餘碗，打胎的細粉對胎兒彷彿沒有半點影響。而且，每次以手掌輕撫腹部，她就能感到胎兒強壯、有力的心跳聲，在她掌間起伏。

　　茗縞情不自禁地產生了一個可怕的想法：莫非她懷的這個孩子，不管誰人陷害都不會死在腹中？這孩子渴望出生，期盼降世，便沒人能奈何得了他，哪怕是劇毒、刀劍與詛咒。

　　詛咒……

　　這兩個字令茗縞沉了沉眼，敲門聲恰時想起，茗縞抬起頭，聽見阿渃說：「稟告王后，奴婢已將二位帶到。」

　　茗縞握拳，敲擊案几三次，是同意進來的訊號。阿渃得到訊號後，便推開房門，示意幽池與鹿靈進入。茗縞則是對阿渃使了個手勢，示意她退下，於是阿渃順從地出了門並關上，房內只剩下幽池、鹿靈與茗縞三人。

　　幽池先是同茗縞行了大禮，鹿靈也趕忙照做，茗縞示意二位起身，再指向一旁的紅木椅，表示落座。

　　幽池合拳謝過，坐到椅子上的時候，他嗅到了空氣中彌漫著一股淡淡的藥草味道。

　　鹿靈也煽動鼻翼，她皺了皺眉，喃聲說出：「好像是夾竹桃……」

　　茗縞不打算隱瞞，她點點頭，又拿過湯藥的碗，指了指碗底。

　　鹿靈似懂非懂地問道：「王后娘娘的意思是，你這藥湯裡有夾竹桃？可……夾竹桃是墮胎之物，何人膽大妄為，敢在王后的湯碗裡下毒？」

　　茗縞搖搖頭，但她也撫著自己的腹部，示意胎兒無恙。

　　鹿靈這才放心下來：「無事就好，孩子能平安誕下最好。」

　　幽池打量著茗縞的神色，又看向她放在枕榻上的石頭，是鎮子童額間

的那塊石，幽池只一眼就認了出來。

但那石頭又有些不同，散發出的氣息有隱隱的詭異。

幽池蹙起眉，心中暗道：「想來我與鹿靈本是根本無法進入茗縞房內的，這房中貼滿了符咒，是為提防我這種降魔之人的。但是，若茗縞主動邀請的話，我與鹿靈是可以進入此房的，因『靈』從口中，作為房中的核心者，茗縞給出的信號，可以打壓符咒的能力，在那個瞬間，符力減弱，我和鹿靈才能平安入房，但是……真的只是因為茗縞給出了信號嗎？」

幽池猶疑地盯著那塊石頭，彷彿看穿是那石頭在指引茗縞做出今日的「邀請」。

果然，茗縞抬起手，在空中緩慢地寫出了她請二位到此的來意——

「我知兩位是降魔人。」

幽池面色平靜，反倒是鹿靈有些驚愕，她不安地看向幽池，像是不知該如何回應茗縞。

「敢問娘娘是如何知曉的呢？」幽池不動聲色地問道。

茗縞再次寫道：「你二人活了下來。」

幽池沉了沉眼，他道出茗縞的心思：「娘娘的意思是，我與鹿靈在勸說君主的過程中活了下來，是因為我二人的真實身分？」

茗縞輕輕點頭，寫出：「洛麟曾與我說過，帝王不殺有三，文人、星見、靈者。」

鹿靈這才頓悟一般地喃聲道：「原來我與幽池安然無恙，是因為我們是靈者……」

茗縞看了看鹿靈，再看向幽池，她凝視著他的眼睛，張了張嘴，比出口型：「我請你們來此，是有事相求。」

幽池讀懂她的話語，領首道：「娘娘但講無妨。」

「若你們是靈者，必定能探入夢境。」茗縞加上自己的手勢，「我希望你們為我去探星見的夢。」

星見即為占星師，想要窺探其夢境，可不是一件簡單事，畢竟，星見掌管星辰，更掌管眾生夢境。

茗縞看出幽池的顧慮，又補充了自己的要求：「請兩位要神不知鬼不覺地去看星見的夢，萬萬不能被她發現。」

幽池低聲嘆息：「娘娘，實不相瞞，你這滿屋子的符咒，就是那位占星師用來防我這種人的，她的靈力遠在我之上，想要神不知鬼不覺地入她的夢，實在是難。」

茗綰便從枕榻上拿起了那塊修仙石，遞到了幽池面前。

「娘娘是要我帶著這寶貝去探夢？」幽池試探地問。

茗綰比出口型：「它可以保護你不被星見發現，如此一來，你與鹿靈姑娘在夢境中便是安全的。」

幽池並未問這石頭的來歷，只管收下，並道了謝。

鹿靈則是問道：「王后娘娘，你想要我與幽池去星見的夢中找什麼東西呢？」

「劍。」茗綰喟嘆一聲，她不再比劃口型，而是用手指在空中寫出，「一把鑲著藍色寶石的大劍。」

幽池與鹿靈互相看了看，都記下了茗綰的交代。

緊接著，幽池率先站起身，他握緊了手中石頭，對茗綰合拳道：「王后請放心，我們會全力一搏，這便前去了。」

茗綰露出一抹夾雜著苦澀的微笑，她垂了垂首，像是在道珍重。

剛一離開茗綰的房間，鹿靈便小心謹慎地同幽池說道：「咱們方才還答應了要幫商鈺從茗綰這裡拿回修仙石的，這會兒又應下了茗綰要去幫她尋劍，到底要先完成哪一個？」

幽池風輕雲淡地攤開手，掌心裡的石頭在黃昏的霞光中熠熠生輝。

鹿靈一皺眉：「這不是茗綰交給你的護身石嗎？」

「不是普通的護身之石。」幽池道，「這便是商鈺一直在尋找的修仙石。」

鹿靈險些驚呼出聲，幸好她及時摀住了自己的嘴巴，四下張望起來，確認無人後，她才敢悄悄問幽池：「她竟然將這麼重要的寶貝交給咱們，就不怕咱們帶跑了這物？」

幽池將修仙石握住，他鎖緊眉頭，低聲道：「她一定是想要引導你我去尋找到某個真相，先是杏花，再是白犬，這次是修仙石……」

鹿靈接下他的話：「再由修仙石去尋她要的那把大劍。」

一切就好像是個迴圈。

初始，結尾，彷彿是個圓環，只有找到圓環的末端，謎底才能展露其本色。

思及此，幽池不再耽擱，他與鹿靈一同朝著星見的住處前去。

半炷香的功夫過後，占星師的住所已經出現在了幽池面前。她住在鏡湖的最末端，連同整棟宅邸也像是一面湖，水藍色的琉璃瓦包裹著屋宅，於淡淡星光中閃現瀲瀲波光。

鹿靈驚歎這宅邸之美，正欲向前一步，幽池卻攔住了她。她錯愕地看向幽池，他卻只是抬起手指，輕輕觸碰半空中——

一道水波暫態從幽池的指尖層層漾開。

「是鏡面結界。」幽池道，「我們必須通過這結界，才能進入占星師的宅邸本體。」

話到此處，他看向鹿靈：「此去怕有危險，對方是位星見，可觀星攬月，我們稍有不慎就會被發現，屆時——必定會被她困在夢境之中，再難回到人世，所以——」

「你想讓我在此等候你？」鹿靈輕笑一聲，「幽池，我可不是貪生怕死的，更何況咱們兩個歷經重重磨難，只有在彼此身邊才能更為警覺，就不要再說為我好這種話了，我們兩個是無論何時也不能夠分開的。」

這一番情真意切令幽池愣了愣，他眼裡閃過一絲動容，隨後便欣慰地笑了。

自打找回七情之後，他當真能夠體會到人間情意，尤其是與鹿靈之間，竟總是會有種非對方不可的堅定。

幽池便點頭道：「你說得對，就因為此行危險，你我才更應當同行。」

鹿靈握住幽池的手，也握住了他掌心裡的那塊修仙石，笑道：「好了，快念咒語吧！我們這就去探那星見的夢。」

幽池不再遲疑，他低聲念咒，與鹿靈二人同握修仙石，只一眨眼的工夫，他們的靈識便從體內飄出，輕而易舉就穿透了結界。

也就是剎那間，修仙石散發出了巨大白光，幽池只覺眼前一片蒼茫，等那光芒逐漸褪去後，眼前的景象已然發生了改變。先是縱橫交織的阡陌街巷，再是紅磚青瓦的高牆樓閣，一道道華貴的身影閃現，又有千軍萬馬

奔騰而來，彷彿海市蜃樓。

鹿靈凝望著眼前畫面，驚歎道：「這便是星見的夢境嗎？簡直就像一代王朝歷史中的壯闊長河。」

幽池眼花繚亂地走在這夢裡，他低聲道：「我們必須找到那把劍的主人才行，若是一直被夢境包裹，很有可能就會忘記來意。」

星見的夢是具有魔力的，會蠱惑、扭曲任何一個闖入其夢中的靈者。

「所以，我們要格外謹慎小心，也要儘快找到大劍，離開這夢境。」幽池剛說完這話，只見面前的亂象被一陣颶風吹散了。

鹿靈也被大風吹得睜不開眼睛，幽池趕快將她護在自己身後，輕念了一個咒，風很快便停了下來。眼前赫然呈現出一座宮殿，金朱色的大門敞開，瞬間就將幽池與鹿靈吸入了殿內。

青玉雕刻的御座上，坐著一個少年。

他身著龍紋袍，腰繫紅玉帶，手裡托著一尊面目不清的玉像，他正對跪在殿下的臣子問道：「這玉像的臉怎麼還沒有雕出來？這麼多時日了，是誰在負責這差事？」

臣子們面面相覷，皆不敢高聲語，恐驚御座人。

幽池與鹿靈則是穿梭在他們身前，甚至能從他們的身體裡穿過。

不愧是星見的夢。幽池暗道，這夢儼然已經有些年頭了，卻依然能夠將夢中人的樣貌、舉止都保留得如此清晰，非星見不能為。

但眼下，幽池必須選擇這夢中一人來進行魂穿，他放眼望去，都沒見到鑲有藍色寶石大劍的跡象。再去看那御座上的少年，十五、六歲的模樣，左手拇指上的扳指極為華貴，是琥珀與瑪瑙合造出的精石。

「擁此精石者，必是帝王後。」幽池說完，便決定魂穿那少年體內。

鹿靈一把拉住他：「我與你一同前去。」

幽池微微蹙眉：「魂穿無法由二人同時完成，除非意念一致、瞬間執行，否則又會出現上一次商道姑的夢境局面。」

「只要和你想的是一樣的事情就行了吧？」鹿靈與幽池約定，「我們就在這一刻同時出發，都想著魂穿他身體，誰也不要遲疑。」

幽池想了想，倒是點頭應允：「我也不能留你一人在此，兩個都魂穿到他的記憶中，卻也安全。」

鹿靈笑道：「事不宜遲，這便行動。」

話剛落下，幽池就緊緊握住鹿靈的手掌，十指相扣之際，他們的靈識一同襲向了御座上的少年。

只剎那光景，幽池與鹿靈便入了他身。靈魂附體的剎那，鹿靈能夠感受到幽池就在自己的身邊，他二人的靈魂同在一個身體裡，自是難能可貴的成功了。只不過，他們尚且還不知曉少年的名字，只聽他繼續質問起臣子。

「下月初就要把玉像交給蠻祖城了，如今卻連眼睛、鼻子都沒雕得出，你們是打算看咱們冰族城被攻占、掠奪得乾淨徹底不成？」

臣子們面露不安，俯首跪拜道：「回稟太子，臣已日夜監工，實在是這玉太嬌氣，刻刀一碰，面部就碎，已經反覆多次雕刻不成——」

「我不想聽這些藉口！」少年震怒道，「蠻祖城給了我們整整三個月的時間，已經是仁至義盡，眼下還剩下三日，你們必須在明日就把成品拿到我面前，否則，誰也別想活到明晚！」

憤怒的聲音充斥著偌大殿堂，殿外又有白雪冷風穿堂而來，盡顯肅殺氛圍。

正值晚冬寒時，皚皚雪色覆蓋著空曠壯闊的冰族城池，此處是冰族建立起的千年王朝，百姓生活在鏡面一般的冰層之上，常年積雪，卻不影響五穀豐收。

冰族出美人，也出一種味美的鏡蓮果。族人以此果為食，只一顆，便可整日飽腹。其果初嚐時甘甜，咀嚼時香嫩，咽下後又有辛辣肉香殘留齒尖，實在是妙不可言。

也正因冰族擁有著不少寶貝，才會引得近來崛起的蠻祖城的虎視眈眈。

想來兩族相距甚遠，此前也是井水不犯河水，但自打蠻祖城這任君主繼位後，便熱衷征戰四方。那位君主已經攻下了周異國、龍齊國等八國，剩下冰族這種雖小，但充滿異域風情與富庶土地的城池，便成了那君主的心頭肉。

老冰族王自去年起便患了病，大權交到了太子鳳湛手上，也就是那位坐在御座上的少年。

奈何鳳湛還太過年少，他才只有十五歲，兄長們不服他，老臣們刁難他，就連太子妃也仗著母家權高勢大，而總想凌駕於他之上。鳳湛更像是個徒有虛名的太子，幾乎沒有沾到太子該有的榮光。

就拿三個月前的事情來說，蠻祖城君主設了宴，各國、城池的君主都不遠千里造訪，唯獨冰族是鳳湛替父前去。那蠻祖城的君主自是不滿，並以此為由來指責冰族輕視蠻祖城。

眾目睽睽之下，鳳湛無力反駁，只能求和。蠻祖城君主得了機會，自然獅子大開口，冰族想要求和的話，就要交出一萬樽鎮子童玉像，那是冰族特有之物。以冰與玉合造而出的藝術品，在火焰中不會融化，在日光下熠熠生輝，有安胎保子的美譽。

鳳湛這輩子也沒見過冰族城能有這麼多的鎮子童玉像，就算是全族百姓不吃不喝連夜打磨，也需要個一年半載。

誰知那君主卻大言不慚道：「只三月，我給你三個月的時間，若屆時送不來我要的東西，我便會帶著我的部下親臨冰族城。」

鳳湛不敢不從，但回到冰族後，他急著將消息告訴老冰族王，本以為父親會想出法子來對付。哪知老冰族王怕極了，他當即就要求鳳湛安排部署，一定要在蠻祖城君主要求的時間裡，籌出萬樽鎮子童玉像。甚至，他還要鳳湛帶著將領去臣子家中搜刮鎮子童玉像，有多少拿多少，直到湊齊蠻祖城君主要的數量。

由於鎮子童玉像對冰族意義非凡，如同鎮宅之寶，有一些臣子不從，當即就被殺了頭。如此殺雞儆猴，其他蠢蠢欲動的權貴，也都老實了下來，就連鳳湛自己，也要把擁有的鎮子童玉像全部交出。

太子妃雖百般不願，還是為了鳳湛，將自己當年嫁妝中的五樽鎮子童玉像拿給了他。鳳湛很是感激，他發覺太子妃平日裡的確蠻橫驕縱，可到了關鍵時刻，她很懂得顧全大局。

「從前你我總是不夠和睦，如今，若能共度此劫，往後一定要好生過活。」鳳湛握住太子妃的手，承諾道，「我辭了太子一位，只做個不爭不搶的皇子，哪怕離開皇宮也是不在乎的，只要你我二人生兒育女，盡享桃源生活。」

太子妃也露出了難得的欣慰的笑臉。

可是，日子一天天過去，時間一點點流逝，眼看著三月之期即將來臨，一半的鎮子童玉像都沒有湊出，打磨出的那些更是支離破碎，沒一個能用。等挨到了約定的日子，鳳湛只能帶著七千多樽鎮子童玉像前往蠻祖城交差。

可冷酷的蠻祖城君主親自查看起鎮子童玉像的做工，他嚴格、挑剔，只留下了四千樽，還說這數量與當日鳳湛答應過他的簡直懸殊至極。鳳湛嚇得冷汗直流，他跪在地上，不知等待他的將是何等嚴厲的懲罰。

誰知那君主竟說道：「罷了，交不出剩下的玉像，便不必為難了。」

鳳湛一聽，心中大喜，剛抬起頭，卻見君主臉上漾出殘酷的笑容。

他說：「玉像既不夠，便拿人來湊吧！」

鳳湛面露驚恐。

他再說：「怎麼，太子嚇傻了不成？何必露出這般表情，怪可憐的。你只管回去冰族，把你們皇家的公主、權貴的嫡女、民間的姑娘都送來我城，二十個人頭頂一尊玉像，冰族不虧。」

鳳湛咬緊了牙關，咬得都滲出了血腥氣。

他終於明白了蠻祖城在打什麼主意。

打從一開始，他們就想要透過這種方式來霸占冰族女子，如果只用搶奪，反而會引得列國笑話。若是動用心計，要冰族自願獻出女子，反而圓全了蠻祖城的偽善。

世人皆知冰族血脈強勢，女子更甚。無論和哪族的人結合，生下的後代都會繼承冰族的外貌特徵。

而蠻祖城位於蠻荒境地，城池本就極小，若不是這些年擴大了領土，他們的土地連冰族的一片鏡湖都比不上。想來這任君主早就盯上了冰族，必定是想要借由冰族血統來強化後代外貌。

愛美之心，人皆有之，但不善征戰的冰族，不該因此而遭到迫害。

可鳳湛隻身一人，又如何能應對蠻祖城的三萬精銳士兵？他只得將此訊帶回了冰族，老冰族王自然又是答應了下來。

## 第八章 守鏡妖

　　鳳湛驚愕不已，他萬萬沒想到自己的父親竟如此軟弱，連一絲一毫的反抗都沒有，對蠻祖城提出的無理要求竟照單全收。

　　「可……可父王！」鳳湛忍不住高聲道，「母后與你的其他嬪妃，還有我的太子妃，她們都是皇室女子，你怎能答應將她們也送去蠻祖城抵玉像呢？這分明是蠻祖城對冰族天大的差辱啊！」

　　老冰族王根本不在意鳳湛的阻攔，他只想著要快點交了蠻祖城的差事，免得兩族交戰。竟還派出了冰族士兵，開始挨家挨戶的清點女子，勢必要湊出足夠的人數。連權貴家的嫡女、庶女也都難逃此劫，她們接連被官兵押上車，同家人、丈夫哭喊求救，卻也是無濟於事。

　　那些軟弱的冰族男子不敢違背聖令，他們心中竟也暗暗祈求著，若能拿女子換取自己不死、冰族太平，也是值得了。

　　一時之間，民不聊生。士兵們衝進了皇宮內院，太子妃聽到了那些可懼、凶猛的腳步聲，她懇求鳳湛一定要救她，她不想變成蠻祖城的玩物。

　　鳳湛是清楚的，像太子妃這樣的冰族貴族女子到了蠻祖城，將會淪為生育工具，蠻祖城的男人會不停地讓她生下孩子，直到她死為止。

　　思及此，鳳湛心如刀絞，他也顧不得自己身為太子的顏面，推搡著太子妃，將她藏到了後院的蓮花池子裡。

　　池水早已乾涸，只剩骯髒的淤泥，太子妃不得不藏身其中，想以此逃過冰族士兵的搜查。

　　在士兵們造訪之際，鳳湛強裝鎮定，他說太子妃逃了，不在皇宮。但那些士兵們不信，他們在欺壓自己同族的時候，可顯得極為強勢且狡詐了，也不知道是誰喊了一聲：「蓮池汙泥中有氣泡！」眾兵當下二話不說地跳進泥池裡翻找。

　　太子妃很快就被抓了出來，她掙扎、哀哭，跪在地上去抓鳳湛的衣擺。鳳湛也緊握著她的手不肯鬆開，冰族士兵長卻勸慰起鳳湛：「太子，不要做無謂的耽擱了，交出了太子妃，咱們冰族才有存活下來的一線生機啊！」

　　鳳湛愣住了，他看向那士兵長，對方眼中同樣悲傷，就彷彿也剛剛才

交出了自己的妻子。太子妃就這樣被帶走了，她的哭聲撕心裂肺，成了縈繞在鳳湛耳邊永恆的責難咒語。

短短三日，冰族城裡幾乎所有女性都被押上了送往蠻祖城的馬車。一共四十輛車子，擠在其中的女子多不勝數，如牲畜、如牛羊，她們最大的三十五歲，最小的，不過八歲。

負責押送她們的是三百冰族士兵，他們知曉自己大概也是有去無回，臨行之前都帶足了酒囊，打算死前要喝得盡興。

那麼多車的女子，一輛輛地消失在了冰族城門，無論是公主、侍女還是民婦，即便是王后和太子妃，也都拿去抵償給蠻祖城，且二十個才能與一樽鎮子童玉像等價，如此輕賤，當真大恥。

更為可恨的是，說好的抵償，並沒有得到善終，哪怕那些冰族女子在到了蠻祖城之後，被糟蹋殆盡。鳳湛雖然料到蠻祖城不會善待她們，卻也總不會想到，蠻祖城的人會那般殘忍。他們像挑選馬匹一樣來買賣冰族女子，價格便宜得等同於羞辱。

而挑選還是好的，畢竟大部分的冰族女子，都被蠻祖城的權貴隨意地分給了自己的部下、家奴。地位高的蠻祖城男子可以一次領走十個冰族女子，地位稍低一些的，也能得個三、四個帶回家中做玩物。

若是有忍受不了折磨而想逃的，會被砍斷四肢、挖掉眼球，就那樣活活流血而死。以至於冰族女子才送到蠻祖城兩日，就已經死了大半，蠻祖城君主不滿數量稀薄，便又要冰族拿錢來賠。

死一個女子，要賠千兩。

蠻祖城這是要置冰族於死地啊！

「父王，開戰吧！」鳳湛已經忍無可忍了，他失了太子妃，失了尊嚴，再不能失去最後一寸土地了，「左右都是一死，我願帶領冰族將士去攻打蠻祖城，能殺多少是多少，總不能任他們宰割了！」

老冰族王嘆息道：「以我冰族目前的兵力去對抗蠻祖城，無疑是以卵擊石。」

「可我們根本沒有那麼多錢能賠償給蠻祖城，他們是不會放過冰族的，還不如先搶了籠頭，大不了同歸於盡！」鳳湛紅了眼，放聲大罵。

老冰族王打量著鳳湛的堅定，他點點頭，感慨鳳湛有骨氣，還遣侍

從帶著鳳湛去兵器庫裡挑幾把用著順手的劍，好做頭陣。誰知到了兵器庫後，侍從立刻將門關上，掛著鐵鍊，竟是把鳳湛死死地鎖在了裡頭。

「太子，你可別怨恨咱，咱們也都是奉命行事，陛下怕你意氣用事，會傷了兩族和氣，要你在此先面壁思過一陣子。賠償的事情，陛下會想辦法的。」侍從說完這話便離開了。

鳳湛憤怒地拍打著鐵門，卻無一人應聲。他就這樣孤立無援地在兵器庫裡度過了一夜，直到第二日馬蹄聲響徹皇宮，他才知道蠻祖城已經帶兵入侵冰族了。

無恥的蠻祖城竟聯合許多個覬覦冰族土地、財富的小城大舉進攻，由於兵力懸殊，沒用上兩個時辰，就已經衝進了冰族的皇宮深院。

蠻祖城的君主先是取了老冰族王的頭顱，又斬殺了一大批重臣將領，中流砥柱盡失後，冰族彷彿只剩下老弱病殘了。

血腥的屠戮，就這樣開始上演了整整七天七夜，戰火衝天、屍堆如山，苟活下來的冰族人為了換得一線生機，必須幫襯蠻祖城的人，將冰族皇宮裡的鏡湖遷移回蠻祖城。一路上死傷無數，連被從兵器庫裡抓出來的鳳湛，也在運輸鏡湖的隊伍中。

鏡湖一旦離開冰族土壤，就將成為硬質的鏡面，要想途中保持完好，必須不停地注入冰族人的血液，這樣才能防止鏡面濕潤、沒有裂紋。

蠻祖城的君主早就摸透了鏡湖底細，為了保持鏡面完好，他一路上殺了不少的冰族人，以他們的血液灌溉鏡面，只為他能將這寶貝完完整整地掠奪回城。鳳湛眼睜睜地看著自己的族人接連死去，他無能為力、惴惴不安，等到抵達了蠻祖城之後，冰族所剩無幾，連百人數量都不足了。

哪知煉獄才剛剛開始，殘存的冰族皆為男子，蠻祖城的君主就決定扒下他們的皮，他想知道是否真如傳說中那樣，冰族男子的人皮可作琉璃。這些冰族男子嚇壞了，他們也顧不得危險，瘋一般地四下逃竄，但蠻祖城士兵放出大量流箭，自是無人能避及。

只片刻工夫，八十七名殘餘冰族就全軍覆沒，剩下鳳湛全身顫抖地跪坐在屍體中央，他是唯一沒有逃跑的人，因他的手腳都因搬運鏡湖而傷痕累累，早已沒了抗爭的力氣。

蠻祖城的君主見他滿面淚痕，嗤笑一聲，走上前來將他活活擒住，要

拖回自己宮內的鑄劍爐裡，以他的人骨來鑄劍。

鳳湛任憑他拖拽著自己，途經族人慘死的屍堆，他眼神恍惚，腦子裡情不自禁地想著，倘若在冰族時就有著魚死網破之心，至少還能葬在故國，如今全族盡滅，無一人能魂歸故里，他冰族何以被這般殘忍、血腥的對待？

等到他被帶進了鑄劍爐附近，熊熊火焰從爐中竄起，蠻祖城的士兵們高呼著：「活人鑄劍，世世為奴！」

鳳湛明白，以活人之軀鑄出的利劍將鎮壓其靈魂，他將永生永世不得輪迴，冰族就此無人生還。這一刻，他絕望地意識到自己的族覆滅了，他所擁有的一切都如灰燼消散了。

但是，冰族還有一項能力，是只有儲君才能夠做到的。他握緊了雙手，眼中逐漸浮現出憤恨之色，並張了張嘴，低聲說了句：「冰族儲君的血，可做千年怨恨咒術。」

誰也沒聽清他在說些什麼，士兵們急著將他扔進火爐裡，他必須讓自己的血在進爐之前流出，以此來做咒的引。

於是他咬破嘴唇，血液流淌下來的那一刻，他死死地看向身後的蠻祖城君主，對他道：「蠻祖城若男子繼位，必將生生以妻腹為降世之路；若女子繼位，則將世世死於夫之劍下，永不超生。你蠻祖城再如何富庶，也將千年、萬年輪迴如一日，這是你殘害冰族的惡報。」這咒剛一說出，爐中火焰放肆燃起，火舌流了滿地，險些傷到蠻祖城士兵的身軀。

蠻祖城君主根本沒有將鳳湛的詛咒放在心上，他一揮手，命人將鳳湛扔進火爐，熊熊烈火將那冰族太子瞬間吞噬，他竟連慘叫也來不及發出，就被燒成了一把寶劍。

此乃人骨為劍身、冰眼為寶石的寶劍。

蠻祖城的君主望著這把熠熠生輝的絕世劍刃，眼中盡顯貪婪與欲望。

他並未發現有兩抹幽光從鑄劍爐裡緩緩升出，那是從鳳湛體內離開的幽池與鹿靈的靈識。幽池的魂靈凌駕於鑄劍爐的上空，身下的火焰如同凝固了一般，蠻祖城君主、士兵們的猙獰笑意也停在臉上。

是時間停止了。

只因這是夢境，且夢到這裡已然結束，幽池看到了蠻祖城千年前

的過往。

　　鹿靈也感到唏噓地長嘆一聲，沉聲道：「原來蠻祖城皇宮裡的鏡湖是這樣得來的，原來……蠻祖城每一任君主身背的詛咒，是來自冰族的憎恨。」

　　話到此處，她又狐疑道：「可是，這詛咒帶來的後果究竟是什麼呢？」

　　男子繼位，必將生生以妻腹為降世之路。

　　女子繼位，則將世世死於夫之劍下，永不超生。

　　幽池品味著冰族太子臨死之前的咒術，不由地念道：「以妻腹為降世之路……妻腹……」

　　鹿靈眯了眯眼：「莫非，是指妻子的子宮？」

　　此話一出，幽池竟有種醍醐灌頂的感覺。他猛然間想起，占星師曾在茗縮房裡進行的那場安胎儀式，法陣中曾出現四種圖騰。前三種已經被他與鹿靈找到，最後一件，便是這夢境中的劍了。

　　幽池垂眼，看向鑄劍爐內那把鑲嵌著藍色寶石的寶劍，他俯下身去，探手將那把寶劍從爐中吸起。

　　由於寶劍是夢中之物，脫離鑄劍爐後，很快便幻化成了細小的模樣。且到了幽池手中後，更像是一面鏡子的碎片，只不過是通體為藍色水晶的鏡片。

　　「又是這種鏡子碎片……」鹿靈湊到幽池身邊，盯著他掌中之物蹙起眉頭，「商道姑死的時候，也留下過這樣的鏡片。」

　　幽池握住鏡片，腦中的種種混亂，似在這一刻都開始聚集到一處：「無論是你描述過的鏡片，還是我眼下見到的鏡片，都與茗縮在房中舉起的一面銅鏡神似，除去顏色不同，鏡子碎片的光滑、色澤都如出一轍。」

　　「你的意思是，茗縮才是想要讓我們看到這些夢境真相的人？」

　　幽池點點頭，並道：「星見的夢不僅可以通向過去，也可以通往日後。」

　　鹿靈大喜：「既是如此，我們便可以改變時間，去日後一瞧了！」

　　剛說完這話，她又驚怕起來，抓緊幽池的衣襟詢問道：「幽池，這次不會出現另一個你我了吧？我不想再像上一次將他們關在結界裡了，那樣

太殘忍了。」

幽池苦澀地搖了搖頭：「你放心，再也不會了，我們只是去一探日後的夢境，並不會改變任何人的軌跡。」

鹿靈感到安心下來，她問：「那我們要怎麼做？」

幽池將鏡片尖銳的一角對準自己的掌心，用力一刺，割破皮肉，血珠湧出，沾染鏡片。

一片猩紅的霧沼撲面而來，瞬間便將幽池與鹿靈包裹入內，等到二人適應了猩紅的視界後，嬰孩的啼哭聲傳來。緊接著是長風，燭火，夜雨。

幽靜的房內，躺著剛剛生產過的茗綰，她虛弱地探出手去，試圖去觸碰自己誕下的孩兒。接生婆卻死死地抱住襁褓中的孩子，張張嘴，說了些什麼，便抱著孩子離開了。

望見這夢的幽池與鹿靈看向彼此，交匯了眼神，自是心照不宣，他們明白這夢的時間是八個月後。

茗綰已經誕下了孩兒，從接生婆的滿面喜色中就能看出，孩子是個男孩。一如占星師在當日占出的結果——王后必會生下男子，並被蠻祖城重臣推舉為太子。於是，孩子剛生下來就被抱走了。

沒人告訴茗綰，她的孩兒被抱去了何處，她連孩子的面都沒有看上一眼，更是因思念而夜不能寐，好不容易挨到了身體痊癒，她便在夜深人靜之中偷偷地走出房內，去宮中尋她的孩子。

是在她腳尖剛剛踏上宮內鏡湖的那一刻，她耳邊便縈繞起了嬰孩的啼哭聲。她以為是自己的孩兒，自是屏住了呼吸，生怕錯過啼哭聲所指引的方向。順著蜿蜒、幽深的鏡像長廊，她循著啼哭聲，找到了宮中藏有禁書之地。

由於近來下了一場冷雨，屋簷下頭都結出了冰柱，唯獨藏書閣內燃著火堆，不是火燭，竟是柴火堆出的篝火。

她站在門外望著屋內的火光，映紅了她憔悴、慘白的面容。有一截燒焦的紅木「啪」一聲折斷，驚醒了坐在篝火後頭的身影，是位穿著白衣、樣貌清瘦的老翁。

他一怔，抬起灰蒙的眼，望向茗綰所在的方向說了句：「何人在那裡？」

茗縮見被發現，也不再偷藏，邁進藏書閣的瞬間，卻發現嬰孩的啼哭聲停止了。她不由地焦急起來，四周觀望著，倒是那老翁再次道：「是位姑娘啊！莫急，既然來了，就是到了時機，便請前來說話吧！」

茗縮雖有遲疑，但她急於問出啼哭聲的來源，便走到老翁的對面坐下。

二人之間隔著火堆，茗縮和他比劃著手勢，問他為何在這處。

老翁轉頭看向她，茗縮這才看清他的整張臉，除去那灰蒙的左眼外，他的右眼被刀疤覆蓋，根本睜不開。

茗縮不禁心生憐憫。

老翁卻道：「姑娘不必傷懷，老夫雖是盲眼，可眼盲心不盲，自能看清萬物。連你身上攜帶的高貴之氣，老夫也是可以參透的。」

「但你卻不知我是王后。」茗縮心中暗道，並幽幽地嘆了一口氣。

這嘆氣聲令老翁誤會茗縮仍舊為自己的境遇憂慮，便同她說起：「姑娘有所不知，這蠻祖城裡的祕密極多，老夫也算是其中一個了。能活這麼久的老頭子，也不多見啊！」他比出一個手勢，那是一百零三歲的意思。

茗縮的神色略有驚訝，這年歲的確是不尋常。

老翁繼續道：「其實老夫早已看透了世態炎涼，也曾當過多位君主身邊的星見，還曾做為太子的少師行走戰爭。只可惜，君主身上背負的詛咒太深，老朽無能幫其解開，始終心中懊悔，自暴自棄之下，便請纓來此閒地守著萬卷藏書了。」

茗縮拍了拍他的手臂，示意他將詛咒的事情講下去。

也許是因為老翁對茗縮的身分並不知情，也許是因為他已經失去了星見的能力，根本看不出茗縮的背景，所以，他才同她坦言道：「蠻祖城內的詛咒，是每一任君主都會戰死在沙場。」

茗縮曾聽洛麟談論過此事，可具體的詛咒內容卻是不得而知。

老翁則道：「是因為千年前的初代君主曾殘害過冰族，據說，那冰族最後只剩下太子一人，也不過才十六歲。」

茗縮神色緊張地聽他說下去。

「冰族太子臨死之前，曾詛咒蠻祖城的君主世世不得善終，那詛咒的含義其實很深遠，且很快就應驗了。初任君主在二十五歲大婚後就慘死戰

場，但他在出征戰場之前，已讓他的王后懷有了身孕，哪怕他不知道自己會死，可八個月後，他的王后生下了一個男孩，竟然長著與初任君主一模一樣的眼睛。因為，初任君主的雙眼極其特別，是異瞳。」

茗縮感到自己背脊發涼，她握緊了雙手。

「自那之後，過去了很多年，君主更換了已有十代，他們都是在大婚後死於戰場，臨戰之前，也都會讓自己的妻子懷上身孕，且妻子誕下的，無一例外都是男童。」老翁說到這，緩緩地吐息，他的聲音逐漸變得縹緲，伴隨著面前篝火中的柴火跳躍聲，他說，「因為，他們早就知道自己會死，但他們捨不得世間權力、富貴與江山，便順應了那詛咒，藉由妻子的肚子重新回到了人世。」

話音落下的瞬間，茗縮的耳邊便迴蕩出了那詛咒的聲音——

「蠻祖城若男子繼位，必將生生以妻腹為降世之路；若女子繼位，則將世世死於夫之劍下，永不超生。你蠻祖城再如何富庶，也將千年、萬年輪迴如一日，這是你殘害冰族的惡報！」

她不知自己為何會聽見這話語，只覺頭皮發麻，不停地張望四周，企圖找到那聲音的主人。

老翁卻忽然對她說道：「姑娘，我今日和你說的這些，幾乎是無人知曉的。只因那些知情的老宮人都被拔掉了舌頭，而老夫之所以還能苟活，是因為老夫一直在等你的到來。」

茗縮迷茫、錯愕地看向他。

她聽不懂他的意思，卻見他緩緩起身，抬起乾枯、蒼老的手掌，撩起了篝火中的一縷火苗，令火焰升騰在他指尖，並對茗縮說出了蠻祖城的所有真相。

「從妻子的腹中降世，是死去君主們投生的方式，可以保證君主永遠都投生回自己的城市、自己的宮殿，只不過，他的現任的妻子就變成了他的母親。如此一來，自是可以保證他的血脈純粹，還可以專政，幾百年、幾千年都維持著統一的治理，即便他的妻子會不停更換，可他，卻永永遠遠地實現了長生不老。」

卻是從一個肚子裡出來，再投胎到另一個肚子裡。

如此迴圈。

永無止境。

茗綰絕望地捂住了嘴，竟是胃裡翻湧作嘔。

老翁緩緩地說下去：「君主在十八歲以前都是沒有前世記憶的，十八歲一到，所有前世的記憶都會重疊顯現，他會記起自己投胎的次數與曾經發生過的一切，妄圖實現一個永遠都不會出現遺憾的人生。誰也無法解開這詛咒，這已經融入了蠻祖城的血脈，永世無法更改。世人貪婪，皆求無憾，帝王者，也不例外。」

無憾，無憾……沒有遺憾的人生……茗綰如夢初醒般地想起了洛麟性情大變的那一天，就是在他剛滿十八歲的那日，他看著她的眼神再不似從前溫柔。彷彿是變成了另外的人，他陌生、疏遠，視她為草芥。

原來竟是在那一刻，他所有前世的記憶都開啟了，他看見了歷代君主的死亡、重生與殺戮、榮耀……

所以，他雖然還是他，卻已經不再是他。

容身不過是他靈魂的一個容器，他深知自己很快便會去赴死，再重新以更為年輕的軀體降臨於世。

透過他妻子的子宮重生。

即便他的妻子一無所知。

這一刻，茗綰感到了窒息，她全身顫慄，淚水滑落，恍惚地抬起頭，看向了面前老翁。

只見那老翁充滿淒涼地一笑，反問茗綰道：「封九，這一生，你可感到了無憾？」

封九。

這兩個字令茗綰猛地驚醒，她腦子裡一片空白，只感覺自己的靈魂都要被吸出肉體，等反應過來時，她整個人都被吸進了一面巨大的銅鏡中。而周遭的夢境也一併散去了，藏身在夢境深處的幽池與鹿靈，也被這股巨大的靈力逼得現身。

幽池險些倒在地面，可他看著自己腳下，哪裡還有路？連此前的篝火也消失不見了，再抬頭去看，面前老翁褪去了蒼老的面貌，出現在幽池與鹿靈面前的，是一位長著龍角、穿著藍袍的英俊男子，他一張口，水波與氣泡同聲音一併出現，道：「原來本座的地界中，還有兩個靈媒闖了進

來，一個半人半魔，一個是天界仙草，倒有點意思。」

聽聞此言，鹿靈困惑地嘟嚷著：「天界仙草……莫非是在說我？」

而幽池則是警惕地盯著他：「你是何人？怎知我的身分？」

他一抬下巴，自是傲慢：「本座是這面憾鏡的守護者，名為鏡羽。」

鹿靈打量他一番，覺得他衣著華貴、樣貌不俗，可腰間的玲瓏玉帶倒是顯得花裡胡哨，便道：「什麼守護者，我看你就是個鏡妖！剛剛就是你把茗縮吸進鏡子裡去的，八成是想吃了她！」

鏡羽冷笑一聲，不以為然地探出手，他的指甲尖如鷹爪，在鏡面上輕輕觸碰，漾出道道波紋，一個少女的身影呈現而出。

鏡羽在這時道：「你們口中的茗縮早就死了，替她活下去的，是這個叫做封九娘的啞巴姑娘。而她，與本座之間曾有個約定。」

幽池蹙眉，沉聲問道：「我曾聽師父講過上古鏡妖，擅長迷心，蠱惑千萬人的靈魂，藏於鏡中供自己吸食，以保容顏不老。」

鏡羽不以為然道：「小毛孩子，你被你師父騙啦！」

幽池等他繼續說下去。

鏡羽撫著他的銅鏡，指著鏡中少女說道：「本座如今是鏡妖不假，但卻不是世人口中那般下流齷齪的食魂妖物。這姑娘是自願回到鏡中來的，本座在百年之前曾與她有過承諾——因為她生來就是個啞巴，又生在連水源都稀薄的湖州，從小受盡欺辱，對聲音的渴望自然是到了極致。她倒是幸運，在山林中遇見了本座。百年之前的本座，恰好剛剛成為鏡妖，便給了她一顆血珠和四面鏡子的碎片，血珠養在她喉嚨裡，必須以血來滋養；鏡子碎片需要她透過四個軀體來體驗完全無憾的人生，每經歷一次，若當真無憾，碎片會自動消失，並將那具軀體裡的血肉帶回她的體內，也算為她供養。」

「但是，若那軀體的人生有憾，碎片則會保持原貌留下，她會拿走那碎片，證明那遺憾的確是存在的。而這四片鏡子碎片只要有一片消失，就代表她經歷了一次無憾的人生，那麼，交易的結局是她贏，她養在體內的血珠會帶給她聲音；反之，她就心甘情願入本座的憾鏡，永生永世地封印其中。」

這一番話令幽池感到既錯愕又震驚，他不禁道出：「如此說來，她是

代替你被封進了鏡子，作為交換，你獲得了自由？」

鏡羽冷笑一聲：「你倒算聰明。」

幽池感到痛心地握緊了手中的長劍，他回想起自己所見到的夢境，仿若終於明晰：「所以……我所經歷的白犬、商道姑、冰族太子以及茗縮的軀體，都是你口中封九的人生？」

鏡羽眼神虛浮，語氣也極為風輕雲淡：「你所遇見的白犬、商道姑與冰族太子以及茗縮，他們在遇見封九之前就已經死去了。是封九利用本座給予她的憾鏡碎片，剝開他們的皮與血肉，融進他們體內，偽裝成他們的模樣，去代替他們經歷人生。」

那本不該屬於他們的人生，是封九帶著憾鏡碎片來完成的。

雖然最後仍舊是一死，可封九從中體會到的，是她此前從沒感受過的絕望、榮華、喜悅、悲傷與痛楚。

一如同樣以靈識附身在那些軀體中的幽池，他也體會到了不同的人生、不同的遺憾——白犬為忠誠而死、商道姑被世人陷落、鳳湛死於國破家亡……

茗縮，或許早在成為王后的那一刻，就已經死去了。

哪怕封九帶著憾鏡選中了他們的肉身，可憾鏡仍舊無法了卻眾生的遺憾。

封九輸了這局，她沒有得到聲音，更沒有改變自己生來就苦難的命運，她入了憾鏡，做了下一個鏡妖，真正的鏡妖卻因贏了交易而獲得了自由。

他早就知道凡人皆有憾——

「因為人類貪婪、自私、欲念纏身，就算得到的再多，也還是覺得不甘。」鏡羽的表情逐漸變得狠厲，就彷彿他對人類充滿了憎恨，「封九不過是千萬個貪心之人的縮影罷了，她因貪婪才與本座有了交易，更因貪婪入了憾鏡，即便本座是妖，也知道要知足、要收斂——」

「貪婪的人是你！」幽池忍無可忍地打斷他，並以手中長劍直指鏡羽額心，「是你引誘她做下交易，更是你讓她看盡了世間慘澹，她入了憾鏡並非貪欲，而是因為心死！」

鏡羽猛一皺眉，不悅道：「你算是什麼道行，也敢同本座爭論？」他

一揮手，怒喝道，「就讓你也入這憾鏡，去體驗你自己的遺憾吧！」

只剎那功夫，鏡羽便從憾鏡裡引出了一片颶風，幽池瞬間就被吸了進去。

「幽池！」鹿靈驚慌不已，她毫不猶豫地追上去，也一同進了那憾鏡之中。

鏡面波紋逐漸散去，再無任何人影顯露。

就彷彿方才的鏡中影像，只是黃粱一夢。

## 第九章 幽與池

最後一顆星星褪去的時候，天色已發白蒙亮。一個抱著襁褓的婦人，匆匆地攀上了高聳的山巔，那裡是雲山門，是世人皆知的修仙、學術之地。

彼時，恰逢掌門推開了金朱色的大門，婦人見到他，立即跪在地上，將襁褓中的嬰孩交付給他，而她自己早已是體力不支，在將一枚紅玉牌交給掌門後，她便咽下了氣。

雲山門的弟子們聞聲而至，見此情景，不免惋惜。

掌門命人將婦人埋葬，他則抱著襁褓中的孩兒進了門內，探手去掀開襁褓，卻見那孩兒面無表情、不哭不笑，一雙黑亮的眼睛深冷如淵，似乎沒有半點感情。掌門驚訝之際，抬手看著那塊紅玉牌，低聲念著既是天機，便無論是災是福，都要助他一臂之力了。

又抬頭見天色幽幽，雲層宛如池水波紋，散出層層疊疊的游絲，掌門低回頭，看著襁褓中的孩兒，嘆道：「從今往後，就叫你幽池吧！」

春來冬去，雲山十年，幽池已經年滿十歲了。

他由於生來就沒有七情、六欲，感知不到痛苦，也體會不到喜樂，便以為世間生靈皆與自己同樣。

當他拿著石頭綁在小魚和青蛙身上，捉弄這些小生靈的時候，雲山的掌門，也便是他的師父，會用同樣的方法來懲罰他，並問他背著石頭的感受。幽池不覺疼痛，也沒有怨言，他像是個毫無感情的木頭人，只是答應師父下次不會再這樣了。

師父總是會對此嘆息，他本意不是懲罰，而是希望幽池能學會「七情」，就算找不到，也總要學得會。

但七情是與生俱來的，並不像幽池能從雲山學到的法術。

他每日天色蒙亮就隨師父一同修練，其身上的仙緣頗厚，再加上不知苦痛的他，總能突破人體的極致修練，才十一歲就成為雲山的大弟子，並深受其他弟子尊仰。師父更是屬意他有朝一日可以繼承雲山，畢竟，沒有七情六欲的人，正是適合得道成仙之人。

「師父，為何只有我與雲山中的其他師兄弟不同呢？」幽池十二歲那

年，終於意識到這個問題。他的師父早已料到了這一天，便將他是如何來到雲山的事情告知於他。

「為師那日剛巧起得早，聽見山下傳來急促的腳步聲，便起身開了門，見一女子抱著你跌跪在門前，她衣衫華貴、面容美麗，可滿身是血，唯獨你的襁褓乾乾淨淨。」

幽池只管聽著，臉上毫無波瀾。

「她求我收你入門，並把這玉牌一同交到我手上。」師父指了指他掛在腰間的玉牌，「想必，那是有關你身世的信物。」

「師父知道我的身世嗎？」

師父搖搖頭：「她將你託付給我後便死了，我什麼都來不及問，只得安葬了她。」

幽池漠然地垂下眼：「她會是我娘親嗎？」

師父仍舊搖頭，但指點他迷津道：「你若想去尋自己的身世，年滿十六便可下山去了。她的衣衫上繡著古月城的城圖，你可先去古月城尋一位雲階大師，他出自雲山，已得道成仙，必定會為你尋到過往。」

幽池將師父的話記在了心裡，低頭看向自己腰間的玉牌，鑲在金朱牌間的紅玉似血，凝成卵石，有種詭異的美豔。

自那之後，幽池更為潛心修練，他念著十六歲下山去找雲階大師，自己的身世謎團也終將明晰。

「找到身世之後呢？」師弟曾問他，「你的七情也能一併回來嗎？」

幽池也不知答案。

「倘若你的身世不是好的……你還能回來雲山嗎？」

幽池仍不知答案。

師弟嘆道：「師兄，有些事不去尋也罷！你好生地留在雲山，師父和我們也能更安心。」

每當聽見這樣的話語，幽池心中總會泛起一絲異樣的感覺，他形容不出那感覺，他不懂七情六欲的變化。只不過，他會抬頭去看血紅夕陽覆上天際，總覺得那紅讓人心頭迷亂，一雙幽紫色的眼睛，彷彿在透過雲層監視著他。

他總是能見到那雙幽紫色的雙眸，夢裡，雲裡，水裡，心裡。

以至於他在練劍的時候，也時常為此心猿意馬。師父察覺到他心緒不寧，便提醒他修行之人，不可被風吹草動亂了心智。無情無欲，才能守得蒼生。

「你本與七情六欲無緣，便更不該受過往與未來蠱惑。」師父合掌，「凡事莫急，守心才能守己。」

幽池感激師父教誨，但內心深處對身世的渴望卻越發強烈。

待到幽池十四歲的秋天，雲山十年一次的劍術比試開始了。那時的幽池還未有自己的佩劍，只憑一把木劍，便擊退所有師兄與師弟。原定三日的比試，他竟在一日內便斬獲頭籌，眾弟子被他打得落花流水，師父見狀，似乎已經猜出了幾分端倪。

從那之後，師父不再叮囑幽池守心，並開始獨自閉關，將雲山大事都交託給了雲希師叔。幽池不懂師父為何不願再見自己，他總是徘徊在師父的閉關之地外，一站就是一天一夜。

他很固執，因為不懂七情。

他毫不事故，因為沒有六欲。

他只知見不到師父，他沒了修練的心思，可那雙幽紫色的眼睛，卻總是在他腦海裡閃動眼波，令他心中極為煩亂。

是在這時，師父的聲音從密室裡傳來，他問幽池：「你知你為何要在雲山修行嗎？」

聽聞師父聲音，幽池竟有了一絲激動之意，他立刻答道：「弟子不知，還請師父賜教。」

「你修的，是心。」

幽池困惑。

「為師修身，旁人修道，唯有你，要修心，修前塵，修因果，也要修今生。」

幽池似乎懂了一些，他看著自己的雙手，喃聲問道：「師父的意思是，我是個罪人？」

「世人本無罪，是欲望累身。而你被拿走了七情與六欲，就代表你今生不再與前塵有關。」師父嘆道，「幽池，要怎樣選擇，是由你自己的意志來做定數，但願在那一日到來之際，你還能回想起為師的這一番

指點。」

幽池更加迷茫了。

師父的疏遠、孤獨的修練……他總是覺得自己無法徹底的融入雲山。其他弟子們可以歡聲笑語的交談，聊著各自父母、弟妹與親人，他卻只能沉默以對。他一無所有，連自己的希望都只是尋找七情與身世，再無其他真正想要的了。

很多個不眠的夜晚，他都會盯著窗外的星辰問自己：

我到底是誰？

又為何生存？

活下去的意義是什麼？

找到身世與七情，就能解決這困境嗎？

幽池找不到答案，只能眼睜睜地看著平淡得近乎是苦行的日子從眼前流逝。

直到十五歲那年，雲山出現了一次祕密剿滅行動。

那一次，令他對雲山、對師父，都產生了動搖。只因那次剿滅，是一場不可言說的祕密，目睹此事的弟子不可提及此事，若有人違背，必將被逐出師門。

想來事發突然，幽池是最先意識到不妙的——那日結束修行已是黃昏，素來要好的五師弟忽然跪地不起，幽池前去扶他，卻被他身上的紫光彈開，原來是他修仙過程中急於求成，入了魔道。

他的雙掌開始長出利甲，眼睛也變得血紅，有尖角欲從他額間破出，令在場的弟子們都驚惶無措。

師父的聲音從密室中傳來，他竟是令道：「趁他還保留著人的意志時，殺了他！」

幽池一時愕然，哪怕他不懂何為驚訝，可內心裡竟湧起了一股莫名的情緒——待到日後找回了七情時，他才知那種感受叫做震驚。

可其他弟子都不敢上前去，一來不想斬殺同門，二來怕被魔道牽連。

不知是誰喊了一句：「幽池去吧！你沒有七情六欲，殺了同門也不會難過！」

眾人附和起來，將幽池置於風口浪尖。

師父的沉默似允，就連快要徹底入魔的五師弟也在哀求：「幽池師兄，煩請給我一個痛快！」

　　幽池望向他——那是一張扭曲、猙獰的臉孔，幽池永遠不會忘記他當時流下的血淚。也許是懊悔，抑或者是留戀。幽池竟也不忍見他備受折磨，俯身撿起五師弟遺落在地上的鋒利長劍，高高舉起，沒有絲毫猶豫地砍下了他頭顱。

　　幽池殺了雲山最為器重的弟子之一，在師父疏遠他時起，五師弟便成了師父的得意門生。然而，五師弟自甘墮落，與魔為伍，所有修為都前功盡棄。

　　有人對此唏噓，有人幸災樂禍，唯獨師父因此而大病三日，並終於出關，親自殮了愛徒。

　　可是怕山下世人打探緣由，雲山不敢掛起白綾，只對外宣稱五師弟是病逝。

　　師父無法從悲傷走出，日漸消瘦，竟也對親手斬了五師弟的幽池心生一絲恨意。幽池與師父的關係更為淡薄，尤其是夢中那雙紫幽色眼瞳出現的次數越發頻繁，他總是會夢見自己的雙手變成魔掌。

　　每次驚醒之際，幽池都怕自己有朝一日會變成五師弟那樣。

　　而就在他剛滿十六歲當日，師父便遣他下山，以時機已到為由，勸他去山下尋雲階大師。

　　「師父。」幽池跪在地上，試圖挽回師徒間情份，「若弟子不願去尋七情，更不願尋身世了，師父可還願像從前那般待弟子？」

　　師父沉聲道：「緣來緣盡，都是天意，你又何必犧牲自己的期盼，來圓這本就不該存在的情誼？」

　　「弟子自幼在雲山長大，學習雲山仙術、道術與劍術，自是心繫此地，不願離去。」

　　「可你終究不屬於這裡。」師父惋惜唔嘆，「下山去吧！幽池，為師與你之間的緣分就到此了，不必強求，更不必留戀，只是——為師有一願，懇請你答應。」

　　幽池趕忙道：「師父直說無妨，弟子絕不拒絕。」

　　疏遠的這些年來，師父終於肯在那日正眼看向他，卻也還是蹙了眉。

「待你覺醒之時，還要留雲山一條生路，念在此地曾對你有養育之恩，便不要趕盡殺絕。」

幽池不懂師父的意思，但師父催促道：「幽池，看在師徒情義上，就答應為師吧！」

幽池立刻併上二指，對天發誓道：「師父在上，幽池應下便是，若有失言，天誅地滅！」

師父的眼裡卻滲透出深深的無奈，他最後說道：「只怕到了那時，天與地，也是奈何不了你。」

儘管幽池不明白師父的暗示，可他還是要順從師父心意——

師父要他下山，他便只得下山。

儘管他對自己的七情與身世也不再如幼時那樣渴求。

他拜別雲山師門，揮別一眾弟子，下了山，入紅塵，人間煙火在瞬間便將他裹噬。

順著師父離別前的指引，幽池先是到達了古月城，他期盼在這裡找到雲階大師，並從對方口中得到自己身世之謎的答案。但最先遇到的人，卻是打鐵匠的女兒，鹿靈。

想來在與鹿靈的相處中，幽池總是感覺到一股莫名的熟悉，就好像千百年之前，他們兩個曾經是舊識。所以，在鹿靈要跟著他一起上路的時候，他並沒有拒絕。

之後的一路上，他們兩個遇見了形形色色的人與妖。

被三世戀情困住的三尾狐柔伽、因誤會而失信對方的花休與知宇、要渡劫八八六十四世的策戮與珺瑤、被世人托舉又被世人拋棄的神女蜀葵……

還有幽池一直在尋找的雲階大師。

他同樣被世俗折磨，既放不下，又剪不斷，在離去之際，他點撥了幽池的內心，令他恢復了七情，同時，又將一把寶劍交給了幽池。那寶劍通身散發著幽紫色的光芒，一如幽池多年來在夢中所見到的幽紫色雙瞳。

劍身前後有兩處空曠的凹陷，幽池發現自己腰間玉牌上的紅玉，恰巧可以放進正面凹陷。而背面的大小與紅玉相同，也許找到另一塊紅玉，這把劍就能帶來他的身世謎底。

「可是，要如何才能找到另外一塊呢？」幽池自說自話般地呢喃。

「這有什麼難的？」鹿靈的聲音傳來，她指了指幽池身後，笑道，「從另一個你的手裡拿到就好了啊！」

另一個他。

幽池皺了皺眉，困頓地轉頭去看。只見身後赫然呈現出的是廣澤城的甯府，結界裡，另一個幽池與另一個鹿靈被困在其中。

幽池心中驚恐，暗暗想著，眼下理應是身在蠻祖城內，怎會又回到了万俟姊弟所在的甯府裡？

可眼前景象真真切切，另一個幽池與另一個鹿靈已然奄奄一息，他們像是忍饑挨餓了許久，面容憔悴、瘦削，身後靠著的牆壁長滿了青苔，這說明時間的確是在流逝的。

「既是如此，便代表我們離開了蠻祖城……」幽池喃喃自語，走近另一個幽池身前，感到痛心地蹙緊了眉頭。

「還在愣什麼？」跟著她走進結界中的鹿靈催促道，「快去拿玉牌啊！」

幽池雖然有些猶豫，卻還是俯下身去，將另一個幽池腰間的玉牌扯了下來。

「將玉摘下，置於你劍後的另一處凹陷！」鹿靈再道。

幽池充滿疑慮地看向鹿靈，她的急促令他心覺詭異，於是手中的動作也停頓下來。

「你不是鹿靈。」幽池看穿了面前之人的偽裝。

鹿靈冷笑一聲，當即褪下了幻象。

站在幽池面前的人變成了鏡羽。

「果真是瞞不住你。」鏡羽眉眼上挑，忽而抬起手掌，食指尖爪探出，猛一下垂，怪力當即俯在幽池臂膀，鏡羽再道，「也只得用蠻力來讓你覺醒了。」

幽池手中的玉牌，因鏡羽的控制而靠向了長劍背部的凹陷，只一瞬，玉牌上的紅玉脫落，完美地嵌合在了缺口。

就在剎那間，兩塊紅玉上頭出現了奇異圖騰。

前為騰蛇，後為蛟龍。

蛇睜眼，龍吐息。

地面上頃刻間就出現了巨大的鏡像，倒映出的，竟是一座纏滿了紫色毒藤的宮殿。殿前有四扇門，門上有圖繪，一為犬，二為花，三是石，四是劍。

而原本緊關的四扇門，彷彿感應到了睜眼的騰蛇與吐息的蛟龍的召喚，四圖繪立即從門上飄出了煙霧。

四縷煙霧彙集到幽池的面前，分別幻化出了四個身影。他們樣貌絕倫，身姿綽約，額心刻有紫幽花蕊的印記。依次是白衣、黃衣、綠衣與藍衣，唯有白衣是女子，其餘皆男子。

見到幽池後，他們俯身跪下，鑲著金鑾銀絲的水袖飄落，恭敬地垂首。

「屬下白澤——」白衣女子道。

「屬下御水——」黃衣男子道。

「屬下育沛——」綠衣男子道。

「屬下赤霄。」

最後一名藍衣男子呈上自己的名字後，與眾人一同拜見幽池道：「見過魔尊。」

魔尊？

幽池驚愕地退後幾步，可身後卻碰撞到了什麼東西，他轉頭去看，是那把蛇眼龍頭圖騰的長劍，攔住了他去路，就彷彿是一把活著的劍，紫幽色的蛇眼攝人魂魄。

幽幽絳紫色……

幽池猛然間驚醒——

這雙眼睛就是他自幼年起，就在夢中多次見到過的幽紫色！

「可是……為何……」幽池震驚無比地盯著那長劍，「這可是雲階大師贈與我的寶劍，怎會出現魔道之眼？」說罷，他又轉向身後四位，蹙眉道，「你等魔族氣息濃厚，必定是來自冥府了，我身為降魔人，又怎能容你四魔在此猖狂？」便要從衣襟裡掏出符咒。

白澤向前一步，躬身解釋道：「屬下等人並非來自冥府，而是三界中的魔界。」

另一位赤霄也道：「魔尊身為我們的主人轉世到此，我等透過玄機憾鏡才能將你找到，為了解除天尊降在我們身上的封印，我們不得不與守鏡妖完成交易。」

幽池聞言，立即看向了候在另一側的鏡羽。

那高傲的守鏡妖，也因長劍睜開眼睛的那一刻，而不得不向幽池低下了頭。

「魔界有關，雙玉相合，騰蛇睜眼。」鏡羽沉聲道，「本座方才催促你將雙玉放在劍上，也是想要知曉你到底是不是真正的魔尊。」

育沛立即訓斥鏡羽道：「大膽鏡妖，在魔尊的面前還敢自稱本座？你別忘了，四百年前，若不是你背叛了魔尊，我們四位御史根本不會慘遭天尊封印，魔尊也不會被打入輪迴投胎成凡人了！」

御水蹙了蹙眉，糾正道：「育沛，魔尊轉世也並非凡人，他還保留著一半的魔族之血，是半人半魔。」

育沛覺得是自己失言，趕忙跪到幽池身前請求寬恕。

幽池打量著他們，又看向自己腳下的鏡湖，湖中宮殿沉於湖底，殿堂之下竟壓著一座通體赤紅的火山。

「那是天尊對魔界的懲罰。」赤霄道。

幽池充滿疑慮地看向他。

赤霄抬起手，指著鏡湖下方的宮殿。

「騰蛇睜眼，召喚宮殿，四門敞開，迎接主人。」赤霄懇請道，「魔尊，隨我們一同回去故地吧！只要你踏進殿內，廢墟就將重塑，魔界將回歸如初。」

幽池本是想要拒絕的，但他知曉腳下的鏡湖就是鏡羽的憾鏡，一切都是幻象。

唯有穿過幻象，才能觸碰真實。

「原來那儀式並非安胎法陣。」幽池終於意識到，「而是召喚出守護魔宮四扇門御史的通道。」

赤霄點了點頭：「不錯！為了與魔尊相見，我四人與鏡妖做的交易，便是利用這憾鏡來附身人間四物，並與魔尊進行意識相連，讓魔尊感受到我們的存在。」

如此說來，無論是白犬、商道姑、冰族太子抑或者是茗綰，還有那個可憐的啞巴姑娘封九，都不過是開啟魔宮的媒介。

　　這一切，都是因為他。

　　是為他而準備的。

　　幽池為此而感到痛心。

　　他沉下眼，低聲道：「那座宮殿裡，會有我的身世的答案嗎？」

　　四位御史接連說道：「只要魔尊重回故土，所有的記憶都會回到你體內。」

　　「是啊！就連魔祖的事情也會──」

　　幽池一蹙眉：「魔祖？」

　　「他是魔尊你的父親。」赤霄道，「四百年前，魔尊為了救父魔祖而前往天界，向天尊請求借鎮魄鎖一用。」

　　那鎖是天界的寶物，可將散去的魂魄鎖到一處，魔尊再將自己身上的萬年修行，度給父親一半，魔祖的病也會漸漸好轉。可這件事卻被魔界內部的人知曉了，本是可以同天尊請求得此鎖，那人卻非要闖入天宮，盜走了鎮魄鎖。更為罪加一等的是，那人假冒成魔尊的模樣做了此事。

　　由於魔尊曾與天界一位守樹神女的徒兒情誼深厚，那位女仙誤以為假冒之人是魔尊，便帶他去了藏有鎮魄鎖的地方。那人不僅打傷了守護寶物的天兵，還撕下了女仙身上的「結貞印」，那印記是表明女仙貞潔的枷鎖，一旦被撕毀，女仙自被降罪。

　　經此鬧劇，天尊震怒，不僅把那女仙貶去了凡間，還要討伐魔界，他派天兵剿了魔窟，促使本就病重的魔祖因此而殞命。身為嫡子的魔尊憤怒至極，他帶領眾將反抗，這種舉動在天尊眼裡，與造反無異。天族與魔族終是兵戎相見，全因奸人盜取鎮魄鎖。

　　神魔交戰了整整七日七夜，人間也因此而受到牽連，導致災禍不斷、民不聊生。天尊不能見百姓受苦，且忍無可忍，終於請了天界戰神應龍一族。

　　龍生九子，各有不同，應龍一族戰無不勝，從開天闢地之時，便只聽從天尊一個。此族生來善戰，必是見神殺神，遇魔殺魔，從不會留下活口。魔界因此而損傷慘重，魔尊不敵龍族九子，也是受了重傷。

危急關頭，魔尊的母親散盡了自己三百萬年的全部修為與元神，在魔宮上方做出了一個刀槍不入、天神難進的巨大結界，以此保護了魔界殘餘下的星星之火。

　　魔尊失去父母雙親，痛不欲生，又聽聞女仙已入了輪迴，再加上那應龍蘇星辰挑釁，他走出了結界，二人單獨對戰雖不分勝負，可魔尊到底是負了傷，總是落敗一截。

　　「而在最後，冒充魔尊的奸人，幫襯應龍偷襲了魔尊，導致魔尊魂飛魄散，好在三公主及時衝出結界，將魔尊殘留下的魂魄吸入了她自己口中。」赤霄極為悲痛地嘆息道，「我等也追出了結界，為了給三公主爭取時間，我們拖住了應龍。」

　　幽池震驚不已，他許久都沒有回應。

　　長久的沉寂過後，他才不得不問：「單憑你們四個，又如何能是那應龍的對手呢？」

　　白澤喟嘆道：「我們犧牲了自己，只為三公主能逃到人間。」

　　幽池驚愕地看向她。

　　「魔尊現在見到的我們四人，也不過是殘留的一縷精魂罷了。」白澤道，「唯有你重新開啟魔宮的封印，我們才能重塑軀體。」

　　幽池握緊了雙拳，低聲道：「既是如此，那位三公主……」

　　「她死了。」赤霄說出，「三公主躲在人間許多年，企圖修復魔尊的魂魄，可百年過去也仍舊無濟於事。她找遍了法子，最後聽聞雲山有位大師能夠助人成仙，她便將魔尊所有的魂魄揉成了嬰孩的軀體，包在襁褓中，交給了雲山的那位大師。在完成這些後，她也氣數盡了，只留給大師一個玉牌。那玉牌上的紅玉，便是開啟魔宮大門的鑰匙之一。」

　　幽池垂下眼，緊皺眉頭，他雖然知曉自己的身世絕不普通，卻也不曾料到自己會與魔族有關。

　　然而，赤霄所說的一切，都與他的經歷完全一致。送自己上雲山的女子，放在襁褓中的紅玉牌，師父逐漸對自己若即若離，還有他時常掛在嘴邊的那句：「只怕到了那時，天與地，也是奈何不了你。」

　　以及，他曾經看見的那隻黑鳥變幻成的身影。

　　額間有第三隻眼的魔界之人。

墮天之人為星見，星見者可知三界往昔，長在額間的眼可通天。

幽池情不自禁地撫上自己的額心，詢問赤霄：「魔尊的這裡，是否有眼？」

赤霄點了頭：「魔尊屬墮天，知三界往昔者，自然有三隻眼睛。」

幽池因此而心下一沉。

原來他在夢中所見之人，不是旁人，正是前塵的自己。

思及此，幽池不再遲疑了，他知道這是他一直在尋找的，也是必須去面對的真相。

「走吧！」他望著鏡湖之下的魔宮，彷彿能看見從中不斷湧出的死亡黑氣，「帶我進去宮殿吧！」

赤霄四人聞言，喜形於色，他們遵從命令，並喚出了妖獸，那妖獸四蹄踏風，是從鏡湖裡飛馳而來的。赤霄懇請幽池坐上妖獸：「這是魔尊曾經的坐騎，名喚猙風。」

幽池翻身坐定，赤霄等人帶領猙風馱著幽池，一路進了鏡湖之下。

不知是不是錯覺，幽池餘光瞥見鏡羽也偷偷地融入了鏡湖裡，是跟上了他們。幽池沒去在意，只因進了鏡湖後，便越發靠近魔宮。耳邊逐漸清晰的是撕心裂肺的哀嚎，慘絕淒厲。

赤霄察覺到幽他內心的疑慮，便道：「魔尊，那是從冥府傳來的鬼魂的哭啼。」

幽池問：「魔界與冥府有何干係？」

「冥府身處魔界，但因為冥帝與天尊是手足，當年天宮圍剿魔界時，並沒有牽連無錯的冥府，所以冥府一切照舊，只不過那的聲息總會傳到這邊的魔界中。」

黑暗中，幽池循望著哭聲傳來的方向，幽幽道：「雖然那邊熱鬧了些，卻也是亡魂在遭受酷刑折磨，比不上此處清淨。」

育沛在這時提醒道：「魔尊，就要進入宮門了。」

幽池沉默地領首，他明白只要穿過魔宮的那扇門，就能找回全部的前塵記憶。

猙風正要帶著他進去宮門，幽池的耳邊忽然響起了鹿靈的聲音。

「幽池，不要去！」

幽池一驚，猛然間回頭張望，卻不見鹿靈身影。

白澤催促幽池：「魔尊，還請進宮。」

幽池略有遲疑。他驚覺自己從方才就沒有見到過鹿靈，而剛剛的聲音，又是從何處傳來？

「魔尊。」

四位御史多次催促，令幽池也不好再拒絕。

他轉回身形，隨著御史進入了魔宮內。

他身體剛剛探進去的時候，只覺得眼前發白，緊接著是魍魅魑魎般的詭異光暈，許多破碎的記憶從他眼前呼嘯閃現。那些曾經在天界與一位女仙互訴衷腸的光景，那些為魔祖尋鎮魄鎖時的焦躁不安，那些面對天界大軍時的視死如歸，還有最後的一幕，是魔祖妻子為保護魔宮而魂飛魄散的決絕……

大片大片的記憶湧入幽池腦中，他覺得自己頭痛欲裂，想要甩開這些曾經過往，結果一睜開眼睛，自己已經站在了偌大的魔宮殿內。此地灰暗空曠，殿內雖富麗堂皇，但荒蕪、冷僻，琉璃黑玉似的木閣上，掛滿了破敗的盔甲、戰袍。

幽池困頓地走在其中，他打量著結滿了蛛絲的御座，那些蛛絲厚重得積出了繭，必然是幾百年來，都無人來到過此處。連一顆蟲卵都找不見，除了一片死寂，再無其他，是一座被世人、被三界遺忘了的美麗宮殿。

幽池滿目淒涼地抬起頭，彷彿能看見曾經的魔祖，坐在御座上對他露出微笑。

前塵記憶統統回到了他體內，手裡握著的長劍發出震動，他轉眼去看，竟不知那把劍是何時回到了他手上，長劍正面的騰蛇張開口，吐出一團黑色火焰。那火纏在幽池身上，瞬間變成了黑甲夜明盔，金玉青翠纏腰間，鳳翅銀獅繡靴沿。

幽池是在這一剎那覺得這一身戰甲極為熟悉，他抬手去摸頭頂，果然摸到了記憶中的那顆夜明珠。原來，他的前世竟真的是魔界之人，並且是一人之下萬人之上的魔尊。

正當他沉浸在過去的記憶中時，一聲呼喊傳進耳中，他立即循聲望去，竟發現是鹿靈被困在一面巨大的銅鏡裡。

「鹿靈！」幽池趕忙跑了過去，卻見鏡子外布滿了荊棘尖刺，根本無法近身。

鹿靈的聲音也顯得極為縹緲，她捶打著鏡面，呼喊道：「幽池，你要小心，鏡妖就在這附近！」

幽池想著要將鹿靈趕快救出來，揮舞起長劍去劈鏡面，但數劍下去，鏡面也完好無損，鹿靈嘆息道：「沒用的，幽池！這鏡子被鏡妖控制，也只有他才能打開鏡子放我出去。」

「可我是魔界的魔尊，我掌管魔界！」

鹿靈露出悲傷的表情：「我知道……打從我被他關進這鏡子中帶進來後，我就聽見了你們全部的對話……但因為我在這鏡中，他又是守鏡妖，其心思自然會傳達到鏡中深處，他仍舊想要殺了你。」

幽池氣喘吁吁地停下了揮劍的動作，驚愕道：「仍舊？」

「我從這鏡子裡看到了他的心思與過去……」鹿靈提醒幽池，「他就是百年前冒充了你去天界盜走鎮魄鎖的內鬼！」

鏡羽……是內鬼？

是他冒充了魔尊，又是他害了女仙被貶，並促使神魔交戰，導致魔祖殞命、魔后命絕、魔宮沉淪。

幽池的眼神黯下來，他握緊了手中的長劍：「若真是他所為，我必要找到他，將這筆舊賬算得清楚。」

鹿靈凝視著他憤恨的表情，悵然而又惋惜地喟嘆一聲：「可是，幽池，你已經不是前世的魔尊了，現在的你就只是降魔人，是我心中的幽池，萬萬不該再去涉險。」

幽池察覺到鹿靈的擔憂，看向她道：「你是怕我不敵他？」

「畢竟你前世就遭他陷害，如今又入了他的局，我真的怕……」鹿靈再沒說下去，唯獨表情顯露痛苦。

幽池這才驚覺，方才跟隨自己一同進入魔宮的四位御史，已經不見了去向，鏡羽更是神不知鬼不覺地消失了。

難道真如鹿靈所言，這只是個騙局？

「憾鏡本就是能製造出幻象的魔物，你我在這鏡中看到的還不夠多嗎？」鹿靈痛心道，「可惜我此前被困在鏡中，鏡妖控制了我的聲音，我

359

無法將事實告訴你。是到了這裡，他不見蹤影之後，我才能與你袒露。更何況，那四位御史也不過是他以鏡片幻化出的假象，都是為了引你進入這魔宮。」

「如此說來，便是我與他之間的私仇了。」幽池說罷，不再耽擱，向後退去幾步，對鹿靈承諾道，「就算不與他報仇，我也必須找到他，只有他能打開憾鏡將你放出來。你且再等等我，我找到他後，必定會來救你！」

鹿靈動容地望著幽池，她叮囑道：「你萬事要小心，我等你回來！」

便是因這一句話，令幽池在轉身的剎那，與曾經的記憶產生了重疊。彷彿百年之前，他身在天界時，那位站在幻木下的女仙，也對他說過同樣的話語，而浮現在眼前的女仙的臉也逐漸清晰。

待幽池剝開團團迷霧，赫然見到那張容顏，與鹿靈的面孔一模一樣。曾經與女仙的回憶，也鋪天蓋地的襲向了幽池！

# 第十章 歸夢處

五百年前，天界與魔界尚且維持著兩族訂下的和平之約，互不干涉，彼此不犯。而魔祖逐漸老去，嫡子魔尊開始接管魔界大小事宜，便要時常來到天宮參議。

每次來到天宮，都會路過仙海盡頭的那一株巨大幻木。魔尊時常會多看那幻木幾眼，惹來與他交好的麒麟族神將策戮一眼就看穿了他心思，總是會說：「魔尊若想帶一株仙草回去魔界摘種，我便與那幻木神女珺瑤提上一提，她也是不會拒絕的。」

魔尊並不言語，只管繼續朝天庭前去。

策戮在他身後念著：「憑魔尊姿容，只管到那仙草跟頭笑上一個，她葉子都要長得更為繁茂了。」

魔尊終於忍不住回敬他一句貪戀美色，難怪總要去幻木下頭攀談神女珺瑤。

策戮性情雖冷漠，但對待男女間的情情愛愛之事，倒是極為擅長。他提出一計，對魔尊道：「見你也盯著她很久了，又不好意思去討她歡心，不如找個魔界長得凶、實則慫的妖物來嚇她一嚇，你再及時現身英雄救美，如此，剛好。」

魔尊皺眉，連連擺手：「不妥，這樣實在太過奸詐，不符合我作風——」話還沒說完，就見策戮已經從腰間拋出了一條紅色玉穗，扔到空中一變，巨大妖物吐著火焰奔去了幻木那頭。

魔尊大驚失色，策戮已經先走一步，無奈之下，魔尊只能追去幻木那裡英雄救美。可這招根本沒用，只因神女珺瑤仙力頗厚，一招就識破了幻術，將那口吐火焰的妖物以樹枝貫穿在地，當即就現了原形。

而神女的徒兒，也就是那株被魔尊暗暗喜歡著的仙草，將樹下的紅色玉穗撿起，蹙眉抱怨一句：「是誰如此無聊，竟敢在我師父面前使用這般低級的障眼法？」

恰巧魔尊在這時匆忙趕到，仙草一眼看見他，見他盔甲上的夜明珠，立刻就知曉了他身分，但仙草非但沒有拜見，還十分不滿地怪罪是他用了障眼法。神女珺瑤勸慰徒兒不可對魔尊不敬，可仙草初生牛犢不怕虎，才

不管對方是魔尊還是魔祖，只要使壞，就要挨她的罵。

倒也算是不打不相識，魔尊以此為由，決定要為仙草與其師父賠罪，便在下一次來到天庭時，帶了不少魔界貴禮拜訪幻木。

一來二去，他與仙草之間倒也化解了前嫌，那仙草也終於肯對魔尊露出笑臉了。

他覺得，她笑起來的模樣，著實是可愛。

但總是從天庭溜出來見仙草，神女也會起疑，他只好每天盤算著造訪的理由。

「見附近風大，想來問問女仙們，是否需要我從魔界帶火焰暖爐來驅寒。」、「聽說幻木枝葉最近不算繁茂，我魔界有適合的新土，若女仙們同意，我便差人送來。」……類似的理由數不勝數，總歸都是為了見仙草而拚命想出的種種緣由。久而久之，不僅神女看明白了，女仙們看明白了，連仙草自己也有了琢磨。

某日，當魔尊再次帶著彆腳的造訪原因來到幻木下，仙草從上至下地將他打量一番，在他被看得心裡發慌時，仙草先發制人般地問道：「你可是戀慕於我？」

這下可好，臉皮兒薄的魔尊，當即就從頭紅到了腳，引得周遭藏在樹後的女仙們吱吱樂得不停。連她們的師父都看不下去了，遣走她們後，又叮囑仙草：「人家是魔尊，點到即止就好，不要壞了他顏面。」

仙草只是一株長在天宮裡的草，和幻木下的一眾女仙一樣，都是被師父種在樹根下的生靈，根本算不上是仙，她是不可能回應魔尊心思的。

「倒不是我不想，而是我沒辦法為魔尊生兒育女。」仙草也很無奈，「你也知道花草柔弱，長在土裡，最多在白晝幻化人形，到了夜裡又要回到土中做小草小花，哪能隨你回去魔界那種煞氣厚重之地呢？豈非要我的小命？」

魔尊聽後，卻滿心歡喜，笑著道：「你這便是想要為我生兒育女，也願意與我在一起了？」

這次就換成是仙草紅了臉，她扭捏著反駁，但魔尊喜悅的表情，卻令她不忍再口是心非。他們對著幻木發了誓言，從此只對彼此有情，再不會對旁人動心。

即便他是魔界太子，她是小小仙草，身家背景差了十萬八千里，可她不覺得自己低氣，他也從不曾小看過她，兩位都正值年輕氣盛的好風華，眼裡還真就只能看得見彼此。

但命數又怎是他兩個能夠決定得了的呢？

總歸萬般皆是命，半點兒不由人，即便是魔、仙，也由不得自己半分。哪怕恩恩愛愛過了兩百年，她也的確是不能為他誕下子嗣的，他卻身背繼承魔界的宿命，擁有繼承人也是迫在眉睫。

他已經一千歲了，按照人間的歲數來說，他是二十有二，這個年紀早應該是幾個孩子的爹了，可就因他所戀之人是株草，不能生育子嗣也是無奈之舉。

他倒是不以為然，魔祖和魔后可為此急得不行。再加上魔祖本就老了，又因開天闢地染了瘴氣之疾，導致年老後總是被自身魔力反噬，於是病情惡化，到底是臥床不起。

魔尊是個孝子，心心念念要為父親治病，從策戮那裡聽聞天界的鎮魄鎖和修補魂魄，自然想要借來一用。

而那個時候，本是魔祖心腹的左御史因犯了過錯而被免去職位，他心中有恨，又知曉了魔尊想要借鎮魄鎖的打算，才有了冒充魔尊盜取寶物的劫難。

天魔劫鎖，仙草枯敗。那奸詐的左御史，不僅以魔尊的面貌偷走了鎮魄鎖，還以其形態去撕下了仙草身上的貞潔印。

想來魔尊在這兩百年間，一直小心翼翼地保護著這份貞潔印，即便二人情意交纏，可魔尊總有方式避開貞潔印，令其永不破損。畢竟只要不毀壞貞潔印，就能為仙草在天界留下一席之地。

可惜了，縱然魔尊是魔界太子，也還是無法保一株小小的仙草周全。貞潔印一損，就代表女仙與男子有染，天界對男女之情向來厭惡，又怎會留下這壞了規矩的仙草，必要將其貶去凡間入輪迴！

仙草被推下天界的時候，他是親眼目睹了的。只因他那時與萬千天兵爭鬥，她墮入凡間之景，被他盡收眼底。

倘若他當時也追了下去，那也許他們會投胎入同一戶人家，來世做對兄妹，倒也可以永不分離。然而他身背魔界三千萬族人的性命，他必須逼

退天兵，才能保下全族。

　　但她已下了界，他就算僥倖活了下來，還有什麼盼頭呢？便是這一分神，他被天兵重傷，竟也不再反抗，自然是想要尋死了。若不是他的四位御史將他救回魔界，他大概也是要隨她去了。

　　此前的魔界誰也不知道魔尊與天界仙草的事情，但因魔尊的消沉，連魔祖也知道這太子為何百年來都不肯娶妻的原因。但他自己也是油盡燈枯，幫不上忙，再加上天界步步緊逼，已然追到了魔宮殿前。

　　那天界派來的應龍族行事狠辣，加上魔尊無心戀戰，根本不是對手。眼看著被打得節節敗退，四位御史也奄奄一息，而那內鬼趁著這時衝在魔尊面前，舉起手中魔器，想要置魔尊於死地。

　　幸好魔后及時出現，她散盡幾十萬年的修為，逼退了天兵，逼退了應龍族，也逼退了那內鬼。她造出的巨大結界，將魔宮籠罩在地下，不准旁人再犯，也封印了魔宮內的所有，以此來求得一時安寧。

　　但魔尊在那之前已經遭到了內鬼的偷襲，導致他魂飛魄散，終是要淪落去人間重塑血肉了。在死前的一瞬，他看到了內鬼的臉，那位曾經在魔祖身邊鞠躬盡瘁的左御史鏡羽，他真真切切地記住了那模樣。

　　可除去鏡羽害得魔界遭到天尊降罪之外，魔尊內心深處竟也有一絲對他的謝意，彷彿只有一死，才能去往人間與她相會。哪怕來世他不再是他，即便見到她，也未必一眼就認得出來，但他仍願去人間走上一遭。

　　就這樣過去了百年。

　　魔尊的名字變成幽池。

　　仙草的名字，則是鹿靈。

　　這一刻，幽池緩緩地睜開眼，他感到回憶從耳邊盡散，有大片大片的烏雲穿過他的身體。一如當年在魔宮殿內被鏡羽偷襲時的絕望，那些支離破碎的畫面從眼前閃現，刀光劍影中，是鏡羽猙獰的表情，以及他舉起的憾鏡碎片。

　　鏡片刺入魔尊胸口，致使魂魄飛散，卻也因此而留下了日後可以尋得魔尊的痕跡。

　　憾鏡入心口，引鏡像聚首。

　　幽池蹙了蹙眉，他意識到自己正在故地重遊，而抬起頭的瞬間，他看

到鏡羽已經身著左御史的鎧甲，正站在石臺之上。

鏡羽眼底泛起一絲陰鬱，他揚起嘴角笑意，對幽池道：「你到底是找來了。」又抬起手臂，示意周遭景象，「總歸是記得此地吧？」

幽池神色悲憫地打量著周遭景色，斷壁殘垣間，彷彿都還殘留著他前世出沒在此的景象。破碎的牆壁、魔器堆在一處，與那些早已化為輕煙的白骨相互依偎，早已冰涼得徹底，沒了半點生息。

只是，他竟還可以透過這些淒涼的廢墟，看到百年前的魔祖與魔后的榮光與繁華……如今卻是大夢一場，實在唏噓。

而見幽池眼神動容，鏡羽則是冷笑道：「是否連當年陷害本座的事情也回想起來了？」

幽池猛地醒過神，他盯著鏡羽，沉聲道：「分明是你冒充我的模樣去天界盜取寶物，為何倒打一耙？」

鏡羽咬牙切齒道：「是你們父子先行剝奪了本座職位，又令本座與妻女陰陽兩隔，本座也不過是以牙還牙！」

這話令幽池一怔，他恍惚間回憶起了過往的零星片段。

曾經的鏡羽，的確是魔祖身邊的左御史，他自稱本座，也是因為他負責著一座僅次於魔宮大小的殿堂。是魔祖親自交給他掌管的，等同於魔宮的鏡像之殿。

也是因此，鏡羽才能利用這種鏡像的宮殿，造出了巨大的憾鏡，憾鏡成為他手上最強大的魔器。利用憾鏡可呈現出鏡像的能力，鏡羽才能輕而易舉地扮成魔尊的模樣。

「是你們把本座逼到那般境地的。」鏡羽的眼中充滿了憤怒，「是你們拆散本座和妻女，又是你們將她們逐出魔界，你們害得本座家破人亡、一無所有！」

「不！」幽池想起了前塵，他蹙眉道，「人妖殊途，你是魔，她是凡人，註定有違三界規定，父親只是不想看你一錯再錯，是你執迷不悟，才會被免去左御史一職，並非父親趕盡殺絕。」

「你以為本座會在乎區職位嗎？」鏡羽憤怒地斥責道，「是你們一直在用迂腐的規矩，來束縛那些不肯聽從於你們的人！而你自己又如何，不也還是對一株仙草有情？」

此話一出，幽池猛地握緊了手中的長劍，他哽咽道：「所以，你便報復於我，以憾鏡冒充我後，又撕下了她的貞潔印。」

鏡羽孤傲地抬起下顎：「不過是讓你嘗嘗與本座同樣的痛苦罷了！」

幽池已然是憤怒不已，可他也深知前塵往事早已與自己無干，眼下他在乎的只有鹿靈：「我並不是來和你敘舊的，我此前來尋你，是求你將鹿靈從憾鏡中放出，她是無辜的，還請你放過她。」

鏡羽輕蔑地冷哼一聲：「真不愧是魔尊啊！百年後轉世為人，也還是這般大的架子，以為自己動動嘴，就能實現意願不成？」

說罷，他伸出手掌，掌心裡有鏡片刺破皮肉探出，他反手握住那把鏡片，沉聲道：「倘若你這次能贏了本座，本座便實現你的意願。否則，憾鏡裡也將會為你留有一席之地。」

他不是在和幽池商量，擺明了是單方面的定論，只因話音落下的瞬間，他便使出憾鏡碎片殺向幽池。鏡片在空中迸射出無數道鋒利的刀刃，道道圍攻向幽池。

幽池迅速揮出手中的長劍，以旋轉劍身的招式避開了利刃攻擊，但這就如同是鏡羽的障眼法，待到利刃散去，他不知何時閃現在了幽池面前，冷笑道：「堂堂魔尊轉世之後，就只會這等惹人發笑的雕蟲小技了？」

幽池並未受他挑釁，轉手從鎧甲裡掏出符咒——那是雲山的降魔雷符，從掌心飛向面前鏡羽，五張同出，如同是天雷擊中胸口，鏡羽胸前的五張雷符瞬間劃出一個對角法陣，每一條線都連接著紫色雷光。

「雷符……莫非是人間的降魔之術？」鏡羽終於意識到不妙。

幽池已經將長劍背回到身上，轉而合起雙掌，他閉上眼睛，低念咒語，忽來狂風揚起他的鬢髮，額間霎時出現了星見墮天之眼。

鏡羽猛然間驚醒，他是將前塵的魔尊身分與今生的降魔道長能力結合在了一起，巧妙地借助魔界之力使用雷符，倘若如此，雷符必將會發揮出極致的力量！

誠如鏡羽所言，卻也為時已晚，只見巨大的紫色雷火從他的胸前迸射而出，雷符瞬間幻化成五條黑色魔龍，呼嘯、怒吼著將鏡羽的身軀緊緊纏住。

幽池在這時睜開雙眼，與額間的第三隻眼一同凝視著鏡羽，猛一皺

眉，五條魔龍越勒越緊，竟在一刹那間折斷了鏡羽的臂膀！

鏡羽慘叫出聲，他的眼睛逐漸變得血紅，那是已然憤怒的表現。

幽池看到他嘴角開始不斷溢出血跡，知曉他撐不了多久，必要趁此良機將他降伏。誰知鏡羽破釜沉舟，他現出魔物原形，臉頰長起龍鱗，尖銳獠牙外露，並狠狠地咬斷了自己被魔龍勒住的手臂。

只一瞬，他便脫身逃掉，幽池不得不持劍急追上去。

鏡羽逃跑的路途上留下了斑斑血痕，他受了極重的傷勢，而身後的幽池緊追不捨，鏡羽不得不翻身逃出了魔宮，連同製造出的幻象也開始崩離瓦解。

於是，幽池眼睜睜地看到他記憶中的魔宮逐漸消逝，再一轉頭，鏡羽已然奔上了九重天，竟是要逃去天界了。

幽池不懂他在搞什麼詭計，可鹿靈還被他關在鏡中，幽池也只得拚命追趕。而鏡羽的陰謀很快就出現了，他利用沿途留下的血跡引爆出無數驚雷，波及範圍甚廣，儼然可撕裂雲海。

一時之間，風起雲湧，地動山搖。

颶風掀起塵沙攻向幽池，這樣的景象似曾相識，百年前的爭戰也是由鏡羽的背叛展開，當年的魔尊同樣要與鏡羽殺個你死我活。幽池也因此回想起當年自己遭到過鏡羽的偷襲，同樣是這樣陰險的驚雷招式，下一招，必定是驚雷中的毒液！

果然不出所料，趁著驚雷爆炸造成的煙霧，鏡羽以為自己已經十拿九穩，瞬間轉過身形，雙掌聚集出毒液，襲向幽池。破解鏡羽招式的幽池迅速避開，並揮出長劍，以劍身做鏡，將毒液反射回鏡羽。

受到自己毒液反噬的鏡羽，頃刻間全身麻痺，他一口鮮血噴出，當即跪倒在雲海之上。幽池趁勢揮舞起手中長劍，一劍刺穿了鏡羽的左肩，將他狠狠地按在了雲中。

鏡羽強忍痛楚，作勢要現出原形來與幽池死抵。哪料幽池再以三張雲山符鎮住了鏡羽的身體，令他動彈不得，並威脅道：「你若再敢使出詭計，我便讓符燒死了你。」

鏡羽不敢再造次，恍惚中，那種來自百年前的魔尊的威懾感吞噬了他。

「你……你不想知道那仙草的下落了嗎？」鏡羽想以此為交易，換得一絲存活的機會。

幽池果然露出了動容神色，他輕嘆一聲，到底是要留下鏡羽的命。可他也知道鏡羽奸詐陰險，便決定要斬下其雙腳，免得其逃竄。鏡羽察覺到幽池的心思，立即一改囂張嘴臉，苦苦哀求起來。

幽池不為所動，先以符鎮住鏡羽，再拔出長劍，正打算砍起雙腿，忽見一道巨光閃現。銀光直探眼底，幽池不由地瞇起了雙眼，待到適應這眩目的光亮之後，他才見到雲海盡頭有嬝嬝青煙升起。

四周光景霎時仙霧縹緲，如夢如幻。

而煙霧散去後，一名青年站在幽池面前，他身材高大挺拔，鬢髮如瀑，黑袍如幕，華貴的金線沿著衣襟鑲嵌，沉靜的眼裡流淌出一股凜冽的仁慈。

幽池凝望著他，聽到他低聲說道：「放了他吧！」

鏡羽氣若游絲地看向青年，幽幽一句：「冥……冥帝……」

幽池微微蹙了眉，他困惑地望向青年，見他從衣袖中拿出了一顆金丹，輕輕一推，便來到了幽池面前。他道：「這是冥府的還魂丹，可以令陽壽未盡者得以返還人間。我以此來換鏡羽性命，還請魔尊笑納。」

「他知道我的前塵身分。」幽池心頭一緊，低聲問道，「你既是冥帝，便掌管冥府，為何要干涉魔界肅清前朝叛徒？」

冥帝輕笑一聲，嘆道：「魔尊已轉世為人，又何必與前塵牽扯不清？降魔之人，理應放下執念。更何況，鏡羽已淪為守鏡小妖，憑魔尊今世能力，他已是不敵。再者又說，曾經毀了魔界全族的罪魁禍首乃是天尊、天庭與天宮，還有應龍一族，自是不必遷怒小小鏡妖了。」

冥帝這一番話，也令幽池漸消了怒火。可他到底心思縝密，看得出冥帝和鏡羽之間眉目有幾分相似，便道：「若冥帝是循了私情，我倒覺得你不夠無私。」

「既是私情，本就存私。」冥帝眼神略顯無奈，他看向傷勢極重的鏡羽，再嘆一聲，「想來魔界與冥府原本是不分你我的，鏡羽曾作為魔祖的左御史，與我也算是有遠親關係，我自是不能放他不管。」

說到此處，他再次懇請幽池：「還望魔尊給我這一份薄面。」

幽池思慮了片刻決意道：「你可以帶走他，但是他必須把我的──」

「她已經安全了。」冥帝遙望雲海，指著仙島盡頭的那片樹林道，「她回去了她原本的來處，你只要去那裡找她便是。」

幽池神色一震，立即問：「你是說鹿靈已經離開了憾鏡？她也在這天上？」

冥帝頷首，沉聲道：「鏡羽妖力已散，他這種瀕死狀態是無法掌控憾鏡的，所有被他關在鏡子中的生靈，都會因此而釋放出來。」

幽池喃聲道：「那茗綰與封九姑娘……」

冥帝抬了抬手，打斷他說：「陽壽已盡的人，已被我遣送去了冥府，你方才所說『茗綰』這個名字已在生死冊上。至於封九，換給你的金丹或許能幫上忙。」

說完了這些，冥帝向幽池點頭示意，幽池也回了一禮。冥帝便長袖一揮，帶著負傷的鏡羽投入了雲海深處。

一眨眼的工夫，冥帝的身姿已經消失不見，眼前只餘蒼茫雲海與浮沉仙島。

方才一切，恍如夢境，唯有手中握著的金丹真真切切。

思及此，幽池猛地抬起頭，他看向雲海盡頭的仙島，眉心一緊，便不由分說地朝那裡趕去。想來他終於歷經到此，尋得了身世，知曉了前塵，連鹿靈究竟是誰也是清清楚楚了。

早在見到鹿靈的第一眼時，他倒是覺得似曾相識，可那時的他還未收穫七情，六欲也毫無一分，更是不知這份「似曾相識」，便是來自前世的念念不忘。

師父曾說過的「到了那時，便是天與地，也奈何不了你」，他眼下也算是明白了其中深意。

一旦打開了那魔宮大門，他的記憶全部恢復，知曉了自己的前世身分。若想再做回魔尊，理應要為父為母尋仇才是。魔族嗜血，殺戮成性，師父是擔心他會被記憶累身，走上迷途。

然而幽池自己也沒料到的是，他即便打開了墮天之眼，也沒有受到前世蠱惑。魔尊是魔尊，幽池是幽池，這一世的他，到底還是願意做個雲遊四海的降魔人。

而憾鏡帶給他的，不僅僅是喚醒那四位早已在神魔大戰中犧牲的御史，即便那也是鏡羽使出的詭計，可幽池卻感受到了痴、執、貪與奢的妄念。他不願被那妄念纏身，所以在觀那些過往時，總是帶著近乎薄情的理性。

　　無論是白犬死於忠、商道姑死於奸、鳳湛死於國破，又或者是茗縐死於詛咒，那些都是他們的命數。幽池知曉不可介入世人因果，他明明知曉的。

　　唯獨鹿靈，他總是要為她的言行舉止、一顰一笑而動盪心緒。

　　一如五百年前，他的妹妹三公主總是會嘲笑他：「喜歡什麼不好，非要喜歡上一株仙草？花花草草的那麼嬌弱，你一個魔界的太子，手勁兒稍微一大，都要折壞人家小草的腰肢了，還怎麼纏綿恩愛了？」

　　那話初次聽來也是夠羞臊臉紅的了，以至於他好長一段時間都不敢正眼去看仙草。

　　但仙草的性情卻是直爽得很，時常會直截了當的提醒他：「我可是株草，生不了兒女的，你做魔尊的不能孤苦無子，但我也不能為了你而不要性命，不如這輩子就這樣算了吧！要是有個來世，我修成了人，你也別做魔尊，咱們兩個再當對平凡夫妻，也算續了前緣。」

　　他覺得好是好，可還是忍不住要問：「那今世要如何是好？」

　　她笑他榆木腦袋，講了這麼多他都不懂，只好嘆氣道：「我的意思是，今世就做一對戀人，娶不娶、嫁不嫁的行不通，你該完成的責任要做，我呢，也通情達理，只要心裡都有彼此就好。」

　　他還挺固執，是非她不娶的。仙草雖無奈，卻覺得多情的魔尊也是不錯，便靠在他肩頭，一起看仙島上空落滿赤紅雲霞，她指著天際一顆流星落下，說是吉兆。

　　恰逢此時，幽池也抬起頭去，仙島上空有同樣的流星墜落。一如當年那顆璀璨星辰，他心裡暗喜，也道是吉兆。

　　等到幽池騰雲駕霧著來到了幻木下頭，跌跌撞撞地下了雲海，急不可耐地在這附近尋找鹿靈的身影。他不停地喊著鹿靈的名字，神色焦急，不料腳下一滑，險些就要栽倒，幸好樹根下有一片仙草，以葉片托扶起了他，個個都在說：「是魔尊來找小五了。」

「好多年不曾來，今兒個怎想起小五了？」

「師父說小五下凡投胎去了，他來找也沒用啊！」

幽池回過頭，看見樹下聚著一堆翠綠色的嫩油油的小草，連葉片都還沒長齊，嘴碎的功力倒是不小。

他只好俯身問：「你們認得我？」

小草們嘰嘰喳喳的：「魔尊嘛！是魔尊。」

「那你們說的小五——」

「就是和你相好的那仙草嘛，她是師父收的第五個徒弟，就叫小五。」

「我們是小四十和小四十一，還有小五十九和小七十……」

吵鬧聲七零八落，幽池插不上話，最後只能提高音量，大喊一句：「她有沒有回來過這裡？」

這一嗓子嚇得小草們閉上了嘴，似乎覺得他很可怕，委屈地縮到了土下，不敢再探頭出來。幽池試圖再喊她們出來，可是誰也不肯再理他。

他皺了皺眉，無奈道：「這下可如何是好，守樹神女怕是還沒有渡劫歸來，唯一能說話的小草又膽小，幻木地界這麼大，鹿靈究竟在哪裡啊？」

「啪嗒！」一粒石子打中幽池額頭。

他眉頭皺得更深，抬眼望向樹上。

只見如銀條的幻木枝椏上，坐著眼如彎月的少女，她嘻嘻一笑，略帶嗔怪地埋怨起幽池：「虧你還是降魔人呢！尋妖物的時候都那麼熱切，換作尋我了，怎就不知道要多找上一找？竟這麼快就犯難起來，當我是好糊弄的不成？」

幽池仰頭望著她，眼中浮現出的是驚訝、欣喜與激動的情緒，彷彿幾百年前，他也經常這樣站在樹下仰望著她。

那時的她一身碧綠羅裳，黑髮綰成朝雲鬢，額間一抹朱砂紅，耳墜星月璀璨的瑪瑙，分明是極為素淡的裝扮，可因為是女仙，又因是柔弱的仙草，身上總是會多出幾分嬌柔之美，纖細的如同下弦之月，令仰望於她的魔尊總是心神蕩漾。

她有時會撥動樹椏，大片幻木花蕊落下，輕盈似雪，如墜夢中。只可

惜那時的他們被天條、被身分、被殊途所束縛。

不比現在，他可以自由地躍上樹梢，落在她面前，二人近在咫尺，他沒有半點猶豫地攤出手掌，輕撫了她臉頰，釋然道：「總歸是你平安無事，鹿靈。」

「還不是托你的福？」鹿靈佯裝生氣道，「要不是因為你，我也不會被那鏡妖抓進憾鏡中了。」

幽池歉意道：「對不住……」

鹿靈又立即轉了話鋒，頑劣地笑道：「但是，也多虧了那鏡妖——我在憾鏡中看到了有關你我的一切過往，總算是因禍得福吧！」

被她如此一說，幽池後知後覺地意識到，她已經知曉了和自己前世的關係，不由地紅了臉頰，只能以輕咳來掩飾局促。

鹿靈反倒是無限憧憬地望著眼前仙海，感慨道：「真想早日見師父一面啊！」

幽池一怔，倒也提點她道：「不是已經見過面了嗎？」

「幾時？」

「無赦國一行。」

鹿靈恍然大悟：「是了，師父與王煜！」

緊接著又懊惱道：「可惜我那時什麼都不知道，自然沒辦法與她相認，實在可惜！」

「倒也不遲。」幽池攤開手掌，展開了冥帝換給他的金丹，「這金丹可以換回一人陽壽，我們只需要去下界尋需要此丹之人，說不定還能再遇他二人的轉世。」

鹿靈盯著那金丹，輕輕嘆息：「但需要這金丹的必定成千上萬，就說那位與鏡妖交易失敗的封九來說，她也是個可憐人……」

話到此處，幽池也不禁想起了茗縉、蜀葵、商道姑……

那些都是遭遇世間險惡而身亡的女子，又何嘗不該重新回到世上呢？

只可惜，金丹僅一枚。

幽池不由得再次握緊這寶物，縱身跳下樹梢，對鹿靈說道：「走吧！同我一起下界，去尋最為需要這金丹的有緣人。」

見幽池已經翻身進了雲海，鹿靈趕忙爬下幻木，急不可耐地追著

他：「幽池，幽池！你等等我，我這麼柔弱的仙草，可比不上你堂堂魔尊啊！」

清脆的聲音越發飄遠，天界雲海中很快便不見了幽池與鹿靈的身影。唯有厚重雲層之後，幽紫的閃電影影綽綽，一襲白衣身影隨之隱現。驚雷紫光襯得他面目不清，唯有眼神銳利。

他冷漠地凝望著下界的兩抹背影，唇邊勾起了意味不明的笑意。

《降魔人幽池・鸑缺篇》卷二 正文完

番外篇

瓏玥篇

# 楔子

青連睜開眼睛，她沒有立刻翻過身，卻能感覺到背後的枕榻已經涼透了。

窗外夜色深如水，圓月當空，必定是過了丑時。房裡近乎死寂一般沉靜，她心中知曉，他已經離開許久了。

每逢月圓之夜時，他都會在夜深人靜時離開她身旁。

想來昨夜他還與她恩愛纏綿過，他脫她衣裳時的動作總是行雲流水，就那麼幾拉幾扯的，便只剩下薄如蟬翼的內衫了。

他喜歡將頭埋進她的脖頸，一手攬著她的腰肢，一手去纏繞她的青絲。

那柔情蜜意的觸摸總是會令她全身發軟，他也總會在那個時候貼近她耳畔，喚她名字：「連兒，連兒……」

她原本不叫青連，而是叫青蓮。

嫁給他之後，他說蓮易枯萎，總是不吉，不如改成「連」字，自有連綿不絕之意。那會兒剛剛新婚燕爾，正是濃情蜜意的時候，不管他要求什麼，她都同意便是了。

但新鮮勁兒僅僅維持了三月有餘，他一次帶著侍從去外出行，原定的五日變成了二十日，好不容易將他盼了回來，身邊竟帶回了一個姿容俏麗的少女。

她身穿菖蒲色襦裙，皎如秋月般的肌膚細膩無瑕，整個身子都瘦弱得似天邊雲煙，唯獨胸前兩團白肉被胭脂色的腰帶勒出圓潤形狀，倒是格外能惹得男子心潮澎湃。

青連見她柳如眉，唇欲滴，如雲鬢上插著一支香雪玉簪，搖搖晃晃的珠翠順著纖細修長的脖頸流淌下來。

她側靠著他肩頭，媚眼上抬，怯怯地望著青連，只彎了彎腰，道了句：「小女香玥，見過姐姐。」

竟膽敢稱青連為姐姐，而不是尊一句夫人，青連心中極為憤怒，又有嫉妒，連絹帕都攬了三攬。可顏面上還要維持著虛情假意的笑臉，一口一個地先喊了妹妹，再去問他：「這又是從哪帶回來的仙子？光是這半年

裡，都是第三個了。」

香玥聞言，原本還得意的神色也褪了幾分，她立即看向他，儼然是想討個說法。

不等他答，青連在心裡已然冷笑一聲，只管替他說著，府上現在已經有了她這位正妻、兩位側妻，看香玥帶著的簪子是翠做的，便不是受了妻禮，那自然是妾了。要說妾，那香玥倒也排不上前頭，畢竟通房丫鬟也要算數。

聽著這些，香玥的臉色也越發難看起來。可她很快便冷靜了，甚至挑釁地挽住他手臂，柔聲道：「老爺答應了今晚要好生安頓我的，定要住在我房裡才行，不能食言。」

他笑意虛浮，卻也眼含寵溺，轉頭看向青連時，低聲一句：「夫人，你差人為香玥備好屋子，我今晚要留宿她處了。」

這話落下，他便隨香玥離去了。

香玥側過臉，留給青連一個神氣的表情。青連嫉妒不說，也很是憤怒，身為正妻，又要為他帶回來的新人置辦好屋子，又不可流露出絲毫不滿，畢竟他待自己向來極好，除了不停地納妾……

「這次的新姑娘好像是個採蓮女，原來是叫香月，咱們老爺非給人改叫做『香玥』。」

「也不知能得寵到幾時，哼！又沒夫人長得漂亮，無非是聲音嬌嫩些罷了。」

「我倒覺得她的眉眼有幾分像夫人呢！」

侍女們的議論夾雜著討好的意味，都是在刻意地恭維著青連，青連卻也沒有給她們笑臉，勸她們快去幹活，不要怠慢了新姑娘。

而那也是香玥剛來的事情了，自那之後，他倒也沒有過分寵著她，還是會時常到青連房裡。

唯有這夜，又是突然離開。

但凡是月圓夜，便次次不變。

青連總是在意他會去哪裡，加上香玥才來不久，她因嫉妒而翻身下床，抓過一件單衣披上，點起琉璃燈便悄悄出了房，想要去看他是否在香玥的屋裡。

暗夜中，晚風夾雜著芍藥花的幽香拂來。

一團團粉紫色的錦繡盛開在月色下，自是夜深無人見，青連提著幽幽燈盞，小心翼翼地來到香玥房前，她趴在窗欞上側耳去聽，只有香玥一人的呼吸聲起伏。

青連蹙了眉，她心中暗想，若他不是在香玥房裡，又會去哪個妾的住處呢？莫非是去年納進府內的玲瓏？

思及此，她又急匆匆地去廂房盡頭。

長廊深邃狹窄，牆壁上拉長的影子如鬼似魅。

青連總覺得身後有人隨行，她心中懼怕起來，不得不加快了腳步，猛一拐角，竟見偏院的靈堂裡亮著光。她心下一驚，停住腳步，不由自主地尋了過去。

才剛到堂門外，就忽來大風。長風刮亂了簷下宮燈，玉翠製成的燈罩相互碰撞，紛亂了流蘇金線。暗紅的燈罩內，一抹燭火滅了下去，燃起青煙嫋嫋。而堂內橫飛的白色帳幔如浮雲一樣飄出，掃過青連臉頰，引她踏進堂中。

沉默而安靜的靈堂內，供奉著一尊靈位，周遭擺滿了金色火燭，託盤是芍藥花樣式的，美則美矣，卻顯詭異。這樣空曠的地方，竟有如此精美的蠟燭託盤，總是格格不入。窗上又有凌亂的影綽橫飛，青連背脊發涼，怕得不敢再向前一步。

而長風穿過，吹滅了靈位前的火燭，堂內登時暗寂，唯有青連手中的琉璃燈亮著微弱的光。她冷汗直冒，想要趕緊離開，誰知「吱呀——」一聲，靈堂大門被風吹上，再去推敲，竟也打不開了。

青連慌亂不已，更不敢出聲，只好退步進堂內，想著尋一處角落躲藏起來挨到天明。

不料烏漆墨黑中撞倒了臺上靈位，牌子落地，掉出一串色澤藕粉的夜明珠。

青連顫抖著去撿拾，見到夜明珠下拴著兩個小小玉牌，其中一個刻著老爺的名字，「星辰」。另外的那個，則是「瓏玥」二字。

青連低聲呢喃：「瓏玥……瓏……玥……」

玲瓏，香玥，兩個妾室的名字裡都有這字。

可玲瓏原本叫伶濃，香玥的玥也不是這個玥，一如她是青蓮，而非青連。然而，若將這些連成一處……

連，瓏，玥。

青連蹙起眉頭。
曾幾何時，她時常會在他的夢囈中聽到這個名字。
他總是悲傷痛苦地喚著：「瓏玥，連瓏玥……」
正想到此處，靈堂的門忽然從外面打開，青連猛然一驚，轉頭看去──

## 上‧芍藥花妖

天界下頭是神巔，山腳仰望九重天。

幽池與鹿靈離開天宮後，便要順著神巔山巒一路下去人間。從天明走到了黃昏，途經幽林、河川，即便中途歇過好幾次，鹿靈還是累得汗流浹背。幽池也有些疲了，二人決定到了山腳要尋上客棧住一晚。

誰知山腳雖繁花簇擁、叢林翠綠，連人家都不見一戶，更別說是客棧了，鹿靈直道此處有種如夢如幻的荒涼，雖美，卻虛弱，如同海市蜃樓。

奈何腹中饑餓，鹿靈開始鬧起了脾氣，說什麼都不肯再繼續走，幽池拿她沒轍，就想著去附近的林裡為她尋些野果。

還沒等走出幾步，便見不遠處有一位白衣老者在提壺澆水，幽池下移視線，看到那老者灌溉的，是放置在石臺上的一盆芍藥。鹿靈也瞥見了這光景，想來在滿是翠綠、野花的神山腳下，有這樣一盆豔麗、嬌柔的芍藥花出現，倒也格外新鮮。

「好美的芍藥。」鹿靈來了興致，從石凳上站起身跑了來，與老者攀談，「老人家將這花養得真好。」

緊接著，又惋惜道：「就是花根細小了些，葉片也不算繁茂。」

一位素白的老者聞聲望來，他樣貌清瘦，眉眼如畫，花白的銀髮流淌在腰間，整個人的氣韻似出塵仙客，實乃與眾不同。不僅是鹿靈，就連幽池也為他的這副尊容而有些許的驚歎，情不自禁地躬了身子，向對方行了一禮。

老者面容雖不算和善，卻也並不冷漠，同樣頷首回禮，並打量了一番幽池與鹿靈，沉聲道：「二位後生身姿不俗，能在神巔山腳下相遇，也算是身負仙緣之人。」

幽池彬彬有禮道：「只是路過此處，若擾了閣下，還請寬恕，我們這就離開。」

老者放下水壺，輕輕抬了抬手臂，阻攔道：「後生不必多禮，此山人來人往，是屬於眾生的，沒有擾我一說。要是你們不嫌棄，也可在我這小小花園裡坐上一坐，溫好的清茶與糕點可一同享用。」

這一聽有食物，鹿靈的眼睛瞬間亮了起來，她拉扯著幽池手臂，暗示

他趕緊同意。幽池向來是無法忤逆鹿靈的，只好點頭應下了老者的邀請。

老者凝視著他二人之間的這番相處，眼中竟有幾分落寞與悵然之意。

直到一同坐在石臺旁，老者為幽池與鹿靈斟上了熱茶，幽池雙手接過，才忍不住問起：「老人家獨自居住此處，可是有何隱情？」

老者垂了垂眼，輕嘆著：「不過是想著要逆天改命，為那可憐的花妖尋一縷輪迴的可能。」

鹿靈眨巴著眼睛：「花妖？」

老者側過臉，目光落在石臺中央的芍藥花上，又是一聲嘆息：「這盆中芍藥，原是花妖。她身為族中後繼，卻未能恪盡職守，間接害得全族覆滅，導致最終元神自爆、魂飛魄散。我可憐於她，就搜集來她的花根，想著每日以神巔晨露來澆上三次，日積月累，總能養出元神。」

鹿靈感慨老者的善意，不禁道出：「老人家這般好心，定能如願以償的。」

老者略微抬起眼，看了一眼鹿靈，而後又若有所思地低下了頭。

反倒是幽池從老者的神色中察覺出了異樣，便問：「老人家，你照料這盆芍藥花多久了呢？」

「已有兩百年了。」

鹿靈聞言，自是驚歎：「竟有兩百年這麼久了！」

幽池再道：「看來老人家的確是修仙之人，但兩百年這麼久，這芍藥連花苞都沒結出，老人家再如何具有仙緣，凡人修仙最多活到三百歲，還能照顧這芍藥幾日呢？」

「幽池！」鹿靈覺得幽池這說法有些失禮，便低聲提醒他。

老者倒不在意，只苦澀一笑，點頭道：「後生此言甚是，我此般做法，無非是愚者自娛，本就沒有半點希冀。兩百年來，我也看淡了許多，早已不似當日瘋魔、貪執了。」

幽池盯著老者眉眼中的失落，試探著問道：「恕晚輩冒昧一問，這芍藥花妖與老人家有何淵源呢？能令您在此獨自守著寂寥，兩百年如一日地照料一盆虛弱的花，定是有著非比尋常的緣由吧？」

這問話彷彿問去了老者的心裡，他猛地抬起頭來，臉上漾出一絲激動之色。就好像兩百年來，終於有人能願意問他其中緣由，他竟十分感激。

「我心中總是埋藏著這花妖的前塵過往，總想要與人一訴，卻也不是隨便什麼人都能配得我道出的。」老者的聲音縹緲，眼神虛無，他尾音帶出一絲顫抖，悵然地同幽池與鹿靈訴說起了芍藥花妖的生前事，「那是好久好久之前了，她那時正值豆蔻年華，是芍藥仙子最為寵愛的徒兒，連瓏玥……」

曾幾何時，「連瓏玥」三個字，乃是神巔山腳下、芍藥花妖族中數一數二的名號。她是族長芍藥仙子最為得意、寵愛的徒兒，受其指點修練了整整五百年，終於得了人形身子，又被芍藥仙子欽點了姿容，自然出落得美麗絕倫。

美中不足的是，她玩心重了些，對待花妖族之外的三界充滿了憧憬。在她眼中，天界非凡，魔界神祕，唯獨人界五彩繽紛，只因常年有載著富家公子和小姐的車輦，又或者是雲遊四方的俠客、藥郎從芍藥族前經過，令她覺得三界之中，只有凡人才是有血有肉、有情有義的。

芍藥仙子笑她少見多怪，區區凡人有何可羨慕的？若要羨，還是要羨天上仙，那才是高高在上的至尊，能統管著三界眾生的生死。

「師父好生無趣。」瓏玥哼一聲，很是不屑，「徒兒才不覺得做仙好呢！都不能喝酒快活，聽說天尊還不准神仙們談情說愛，那活著還有什麼樂趣呢？」

芍藥仙子拿她沒有辦法，屢次教唆她不可以在背後說天庭壞話，她卻仍舊直言直語。

「反正，我最不喜歡那些天界的仙了。」瓏玥說得極為堅定，「他們冷漠自私，無情無義，我就算日後修成了仙，也不要做成他們那般。」

話糙理不糙。

仙人寡情，三界皆知。

向來仗義爽快的瓏玥，並不會因這番言行而惹怒師父，相反的，她更得師父器重，只因她是個率性真實的花妖，族中一眾花妖也是尊她敬她。

她會幫襯弱小，從不趨炎附勢，哪怕是一些年邁的老花妖，不方便早起取晨露喝，她都會主動擔下這份職責。不僅為老花妖們尋得晨露，還會幫他們在各自的花屋裡儲存露水。她的小跟班阿馥師妹總要說：「所幸師姐修的是女兒身，若是男花妖，全族女花妖都要搶破頭地為你生小花

妖了。」

偏生這個連瓏玥總是喜歡穿著男裝在族內行動。一身藕粉色的長衫，配著水碧色的腰帶，足配丹青靴子，頭束紅玉髮帶，背上衣襟還繡著仙鶴戲雲圖，如此意氣風發的男兒裝扮，到底還是要惹得不少女花妖春心動盪。

這還是知曉她身分的，若換成是那些不知情的人間小姐，也真鬧出過不少笑料。

只因芍藥仙子總要派她去人間取花土。

鄰著神巔山腳處最近的一座城叫飛湘城，城中南街盡頭有戶姓張的花匠，他家世世代代都做芍藥花妖族的買賣，打從曾曾爺爺那輩起，就為芍藥仙子備了全城上好的花土。

而連瓏玥去人間扮作男子這事，還是芍藥仙子的主意。畢竟張家世代生男丁，男花妖去辦差總要方便些，可她的心腹是連瓏玥，交給別人做這差也不放心，才有了女扮男裝的行徑。

好在瓏玥行事俐落，倒也像個男子，張家人從未起疑，這次將訂好的花土都裝了車，命侍從幫著送去神巔山腳下。每次都是整整十車土，三月訂一次。

瓏玥與同樣男裝的阿馥交了錢，出了張家店門，迎面撞上了一位來買花的富家千金。那姑娘生得一副柔弱的身子骨，天藍色的衣裙更襯得她飄飄若仙。

這一撞倒是不打緊，瓏玥只管退去幾步，合掌道聲這廂有禮便是。不料姑娘因瓏玥的姿容而紅了臉，還故意丟下一條絲絹，臨走時又眉目含情地步步流連。阿馥心驚肉跳，直道壞了壞了，到底是招惹上人間小姐，只怕要追去神巔山腳提親了。

還真是個烏鴉嘴，等瓏玥前腳剛回去芍藥花妖族，後腳就來了三位自稱是縣令家管事的老吏。他們見芍藥仙子所住的屋宅偌大寬敞、富麗奢華，恨不得立刻就結成了這門親事。

「看來你近期是不能留在族裡了。」待送走了縣令家的人，芍藥仙子喚來瓏玥，嘆息道，「縣令家的千金看上了你，非要嫁你做老婆，我只好和他們撒了謊，說你去外城探親，一時半會兒回不來。」

瓏玥覺得她師父不坦率，乾脆直說她是女的，省去日後麻煩。

芍藥仙子搖扇感慨：「你才五百年的修練，哪能比我這個上萬年修行的考慮周全呢？只管聽我的，帶著阿馥一起去巫山躲一躲吧！」

瓏玥這才反應過來，當即道：「師父，原來你是打算派我去修練？」

芍藥仙子點點頭，這行程其實是為了巫山一行，順便避縣令家千金：「你也知曉，三界除人界以外，天界與魔界中各族後繼，都要經歷巫山才能勝任後繼一職。而要想繼承族中位置，無論是仙族、妖族，都要一同在七七之日前，往天界的巫山宮巫門修練整整五十日，這就等同於是人間十載。被巫門師尊認可後，才能帶著榮耀回來族中繼位。」

瓏玥掐算著手指，神色認真地蹙眉道：「明日就是七七之日，是該要前去巫山了。而且，人間十載一別，那縣令千金肯定會另尋愛郎，等我回來後，必然要被她忘得乾乾淨淨，真可謂是一石二鳥。」

開心到此處，她後知後覺地意識到：「師父，你派我去巫山，便是屬意我日後繼承芍藥花妖族了？」

芍藥仙子以扇遮面，彎眼媚笑：「乖徒兒，好生去修練，別讓為師在巫門師尊那裡丟臉。」

瓏玥喜笑顏開，當即合拳立誓：「師父放心，徒兒一定為族爭榮！」

話說得倒是簡單，遠離芍藥花妖族前往巫山，可並不是一件易事。途中要經歷幽河、死山林、萬鬼橋，不少妖族的後繼都死在了這路上，若能活著到達巫山，都是萬幸了。

「就算僥倖過了這些關，到了巫山下頭，也還要遭宮門裡十二個仙伯祭出驚雷閃電，要承受個三天三夜才能入山。」阿馥害怕地抓著瓏玥：「師姐，總歸不會連我也得和你一起挨劈吧？」

負責駕著馬車的瓏玥噓她一聲，示意彼此的裝扮：「叫什麼師姐，出門在外，要叫我師兄，知道了嗎，師弟？」

阿馥悶悶不樂地點了頭，瞥見天空烏雲密布，紫閃不斷，驚雷乍起。

「師姐……不！師兄。」阿馥瑟縮著脖頸，「我們這才出了飛湘城，還沒到幽河呢！怎就遇見電閃雷鳴了？」

瓏玥也望向天際，擔心即將風雨大作。

剛是動了這念頭，便有驟雨突降，偌大的雨滴砸向她和阿馥的馬車，

打在身上生疼。

哪裡是雨水，竟是雹子。

阿馥吵著要瓏玥一同進車裡躲避，但瓏玥看著手中握著的冰雹，是血色的，再一抬頭，猛地看見烏黑天幕中，有兩條黑影糾纏撕咬，她倒吸一口氣涼氣，低呼道——

「是龍！」

都說臨近幽河便會見到鬼魅異象，但那空中交戰的，卻也不是妖物，而是天上的應龍與角龍。千年為應龍，百年是角龍，總歸是龍生九子，各有不同。

龍族拆成了九族，其中應龍一族排位為首，凶猛好鬥，目中無仙，體型要比角龍大出數倍，自是威風凜凜。

可那修了近乎六百年的角龍也不是吃素的，他速度極快，如靈蛇一般穿梭在應龍身旁，幾口咬在應龍尾上，害得應龍憤怒呼嘯，擺尾要將角龍甩出雲海，哪料角龍一個翻身，滑到應龍腹部，以利爪在應龍腹上劃開了血淋淋的一道傷口。

那應龍疼痛不已，登時沒了靈力，竟墜下雲端，摔到了山林間。

只聽「砰！」一聲巨響，大片綠樹被壓得塌陷，連遠在這頭瓏玥的馬車，都跟著顫了顫。

待到大片煙塵散去後，瓏玥趕緊駕起了馬車，朝山林裡奔去。

阿馥慌慌張張地喊著：「師兄瘋了，竟要帶我一同給應龍塞牙縫！」

然而，趕到林間，看見了那半死不活的應龍後，才發現他傷勢極重。

「原來應龍受了傷，也要變成這麼小一條了。」阿馥以雙臂長短比出應龍的大小，頂多是半臂長的小龍。

應龍似乎聽見了動靜，殺出一個凜冽的眼神，嚇得阿馥大叫，但他也沒了力氣，很快就昏死過去。瓏玥不忍他喪命，抱起小龍四處張望，發現了可以遮風擋雨的山洞，就急匆匆地跑了去。顛簸之中，那應龍還吐了不少血，染紅了瓏玥的素衣衫。

他以為自己這次要死了。

夢裡罵著角龍那龜孫使陰招，罵了好久，等到重新恢復意識後，他才發現自己睡了好幾日。盤著的地方是個潮濕的洞穴，有人怕他冷，在他肚

子下堆了不少乾草。低頭一看，自己還是小龍的身形，理應是還未恢復仙力，連人形都現不成了。

洞外在這時傳來腳步聲，他機警地望去，見是一身姿纖細的少年。陽光襯得少年面容嬌麗，倒像是個漂亮少女。

抱著柴火的瓏玥見他醒了，開心地滿面笑意，她進了山洞生火，自顧自地說起自己救下他的事情。

跟進來的阿馥帶回了野果、野菜，愛理不理地對應龍說：「我師……我師兄為了你，都延了去巫山的日程了。」

他腦中恍惚了一下，目光落在她身上，心想著，原來她也和他一樣，是要去巫山修練的。

既是如此，非仙即妖。

他嗅了嗅她身上氣息，微弱得很，定是個區區小妖。

而送到他嘴邊的野果直令他嫌棄，應龍怎會吃素？

他要吃肉。

「看來你不喜歡吃果子。」瓏玥歉意地搔了搔頭，「對不住了，我們花妖聞不了肉味的，只能摘果子給你。」

他沒興趣聽，將自己的身軀團成一個圓，下巴靠在身子上準備小睡。

她倒是乾脆坐到他身邊，自說自話起來。半夢半醒間，他不怎麼耐煩地聽著她的嘟嘟嚷嚷。

她說她是芍藥族的花妖，這次是要去往巫山請巫門師尊栽培的。又說花妖雖小，但很是快活，卻也羨慕應龍是天界最為威風的龍族，連麒麟族都要對應龍族俯首稱臣的。

「但我們芍藥花妖族也很厲害！」瓏玥的虛榮私心令她撒了個謊，「我們的族群，是坐落在神巔山腰的大族呢！」

實際上，她的族人都只配在山腳下落戶的，之所以撒謊，只是不想被應龍小看罷了。他也的確因「神巔山腰」四字而緩緩睜眼。

山腰處的族群雖不是仙，但也頗具神力，算得上是中游大族。他不覺間對她有了幾分高看，內心暗道著：「看來也不是個無名之輩，山腰那些望族，是天界仙班的候選，若巫山一行順利，這傻小子日後說不定是個一族之首。」

唯獨角落裡，為應龍捏著鼻子烤魚的阿馥一臉幽怨，她不懂師姐為何要撒謊，虛張聲勢可不屬師父的教誨。

但幾日下來，應龍的傷勢也在瓏玥的照料下恢復了七分。瓏玥為此極有成就感，她發覺應龍的身體變大變長了不少，那是仙力逐漸復原的體現。

可趕去巫山要緊，她不能在此耽擱太久，便和應龍說著自己的難處，誤了登山時辰是萬萬不行的。

「應龍大仙，剩下的日子，要留你自己在洞裡休養了。」瓏玥歉意地說完，又將脖子上戴的芍藥玉佩摘下，繫在了應龍的前爪上。

將嫩紅色芍藥花瓣鑲在玉中的佩飾，樣式精巧，色澤飽滿，像是傳家寶物，上面還刻著她名字。

瓏玥。

「要是過往有樵夫路過，你又無法變成人形，就試著拿這玉佩和他們換食物吧！」瓏玥說。

原來不是留給他的信物，而是留給他做口糧的交換品。

他倒覺得她算仗義，夜晚挨著睡覺時，她咕噥著翻過身，壓住了他尾巴，他輕巧地抬尾，反將尾巴搭在她腰上。她的腰又細又軟，溫度也高，令他常年寒涼的體溫，也一併被感染了熱度。他忍不住向她懷裡靠了靠，心覺溫暖，再睜眼打量她睡臉、嘴唇、脖頸……

沒有喉結。

他像是頓悟了什麼，立刻與她保持出距離，垂眼時見到自己的爪子開始現出了五指，已然是仙力完全恢復。

若被她見到一絲不掛的自己也實在不妥，思來想去，他還是決定不辭而別。

等到隔日一早，瓏玥醒來時不見他在身邊，乾草上的塌陷已經涼透，說明他早就走了，唯有一支香雪花簪遺落在草堆上。

瓏玥拾起簪子，見簪身刻著層層疊疊的龍紋，紋路中有數不清的星辰，日光一照，熠熠生輝。她覺得簪子甚美，但也不知其意，反手收進衣衫裡時，就聽見阿馥從外面跑來，喊著：「師姐，快點上車吧，再不趕去巫山，就來不及修練了！」

瓏玥衝出洞穴，氣得數落她榆木腦袋，說了多少次要叫自己師兄，總是記不得。

阿馥委屈一句：「眼下就只有咱們兩個，叫什麼不行？」

瓏玥憤憤不平地翻身上車，手握韁繩，駕馬離去，全然沒有注意到洞外的巨樹上，坐著一個身影。他身著白底金朱紋的衣衫，領口繡著赤紅玉邊，腳踩龍紋靴，腰掛摘星劍。一雙凌厲的眼睛，注視著瓏玥的背影，唇邊勾起一抹笑，念了個訣，便立刻消失了，只餘幾片落葉，輕飄飄地墜在洞口前。

三日後，瓏玥終於在第二個七七之日時到達了巫山。

她本以為巫山頂端的巫門宮是片聖潔仙境，沒想到上了山頂才發現，此處一片蕭殺，宮殿雖多，卻被四周的巨樹遮擋得暗無天日，滿門之內都充斥著腐朽的味道。也有不少在山腳下經不住雷劈的求學者傷勢過重，不治而為。每日都有人被拖走，滿地血水，腥臭難聞。

瓏玥原本還充滿了期待的心，在進入巫門的那一刻便沉了下去。

當日，她同百名經過十二仙驚雷考驗的仙族、妖族，一同在殿內面見巫門師尊。巫門師尊坐在黑紗珠簾後，沒人知道他的模樣，只能聽見他的聲音縹緲如霧。他叮囑來此修練者要遵守巫門的規矩，不可與同窗之間產生私情，不可無故缺席修練，更不可有任何心思隱瞞巫門。違規者，將被推下巫門仙臺，墜落在石窟之淵，必定粉身碎骨。

瓏玥跪在殿下眾人中央，額際滲透心虛的冷汗，自是不敢抬頭去看殿上師尊。她身上穿著的巫門弟子袍略顯寬大，腰帶繫了足足三個死扣，也還是有風灌進來。

入了巫門，在完成修練之前，所有人都要以巫門弟子來自稱，她也不能例外。

可百位弟子中，女弟子不過十餘人，其他八十二個都是男弟子，她錯過了和師尊解釋自己性別的時機，也擔心會在當日便暴露身分。所幸巫門弟子們都有獨自修練的住處，連跟隨在身邊的侍從、師兄弟都有獨室。阿馥就住在她屋旁，二人在這冷酷無情處，算是彼此唯一的照應。

瓏玥整日除了在屋內修練巫門的法術外，再無其他事情可做，尤其是每隔三日就要由門內十二仙來測試弟子們所學，若是排位在後，免不了

會受到殘酷懲罰。瓏玥壓力極大，她想到巫門內的仙族、妖族繼承人足有百人，優秀的、瘋狂的數不勝數，她小小花妖，如何能贏過那些野蠻的獅族、狼族呢？

「早知如此，師父屬意我做繼承人時，我便不來了。」瓏玥時常為此悔恨懊惱。

然而三日很快便過去，比試之日，殿外烏雲遮空、暴雨橫飛。殿內的繼承人們各分成仙族、妖族兩隊，仙對妖，一勝一輪，輸了五輪者，將被推入巫門火煉爐。

而極其不幸的是，瓏玥的比試對象是一直拔得頭籌的鳳凰族後繼者，白鳳五。單憑修行來說，他已有幾千年功力，又是天界大名鼎鼎的鳳凰之後，自是不可一世。打從進了巫門開始，他一直都被同窗敬仰、懼怕，再加上他剛來第二日就逼得一妖族後繼者自盡，其性情也令人畏懼三分。

瓏玥面對他，心中十分恐懼。

他樣貌雖清俊，招法卻狠絕毒辣，幾次進攻都是想生生地要瓏玥性命的。瓏玥被打得落花流水，身上傷勢也逐漸增多。

白鳳五最後一招將她甩出極遠，再衝出想要直接扭折她臂膀，結果一腳踩在她胸口時，他忽然停住了動作。幸得十二仙中的第七仙出面阻攔，示意白鳳五點到即止，瓏玥才保下了小命。

瓏玥感激第七仙搭救，白鳳五贏了比試，傲慢離場，剩下的弟子們還需接連比試，受了傷的瓏玥暫且退下場去稍作休整。她獨坐角落，左臂血流不止，疼痛令她臉色變得蒼白，正想著該如何應對下一場比試時，一塊絹帕遞到她面前。

她抬起頭，見手持絹帕之人是一少年。他眉目如畫，眼神凌厲，身上一股幽幽草香，唇邊掛著淡淡笑意，卻又讓人覺得格外疏離。

「絹帕上有藥草，可止血。」他將絹帕塞到她手上，轉身回去了賽場。瓏玥將絹帕敷在傷口上，絲絲涼意滲透皮肉，果真止住了血。

再看向那重回賽場的少年，他正與一妖族後繼者比試，只見他節節敗退，儼然不敵。

瓏玥瞇起眼，她知曉他名字。

蘇星辰。

據說是神巔山頂端來的後繼者，至於背後何族，始終被巫山上下遮掩。

　　從前聽芍藥仙子說過，巫山歷代會為一些強大或是虛弱的神族或是妖族隱瞞來處，目的是保持平衡。

　　而名為蘇星辰的少年，總是排位靠後，不像是強大神族的後繼，也許背靠的族群很是弱勢。

　　思及此，瓏玥又見他敗給了對手。

　　下場之前，他轉頭淡淡地瞥了一眼瓏玥，令她心頭一震，那眼神如寒冬夜裡的清風，穿堂入室，奪人魂魄。瓏玥的呼吸因此一滯，她目光無法從他背影上移開，好似被施了咒一般。空氣中還殘留著他身上的氣味兒，瓏玥閉眼深深一嗅，似曾相識。

　　玉露般的青草香。

　　她緩緩地睜開眼，盯著他消失的方向，心裡澎湃起的是從未有過的情緒，就像是芍藥仙子曾說起那些痴男怨女的苦戀。

　　當時的瓏玥卻在心裡不屑地說了句：「那些都是妄念。」

## 中 · 應龍星辰

作為天端神巔老應龍的曾孫，蘇星辰打從娘胎裡降世，就是一副驕縱、傲慢的姿容。他生來便披星戴月，命有帝相，甚得老應龍偏愛，早在他剛修了兩百年時，老應龍就口諭傳位給他。

可他生性好戰，總是與各族爭鬥不休，又玩世不恭，倒也令老應龍為此憂心。好在他心思縝密，也算服眾，應龍一族對他是心服口服的，誰讓他在七百歲時，就已經能替天尊收收了東海黑龍妖呢。

正所謂千年才能成應龍，他是三千年修行後，才終於得了應龍身。

而與胞弟角龍族、外戚鳳凰族都是不和，就拿在來巫門的路上來說，他與角龍發生口角，這一戰就戰了三天三夜，最後被弟弟角龍偷襲後摔落在山腳，倒是得了個小花妖的救助。

但前往巫門是他的要緊事，花妖被他忘在腦後許久，他一心只想著來巫門尋老應龍交代的差事。好在巫門為了諂媚強大的神族而隱瞞了他的來處，如此一來，倒也少了許多惹人關注的麻煩。且刻意讓自己的排名靠後，也是為了拖延留在巫門內的時間。若太過出類拔萃，也會令行動暴露，無人問津對他來說，反倒是保護自己的方式。

他必須在離開巫門之前找到他要的寶物，於是，夜深人靜之時，他總會偷偷潛入巫門深處。

一切都在他的掌控之中。

他進巫門的這些時日裡，已經找遍了七座殿，還剩下五座，區域逐漸縮小，他知道自己就快得手。可命數二字，終究玄妙，撞見花妖這事，倒不在他的計畫裡。

那夜他與往常一樣巡殿，該找的地方都找遍，正想去下一座殿時，卻看見了她提著琉璃燈站在門外。

她許是被他嚇到了，愣在門口，一動不動。

他盯著她手裡的琉璃燈盞，樣式是芍藥模樣，定是她從自家族裡帶來的。

她一眼識破面罩下的他，不敢置信道：「你竟都是騙人的？」

他愣了，一時困頓，她怕人察覺，趕快進了殿裡，還好心地將大

門關上。

「你……你當真是故意輸給那些比試之人，又故意獨來獨往、不與人親近，都是為了盜巫門的寶物？」她小聲追問他。

他心頭一緊，心想著她是如何知情的？便拉下面罩，盯著她反問：「你怎麼認出我的？」

「你身上的氣味兒有青草玉露──」話未說完，她莫名紅了臉。

罷了。他本就覺得她沒用，這下被她撞見，倒也懶得偽裝了，乾脆暴露了本性，裝模作樣地環起雙臂，轉身向前幾步道：「既然不巧被你發現，我也沒什麼好遮掩的，從前是我故意輸了多場比試，無非是不願拔得頭籌。只因我有更重要的事去完成，無心爭個虛名。」

「原來你到巫門來是另有所圖啊！」她倒算聰慧，一點就透，還自顧自地說著，「那個白鳳五要是也有你一半通透就好了……」

「提他做什麼？」他蹙了眉，回身看她。

她一臉厭惡地垂下眼：「他就是……總針對我。」

「何時的事？」

「自打那次與我比試之後。」

「如何針對？」

她支支吾吾：「總是會在夜深時敲我房門，又或者是在賽場上對我毛手毛腳……」

他像是懂了，恍然道：「所以你這會兒才會遊蕩到這裡，原來，是為了躲他騷擾。」

瓏玥總以為白鳳五是有那種癖好之人，畢竟她現在是男兒身，同是男子，憑何眉來眼去？

她頭皮發麻，感到發慌，想要向他尋求解救方法，他卻沒什麼興致，以自己還有事為由，這便要走。她立刻問他要找的寶物是何，她可以幫忙。

他上下打量她一番，頗有些不屑地笑道：「你？」

瓏玥當仁不讓，纏著他不放：「你別看我只是花妖，比試又總輸，可我很堅強，若認準了誰，必會幫他到底！」

這話倒也讓人遐想非非，他挑了挑眉頭，目光下移，落在她抓著自己

臂彎的纖手上。

二人近在咫尺，呼吸可聞，她又紅了臉，羞澀地低下頭：「就……讓我幫你吧！反正這巫門修練時日之多，全當打發比試之外的無聊了。」

她語調嬌嗔，到底是藏不住身分的。

他便笑了，故作姿態道：「也罷，就准你同我一起吧！」

她立即喜笑顏開，還非要與他勾手指，不准他反悔，他沒有拒絕，二人小指相纏，立下了承諾。

打那之後，這兩個就變得形影不離，一同喝酒，一同練劍，她喚他蘇兄，他稱她瓏玥弟，偶爾比試時成了對手，他還要故意輸給她，以顯示她威風凜凜。

一兄一弟同進同出，倒也惹來了不少閒話。說什麼巫門雖不可同窗產生私情，那指的是男女弟子，若同是女弟子，又或者同是男弟子，偶爾在一處排解寂寞，反倒不傷大雅了。

白鳳五還曾氣勢洶洶地質問瓏玥，是否與蘇星辰有著不清不白，氣得瓏玥一腳踢在他胯下，轉身就走。聽說此事的蘇星辰，倒是笑得前仰後合，他擦拭著眼角淚水，捧腹笑道：「瓏玥弟，沒想到你樣貌柔弱，出腳倒是狠辣，小心害他斷子絕孫。」

瓏玥氣不過地冷哼：「那也算是他的造化！」

「其實，我倒無妨。」他笑著看她，意味深長道，「只要賢弟不怕名聲有染，就全把過錯怪到為兄身上好了，反正離了巫門，你我都還要過各自日子，此間逍遙，也只是此間罷了。」

他這話聽著寬宏，實則無情，瓏玥明白他在暗示自己不要對他動心。

出了巫門，再無瓜葛，他早就是這樣打算的。

真是個笑面的冷漠男子。瓏玥在心裡抱怨。

可明知他是這般，她還是難改痴心。時常會坐在巫門龍池旁，盯著應龍留給自己的香雪玉簪，輕嘆著：「也不知如何才能再見到那條龍……理應將這信物還給他才是。」

畢竟，她如今有了心上人，自是不能受應龍信物。

瓏玥心中苦悶，低頭望著池水，層層波紋映在她臉上，留下一片幽暗冷光。

夜深人靜，樹影斑駁，瓏玥環抱著自己雙膝，孤獨地看著水面上自己的臉，直到另一張臉孔出現在水面中，她一怔，猛地轉頭看向身後。蘇星辰對她輕巧一笑，撩起衣擺，盤腿坐在她身旁，笑問道：「大半夜的不睡覺，自己一個人坐在這裡做什麼？不是說好要和我一起找寶物的嗎？」

她立刻懂了：「你去我房裡找我了？」

他以沉默作答，忽而瞥見她手裡的香雪玉簪，慢慢黯下眼，問了句：「你這簪子是哪裡來的？」

瓏玥也看向自己手中的玉簪，趕忙解釋：「是一條天上的應龍留給我的信物，我在來巫山的路上救過他，他也許是為了感謝我的救命之恩，才留玉簪報答。」

「那你與這條應龍是何關係呢？」

「他可是條龍啊！能有什麼關係？我連他人形長成什麼樣子都不知曉。」

「不知曉人家模樣，就收下了玉簪？」蘇星辰一昂頭，漠然道，「收了人家簪子，就得做人家老婆了。」

瓏玥聞言，大驚失色。

「我，我又不知應龍的規矩！」

「我這不是告訴你了嗎？」

瓏玥唉聲嘆氣道：「唉！早知如此，說什麼也不能帶走這簪子，我怎麼能給一條龍當老婆呢？」

蘇星辰忍住笑意，裝模作樣道：「不過，他也沒急著來娶你嘛！沒娶的原因也有可能是，不能娶。」說罷，他斜睨著瓏玥，「譬如說，瓏玥弟和應龍都是男子。」

瓏玥心下「咯噔」一聲響，因她看出他眼神裡的誘惑。他在試探她，在引誘她，逼迫她一般，促使她說出她的真相。

她也知道坦誠的風險，可她更知道自己不能錯過這良機。這是袒露心意的良機，瓏玥鬼使神差地抬起手，將自己的束髮拆開，任憑滿頭青絲流淌到胸前。甚至於，她又將自己的腰帶解了，長風一來，灌起她衣衫，胸口纏著的布條若隱若現，她激動地對他說：「我不是瓏玥弟，我……不是男子。」

蘇星辰露出了略顯震驚的神色。卻也不是因她坦白身分，畢竟他當日在洞穴裡就知道她是女兒身了。他驚訝的是，她不顧生死危險告知他實情，她當真是信他入骨。

　　一時之間，二人靜默無言，唯有瓏玥劇烈的心跳聲響徹耳畔。

　　最終是蘇星辰脫下了自己的外罩紗衣，緊緊地包裹住了瓏玥，又抓過她手裡的香雪玉簪，替她重新盤起了髮，並提醒她：「隔牆有耳，小心被旁人看見。」

　　瓏玥卻不肯戴那玉簪，倔強地說著：「這簪子我不能戴，一旦戴上了，就說明要去給應龍做──」

　　接下來的話還沒說出口，就見蘇星辰掌心攤出了一枚芍藥花玉佩。

　　瓏玥驚住了。

　　蘇星辰沉了沉眼，嘆息般地說：「連信物都交換過了，哪裡還能容你反悔呢？」

　　「你……你竟是當日那條應龍……」瓏玥不敢置信地盯著他，「你……是應龍族的後繼人？」

　　蘇星辰無奈失笑：「不是說我身上有青草玉露的氣味兒嗎？鼻子還怪好使的，那是應龍身上的龍鱗味道，旁人沒有的。」

　　瓏玥的驚愕逐漸褪去，漫上心頭的是激動，是喜悅，她知道他身上一直有股清涼的香氣，她總是因這氣味兒而全身癱軟，一如此刻，那香氣令她全身變得灼熱。她有些神智不清，忽然覺得他靠近自己，髮絲拂過她臉頰，又軟又癢。

　　他輕聲對她說：「應龍發情的時候，也會散發出這種味道。」

　　她背脊一凜，酥酥麻麻的，重新看向他，他灼熱的目光如火，像是要把她一股腦地點燃。她意識到彼此之間的氣氛不對，推搡著他幾下，結果卻被他一把抓過手腕，再一轉身，他把她拖進了龍池水裡。

　　「撲通」一聲響，她不善水性，在水中沉沉浮浮，他本就是龍，遊刃有餘地托住她腰肢，將她推到了池沿處，另一隻手則是攏起她濕透的長髮，望著她的眼中充滿欲望。

　　她慌張地低下眼，能看到水珠在他裸露的胸膛前熠熠生輝，再將目光從他脖頸移到他臉上，那金雕玉琢般的臉孔逼近她，但在靠近她唇邊的時

候，又慢慢停了下來。

像是在徵求她同意似的，他沒有立刻侵占。她卻心急起來，向前湊了湊，他反而後退一些，頗有些笑她的意味：「姑娘家，竟不矜持些嗎？」

她有些不痛快，滿臉羞紅地嗔怪一聲，轉過身去想要上岸，還說一會兒旁人來了，看見了才要羞死。

哪知他一把將她身子撈回到水中，濺起的水花再度打濕她鬢髮，她扭捏著捶打他，他則用力地摟緊她，用很小的聲音對她說：「放心吧！我已經用法術覆蓋在了池上，今夜，無人能靠近此地。」

她氣惱了，質問他方才還說要小心旁人看到自己的女兒身，他不再與她浪費口舌，抬手捏住她下巴，尋到她的嘴，情動地親吻上去。

她瞬間意亂情迷，大抵是他身上散發出的氣味一直往她心口鑽，她不知道該怎麼辦才好，只能游進水中，更緊一些地貼向他。他在水中的手掌順勢探進她腰間，衣裳只幾下就扯下了，原本冰涼的水花，也因情欲而變得熾熱，她只覺得光是親吻還不夠，神魂顛倒地以雙臂圈過他的脖頸，不停地去咬他的臉頰、脖頸。

這份熱情與主動令他更覺難耐，他彷彿從未料到她會這般愛他入骨，那種發自靈魂深處的渴求，激烈地彷彿會將他灼傷，他有片刻的不安與驚怔，但也隨即沉醉地淹沒在了她釋放出的愛意裡。

一朵嫩紅色的芍藥花蕊在他身下綻放，他因縱情而開始顯現出了原形，額際長出龍角，背脊探出龍尾，那條巨尾將她的雙腿緊緊地纏繞起來，厚重的喘息聲在水面上蕩起劇烈的漣漪。他幾次吻得她近乎昏厥，嘴唇只是稍微分開一下，又不甘寂寞地緊緊吸吮在一起，就好像在彌補洞穴中那幾日的「發乎情，止乎禮」。

他早就想這樣把她纏在自己身下、纏在水中了。

好在這隻小小的花妖足夠強大，竟也可以同千年應龍這般瘋狂的交歡。

也不知道持續了幾時，她有些疲軟了，趴在他肩頭迷迷濛濛，連聲音都變得黏糊軟糯：「你貴為應龍……當真願意娶我嗎？」

他將她抱在懷裡，順著池水靠到石沿處，撫著她光潔的背，承諾道：「待結束巫門修練後，我便去你族裡提親。」

她感到歡喜地笑了，眼睛有些睜不開，昏昏欲睡間，她想到自己曾與他撒謊的事情。

　　可是……

　　他一定不會怪她的。那樣小的謊言，無非是為了在他面前抬高自己的身價，他必定會體諒，所以她選擇將錯就錯，並不打算向他說明芍藥花妖族的真實住所。

　　她甚至天真的以為，屆時只要請芍藥仙子到神巔山腰處一聚，再同意這門親事便好了。師父會願意幫她的。

　　思及此，她心滿意足地睡去了。

　　誰也沒有注意到龍池上空的雲層間，白鳳五正注視著池中二人的情意綿綿。他陰沉著臉孔，雙臂環在胸前，俯瞰著瓏玥白皙的背脊，下顎的肌肉繃成了一條硬邦邦的線。

　　應龍的法術誠然高深，他一千三百年的功力，的確不如蘇星辰的道行，自是無法靠近龍池一步。便也只能遠遠地凝望著，心中則在盤算著狠辣的法子。

　　想來鳳凰一族，是神巔應龍族的外戚，從血統上來說，是出自老應龍一脈。蘇星辰是他的堂兄，按照修練的念頭來算，變成人間年齡的話，他要比蘇星辰小上兩歲。但無論是應龍族、角龍族、燭龍族抑或者是鳳凰族，但凡有蘇星辰在，任何一族的後繼者，都要被他的光芒掩蓋。

　　白鳳五雖出類拔萃，依然不能比得過蘇星辰。他知曉那個修了兩千多年的應龍，在巫門裡表現得一無是處，無非是不屑巫門的修練罷了。可他自己再如何優秀，依然難被他希望給予注視的人多看一眼，不管是天尊、老應龍，抑或者是連瓏玥，他們眼裡只有蘇星辰，全然沒有把他放在心上。

　　而他自己也不甘心成鳳凰族，打從他進了巫門開始修練後，就總想著有朝一日可以搶奪應龍族的繼承大權，只要他比蘇星辰優秀，只要他能搶走屬於蘇星辰的一切，譬如那個小花妖。

　　他是在初次與她比試時，發現她是個女人，腳底踩在她胸口時，那種軟綿的程度絕非男人能有。

　　自打那之後，他也關注了她很長一段時間，他發現她的肌膚、小動

作，還有說話時的細小表情，都像是女子特有的模樣，也就斷定了她的真身，更暗自想著：「若娶個花妖回族，倒也不會遭到族人反對，好歹是芍藥花族的，修成千年的芍藥花可治百病，鳳凰族此前就有與花妖通婚的例子。」

然而他沒想到的是，自己的堂兄蘇星辰竟搶先他一步與花妖訂了情。

白鳳五不甘自己何事都要輸給蘇星辰一頭，嫉妒心令他產生了邪惡的念頭。他決定，先從內部攻破連瓏玥與蘇星辰還不算穩定的羈絆。即便連瓏玥對他的反感表現得格外明顯，可他根本不以為然，仍舊不斷地接近她，並直截了當地戳穿了她女扮男裝的真相。

如他所料，連瓏玥表現得格外驚愕、懼怕，白鳳五捕捉到她表情的變化，笑了。

「你放心，我不會告訴任何人的，這件事情，只有你我知曉而已。」

瓏玥不安地打量著他，很想問「你是如何知情的」。

白鳳五手裡敲著摺扇，起身在她身邊繞上三圈，故作姿態道：「我好歹也是鳳凰族的後繼，與應龍族同出一脈。所以嘛！堂兄的事情，無論是何等小事，總是會與我分享的。」

這招先發制人有效得很，瓏玥到底是上了他的當。

「你是說……應龍是你堂兄？是他告訴你全部的？」她震驚不已，眼神裡還有痛心。

白鳳五趁機挑撥離間。

「堂兄可是天界應龍啊！別說妖族了，就連仙族也有不少女仙傾心於他，想選多少女人，那都是他點點頭的小事，你不會以為你在他心裡是不同的吧？」

瓏玥喉間哽咽，心想著若不信白鳳五也說不通，畢竟應龍族與鳳凰族是外戚，白鳳五知曉自己的身分，極有可能是從蘇星辰的嘴裡聽說。

「就連龍池那夜的事情——」白鳳五挑眉，笑容裡藏著曖昧。

瓏玥腦中轟然巨響，她想起蘇星辰當日在龍池周遭設下了法術，旁人不可能接近，而白鳳五卻知曉此事，必定是蘇星辰與他說過，絕不有假。

趁著瓏玥為此心痛之際，白鳳五表起了忠心。

「不過，你也別怕，若你是真心待我堂兄，我會在他面前為你美

言，甚至會同老應龍那頭幫襯你，就算做不成偏室，給應龍做個妾也算體面。」

他字字見血，皆是對瓏玥的羞辱。

瓏玥恍惚間意識到自己不該去「高攀」天上的應龍，哪怕定情的信物還戴在彼此身上，總歸是不夠匹配的兩族。

「也許他對我只是利用罷了。」瓏玥情不自禁地嘀咕出這話，「一旦我幫他找到了巫門內的寶物，他在龍池的承諾也就不算數了。」

白鳳五蹙了眉，追問她：「巫門內的寶物？」

瓏玥這才醒了神，她捂住嘴，倉皇地想要離開。

白鳳五急忙攔住她去路，眼裡堆起笑意，試圖引誘她說出內幕：「我知道你口中的寶物，是老應龍派堂兄在巫門裡尋的。」

她猛地抬頭：「你也知情？」

白鳳五繼續做戲：「不但知情，還清楚那是他要帶回去向老應龍邀功的東西。」

見瓏玥滿眼驚擾，他便隨口胡謅著：「因南海仙狐族的公主提出過要求，應龍族若想與其聯姻，必要以巫門之寶來見。堂兄如此賣力，和那仙狐公主也是脫不開干係的。」

只此一句，足以令瓏玥肝腸寸斷。

白鳳五及時再問：「堂兄可已經尋遍了巫門十二殿？」

瓏玥迷迷糊糊地應了句：「只剩下北側三殿了。」

白鳳五笑意更深，心裡盤算著，要在剩餘三殿裡搶先蘇星辰找到寶物。

白鳳五轉而又苦求起瓏玥：「我與你說過仙狐公主的事情，萬萬不可告訴堂兄，就連你我今日見過的事情，也是不能同他講起。應龍善妒，一旦醋意大發，我便活不過明日了。」

瓏玥無奈地點點頭，同意了。

待到當夜，萬籟俱寂。蘇星辰自龍池一夜後，便總是會在這時偷偷來瓏玥房裡尋她。

白晝時見面還好，同窗弟子們都在，他們再如何想念彼此，也還是會分得清場合；而到了夜晚便不同了，漆黑的房裡只有他們二人，除了纏綿

恩愛，他們都來不及說話，有時也會驚擾了為他們在外把風的阿馥。

　　早在蘇星辰初次來瓏玥房裡時，在為師姐收拾房間的阿馥見到他，嚇得差點跌落了手中的木盤，而等到次日天明，阿馥見蘇星辰從瓏玥房裡離開後，她才懂了二人之間的關係。

　　「可他是應龍啊！是神巔頂端的仙。應龍族與麒麟族一樣，都是被天尊允許繁衍後代的，可見其地位顯赫了。」阿馥擔心瓏玥的處境，「師姐，他不會只是和你圖個新鮮，一旦離開巫門後，就翻臉不認人了吧？」

　　瓏玥原本從未將阿馥的憂慮放在心上，但白鳳五的一席話，卻動搖了她對蘇星辰的信任。

　　彼時他二人方才經歷了一場淋漓歡愛，她儼然也不是此前那沒見過世面的小花妖了，面對應龍在興奮時會隱現原形這件事，她倒也不會再大驚小怪。

　　反倒是他今夜略有粗暴，龍尾始終纏在她大腿上不肯離開，偶爾還會啃食幾口她的肩頭，雖咬得不疼，卻也令她覺得吃虧，總是會多咬幾口回去，他就會很沒辦法地嘆道：「你可真是個睚眥必報的個性，作為一隻花妖，實在不夠溫柔。」

　　她心裡一驚，聯想到白鳳五所說的仙狐公主，立即仰起頭，雙掌按在他胸膛上，追問道：「你到底願不願意娶我？」

　　他驚訝地睜圓了雙眼：「當然願意。」

　　她還像是不信，狐疑地別開臉，咬了一下嘴唇：「可你也說了，我不夠溫柔，又是小小花妖，你是應龍，貴為仙族，若離開巫門之後，你改變了主意也是情有可原，我道行修練的不如你那樣深，卻也知道男女情事上不能勉強……」

　　他手臂勾攬著她盈潤腰肢，將她整個身子都緊緊地與自己貼合在一起，引誘似的笑道：「你我之間這般契合，還存在勉強一說？」

　　她臉一紅，又氣又惱似的，總歸是沒有問出仙狐公主的事，她遵守著與白鳳五的約定，不想害他陷入危難。

　　蘇星辰察覺到她今夜有著心思，忍不住扳過她的臉，手指摩挲著她朱色唇瓣，眼神貪婪地注視著她：「你是不願意嫁給我了嗎？」

　　「當然不是！」

「既然你我兩情相悅，你又何必如此擔驚受怕？」

瓏玥道出心中實話：「一日不成婚，我便一日不安寧。」接著又嘆道，「你是應龍，是不會懂花妖心思的。」

他眼神深幽，沉默片刻，忽然收起了自己的龍尾，轉而抓過衣衫胡亂穿上，又把她的衣袍丟給她，並催促道：「你快快穿戴整齊，與我離開你房中。」

瓏玥不解，一邊繫好衣襟，一邊跟著他下了床。她追問不停，他卻一字不回，只抓著她的手朝巫門大殿的仙臺處走去。

那仙臺是由成千萬顆金珠雕琢而成的，三界中僅此一個，精美非凡，高聳入雲，臺下圍著十二仙柱，是鼎盛仙族在此完成後繼儀式之地。

「麒麟族的策戮在繼承本族時，也曾在此完成儀式。」蘇星辰帶著瓏玥來到仙臺上，仰望頭頂圓月，沉聲道，「燭龍族的叔公在迎娶正妻時，也是選了此處。」

瓏玥一怔，震驚地看向他。

他已經率先撩起衣衫下擺，雙膝跪在仙臺上，舉起左手，食指與中指並在一處，立誓道：「天尊在上，魔祖在下，三界眾生可證，今時今日今夕，我神巔應龍蘇氏，願娶芍藥花族連氏為妻。從此結髮，誓無二心，倘若負心，必將魂飛魄散、挫骨揚灰，三界之內，不復存在。」

瓏玥覺得他這誓太毒了，要他趕快收回。

他卻不以為然道：「怕什麼？我說的都是真話，更何況仙臺起誓，覆水難收，三界都要為你我作證的，你也得和我一同立誓才行。」

瓏玥感受到他眼神中的赤誠，便立刻跪了下來，也舉起自己的雙指起誓。她說，芍藥花族的花妖連瓏玥，此生只做應龍蘇星辰一人的妻子，只愛他一個，只忠他一人，倘若負心，元神盡碎。

他便笑道：「你這誓言，可比我的還要狠絕呢！」

她眼裡含著淚光，起身的時候要他把她送的玉佩拿出來。

他照做，她則是咬破自己的手指，以幻術將血珠融進玉佩中，對他道：「芍藥花妖歷代相傳，出嫁的花妖會在成婚當日，將自己的血融進定情信物裡，此血將護心愛之人得償所願。」

他一怔，隨即笑意深陷：「芍藥花妖竟有這般神通？看來，從前是我

小看你了。」

「除了族內，外人是不知情的，若被心思歹毒者知道，必定會加害芍藥花妖族，我師父不准我將此事洩露。」瓏玥無奈道，「可你不是外人，你是我丈夫了，我的血肉、我的魂魄都是你的，是我心甘情願與你分享我的全部。」

這一番衷腸傾訴，反倒令蘇星辰的表情有些微變，他眼底閃過一絲哀色，但僅僅是一瞬，便消逝了。在接過融著瓏玥鮮血的玉佩後，他探出手，將自己的一縷靈識，融進了她今夜戴在鬢上的香雪玉簪上。

「應龍靈識等同於應龍本體，碎了靈識，我本身也會受到重創。」他苦笑一聲，「假設有朝一日我害你傷了心，你便碎了這靈識，解你心頭恨。」

瓏玥問：「如此一來，你會死嗎？」

他含糊地點了點頭：「會！但你若傷心，我必定生不如死，寧願不再苟活。」

這「苟活」二字實在莫名，瓏玥不懂其意，可卻一口咬定：「你不會害我傷心，我也不會碎你靈識。離開巫門後，我們會生活在一起，做三界最恩愛的夫妻。」

他垂下眼，說不清是動容還是心痛，怕被她看見自己神色有變，只匆匆將她攬入了懷中。他說：「從這一刻起，我們已經結為夫妻，巫門仙臺為證，你連瓏玥，永遠都是我蘇星辰的妻。」

她幸福地依偎在他懷裡，這是她修練了五百年的光景中，最為幸福的剎那。她想起他們在一起的很多事，他送她的香雪玉簪，他戴著融有她血的玉佩；他親吻她時的憐惜，他訴說情話的輕柔……

她多慶幸自己當日救下過他，在那個山洞裡，她遇見了摯愛。卻做夢都沒有想過，摯愛之下，藏有血債。

那是結束巫門修練的當夜。

子時一刻，暴雨肆虐。

一隻通體銀光的鳳凰遊走在天幕中，在來到神巔頂端的那一刻，白鳳凰蛻變成人形，是披著銀色披風的俊秀男子。白鳳五直奔老應龍的宮殿，他步伐匆匆，連負責接應的管事都無暇顧及，待到了那扇朱紅色的寢宮門前，他才恭敬地跪坐聽命。

朱門「吱呀」一聲打開，老應龍滄桑的聲音傳來：「鳳五，進來吧！」

白鳳五得命起身，冒雨進了門內，穿過三重月亮門，拐了幾條長廊，終於找到了燈火通明的偏室。

室內幽幽清香，溫暖昏黃。老應龍正靠在金色的紗幔中，左手抬著煙斗，右手搭在床榻上，兩側是正在搖扇的侍女，每一扇輕搖，香氣便更為濃厚。

白鳳五再次跪下，俯身叩拜，見過曾祖。

老應龍慵懶地問道：「深夜前來，有何要事？」

白鳳五餘光瞥見老應龍床上的侍女，神色猶豫。

只聽慘叫驚起，白鳳五猛地見到地上濺來了數處血痕。再抬頭去看，那兩個侍女只剩下殘肢斷臂，其中一個的腸子都流到了床下。而老應龍的嘴裡還在咀嚼著侍女的斷手，咬掉一口肉後，他將那手吐到地上，雲淡風輕地說道：「好了，鳳五，你現在可以說了。」

白鳳五哽咽一聲，他背脊僵直，頷首道：「稟告曾祖，孫輩是來說堂兄的事情。」

「星辰？」老應龍的語氣忽而變得柔軟，「他怎麼了？」

白鳳五強忍顫抖，坦言道：「堂兄他……他與芍藥花族的花妖有染。」

老應龍猛地拉開了紗幔，一張堪比少年般青春的臉孔出現，他的嘴角還染著鮮紅血跡。

想來那都是十幾萬年前的舊事了。在應龍族剛剛登上神巔時，曾被一

朵盛開在神巔山端的芍藥花刺傷了手指，實屬不祥之兆。也是因此，應龍族迫害那原本就居住在神巔山端的芍藥花族去了山腳下，而那被刺傷手中的應龍，剛好就是白鳳五面前的這位曾祖。

從白鳳五口中知曉的蘇星辰與連瓏玥一事，自是令老應龍震怒不已。他最為疼愛的曾孫，怎能對小小花妖動了真情？

「分明是被我派去尋寶物回來的……竟一時鬼迷心竅了。」老應龍嘟嘟囔囔，他負著雙手，氣憤不已地命白鳳五道，「你派人去傳我的口諭，告訴星辰，計畫提前，明日就提芍藥仙子的人頭來見我！」

白鳳五怔了怔，還未懂其中緣由。

老應龍沒了耐心，狠厲地看著他：「愣著作什麼？還不快去照做？星辰不似你這樣愚鈍，他聰慧得很，必定會明白我的意思。」

白鳳五咬緊牙關，忍氣吞聲地領命，並退了下去。

那夜的暴雨始終未停。

馬車上趕路回去花妖族的瓏玥快馬加鞭，她已經結束了巫門修練，完完整整的五十日，排位甚至擠到了中游，她急著要將這等好事稟告給她師父。

車裡的阿馥裹緊了斗笠，畢竟她道行淺，雨水打在身上很是難受。就像是花瓣不忍風凍，過大的雨水也會令芍藥花不適。

瓏玥望著模糊視線的雨幕，心想著這等天氣，芍藥花妖們的法力都會褪去大半，要是遇見了什麼天兵天將來犯，還真就會慘遭滅族。她也不知道自己為何要這樣想，連聲呸了幾次，直道晦氣。

轉了個念頭，她也要儘快和芍藥仙子說明自己與蘇星辰的事情才行。背著師父與應龍結為夫妻，免不了要被責罰，可是……瓏玥想到他的笑容，心中便忍不住泛起喜悅。

她卻不知，等待著她的，將是芍藥花族的血海，與殘骸。

那是段被記載在應龍族通史上的滅族屠戮，寥寥幾筆，雲淡風輕。

應龍蘇氏剷除神巔山腳下餘孽，芍藥花妖對應龍一族不恭不敬，全族七萬三千隻花妖均被活焚，留下百餘罐芍藥花妖的骨灰，留作花土，滋養神樹。

瓏玥只記得那日大火滔天。

當她與阿馥趕回神巔山腳下的芍藥花族時，只見屋宅外的石柱都已燒得焦黑，橫七豎八地躺在玉石路上，淌出一地凶猛的火舌。

　　阿馥驚恐地大叫著：「師姐，我聞到花妖被燒成灰的味道了！他們都在屋宅裡，誰也沒逃得掉！」

　　瓏玥被場面嚇得傻掉了，竟不知死活地想要衝進火海去救族人，可屋宅的琉璃瓦片，被燃燒得發出劈里啪啦的怒吼，暴雨也澆不滅這場天火。長風呼嘯而過，火勢接連再高，還引來了天際數道驚雷電閃，紫光劈天，火焰燃燒，屋簷下掛著的琉璃燈接連爆裂。

　　濃烈的芍藥花妖死前的屍香彌漫開來，瓏玥看到許多族人的身影在屋宅裡扭曲、慘叫，有幾個衝出來的卻也爬不動，因為下半身被燒斷了，腰腹間焦灼發黑，膿血直流，死狀淒慘。

　　瓏玥驚恐地衝過去，她顧不得烈火燒灼，探手要去把那人拉出火海，誰知空中忽然射來無數支火箭，阿馥撕心裂肺地大喊一聲，猛地撲倒了瓏玥。瓏玥只覺眼前一片漆黑，腦袋撞在了火海裡的石塊上，好半天醒過神，看向自己身上的人，她眼中湧出驚懼淚水，是被萬箭穿心的阿馥！

　　「阿馥……阿馥……」瓏玥悲痛欲絕地哭出聲來，她哭喊著、哀叫著，那聲音穿透火海，引來了雲端上的鎧甲神將側目。

　　那是身穿金甲的蘇星辰，他蹙著眉頭，望著山腳下的火海，喃喃自語：「瓏玥？」

　　他的確聽到了她的聲音，猛地想到她從巫門離開，必定會趕回花妖族，但他掐準了時間，本是會在她趕回之前就屠了她全族的，莫非她也身在其中？

　　這樣一想，他忽然間心神不寧，立即便要衝下雲端。

　　身側的部下一把攔住他：「太子！曾祖有令，絕不准太子下去山腳，若誰人攔不下太子，曾祖便會要了我們這班人的性命，還請太子體恤！」

　　蘇星辰冷聲道：「曾祖也答應過我，會留下一隻花妖活命，我不過是要帶那隻花妖回族罷了，曾祖不會怪罪你們的！」

　　說罷，他掙脫開來，直奔神巔山腳下。

　　其實火海燒了多久，瓏玥已經記不得了。她想著自己也該一併隨族人而去，芍藥仙子、阿馥，還有其他人……她要和她們死在一處。

但火海漸漸熄滅，暴雨也逐漸停歇，抱著阿馥屍體的瓏玥，聽見廢墟盡頭傳來了腳步聲，以及那熟悉的呼喚。

他小心翼翼地喊了她名字：「瓏玥。」

瓏玥抬起頭，看見了穿著鎧甲，頭戴金盔的蘇星辰，那一刻，瓏玥覺得自己愚蠢至極。想來，他是神巔頂端的應龍，僅次於天尊之位，他是應龍族的太子，是與兄弟反目、無視巫門師尊、殺盡一切不忠者的，應龍。

早在他前往巫門修練之時，那身為曾祖的老應龍便交代了他任務。

「這次巫門之行，修練為次，主要是得到花妖族的情愛之血。」老應龍囑託，「你從巫門回來後，就要從太子接了我這位置，唯有芍藥花妖族的那寶物，能助你如願以償。」

他當時並不以為然，只問：「怎就偏偏是那種小族的血算寶物？」

「芍藥花嘛！那種花又豔麗又多情，繁衍又快，是百花中最為強壯的花族。而且他們修練的法術便是血印，包含了愛意的芍藥花妖的血，可得三界至尊之座，你若得了此物，自當穩坐應龍族御座，永生永世都無人能替代得了你了。」

他輕蔑冷哼：「曾祖又如何能確定那芍藥花妖族會參與巫門修練？」

「按照修行的道行來算，那花妖族合適的繼承人選，與你年歲差不太多，當然要去修練一番來繼承族群。而且，也必定會是個女子。」老應龍欣賞地看著他的曾孫，「就憑你這副姿容，理應將她迷得神魂顛倒，屆時得她的情愛之血，簡直不費吹灰之力。」

既要相遇，便要設局。

他假意與角龍爭鬥，故意受傷，墜落在林間，引她相救。山洞幾日，人間數年，他留下玉簪做信物，是為了讓她以為他對她有情。

巫門相遇，他刻意接近，引誘她，算計她。他們無數次纏綿，無數次恩愛，在意亂情迷之間，他讓她真的相信，他是在尋巫門的寶物。她從未懷疑過他，更不會想到，她的血，才是他要得手的寶物。

在一切都大功告成後，他聽從老應龍的話，親手滅了她的族，了卻後患。她竟還天真的以為，將錯誤的族群地點告訴他，他就會信的，他卻早就將芍藥花妖族的一切，都打探得清清楚楚了。

眼下，芍藥花妖族已經失去了利用價值。

她，同樣也是如此。

瓏玥明白這一切已經晚了。她絕望、崩潰地望著站在自己身前的應龍，極盡崩潰、猙獰地對他吼出：「你真該天誅地滅！」

蘇星辰痛心地蹙眉，他什麼也沒說，只是彎下身來，一把攬住她腰肢，他要把她帶回族裡。

瓏玥尖叫著掙扎，她咒罵、斥責、喊得喉嚨腥鹹，她罵著滅她族者要被千刀萬剮，忽然一個清明，她驚醒過來，猛地摘下了自己的香雪玉簪，那上面覆著他送她的靈識，只要折了簪子，他也會死。

瓏玥不由分說地要折斷玉簪，誰知天際忽然劈下一聲驚雷，紫光閃電奪走了她手裡的簪子，是老應龍現身了。

他身邊跟著白鳳五與應龍族的其他將領，蘇星辰在見到老應龍的那一刻略顯局促，卻還是將瓏玥從懷裡放了下來，並藏到自己身後，俯身懇求老應龍：「曾祖，我與她已經拜了仙臺，也有了夫妻之實，就請曾祖饒過她，許她在我身側吧！」

瓏玥卻猛地推開他，歇斯底里的大喊：「你騙了我，滅我全族，我死也不會做你妻子了！」

蘇星辰心痛如絞，他回頭看向她，訓斥道：「你我已經同三界立下過誓言，背叛誓言將會受到誓言反噬，你不怕元神盡碎嗎？」

「那也好過做你妻子！」

蘇星辰憤怒不已，還想再說，老應龍擺出了一個冷漠的手勢，他也不敢再多言。

「收回你的信物。」老應龍略一施法，將玉簪重新交到蘇星辰的手上，「我痴情的曾孫兒，何必真的動情，將靈識送與她手？你想留她性命不假，但她方才可當真是想殺了你！」

蘇星辰喉結滾動，嘴唇緊抿。

瓏玥則是憎恨地望著老應龍，那不知天高地厚的眼神，令老應龍回想起了當年的芍藥仙子。

「留不得！」老應龍沉下眼。

白鳳五忽然跪了下來，他斗膽請纓道：「曾祖，把她賜給我做妾吧！鳳凰族代應龍族監視她，而且堂兄與她有過夫妻誓言，若負了心，又或是

她死了，那堂兄也會受三界懲罰。但我是外戚，與應龍族有血緣關係，將她給我，便不算違背誓言了，她總歸還是屬於同樣血緣的人，全當是為了堂兄著想——」

他叩拜得真誠，一派為老應龍分憂的堅定。

老應龍思慮片刻，倒也覺得妥當：「鳳五考慮周全，妾不入族譜，符合她身分，又可以權衡星辰被巫門仙臺見證的誓言。」話到此處，老應龍又吩咐白鳳五道，「你必要在三個月內，讓她懷上你鳳凰族的種，免得她與星辰舊情復燃。」

白鳳五領命：「謝曾祖恩賜。」

唯有一旁的蘇星辰與連瓏玥雙雙沉默，他二人一個面色蒼白，一個滿目憎恨。他失了所愛，她遭所愛欺叛。白鳳五卻是一抹險惡笑意深陷，他已認定自己是這場陰謀裡最大的贏家。

由於是妾，又是身分低等的花妖，瓏玥是無法享受婚典儀式的。可白鳳五為了展示自己的誠意，竟說服了鳳凰族全族，來為瓏玥舉辦了大婚。那日來參宴的仙族數不勝數，麒麟族、燭龍族、朱雀族與青龍族……全部都是神巔頂端的大族。

偏生應龍族無一人到場。

身穿鳳凰族金霞嫁衣的瓏玥站在高臺之上，她俯瞰著臺下眾多仙族，眼裡泛起隱隱怒意。她從未想過，自己會以這種方式成為仙家，更為憤怒的是，她見不到那個她恨不得碎屍萬段的人。

身旁的白鳳五察覺到她的神色變化，貼近她耳畔，低聲寬慰一句：「你恨他應該，可莫要因此傷了自己，更不要讓其他仙族看穿你的心思。因為巫門仙臺上留下過你與堂兄的誓言，眾仙皆知我娶你的原因，你更是不能被他們當成笑柄。」

瓏玥略有不悅地看向他。

白鳳五卻輕輕笑道：「從今以後，你在我心中是我白鳳五唯一的夫人，即便是妾，只要我不娶正室，你仍舊是我唯一的女人。」

瓏玥不懂：「你何必為我做到這般地步？」

「我得到的可是應龍都得不到的女人，為何不為你做到如此呢？」白鳳五道，「只要你為我生兒育女，老應龍便不會再動你，你若想為你族尋

仇，再等個百年，我就幫你如願。」

瓏玥咬緊牙關，她因白鳳五這話動容，眼裡泛起水霧，抬手握上他遞來的手掌，與他一同走向了鳳凰族婚典大殿。

愛欲迷眼，情碎愛水。

瓏玥成婚當夜，蘇星辰獨坐巫門仙臺上，他能透過星空幻術，看見白鳳五掀起瓏玥紅紗蓋頭的光景，只一眼，他便緊皺眉頭，不願再看。可喜房裡燭光明亮，那些玄色精緻的花紋刺激著他的感官，他覺得自己的心要碎成千萬片，匆忙逃離巫門仙臺，餘光瞥見身下泛著粼粼水光的龍池，那裡也曾有他與她的恩愛過往。

這些快樂卻短暫的回憶折磨著他。

他在回到應龍族的那一刻，痛苦地懇請老應龍：「求曾祖毀了巫門吧！我不想三界有巫門存在了。」

老應龍心疼他的曾孫，就算是違背天尊，也還是要為曾孫燃一把天火，燒毀了巫門所有。但燒不盡的，是那些刻骨銘心的巫門記憶，尤其是在三個月後，瓏玥懷有身孕的消息，被鳳凰族稟明了應龍族。

老應龍滿意白鳳五手腳俐落，只要瓏玥生下孩子，就會徹徹底底變成鳳凰族的所屬物，女人總是更愛孩子的，斷然是不會再把心思放在過去的男人身上。老應龍不再擔心她會勾引蘇星辰，並叮囑白鳳五與她好生過日子，過去的事情就過去了，倘若白鳳五不嫌，也可以給她個名分。

十個月後，瓏玥誕下了一個男嬰，取名白伶。

轉過年春天，她再次有孕。

彷彿一切都塵埃落定，她與白鳳五每日起居，如同民間最為尋常的一對恩愛夫妻。年底的時候，瓏玥生下了女嬰，名喚白瓏。

反觀蘇星辰這邊，他已順利繼位應龍族，成為位高權重、隻手遮天的天尊心腹。老應龍退去幕後，不再過問應龍族事，哪怕他心中對蘇星辰近來的做派略有不滿。因他在人間成了家室，但老應龍也知道，曾孫是在以此來填補內心的深淵。

蘇星辰之所以選了人界，是人界無人知曉他身分，他今日可以是李公子，明日可以是王郎君。人類女子的壽命又短暫，青春更是易逝，匆匆十餘年歡愛，也無非是天上三四日。

他不必累心，不必動心，只需沉淪、放縱。他游走在不同的女人間，娶了一個又一個。

身邊被老應龍安插的眼線，總帶回這樣的描述：「應龍君看中的女子都不太相似，可又總覺得如出一轍。但凡是名字中帶瓏字、帶月字，又或者是帶個瓏字的，他都會有些興趣。近來的兩個女子，眉眼都很像是⋯⋯當年的那隻芍藥花妖。」

紅塵煙滾滾，卿卿似故人。

蘇星辰不願承認這事，也從不與老應龍說起在凡間的所有，他連笑容都少了，越發孤僻、乖戾。彷彿往日那意氣風發、鮮衣怒馬的少年，死在了被天火焚毀的巫門裡。

老應龍很擔心他。想來自己日漸衰老，億萬年的修行早晚要傳給曾孫手上，他怕蘇星辰步入偏路，畢竟魔界有魔尊與仙草一例，他不能眼睜睜地看著曾孫墮落，便有了要為蘇星辰奪白鳳五之妻一計。

許是時過境遷，老應龍的想法也變了，他不再擔心芍藥花妖會壞了蘇星辰的前程，畢竟他已經安穩登位，族人也擁戴他，除去造反天庭之外，他將永生永世都穩坐應龍君寶座。

老應龍總是想把世間最好的都給他的曾孫，更希望曾孫能夠得償所願。區區一個花妖，再奪回來便是。

故技重施總是老應龍擅長的，當年是如何滅了芍藥花妖族的，如今，再滅掉鳳凰族便是。只不過做起來要麻煩一些，畢竟鳳凰族是外戚，與應龍族也算有血緣關係，且又是仙族，法力也是天庭中的佼佼者，一個白鳳五就夠應龍族損傷不少精銳了。

但老應龍有的是法子，編出叛逆的罪名安插在鳳凰族上，再聯合其他外戚一去攻打鳳凰族。

僅僅三日，鳳凰族便遭受了多方雷霆萬鈞之難，連雷公電母都被老應龍請來，那三天三夜的驚雷，殺了無數鳳凰族人，白鳳五抵死抗爭，吵著自己絕無叛逆天庭之心，而他也算是老應龍的曾孫，只要見了曾祖，一切誤會都會解除。老應龍卻是不肯見他的，只派來燭龍君勸白鳳五自盡，也算落一個體面。

鳳凰族高臺上，堆滿了屍身與殘骸。滿身是傷的白鳳五，一臉錯愕的

看向燭龍君，不敢置信地問：「曾祖要我自盡？」

燭龍君居高臨下地俯瞰他，冷聲嘆道：「鳳凰君，曾祖要我傳話，他謝過你替應龍族照料其妻百年，如今到了還回之時，留著你，反而是礙眼了。」

白鳳五顫抖著聲音：「當年……是曾祖賞她給我，如今怎就成了我礙眼？我們夫妻恩愛百年，兒女一雙，早已不再過問天界事情，曾祖何必趕盡殺絕！」

燭龍君只把一柄天雷劍扔到白鳳五身邊，那是斬仙之劍，一劍封喉。

「曾祖要西時見你人頭，他答應你死後，會留你妻與子女性命。」燭龍君勸道，「趁曾祖還未改變主意，為了你的後繼，自盡吧！」

望著那把天雷劍，白鳳五沉思片刻，終於將劍拔出鞘，架在脖間。

應龍蘇氏十七代兩千六百三十七年，暮春，竟小雪連天。

族中史冊記載，外戚鳳凰族因此起謀反之心，全族遭誅，唯鳳凰君偏妻、子白伶、女白瓏活命。老應龍將白鳳五人頭懸掛應龍族宮殿屋簷下，示眾人指點、嘲笑。

蘇星辰從人間歸來，正在房內由侍女伺候更衣。他凝望著銅鏡中的臉孔，時而詢問身側管事，自己是不是老了些，又是不是比不上兩千歲那時俊秀？

管事一怔，立即躬身道：「應龍君樣貌非凡，正值壯年，怎會老呢？分明是風華絕代呢！」

他卻仍舊不太確信似的，走出房時也惴惴不安，一直和管事打聽：「她情緒如何？是高興？難過？還是……」接下來的話他沒再說下去，像是怕會得到自己不想聽的答案。

管事從未見過他如此慌張，心中暗道，不就是去見那白鳳五的偏妻嗎？應龍君怎這般手足無措？

待到來了囚禁白鳳五偏妻的宮殿，蘇星辰急匆匆地下了車輦，他不准任何人跟自己進去，只准將領守在門外。又叮囑眾人無論聽見房裡傳出何等聲音，也不能打擾。

他獨自轉過身形，推開那扇大門，一如當年推開巫門的宮殿。恍惚間他竟真覺得自己回到了過去，也深信她還會同那時一樣信他、愛他。

可惜站在高殿樓閣裡的，只是一位身穿素衣，頭戴白玉蘭的為夫守孝的婦人。她不再是青蔥少女，哪怕容顏未曾過多改變，但望著他的眼神，卻沒有了半點愛意。而他在見到她的這一刻便心頭發緊，彷彿終於找回了自己失去的熱忱，那是千萬個人間女子都無法彌補得了的他對她的眷戀。

　　他哽咽著喚出她名字：「瓏玥。」

　　我們終於又見面了。

　　他說：「我等這一天等得好苦，我以為你再也不肯會見我。」

　　「我的確不願再見到你。」她語調漠然，眼神冰冷，甚至毫不隱瞞，「是你的曾祖以我孩子們的性命來做要脅，我不得不聽從他的吩咐，來見你一面。」

　　他愣了，皺起眉，表情瞬息萬變，他不想聽到她孩子的事情，更不想知道她連見自己的面，都這般不情不願。

　　「當年的事情，是我一時糊塗，可我也是身不由己，我不是故意騙你的，但如今不同了，我已經是應龍君，曾祖已經無法再把我們——」

　　瓏玥充滿厭惡地打斷了他：「應龍君，我對你如今的事情並無興趣。不過是和你見上一面，圓你曾祖心思，我好和我的孩兒們相聚。眼下你也見到我了，可以讓他放了我孩兒了吧？」

　　他不敢置信地看著她，眼神逐漸變得怨恨、不解，竟問道：「這就是你見我的真正原因？」

　　瓏玥充滿同情地望著他：「不然呢？」

　　他憤怒而絕望地走近她，一把抓住她手腕，逼問道：「這一百多年來，難道你就沒有一次想起過我？」

　　她沉靜地回答：「一次也沒有。」

　　樓閣之外，驚雷響起，閃電就像是劈在殿內，一片幽紫暗光。

　　他的眼神凶狠而悲傷，像是被徹底激怒了一般：「哪怕是恨我也好，你怎麼能把我們的誓言統統拋在腦後！你以為你能活到今天，是白鳳五護著你嗎？是我一直遵守那誓言，從沒改變過愛你的初心，你我才都沒有受到三界懲罰！」

　　她面無表情的反問：「應龍君的意思是，但凡你我之間有一人變心，三界就將懲罰變心的那一個嗎？」

「不准叫我應龍君！」他大吼著推開她，憤恨地紅了眼，「你說得對，三界會懲罰的是變心人，但凡有一個變了心，那個人都要應誓，而你我都還好端端活著，就代表心裡仍有彼此，你再怎樣騙我、騙你自己都是沒用的，我知道你心裡有我。」

殿外「嘩嘩」地下起了雨。

又是雨雪交加，瓢潑大雨夾雜著黏糊糊的雪片，順著屋簷凶猛流落。

「我心裡……有你？」瓏玥冷笑起來，「的確，愛算是有，恨也算是有，只要心頭會浮現你的臉，就證明你還在我心裡。」

他眼睛一亮，動容地看向她。

「你當年取回了香雪玉簪，那是你曾送我的信物……」她嘆道，「我的信物，你還戴在身上嗎？」

他以為她在同他追憶往昔，立刻從腰間拿下芍藥玉佩，討好般地獻到她面前：「我一刻也未摘下，這玉佩朝夕伴我！」

她眼神洩露一絲柔和，探出手去，拿過了那玉佩。他也順勢去握住她的手，稍一用力，便將她攬入了懷中。

百年了，那麼多的日夜，他期盼的唯有這一刻，以至於他緊緊地抱著她，恨不得將她整個人都揉碎進自己的身體裡。

誰知她話鋒一轉，聲音又恢復了無情的冷酷，她說，「你以為，你害死了白鳳五，害得我與他兩族盡滅，我還可能會不計前嫌，與你重修舊好？」

他愣住，懷裡的人則用力掙開他。

她拿到了那枚玉佩，迅速地衝到了樓閣欄杆旁。

風聲獵獵，雨霧重重，她向下一望，千尺之高，雲海如霧。

「瓏玥！」他驚恐地喊著，「不要去那裡，危險！」

她無動於衷地看著他，冷笑著說出絕情的話：「蘇星辰，你我之間的情分早在芍藥花妖族全滅當日便結束了。這些年來，我與白鳳五生兒育女，早已不願再將你的背叛放在心上。我為了保護孩兒，只得假意回想與你曾經共度的那段時光，唯有那樣，才不算違背誓言，我不能做負心人，是因為我還不能死，我有丈夫，有子女，我要為他們活下去。」

她的每一句話都如同利刃，將他凌遲。

「但現在不同了。」她舉起手裡的芍藥玉佩，唇邊笑意越發陰鷙，「白鳳五已經死了，曾祖也答應會留下孩子性命，於三界來看，他不會食言，畢竟他老了，而我的孩子還小，他們只需安穩長大，總會報仇的。」

接著，她握緊玉佩，玉佩逐漸裂開縫隙，當年融進其中的血水一併流淌出來。

那血仍舊是朱紅色的，這麼多年來，沒有褪去一絲鮮豔。

瓏玥字字珠璣道：「芍藥花妖族的血，可令摯愛之人如願以償，同時也有反噬，你擁有過這血，我便是你的血主，而血主在臨死之前可下咒於你。蘇星辰，你聽著，我願你長生不死，但永失所愛；雖子孫滿堂，可你永不得你年少所想，這是你應得的報應。而我，也不必再假裝愛你來逃避誓言懲罰了。」

詛咒落下的剎那，瓏玥將染血的玉佩扔回到他身上，然後，她翻過欄杆，決絕地跳了下去。

樓閣千尺，必將粉身碎骨。他竟也下意識地想要追著跳下去，是衝進房內的將領們將他攔了下來，他怒吼著現出原形，掙脫開那麼多雙手，以應龍姿態墜落樓閣去救她。

可惜花妖族的咒術很強，咒已生效，雲海中無數驚雷將他擊潰，他無法近身她，只得眼睜睜地看她落入萬丈深淵。

剎那間，淵中迸射出千萬顆晶瑩的珠光，那是她違背了誓言的元神盡碎。

巫門仙臺已毀，她這個負心人，也應誓了。唯獨他再也回不去巫門那段時光，在瓏玥死後，他終日流連人間，娶妻納妾，繁衍子嗣，無論是香玥、玲瓏還是青連……

抑或者是這些女子死後，又出現新的一批。

仿若雨後春筍，層出不窮，卻再也沒有一個是完完整整的連瓏玥。

他終日裡養著那盆根莖細小的芍藥花，一如他年少不可得的愛戀。

兩百年了，他如一日的做著同一件事，兒女們都已離開了他，大家都笑他痴傻，竟盼著不可能復活之人睜眼，他鬢髮已斑白，哪怕神族不會老，他卻因靈力失去過多而衰老如枯木。

三界變幻，紅塵沉浮，繁華更替日月變，只有他堅守著自己永遠都不

可能實現的巫門誓言。哪怕燒毀了仙臺，燒毀了龍池，也無法燒毀他記憶中的纏綿悱惻。

幽池遠遠地望著山腳下的白衣老者，低嘆一聲，轉身跟上前方的鹿靈。

「那是他的因果。」鹿靈提醒幽池，「我們只能傾聽，不能介入。」

幽池苦澀一笑，再次回過頭去，他站定身形，望著那個孤寂衰老的背影。他的腰間繫著滿是裂痕的芍藥玉佩，與之綁在一起的，是一支刻有龍紋的香雪玉簪。

一陣長風來，片片芍藥花瓣紛飛。幽池垂下眼，低聲喟嘆，終於不再猶豫，隨鹿靈一同走進了蔥綠田野間。

《瓏玥篇》·完

# 降魔人幽池——鸞缺

作　　　　者／李莎
封 面 提 字／季風
封 面 設 計／董紹華
插 畫 創 作／董紹華
美 術 編 輯／孤獨船長工作室
執 行 編 輯／許典春
企畫選書人／賈俊國

總 編 輯／賈俊國
副 總 編 輯／蘇士尹
編 　 輯／黃欣
行 銷 企 畫／張莉滎‧蕭羽猜‧溫于閎

發 行 人／何飛鵬
法 律 顧 問／元禾法律事務所王子文律師
出 　 版／布克文化出版事業部
　　　　　115 臺北市南港區昆陽街 16 號 4 樓
　　　　　電話：(02)2500-7008　　傳真：(02)2500-7579
　　　　　Email：sbooker.service@cite.com.tw
發 　 行／英屬蓋曼群島商家庭傳媒股份有限公司城邦分公司
　　　　　115 臺北市南港區昆陽街 16 號 8 樓
　　　　　書虫客服服務專線：(02)2500-7718；2500-7719
　　　　　24 小時傳真專線：(02)2500-1990；2500-1991
　　　　　劃撥帳號：19863813；戶名：書虫股份有限公司
　　　　　讀者服務信箱：service@readingclub.com.tw
香港發行所／城邦（香港）出版集團有限公司
　　　　　香港九龍土瓜灣土瓜灣道 86 號順聯工業大廈 6 樓 A 室
　　　　　電話：+852-2508-6231　　傳真：+852-2578-9337
　　　　　Email：hkcite@biznetvigator.com
馬新發行所／城邦（馬新）出版集團 Cité(M)Sdn.Bhd.
　　　　　41, Jalan Radin Anum, Bandar Baru Sri Petaling,
　　　　　57000 Kuala Lumpur, Malaysia
　　　　　電話：+603- 9056-3833　　傳真：+603- 9057-6622
　　　　　Email：services@cite.my
印 　 刷／韋懋實業有限公司
初 　 版／2024 年 6 月
定 　 價／399 元
I S B N／978-626-7431-73-3
E I S B N／9786267431719(EPUB)

**城邦讀書花園**
www.cite.com.tw　**布克文化**
www.SBOOKER.COM.TW